SCOTT FITZGERALD

Cuentos

Volumen 1

punto de lectura

Título: Cuentos. Volumen I
Título original: *The Short Stories of F. Scott Fitzgerald*
© 1989, Charles Scribner's Sons
© Traducción: Justo Navarro
Edición de Matthew J. Bruccoli
© Santillana Ediciones Generales, S.L.
© De esta edición: julio 2005, Punto de Lectura, S.L.
Juan Bravo, 38. 28006 Madrid (España)   www.puntodelectura.com

ISBN: 84-663-1652-3
Depósito legal: B-30.145-2005
Impreso en España – Printed in Spain

Diseño de cubierta: Hans Geel
Fotografía de cubierta: *Retrato de F. Scott Fitzgerald*
        © Bettmann / Corbis
Diseño de colección: Punto de Lectura

Impreso por Litografía Rosés, S.A.

630 / 01

SCOTT FITZGERALD

Cuentos

Volumen 1

Introducción y traducción de Justo Navarro

Un español en el mundo de Fitzgerald

Hay niños que no creen ser hijos de sus padres, porque creen valer más que sus padres, niños que se avergüenzan de sus padres, es decir, de ser quienes son. Es el pecado del que se acusa en el confesionario Rudolph Miller, personaje de un cuento de Francis Scott Fitzgerald. El adolescente Miller, imagen joven del gran Gatsby, en lo más hondo de sí mismo sabe que no es Rudolph Miller, sino el héroe Blatchford Sarnemington, un triunfador que provoca admiración en las calles: ¡Es Blatchford Sarnemington! Dicen que Fitzgerald se avergonzaba de sus padres, y quiso ser un héroe, y, después de fracasar en el fútbol universitario y perder la ocasión memorable de la Primera Guerra Mundial, a la que no llegó a ir, oficial bailarín y enamoradizo en campamentos de Kansas, Kentucky, Georgia y Alabama, no le quedó más remedio que convertirse en el escritor famoso Francis Scott Fitzgerald.

En octubre de 1920 la novela más solicitada en las bibliotecas públicas de Estados Unidos era la primera novela de Fitzgerald, *A este lado del paraíso*. Fitzgerald tuvo veinte años en los años veinte, cuando fue, más que un famoso escritor de novelas, un famoso escritor de cuentos para las mejores revistas ilustradas, las de mayor difusión, que le pagaban precios fabulosos. Dicen que se hizo rico diciéndoles a sus lectores que sentía lo mismo que ellos. Quien leía sus cuentos oía dentro de sí una voz que podía ser su propia voz, pero era la voz de Fitzgerald, una voz que le contaba el mundo o el sueño del mundo en que vivía. Fitzgerald inventó una generación y una época: la era del jazz.

Contaba el fervor de vivir aquellos años: los campamentos de instrucción, los amores de muchachos pobres con niñas ricas que los rechazan, la pasión de las fiestas, la mercadería de las grandes ciudades en la euforia económica de 1920, Europa como estafa y paraíso infernal para americanos adinerados, el matrimonio y la infidelidad, la Depresión y la depresión, las clínicas suizas, la ruina, el alcohol y la locura, el manicomio, la pérdida del talento, Hollywood. Los cuentos copiaban la vida de Fitzgerald o, mejor, eran la vida de Fitzgerald, que tenía el genio de hacerle creer a quien lo leía que le estaba contando su propia vida: la vida del lector. Los cuentos de Fitzgerald se confundían con la memoria de sus lectores: a Fitzgerald le contaban sus cuentos como si fueran episodios de vidas reales, sin reparar en que le estaban contando un cuento de Fitzgerald.

Pero me parece que Fitzgerald nunca quería ser quien era: le dolía no tener éxito masivo como novelista y le dolía ser un cuentista de éxito; quería triunfar como escritor en el mundo de las películas, pero detestaba escribir para Hollywood. Y, siempre dolido o incómodo, presumía de poseer una excepcional facultad para ser feliz, tan anormal como el periodo de prosperidad que atravesó Estados Unidos en los años veinte; también era excepcional su capacidad para hundirse: tan anormal, decía Fitzgerald, como la desesperación que sepultó a Estados Unidos al final de los años de opulencia. Me da la impresión, mientras leo los relatos de Fitzgerald, de que el dolor de Fitzgerald fue siempre el dolor del tiempo. Hay en los cuentos una mezcla de descreimiento y emoción, como si la vida fuera una comedia de señoritas modernas que aspiran a ser mantenidas por caballeretes modernos que tienen o aspiran a tener mayordomo y criado negro, pero una comedia que se representa por última vez mientras los operarios desmontan los decorados y el teatro.

La sensación del tiempo en fuga es pasión por el mundo, pasión por vivir. Vivir es una demolición, pero, mientras los martillos pegan y destruyen y pulverizan, toca la orquesta y resplandecen miles de luces, aunque sean luces de luminosos que se funden con los días. Tienen los mundos de Fitzgerald un temblor de inestabilidad, de felicidad que viene y va pero nunca vuelve. Es el placer y el dolor de la fugacidad de las cosas: qué se hizo de los héroes de la guerra, de las mejores fiestas, de las mujeres y sus trajes de noche, de la belleza y del amor, de las canciones de moda, de las casas y los hoteles de lujo, del dinero y su brillo. El dinero, esa fantasmagoría, moldeaba la realidad: la nieve de 1929 no era real, desaparecía si pagabas lo necesario. Así lo contó Fitzgerald en *Regreso a Babilonia*.

Hay una imagen fija y obsesiva en los cuentos de Fitzgerald: el fulgor. El fulgor es la luz, los neones de la publicidad, los luminosos de los hoteles y los bares, las gasolineras y los cines, los faros de los coches, la luz en la cabellera de las mujeres y en la pechera y las solapas del esmoquin, la luz en los cócteles de colores y la luna y el sol sobre piscinas y mares y copas de champán, la luz de las pistas de baile, el fulgor del dinero, el brillo, el resplandor, los destellos, una luz casi sonora, una luz que tintinea en el oro y las pulseras de las mujeres, la luz a punto de apagarse. Dicen que Fitzgerald copiaba sus luces de los anuncios de lámparas eléctricas, y yo me acuerdo de que cuando Juan Ramón Jiménez vio la luna de Nueva York en viaje de novios escribió en su diario: ¿Es la luna o es un anuncio de la luna?

Mientras leía a Fitzgerald de la manera más honda en que se puede leer un libro, traduciéndolo, me acordaba del mundo de los escritores españoles de los años de Fitzgerald, Juan Ramón Jiménez, Ramón Gómez de la Serna, Pedro Salinas, Rafael Alberti, Federico García Lorca, los poetas de la Modernidad, esa sensación de que lo de siempre se repite mortal en lo nuevo que pasa rapidísimo, como el cine, hecho de luz y pasar, según Gómez de la Serna. En 1934, el año de *Suave es la noche*, Ramón Gómez de la Serna publicó en la selecta revista *Cruz y raya* su *Ensayo sobre lo cursi*. Decía Gómez de la Serna que existe una mala cursilería:

la de esos objetos lamentables que en sus conferencias en América rompía con un martillo para sacrificarle a Dios un cordero de cursilería. Quería que Dios lo librara del mal gusto y quería enseñarles a los niños lo que hay que romper, lección que nadie les da nunca. Pero, contra la cursilería maligna, propugnaba algo así como una cursilería provechosa: lo cursi que nace de la conformidad de vivir y morir en una setentena de años y por eso se agarra al alma humana y acierta con la intimidad que hay que dar a cada cosa. Y concluía Gómez de la Serna: sólo lo cursi de cada momento histórico se salvará.

Yo creo que el genio del mejor Fitzgerald consistía en esto: mostraba lo cursi, la intimidad de su época, y a la vez blandía el martillo que rompe la cursilería deleznable. El martillo tenía la liviandad y el peso del humor, porque, con el correr de los años, Fitzgerald se había fabricado, o así lo confesó un día, una sonrisa canalla y mundana de hotelero o modelo que posa desnuda, de ascensorista negro o director de escuela el día de los premios. Me acuerdo de una página de *El gran Gatsby*: el narrador, Nick Carraway, oye las novelerías que le cuenta Gatsby, héroe y millonario, imaginario sobrino del káiser Guillermo, y sospecha que Gatsby repite lo que ha leído en alguno de los cuentos que publicaban esas revistas ilustradas donde Francis Scott Fitzgerald era el escritor estrella. Y me acuerdo de *La tarde de un escritor*, un cuento de 1936 que no le hubiera servido a Gatsby, porque Gatsby tenía otra manera de ver el mundo y además ya estaba muerto, un cuento donde el escritor inventa el cuento ideal para las revistas y las antologías, pero no ideal para el escritor, que, mirando el color de una casa, acaba de recordar una vieja capa de su madre, una capa que era de muchos colores y no era de ningún color: sólo reflejaba la luz.

Durante casi dos años he viajado por los cuentos de Fitzgerald, embebido en sus páginas, que he leído para volverlas a leer, los he pensado y les he dado mil vueltas, me los he dicho con las palabras de Fitzgerald para poder decírmelos luego con mis palabras. Traducir es tomar unas palabras y convertirlas en palabras absolutamente distintas que prodigiosamente han de decir lo mismo que las primeras. No era un viaje fácil: he recorrido un mundo extraño, los Estados Unidos y la Europa para americanos de la edad de Fitzgerald; incluso parte de África, ciudades desconocidas donde sonaban canciones desconocidas, se jugaba a raros deportes y se hablaba de personajes célebres pero remotos. Y, mientras traducía, procuraba no olvidar que no se trataba de cambiar unas palabras anglonorteamericanas por otras españolas, sino de construir un mundo hecho de voces: la voz de Fitzgerald. Mi propósito ha sido que quien lea estos cuentos traducidos por mí sienta la voz única de Francis Scott Fitzgerald.

P. S. No era fácil el viaje, y debo darles las gracias a cuantos me han ayudado a iniciarlo y concluirlo: a Juan Cruz, que me sugirió la idea de traducir a Fitzgerald y aguantó con paciencia mi lentitud y vacilaciones de traductor; a Ramón Buenaventura, que me animó metiéndome prisa amablemente; a Amaya Elezcano, por su amistosa paciencia; a Iñaki Abad, José Luis Manjón, Gustavo Martín Garzo e Ignacio Echevarría, que me prestaron anteriores traducciones al español de algunos de estos cuentos; a los autores de esas traducciones que pude consultar y comparar con la mía, en la complicidad del riesgo compartido: Mariano Antolín Rato, Marcelo Cohen, Poli Delano, Antonio Desmonts, Ada Franzoni, Óscar Luis Molina y Rafael Ruiz de la Cuesta; a Antonio Muñoz Molina, que me ayudó a conocer el mundo de Fitzgerald; a Carmen Navarro, por estar cerca; a Lidia Taillefer de Haya, que más de una vez me sacó de dudas; a María Lourdes Navarro, por su amor fraterno y su ingenio; a Juan Manuel Villalba, por su amistad y generosidad; y a Esther Morillas, pues sin ella esta traducción probablemente no existiría.

JUSTO NAVARRO

Prólogo de Matthew J. Bruccoli

La mayoría de los escritores nos repetimos: es verdad. En nuestra vida tenemos dos o tres experiencias decisivas e impresionantes, experiencias tan decisivas e impresionantes que en ese momento nos parece imposible que nadie se haya sentido jamás tan afectado, hundido, deslumbrado, asombrado, vencido, roto, salvado, iluminado, recompensado y humillado.

Luego aprendemos el oficio, mejor o peor, y contamos dos o tres historias —cada vez disfrazadas de una manera— puede que diez veces, o cien, tantas como la gente quiera escucharlas.

«Cien salidas nulas», *Saturday Evening Post* (4 de marzo de 1933)

Los relatos siguen siendo un aspecto mal comprendido y poco valorado de la trayectoria de Francis Scott Fitzgerald. Han sido despreciados como trabajo de segunda categoría y condenados por entorpecer el desarrollo de su obra seria. Es cierto que son desiguales; pero los mejores cuentos de Fitzgerald están entre lo mejor de la literatura norteamericana*.

Los relatos de Fitztgerald exigen hoy dos aproximaciones. Cabría intentar leerlos como la primera vez que vieron la luz: por el placer de su estilo, ingenio, calidez y versatilidad. Y también podrían ser leídos por su lugar en la obra de un gran escritor. Fitzgerald sería en parte responsable por su incapacidad permanente para apreciar de forma adecuada sus relatos. Después de un periodo inicial de euforia, celebridad instantánea y dinero fácil, a Fitzgerald empezó a pesarle escribir cuentos, tanto por motivos económicos, como por la energía creativa que extraían de sus novelas. El menosprecio de Fitzgerald por sus cuentos ha persuadido a la crítica de que la mayoría de ellos merece la clasificación de literatura mediocre y fácil escrita para ganar dinero. Pero la amargura de Fitzgerald nació del esfuerzo —y no de la facilidad— de escribir ficción para las revistas de gran tirada. A mediados de los años treinta, cuando a Fitzgerald le costaba mucho satisfacer a este mer-

---

* El canon de la narrativa breve de Francis Scott Fitzgerald incluye unos 160 relatos publicados, contando sus escritos del periodo escolar. (Decimos «unos» por la confusa clasificación de los textos que están a caballo entre el ensayo y la ficción.) Se pueden dividir así: treinta y ocho cuentos publicados profesionalmente antes de *El gran Gatsby* (1925); cincuenta y cinco entre *Gatsby* y *Suave es la noche* (1934); sesenta y cuatro durante los años veinte; cincuenta y ocho en la década de los treinta.

cado, escribió en sus *Cuadernos*: «Les he pedido demasiado a mis emociones: ciento veinte cuentos. El precio era alto, como lo fue para Kipling, porque había una gota de algo que no era sangre, ni una lágrima, ni mi semilla, sino algo mío más íntimo que eso en cada cuento: algo "extra", que era mío. Ahora se ha ido y ya soy exactamente igual que todos»*. Durante este periodo de desaliento explicó a su agente, Harold Ober: «Concibo todos mis relatos como si fueran novelas; exigen una emoción especial, una experiencia especial: así que mis lectores, si los hay, saben que cada vez encontrarán algo nuevo, no en la forma, sino en la esencia (sería mejor para mí si pudiera escribir cuentos de acuerdo con un patrón convencional, pero el lápiz no me responde…)»**. Es significativo que Fitzgerald valorara su capacidad narrativa de acuerdo con las exigencias emocionales del relato.

Además de fácil, Fitzgerald fue tachado de trivial porque sus cuentos no se ajustaban a lo que los críticos —especialmente en los años treinta, década de conciencia social— consideraban significativo. Fitzgerald se quejaba en 1934 en su introducción a la reimpresión de *El gran Gatsby*, de la

* «Our April Letter», en *The Notebooks of F. Scott Fitzgerald*, ed. Matthew J. Bruccoli (Nueva York y Londres: Harcourt Brace Jovanovich/Bruccoli Clark, 1978), pág. 131.
** *As Ever, Scott Fitz…: Letters Between F. Scott Fitzgerald and His Literary Agent Harold Ober, 1919-1940*, ed. Matthew J. Bruccoli y Jennifer Atkinson (Filadelfia y Nueva York: Lippincott, 1972), pág. 221.

Modern Library: «Últimamente algunos críticos han pretendido hacerme creer sin demasiado rigor que los materiales de mi obra eran absolutamente inservibles para tratar de personas maduras en un mundo maduro. Pero, Dios mío, eran los materiales de mi obra y era lo único de lo que podía tratar». No existen grados de valía literaria en los materiales de una obra. Un escritor es su material, y éste es tan literario como pueda hacerlo el escritor. Fitzgerald nunca intentó ni pretendió ser un escritor experimental ni de vanguardia.

Es necesario comprender la situación económica de Fitzgerald para valorar la influencia de sus cuentos en su trayectoria. No ganó una fortuna. El dinero de los cuentos debería haberle supuesto tiempo para escribir novelas, pero habitualmente vivía al día, cuento a cuento. Fitzgerald nunca tuvo una novela que fuera un éxito fulminante: ni siquiera *A este lado del paraíso*, que vendió 52.000 ejemplares en su día, y le proporcionó unos 15.000 dólares en derechos de autor. *Gatsby* y *Suave es la noche* fueron fracasos económicos. En 1929 ocho cuentos vendidos al *Post* le reportaron a Fitzgerald 30.000 dólares, mientras que los derechos de todos sus libros ascendieron a 31,77 dólares (incluyendo 5,10 dólares de *Gatsby*).

Pero es un error considerar los cuentos de Fitzgerald como meramente comerciales. Era un escritor profesional, y todo lo que cobra un profesional es trabajo comercial. Fitzgerald no era una excepción al combinar la literatura con los encargos que pagaban las revistas. Antes de la época de los anticipos suculentos y la venta de magníficos derechos secundarios, importantes novelistas completaban los ingresos de sus libros con el trabajo en revistas. Los escritores viven de vender palabras, y Fitzgerald compitió con éxito en el mercado literario más difícil de su tiempo: las revistas ilustradas y de gran difusión que pagaban muy bien. Se le asociaba con el *Saturday Evening Post*, en el que publicó 65 relatos —casi el cuarenta por ciento del total de su producción—, alcanzando su cotización más alta en 1929: 4.000 dólares*. Lectores para los que el antiguo *Post* ni siquiera es un recuerdo se sorprenderían con la lista de sus colaboradores, que incluía a Willa Cather, Edith Wharton, William Faulkner y Thomas Wolfe. El *Post* fue la revista más leída de Estados Unidos durante la década de los veinte (2.750.000 ejemplares a la semana), y bajo la dirección de George Horace Lorimer intentó plasmar la imagen que el país tenía de sí mismo**. Harold Ober colocó también la obra de Fitzgerald en la mayoría de las revistas de gran difusión de la competencia: *Red Book*, *Liberty*, *Collier's*, *Metropolitan* y *McCall's*. Durante su vida Fitzgerald fue mucho más conocido y leído como autor de cuentos que de novelas.

---

* Para hacerse una idea del poder adquisitivo que tendría en 1989 tal cantidad, habría que multiplicarla al menos por siete.

** Véase Jan Cohn, *Creating America: George Horace Lorimer and the Saturday Evening Post* (Pittsburgh: University of Pittsburgh Press, 1989).

Todas estas revistas estaban dirigidas a un amplio público medio, pero no hay pruebas que apoyen la afirmación de Ernest Hemingway de que Fitzgerald reconoció haber echado a perder deliberadamente algunos cuentos para hacerlos vendibles. Aunque escribía sobre los temas que los directores de las revistas esperaban de él, sus cuentos rara vez obedecían a fórmulas fijas: «En cuanto me doy cuenta de que estoy escribiendo algo barato, mi pluma se detiene y mi talento se esfuma…»*. En su mejor momento era capaz de escribir cuentos populares que eran verdaderos cuentos de Fitzgerald. Los finales no eran necesariamente felices, y siempre encontraba la manera de incluir «un toque de desastre». A pesar de todo, dos obras maestras como *Primero de Mayo (S.O.S.)* y *El diamante tan grande como el Ritz* eran demasiado «realistas» o «difíciles» para las revistas ilustradas.

Muchos aspectos de la vida de Fitzgerald tienen estructura novelesca, como si el escritor estuviera viviendo una de sus propias historias. Su narrativa está obsesionada por el tiempo y resulta irónicamente apropiado que su carrera se desarrollara entre una década de confianza y una década de pérdida. Los cuentos de este volumen escritos después de 1929 muestran la creciente dificultad de Fitzgerald para provocar las respuestas emocio-

* A Zelda Fitzgerald, 18 de mayo de 1940. *The Letters of F. Scott Fitzgerald*, ed. Andrew Turnbull (Nueva York: Scribner's, 1963), págs. 117-118.

nales que las revistas le exigían en una época de catástrofe personal y nacional. Aunque su producción fue disminuyendo año tras año a partir de 1932, se esforzó por continuar enviándoles cuentos al *Post* y a otras revistas semejantes, mientras experimentaba con formas nuevas y nuevo material para el *Esquire*. Los cuentos de Fitzgerald para el *Esquire* eran muy breves, incluso apuntes, sin el desarrollo de un cuento convencional, y algunos difícilmente podían ser considerados cuentos. Fundada en 1934, *Esquire* era una revista mensual de difusión limitada, con ambiciones literarias y una línea editorial flexible; se vendía al prohibitivo precio de 50 centavos. Su director, Arnold Gingrich, admiraba la prosa de Fitzgerald y aceptó casi todo lo que les mandó: pero *Esquire* sólo le pagaba 250 dólares por colaboración. Fitzgerald colaboró con *Esquire* en cuarenta y cinco ocasiones, incluyendo los ensayos de *El crack-up*. A partir de 1937, año en que se trasladó a Hollywood, *Esquire* adquirió sólo cuentos de Fitzgerald fácilmente vendibles.

La etiqueta «un cuento típico de Fitzgerald» no sirve. Sus cuentos gozaron de popularidad en su época porque eran imaginativos y sorprendentes, no porque fueran predecibles. Si podemos afirmar que los pacientes que leían el *Post* en la sala de espera de un médico eran sensibles a la prosa brillante y al dominio de la narración, entonces eso es lo que convirtió a Fitzgerald en un famoso autor de cuentos para las revistas. Era un cuentista por naturaleza; sus relatos están contados por una voz narrativa que se gana la confianza del lector. Aunque la trama de sus cuentos sea artificiosa y a veces recurra a finales con truco, su principal función es crear un marco para los personajes. Fitzgerald creó una nueva figura americana: la mujer joven y decidida. No la chica moderna de los tebeos, sino la entusiasta, valiente, atractiva y castamente independiente joven que apuesta en la vida y en el amor por el mejor de los premios: su futuro. Fitzgerald trata a sus jóvenes ambiciosos, hombres y mujeres, con seriedad y los juzga con rigor. El didactismo de sus cuentos es sincero, no para comprar la benevolencia del mercado de las revistas ilustradas. En 1939 le confesaba a su hija, Scottie: «Algunas veces me gustaría ser uno de esos [autores de comedias musicales], pero me temo que en el fondo soy demasiado moralista y en realidad prefiero sermonear a la gente de una forma aceptable antes que entretenerla»*. Una de las estrategias favoritas de Fitzgerald era terminar los cuentos con un golpe de elocuencia o ingenio que volviera sobre los temas del relato y explicitara su intención.

Prueba del calibre de la prosa de Fitzgerald son las alabanzas que ha merecido de otros escritores que reconocían la dificultad de lo que Fitzgerald lograba que pareciera espontáneo. Raymond Chandler comentaba a propósito de la indefinible cualidad del *encanto*: «Tenía una de las más raras

* 4 de noviembre de 1939. *Letters*, pág. 63.

22

cualidades que pueden darse en cualquier tipo de literatura…, la palabra es encanto: encanto en el sentido en que Keats hubiera utilizado el término. ¿Quién lo tiene hoy día? No se trata de escribir de un modo preciosista, o con un estilo sencillo. Es una especie de magia tenue, controlada y exquisita, algo así como lo que te ofrece un buen cuarteto de cuerda»*. Siempre podemos percibir gran literatura. Hay algo extraordinario —incluso milagroso— en la prosa de Fitzgerald, palabra por palabra. James Gould Cozzens fue el que más se aproximó a explicar este aspecto del genio de Fitzgerald: «Un talento para decir no sólo lo justo, lo exacto, lo vivo o lo emocionante, sino aquello que, poseyendo todas estas cualidades, trasciende de tal forma tus expectativas razonables que te das cuenta de que no es producto sólo de la inteligencia, el oficio o el esfuerzo, sino que, mucho más sencillo, ha surgido en una especie de triunfal destello más allá del proceso normal del pensamiento»**.

En cada cuento había palabras que lo marcaban como un cuento de Fitzgerald.

Fitzgerald no siguió dos trayectorias, mutuamente excluyentes, como colaborador en revistas y escritor de novelas. Se trataba de una única trayectoria, en la que se integraba toda su obra. Puesto que Fitzgerald se vio obligado a escribir cuentos mientras

* *Selected Letters of Raymond Chandler*, ed. Frank MacShane (Nueva York: Columbia University Press, 1981), pág. 239.
** Matthew J. Bruccoli, *James Gould Cozzens: A Life Apart* (San Diego: Harcourt Brace Jovanovich, 1983), pág. 129.

trabajaba en sus novelas, los cuentos relacionados con éstas introducen o experimentan temas, escenarios y situaciones que serían desarrollados en todas sus posibilidades en la novela. «Saqueaba» rutinariamente pasajes de un cuento para volver a usarlos en una novela. Entre los cuentos aquí recogidos, pertenecen claramente al grupo de *Gatsby*: «Sueños de invierno», «Dados, nudillos de hierro y guitarra», «Absolución», «Lo más sensato» y «El joven rico» (una obra posterior a *Gatsby*). Los relatos de este volumen que pertenecen a la gestación de *Suave es la noche* son los siguientes: «Un viaje al extranjero», «Regreso a Babilonia», «La boda», «Los nadadores», «La escala de Jacob» y «La niña del hotel».

Charles Scribner's Sons, la única editorial que Fitzgerald tuvo en vida, publicó después de cada novela un volumen de cuentos: *Flappers and Philosophers* (1920), *Tales of the Jazz Age* (1922), *All the Sad Young Men* (1926) y *Taps at Reveille* (1935), un total de cuarenta y cinco cuentos, veintiuno de los cuales se incluyen aquí. Es evidente que estas cuatro recopilaciones representan la selección que el propio Fitzgerald hizo de sus mejores cuentos, pero su elección estuvo limitada por los relatos de los que disponía en aquel momento. No tenía suficientes narraciones de peso para *Cuentos de la era del jazz*, y tenía demasiadas para *Taps*. Por otra parte, a Fitzgerald le daba escrúpulo incluir en libro un cuento que ya había saqueado para alguna de sus novelas[*].

---

[*] Encontramos indicaciones al respecto en *The Notebooks of F. Scott Fitzgerald*.

Distinguía entre publicar en una revista y en un libro, y se empeñaba en que el incluir un cuento en una de sus recopilaciones le otorgaba perdurabilidad y rango literario. Después de haber incorporado material de un cuento (frases o párrafos enteros) a una novela, renunciaba a volver a publicar ese cuento tal como había aparecido originariamente. O reescribía el pasaje saqueado o consideraba el cuento «enterrado», no publicable. (Pero véase «Corto viaje a casa» y «Regreso a Babilonia».) En ningún caso se limitaba a volver a publicar el texto tal como había aparecido en revistas.

Desde que Scribner's publicó en 1951 —año clave para la recuperación de Fitzgerald— la edición de Malcolm Cowley de *Los cuentos de F. Scott Fitzgerald*, ésta ha sido la recopilación modelo y ha influido en la valoración crítica de la obra breve de Fitzgerald, especialmente en las universidades. Dentro de la limitación que supone incluir sólo veintiocho cuentos, la selección de Cowley es espléndida. Desde entonces, el creciente interés por Fitzgerald ha dado lugar a cinco volúmenes de relatos que no habían sido recogidos en libros[*]. Era necesaria una recopilación más completa y representativa. Los cuarenta y tres relatos elegidos para este volumen reúnen los relatos clásicos y fundamentales de Fitzgerald con otros que rebasan el al-

* *Afternoon of an Author* (cuentos y ensayos, 1957); *The Pat Hobby Stories* (1962); *The Basil and Josephine Stories* (1973); *Bits of Paradise* (cuentos de F. Scott Fitzgerald y Zelda Fitzgerald, 1973); y *The Price Was High* (1979).

cance del material que el escritor tenía entre manos. Así, la extraordinaria versatilidad y el dominio de Fitzgerald se ponen de manifiesto con brillantez en los relatos fantásticos no recogidos por Cowley: «El extraño caso de Benjamin Button» (admirado por William Faulkner), «Corto viaje a casa» (admirado por James Thurber) y «Un viaje al extranjero» (un relato esencial).

Esta recopilación podría estar ordenada temáticamente: amor y dinero, el Norte y el Sur, Norteamérica y Europa, idealismo y desilusión, éxito y fracaso, tiempo y mutabilidad. Rechazamos semejante proyecto porque los temas se superponen en los cuentos. El orden cronológico permite al lector seguir las colaboraciones de Fitzgerald en revistas desde los días de entusiasmo juvenil, a través de estados de ánimo cada vez más sombríos. Más provechoso es leer estos relatos en el orden en que fueron publicados, pues nos revela el delicado sentido histórico que poseía Fitzgerald cuando evoca los ritmos de la Era del Jazz y de la Depresión. No era un escritor testimonial; sin embargo, fue un brillante historiador de la vida social por su capacidad para expresar, gracias al estilo y al punto de vista, el sentido del tiempo y del espacio, la sensación de estar allí. Y, así, aconsejaba a Scottie: «Y cuando en un momento extraordinario quieras transmitir la verdad, no lo escandaloso, ni la estricta relación de los hechos, sino la esencia profunda de lo que sucedió en un baile de la universidad o después, quizá encuentres esa autenticidad, y entonces comprenderás hasta qué punto es posible lograr que incluso un triste lapón sienta la importancia de una escapada a Cartier»*.

Literatura es lo que permanece. La historia de la literatura demuestra que la recepción crítica es un mal pronóstico de valor perdurable. Los escritos que llegan a ser literatura son con frecuencia ignorados o atacados ferozmente en el momento de su publicación. En los años veinte la afirmación de que los cuentos de Fitzgerald podían convertirse en clásicos hubiera provocado incredulidad e hilaridad. El proceso por el que las obras literarias alcanzan al fin el rango que les corresponde es inexplicable. Los cuentos de Francis Scott Fitzgerald nos dan esta lección: todo lo que un genio escribe participa de su genio. Y esperemos que exista una lección más: el genio siempre acaba imponiendo el reconocimiento que le corresponde.

* Sin fecha. *The Letters of F. Scott Fitzgerald*, pág. 101.

CABEZA Y HOMBROS

Cabeza y Hombros *fue el primer cuento de Fitzgerald que apareció en el* Saturday Evening Post *(21 de febrero de 1920), pero no fue el primero que consiguió vender: cinco cuentos para* The Smart Set *lo habían precedido. Más tarde le escribiría a su agente Harold Ober: «Yo tenía veintidós años [en realidad tenía veintitrés] cuando llegué a Nueva York y me enteré de que le había vendido* Cabeza y Hombros *al* Post. *Me hubiera gustado volver a sentir una emoción semejante, pero me figuro que una cosa así sólo se da una vez en la vida». Los cuatrocientos dólares que le pagaron suponían la décima parte de lo que el* Post *pagaría por un cuento de Fitzgerald en 1929.*

Titulado en un principio Nest feathers, *el cuento fue uno de los que Fitzgerald escribió en el otoño de 1919 después de que Scribner aceptara su primera novela,* A este lado del paraíso. *El relato de Fitzgerald anticipaba de manera curiosa su propia vida: si el matrimonio obliga a Horace a abandonar sus estudios y dedicarse al mundo del espectáculo, su matrimonio con Zelda Sayre, en abril de 1920, pronto obligaría al autor de* Cabeza y Hombros *a dedicarse a escribir y vender literatura de evasión.*

Fitzgerald incluyó Cabeza y Hombros *en* Flappers y filósofos, *su primer libro de cuentos, publicado en 1920.*

I

En 1915 Horace Tarbox tenía trece años. Por aquellas fechas hizo el examen de ingreso en la Universidad de Princeton y consiguió las más altas calificaciones en materias como César, Cicerón, Virgilio, Jenofonte, Homero, Álgebra, Geometría Plana, Geometría del Espacio y Química.

Dos años después, mientras George M. Cohan escribía *Over There*, Horace era, con diferencia, el primer estudiante de segundo curso y pergeñaba un estudio sobre *El silogismo: forma obsoleta de la Escolástica*; la batalla de Château-Thierry la pasó sentado a su escritorio, reflexionando sobre si debía esperar a cumplir los diecisiete para escribir su libro de ensayos sobre la influencia del pragmatismo en los nuevos realistas.

Entonces un vendedor de periódicos le dijo que la guerra había terminado, y Horace se alegró: aquello significaba que la editorial Peat Brothers publicaría una nueva edición del *Tratado sobre la reforma del entendimiento* de Spinoza. Las guerras tenían sus ventajas, pues les daban a los jóvenes seguridad en sí mismos o algo por el estilo, pero Horace intuía que jamás le perdonaría al rector haber autorizado que una banda de música se pasara toda la noche del falso armisticio tocando bajo su ventana: por culpa de la música olvidó incluir tres frases esenciales en su estudio sobre el idealismo alemán.

Al curso siguiente fue a Yale, a terminar Filosofía y Letras.

Acababa de cumplir diecisiete años, era alto, delgado y miope, con los ojos grises y un aire de no tener absolutamente nada que ver con la palabrería que brotaba de sus labios.

—Siempre me da la impresión de estar hablando con otro —se quejó el profesor Dillinger ante un colega comprensivo—. Es como si hablara con un representante o un apoderado suyo. Siempre espero que me diga: «Muy bien, hablaré conmigo y ya veremos».

Y entonces, como si Horace Tarbox fuera don Filete el carnicero o don Sombrero el sombrerero, con la misma indiferencia, la vida lo alcanzó, lo cogió, lo manoseó, lo estiró y desenrolló como a una pieza de encaje irlandés en las rebajas del sábado por la tarde.

Siguiendo la moda literaria, debería decir que todo sucedió porque, cuando en los lejanos días de la colonización los intrépidos pioneros llegaron a Connecticut, a un trozo de tierra pelada, se preguntaron: «¿Y qué podemos construir aquí?», y el más intrépido de todos contestó: «¡Construyamos una ciudad donde los empresarios teatrales puedan montar comedias musicales!». Cómo se fundó entonces, en aquella tierra, la Universidad de Yale, para montar comedias musicales, es una historia que todo el mundo conoce. El caso es que, cierto mes de diciembre, se estrenó *Home James* en la sala Schubert, y todos los estudiantes pidieron a gritos que volviera a salir al escenario Marcia Meadow, que cantaba en el primer acto una canción sobre los putrefactos patrioteros, y en el último bailaba una danza cimbreante y estremecedora celebrada por todos.

Marcia tenía diecinueve años. No tenía alas, pero el público coincidía unánimemente en que no las necesitaba. Era rubia, sin tintes, y no usaba maquillaje cuando salía a la calle a plena luz del día. No era, por lo demás, mejor que el resto de las mujeres.

Fue Charlie Moon quien le prometió cinco mil Pall Malls si le hacía una visita a Horace Tarbox, prodigio extraordinario. Charlie estudiaba en Sheffield el último curso de la carrera, y era primo hermano de Horace. Se tenían aprecio y se tenían lástima.

Horace estaba especialmente ocupado aquella noche. La incapacidad del francés Laurier para valorar el significado de los nuevos realistas lo sacaba de quicio. Así que su única reacción al oír un golpe débil pero claro en la puerta de su estudio fue reflexionar sobre si un golpe tiene existencia real sin un oído que lo oiga. Se creía a un paso de caer en el pragmatismo. Pero, en aquel instante, aunque no lo supiera, estaba a un paso de caer con asombrosa celeridad en algo absolutamente diferente.

Se oyó el golpe y, tres segundos después, el golpe se repitió.

—Pase —refunfuñó Horace automáticamente.

Oyó cómo la puerta se abría y se cerraba, pero, sumergido en el libro y en el sillón, cerca de la estufa, no levantó la vista.

—Déjela sobre la cama de la otra habitación —dijo, abstraído.

—¿Qué tengo que dejar sobre la cama?

La voz de Marcia Meadow destacaba en sus canciones, pero, al hablar, sonaba como las cuerdas graves de un arpa.

—La ropa limpia.

—No puedo.

Horace se removió, incómodo, en su sillón.

—¿Por qué no puede?

—Porque no la he traído.

—Muy bien —respondió de mal humor—; pues vaya y tráigala.

Frente a la estufa, cerca de Horace, había otro sillón. Tenía la costumbre de sentarse allí por las tardes: por el gusto de cambiar y hacer un poco de ejercicio. A un sillón lo llamaba Berkeley, y al otro, Hume. De pronto oyó una especie de frufrú que producía una diáfana figura al hundirse en Hume. Levantó la vista.

—Muy bien —dijo Marcia con la sonrisa empalagosa que utilizaba en el segundo acto («¡Ay, así que al duque le gusta cómo bailo!»)—, muy bien, Omar Khayyam, aquí me tienes, a tu lado, cantando en el desierto.

Horace se quedó mirándola con la boca abierta, deslumbrado. Por un intante tuvo la sospecha de que sólo era un fantasma de su imaginación.

Las mujeres no suelen entrar en las habitaciones de los hombres para sentarse en el Hume de los hombres. Las mujeres traen la ropa limpia, aceptan que les cedas el asiento en el autobús y se casan contigo cuando llegas a la edad de las cadenas.

Esta mujer se había materializado, no cabía duda, había nacido de Hume. ¡Incluso el vaporoso vestido de gasa dorada era una emanación de los brazos de piel de Hume! Si la miraba el tiempo suficiente, vería a Hume a través de ella y volvería a estar solo en la habitación. Se restregó los ojos. Tenía que volver al gimnasio y reanudar sus ejercicios en el trapecio.

—¡Deja de mirarme así, por Dios! —protestó la emanación, con simpatía—. Siento como si desde tu pedestal quisieras borrarme del mapa y no fuera a quedar de mí sino una sombra en tus ojos.

Horace tosió. Toser era uno de sus dos tics. Cuando hablaba, olvidabas que tenía cuerpo. Era como oír el disco de un cantante que hubiera muerto hace muchos años.

—¿Qué quieres? —preguntó.

—Quiero mis cartas —gimoteó Marcia melodramáticamente—, las cartas que usted le compró a mi abuelo en 1881.

Horace se quedó pensativo.

—No tengo tus cartas —dijo sin alterarse—. Sólo tengo diecisiete años. Mi padre nació el 3 de marzo de 1879. Es evidente que me has confundido con otro.

—¿Sólo tienes diecisiete años? —repitió Marcia con incredulidad.

—Sólo diecisiete.

—Yo conocía a una chica —dijo Marcia, como si estuviera recordando— que aparentaba veintiséis años y tenía dieciséis. Tenía la manía de decir que *sólo* tenía dieciséis y jamás decía que tenía dieciséis años sin añadir el *sólo*. La llamábamos Sólo Jessie. Y no cambió: sólo empeoró. Decir *sólo* es una mala costumbre, Omar. Suena a excusa.

—No me llamo Omar.

—Ya lo sé —asintió Marcia—. Te llamas Horace. Te llamo Omar por la marca de cigarrillos: me recuerdas una colilla.

—Y no tengo tus cartas. Dudo mucho haber conocido a tu abuelo. Y considero inverosímil que tú vivieras en 1881.

Marcia lo miró maravillada.

—¿Yo? ¿En 1881? ¡Claro que sí! Ya bailaba en los escenarios cuando el Sexteto Florodora todavía estaba con las monjas. Fui la enfermera de la señora de Sol Smith, Juliette. Yo, Omar, cantaba en una cantina en la guerra de 1812.

Entonces la inteligencia de Horace hizo una pirueta afortunada, y Horace sonrió.

—¿Te ha mandado Charlie Moon?

Marcia lo miró, imperturbable.

—¿Quién es Charlie Moon?

—Es bajo…, tiene una buena nariz…, y las orejas grandes.

Marcia pareció crecer unos centímetros y bostezó.

—No tengo la costumbre de fijarme en la nariz de mis amigos.

—Así que ha sido Charlie, ¿eh?

Marcia se mordió los labios y volvió a bostezar.

—Vamos a cambiar de tema, Omar. Estoy a punto de dormirme.

—Sí —respondió Horace, muy serio—. A Hume se le ha tildado muchas veces de soporífero.

—¿Quién es ése? ¿Un amigo? ¿Se está muriendo?

Entonces Horace Tarbox se levantó ágilmente y empezó a pasear por la habitación con las manos en los bolsillos. Éste era su segundo tic.

—No me importa —dijo como si hablara consigo mismo—, en absoluto. No me preocupa que estés aquí, no. Eres preciosa, pero no me gusta que te haya mandado Charlie Moon. ¿Es que soy un caso de laboratorio con el que, no sólo los químicos, sino también los conserjes pueden hacer sus experimentos? ¿Es que mi desarrollo intelectual es divertido? ¿Me parezco a las caricaturas del típico jovencito de Boston que publican las revistas de humor? ¿Tiene derecho ese asno, ese niñato, Moon, que siempre está contando historias sobre la semana que pasó en París, tiene algún derecho a…?

—No —lo interrumpió Marcia categóricamente—. Eres encantador. Ven y dame un beso.

Horace se detuvo en seco.

—¿Por qué quieres que te dé un beso? —preguntó muy interesado—. ¿Vas por ahí repartiendo besos?

—Claro que sí —admitió Marcia, sin inmutarse—. Eso es la vida: ir por ahí repartiendo besos.

—Bien —replicó Horace categóricamente—. He de decirte que tus ideas son espantosamente limitadas y confusas. En primer lugar, la vida no es sólo eso, y, en segundo lugar, no quiero besarte. Podría convertirse en una costumbre, y soy incapaz de dejar mis costumbres. Este año he tomado la costumbre de quedarme en la cama hasta las siete y media.

Marcia asintió, comprensiva.

—¿Nunca sales a divertirte? —preguntó.

—¿Qué quieres decir con «divertirte»?

—Mírame —dijo Marcia terminantemente—. Me caes simpático, Omar, pero me gustaría que siguieras el hilo de la conversación. Lo que dices me suena como si hicieras gárgaras con las palabras y perdieras una apuesta cada vez que escupes unas pocas. Te he preguntado si nunca sales a divertirte.

—Quizá más adelante —respondió—. ¿Sabes? Soy un proyecto, un experimento. No te digo que algunas veces no me canse: me canso de ser un experimento. Pero… ¡No te lo puedo explicar! Y quizá no me divierta lo que os divierte a Charlie Moon y a ti.

—Explícate, por favor.

Horace la miraba fijamente. Empezó a hablar, pero, cambiando de idea, reemprendió su paseo por la habitación. Después de intentar averiguar infructuosamente si Horace la estaba mirando o no, Marcia le sonrió.

—Explícate, por favor.

Horace la miraba.

—Si te lo explico, ¿me prometes que le dirás a Charlie Moon que no me has encontrado?

—Hmmm.

—Muy bien, de acuerdo. Ésta es mi historia: yo era un niño que preguntaba mucho: «¿por qué?», «¿por qué?». Quería saber cómo funcionaban las cosas. Mi padre era un joven profesor de Economía en Princeton. Me educó con un método: contestaba siempre, lo mejor que sabía, a cada una de mis preguntas. Mi reacción le sugirió la idea de hacer un experimento sobre precocidad. Por contribuir a la carnicería tuve problemas en el oído: siete operaciones entre los nueve y los doce años. Esto, por supuesto, me separó de los otros chicos y me hizo mayor. Y mientras mi generación se afanaba en los cuentos del tío Remus, yo disfrutaba sanamente de Catulo en latín. Aprobé el ingreso en la Facultad. Prefería relacionarme con los profesores, y cada vez me sentía más orgulloso, extraordinariamente orgulloso de tener una gran inteligencia, pues, a pesar de mis dotes excepcionales, era absolutamente normal. Cuando cumplí los dieciséis ya estaba cansado de ser un fenómeno; llegué a la conclusión de que alguien había cometido un terrible error. Pero, a aquellas alturas, pensé que lo mejor era terminar Filosofía. Lo que más me interesa en la vida es el estudio de la filosofía moderna. Soy un realista de la escuela de Anton Laurier, con reminiscencias bergsonianas, y cumpliré dieciocho años dentro de dos meses. Eso es todo.

—¡Vaya! —exclamó Marcia—. ¡Qué barbaridad! Eres un experto manejando las partes de la oración.

—¿Satisfecha?

—No, no me has dado un beso.

—No forma parte del programa —objetó Horace—. Entiende que no pretendo estar por encima de las cuestiones físicas. Tienen su sitio, pero...

—Por favor, no seas tan condenadamente razonable.

—No puedo evitarlo.

—Odio a esas personas que hablan como una máquina.

—Puedo asegurarte que yo... —comenzó Horace.

—¡Cállate ya!

—Mi propia racionalidad...

—No he dicho nada sobre tu nacionalidad. Eres el perfecto norteamericano, ¿no?

—Sí.

—Bueno, ya somos dos. Me gustaría verte hacer algo que no figure en tu programa intelectual. Quiero ver si un realista, o como se llame, con reminiscencias brasileñas —eso que tú dices que eres— puede ser un poco humano.

Horace volvió a negar con la cabeza.

—No quiero darte un beso.

—Mi vida es un desastre —murmuró Marcia trágicamente—. Soy una mujer destrozada. Iré por la vida sin saber lo que es un beso con reminiscencias brasileñas —suspiró—. ¿Y piensas ir a mi función, Omar?

—¿Qué función?

—Soy actriz picante en *Home James*.

—¿Opereta?

—Exactamente. Uno de los personajes es un brasileño, el dueño de una plantación de arroz. Quizá te interese.

—Yo vi una vez *The Bohemian Girl* —reflexionó Horace en voz alta—. Me gustó… hasta cierto punto.

—Entonces ¿vendrás?

—Bueno, tengo… Tengo que…

—Sí, ya sé, te vas a Brasil a pasar el fin de semana.

—No, no. Me encantaría ir.

Marcia aplaudió.

—¡Será estupendo! Te mandaré la entrada por correo. ¿El jueves por la noche?

—Pues…

—¡Estupendo! El jueves por la noche —se levantó, se acercó a Horace y le puso las manos en los hombros—. Me gustas, Omar. Perdona que haya intentado tomarte el pelo. Pensaba que serías una especie de témpano, pero eres un chico simpático.

Horace la miró burlonamente.

—Soy varios miles de generaciones mayor que tú.

—Te conservas muy bien.

Se estrecharon las manos solemnemente.

—Me llamo Marcia Meadow —dijo ella con énfasis—. Que no se te olvide: Marcia Meadow. Y no le diré a Charlie Moon que te he visto.

Un instante después, cuando bajaba de tres en tres el último tramo de escalera, oyó una voz que la llamaba desde arriba:

—¡Eh!

Marcia se detuvo y levantó la vista: distinguió una vaga forma que se asomaba a la baranda.

—¡Eh! —volvió a llamar el prodigio—. ¿Me oyes?

—Recibido, Omar.

—Espero no haberte dado la impresión de que considero besarse algo intrínsecamente irracional.

—¿Impresión? ¡Si ni siquiera me has dado un beso! No te preocupes. Adiós.

Dos puertas se abrieron curiosas al oír una voz femenina. Una tos insegura se oyó en el piso de arriba. Recogiéndose la falda, Marcia saltó como una loca el último tramo de escaleras y desapareció en el oscuro aire de Connecticut.

En el piso de arriba, Horace se paseaba preocupado por la habitación. De vez en cuando le echaba una mirada a Berkeley, que seguía allí, esperando, con su suave respetabilidad color rojo oscuro y un libro abierto, sugerente, sobre los cojines. Y entonces se dio cuenta de que el paseo por la habitación lo acercaba cada vez más a Hume. Había algo en Hume que era extraña e inefablemente distinto. La figura diáfana aún parecía flotar en el aire, cerca, y si Horace se hubiera sentado, hubiera tenido la impresión de estar sentándose en el regazo de una mujer. Y, aunque Horace era incapaz de señalar cuál era la diferencia, alguna diferencia existía: casi intangible para una inteligencia especulativa, y, sin embargo, real. Hume irradiaba algo que en sus doscientos años de influencia no había irradiado nunca.

Hume irradiaba esencia de rosas.

II

El jueves por la noche Horace Tarbox se hallaba sentado en una butaca de pasillo en la quinta fila presenciando *Home James*. Con bastante extrañeza descubrió que se lo estaba pasando bien. Sus sonoros comentarios sobre chistes ya clásicos de la tradición de Hammerstein irritaban a los cínicos estudiantes que lo rodeaban. Pero Horace esperaba con ansiedad a que Marcia Meadow cantara su canción sobre una banda de jazz de putrefactos patrioteros. Cuando apareció, radiante, bajo un sombrero rebosante de flores, lo invadió una sensación de bienestar, y cuando acabó la canción ni siquiera pudo unirse al estallido de los aplausos. Se había quedado de piedra.

En el intermedio después del segundo acto, un acomodador se materializó a su lado, le preguntó si era el señor Tarbox y le entregó una nota escrita con una letra redonda y adolescente. Horace la leyó confundido, avergonzado, mientras, con irónica paciencia, el acomodador esperaba en el pasillo.

«Querido Omar: Después de la función siempre me entra un hambre terrible. Si quieres satisfacerla en el Taft Grill, te agradecería

que le comunicaras tu respuesta al fornido acomodador que te ha entregado esta nota.
Tu amiga,

Marcia Meadow.»

—Dígale… —tosió—, dígale que sí, que la es-
peraré delante del teatro.

El fornido acomodador sonrió con arrogancia.

—Creo que ella preferiría que estuviera en la
salida de artistas.

—¿Dónde? ¿Dónde está?

—Fuera. A la izquierda. En el callejón.

—¿Cómo?

—Fuera. ¡Torciendo a la izquierda! ¡Al fondo
del callejón!

Aquel individuo arrogante se retiró. Un estudiante de primero se rió con disimulo.

Media hora más tarde, sentado en el restaurante frente a aquel cabello rubio auténtico, el prodigio decía estupideces.

—¿Tienes que hacer ese baile en el último acto? —le preguntaba muy serio—. ¿Te despedirían
si te negaras a hacerlo?

Marcia sonrió burlona.

—Me divierto haciéndolo. Me gusta hacerlo.

Y entonces Horace dio un paso en falso.

—Creía que te resultaba insoportable —señaló
escuetamente—. La gente de la fila de atrás hacía
comentarios sobre tus pechos.

Marcia se puso coloradísima.

—No puedo evitarlo —se apresuró a decir—.
El baile para mí sólo es una especie de ejercicio

acrobático. Dios mío, ¡es muy difícil! Todas las noches tengo que darme masaje con linimento en los hombros durante una hora.

—¿Te diviertes en el escenario?

—¡Claro! Estoy acostumbrada a que la gente me mire, Omar, y me gusta.

—¡Hum! —Horace se hundió en negras cavilaciones.

—¿Y las reminiscencias brasileñas?

—¡Hum! —repitió Horace, y después de una pausa dijo—: ¿A qué ciudad vais cuando terminéis aquí?

—A Nueva York.

—¿Por cuánto tiempo?

—Depende. El invierno, quizá.

—Ah.

—Volviendo a mí, Omar, ¿o no te interesa? ¿Es que no te sientes cómodo aquí, como en tu cuarto? Me gustaría estar allí ahora.

—Aquí me siento un imbécil —confesó Horace, mirando a su alrededor, nervioso.

—Es una pena. Empezábamos a congeniar.

En aquel instante la miró con tanta tristeza que Marcia cambió el tono de voz y le acarició la mano.

—¿Nunca habías invitado a cenar a una actriz?

—No —dijo Horace, muy triste—, y no volveré a hacerlo. No sé por qué he venido esta noche. Ahí, con todos esos focos y esa gente riendo y parloteando, me he sentido completamente fuera de mi mundo. No sé cómo explicártelo.

—Hablemos de mí. Ya hemos hablado bastante de ti.

—Muy bien.

—Bueno, mi verdadero apellido es Meadow, pero no me llamo Marcia: me llamo Verónica. Tengo diecinueve años. Pregunta: ¿Cómo saltó esta chica a las candilejas? Respuesta: nació en Passaic, Nueva Jersey, y hasta hace un año sobrevivía como camarera del Salón de Té Marcel, en Trenton. Empezó a salir con un tal Robins, un cantante del cabaré Trent House, y una tarde Robins la invitó a cantar y bailar con él. Un mes más tarde llenábamos la sala cada noche. Entonces nos fuimos a Nueva York con un saco de recomendaciones. Tardamos dos días en encontrar trabajo en el Divinerries', y un chico me enseñó a bailar el *shimmy* en el Palais Royal. Nos quedamos en el Divinerries' seis meses, hasta que una noche Peter Boyce Wendell, el columnista, fue a tomarse allí su vaso de leche. A la mañana siguiente un poema sobre la maravillosa Marcia apareció en su periódico, y tres días después teníamos tres ofertas para trabajar en el vodevil y una prueba en el Midnight Frolic. Le escribí a Wendell una carta de agradecimiento, y la reprodujo en su columna: dijo que el estilo recordaba al de Carlyle, aunque era más desigual, y que yo debería dejar el baile y dedicarme a la literatura norteamericana. Aquello me supuso dos nuevas ofertas para trabajar en el vodevil y la oportunidad de hacer el papel de ingenua en un espectáculo estable. La aproveché, y aquí estoy, Omar.

Cuando acabó, se quedaron un momento en silencio, ella rebañando del tenedor las últimas hebras de un conejo de Gales y esperando a que Horace hablara.

—Vámonos —dijo Horace de pronto.

La mirada de Marcia se endureció.

—¿Qué pasa? ¿Te canso?

—No, pero no estoy a gusto. No me gusta estar aquí contigo.

Sin más palabras, Marcia le hizo una señal al camarero.

—¿Me da la cuenta? —pidió bruscamente—. Mi parte: el conejo y una gaseosa.

Horace la miraba atónito mientras el camarero hacía la cuenta.

—Pero... —empezó— me gustaría pagar también lo tuyo. Quiero invitarte.

Con un suspiro Marcia se levantó de la mesa y salió del salón. Horace, con la perplejidad pintada en el rostro, dejó un billete y la siguió por las escaleras, hasta el vestíbulo. La alcanzó en la puerta del ascensor.

—Oye —repitió—, quería invitarte. ¿He dicho algo que te haya molestado?

La mirada de Marcia se suavizó tras unos segundos de duda.

—Eres un maleducado —dijo despacio—. ¿No te habías dado cuenta?

—No puedo evitarlo —dijo Horace, con una franqueza que Marcia consideró conciliadora—. Sabes que me gustas.

—Has dicho que no te gustaba estar conmigo.

—No me gustaba.

—¿Por qué no?

Una llama brilló de repente en la espesura gris de sus ojos.

—Porque no. Me he acostumbrado a que me gustes. No puedo pensar en otra cosa desde hace dos días.

—Bueno, si tú…

—Espera un poco —la interrumpió—. Tengo que decirte una cosa. Es esto: dentro de un mes y medio cumpliré dieciocho años. Después de mi cumpleaños iré a Nueva York a verte. ¿Hay algún sitio en Nueva York adonde podamos ir y no haya una muchedumbre alrededor?

—¡Claro! —sonrió Marcia—. Puedes venir a mi apartamento. Y dormir en el sofá, si quieres.

—No puedo dormir en los sofás —dijo Horace secamente—. Pero quiero hablar contigo.

—¡Claro! —repitió Marcia—. Hablaremos en mi apartamento.

Horace, nervioso, se metió las manos en los bolsillos.

—Muy bien, si puedo verte a solas. Quiero hablar contigo como estuvimos hablando en mi habitación.

—¡Querido! —exclamó Marcia, riendo—, ¿es que quieres darme un beso?

—Sí —Horace casi gritó—, si tú quieres.

El ascensorista los miraba con ojos de reproche. Marcia se dirigió hacia la puerta del ascensor.

—Te mandaré una postal —dijo.

Los ojos de Horace echaban chispas.

—¡Mándame una postal! Yo iré a principios de enero. Ya tendré dieciocho años.

Y, mientras Marcia entraba en el ascensor, Horace tosió enigmáticamente, desafiante quizá, hacia el techo, y se fue a toda prisa.

III

Allí estaba de nuevo. Lo vio al echar el primer vistazo al infatigable público de Manhattan: abajo, en la primera fila, con la cabeza un poco adelantada y los ojos grises clavados en ella. Y se dio cuenta de que, para él, los dos estaban solos, juntos, en un mundo donde la fila de rostros maquilladísimos de las bailarinas y la queja a coro de los violines eran tan imperceptibles como el polvo sobre una Venus de mármol. Experimentó una sensación instintiva de rechazo.

—¡Tonto! —dijo entre dientes. Y aquel día no repitió su número.

—No sé qué quieren por cien dólares a la semana, ¿el movimiento perpetuo? —refunfuñó entre bastidores.

—¿Qué pasa, Marcia?

—Hay un tipo que no me gusta en la primera fila.

En el último acto, antes de su número especial, sufrió un misterioso ataque de miedo al público. Nunca le había mandado a Horace la postal prometida. La noche anterior había fingido no verlo: había salido corriendo del teatro inmediatamente después de su número de baile para pasar una noche sin dormir, en su apartamento, pensando —como había hecho tantas veces el mes anterior— en la palidez de su cara, casi absorta, en su cuerpo delgado de adolescente, y sobre todo en ese despiadado y poco realista ensimismamiento que a ella le encantaba.

Y ahora que él había venido se sentía vagamente preocupada: como si hubiera recaído sobre ella una inusitada responsabilidad.

—¡Niño prodigio! —dijo en voz alta.

—¿Cómo? —preguntó un cómico negro que estaba a su lado.

—Nada, hablaba conmigo misma.

En el escenario se sintió mejor. Era su baile: siempre tenía la impresión de que aquella manera de moverse era tan indecente como, para ciertos hombres, cualquier chica bonita. Fue espectacular.

Aquí y allí, por la ciudad, gelatina en una cuchara,
después de la puesta del sol, tiembla bajo la luna.

Ahora no la miraba. Se dio perfectamente cuenta. Miraba con mucha atención un castillo del telón de foro, y ponía la misma cara que había puesto en el restaurante. Una oleada de irritación la invadió: otra vez se atrevía a criticarla.

Me estremece esta sensación,
me gusta que me llene de pasión,
aquí y allí, por la ciudad.

Y entonces sufrió una transformación imprevista, invencible: de pronto fue plena y terriblemente consciente de su público, como no lo era desde la primera vez que subió a un escenario. ¿La miraba maliciosamente aquella cara pálida de la primera fila? ¿Tenían un rictus de desagrado los labios de aquella chica? Y aquellos hombros, aquellos hombros que no paraban de moverse, ¿eran sus hombros? ¿Eran reales? ¡Pues no estaban hechos para aquello!

Y os daréis cuenta al primer vistazo
de que necesitaré enterradores con el baile de San Vito
y el Día del Juicio me…

El contrabajo y dos chelos desembocaron en el acorde final. Se mantuvo un instante en equilibrio sobre las puntas de los pies, con todos los músculos en tensión, mirando con ojos jóvenes y apagados al público, una mirada, según diría después una chica, «curiosa, confundida», y, luego, sin reverencias, salió corriendo del escenario. En el camerino, de prisa, se quitó un vestido y se puso otro, y en la calle cogió un taxi.

Su apartamento era muy acogedor: pequeño, sí, con una fila de cuadros convencionales y estantes con libros de Kipling y O. Henry que un día le compró a un vendedor de ojos azules, y que leía de vez en cuando. Y había varias sillas que hacían juego, aunque ninguna era cómoda, y una lámpara con la pantalla rosa y pájaros negros estampados, y una atmósfera más bien sofocante, rosa por todas partes. Había cosas bonitas: cosas bonitas que implacablemente se rechazaban entre sí, fruto de un gusto de segunda mano, impaciente, ejercido en los ratos perdidos. Lo peor de todo era un cuadro inmenso, con marco de roble de Passaic, un paisaje visto desde un tren de la Erie Railroad Company. Era, en conjunto, un intento desquiciado, estrafalariamente lujoso y estrafalariamente paupérrimo, de conseguir una habitación agradable. Marcia sabía que era un desastre.

En aquella habitación entró el prodigio y le cogió las manos torpemente.

—Esta vez te he seguido —dijo.

—Ah.

—Quiero casarme contigo —dijo.

Marcia lo abrazó. Lo besó en la boca con una especie de pasión saludable.

—¡Vaya!

—Te quiero —dijo Horace.

Volvió a besarlo y luego, con un suspiro, se dejó caer en un sillón y se medio tendió allí, sacudida por una risa absurda.

—¡Mi niño prodigio! —exclamó.

—Vale, llámame así si quieres. Una vez te dije que era diez mil años mayor que tú, y es verdad.

Marcia volvió a reírse.

—No me gusta que me critiquen.

—Nadie volverá a criticarte jamás.

—Omar —preguntó—, ¿por qué quieres casarte conmigo?

El prodigio se levantó y se metió las manos en los bolsillos.

—Porque te quiero, Marcia Meadow.

Y, desde aquel momento, Marcia dejó de llamarle Omar.

—Mi querido niño —le dijo—, sabes que yo también te quiero, a mi manera. Hay algo en ti…, no puedo decir qué…, que me encoge el corazón cada vez que estás cerca. Pero, cariño… —se interrumpió.

—¿Pero qué?

—Muchas cosas. Tú sólo tienes dieciocho años, y yo casi veinte.

—¡Tonterías! —la interrumpio Horace—. Míralo así: yo estoy viviendo el año diecinueve de mi vida y tú tienes diecinueve años. Eso nos acerca mucho, sin contar los diez mil años que te he dicho antes.

Marcia se echó a reír.

—Pero hay más peros. Tu familia…

—¡Mi familia! —exclamó el prodigio, muy irritado—. Mi familia quería convertirme en un monstruo —se había puesto escarlata ante la enormidad que iba a decir—. Mi familia puede volver la grupa y sentarse en…

—¡Dios mío! —exclamó Marcia, alarmada—. En un clavo, me imagino.

—Sí, en un clavo —asintió, furioso—, o donde quieran. Cada vez que pienso que querían convertirme en una pequeña momia reseca…

—¿Qué te ha hecho pensar así? ¿Yo?

—Sí. Desde que te conocí, siento celos de cada persona que me encuentro en la calle. Siento celos porque supieron antes que yo lo que era el amor. Yo lo llamaba el impulso sexual. ¡Dios mío!

—Hay más peros —dijo Marcia.

—¿Cuáles?

—¿De qué vamos a vivir?

—Yo me las arreglaré.

—Tú estás estudiando.

—¿Crees que lo único que me importa es el doctorado en Filosofía?

—Quieres ser doctor en mí, ¿eh?

—Sí. ¿Cómo? ¡Claro que no!

Marcia se rió y ágilmente se sentó en sus piernas. Horace la abrazó con fuerza y dejó el vestigio de un beso cerca de su cuello.

—Me sugieres blancura… —murmuró Marcia—, aunque no suene muy lógico.

—¡No seas tan condenadamente razonable!

—No puedo evitarlo —dijo Marcia.

—¡Odio a esa gente que habla como una máquina!

—Pero nosotros…

—¡Cállate ya!

Y, como Marcia no podía hablar por las orejas, tuvo que callar.

IV

Horace y Marcia se casaron a principios de febrero. La impresión en los círculos académicos de Yale y Princeton fue tremenda. Horace Tarbox, que a los catorce años ya había dado guerra en las páginas dominicales de los periódicos de la ciudad, abandonaba su carrera, la oportunidad de ser una autoridad mundial en filosofía norteamericana, para casarse con una corista: consideraban a Marcia una corista. Pero, como todos los cuentos modernos, el asombro sólo duró dos días y medio.

Alquilaron un piso en Harlem. Tras dos semanas de búsqueda, durante las que se desvaneció sin piedad su idea sobre el valor del conocimiento académico, Horace encontró un empleo como oficinista en una compañía de exportaciones suramericana: alguien le había dicho que las exportaciones eran el negocio del futuro. Marcia seguiría trabajando en el teatro durante algunos meses, hasta que él se abriera camino. Ganaba, para empezar, ciento veinticinco dólares, y aunque, por supuesto, le dijeron que sólo en cuestión de meses ganaría el doble, Marcia no quiso ni plantearse renunciar a los ciento cincuenta dólares semanales que ganaba entonces.

—Nos llamaremos Cabeza y Hombros, querido —dijo dulcemente—, y los hombros tendrán que seguir moviéndose hasta que la cabeza empiece a funcionar.

—No me gusta —objetó, pesimista.

—Bueno —respondió Marcia, rotunda—, con tu sueldo ni siquiera podríamos pagar el alquiler. No creas que me gusta ser un espectáculo, no. Me gusta ser tuya. Pero sería tonta si me sentara en un cuarto a contar los girasoles del papel de la pared mientras te espero. Cuando ganes trescientos dólares al mes, dejaré el trabajo.

Y, por mucho que aquello hiriera su amor propio, Horace hubo de admitir que la opinión de Marcia era la más razonable.

Marzo se fue endulzando hasta convertirse en abril. Mayo impuso luminosamente la paz en los parques y fuentes de Manhattan, y Marcia y Horace fueron muy felices. Horace, que carecía de costumbres porque no tenía tiempo para adquirirlas, demostró ser el más adaptable de los maridos, y, como Marcia carecía por completo de opiniones sobre los asuntos que absorbían su atención, apenas había roces y encontronazos. Sus inteligencias se movían en esferas distintas. Marcia era el elemento práctico, y Horace vivía entre su extraño mundo de abstracciones y una especie de veneración y adoración triunfalmente terrenales por su mujer. Marcia era una continua fuente de sorpresas por la vivacidad y originalidad de su inteligencia, su fuerza, su serenidad y dinamismo, y su inagotable buen humor.

Y los compañeros de Marcia en la función de las nueve, a la que había trasladado sus atractivos, veían impresionados lo extraordinariamente orgullosa que estaba de las facultades mentales de su marido. El Horace que ellos conocían era sólo un joven muy delgado, hermético e inmaduro, que cada noche la esperaba para acompañarla a casa.

—Horace —le dijo Marcia una noche cuando se vieron a las once, como siempre—, pareces un fantasma, ahí, de pie, a la luz de las farolas. ¿Estás perdiendo peso?

Negó con la cabeza, sin mucha seguridad.

—No lo sé. Hoy me han subido el sueldo a ciento treinta y cinco dólares, y…

—No me importa —dijo Marcia, muy seria—. Te estás matando, quedándote a trabajar de noche. Lees esos librotes de economía…

—Economía política —puntualizó Horace.

—Bueno, te quedas leyendo hasta mucho después de que yo me duerma. Y otra vez estás empezando a andar encorvado, como antes de que nos casáramos.

—Pero, Marcia, tengo que…

—No, no tienes que hacer nada, querido. Creo que ahora llevo yo el negocio, y no permitiré que mi socio se arruine la salud y la vista. Deberías hacer ejercicio.

—Hago ejercicio. Todas las mañanas…

—Ya, lo sé. Pero esas pesas que usas ni siquiera le subirían la fiebre a un tísico. Yo digo ejercicio de verdad. Tienes que ir a un gimnasio. ¿Te acuerdas de que me contaste que eras un gimnasta tan endiablado que quisieron seleccionarte para el equipo de la universidad y no pudieron porque tenías un compromiso con un tal Herb Spencer?

—Me gustaba hacer gimnasia —rumió Horace—, pero me quitaría demasiado tiempo.

—Muy bien —dijo Marcia—, haré un trato contigo. Tú vas al gimnasio y yo leeré uno de esos libros que tienes en la estantería.

—¿El *Diario* de Samuel Pepys? Sí, te gustará. Es muy ameno.

—No creo: será como tragar vidrio. Pero me has dicho tantas veces que la lectura ampliaría mi visión de las cosas… Bueno, tú vas a un gimnasio tres noches a la semana y yo me tomaré una dosis gigante de Sammy.

Horace dudaba.

—Bueno…

—¡Vamos, ahora mismo! Darás algunas volteretas gigantes por mí y yo me dedicaré un poco a la cultura por ti.

Horace aceptó por fin, y durante un verano asfixiante pasó tres y a veces cuatro noches a la semana haciendo experimentos en el trapecio del gimnasio Skipper. En agosto le confesó a Marcia que la gimnasia nocturna aumentaba su capacidad para el trabajo intelectual durante el día.

—*Mens sana in corpore sano* —dijo.

—No creas en esas cosas —contestó Marcia—. Una vez probé una de esas recetas médicas y resultó una tomadura de pelo. Tú sigue con la gimnasia.

Una noche, a principios de septiembre, mientras se contorsionaba en las anillas del gimnasio casi desierto, se dirigió a él un hombre gordo y meditabundo que, según había advertido, lo llevaba observando varias noches.

—Oye, muchacho, ¿puedes repetir el ejercicio que hiciste anoche?

Horace sonrió desde su inestable posición.

—Lo he inventado yo —dijo—. Me dio la idea el cuarto postulado de Euclides.

—¿En qué circo trabajaba ése?

—Ha muerto.

—Sí, debió romperse el cuello ensayando ese ejercicio sensacional. Anoche, mientras te miraba, estaba seguro de que tú acabarías rompiéndotelo.

—¡Así! —dijo Horace, y, balanceándose en el trapecio, dio el salto acrobático.

—¿No te duelen el cuello y los músculos de los hombros?

—Al principio, sí, pero en menos de una semana llegué al *quod erat demonstrandum* del asunto.

—Hmmm.

Horace se balanceaba distraídamente en el trapecio.

—¿No has pensado nunca en dedicarte profesionalmente a la acrobacia? —preguntó el gordo.

—No.

—Podrías ganar mucho dinero con esos saltos.

—¡Otro! —gorjeó alegremente Horace, y al gordo se le abrió la boca de par en par cuando vio a aquel Prometeo en camiseta rosa que desafiaba de nuevo a los dioses y a Isaac Newton.

A la noche siguiente, cuando Horace volvió a casa después del trabajo, encontró a Marcia muy pálida, tendida en el sofá, esperándolo.

—Me he desmayado dos veces hoy —comenzó, sin más prolegómenos.

—¿Qué?

—Estoy embarazada de cuatro meses. El médico dice que debería haber dejado el baile hace dos semanas.

Horace se sentó y empezó a darle vueltas al asunto.

—Me alegro, claro —dijo—. Quiero decir que me alegro de que vayamos a tener un niño. Pero eso significa muchos gastos.

—Tengo doscientos cincuenta en el banco —dijo Marcia con ilusión—, y me deben dos semanas de sueldo.

Horace hizo cuentas rápidamente.

—Incluyendo mi sueldo, tenemos casi mil cuatrocientos dólares para los próximos seis meses.

Marcia parecía triste.

—¿Eso es todo? Claro que puedo conseguir este mes un trabajo de cantante en alguna parte, y puedo volver a trabajar en marzo.

—¡Nada de eso! —dijo Horace terminantemente—. Tú te quedas aquí. Veamos… Habrá que pagar la cuenta del médico y la enfermera, y una criada. Así que tenemos que conseguir más dinero.

—Bueno —dijo Marcia, cansada—, no sé de dónde va a salir. Ahora le toca a la cabeza: los hombros se han dado de baja.

Horace se levantó y se puso el abrigo.

—¿Adónde vas?

—Se me ha ocurrido una idea —contestó—. Volveré enseguida.

Diez minutos después, mientras bajaba la calle hacia el gimnasio Skipper, se asombraba, casi con humor, de lo que iba a hacer: semejante idea, hace un año, lo hubiera dejado boquiabierto. Hubiera dejado boquiabiertos a todos. Pero, cuando la vida llama a tu puerta y abres, dejas que entren muchas cosas.

El gimnasio tenía todas las luces encendidas, y cuando sus ojos se acostumbraron al resplandor, descubrió al gordo meditabundo sentado en un montón de colchonetas de lona y fumando un gran puro.

—Oiga —Horace fue al grano—, ¿anoche dijo en serio que podría ganar dinero con mis ejercicios en el trapecio?

—Pues claro —dijo el gordo, sorprendido.

—Bueno, he estado pensándolo, y creo que me gustaría intentarlo. Podría trabajar los sábados, tarde y noche, y con regularidad si me pagan lo suficiente.

El gordo miró el reloj.

—Muy bien —dijo—. Tenemos que ver a Charlie Paulson. Te contratará en cuanto te vea trabajar. No vendrá hoy, pero yo me ocuparé de que venga mañana por la noche.

El gordo cumplió su palabra. Charlie Paulson fue la noche siguiente y pasó una hora maravillosa viendo cómo el prodigio volaba por los aires en asombrosas parábolas, y al otro día, por la noche, llegó con dos hombres voluminosos que parecían haber nacido fumando puros y hablando de dinero en voz baja y apasionada. Y el sábado siguiente el torso de Horace Tarbox hizo su primera aparición profesional en una exhibición gimnástica en los Coleman Street Gardens. Y, a pesar de que el público casi alcanzaba la cifra de cinco mil personas, Horace no se puso nervioso. Desde niño había dado conferencias y había aprendido los trucos para distanciarse del público.

—Marcia —diría alegremente más tarde, aquella misma noche—, creo que hemos superado el bache. Paulson cree que puedo debutar en el Hipódromo, lo que significaría un contrato para todo el invierno. Ya sabes que el Hipódromo es el mayor…

—Sí, creo que he oído hablar del Hipódromo —lo interrumpió Marcia—, pero me gustaría saber más de esos ejercicios que haces. ¿No serán un suicidio espectacular, no?

—Son una tontería —dijo Horace tranquilamente—. Pero si se te ocurre una manera más agradable de matarse que arriesgándose por ti, dime la manera y así moriré.

Marcia se le acercó y lo abrazó con fuerza.

—Bésame —murmuró— y dime Corazón. Me gusta que me digas Corazón. Y dame un libro para leer mañana. Estoy harta de Sam Pepys: quiero algo insignificante y truculento. Me vuelvo loca sin hacer nada todo el día. Me gustaría escribir cartas, pero no tengo a quién escribirle.

—Escríbeme a mí —dijo Horace—. Leeré tus cartas.

—Ojalá pudiera —suspiró Marcia—. Si conociera las palabras suficientes, te escribiría la carta de amor más larga del mundo, y nunca me cansaría.

Y, durante los dos meses siguientes, Marcia se cansó mucho, y noche tras noche un atleta joven y angustiado y de aspecto abatido apareció ante el público del Hipódromo. Y dos días seguidos lo sustituyó un joven que vestía camiseta celeste en vez de blanca y consiguió muy pocos aplausos. Pero, pasados aquellos dos días, Horace reapareció, y quienes se sentaban cerca del escenario notaron una expresión de felicidad beatífica en la cara del joven acróbata, incluso cuando, jadeante, daba volteretas en el aire sin dejar de contorsionar los hombros de un modo original y sorprendente. Después de la actuación, dejó plantado al ascensorista, subió las escaleras de cinco en cinco, y entró de puntillas, con mucho cuidado, en el dormitorio en silencio.

—Marcia —murmuró.

—¡Hola! —Marcía le sonreía tristemente—. Horace, quiero que me hagas un favor. Mira en el cajón superior de mi mesa y encontrarás un montón de folios. Es un libro, bueno, algo así, Horace. Lo he escrito durante estos tres meses mientras estaba en la cama. Quiero que se lo lleves a Peter Boyce Wendell, el periodista que publicó mi carta. Te dirá si es un buen libro. Lo he escrito como hablo, como escribí la carta que le mandé a Wendell. Sólo cuento muchas cosas que me han pasado. ¿Puedes llevárselo, Horace?

—Sí, cariño.

Se inclinó sobre la cama, hasta que su cabeza se apoyó en la almohada, junto a la cabeza de Marcia, y empezó a acariciar su pelo rubio.

—Queridísima Marcia —dijo con ternura.

—No —murmuró ella—, llámame como te he dicho que me llames.

—Corazón mío —susurró con pasión—, corazón mío, queridísimo corazón.

—¿Cómo la llamaremos?

—La llamaremos Marcia Hume Tarbox —dijo de un tirón.

—¿Por qué Hume?

—Porque es el amigo que nos presentó.

—¿Sí? —murmuró Marcia, sorprendida y soñolienta—. Creía que se llamaba Moon.

Se le cerraron los ojos, y, segundos después, el lento y profundo subir y bajar de las sábanas sobre su pecho mostraba que se había dormido.

Horace se acercó de puntillas a la mesa, abrió el cajón superior y encontró un montón de páginas apretadamente garabateadas a lápiz de arriba abajo. Leyó la primera página:

SANDRA PEPYS, SINCOPADA
Por Marcia Tarbox

Sonrió. Así que Samuel Pepys le había impresionado después de todo. Pasó la página y empezó a leer. Se agrandó su sonrisa. Siguió leyendo. Media hora después se dio cuenta de que Marcia se había despertado y lo miraba desde la cama.

—Cariño —le llegó el murmullo.

—¿Qué, Marcia?

—¿Te gusta?

Horace tosió.

—No puedo dejar de leerlo. Es estupendo.

—Llévaselo a Peter Boyce Wendell. Dile que obtuviste las máximas calificaciones en Princeton y que debes saber cuándo es bueno un libro. Dile que éste es una revolución.

—Muy bien, Marcia —dijo dulcemente.

Volvió a cerrar los ojos y Horace se acercó y la besó en la frente, y se quedó mirándola un instante con piadosa ternura. Luego salió de la habitación.

Toda la noche bailaron ante sus ojos las letras desgarbadas, la puntuación estrafalaria, un sinfín de errores gramaticales y faltas de ortografía. Se despertó varias veces de madrugada, lleno siempre de solidaridad, una solidaridad cada vez mayor, caótica, hacia este íntimo anhelo de Marcia de expresarse a través de las palabras. Para él había algo infinitamente patético en aquello, y por primera vez en muchos meses le volvieron a la cabeza sus propios sueños, casi olvidados.

Había pensado escribir varios libros de divulgación que popularizaran el nuevo realismo tal como Schopenhauer había popularizado el pesimismo y William James el pragmatismo.

Pero la vida había seguido otro camino. La vida agarra a la gente y la fuerza a hacer increíbles acrobacias. Se rió al recordar aquella llamada a la puerta, la diáfana sombra sobre Hume, la amenaza del beso de Marcia.

—Y sigo siendo el mismo —dijo en voz alta, en la cama, despierto y a oscuras—. Yo soy el mismo que se sentaba en Berkeley y temerariamente se preguntaba si aquella llamada tendría existencia real en el caso de que mi oído no hubiera estado allí para oírla. Sigo siendo el mismo, el mismo individuo. Me podrían electrocutar por sus crímenes. Pobres almas vaporosas que intentamos expresarnos a través de algo tangible: Marcia, a través del libro que ha escrito; yo, a través de los libros que no he escrito. Intentamos elegir nuestros medios de expresión, y acabamos tomando los que encontramos, y quedamos contentos.

V

Sandra Pepys, sincopada, con un prólogo del periodista Peter Boyce Wendell, apareció por entregas en el *Jordan's Magazine* y, como libro, en marzo. Desde la primera entrega atrajo la atención de todo el mundo. Un tema trillado —una chica de un pueblo de Nueva Jersey que llega a Nueva York para ser actriz de teatro—, tratado con sencillez, con un estilo vivísimo y singular y un cautivador poso de tristeza en la insuficiencia de su vocabulario, alcanzaba un encanto irresistible.

Peter Boyce Wendell, que abogaba en aquel tiempo por el enriquecimiento del idioma de Estados Unidos mediante la adopción inmediata de palabras vernáculas, vulgares y expresivas, fue su principal padrino e impuso atronadoramente su opinión por encima del manso bromuro de los críticos convencionales.

Marcia recibió trescientos dólares como anticipo, y el dinero llegó en el momento más oportuno, pues, aunque lo que ganaba mensualmente Horace en el Hipódromo superaba el sueldo más alto de Marcia, la joven Marcia lanzaba ya agudos chillidos que los padres interpretaron como una petición de aire puro. Así que, en los primeros días de abril, alquilaron un bungalow en Westchester, con jardín, garaje y sitio para todo, incluido un inexpugnable estudio a prueba de ruidos, en el que Marcia prometió de buena fe al señor Jordan que, en cuanto su hija moderara sus exigencias, se encerraría a crear literatura inmortalmente iletrada.

«No está nada mal», pensaba Horace una noche mientras regresaba a casa desde la estación. Iba sopesando varias propuestas que había recibido, una oferta para actuar cuatro meses como estrella de un vodevil, y la posibilidad de volver a Princeton para dirigir el gimnasio. ¡Curioso! Había pensado volver para dirigir el departamento de Filosofía, y ahora ni siquiera lo había impresionado la llegada a Nueva York de Anton Laurier, su antiguo ídolo.

La grava crujía estrepitosamente bajo sus zapatos. Vio la luz en el cuarto de estar y vio un coche grande aparcado en la calle. Probablemente sería el señor Jordan, que había vuelto para convencer a Marcia de que se pusiera por fin a trabajar.

Marcia lo había oído llegar y su silueta se dibujaba en la puerta iluminada, como si hubiera salido a recibirlo.

—Ha venido un francés, está ahí —murmuró, nerviosa—. No sé cómo se pronuncia su nombre, pero suena terriblemente profundo. Tendrás que hablar con él.

—¿Un francés?

—No me preguntes más. Llegó hace una hora con el señor Jordan y dice que quería conocer a Sandra Pepys y no sé qué más cosas.

Dos hombres se levantaron cuando Marcia y Horace entraron en la casa.

—Hola, Tarbox —dijo Jordan—. Acabo de reunir a dos celebridades. He venido con el señor Laurier. Señor Laurier, me gustaría presentarle al señor Tarbox, el marido de la señora Tarbox.

—¡El señor Laurier! —exclamó Horacio.

—Pues sí. No podía dejar de venir. He leído el libro de su mujer, y me ha encantado —rebuscaba algo en el bolsillo—. Ah, y también he leído algo suyo. He leído su nombre en el periódico de hoy.

Finalmente consiguió sacar el recorte de una página de periódico.

—¡Léalo! —dijo impaciente—. Dice algo sobre usted también.

Los ojos de Horace brincaron por la página.

«Una inequívoca aportación a la literatura en inglés norteamericano», decía. «No busca el tono literario: ahí radica la verdadera calidad del libro, como en *Huckleberry Finn*.»

La mirada de Horace descendió hasta otro párrafo, que leyó deprisa, horrorizado:

«La relación de Marcia Tarbox con el mundo del espectáculo no es únicamente la de una espectadora: está casada con un artista. El año pasado se casó con Horace Tarbox, que cada tarde deleita a los niños en el Hipódromo con su maravilloso espectáculo de volatinerías. Se dice que la joven pareja se apodan a sí mismos Cabeza y Hombros, refiriéndose sin duda al hecho de que la señora Tarbox aporta las cualidades intelectuales y literarias, mientras los hombros flexibles y ágiles de su marido contribuyen equitativamente a la prosperidad familiar. La señora Tarbox parece merecer el tan manido título de prodigio. Con sólo veinte años…»

Horace dejó de leer y, con una expresión extraña en los ojos, miró fijamente a Anton Laurier.

—Me gustaría darle un consejo —empezó, con voz ronca.

—¿Cuál?

—Sobre las llamadas a la puerta. ¡No responda! No les haga caso. Ponga una puerta acolchada.

BERENICE SE CORTA EL PELO

Berenice se corta el pelo *fue el cuarto cuento que Fitzgerald publicó en el* Saturday Evening Post *(1 de mayo de 1920) y proporcionó el motivo para la ilustración de la cubierta cuando fue incluido en* Flappers y filósofos. *Ocupa una posición importante en el canon de Fitzgerald como temprano e ingenioso tratamiento de un tema característico sobre el que Fitzgerald volvería más tarde en un tono más serio: la lucha por el éxito en sociedad y la determinación con que sus personajes —en especial, las jóvenes— se entregan a ella. El cuento se basa en el detallado memorándum que Fitzgerald le envió a su hermana, Annabel, aconsejándole cómo conquistar la admiración de los chicos: «Cultiva un deliberado encanto físico». (La carta completa se puede leer en* Correspondence of F. Scott Fitzgerald, *págs. 15-18.) Fitzgerald tuvo algunas dificultades para darle a* Berenice *una forma vendible; cortó unas trescientas palabras y volvió a escribir el cuento para «intensificar el clímax».*

Los sábados, cuando se hacía de noche, desde el primer *tee* del campo de golf veías las ventanas del club de campo como una línea amarilla sobre un océano negrísimo y ondulante. Las olas de ese océano, por así decirlo, eran las cabezas de una multitud de *caddies* curiosos, de algunos de los chóferes más ingeniosos y de la hermana sorda del instructor del campo de golf. Y solía haber algunas olas despistadas y tímidas, que, si hubieran querido, hubieran podido entrar en el club. Eran la galería.

Los palcos estaban dentro. Eran la fila de sillas de mimbre que se alineaban a lo largo de la pared de la sala de reuniones y el salón de baile. En aquellos bailes de las noches del sábado predominaba el público femenino; un inmenso babel de señoras maduras con ojos impúdicos y el corazón de hielo tras los impertinentes y la pechera voluminosa. La función principal de los palcos era criticar. Alguna vez mostraban una admiración pesarosa, pero jamás aprobación, pues es bien sabido entre las señoras de más de treinta y cinco años que cuando en el verano los jóvenes organizan un baile lo hacen con las peores intenciones del mundo, y, si no fuese por el bombardeo de miradas glaciales, alguna pareja perdida bailaría misteriosos y bárbaros interludios por los rincones, y las chicas más solicitadas y peligrosas se dejarían besar en los coches del aparcamiento, propiedad de ricas viudas que nunca sospechan nada.

Pero, al fin y al cabo, el círculo de señoras aficionadas a la crítica no estaba tan cerca del escenario como para ver las caras de los actores y captar los apartes más sutiles. No podían hacer otra cosa que fruncir el entrecejo y alargar el cuello, y preguntar y extraer conclusiones satisfactorias de su bagaje de prejuicios, como aquel que dice que la vida de un joven con patrimonio es semejante a la de una perdiz acosada por los cazadores. No entenderán nunca el drama del mundo de la adolescencia, movedizo y casi cruel. No. Los palcos, la orquesta, los actores principales y los comparsas, todo se resume en la turbamulta de rostros y voces que giran al quejumbroso ritmo africano de Dyer y su orquesta de baile.

Desde Otis Ormonde, de dieciséis años, a quien le esperan dos años más en el instituto, a G. Reece Stoddard, que tiene colgado en casa, sobre su escritorio, el título de licenciado en Derecho por Harvard; desde la pequeña Madeleine Hogue, peinada con un moño raro y aparentemente incomodísimo, a Bessie MacRae, que ha sido el alma de las fiestas durante un periodo de tiempo quizá demasiado largo —más de diez años—, la turbamulta no sólo es el centro del escenario, sino que contiene a las únicas personas capaces de tener una visión completa del conjunto.

Entonces, con un toque de trompeta y un acorde seco y final, cesa la música. Las parejas intercambian sonrisas artificiales y desenvueltas, y repiten chistosamente «la-di-da-da-dum-dum», e inmediatamente el estruendo de las voces jóvenes, femeninas, se impone sobre la salva de aplausos.

Algunos, solos y desilusionados, sorprendidos en medio de la pista cuando estaban a punto de invitar a alguna de las chicas que bailaban, volvían lánguidamente a su sitio junto a la pared. No eran estas fiestas como los bulliciosos bailes de Navidad: estas juergas veraniegas sólo eran agradablemente cálidas y emocionantes, e incluso los matrimonios más jóvenes se atrevían a bailar antiguos valses y fox-trots terroríficos, entre el regocijo condescendiente de sus hermanos y hermanas más jóvenes.

Warren McIntyre, que estudiaba en Yale sin tomárselo muy en serio, era uno de aquellos solitarios infelices. Buscó un cigarrillo en el bolsillo del esmoquin y salió a la amplia terraza medio a oscuras, donde las parejas que se dispersaban por las mesas llenaban la noche, a la luz de los farolillos, de palabras vagas y risas confusas. Saludó con la cabeza aquí y allá a los menos ensimismados y, al pasar junto a cada pareja, le volvía a la memoria algún fragmento ya casi olvidado de una historia, porque la ciudad no era grande y todos conocían a la perfección el pasado de los otros. Allí estaban, por ejemplo, Jim Strain y Ethel Demorest, que,

desde hacía tres años, eran novios no oficiales. Todos sabían que en cuanto Jim lograra conservar un
trabajo ella se casaría con él. Pero qué aburridos
parecían los dos, y con qué hastío miraba Ethel a
Jim algunas veces, como si se preguntara por qué
había dejado crecer la vid de su cariño sobre aquel
álamo zarandeado por el viento.

Warren tenía diecinueve años y casi le daban pena sus amigos que no habían ido a alguna universidad del Este. Pero, como la mayoría de los jóvenes,
presumía exageradamente de las chicas de su ciudad
cuando estaba fuera: chicas como Genevieve Ormonde, que regularmente asistía a todos los bailes,
fiestas familiares y partidos de fútbol en Princeton,
Yale, Williams y Cornell; como Roberta Dillon, de
ojos negros, tan célebre entre su generación como
Hiram Johnson o Ty Cobb; y, desde luego, como
Marjorie Harvey, que además de tener cara de hada
y una labia deslumbrante y desconcertante era ya
merecidamente famosa por haber conseguido dar
cinco volteretas seguidas en el baile de New Haven.

Warren, que había crecido en la misma calle
que Marjorie, en la casa de enfrente, llevaba mucho
tiempo «loco por ella». Y, aunque Marjorie algunas veces parecía responder a sus sentimientos con
una leve gratitud, lo había sometido a su particular
prueba infalible y, con la mayor seriedad, le había
informado que no lo quería. La prueba era ésta:
cuando estaba lejos de él, lo olvidaba y tenía aventuras con otros chicos. Y Warren se descorazonaba,
porque Marjorie llevaba haciendo pequeños viajes
todo el verano, y, a la vuelta, durante los dos o tres

primeros días, Warren veía montañas de cartas en la mesa del recibidor de los Harvey, cartas dirigidas a Marjorie, con distintas caligrafías masculinas. Para empeorar la situación, durante todo el mes de agosto tenía como invitada a su prima Berenice, de Eau Claire, y parecía imposible verla a solas. Siempre había que buscar y encontrar a alguien que quisiera ocuparse de Berenice. Y, conforme agosto pasaba, aquello era cada vez más difícil.

Por mucho que Warren adorara a Marjorie, tenía que admitir que la prima Berenice era más bien sosa. Era bonita, con el pelo negro y buen color, pero no era divertida en las fiestas. Cada sábado, por obligación, bailaba con ella una interminable pieza para complacer a Marjorie, pero lo único que conseguía era aburrirse.

—Warren —una voz suave, muy cerca, interrumpió sus pensamientos, y Warren se volvió y vio a Marjorie, ruborizada y radiante como siempre. Marjorie le puso la mano en el hombro y una grata calidez lo envolvió casi imperceptiblemente.

—Warren —murmuró—, hazme un favor: baila con Berenice. Lleva pegada al pequeño Otis Ormonde desde hace casi una hora.

Warren sintió que la calidez se desvanecía.

—Ah…, sí —respondió sin mucho entusiasmo.

—No te importa, ¿verdad? Procuraré que tú tampoco tengas que aguantar demasiado.

—Vale, vale.

Marjorie sonrió: bastaba aquella sonrisa para darle las gracias.

—Eres un ángel, y te lo deberé siempre.

Con un suspiro el ángel miró hacia la terraza, pero no vio a Berenice y a Otis. Regresó al salón y allí, frente al lavabo de señoras, encontró a Otis en el centro de un grupo de muchachos que se morían de risa. Otis blandía un palo que había cogido de algún sitio y parloteaba con energía.

—Ha ido a arreglarse el pelo —anunció furibundo—. La estoy esperando para bailar con ella otra hora.

Volvieron a reírse a carcajadas.

—Cuando haya cambio de pareja, ¿no podría alguno de vosotros quitármela de encima? —se lamentó Otis con resentimiento—. A ella le gustaría más variedad.

—¿Por qué, Otis? —sugirió un amigo—. Ahora que te estás acostumbrando a ella…

—¿Y ese bastón de golf, Otis? —preguntó Warren, sonriendo.

—¿El bastón? Ah, ¿esto? Es el bastón adecuado. En cuanto salga, le doy en la cabeza y la meto otra vez en el agujero.

Warren se dejó caer en un sofá, dando alaridos, con un ataque de risa.

—No te preocupes, Otis —consiguió decir por fin—. Yo te sustituyo ahora.

Otis simuló un repentino desvanecimiento y le entregó el palo a Warren.

—Por si lo necesitas, viejo —dijo con voz ronca.

Por bella y brillante que sea una chica, la fama de que, en los cambios de pareja, nadie te la quita de los brazos mientras baila contigo arruina su cotización en las fiestas. Los chicos quizá prefieran su compañía a la de las mariposillas con las que bailan una docena de veces en una noche, pero los jóvenes de esta generación alimentada por el jazz son inquietos por temperamento, y la idea de bailar más de un fox-trot entero con la misma chica les resulta desagradable, por no decir odiosa. Y, si la cosa dura unos cuantos bailes y varios intervalos entre canción y canción, la chica puede estar segura de que el joven, una vez libre, no volverá a pisarle los dichosos pies.

Warren bailó toda la pieza siguiente con Berenice, y por fin, aprovechando una pausa, la acompañó a una mesa en la terraza. Hubo un instante de silencio mientras ella movía estúpidamente el abanico.

—Hace aquí más calor que en Eau Claire —dijo Berenice.

Warren sofocó un suspiro y bostezó. Seguramente fuera cierto; ni lo sabía ni le importaba. Se preguntó distraído si Berenice tenía poca conversación porque nadie le hacía caso, o si nadie le hacía caso porque tenía poca conversación.

—¿Vas a estar aquí mucho tiempo? —le preguntó, y enseguida se puso colorado. Berenice podía sospechar las razones de su pregunta.

—Una semana más —respondió, y lo miró como esperando abalanzarse sobre la siguiente frase en cuanto saliese de sus labios.

Warren empezó a ponerse nervioso. Entonces, con un impulso inesperado y caritativo, decidió probar con Berenice una de sus especialidades. La miró a los ojos.

—Tienes una boca terriblemente besable —murmuró.

Era una frase que a veces decía a las chicas en los bailes de la universidad cuando charlaban así, a media luz. Berenice se sobresaltó visiblemente. Enrojeció de un modo muy poco elegante y agitó con torpeza el abanico. Nadie le había dicho jamás una frase como aquélla.

—¡Fresco! —la palabra se le había escapado sin darse cuenta; se mordió el labio. Demasiado tarde, decidió ser simpática y le dedicó una sonrisa nerviosa.

Warren estaba enfadado. Aunque habitualmente nadie se la tomaba en serio, aquella frase provocaba normalmente una carcajada o una parrafada de tonterías sentimentales. Y odiaba que le llamaran fresco, si no era en tono de broma. El impulso caritativo se desvaneció y Warren cambió de tema.

—Jim Strain y Ethel Demorest siguen juntos, como siempre —comentó.

Eso estaba más en su línea, pero Berenice sintió que una sombra de dolor se mezclaba con el alivio de cambiar de tema. Los hombres no hablaban de bocas besables con ella, pero ella sabía que les decían cosas así a las otras chicas.

—Ah, sí —dijo Berenice, y se rió—. He oído que llevan años perdiendo el tiempo, sin un céntimo. ¿No es una imbecilidad?

La antipatía de Warren aumentó. Jim Strain era buen amigo de su hermano, y, en cualquier caso, consideraba de pésimo gusto burlarse de la gente por no tener dinero. Pero Berenice no tenía intención de burlarse de nadie. Sólo estaba nerviosa.

II

Eran más de las doce cuando Marjorie y Berenice llegaron a casa y se desearon buenas noches en el rellano de la escalera. Aunque primas, no eran amigas íntimas. En realidad, Marjorie no tenía amigas íntimas: consideraba idiotas a las chicas. Berenice, por el contrario, durante aquella visita organizada por los padres, había deseado intercambiar esas confidencias sazonadas con risillas y lágrimas que consideraba un factor indispensable en cualquier relación entre mujeres. Pero, a este respecto, encontraba a Marjorie más bien fría; cuando hablaba con ella, encontraba la misma dificultad que cuando hablaba con los hombres. A Marjorie nunca se le escapaba la risa tonta, jamás se sobresaltaba, pocas cosas le daban vergüenza, y, de hecho, poseía muy pocas de las cualidades que Berenice consideraba adecuada y felizmente femeninas.

Aquella noche, ocupada con el cepillo de dientes y el dentífrico, Berenice se preguntó por centésima vez por qué nadie le hacía caso cuando estaba lejos de casa. Nunca se le ocurrió pensar que, en su pueblo, los motivos de su éxito en sociedad obedecieran a que su familia era la más rica de Eau Claire, a que su madre no parara de invitar a gente y dar meriendas-cenas en honor de su hija antes de cada baile y a que le hubiera comprado un coche para que diera vueltas por ahí. Como casi todas las chicas, había crecido con la leche caliente de Annie Fellows Johnston y esas novelas en las que la mujer es amada por ciertas virtudes femeninas, misteriosas, siempre mencionadas pero nunca explicadas con detalle.

Le dolía un poco no tener más éxito. No sabía que, de no ser por las maniobras de Marjorie, hubiera bailado toda la noche con el mismo; pero sí sabía que, incluso en Eau Claire, otras chicas con peor posición social y menos belleza estaban mucho más solicitadas. Berenice lo atribuía a que aquellas chicas, de cierta manera sutil, no tenían escrúpulos. Nunca le había dado mayor importancia al asunto, pero, si se la hubiera dado, su madre le habría asegurado que las otras chicas no se valoraban a sí mismas y que los hombres respetaban a las chicas como Berenice.

Apagó la luz del cuarto de baño y, de pronto, decidió ir a charlar un rato con su tía Josephine, que aún tenía la luz encendida. Las blandas zapatillas la llevaron sin ruido sobre la alfombra del corredor, pero, al sentir voces en la habitación, se detuvo ante la puerta entreabierta. Entonces oyó su propio nombre y, sin una intención clara de escuchar a escondidas, se quedó allí, indecisa, mientras el hilo de la conversación atravesaba su conciencia como enhebrado en una aguja.

—¡Es un caso perdido! —era la voz de Marjorie—. Sé lo que vas a decir: ¡Cuánta gente te ha dicho lo guapa y dulce que es, y lo bien que guisa! Vale, ¿y qué? Se aburre como nadie. No les gusta a los hombres.

—¿Y qué importancia tiene una pizca de éxito barato?

La señora Harvey parecía enfadada.

—Es lo más importante cuando tienes dieciocho años —respondió Marjorie con énfasis—. Yo he hecho cuanto he podido. He sido amable y he convencido a unos cuantos para que bailen con ella, pero no tienen ningún interés en aburrirse. ¡Cuando pienso en un cutis tan maravilloso desperdiciado en semejante tonta, y pienso cómo lo aprovecharía Martha Carey...!

—Ya no hay cortesía.

La voz de la señora Harvey dejó entrever que las situaciones modernas eran demasiado para ella. Cuando ella era joven, todas las señoritas de buena familia se lo pasaban divinamente.

—Bueno —dijo Marjorie—, ninguna chica puede ayudar permanentemente a una invitada patosa, porque en estos tiempos cada una se vale por sí misma. Incluso le he soltado alguna indirecta sobre la ropa y esas cosas, y se ha puesto furiosa. Me ha echado cada mirada... Tiene la suficiente sensibilidad como para darse cuenta de que no le va demasiado bien, pero apuesto a que se consuela pensando que es virtuosa, y que yo soy demasiado alegre y voluble y que voy a acabar mal. Así piensan todas las chicas a las que nadie hace caso. ¡Las uvas están verdes! ¡Sarah Hopkins dice que Genevieve, Roberta y yo somos chicas gardenia, adorno de un día! Apuesto a que daría diez años de su vida y su educación europea por ser una chica gardenia y tener a tres o cuatro locos por ella, y que se la arrebataran unos a otros de lo brazos a los pocos pasos de baile.

—Creo —la interrumpió la señora Harvey con tono de empezar a cansarse de la conversación— que deberías ayudar un poco a Berenice. Ya sé que no es demasiado espabilada.

Marjorie gimió.

—¡Espabilada! ¡Dios mío! Jamás le he oído decirle nada a un chico como no sea que hace calor, o que hay mucha gente bailando, o que el año que viene se irá a estudiar a Nueva York. A veces les pregunta qué coche tienen y les dice la marca del suyo. ¡Apasionante!

Hubo un instante de silencio. Y entonces la señora Harvey volvió a la misma canción:

—Lo único que sé es que otras chicas, ni la mitad de simpáticas y guapas que ella, encuentran acompañantes. Martha Carey, por ejemplo, es gorda y maleducada, y tiene una madre inconfundiblemente vulgar. Roberta Dillon está tan delgada este año como para recomendarle que pase una temporada en Arizona. Y baila hasta caerse muerta.

—Pero, mamá —objetó Marjorie con impaciencia—, Martha es alegre y terriblemente ingeniosa, y es terriblemente seductora, y Roberta baila de maravilla. ¡Todos las admiran desde hace siglos!

La señora Harvey bostezó.

—Creo que la culpa de todo la tiene esa disparatada sangre india que lleva Berenice en las venas —continuó Marjorie—. Quizá se deba a una regresión a los orígenes. Las indias están siempre sentadas y nunca dicen una palabra.

—Vete a la cama, tontina —rió la señora Harvey—. Si llego a saber que ibas a andar recordándolo, no te lo hubiera dicho. Y pienso que casi todas tus ideas son una absoluta tontería —concluyó, con sueño.

Hubo otro instante de silencio: Marjorie se preguntaba si valía la pena convencer a su madre. Es casi imposible convencer de nada a una persona que ha cumplido los cuarenta. A los dieciocho años las convicciones son montañas desde las que miramos; a los cuarenta y cinco son cavernas en las que nos escondemos.

Habiendo llegado a esa conclusión, Marjorie le dio las buenas noches a su madre. Cuando salió de la habitación el pasillo estaba vacío.

III

A la mañana siguiente, un poco tarde, Marjorie estaba desayunando y Berenice entró en la habitación con un buenos días más bien frío, se sentó frente a Marjorie, la miró fijamente y se humedeció un poco los labios.

—¿Qué te pasa? —preguntó Marjorie, desconcertada.

Berenice calló un momento antes de lanzar la bomba.

—Oí lo que anoche hablaste de mí con tu madre.

Marjorie se sorprendió, pero apenas si se puso colorada y, cuando habló, su voz no temblaba.

—¿Dónde estabas?

—En el pasillo. No quería escuchar... al principio.

Despúes de una involuntaria mirada de desprecio, Marjorie bajó la mirada y demostró verdadero interés en hacer equilibrios con un copo de maíz sobre el dedo.

—Creo que sería mejor que volviera a Eau Claire, si tanto te molesto —el labio inferior le temblaba con violencia, y Berenice prosiguió con voz indecisa—: He intentado ser amable, y primero nadie me ha hecho caso, y luego me han insultado. Nunca he tratado así a mis invitadas.

Marjorie callaba.

—Pero te fastidio, lo sé. Soy un peso para ti. No les gusto a tus amigos —hizo una pausa, y enseguida recordó un nuevo agravio recibido—. Claro que me enfadé cuando me insinuaste que aquel vestido me sentaba mal. ¿Crees que no sé vestirme sin ayuda de nadie?

—No —murmuró Marjorie, menos que a media voz.

—¿Qué?

—Yo no te insinué nada —dijo Marjorie escuetamente—. Dije, si no recuerdo mal, que era preferible ponerse tres veces un vestido que cae bien que alternarlo con dos adefesios.

—¿Crees que es agradable decir una cosa así?

—No quería ser agradable —y, después de una pausa, añadió—: ¿Cuándo quieres irte?

Berenice suspiró violentamente.

—¡Ah! —fue casi un sollozo.

Marjorie levantó los ojos, sorprendida.

—¿No me has dicho que te ibas?

—Sí, pero…

—Ah, ¡sólo estabas faroleando!

Se miraron fijamente a través de la mesa del desayuno. Olas de niebla pasaban ante los ojos de Berenice mientras la cara de Marjorie mostraba aquella expresión de cierta dureza que solía tener cuando los estudiantes de primero, un poco borrachos, tonteaban con ella.

—Así que estabas faroleando —repitió, como si fuera lo que ya se esperaba.

Berenice lo confesó y se echó a llorar. Los ojos de Marjorie tenían una expresión de aburrimiento.

—Eres mi prima —sollozó Berenice—. Soy tu invitada. Iba a quedarme un mes, y si vuelvo a casa mi madre sabrá que algo ha pasado y me…, me preguntará.

Marjorie esperó a que el torrente de palabras entrecortadas se disolviera en pequeños sorbetones.

—Te daré el dinero que me dan cada mes —dijo fríamente—, para que pases la semana que falta donde quieras. Hay un hotel muy agradable…

Los sollozos de Berenice se elevaron hasta alcanzar una nota aflautada, y entonces se levantó y salió corriendo del cuarto.

Una hora más tarde, mientras Marjorie estaba en la biblioteca, absorta en la redacción de una de esas cartas maravillosamente evasivas y nada comprometedoras que sólo una adolescente es capaz de escribir, Berenice volvió a aparecer, con los ojos verdaderamente enrojecidos y calculadoramente tranquila. Ni siquiera miró a Marjorie: cogió al azar un libro de la biblioteca y se sentó como si estuviera leyendo. Marjorie parecía absorta en su carta y siguió escribiendo. Cuando dieron las doce, Berenice cerró el libro con violencia.

—Creo que debería ir a la estación a sacar el billete.

No era ése el principio del discurso que había preparado en el piso de arriba, pero, ya que Marjorie no le hacía caso y no le decía que pensara mejor las cosas, que todo había sido un malentendido, ése era el mejor principio que se le ocurría.

—Espera a que termine esta carta —dijo Marjorie sin levantar la vista—. Quiero que salga en el próximo correo.

Después de un minuto inacabable, en el que se oía el arañar afanoso de la pluma, Marjorie levantó la vista con el aire relajado de quien dice: «Estoy a tu disposición». Berenice tuvo que volver a hablar.

—¿Quieres que me vaya?

—Bueno —dijo Marjorie, reflexionando—, supongo que, si no te lo pasas bien, sería mejor que te fueras. Para qué vas a ser infeliz...

—¿No crees que la más elemental consideración...?

—Ah, por favor, no cites *Mujercitas* —gritó Marjorie con impaciencia—. No está de moda.

—¿Tú crees?

—Por Dios, ¡sí! ¿Qué chica moderna podría vivir como aquellas necias?

—Fueron los modelos de nuestras madres.

Marjorie soltó una carcajada.

—¡No lo fueron jamás! Además, nuestras madres fueron perfectas a su manera, pero entienden poquísimo los problemas de sus hijas.

Berenice se irguió.

—No hables de mi madre, por favor.

Marjorie se echó a reír.

—No creo haberla mencionado.

Berenice se dio cuenta de que estaban alejándose del tema.

—¿Crees que me has tratado bien?

—He hecho todo lo posible. Tú eres un material bastante difícil.

Los bordes de los párpados de Berenice enrojecieron.

—Tú sí que eres difícil, dura y egoísta. Creo que no tienes ninguna cualidad femenina.

—¡Por Dios! —exclamó Marjorie, desesperada—. Eres una idiota ridícula. Las chicas como tú tienen la culpa de todos esos matrimonios aburridos e insípidos, de todas esas horribles taras que pasan por cualidades femeninas. Qué golpe debe de ser para un hombre imaginativo casarse con un maravilloso montón de vestidos en torno al cual ha estado construyendo ideales y descubrir que su mujer es sólo una débil, llorona y cobarde montaña de remilgos.

Berenice estaba boquiabierta.

—¡La mujer femenina! —continuó Marjorie—. Desperdicia la juventud lloriqueando y criticando a las chicas como yo, que saben divertirse de verdad.

La mandíbula de Berenice bajaba tanto como la voz de Marjorie subía.

—Las chicas feas que lloriquean tienen alguna excusa. Si yo fuese irremediablemente fea, nunca les hubiera perdonado a mis padres que me hubieran traído al mundo. Pero tú no tienes ninguna desventaja —el pequeño puño de Marjorie se cerró—. Si esperas que me ponga a llorar contigo, te llevarás una desilusión. Quédate o vete, haz lo que te dé la gana —y, cogiendo sus cartas, salió de la biblioteca.

Berenice pretextó un dolor de cabeza y no apareció a la hora de comer. Estaban invitadas a una fiesta aquella tarde, pero, como el dolor de cabeza continuaba, Marjorie tuvo que dar explicaciones a un chico no demasiado abatido. Sin embargo, cuando volvió a última hora de la tarde, encontró a Berenice esperándola en su dormitorio con una expresión extrañamente decidida.

—He pensado —dijó Berenice sin mayores preliminares— que puede que tengas razón o puede que no. Pero si me dices por qué a tus amigos no..., no les intereso, a lo mejor hago lo que tú quieras.

Marjorie estaba ante el espejo, cepillándose el pelo.

—¿Estás hablando en serio?

—Sí.

—¿Sin reservas mentales? ¿Harías exactamente lo que yo dijera?

—Bueno, yo...

—¡Nada de tonterías! ¿Harás exactamente lo que yo te diga?

—Si se trata de cosas razonables.

—¡No lo son! Tú ya no estás para cosas razonables...

—¿Me harás...? ¿Me aconsejarás...?

—Sí, todo. Si te aconsejo que aprendas a boxear, me obedecerás. Escribe a casa y dile a tu madre que te vas a quedar dos semanas más.

—Vamos, dime...

—Muy bien. Te pondré, por el momento, algunos ejemplos. Primero, te falta naturalidad. ¿Por qué? Porque no estás segura de tu aspecto. Cuando una chica sabe que está perfectamente arreglada y vestida, puede olvidarse de su aspecto. Eso es encanto, gracia. Cuantas más partes de ti puedes olvidar, más encanto tienes.

—¿No voy bien?

—No. Por ejemplo, nunca te preocupas de tus cejas. Son negras y lustrosas, pero, si te las dejas crecer como salen, son un defecto. Serían bellísimas si te las cuidases la décima parte del tiempo que pierdes en no hacer nada. Debes peinártelas para que crezcan bien.

Berenice enarcó las cejas en cuestión.

—¿Quieres decir que los hombres se fijan en las cejas?

—Sí, inconscientemente. Y, cuando vuelvas a casa, debes hacer que te enderecen un poco los dientes. Es casi imperceptible, pero...

—Pero yo creía —la interrumpió Berenice, perpleja— que tú despreciabas esas pequeñas delicadezas femeninas.

—Odio las mentes delicadas —contestó Marjorie—. Pero una chica debe ser la delicadeza en persona. Si resplandece como un millón de dólares, puede hablar de Rusia, de ping-pong o de la Sociedad de Naciones, y quedar estupendamente.

—¿Hay más cosas?

—Ah, sólo estoy empezando. Está tu manera de bailar.

—¿No bailo bien?

—No, claro que no: te apoyas en los hombres; sí, así es, aunque no se note casi. Me di cuenta ayer, cuando bailamos juntas. Y además bailas muy erguida, en vez de pegarte un poco. Seguramente alguna vieja señora muy puesta en su sitio te haya dicho que así pareces mucho más digna. Pero, a no ser que seas una chica baja, bailar así cansa mucho más al hombre, y el hombre es lo único que cuenta.

—Sigue, sigue —a Berenice le daba vueltas la cabeza.

—Vale. Debes aprender a ser simpática con los pájaros solitarios. Parece como si te hubieran insultado cuando te saca a bailar alguien que no sea uno de los chicos de moda. ¿Por qué, Berenice, en cuanto empiezo a bailar vienen a arrancarme de los brazos de mi pareja? ¿Y quién viene casi siempre? Pues uno de esos pájaros solitarios. Ninguna chica puede permitirse el lujo de despreciarlos. Son mayoría en la fiesta. Los chicos más tímidos, a quienes les da miedo hablar, son la mejor práctica para la conversación. Los chicos torpes son la mejor práctica para el baile. Si consigues llevarles la corriente y parecer encantadora es que puedes seguir a un tanque a través de una alambrada más alta que un rascacielos.

Berenice suspiró profundamente, pero Marjorie no había terminado.

—Si vas a una fiesta y se lo pasan bien contigo, digamos, tres de esos pájaros solitarios; si sabes darles conversación para que olviden que quizá llevan demasiado rato bailando contigo, habrás conseguido algo: volverán la próxima vez, y poco a poco tantos pájaros solitarios bailarán contigo que los chicos atractivos no tendrán miedo de tener que pasarse la noche cargando contigo, y entonces te sacarán a bailar.

—Sí —asintió Berenice, con voz apenas perceptible—. Creo que estoy empezando a comprender.

—Y, al final —concluyó Marjorie—, naturalidad y fascinación vendrán solas. Te despertarás una mañana dándote cuenta de que las has conquistado, y también se darán cuenta los hombres.

Berenice se puso de pie.

—Has sido infinitamente amable, pero nadie me había hablado antes así y estoy un poco asustada.

Marjorie no respondió: observaba pensativamente su propia imagen en el espejo.

—Eres un tesoro, ayudándome.

Marjorie tampocó le respondió, y Berenice pensó que estaba mostrando demasiado agradecimiento.

—Sé que no te gustan los sentimentalismos —dijo tímidamente.

Marjorie la miró de pronto.

—Ah, no pensaba en eso. Estaba pensando si no sería mejor que te cortáramos el pelo como un chico.

Berenice se desplomó de espaldas en la cama.

IV

La tarde del miércoles siguiente había una fiesta en el club de campo. Cuando entraron los invitados, Berenice descubrió con fastidio el sitio donde estaba la tarjeta con su nombre. Aunque a su derecha se sentaba G. Reece Stoddard, distinguido joven sin compromiso, muy deseable, el importantísimo puesto a su izquierda estaba reservado a Charley Paulson. Charley no era ni alto ni guapo ni brillante en sociedad, y, a la luz de sus nuevos conocimientos, Berenice se dijo que su único mérito para ser su pareja era que nunca la había sacado a bailar. Pero el fastidio desapareció con la sopa y recordó las detalladas instrucciones de Marjorie. Tragándose el orgullo, se volvió hacia Charley Paulson y se lanzó en plancha.

—¿Cree que debería cortarme el pelo como un chico, señor Charley Paulson?

Charley levantó los ojos sorprendido.

—¿Por qué?

—Porque lo estoy pensando. Es una manera segura y fácil de llamar la atención.

Charley sonrió, complacido. No podía imaginarse que todo había sido premeditado y ensayado.

Contestó que no sabía nada sobre cortes de pelo. Pero Berenice estaba allí para informarle.

—Quiero ser una vampiresa de la alta sociedad, ¿sabes? —anunció Berenice fríamente, y continuó informándolo de que el corte de pelo era el preludio necesario. Añadió que quería pedirle su opinión, porque le habían dicho que era muy exigente en lo que respecta a las chicas.

Charley, que sabía tanto de psicología de las mujeres como de los estados mentales de los monjes budistas, se sintió vagamente halagado.

—Así que he decidido —continuó Berenice, alzando un poco la voz— que a principios de la próxima semana iré a la barbería del Hotel Sevier, me sentaré en el primer sillón y me cortaré el pelo como un chico.

Titubeó al notar que la gente que estaba cerca había dejado de hablar para oírla, pero, tras un instante de confusión, recordó los consejos de Marjorie y acabó la frase dirigiéndose a todos los que podían oírla.

—Cobro la entrada, desde luego, pero si queréis venir a animarme, os conseguiré pases para la primera fila.

Hubo unas cuantas risas de aprobación, y, a su amparo, G. Reece Stoddard se inclinó rápidamente y le dijo al oído:

—Reservo un palco ahora mismo.

Berenice lo miró a los ojos y sonrió como si hubiera dicho algo excepcionalmente brillante.

—¿Estás de acuerdo con los pelados a lo chico? —le preguntó G. Reece, siempre en voz baja.

—Creo que son una inmoralidad —afirmó Berenice, muy seria—. Pero, claro, la gente espera que la entretengas, le des de comer o la escandalices.

Marjorie había copiado la frase de Oscar Wilde. Los hombres la recibieron con risas y las chicas con miradas rápidas y penetrantes. Y enseguida, como si no hubiese dicho nada ingenioso ni extraordinario, Berenice se volvió de nuevo hacia Charley y le habló confidencialmente al oído.

—Quiero saber tu opinión sobre algunas personas. Creo que eres un maravilloso juez de caracteres.

Charley se estremeció ligeramente, y le dedicó un sutil cumplido: derramó un vaso de agua.

Dos horas después, Warren McIntyre miraba desde fuera de la pista a los que bailaban, y, mientras se preguntaba hacia dónde y con quién había desaparecido Marjorie, poco a poco, de modo inconexo, empezó a tomar conciencia: conciencia de que Berenice, la prima de Marjorie, en los últimos cinco minutos había cambiado de pareja otras tantas veces. Cerró los ojos, los abrió y volvió a mirar. Minutos antes, Berenice había bailado con un chico que estaba de paso en la ciudad, algo fácilmente explicable: un chico de paso no conocía nada mejor. Pero ahora bailaba con otro, y Charley iba ya en su busca con una entusiasta determinación en la mirada. Era curioso: Charley rara vez bailaba en una fiesta con más de tres chicas.

Warren estaba evidentemente sorprendido: el cambio de pareja acababa de realizarse, y el bailarín sustituido resultó ser, nada más y nada menos, el propio G. Reece Stoddard. Y G. Reece no parecía en absoluto contento de que lo hubieran relevado. Cuando Berenice pasó cerca, bailando, Warren la observó atentamente. Sí, era guapa, verdaderamente guapa; y aquella noche estaba francamente radiante. Tenía esa expresión que ninguna mujer, aunque sea una excelente actriz, puede fingir con éxito: parecía estar divirtiéndose. A Warren le gustaba cómo se había peinado; se preguntaba si el cabello brillaba así por la brillantina. Y el vestido le sentaba muy bien: un rojo oscuro que resaltaba el buen color de la piel y las sombras de los ojos. Recordó que le había parecido guapa cuando llegó a la ciudad, antes de darse cuenta de que era un aburrimiento. Qué pena que fuera aburrida: las chicas aburridas son insoportables. Pero, sí, era guapa.

Y su pensamiento volvió, zigzagueando, a Marjorie. Aquella desaparición sería como otras desapariciones. Cuando reapareciera, le preguntaría dónde había estado, y ella le respondería terminantemente que no era asunto suyo. Era una lástima que estuviera tan segura de que lo tenía en su poder. Marjorie disfrutaba pensando que a él no le interesaba ninguna otra chica de la ciudad; lo desafiaba a enamorarse de Genevieve o Roberta.

Warren suspiró. El camino hacia el corazón de Marjorie era, desde luego, un laberinto. Levantó la vista. Berenice bailaba otra vez con el chico que estaba de paso. Casi inconscientemente, se apartó de la fila de los que no bailaban, en dirección a Berenice. Entonces titubeó, y se dijo a sí mismo que sólo lo hacía por caridad. Cuando avanzaba hacia ella, tropezó de pronto con G. Reece Stoddard.

—Perdona —dijo Warren.

Pero G. Reece no perdió el tiempo en disculpas: ya bailaba otra vez con Berenice.

Aquella noche, a la una, Marjorie, con una mano en el interruptor de la lámpara del recibidor, se volvió para mirar por última vez los ojos resplandecientes de Berenice.

—Así que funcionó, ¿no?

—Sí, Marjorie, ¡sí! —exclamó Berenice.

—He visto que te lo pasabas estupendamente.

—¡Es verdad! El único problema ha sido que a medianoche casi me he quedado sin temas de conversación. He tenido que repetirme, con chicos distintos, claro. Espero que no comparen sus apuntes.

—Los chicos no suelen hacerlo —dijo Marjorie, bostezando—, y daría lo mismo, si lo hicieran: te encontrarían aún más interesante.

Apagó la luz y, mientras subían las escaleras, Berenice se apoyó con alivio en el pasamanos. Era la primera vez en su vida que estaba cansada de tanto bailar.

—Ya has visto —dijo Marjorie—, si un hombre ve que otro te invita a bailar mientras aún estás bailando con él, piensa que tienes que tener algo especial. Bueno, estudiaremos otros sistemas. Buenas noches.

—Buenas noches.

Mientras se deshacía el peinado, pasó revista a aquella noche. Había seguido las instrucciones al pie de la letra. Incluso cuando Charley Paulson la invitó a bailar por octava vez, simuló placer, mostrándose a la vez interesada y halagada. No había hablado del tiempo, ni de Eau Claire, ni de coches, ni de los estudios, sino que se había ceñido a tres temas de conversación: yo, tú, nosotros.

Y, pocos minutos antes de dormirse, una idea rebelde le había pasado soñolientamente por la cabeza: después de todo, el mérito era suyo. Marjorie, es verdad, le había sugerido los temas de conversación, pero Marjorie extraía sus temas de conversación de lo que leía. Ella, Berenice, había comprado el traje rojo, aunque no le gustara demasiado antes de que Marjorie lo descolgara de la percha… Y ella, con su voz, había pronunciado las palabras, y había sonreído con sus labios, y había bailado con sus pies. Marjorie era simpática… pero presumida… Simpática noche… Chicos simpáticos… Como Warren… Warren… Warren…, cómo se llamaba… Warren…

Se quedó dormida.

V

La semana siguiente fue una revelación para Berenice. A la sensación de que la gente disfrutaba mirándola y escuchándola, siguió el fundamento de la confianza en sí misma. Al principio, desde luego, cometió numerosos errores. No sabía, por ejemplo, que Draycott Deyo era seminarista; no sabía que la había invitado a bailar porque la creía una chica discreta y reservada. Si lo hubiese sabido, no hubiera aplicado la táctica de empezar con un «¡Hola, bombazo!», ni hubiera seguido con la historia de la bañera: «No sabes el trabajo que me cuesta peinarme en verano: tengo el pelo muy largo; así que primero me peino, luego me maquillo y me pongo el sombrero, después me meto en la bañera, y por fin me visto. ¿No te parece el mejor sistema?».

Aunque Draycott Deyo estaba sufriendo todas las angustias de un bautismo por inmersión, y podía haber encontrado alguna lógica en aquellas palabras, hay que admitir que no la encontró. Consideraba el baño femenino como un asunto inmoral, y le expuso a Berenice algunas de sus ideas sobre la depravación de la sociedad moderna.

Pero, compensando aquel desafortunado episodio, Berenice logró numerosos y señalados éxitos que aumentaron su fama. El pequeño Otis Ormonde renunció a un viaje al Este para seguirla con devoción de cachorro, para diversión de sus amigos e irritación de G. Reece Stoddard: Otis arruinaba sus visitas vespertinas con la ternura nauseabunda de las miradas que dirigía a Berenice. Incluso le contó a Berenice la historia del palo y el vestuario para explicarle cómo, al principio, se habían equivocado espantosamente él y todos al juzgarla. Berenice se tomó a risa el incidente, con una sombra de abatimiento.

Quizá el más conocido y universalmente celebrado entre los temas de los que hablaba Berenice era el asunto del corte de pelo.

—Berenice, ¿cuándo te vas a pelar como un chico?

—Pasado mañana, quizá —contestaba, riéndose—. ¿Irás a verme? Ya sabes que cuento contigo.

—¡Claro que sí! A ver si te decides de una vez.

Berenice, cuyas intenciones peluqueriles eran rigurosamente deshonrosas, volvía a reírse.

—Ya falta poco. Os llevaréis una sorpresa.

Pero quizá el más significativo símbolo de su éxito fue el coche gris del hipercrítico Warren McIntyre, que aparcaba todos los días frente a la casa de la familia Harvey. Al principio, la criada se quedó realmente perpleja cuando Warren preguntó por Berenice en lugar de por Marjorie; una semana después, le dijo a la cocinera que Berenice le había birlado a Marjorie su mejor pretendiente.

Y Berenice lo había hecho. Quizá todo empezó porque Warren quería darle celos a Marjorie; quizá tuvo la culpa el sello familiar, aunque irreconocible, que el estilo de Marjorie había dejado en las conversaciones de Berenice; quizá fueron ambas cosas y un poco de mutua y sincera simpatía. Pero, de cualquier modo, era opinión general entre los más jóvenes, una semana más tarde, que el más constante entre los pretendientes de Marjorie había sufrido un cambio imprevisible y se lanzaba al asalto de la invitada de Marjorie. Warren llamaba por teléfono a Berenice dos veces al día, le mandaba cartitas, y se les veía frecuentemente en el descapotable, empeñados en una de esas tensas, importantísimas conversaciones sobre si Warren era sincero.

Marjorie, cuando le tomaban el pelo, se limitaba a reír. Decía que estaba contentísima de que Warren hubiese encontrado por fin a alguien capaz de comprenderlo. Así que los más jóvenes también se reían, y creyeron que a Marjorie no le importaba el asunto, y dejaron de darle vueltas.

Una tarde, cuando sólo faltaban tres días para que volviera a casa, Berenice esperaba en el recibidor a Warren, con quien iba a ir a jugar al bridge. Estaba de un humor estupendo, y, cuando Marjorie —invitada también al bridge— apareció y, a su lado, empezó a arreglarse con indiferencia el sombrero ante el espejo, Berenice no estaba preparada para una pelea. Marjorie, con absoluta frialdad y concisión, sólo dijo tres frases.

—Ya puedes quitarte a Warren de la cabeza —dijo fríamente.

—¿Qué? —Berenice estaba completamente estupefacta.

—Ya está bien de que hagas el ridículo con Warren McIntyre. No le importas un pimiento.

Durante un momento de tensión se miraron: Marjorie, desdeñosa y distante; Berenice, estupefacta, entre la irritación y el miedo. Entonces dos coches se detuvieron frente a la casa con gran estruendo de bocinas. Las dos se sobresaltaron, dieron la vuelta y salieron de prisa, juntas.

Mientras jugaba al bridge, Berenice luchó en vano por dominar una creciente inquietud. Había ofendido a Marjorie, la esfinge de las esfinges. Con las intenciones más honestas e inocentes del mundo, había robado algo que pertenecía a Marjorie. Se sintió repentina y horriblemente culpable. Después de la partida, cuando charlaban entre amigos y todos participaban en la conversación, la tormenta se fue acercando poco a poco. El pequeño Otis Ormonde la precipitó sin darse cuenta.

—¿Cuándo vuelves al jardín de la infancia, Otis? —le había preguntado alguien.

—¿Yo? El día que Berenice se corte el pelo.

—Entonces ya has terminado los estudios —dijo Marjorie rápidamente—. Sólo era un farol de los suyos. Creía que te habías dado cuenta.

—¿Es verdad? —preguntó Otis, dedicándole a Berenice una mirada llena de reproches.

A Berenice le ardían las orejas mientras buscaba una respuesta eficaz. Pero aquel ataque directo había paralizado su imaginación.

—Los faroles abundan en el mundo —continuó Marjorie, disfrutando como nunca—. Creía que ya tenías edad para saberlo, Otis.

—Bueno —dijo Otis—, quizá sea así, pero, ¡caramba!, con lo divertida que es Berenice...

—¿Seguro? —bostezó Marjorie—. ¿Cuál es su último chiste?

Nadie parecía saberlo. Y, en realidad, entretenida con el pretendiente de su musa, últimamente no había dicho nada memorable.

—¿De verdad era todo una broma? —pregunto Roberta con curiosidad.

Berenice titubeó. Sabía que todos esperaban un golpe de ingenio, pero, bajo la mirada repentinamente fría de su prima, se sentía absolutamente incapaz.

—No lo sé —evitó contestar directamente.

—¡Pamplinas! —dijo Marjorie—. ¡Confiesa!

Berenice se dio cuenta de que Warren había dejado de prestar atención al ukelele con el que había estado jugueteando y la miraba interrogativamente.

—¡No lo sé! —repitió. Tenía las mejillas encendidas.

—¡Pamplinas! —subrayó Marjorie.

—Vamos, Berenice —la animó Otis—. Cállale la boca.

Berenice volvió a mirar alrededor: parecía incapaz de evitar la mirada de Warren.

—Me gusta el pelo cortado como un chico —se apresuró a decir, como si le hubieran hecho una pregunta— y así me lo pienso cortar.

—¿Cuándo? —preguntó Marjorie.

—Cualquier día.

—Hoy es el mejor día —sugirió Roberta.

Otis pegó un brinco.

—¡Estupendo! —exclamó—. Vamos a organizar la fiesta del corte de pelo. En la barbería del Hotel Sevier, creo que dijiste.

Todos se habían puesto de pie. El corazón de Berenice latía con violencia.

—¿Qué? —balbuceó.

Del grupo salió la voz de Marjorie, muy clara y despectiva.

—No os preocupéis: ya se está echando atrás.

—¡Adelante, Berenice! —exclamó Otis, dirigiéndose hacia la puerta.

Cuatro ojos —los de Warren y los de Marjorie— la miraban fijamente, la juzgaban, la desafiaban. Titubeó, espantada, un segundo más.

—Venga —dijo de pronto—, me importa un bledo.

Al anochecer, una eternidad de minutos más tarde, camino del centro en el coche de Warren, al que seguía el coche de Roberta con todo el grupo, Berenice experimentó las mismas sensaciones que María Antonieta cuando la llevaban en un carro a la guillotina. Se preguntaba confusamente por qué no gritaba que todo era una equivocación. Apenas si era capaz de dominarse: le costaba no llevarse las manos al pelo para defenderlo de aquel mundo repentinamente hostil. No lo hizo. Ni siquiera el recuerdo de su madre podía ya detenerla. Ésta era la prueba suprema de su deportividad: así conquistaba su derecho indiscutible a pisar el paraíso estrellado de las chicas admiradas por todos.

Warren callaba, de mal humor, y, cuando llegaron al hotel, frenó junto el bordillo y con un gesto de la cabeza invitó a Berenice a que lo precediera. El coche de Roberta descargó una multitud carcajeante en la barbería, que tenía dos espléndidos escaparates.

Berenice, parada en el bordillo, miraba el rótulo de la Barbería Sevier. Sí, era la guillotina, y el verdugo era el dueño de la barbería, que, con bata blanca y fumando un cigarrillo, se apoyaba indolentemente en el primer sillón. Debía de haber oído hablar de Berenice; debía de llevar esperándola toda la semana, fumando eternos cigarrillos junto a aquel portentoso, demasiadas veces nombrado, sillón. ¿Le vendaría los ojos? No, pero le pondría una toalla blanca alrededor del cuello para que la sangre —qué tonterías, el pelo— no le cayera en el vestido.

—Ánimo, Berenice —dijo Warren.

Alzando el mentón, atravesó la acera, empujó la puerta batiente y, sin mirar a la turba bulliciosa, escandalosa, que ocupaba el banco de espera, se acercó al barbero.

—Quiero cortarme el pelo como un chico.

Al barbero se le abrió poco a poco la boca. El cigarrillo se le cayó al suelo.

—¿Eh?

—¡Que me corte el pelo como un chico!

Harta de preámbulos, Berenice se subió al sillón. Un tipo que ocupaba el sillón de al lado se volvió hacia ella y le echó un vistazo, entre la espuma y el estupor. Un barbero se estremeció y arruinó el corte de pelo mensual del pequeño Willy Schuneman. El señor O'Reilly, en el último sillón, gruñó y maldijo musicalmente en antiguo gaélico, mientras la navaja se hundía en su mejilla. Dos limpiabotas abrieron los ojos de par en par y se lanzaron hacia los zapatos de Berenice. No, Berenice no quería que se los limpiaran.

En la calle un transeúnte se detuvo a mirar, asombrado; una pareja lo imitó; media docena de narices de chico se pegaron de pronto al cristal; fragmentos de conversación llegaban a la barbería arrastrados por la brisa veraniega.

—¡Mirad, un chico con el pelo largo!

—¿Qué es esa cosa? Acaban de afeitar a una mujer barbuda.

Pero Berenice no veía nada, no oía nada. El único sentido que todavía le funcionaba le decía que el hombre de la bata blanca había cogido un peine de carey y luego otro; que sus dedos enredaban torpemente entre horquillas poco familiares; que estaba a punto de perder aquel pelo, aquel pelo maravilloso: no volvería a sentir el peso voluptuoso y largo cuando le caía por la espalda en un resplandor castaño oscuro. Estuvo a punto de rendirse, pero inmediata y mecánicamente la imagen que tenía ante sí volvió a aclararse: la boca de Marjorie curvándose en una leve sonrisa irónica, como si dijera:

—¡Ríndete y baja del sillón! Has querido jugármela y yo he descubierto tu engaño. Ya ves que no tienes nada que hacer.

Y una última reserva de energía brotó en Berenice, que apretó los puños bajo la toalla blanca mientras sus ojos se entrecerraban de una manera rara, de la que Marjorie hablaría mucho tiempo.

Veinte minutos después, el barbero giró el sillón hacia el espejo, y Berenice se estremeció al ver el desastre en toda su amplitud. Su pelo ya no era rizado: ahora caía en bloques lacios y sin vida a ambos lados de la cara, pálida de repente. Era una cara fea como el pecado. Ya lo sabía ella: que iba a estar fea, más fea que el pecado. El mayor atractivo de aquella cara había sido una sencillez de Virgen María. Ahora que la sencillez había desaparecido, Berenice era... Bueno... Terriblemente mediocre. Ni siquiera teatral, sólo ridícula: como un intelectual del Greenwich Village que se hubiese olvidado las gafas en casa.

Cuando se bajaba del sillón intentó sonreír, y fracasó miserablemente. Vio cómo dos de las chicas intercambiaban miradas; notó que los labios de Marjorie se curvaban en un gesto de burla reprimida, que los ojos de Warren de repente eran muy fríos.

—Ya lo veis —sus palabras cayeron en un silencio incómodo—, lo he hecho.

—Sí, lo has... hecho —admitió Warren.

—¿No os gusta?

Hubo dos o tres voces que de mala gana soltaron un «claro que sí», y otro silencio incómodo, y entonces Marjorie se volvió hacia Warren, rápida y tensa como una serpiente.

—¿Me acompañas a la tintorería? —preguntó—. No tengo más remedio que recoger un vestido antes de la cena. Roberta, que vuelve a casa, puede llevar a los otros.

Warren miro absorto un punto en el infinito a través del escaparate. Luego, apenas un instante, sus ojos se detuvieron fríamente en Berenice antes de volverse hacia Marjorie.

—Encantado —dijo lentamente.

VI

Berenice no se dio cuenta de la perversidad de la trampa que le habían tendido hasta que no vio la mirada estupefacta de su tía antes de la cena.

—¡Berenice! ¡Por Dios!

—Me he pelado como un chico, tía Josephine.

—Pero, hija mía…

—¿No te gusta?

—¡Por Dios, Berenice!

—Creo que te he impresionado.

—No. Pero ¿qué va a pensar mañana por la noche la señora Deyo? Berenice, deberías haber esperado hasta después de la fiesta de los Deyo. Deberías haber esperado, si querías hacer una cosa así.

—Se me ocurrió de pronto, tía Josephine. Y, además, ¿por qué iba a importarle especialmente a la señora Deyo?

—¿Por qué, hija mía? —exclamó la señora Harvey—. En la charla sobre *Las debilidades de la nueva generación* que dio en la última reunión del Club de los Martes les dedicó quince minutos a las chicas que se cortan el pelo como un chico. Son su abominación preferida. ¡Y el baile es en tu honor y en honor de Marjorie!

—Lo siento.

—Ay, Berenice, ¿qué dirá tu madre? Pensará que yo te he dado permiso.

—Lo siento.

La cena fue una tortura. Había hecho un desesperado intento con las tenacillas de rizar, y se había quemado los dedos y un buen puñado de pelo. Se daba cuenta de que su tía estaba preocupada y apenada a la vez, y de que su tío no dejaba de repetir «¡Condenación!» una vez y otra vez, en un tono ofendido y levemente hostil. Y Marjorie, muy tranquila, se atrincheraba tras una vaga sonrisa, una sonrisa vagamente burlona.

Pero la cena acabó. Tres chicos se presentaron; Marjorie desapareció con uno de ellos, y Berenice, después de intentar sin gana ni éxito entretener a los otros dos, suspiró de alivio cuando a las diez y media subió las escaleras, hacia su dormitorio. ¡Vaya día!

Cuando ya se había desnudado para acostarse, la puerta se abrió y entró Marjorie.

—Berenice —dijo—, siento mucho lo de la fiesta de los Deyo. Te prometo que se me había olvidado por completo.

—No importa —fue lo único que respondió Berenice. De pie ante el espejo, se pasaba lentamente el peine por el pelo corto.

—Mañana te acompaño al centro —continuó Marjorie—, y en la peluquería te lo arreglarán. No creía que llegaras hasta el final. Lo siento muchísimo, de verdad.

—¡No importa!

—Bueno, será tu última noche aquí, así que no creo que importe mucho.

Entonces Berenice hizo una mueca de dolor, porque Marjorie balanceaba los cabellos sobre sus hombros y los anudaba muy despacio en dos largas trenzas rubias, hasta que, vestida con una combinación color crema, le recordó el retrato delicado de una princesa sajona. Fascinada, Berenice observaba cómo crecían las trenzas. Eran pesadas, opulentas, y se movían entre los ágiles dedos como serpientes, y a Berenice apenas le quedaban unas reliquias, y las tenacillas de rizar, y todas las miradas que la acecharían en el futuro. Ya se imaginaba cómo G. Reece Stoddard, a quien le gustaba, le decía con modales de Harvard a su vecina de mesa que a Berenice no le deberían haber permitido ver tantas películas; se imaginaba a Draycott Deyo intercambiando miradas con su madre y mostrándose luego concienzudamente caritativo con ella. Pero quizá para mañana las noticias ya habrían llegado a la señora Deyo, que mandaría una fría notita rogándole que no se presentara en la fiesta. Y todos se reirían a sus espaldas y sabrían que Marjorie le había tomado el pelo; que sus posibilidades de ser una belleza habían sido sacrificadas al capricho celoso de una chica egoísta. Se sentó ante el espejo, mordiéndose el interior de las mejillas.

—Me gusta el pelo así —dijo con esfuerzo—. Creo que me sienta bien.

Marjorie sonrió.

—Está muy bien. Por Dios, no te preocupes más.

—No me preocupo.

—Buenas noches, Berenice.

Pero, mientras la puerta se cerraba, algo estalló dentro de Berenice. Se puso en pie de un salto, retorciéndose las manos, y, rápida y silenciosa, fue y sacó de debajo de la cama la maleta. Guardó algunos artículos de tocador y una muda. Luego vació en el baúl dos cajones de ropa interior y vestidos de verano. Se movía sin prisa, pero con absoluta eficacia, y, tres cuartos de hora después, el baúl tenía la llave echada y la correa atada, y Berenice vestía el traje de viaje que Marjorie le había ayudado a elegir.

Sentada al escritorio, escribió una nota para la señora Harvey en la que brevemente le explicaba los motivos de su partida. Cerró el sobre, escribió el nombre de la destinataria y lo dejó sobre la almohada. Miró el reloj. El tren salía a la una, y sabía que, andando hasta el Hotel Marborough, a dos manzanas de distancia, encontraría fácilmente un taxi.

De pronto, aspiró con fuerza una bocanada de aire y le relampagueó en los ojos una expresión que un experto en temperamentos habría relacionado vagamente con el gesto de obstinación inflexible que había mostrado en el sillón del barbero: quizá era una fase más desarrollada de aquel gesto. Berenice nunca había mirado así, y aquella mirada había de traer consecuencias.

Se acercó sigilosamente al escritorio, cogió algo que había allí, y, apagando todas las luces, permaneció inmóvil hasta que los ojos se acostumbraron a la oscuridad. Abrió con suavidad la puerta del dormitorio de Marjorie. Oía la respiración tranquila y regular de quien duerme con la conciencia tranquila.

Ya estaba junto a la cabecera de la cama, muy decidida, tranquila. Actuó con rapidez. Inclinándose, tocó una de las trenzas de Marjorie, la siguió con la mano hasta llegar a la cabeza y luego, despacio, para que la durmiente no sintiera el tirón, preparó las tijeras y cortó. Con la trenza en la mano, contuvo la respiración. Marjorie había murmurado algo en sueños. Berenice amputó hábilmente la otra trenza, esperó un instante y volvió, rápida y silenciosa, a su dormitorio.

Una vez abajo, abrió la gran puerta principal, la cerró con cuidado a sus espaldas y, sintiéndose extrañamente feliz y eufórica, salió del portal, a la luz de la luna, balanceando la pesada maleta como si fuera la bolsa de la compra. Cuando llevaba andando un minuto, se dio cuenta de que todavía llevaba en la mano izquierda las dos trenzas rubias. Se echó a reír inesperadamente. Hubo de cerrar bien la boca para aguantar un escandaloso ataque de risa. En aquel momento pasaba por la casa de Warren, e impulsivamente dejó el equipaje en el suelo y, balanceando las trenzas como trozos de cuerda, las lanzó hacia el porche de madera, donde aterrizaron con un leve ruido sordo. Volvió a reírse, sin aguantarse más.

—¡Hau! —rió frenéticamente—. Yo arrancar cuero cabelludo a esa cosa egoísta.

Luego cogió la maleta y bajó casi corriendo la calle iluminada por la luna.

EL PALACIO DE HIELO

El palacio de hielo *apareció el 22 de mayo de 1920 en el* Saturday Evening Post *y fue incluido en* Flappers y filósofos. *Fue el primero de una serie de relatos en los que Fitzgerald consideraba las diferencias, tanto culturales como sociales, entre el Norte y el Sur. «El Sur es grotescamente pintoresco, tal como pude comprobar hace muchos años, y tal como el señor Faulkner ha demostrado hasta la saciedad», comentó en 1940. Fitzgerald era especialmente consciente de la influencia del Sur sobre sus heroínas, reforzada por su matrimonio con una belleza de Alabama.*

I

La luz del sol se derramaba sobre la casa como pintura dorada sobre un jarrón artístico, y las manchas de sombra aquí y allá sólo intensificaban el rigor del baño de luz. Las casas de los Butterworth y de los Larkin, colindantes, se atrincheraban tras árboles grandes y pesados; sólo la casa de los Happer recibía el sol de lleno, y durante todo el día miraba hacia la calle polvorienta con paciencia tolerante y amable. Era una tarde de septiembre en la ciudad de Tarleton, en el extremo más meridional de Georgia.

En la ventana de su dormitorio, Sally Carrol Happer apoyó la joven barbilla de diecinueve años en el viejo alféizar de cincuenta y dos años y observó cómo el viejo Ford de Clark Darrow doblaba la esquina. El coche estaba ardiendo, porque al ser, en parte, de metal, retenía todo el calor que absorbía y producía, y Clark Darrow, sentado rígido al volante, tenía una expresión dolorida y tensa, como si se considerara a sí mismo una pieza más con bastantes posibilidades de sufrir una avería. Superó con dificultad dos baches polvorientos y, entre los chirridos de las ruedas indignadas por el tropezón, con una mueca terrorífica dio un último y violento volantazo y dejó al coche y a sí mismo aproximadamente frente a las escaleras de los Happer. Se oyó un rugido lastimero y agónico, un estertor de muerte, seguido por un breve silencio, y entonces un silbido sobrecogedor rasgó el aire.

Sally Carrol miraba con ojos de sueño. Empezó a bostezar, pero, dándose cuenta de que era absolutamente imposible a menos que levantara la barbilla del alféizar, cambió de idea y siguió mirando en silencio el coche, donde el propietario seguía sentado con rigidez militar, tan brillante como rutinaria, en espera de una respuesta a su señal. Un instante después, el silbido volvió a herir el aire polvoriento.

—Buenos días.

Con esfuerzo, Clark giró su largo cuerpo y miró de reojo por la ventanilla.

—Ya es por la tarde, Sally Carrol.

—¿De verdad? ¿Estás seguro?

—¿Qué haces?

—Me estoy comiendo una manzana.

—¿Te vienes a nadar?

—Creo que sí.

—¿Puedes darte un poco de prisa?

—Claro.

Sally Carrol lanzó un enorme suspiro y, superando una inercia casi invencible, se levantó del suelo, donde había pasado el rato deshaciendo en pedazos una manzana y pintando muñecas de papel para su hermana pequeña. Se acercó a un espejo, observó su aspecto con satisfecha y agradable languidez, se dio dos toques de carmín en los labios y una pizca de polvos en la nariz, y se cubrió con un sombrero atestado de rosas el pelo corto, de chico, color maíz. Luego les dio una patada a las acuarelas, dijo «Maldita sea» y, sin recoger las pinturas, salió.

—¿Qué tal, Clark? —preguntaba un minuto después, mientras se subía ágilmente al coche.

—Mejor que bien, Sally Carrol.

—¿Adónde vamos a nadar?

—A la piscina Walley. Le he dicho a Marilyn que iríamos a recogerlos a Joe Ewing y a ella.

Clark era moreno y delgado, y tendía a andar encorvado. Sus ojos eran malignos y había algo de insolencia en su expresión, salvo cuando los iluminaba por sorpresa una de sus frecuentes sonrisas. A Clark le habían quedado unas rentas —apenas suficientes para sobrevivir sin dificultad y echarle gasolina al coche— y había pasado aquellos dos años, desde que se diplomó en la Escuela Técnica de Georgia, vagando por las dormidas calles de su ciudad natal y hablando de la mejor manera de invertir su capital para hacerse rico inmediatamente.

No era difícil dar vueltas sin hacer nada; multitud de chiquillas se habían hecho maravillosamente mujeres, la sorprendente Sally Carrol mejor que ninguna, y todas eran felices si las invitabas a bailar y bailar y jugar al amor en las tardes veraniegas llenas de flores, y a todas les gustaba Clark inmensamente. Y cuando empezabas a cansarte de la compañía femenina, había siempre media docena de muchachos dispuestos a hacer cualquier cosa, y siempre prontos a hacer con Clark unos hoyos de golf, o a jugar una partida de billar, o a beberse medio litro de whisky. De vez en cuando uno de estos coetáneos hacía una visita de despedida antes de irse a Nueva York o Filadelfia o Pittsburgh, para entrar en el mundo de los negocios; pero, en su mayoría, se contentaban con aquel lánguido paraíso de cielos de ensueño, noches de luciérnagas, ferias ruidosas llenas de negros y, sobre todo, de chicas preciosas de voz suave, educadas con recuerdos más que con dinero.

Tras infundirle al Ford un soplo de vida resentida y turbulenta, Clark y Sally Carrol bajaron con gran estrépito por Valley Avenue hasta Jefferson Street, donde el polvo de la calle se convirtió en asfalto; a través de la narcotizada Millicent Place, donde había media docena de mansiones prósperas e imponentes, desembocaron por fin en el centro de la ciudad. Allí conducir se volvía peligroso, porque era la hora de la compra: la gente vagaba sin meta por las calles y una manada de bueyes que mugían mansamente se resistía a dejarle el camino libre a un plácido tranvía; incluso las tiendas parecían abrir sus puertas en un bostezo y parpadear con sus escaparates frente a la luz del sol antes de hundirse en un absoluto y definitivo estado de coma.

—Sally Carrol —dijo Clark de pronto—, ¿es verdad que tienes novio?

Sally lo miró fugazmente.

—¿Dónde has oído eso?

—Es verdad, ¿no? ¿Tienes novio?

—¡Bonita pregunta!

—Una chica me ha dicho que tienes novio, un yanqui que conociste en Asheville el verano pasado.

Sally Carrol suspiró.

—No he visto un pueblo más cotilla que éste.

—No te cases con un yanqui, Sally Carrol. Te necesitamos aquí.

Sally Carrol guardó silencio un momento.

—Clark —preguntó de repente—, ¿con quién, Dios mío, podría casarme?

—Yo te ofrezco mis servicios.

—Cariño, tú no puedes mantener a una esposa —respondió alegremente—. Además, te conozco demasiado bien para enamorarme de ti.

—Eso no significa que tengas que casarte con un yanqui —insistió.

—¿Y si me hubiera enamorado?

Clark negó con la cabeza.

—No. Tiene que ser totalmente distinto de nosotros, en todos los sentidos.

Se interrumpió. Había parado el coche ante una casa destartalada y en ruinas: Marilyn Wade y Joe Ewing aparecieron en la puerta.

—Hola, Sally Carrol.

—Hola.

—¿Qué tal?

—Sally Carrol —preguntó Marilyn en cuanto volvieron a ponerse en marcha—, ¿es verdad que tienes novio?

—Santo Dios, ¿de dónde ha salido esa historia? ¿No puedo mirar a un hombre sin que digan que es mi novio?

Clark miraba al frente, los ojos fijos en un tornillo del estridente parabrisas.

—Sally Carrol —dijo con curiosa intensidad—, ¿te caemos bien?

—¿Cómo?

—Sí, nosotros, los de por aquí.

—Tú sabes que sí, Clark. Os adoro a todos.

—Entonces, ¿por qué te has echado un novio yanqui?

—Clark, no lo sé. No sé lo que haré, pero... Sí, quiero viajar y conocer gente. Quiero desarrollar mi inteligencia. Quiero vivir donde todo sucede a gran escala.

—¿Qué quieres decir?

—Ay, Clark, te quiero, y quiero a nuestro Joe, y a Ben Arrot, y a todos vosotros, pero todos seréis..., todos seréis...

—¿Todos seremos un fracaso?

—Sí. Y no digo sólo un fracaso en lo que se refiere al dinero, sino algo más, algo torpe y triste, y... Ay, ¿cómo podría explicártelo?

—¿Lo dices porque vivimos aquí, en Tarleton?

—Sí, Clark; y porque os gusta vivir así y jamás querréis cambiar las cosas, ni pensar en ello, ni mejorar.

Clark asintió, y Sally le cogió la mano.

—Clark —dijo con ternura—, no te cambiaría por nadie en el mundo. Eres un encanto tal como eres. Y amaré siempre las cosas que hacen que fracases: vivir en el pasado, tus noches y días de pereza, y toda tu despreocupación y generosidad.

—Pero ¿te vas?

—Sí, porque nunca podría casarme contigo. Ocupas un lugar en mi corazón que no ocupará nadie, pero si me quedara aquí perdería la cabeza. Me sentiría… desperdiciada. En mí hay dos aspectos, ¿sabes? El pasado soñoliento que a ti te gusta tanto, y una especie de energía…, un estado de ánimo que me obliga a hacer las cosas más disparatadas. Esta es la parte de mí que me servirá en cualquier parte, y que durará incluso cuando yo ya no sea guapa.

Calló de repente, con su brusquedad característica, suspiró: «¡Ay, cariño!», y ya había cambiado de estado de ánimo.

Con los ojos entrecerrados, echando hacia atrás la cabeza hasta apoyarla en el respaldo del asiento, dejó que el aire áspero le diera en los ojos y le enredara los bucles de pelo corto y encrespado. Habían llegado al campo y atravesaban un bosquecillo de vegetación verde y brillante, entre pastos y altos árboles que derramaban follaje sobre la carretera y les ofrecían una fresca bienvenida. De vez en cuando pasaban ante alguna maltrecha cabaña de negros, y el más viejo de sus habitantes, con el pelo ya blanco, fumaba a la puerta una pipa hecha con una mazorca de maíz, y enfrente, entre hierbajos, media docena de chiquillos mal vestidos enseñaban ostentosamente unos muñecos andrajosos. A lo lejos se extendían adormilados campos de algodón donde hasta los braceros parecían sombras intangibles añadidas por el sol a la tierra, no para que se fatigaran, sino para que cumplieran apaciblemente alguna tradición antigua en los dorados campos de septiembre. Y, en torno a aquel paisaje pintoresco y amodorrado, sobre los árboles y las chozas y los ríos fangosos, fluía el calor, nunca hostil, sólo reconfortante, como un seno grande, tibio y nutritivo para la párvula tierra.

—Sally Carrol, ¡ya hemos llegado!

—La pobre duerme como un tronco.

—Cariño, ¿te has muerto por fin de pura pereza?

—¡Agua, Sally Carrol! ¡El agua fresca te está esperando!

Los ojos se le abrieron soñolientamente.

—¡Ah! —murmuró, sonriendo.

II

En noviembre Harry Bellamy, alto, fuerte y dinámico, del Norte, llegó de su ciudad para pasar cuatro días. Tenía la intención de resolver un asunto que había quedado pendiente desde que Sally Carrol y él se conocieron en Asheville, en Carolina del Norte, en verano. Para resolverlo bastaron una tarde tranquila y una noche frente a la chimenea, porque Harry tenía todo lo que Sally Carrol deseaba; y además Sally lo quería: lo quería con esa parte de sí misma que reservaba especialmente para el amor. Sally Carrol estaba dividida en partes perfectamente definidas.

Paseaban durante su última tarde juntos, y ella se dio cuenta de que, casi inconscientemente, dirigía sus pasos hacia uno de sus refugios preferidos, el cementerio. Cuando estuvo ante sus ojos, blanco grisáceo y verde dorado bajo el alegre sol poniente, Sally se detuvo, indecisa, ante la cancela.

—¿Eres una persona triste, Harry? —preguntó con una sombra de sonrisa.

—¿Triste? Claro que no.

—Entremos entonces. Este sitio deprime a mucha gente, pero a mí me gusta.

Cruzaron la verja y siguieron un sendero que corría a través de un ondulado valle de tumbas: tumbas grises de polvo y moho para los muertos de los años cincuenta; esculpidas caprichosamente con motivos florales y ánforas para los muertos de los setenta; excesivamente adornadas, horribles, para los muertos de los años noventa, con gordos querubines de mármol sumergidos en un sueño profundo sobre cojines de piedra, y una exuberante e imposible vegetación de anónimas flores de granito. De vez en cuando veían una figura arrodillada que dejaba una ofrenda de flores, pero sobre la mayoría de las tumbas sólo había silencio y hojas secas, y sólo la fragancia que sus oscuros recuerdos podían despertar en la imaginación de los vivos.

Alcanzaron la cima de una colina y se encontraron frente a un lápida alta y redonda, picoteada por manchas oscuras de humedad y casi cubierta de hiedra.

—«Margery Lee» —leyó Sally—, «1844-1873». Tuvo que ser bonita, ¿verdad? Murió a los veintinueve años. Querida Margery Lee —añadió en voz baja—. ¿Te la puedes imaginar, Harry?

—Sí, Sally Carrol.

Harry sintió una mano pequeña que se metía dentro de la suya.

—Era morena, me parece; y llevaba siempre un lazo en el pelo y maravillosas faldas en forma de campana, celestes y rosa.

—Sí.

—¡Era tan dulce, Harry! Y era de esas chicas que nacieron para esperar a los invitados en un

128

porche inmenso, con columnas. Me parece que muchos hombres se fueron a la guerra pensando volver junto a ella, y quizá ninguno volvió.

Harry se acercó a la lápida, para buscar una fecha de matrimonio.

—Aquí no dice nada.

—Claro que no. ¿Qué podría ser más elocuente que el nombre, Margery Lee, y la fecha?

Se acercó a Harry y él sintió un inesperado nudo en la garganta cuando ella le rozó la mejilla con su pelo rubio.

—La estás viendo, ¿verdad, Harry?

—La estoy viendo —asintió con ternura—. La veo a través de tus ojos preciosos. Estás maravillosa ahora mismo: así tuvo que ser ella.

Estaban de pie, juntos y en silencio, y Harry sentía cómo temblaban un poco los hombros de Sally. Un airecillo barrió la colina y agitó el ala de la pamela de Sally.

—¡Bajemos!

Sally Carrol señalaba con el dedo una llanura al otro lado de la colina: mil cruces blancas, grisáceas, se extendían sobre la hierba verde en ordenadas filas interminables, como los fusiles de un batallón.

—Son los confederados muertos —dijo Sally escuetamente.

Iban paseando y leyendo las inscripciones, siempre un nombre y una fecha, a veces casi indescifrables.

—La última fila es la más triste… Mira, en aquella zona. Cada cruz sólo lleva una fecha y una palabra: «Desconocido».

Lo miró y los ojos se le llenaron de lágrimas.

—No puedo explicarte lo real que todo esto es para mí, querido…, si ya no lo sabes.

—Para mí es maravilloso lo que sientes.

—No, no, no se trata de mí, sino de ellos, de aquel tiempo pasado que yo intento mantener vivo dentro de mí. Fueron sólo hombres, sin importancia evidentemente, o no serían «desconocidos»; pero murieron por lo más maravilloso del mundo: por el muerto Sur. Ya sabes —añadió con la voz aún velada y los ojos brillantes de lágrimas—, la gente tiene sueños que la ligan a las cosas, y yo he crecido con este sueño. Ha sido fácil, porque son cosas muertas que no podían desilusionarme. Creo que he intentado vivir, según los criterios de *noblesse oblige* del pasado, pero sólo quedan los últimos vestigios, ya sabes, como las rosas de un antiguo jardín que murieran a nuestro alrededor: el atisbo en algún chico de una cortesía y una caballerosidad extraordinarias, las historias que me contaron muchas veces algunos negros muy viejos y un soldado confederado que vivía junto a mi casa. Ay, Harry, ¡había algo verdadero en todo eso! Nunca he sabido explicártelo bien, pero había algo verdadero.

—Te entiendo —volvió a asegurarle dulcemente.

Sally Carrol sonrió y se secó las lágrimas con el pico del pañuelo que asomaba del bolsillo superior de Harry.

—No estás triste, ¿verdad, amor mío? Hasta cuando lloro, soy feliz aquí: me da una especie de fuerza.

Dieron la vuelta y, de la mano, se alejaron despacio. Encontraron hierba blanda, y Sally hizo que Harry se sentara a su lado, con la espalda apoyada en lo que quedaba de un bajo muro en ruinas.

—Me gustaría que aquellas tres viejas se largaran —se quejó Harry—. Quiero besarte, Sally Carrol.

—Yo también.

Esperaron impacientes a que las tres figuras encorvadas se alejaran, y entonces Sally lo besó hasta que el cielo pareció apagarse poco a poco, y todas sus sonrisas y lágrimas se desvanecieron en el éxtasis de un minuto eterno.

Luego regresaron lentamente, mientras en las esquinas de la calle el crepúsculo jugaba a las damas soñolientamente, negras contra blancas, con el final del día.

—Tienes que ir al Norte a mediados de enero —dijo Harry—, y quedarte un mes por lo menos. Será magnífico. Es el carnaval de invierno, y, si no has visto nunca la nieve, será como si estuvieras en el país de las hadas. Habrá patinaje y esquí, y toboganes y trineos, y desfiles y cabalgatas a la luz de las antorchas con raquetas para andar por la nieve. Hace años que no se celebra el carnaval de invierno, así que quieren montar lo nunca visto.

—¿Pasaré frío, Harry? —preguntó Sally de pronto.

—Claro que no. Quizá se te congele la nariz, pero no tiritarás de frío. Es un frío seco, ¿sabes?

—Creo que estoy hecha para el verano. Jamás me ha gustado el frío.

Calló, y guardaron silencio un instante.

—Sally Carrol —dijo Harry muy despacio—, ¿qué te parecería marzo?

—Digo que te quiero.

—¿Marzo?

—Marzo, Harry.

III

En el coche-cama hizo mucho frío toda la noche. Sally llamó al revisor para pedirle otra manta y, como no se la pudieron dar, intentó en vano, acurrucándose en el fondo de su litera y doblando las mantas, dormir por lo menos unas horas: quería estar resplandeciente por la mañana.

Se levantó a las seis y, después de vestirse con dificultad, fue dando traspiés al vagón restaurante, a tomar un café. La nieve se había filtrado en los pasillos y cubría el suelo con una capa resbaladiza. Era un misterio este frío que invadía todos los rincones. El aliento de Sally era perfectamente visible, y lo lanzaba al aire con ingenuo placer. Sentada en el vagón restaurante, miraba a través de la ventanilla colinas blancas y valles y pinos en los que cada rama era una fuente verde para un frío banquete de nieve. De vez en cuando una granja solitaria pasaba rapidísima, fea, inhóspita y desolada en la tierra blanca y baldía; y cada casa le provocaba un escalofrío de compasión por las criaturas que, encerradas allí, esperaban la primavera.

Cuando dejó el vagón restaurante y, tambaleándose, volvió al coche-cama, sintió una oleada de energía y se preguntó si aquélla era la sensación del aire vivificador del que Harry le había hablado. Aquél era el Norte, el Norte: ahora era su tierra.

—¡*Soplen los vientos, evohé!* / *Vagabunda seré* —cantó exultante entre dientes.

—¿Cómo ha dicho? —preguntó educadamente el mozo.

—He dicho: «Déjeme en paz».

Los largos cables del telégrafo se duplicaron. Dos raíles corrían junto al tren, luego tres, cuatro... Siguió una sucesión de casas con el tejado blanco, entre las que aparecía y desaparecía un tranvía con las ventanas empañadas, y calles, y más calles: la ciudad.

Se quedó inmóvil y aturdida un momento, de pie en la estación cubierta de escarcha, antes de ver a tres figuras cubiertas de pieles que se le acercaban.

—¡Allí está!

—¡Eh, Sally Carrol!

Sally Carrol dejó caer la maleta.

—¡Eh, hola!

Un rostro vagamente familiar y frío como el hielo la besó, y se vio de pronto entre un grupo de caras que parecían arrojar grandes nubes de humo pesado. Estrechaba manos. Eran Gordon, un hombre bajo y entusiasta, de unos treinta años, que parecía una copia torpe e imperfecta de Harry; y su mujer, Myra, una señora lánguida con el pelo muy rubio bajo una gorra de piel, de automovilista. Casi inmediatamente Sally Carrol pensó que tenía rasgos vagamente escandinavos. Un alegre chófer se hizo cargo de su maleta, y entre un ir y venir de frases a medio terminar, exclamaciones y superficiales y lánguidos «querida mía» de Myra, se fueron empujando unos a otros hacia la salida de la estación.

Y ya atravesaban en coche una tortuosa sucesión de calles nevadas en las que docenas de chiquillos ataban trineos a los coches y a las furgonetas de reparto.

—¡Oh! —exclamó Sally Carrol—. Yo también quiero hacerlo. ¿Podemos, Harry?

—Eso es cosa de niños. Pero podríamos...

—Esto parece un circo —dijo con pena.

La casa era una construcción irregular sobre un lecho de nieve, y allí conoció a un hombre grande, de cabellos blancos, que le cayó bien, y a una señora que parecía un huevo, y que la besó: eran los padres de Harry. Luego transcurrió una hora indescriptible y sin respiro, llena de frases a medias, agua caliente, huevos con beicon y confusión; y después se quedó sola con Harry en la biblioteca, y le preguntó si podía fumar.

Era una amplia habitación con una Virgen sobre la chimenea y filas y filas de libros encuadernados en oro y oro viejo y rojo brillante. Todas las sillas tenían piezas de encaje sobre las que apoyar la cabeza, y el sofá apenas si era cómodo, y algunos libros, sólo algunos, parecían haber sido leídos: Sally Carrol volvió a ver por un instante la vieja y maltrecha biblioteca de su casa, con los enormes tomos sobre medicina de su padre, y los retratos al óleo de sus tres tías abuelas, y el viejo sofá que llevaba aguantando con remiendos desde hacía cuarenta y cinco años y seguía siendo una maravilla para soñar echada en él. De pronto le pareció que aquella habitación no era ni agradable ni nada en particular. Sólo era una habitación con un montón de cosas caras que parecían tener menos de quince años.

—¿Qué te parece todo esto? —preguntó Harry con ansiedad—. ¿Te has llevado una sorpresa? Quiero decir si era lo que esperabas.

—Tú eres lo que yo esperaba, Harry —respondió apaciblemente, y le tendió los brazos.

Después de un beso breve, Harry se empeñó en sacarle a la fuerza una muestra de entusiasmo.

—La ciudad, digo. ¿No te gusta? ¿No sientes la energía en el aire?

—Ay, Harry —se rió—, dame tiempo. No puedes acribillarme a preguntas.

Aspiró el humo del cigarrillo con un suspiro de satisfacción.

—Sólo quiero decirte una cosa —comenzó él, casi con tono de excusa—: vosotros, los del Sur, ponéis mucho énfasis en la familia y en todas esas cosas… No es que eso esté mal, pero aquí encontrarás una pequeña diferencia. Quiero decir que… descubrirás un montón de cosas que te parecerán al principio un alarde de vulgaridad, Sally Carrol; pero recuerda que ésta es una ciudad de sólo tres generaciones. Todos tienen padre, y la mitad más o menos tenemos abuelo. Pero no vamos más allá.

—Por supuesto —murmuró Sally.

—Verás, nuestros abuelos fundaron la ciudad y muchos de ellos hubieron de adaptarse a los trabajos más insólitos mientras la fundaban. Hay, por ejemplo, una mujer que es el modelo de buenas maneras para todos, y su padre fue el primer basurero que tuvo la ciudad… Cosas así pasan.

—Pero ¿cómo has creído —preguntó Sally Carrol, perpleja— que yo iba a andar por ahí criticando a la gente?

—No es eso —interrumpió Harry—; ni estoy defendiendo a nadie. Sólo es que… Bueno, el verano pasado vino una chica del Sur y dijo algunas cosas poco agradables, y… Bueno…, sólo quería decírtelo.

Sally Carrol se sintió de repente indignada —como si hubiera sido injustamente abofeteada—, pero evidentemente Harry consideraba terminado el asunto, pues continuaba con el mayor entusiasmo:

—Estamos en carnaval, ya sabes: el primero desde hace diez años. Y están levantando un palacio de hielo, el primero desde 1885. Lo están construyendo con los bloques de hielo más transparentes que han encontrado, y es enorme.

Sally se levantó, se acercó a la ventana, apartó los pesados cortinones y miró a la calle.

—¡Ah! —exclamó de repente—. ¡Hay dos niños haciendo un muñeco de nieve! Harry, ¿puedo salir a ayudarles?

—¡Estás soñando! Ven y dame un beso.

Se apartó de la ventana a regañadientes.

—No creo que este clima sea el mejor para besarse, ¿no te parece? Vaya, que no tienes ninguna gana de quedarte quieto, sin hacer nada, ¿no?

137

—No vamos a quedarnos quietos. Tengo libre la primera semana que vas a pasar aquí, y esta noche vamos a ir a cenar y a bailar.

—Ay, Harry —confesó, sentándose a medias en sus piernas y en los cojines—, me siento confundida, de verdad. No tengo la menor idea de si me gustará este sitio, y no sé lo que la gente espera de mí, ni nada de nada. Tienes que ayudarme, querido.

—Te ayudaré —dijo con ternura—, si me dices que estás contenta de haber venido.

—Claro que estoy contenta, ¡terriblemente contenta! —murmuró Sally, introduciéndose entre sus brazos como ella sólo sabía hacerlo—. Donde tú estás, está mi casa, Harry.

Y, cuando lo dijo, tuvo la sensación, quizá por primera vez en su vida, de que estaba representando un papel.

Aquella noche, a la luz de los candelabros, en una cena en la que los hombres parecían llevar el peso de la conversación, mientras las chicas mantenían una arrogante frialdad, ni siquiera la presencia de Harry, sentado a su izquierda, consiguió que se sintiera cómoda.

—Buena gente, ¿no te parece? —le preguntó Harry—. Mira a tu alrededor: aquél es Spud Hubbard, defensa del equipo de Princeton el curso pasado, y aquel es Junie Morton: el pelirrojo que está a su lado y él han sido capitanes del equipo de hockey de Yale; Junie es de mi promoción. Sí, los mejores atletas del mundo son de los Estados de por aquí. Es una tierra de hombres, te lo digo yo. ¡Acuérdate de John J. Fishburn!

—¿De quién? —preguntó Sally Carrol inocentemente.

—¿No lo conoces?

—Lo he oído nombrar.

—Es el mayor productor de trigo del Noroeste y uno de los hombres de negocios más importantes del país.

Sally se volvió de repente hacia una voz que le hablaba a su derecha.

—Creo que han olvidado presentarnos. Soy Roger Patton.

—Yo soy Sally Carrol Happer —respondió, con simpatía.

—Sí, lo sé. Harry me dijo que ibas a venir.

—¿Eres pariente suyo?

—No, soy su profesor.

—Ah —se rió.

—En la universidad. Tú eres del Sur, ¿no?

—Sí, de Tarleton, en Georgia.

Le gustaba: bigote entre castaño y pelirrojo, y ojos celestes y húmedos que tenían algo que les faltaba a otros ojos: capacidad para apreciar las cosas. Durante la cena intercambiaron de vez en cuando alguna frase, y Sally se propuso volver a verlo.

Después del café le presentaron a muchos jóvenes bien parecidos que bailaban con consciente afectación y parecían dar por supuesto que ella no quería hablar de otra cosa que no fuera Harry.

«¡Dios mío! —pensó—, me tratan como si el hecho de que tenga novio me hiciera mayor que ellos, ¡como si fuera a contarles a sus madres lo que me dicen!»

En el Sur una chica con novio, incluso una joven casada, espera las mismas bromas y los mismos cumplidos cariñosos que una debutante en sociedad, pero allí eso parecía estar prohibido. Un joven, que había empezado a tomar los ojos de Sally como tema de conversación, diciendo que lo habían fascinado desde que llegó, pareció terriblemente confundido en cuanto supo que estaba invitada en casa de los Bellamy y era la novia de Harry. Parecía tener la sensación de haber incurrido en una metedura de pata soez e imperdonable, y adoptó inmediatamente una actitud ceremoniosa y estirada, y, a la primera oportunidad, la dejó sola.

Sally se sintió feliz cuando, en uno de los cambios de pareja, mientras bailaba con otro, Roger Patton le sugirió que descansaran un rato.

—Bueno —preguntó con un alegre guiño—, ¿qué tal está nuestra Carmen del Sur?

—Mejor que bien. ¿Y qué tal..., qué tal está Dangerous Dan McGrew? Lo siento, pero es el único nordista del que sé algo.

Roger parecía divertido.

—Desde luego —confesó—, como profesor de literatura no debería haber leído nada de Dangerous Dan McGrew.

—¿Eres de aquí?

—No, soy de Filadelfia. Importado de Harvard para enseñar francés. Pero llevo aquí diez años.

—Nueve años y trescientos sesenta y cuatro días más que yo.

—¿Te gusta el Norte?

—Pues... ¡Claro que sí!

—¿De verdad?

—Bueno, ¿por qué no? ¿No tengo cara de estar pasándomelo bien?

—Te he visto mirar por la ventana hace un minuto: estabas temblando.

—Sólo es mi imaginación —se rió Sally Carrol—. Estoy acostumbrada a ver que nada se mueve, y, a veces, cuando miro por la ventana y veo los copos de nieve, me parece como si algo muerto se estuviera moviendo.

Él asintió, como si la entendiera.

—¿Nunca habías estado en el Norte?

—He pasado dos veces el mes de julio en Asheville, en Carolina del Norte.

—Es gente agradable, ¿no? —sugirió Patton, señalando hacia el remolino de la pista de baile.

Sally Carrol dudó. Era lo mismo que Harry había dicho.

—¡Claro que sí! Son… caninos.

—¿Cómo?

Sally enrojeció.

—Perdona; lo que he dicho suena peor de lo que yo quería. ¿Sabes? Cuando pienso en las personas, las divido en felinos y caninos, con independencia de su sexo.

—¿Tú qué eres?

—Yo soy felina. Y tú también. Así son la mayoría de los hombres del Sur y la mayoría de esas chicas.

—¿Y Harry qué es?

—Harry es inconfundiblemente canino. Todos los hombres que he conocido esta noche parecen caninos.

141

—¿Qué implica ser canino? ¿Cierta masculinidad deliberada, opuesta a la sutileza?

—Puede que sí. Nunca lo he analizado a fondo. Yo sólo observo a las personas y digo de golpe: canino o felino. Me figuro que es totalmente absurdo.

—En absoluto. Me interesa. Yo tenía una teoría sobre esta gente. Me parece que están helándose.

—¿Qué?

—Creo que se están convirtiendo en suecos… Ya sabes…, ibsenianos. Poco a poco se están volviendo pesimistas y melancólicos. Es por estos inviernos tan largos. ¿Nunca has leído a Ibsen?

Sally negó con la cabeza.

—Bueno, sus personajes tienen cierta severidad taciturna. Son virtuosos, intolerantes, sombríos, sin demasiada capacidad para grandes dolores ni grandes alegrías.

—¿Sin sonrisas ni lágrimas?

—Exactamente. Ésa es mi teoría. Aquí, sabes, hay miles de suecos. Me figuro que vienen porque el clima es muy similar al suyo, y poco a poco se van mezclando con los otros. Es probable que esta noche, aquí, no lleguen a la media docena, pero… Hemos tenido cuatro gobernadores suecos. ¿Te aburro?

—Me interesa mucho.

—Tu futura cuñada es medio sueca. Personalmente, me cae bien, pero tengo la teoría de que los suecos, en general, ejercen una influencia negativa sobre nosotros. Los escandinavos, no sé si lo sabes, poseen el mayor porcentaje de suicidios del mundo.

—¿Por qué vives aquí si es tan deprimente el lugar?

—Ah, no me afecta. Llevo una vida de ermitaño, y creo que los libros significan para mí más que la gente.

—Pero todos los escritores dicen que el Sur es trágico. Ya sabes: *señoritas* españolas, pelo negro, puñales y músicas embrujadoras.

Él negó con la cabeza.

—No, las razas nórdicas son las razas trágicas: no se permiten el lujo consolador de las lágrimas.

Sally Carrol se acordó del cementerio: pensó que aquello era vagamente lo que ella quería expresar cuando decía que no la ponía triste.

—Los italianos quizá sean el pueblo más alegre del mundo… Pero, bueno, es un tema aburrido —se interrumpió—. De todas maneras, quiero decirte que vas a casarte con un hombre estupendo.

Sally Carrol sintió la tentación de hacer confidencias.

—Lo sé. Soy de esas personas que necesitan que las cuiden un poco, y estoy segura de que me van a cuidar.

—¿Bailamos? Es estimulante —continuó mientras se ponían de pie— encontrar a una chica que sabe por qué se casa. Nueve de cada diez imagina el matrimonio como una especie de crepuscular paseo de película.

Sally se rió: lo encontraba tremendamente simpático.

Dos horas después, camino de casa, en el coche, se acurrucó junto a Harry en el asiento de atrás.

—Ah, Harry —murmuró—, ¡qué frío hace!

—Pero aquí estamos calientes, cariño.

—Pero afuera hace frío; y, ay, ese rugido del viento…

Sumergió la cara profundamente en el abrigo de piel de Harry y, sin querer, tembló cuando los labios fríos le besaron el lóbulo de la oreja.

IV

La primera semana de su visita pasó como un torbellino. Un frío atardecer de enero dio el paseo en trineo, tirado por un coche, que le habían prometido. Envuelta en pieles, pasó una mañana lanzándose en trineo por la colina del club de campo; incluso se empeñó, mientras esquiaba, en flotar en el aire durante un instante glorioso antes de aterrizar, fardo risueño y revuelto, sobre un blando montón de nieve. Todos los deportes de invierno le gustaron, excepto una tarde que pasó en un llano deslumbrador, sobre raquetas de nieve, bajo un sol amarillo pálido. Pero pronto se dio cuenta de que estas cosas eran para niños: que la mimaban para complacerla, y que la alegría que la rodeaba era sólo un reflejo de la suya.

Al principio la familia Bellamy la desconcertaba. Los hombres eran leales y le gustaban; el señor Bellamy, especialmente, con su pelo color de acero y su dignidad llena de energía: Sally le tomó cariño inmediatamente cuando supo que había nacido en Kentucky; este detalle lo convirtió en un vínculo entre la antigua vida y la nueva. Pero hacia las mujeres sentía una clara hostilidad. Myra, su futura cuñada, parecía la esencia del convencionalismo sin alma. Su conversación estaba tan desprovista de personalidad que Sally Carrol, que venía de una tierra en la que cierto encanto y cierta desenvoltura casi se les suponía a las mujeres, más bien la despreciaba.

«Si estas mujeres no fueran guapas —pensaba—, no serían nada. Se desvanecen cuando las miras. Son como criadas presuntuosas. Los hombres son el centro de todas las reuniones.»

Estaba, por fin, la señora Bellamy, a quien Sally Carrol detestaba. La impresión del primer día, la impresión de haber visto un huevo, había sido confirmada: un huevo de voz cascada e insidiosa y andares de culibaja regordeta y sin gracia que le hacían pensar a Sally Carrol que, si alguna vez se cayera, terminaría hecha una tortilla. Además, la señora Bellamy parecía personificar la hostilidad de la ciudad hacia los forasteros. Llamaba «Sally» a Sally Carrol, y no hubo manera de convencerla de que el nombre compuesto era algo más que un apodo ridículo y fastidioso. Para Sally Carrol, abreviar su nombre era como presentarla medio desnuda ante la gente. «Sally Carrol» le gustaba; «Sally» le parecía detestable. Sabía también que la madre de Harry desaprobaba que tuviera cortado el pelo como un chico; y no se había atrevido a fumar en la planta principal desde el primer día, en que la señora Bellamy había entrado en la biblioteca olfateando agresivamente.

De todos los hombres que había conocido prefería a Roger Patton, que visitaba con frecuencia la casa. Nunca volvió a aludir a las tendencias ibsenianas del populacho, pero, cuando un día entró y la encontró leyendo *Peer Gynt*, se echó a reír y le dijo que olvidara lo que le había dicho: sólo eran tonterías.

Y, entonces, una tarde de la segunda semana, Harry y ella bordearon peligrosamente el filo de una arriscada bronca. Sally Carrol consideraba que Harry tenía toda la culpa, aunque Serbia había sido, en aquella ocasión, un desconocido que no se había planchado los pantalones.

Volvían a casa entre montañas de nieve y bajo un sol que Sally Carrol apenas reconocía. Dejaron atrás a una chiquilla tan envuelta en lana gris que parecía un osito de peluche, y Sally Carrol no pudo reprimir un comentario maternal.

—¡Mira, Harry!

—¿Qué?

—Esa chica… ¿Le has visto la cara?

—Sí, ¿por qué?

—La tenía roja como una fresa. ¡Qué linda!

—¿Sí? Pues tú tienes la cara casi igual de roja. Aquí todos están sanos. Nos da el aire frío en cuanto empezamos a andar. ¡Un clima maravilloso!

Lo miró y tuvo que darle la razón. Parecía completamente sano: como su hermano. Y aquella misma mañana se había dado cuenta del nuevo color de sus mejillas.

Algo atrajo sus miradas de pronto, y por un instante fijaron la vista en la esquina de la calle: allí parado, había un hombre con las rodillas flexionadas y los ojos vueltos hacia arriba con una expresión tensa, como si estuviera a punto de saltar hacia el cielo helado. Y entonces los dos estallaron en un ataque de risa porque, al acercarse más, descubrieron que se había tratado de una absurda y momentánea ilusión óptica producida por la exagerada holgura de los pantalones abolsados del hombre.

—¡Vaya tipo! —rió Sally.

—Debe de ser del Sur, a juzgar por sus pantalones —insinuó Harry con malicia.

—¡Oye, Harry!

La mirada sorprendida de Sally pareció irritarlo.

—¡Estos malditos sudistas!

Los ojos de Sally Carrol chispearon.

—¡No los llames así!

—Lo siento, querida —dijo Harry, disculpándose, pero con malicia—, tú ya sabes lo que pienso de ellos. Son una especie de…, de degenerados: no tienen nada que ver con los antiguos sudistas. Han vivido tanto tiempo allí abajo, con todos esos negros, que se han vuelto perezosos e inútiles.

—¡Cierra la boca, Harry! —gritó Sally, furiosa—. No son así. Quizá sean perezosos…, cualquiera lo sería en aquel clima, pero son mis mejores amigos y no soporto que los critiquen así, tan tajantemente. Algunos son los mejores hombres del mundo.

—Sí, lo sé. Son perfectos cuando estudian en las universidades del Norte, pero, de todos los individuos mezquinos, mal vestidos y sucios que he conocido en mi vida, los peores eran una pandilla de pueblerinos del Sur.

Sally Carrol había cerrado los puños enguantados y se mordía furiosamente el labio.

—¡Cómo! —continuó Harry—. Había uno en mi curso, en New Haven. Todos creíamos haber encontrado por fin un auténtico representante de la aristocracia del Sur, pero resultó que no era ni mucho menos un aristócrata: sólo era el hijo de un politicastro del Norte, dueño de casi todo el algodón de Mobile y sus alrededores.

—Un hombre del Sur no hablaría como tú estás hablando ahora —dijo Sally sin alterarse.

—¡Le faltaría el coraje suficiente!

—U otra cosa.

—Lo siento, Sally Carrol, pero tú misma has dicho que no te casarías con uno del Sur…

—Eso es completamente distinto. Yo te he dicho que no uniría mi vida a ninguno de los chicos que dan vueltas por Tarleton, pero nunca he hecho generalizaciones tan tajantes.

Siguieron paseando en silencio.

—Quizá haya cargado demasiado las tintas, Sally Carrol. Lo siento.

Asintió, pero no contestó. Cinco minutos más tarde, ya en el recibidor de la casa, de repente lo abrazó.

—Ay, Harry —exclamó, con los ojos llenos de lágrimas—, casémonos la semana que viene. Me dan miedo estas peleas. Estoy asustada, Harry. Sería distinto si estuviéramos casados.

Pero Harry, que tenía la culpa de la discusión, todavía estaba enfadado.

—Sería una idiotez. Hemos decidido que sea en marzo.

Las lágrimas desaparecieron de los ojos de Sally; su expresión se endureció levemente.

—Muy bien; supongo que no debería haber dicho nada.

Harry se enterneció.

—¡Mi niña tonta! Ven, dame un beso, y no le demos más vueltas.

Aquella misma noche, al final de un espectáculo de variedades, la orquesta tocó *Dixie* y Sally Carrol sintió muy adentro algó más fuerte y perdurable que las lágrimas y sonrisas de aquel día. Se inclinó hacia delante, agarrándose a los brazos del sillón con tal fuerza que su cara se puso escarlata.

—¿Te has emocionado, querida? —murmuró Harry.

Pero no lo oyó. Al vibrante brío de los violines y al redoblar excitante de los timbales desfilaban en la oscuridad sus viejos fantasmas, y, mientras los pífanos murmuraban y suspiraban, parecían tan próximos, casi visibles, que hubiera podido decirles adiós con la mano.

> *¡Adelante, adelante,*
> *adelante, hacia el Sur, a Dixie!*
> *¡Adelante, adelante,*
> *adelante, hacia el Sur, a Dixie!*

V

Era una noche especialmente fría. El día anterior un deshielo imprevisto casi había despejado las calles, pero ahora volvía a invadirlas un polvoriento fantasma de nieve que avanzaba en líneas onduladas a los pies del viento y llenaba las capas de aire más bajas de una niebla de partículas impalpables. No había cielo: sólo una carpa oscura y amenazadora que se cernía sobre las calles y que, en realidad, era un inmenso ejército de copos de nieve en marcha, mientras, por todas partes, helando el reconfortante fulgor dorado y verde de las ventanas iluminadas, y amortiguando el trote uniforme del caballo que tiraba del trineo, el viento del norte soplaba interminablemente. La ciudad era tétrica, pensaba Sally Carrol: tétrica.

A veces, durante la noche, había tenido la impresión de que nadie la habitaba: todos se habían ido hacía mucho, dejando que las casas iluminadas fueran cubiertas, al pasar el tiempo, por sepulcrales montañas de nieve. ¡Ah, si la nieve cubriera su tumba! Permanecer bajo montañas de nieve todo el invierno, donde su lápida sería una sombra clara entre sombras claras. Su tumba: una tumba que debería estar llena de flores, lavada por el sol y la lluvia.

Volvía a pensar en las granjas aisladas que el tren había dejado atrás, en cómo sería la vida allí durante el largo invierno: mirar interminablemente por la ventana, la costra de hielo sobre los blandos montones de nieve, y, por fin, el lento deshielo sin alegría y la áspera primavera de la que le había hablado Roger Patton. Su primavera... Perder su primavera para siempre, con sus lilas y la dulzura perezosa, que le encendía el corazón. Estaba renunciando a aquella primavera, y más tarde tendría que renunciar a aquella dulzura.

Con una intensidad creciente, la tormenta se fue desatando. Sally Carrol sentía cómo una película de copos de nieve se disolvía rápidamente sobre sus cejas, y Harry alargó el brazo cubierto de piel y le bajó la complicada capucha de franela. Y entonces los copos pequeños iniciaron una nueva escaramuza y el caballo inclinó pacientemente el cuello mientras una capa transparente, blanca, aparecía fugazmente sobre su manta.

—Tiene frío, Harry —dijo Sally Carrol de pronto.

—¿Quién? ¿El caballo? No, no. ¡Le gusta!

Diez minutos después doblaron una esquina y avistaron su destino. Sobre una alta colina que se dibujaba en un verde intenso y deslumbrante contra el cielo invernal, se alzaba el palacio de hielo. Tenía tres pisos, con almenas y troneras y estrechas ventanas de las que colgaban carámbanos, y las innumerables lámparas eléctricas del interior le daban al gran salón central una transparencia maravillosa. Sally Carrol apretó la mano de Harry bajo la manta de piel.

—¡Es extraordinario! —exclamó Harry con entusiasmo—. ¡Caramba! ¡Es espléndido! ¡No construían uno igual desde 1885!

Inexplicablemente, la idea de que no hubiera existido otro igual desde 1885 le pareció angustiosa a Sally. El hielo era un fantasma, y aquella mansión de hielo estaría habitada seguramente por los espectros del siglo pasado: rostros lívidos y borrosas cabelleras de nieve.

—Vamos, querida —dijo Harry.

Salió tras él de mala gana y esperó a que Harry atara el caballo. Un grupo de cuatro personas —Gordon, Myra, Roger Patton y otra chica— se detuvo junto a ellos con un terrible tintinear de campanillas. Se había ido congregando una verdadera multitud, envuelta en pieles o zamarras, que gritaba y voceaba mientras avanzaba entre la nieve, tan espesa ya que la gente apenas se distinguía a pocos metros de distancia.

—¡Mide cincuenta metros de alto! —le decía Harry a una figura embozada que caminaba penosamente a su lado hacia la entrada—; ocupa una superficie de cinco mil quinientos metros cuadrados.

Sally captaba fragmentos de conversación: «Un salón principal…» «Muros de medio metro o un metro de espesor…» «Y la gruta de hielo tiene casi kilómetro y medio de…» «El canadiense que lo ha construido…».

Encontraron la entrada, y, deslumbrada por la magia de los grandes muros de cristal, Sally Carrol se sorprendió repitiendo una y otra vez unos versos de *Kubla Khan*:

> *Era un milagro de raro artificio,*
> *una cúpula de placer,*
> *iluminada por el sol y con grutas de hielo.*

En la grande y resplandeciente caverna, que negaba las tinieblas del exterior, se sentó en un banco, y la angustia de la noche se disipó. Harry tenía razón: era precioso; y su mirada recorrió la superficie suave de los muros, los bloques de hielo elegidos por su pureza y claridad con el fin de obtener aquel efecto de opalescencia translúcida.

—¡Mira! ¡Allá vamos, chicos! —gritó Harry.

Una banda de música, en la esquina más lejana, entonó «¡Bienvenidos, bienvenidos, la banda ya está aquí!», y los ecos de la música llegaron hasta ellos frenética y confusamente, y entonces se apagaron las luces: el silencio parecía fluir por las paredes heladas y derramarse sobre ellos. Sally Carrol aún veía su aliento blanco en la oscuridad, y, frente a ella, una fila difuminada de rostros lívidos.

La música disminuyó hasta ser un suspiro y una queja disuelta en los cantos atronadores que llegaban del exterior: el canto de los clubes que desfilaban. Se fue haciendo más poderoso, como el himno de una tribu vikinga que atravesara un antigua tierra virgen. Aumentó: se estaban acercando. Entonces surgió una fila de antorchas, y otra y otra y otra, y, marcando el paso, una larga columna calzada con mocasines y envuelta en capotes grises, con raquetas de nieve a la espalda, entró en la caverna, y las antorchas ardían y las llamas se elevaban y parpadeaban mientras las voces ascendían por las paredes altas.

La columna gris terminó, y otra la siguió, y ahora la luz fluía misteriosamente sobre capuchas rojas de esquiador y llameantes capotes escarlata, y los recién llegados se sumaron a la canción; entonces apareció un regimiento con uniformes de color azul, verde, blanco, marrón y amarillo.

—Los de blanco son el Club Wacouta —murmuró Harry, emocionado—; son los hombres que has ido conociendo en las fiestas.

Crecía el volumen de las voces; la gran cueva era una fantasmagoría de antorchas ondulantes como lenguas de fuego,·de colores, al ritmo suave de los pasos. La columna de cabeza giró y se detuvo, pelotón frente a pelotón, hasta que la procesión entera compuso una extraordinaria bandera de llamas, y entonces de millares de gargantas surgió un grito poderoso que llenó el aire como el fragor de un trueno e hizo temblar el fuego de las antorchas. Era magnífico, formidable. Era como si el Norte, pensaba Sally Carrol, ofreciera un sacrificio sobre un inmenso altar al Dios de la Nieve, gris y pagano. Mientras el grito se apagaba, la banda volvió a tocar, y se sucedieron las canciones y los resonantes vítores de los clubes. Sally Carrol permanecía inmóvil, a la escucha, mientras los gritos intermitentes rompían el silencio; y entonces se sobresaltó, porque se produjo una lluvia de explosiones y grandes nubes de humo inundaron la cueva: las luces de magnesio de los fotógrafos en plena tarea. Y la ceremonia terminó. Con la banda a la cabeza, los clubes, en formación, reanudaron los cantos y desfilaron hacia la salida.

—¡Vamos! —gritó Harry—. Tenemos que ver el laberinto subterráneo antes de que apaguen las luces.

Se levantaron y se pusieron en marcha hacia la rampa. Harry y Sally Carrol iban en cabeza: la pequeña manopla de Sally se hundía en el gran guante de piel de Harry. Al final de la rampa había una inmensa y vacía sala de hielo con el techo tan bajo que tenían que agacharse. Entonces sus manos se separaron. Antes de que Sally se diera cuenta de lo que él pensaba hacer, Harry se había lanzado hacia uno de los seis corredores resplandecientes que partían de la sala y sólo era una mancha vaga y huidiza contra el trémulo fulgor verde.

—¡Harry! —lo llamó.

—¡Vamos! —le contestó él.

Sally Carrol miró a su alrededor en la sala vacía; era evidente que el resto del grupo había decidido volver a casa: ya estaría fuera, deslizándose por la nieve. Titubeó un instante y echó a correr tras Harry.

—¡Harry! —gritó.

Corrió nueve metros y llegó a una encrucijada; le pareció que alguien respondía, una voz apagada, casi imperceptible, lejos, a la izquierda, y, aguijoneada por el pánico, huyó en aquella dirección, y pasó otra encrucijada, otros dos largos corredores.

—¡Harry!

No hubo respuesta. Echó a correr hacia delante, pero inmediatamente, como un rayo, dio media vuelta y se lanzó en la misma dirección por donde había venido, dominada por un terror súbito y helado.

Alcanzó un recodo —¿era allí?—, siguió a la izquierda y llegó a lo que debería de haber sido la salida a la sala grande y baja, pero sólo era otro corredor reluciente que terminaba en la oscuridad. Gritó otra vez, pero las paredes le devolvieron un eco plano, sin vida, sin resonancia. Volviendo sobre sus pasos, dobló otra esquina y se adentró en un ancho pasillo: era como cruzar el pasadizo verde que abrieron las aguas divididas del mar Rojo, como una húmeda cripta que comunicara tumbas vacías.

Empezaba a resbalarse al andar, por el hielo que se había formado en la suela de los chanclos; tenía que apoyar la mano enguantada en la superficie resbaladiza y viscosa de las paredes para mantener el equilibrio.

—¡Harry!

Tampoco respondió nadie. Su voz rebotó burlonamente al fondo del corredor.

Un instante después, las luces se apagaron y se quedó en la más completa oscuridad. Se le escapó un gemido asustado, y se dejó caer sobre un frío montón de hielo. Se dio cuenta de que al caer se había hecho algo en la rodilla izquierda, pero apenas lo notó, porque la invadía un terror profundo, mucho más grande que el miedo a haberse perdido. Estaba a solas con esa presencia que emanaba del

Norte, la triste soledad que se alzaba de los balleneros atrapados en los hielos del océano Ártico, de las extensiones baldías, sin una hoguera ni una huella, donde yacen diseminados los blanqueados huesos de la aventura. Soplaba el helado aliento de la muerte; venía hacia ella, bajo tierra, para atraparla.

Con un ímpetu frenético y desesperado, volvió a levantarse y se adentró a ciegas en la oscuridad. Tenía que salir. Podía perderse, estar perdida durante días, morir congelada, y permanecer en el hielo como esos cadáveres que, según había leído, se conservaban perfectamente hasta que se derretía un glaciar. Harry seguramente creería que había salido con los otros; seguramente se había ido ya. Nadie sabría nada hasta el día siguiente. Tocó lastimosamente la pared: medio metro de espesor, le habían dicho. ¡Medio metro de espesor!

—¡Ay!

A ambos lados, por las paredes, sentía cosas que se arrastraban, húmedas almas que habitaban aquel palacio, aquella ciudad, aquel Norte.

—¡Aquí! ¡Que venga alguien! —gritó.

Clark Darrow se hubiera dado cuenta de lo que pasaba; o Joe Ewing; no la hubieran dejado allí, perdida para siempre, hasta que se le congelaran el corazón, el cuerpo y el alma. A ella, a Sally Carrol, que era una criatura feliz, una chiquilla alegre a la que le gustaban el calor, el verano y el Sur. ¡Qué extraño era todo, qué extraño!

«No llores —algo le hablaba en voz alta—. No vuelvas a llorar. Tus lágrimas se congelarán; ¡aquí se congelan todas las lágrimas!»

Se derrumbó sobre el hielo.

—¡Ay, Dios mío! —se le quebró la voz.

Pasaron, largos, los minutos, y, muy cansada, sintió que los ojos se le cerraban. Entonces tuvo la sensación de que alguien se sentaba a su lado y con manos cálidas y dulces le cogía la cara. Levantó los ojos con gratitud.

—Ah, es Margery Lee —canturreó en voz baja—. Sabía que vendrías.

Era verdad: era Margery Lee, tal y como Sally Carrol había adivinado que era, con una frente blanca y joven, y ojos grandes y cariñosos, y una falda con mucho vuelo, de un tejido suave sobre el que daba gusto descansar.

—Margery Lee.

Todo se oscurecía, se oscurecía. Todas aquellas tumbas necesitaban una mano de pintura, claro que sí, pero la pintura nueva las estropearía, sí. Aunque, ¿sabes?, tendrías que verlas.

Y entonces, después de que los minutos se sucedieran, primero con rapidez y luego con lentitud, para disolverse por fin en una multitud de rayos borrosos que convergían en un sol amarillo pálido, oyó un gran estrépito que rompió la tranquilidad recién encontrada.

Había sol, había luz: una antorcha, y otra, y voces; una cara se materializó bajo la antorcha, brazos fuertes la levantaban, y sintió algo en la mejilla… algo húmedo. Alguien la había cogido y le frotaba la cara con nieve. ¡Qué ridículo! ¡Con nieve!

—¡Sally Carrol! ¡Sally Carrol!

Era Dangerous Dan McGrew; y dos rostros desconocidos.

—¡Chica, chica! ¡Te llevamos buscando dos horas! ¡Harry está medio loco!

Las cosas recuperaron su lugar inmediatamente: las canciones, las antorchas, el clamor de los clubes en marcha. Sally Carrol se revolvió en los brazos de Patton y emitió un gemido bajo y prolongado.

—¡Quiero irme de aquí! ¡Quiero volver al Sur! —su voz se elevó, se convirtió en un grito que heló el corazón de Harry, que llegaba a todo correr por el pasillo vecino—. ¡Mañana! —gritó Sally con pasión desenfrenada, delirando—. ¡Mañana! ¡Mañana! ¡Mañana!

VI

La luz del sol, abundante y dorada, derramaba un calor enervante, aunque singularmente confortador, sobre la casa que todo el día miraba hacia el camino polvoriento. Dos pájaros armaban un tremendo alboroto en un rincón fresco que habían encontrado entre las ramas del árbol más cercano a la puerta, y calle abajo una negra pregonaba fresas melodiosamente. Era una tarde de abril.

Sally Carrol Happer, sentada con la barbilla en el brazo, y el brazo en el marco de la ventana vieja, miraba soñolientamente entre el polvo de lentejuelas brillantes del que, por primera vez en aquella primavera, se desprendía una oleada de calor. Miraba cómo un Ford viejísimo tomaba una curva peligrosa entre traqueteos y quejidos y se detenía con una sacudida al final de la calle. No dijo nada, y un momento después un silbido estridente y familiar atravesó el aire. Sally Carrol sonrió y parpadeó.

—Buenos días.

Una cabeza surgió tortuosamente bajo la capota del automóvil.

—Ya es por la tarde, Sally Carrol.

—¿Seguro? —dijo Sally con afectada sorpresa—. Ya me lo parecía a mí.

—¿Qué haces?

—Me estoy comiendo un melocotón verde. Creo que me moriré dentro de un minuto.

Clark hizo una última contorsión imposible para poder verle la cara.

—El agua está caliente como si hirviera en una olla. ¿Te vienes a nadar?

—Odio moverme —suspiró Sally Carrol con pereza—, pero creo que iré.

El pirata de la costa

El pirata de la costa *(29 de mayo de 1920) fue el tercer cuento que Fitzgerald publicó en el* Saturday Evening Post *durante ese mes y demuestra sus rápidos progresos como versátil narrador. Es el primer relato en el que se desarrolla el tema, recurrente en la obra de Fitzgerald, de una heroína conquistada por la extraordinaria hazaña de su enamorado.*

El cuento terminaba, en un principio, con la explicación poco convincente de que se trataba de un sueño de Ardita. Fitzgerald volvió a escribir el final para subrayar la ficción *de la narración: «La última frase convenció al señor Lorimer. Es una de las mejores frases que he escrito en mi vida».* El pirata de la costa *fue incluido en el volumen* Flappers y filósofos.

I

Esta historia inverosímil empieza en un mar que era como un sueño azul, de un color tan vivo como el de unas medias de seda azul, y bajo un cielo tan azul como el iris de los ojos de los niños. Desde la mitad oeste del cielo el sol lanzaba pequeños discos dorados sobre el mar: si mirabas con suficiente atención, podías ver cómo saltaban de ola en ola para unirse en un largo collar de monedas de oro que confluían a un kilómetro de distancia antes de convertirse en un crepúsculo deslumbrante. Entre la costa de Florida y el collar de oro, fondeaba un flamante y airoso yate blanco, y bajo la toldilla de popa azul y blanca, tendida en una tumbona de mimbre, una joven rubia leía *La rebelión de los ángeles* de Anatole France.

Tendría unos diecinueve años, y era delgada y flexible, con seductores labios de niña mimada y vivaces ojos grises llenos de radiante curiosidad. Sin calcetines, con un par de zapatillas de raso azul que le servían más de adorno que de calzado y le pendían descuidadamente de la punta de los dedos, apoyaba los pies en el brazo del sillón vacío que tenía más cerca. Mientras leía, se deleitaba de vez en cuando pasándose por la lengua medio limón que tenía en la mano. El otro medio, chupado y seco, yacía en cubierta, a sus pies, meciéndose suavemente de acá para allá al ritmo casi imperceptible de la marea.

La segunda mitad del limón estaba casi exprimida y el collar de oro se había dilatado asombrosamente, cuando, de pronto, un rumor de pesadas pisadas rompió el silencio soñoliento que envolvía al yate, y un hombre maduro, coronado por una cabellera gris y bien cortada, que vestía un traje de franela blanca, apareció por la escalera que llevaba a los camarotes. Se detuvo un momento, hasta que sus ojos se acostumbraron al sol, y, cuando vio a la chica bajo la toldilla, lanzó un largo gruñido recriminatorio.

Si había querido producir algún tipo de sobresalto, estaba condenado a la decepción. La chica, sin inmutarse, pasó dos páginas, retrocedió una, levantó el limón mecánicamente a la distancia requerida para saborearlo, y luego, muy débilmente pero de modo inconfundible, bostezó.

—¡Ardita! —dijo enfadado el hombre del pelo gris.

Ardita emitió un ruidito que no significaba nada.

—¡Ardita! —repitió—. ¡Ardita!

Ardita levantó lánguidamente el limón y dejó que dos palabras se le escaparan antes de lamerlo.

—Ay, cállate.

—¡Ardita!

—¿Qué?

—¿Quieres escucharme, o tengo que llamar a un criado para que te sujete mientras hablo contigo?

El limón descendió lenta y desdeñosamente.

—Dímelo por escrito.

—¿Puedes tener la amabilidad de cerrar ese libro abominable y dejar ese repugnante limón un par de minutos?

—¿Puedes dejarme en paz un segundo?

—Ardita, acabo de recibir una llamada de la costa…

—¿Una llamada? —por primera vez mostraba un leve interés.

—Sí, era…

—¿Quieres decir —lo interrumpió, sorprendida— que han llamado desde la costa?

—Sí, y precisamente ahora…

—¿Y los otros barcos también han captado la llamada?

—No. Es una línea submarina. Hace cinco minutos…

—¡Qué barbaridad! La ciencia es oro, o algo por el estilo, ¿no?

—¿Quieres dejar que termine?

—¡Suéltalo!

—Bien, parece… He subido porque… —hizo una pausa y tragó saliva varias veces, como un loco—. Ah, sí. Jovencita, el coronel Moreland ha llamado otra vez para preguntarme si era seguro que te llevaría a cenar. Su hijo Toby ha venido desde Nueva York para conocerte y ha invitado a otros jóvenes. Por última vez, ¿quieres…?

—No —cortó Ardita—. No quiero. He venido a esta maldita travesía con la única idea de ir a Palm Beach, y tú lo sabes, y me niego terminantemente a ver a ningún maldito coronel ni a ningún maldito muchacho, se llame Toby o como se llame, y a poner el pie en alguna otra maldita ciudad de este Estado de locos. Así que, o me llevas a Palm Beach, o te callas y te vas.

—Muy bien. ¡Es el colmo! Encaprichándote de ese hombre, un hombre famoso por sus excesos, un hombre al que tu padre ni siquiera le hubiera permitido pronunciar tu nombre, te has dejado llevar por la mundanería de medio pelo más que por los ambientes en los que cabe presumir que has crecido. Desde ahora...

—Ya lo sé —lo interrumpió Ardita con ironía—. Desde ahora tú seguirás tu camino y yo el mío. Ya he oído ese cuento. Y sabes que es lo que más me gustaría.

—De ahora en adelante —anunció solemnemente— no eres mi sobrina. Yo...

—¡Ahhhh! —el grito surgió de Ardita con la agonía de un alma en pena—. ¿Por qué no dejas de darme la lata? ¿Por qué no te vas? ¡Salta por la borda y ahógate! ¿Quieres que te tire el libro a la cabeza?

—¡Si te atreves a...!

¡Zas! *La rebelión de los ángeles* surcó los aires, erró el blanco por un pelo y se estrelló alegremente en cubierta.

El hombre del pelo blanco dio instintivamente un paso atrás y luego dos pasos adelante con cautela. Ardita se irguió sobre su metro setenta de estatura y lo miró desafiante, echando chispas por sus ojos grises.

—¡Lárgate!

—¿Cómo te atreves?

—¡Porque me da la gana!

—¡Te has vuelto insoportable! Tienes un carácter…

—¡Vosotros me habéis hecho así! Ningún niño tiene mal carácter si no es por culpa de su familia. Si soy así, es culpa vuestra.

Murmurando algo entre dientes, su tío dio media vuelta, avanzó unos pasos y ordenó a voces que sirvieran el almuerzo. Luego volvió a la toldilla, donde Ardita se había sentado de nuevo para concentrarse en su limón.

—Voy a desembarcar —dijo el tío lentamente—. Volveré esta noche, a las nueve, y regresaremos a Nueva York. Te devolveré a tu tía para que sigas tu vida normal, o más bien anormal.

Calló un instante y la miró, y de repente algo en el puro infantilismo de su belleza pareció atravesar su rabia como se pincha un neumático, y lo dejó sin defensa, dubitativo, completamente atontado.

—Ardita —dijo no sin amabilidad—, no estoy loco. Sé lo que digo. Conozco a los hombres, y, chiquilla, los libertinos recalcitrantes no se reforman hasta que se cansan, y entonces ya no son ellos mismos, sino una sombra de lo que fueron.

La miró como si esperara un signo de asentimiento, pero, al no recibir ni una mirada ni una palabra, prosiguió:

—Puede que ese hombre te quiera, es posible. Ha querido a muchas mujeres y querrá a muchas más. Hace menos de un mes, un mes, Ardita, mantenía una escandalosa relación con esa pelirroja, Mimi Merril; le prometió que le iba a regalar la pulsera que el zar de Rusia le regaló a su madre. Ya sabes…, lees los periódicos.

—«Espeluznantes escándalos de un tío angustiado» —bostezó Ardita—. Haz una película. Depravado hombre de mundo intenta seducir a una virtuosa chica moderna. Chica moderna y virtuosa engatusada completamente por el terrible pasado de un hombre de mundo. Cita en Palm Beach. El tío angustiado frustra los planes.

—¿Puedes decirme por qué demonios quieres casarte con él?

—Estoy segura de que no sabría decírtelo —atajó Ardita—. Quizá porque es el único hombre que conozco, bueno o malo, que tiene imaginación y el valor de mantener sus convicciones. Quizá sea para escapar de esos niñatos idiotas que malgastan su tiempo libre en perseguirme por todo el país. En cuanto a la famosa pulsera rusa, puedes estar tranquilo: me la regalará a mí en Palm Beach, si demuestras un poco de inteligencia.

—¿Y la pelirroja?

—Hace seis meses que no la ve —dijo con rabia—. ¿Crees que no tengo el orgullo suficiente como para preocuparme de esas cosas? ¿No te has dado cuenta de que puedo hacer lo que me dé la gana con el hombre que me dé la gana?

Alzó la barbilla al aire como la estatua de la libertad y estropeó un poco la pose cuando volvió a levantar el limón.

—¿Es la pulsera rusa lo que te fascina?

—No, sólo estoy intentando darte el tipo de explicaciones que convienen a tu inteligencia. Y quiero que te largues —dijo otra vez de mal humor—. Sabes que nunca cambio de opinión. Llevas fastidiándome tres días y me vas a volver loca. ¡No quiero desembarcar! ¡No quiero! ¿Me has oído? ¡No quiero!

—Muy bien —dijo él—, tampoco irás a Palm Beach. De todas las chicas egoístas, mimadas, caprichosas, imposibles y desagradables que he…

¡Paf! La mitad del limón le dio en el cuello. Al mismo tiempo se oyó una voz:

—La mesa está servida, señor Farnam.

Muy enfadado y con tantas cosas que decir que no podía articular palabra, el señor Farnam fulminó con la mirada a su sobrina y, dando media vuelta, desapareció rápidamente por la escala.

II

Las cinco de la tarde cayeron desde el sol y se hundieron silenciosamente en el mar. El collar dorado creció hasta ser una isla resplandeciente, y de repente una canción llenó la débil brisa que había estado jugueteando con los bordes de la toldilla y balanceando una de las zapatillas azules que colgaban de la punta de los pies. Era un coro de hombres en completa armonía y perfectamente acompasados con el sonido de los remos que surcaban las aguas azules. Ardita levantó la cabeza y escuchó:

> *Zanahorias y guisantes,*
> *judías en las rodillas,*
> *cerdos en los mares,*
> *¡camaradas felices!*
> *Moved la brisa,*
> *moved la brisa,*
> *moved la brisa*
> *con vuestro rugido.*

Las cejas de Ardita se fruncieron de asombro. Se sentó y, muy quieta, escuchó atentamente cuando el coro empezó la segunda estrofa.

Cebollas y judías,
Mariscales y Deanes
Goldbergs y Greens
y Costellos.
Moved la brisa,
moved la brisa,
moved la brisa
con vuestro rugido.

Con una exclamación tiró el libro en cubierta, donde rodó y se quedó abierto, y corriendo se asomó por la borda. A veinte metros de distancia se acercaba un gran bote de remos con siete hombres: seis remaban y uno, de pie en la popa, marcaba el compás de la canción con una batuta de director de orquesta.

Ostras y rocas,
serrín y puñetazos,
¿quién puede hacer relojes
con violonchelos?

Los ojos del jefe se clavaron de repente en Ardita, que se inclinaba sobre la borda hechizada por la curiosidad. El jefe hizo un rápido movimiento con la batuta y la canción cesó instantáneamente. Era el único blanco en la barca: los seis remeros eran negros.

—¡Ah del barco! ¡Ah del *Narciso*! —llamó según las normas.

—¿A qué se debe toda esta barahúnda? —preguntó Ardita alegremente—. ¿Sois el equipo de remo del manicomio local?

La barca rozaba ya el costado del yate y un hombretón negro en la proa se agarró a la escala de cuerda. Inmediatamente, el jefe abandonó su posición en la popa y, antes de que Ardita se diera cuenta de sus intenciones, había subido por la escala y se había plantado, jadeante, en cubierta.

—¡Perdonaremos a las mujeres y a los niños! —dijo enérgicamente—. ¡Ahogad sin contemplaciones a los niños que lloren y echad dobles cadenas a los hombres!

Hundiendo las manos en los bolsillos de su vestido, Ardita lo miraba fijamente. El asombro la había dejado sin habla.

Era un joven con un gesto de desdén en los labios y, en el rostro atezado y atractivo, los ojos azules y vivos de un niño saludable. Tenía el pelo negro como la pez, mojado y ensortijado: el pelo de una estatua griega que se hubiera bronceado al sol. Tenía una constitución armoniosa, iba armoniosamente vestido y era garboso y ágil como un futbolista.

—¡Seré pasada por las armas! —dijo atónita.

Se miraban fríamente.

—¿Rindes el barco?

—¿Es un golpe de ingenio? —preguntó Ardita—. ¿Eres idiota o estás haciendo las pruebas de ingreso en alguna hermandad de estudiantes?

—Te he preguntado si rindes el barco.

—Creía que la bebida estaba prohibida por la ley —dijo Ardita con desdén—. ¿Has estado bebiendo esmalte de uñas? Será mejor que te largues del yate.

—¿Cómo? —la voz del joven mostraba incredulidad.

—¡Fuera del yate! ¡Ya me has oído!

La miró un instante como si estuviera meditando lo que había dicho.

—No —dijo lentamente con aquella expresión de desdén—; no, no me iré del yate. Vete tú, si quieres.

Desde la barandilla dio una orden seca e inmediatamente la tripulación de la barca subió por la escalerilla y se alineó frente a él; un negro negro como el carbón y corpulento en un extremo, y en el otro un mulato minúsculo de metro y medio de estatura. Parecían llevar uniforme, una especie de traje azul adornado con polvo y barro, hecho jirones; llevaban al hombro una pequeña bolsa blanca que parecía pesada y bajo el brazo grandes estuches negros con aspecto de contener instrumentos musicales.

—¡Firmes! —ordenó el joven, entrechocando secamente los talones—. ¡Un paso al frente, Babe!

El negro más pequeño dio un paso al frente y saludó.

—¡Sí, señor!

—Toma el mando, baja a la cabina, haz prisionera a la tripulación y átalos a todos menos al maquinista. Tráemelo. Ah, y amontona las bolsas junto a la borda.

—¡Sí, señor!

Babe volvió a saludar y dio media vuelta empujado por los otros cinco que se apiñaban a su alrededor. Luego, después de un breve murmullo de consulta, enfilaron ruidosamente el camino de los camarotes.

—Ahora —dijo el joven alegremente a Ardita, que había presenciado esta última escena en un silencio desdeñoso—, si juras por tu honor de *flapper* o chica a la moda (lo que seguramente no vale mucho) que mantendrás cerrada esa boquita de niña mimada durante las próximas cuarenta y ocho horas, te dejaremos que remes hasta la costa en nuestro bote.

—¿Y si no?

—Si no, tendrás que navegar.

Con un pequeño suspiro, como si acabara de superar un mal momento, el joven se acomodó en la silla que Ardita acababa de dejar vacía y estiró los brazos perezosamente. Las comisuras de sus labios se aflojaron de manera visible cuando miró a su alrededor y vio la rica toldilla a rayas, el bruñido bronce y el lujoso equipamiento de cubierta. Entonces vio el libro y el limón exprimido.

—Humm —dijo—, Stonewall Jackson asegura que el zumo de limón le aclara las ideas. ¿Tienes tus preciosas ideas claras?

Ardita no se dignó contestar.

—Porque dentro de cinco minutos tendrás que decidir si te vas o te quedas.

Cogió el libro y lo abrió con curiosidad.

—*La rebelión de los ángeles*. Suena de maravilla. Francés, ¿no? —ahora la miraba con un nuevo interés—. ¿Eres francesa?

—No.

—¿Cómo te llamas?

—Farnam.

—¿Farnam qué?

—Ardita Farnam.

—Muy bien, Ardita, no tienes por qué quedarte ahí de pie, mordiéndote los carrillos. Deberías terminar con esas costumbres nerviosas ahora que todavía eres joven. Ven aquí y siéntate.

Ardita sacó del bolsillo una pitillera de jade tallado, extrajo un cigarrillo y lo encendió con estudiada frialdad, aunque sabía que le temblaba un poco la mano; luego se acercó con sus andares flexibles, contoneándose, y se sentó en la otra tumbona lanzando una bocanada de humo hacia la toldilla.

—Tú no puedes echarme de este yate —dijo con serenidad—; y no debes de ser muy inteligente si piensas que vas a llegar lejos con él. Mi tío lleva enviando mensajes radiofónicos desde las seis y media a todos los puntos del océano.

—Hum.

Ardita lo miró rápidamente a la cara y captó un signo de ansiedad en la curva de los labios, claramente más pronunciada.

—Me da lo mismo —dijo, encogiéndose de hombros—. El yate no es mío. No me importa hacer una travesía de dos horas. Incluso puedo prestarte el libro para que tengas algo que leer en el barco que te lleve a Sing Sing.

Se rió, desdeñoso.

—Te podías haber ahorrado el consejo. Ni siquiera sabía que existía este yate cuando preparé este plan. Si no hubiera sido éste, hubiera sido el siguiente que encontráramos anclado cerca de la costa.

—¿Quién eres? —preguntó Ardita de repente—. ¿A qué te dedicas?

—¿Has decidido no desembarcar?

—Ni siquiera se me ha ocurrido.

—Se nos conoce habitualmente —dijo—, a los siete, como Curtis Carlyle y sus Seis Compadres Negros, hasta hace poco en el Winter Garden y el Midnight Frolic.

—¿Sois cantantes?

—Lo éramos hasta hoy. En este momento, por esas bolsas blancas que ves ahí, somos fugitivos de la justicia, y si la recompensa que ofrecen por nuestra captura no ha alcanzado ya los veinte mil dólares es que he perdido la intuición.

—¿Qué hay en las bolsas? —preguntó Ardita con curiosidad.

—Bueno, por el momento diremos que… arena…, arena de Florida.

III

Diez minutos después, tras la conversación de Curtis Carlyle con un aterrorizado maquinista, el yate *Narciso* navegaba hacia el sur, en un atardecer tropical y balsámico. El pequeño mulato, Babe, que parecía gozar de la absoluta confianza de Carlyle, había tomado el mando. El criado y el cocinero del señor Farnam, los únicos miembros de la tripulación que, además del maquinista, se encontraban a bordo, después de haber opuesto resistencia meditaban ahora, bien amarrados en sus literas. Trombón Mose, el negro más grande, se dedicaba con una lata de pintura a borrar del casco el nombre *Narciso*, sustituyéndolo por el nombre *Hula Hula*, y los demás, reunidos en la popa, jugaban a los dados con un interés cada vez mayor.

Tras ordenar que prepararan y sirvieran la cena en cubierta a las siete y media, Carlyle se reunió con Ardita y, repantingándose en la tumbona, entrecerró los ojos y cayó en un estado de profundo ensimismamiento.

Ardita lo observó con atención y lo clasificó inmediatamente como personaje romántico. Aparentaba una imponente confianza en sí mismo, cimentada sobre una base endeble: bajo la superficie de cada una de sus decisiones, Ardita descubría una vacilación que estaba en acusado contraste con el arrogante frunce de sus labios.

«No es como yo», pensaba. «Hay alguna diferencia.»

Al ser una completa egoísta, Ardita pensaba con frecuencia en sí misma; como nadie le había recriminado su egoísmo, lo consideraba algo completamente natural, que no disminuía su indiscutible encanto. Aunque tenía ya diecinueve años, daba la impresión de ser una niña precoz y animosa, y en el presente esplendor de su juventud y belleza todos los hombres y mujeres que había conocido no eran sino maderas a la deriva en la corriente de su carácter. Había conocido a otros egoístas —y de hecho consideraba a los egoístas mucho menos aburridos que a quienes no lo eran—, pero hasta entonces no había habido ninguno que con el tiempo no hubiera caído rendido a sus pies.

Pero, aunque reconocía a un egoísta en la tumbona de al lado, no sentía en la cabeza el acostumbrado cierre de compuertas que significaba zafarrancho de combate; por el contrario, su instinto le decía que aquel hombre era absolutamente vulnerable e inofensivo. Si Ardita desafiaba las convenciones —y últimamente éste había sido su principal entretenimiento— era porque deseaba intensamente ser ella misma, y tenía la sensación de que a aquel hombre, por el contrario, sólo le preocupaba el desafío consigo mismo.

Estaba mucho más interesada por él que por su propia situación, que la afectaba de la manera que afecta a una niña de diez años la perspectiva de ir al cine. Tenía una confianza absoluta en su capacidad para cuidar de sí misma en cualquier circunstancia.

La noche se hizo más cerrada. Una pálida luna nueva sonreía sobre el mar con los ojos húmedos, y, mientras la costa se desvanecía y nubes negras volaban como hojarasca en el lejano horizonte, una gran neblina de luz lunar inundó de repente el yate y, a su paso veloz, desplegó una avenida de malla fulgurante. De vez en cuando brillaba la llamarada de un fósforo cuando uno de los dos encendía un cigarrillo, pero, salvo el ruido de fondo de las máquinas vibrantes y el chapoteo imperturbable de las olas en la popa, el yate estaba en silencio, como un barco que navegara en un sueño a través de los cielos, rumbo a una estrella. En torno a ellos fluía el olor del mar nocturno, que traía consigo una languidez infinita.

Carlyle rompió el silencio por fin.

—Eres una chica con suerte —suspiró—; siempre he querido ser rico para comprar toda esta belleza.

Ardita bostezó.

—Yo preferiría ser tú —dijo con franqueza.

—Te gustaría… un día. Aunque parece que tienes demasiado temperamento para ser una *flapper*, una chica a la moda.

—No me gusta que me llames así.

—Perdona.

—En cuanto a temperamento —continuó despacio—, es la única cualidad que tengo. No le temo a nada, ni en el cielo ni en la tierra.

—Hum, yo sí.

—Para tener miedo —dijo Ardita—, tienes que ser o muy grande y fuerte, o un cobarde. Yo no soy ninguna de esas cosas —se detuvo un momento, y la impaciencia se insinuó en el tono de su voz—. Pero me gustaría hablar de ti. ¿Qué diablos has hecho? ¿Y cómo lo hiciste?

—¿Por qué? —preguntó cínicamente—. ¿Vas a escribir un guión de cine sobre mí?

—Adelante —lo animó Ardita—. Cuéntame mentiras a la luz de la luna. Invéntate una historia fabulosa.

Apareció un negro, encendió algunas luces tenues bajo la toldilla y empezó a poner la mesa para la cena. Y, mientras cenaban pollo frío, ensalada, alcachofas y mermelada de fresas de la nutrida despensa del yate, Carlyle empezó a hablar, vacilante al principio, pero con ilusión cuando se dio cuenta de que Ardita lo seguía con interés. Ardita apenas probó la comida mirando aquella cara joven y morena, hermosa, irónica, sin afectación. Había sido un niño pobre en un pueblo de Tennessee, le contó, tan pobre que su familia era la única familia blanca de su calle. No recordaba a ningún niño blanco, pero había habido una pandilla de niños negros que inevitablemente seguían su estela, admiradores apasionados que él llevaba a remolque por la viveza de su imaginación y la cantidad de líos en los que siempre estaba metiéndolos y de los que siempre los sacaba. Y parece que estas amistades encauzaron por un camino inusual unas dotes musicales fuera de lo común.

Había habido una mujer negra, llamada Belle Pope Calhoun, que tocaba el piano en las fiestas de los niños blancos, simpáticos niños blancos que hubieran acuchillado a Curtis Carlyle. Pero el harapiento «pobretón blanco» solía sentarse junto al piano de Belle una hora y se empeñaba en introducir un solo de saxo con uno de esos *kazoos* con los que los chicos tararean las canciones. Antes de los trece años se ganaba la vida extrayendo *ragtimes* de un astroso violín en los cafetuchos de los alrededores de Nashville. Ocho años después la locura del *ragtime* se apoderó del país, y Carlyle contrató a seis negros para hacer una gira por salas de fiestas. Cinco de aquellos negros eran chicos con los que había crecido; el sexto era el pequeño mulato, Babe Divine, que trabajaba en los muelles de Nueva York, y mucho tiempo antes había sido bracero en una plantación de las Bermudas, hasta que clavó un cuchillo de veinte centímetros en la espalda de su amo. Casi antes de darse cuenta de su buena suerte, Carlyle estaba en Broadway con contratos de todas clases y más dinero del que había soñado nunca.

Y entonces se empezó a operar un cambio radical en su actitud, un cambio más bien curioso, amargo. Fue cuando se dio cuenta de que estaba dilapidando los mejores años de su vida farfullando en los escenarios con un puñado de negros. Su espectáculo era bueno dentro del género —tres trombones, tres saxofones y la flauta de Carlyle—, y su propio y peculiar sentido del ritmo marcaba la diferencia; pero empezó a volverse extremadamente susceptible respecto a su trabajo, empezó a aborrecer la idea de tener que aparecer en el escenario y a temerlo cada día más.

Estaban ganando dinero —y cada contrato que firmaba era más alto—, pero, cuando les dijo a los empresarios que quería separarse del sexteto y continuar su carrera como pianista, se rieron en su cara y le dijeron que estaba loco: aquello supondría un suicidio artístico. Algún tiempo después se reiría de aquella expresión: suicidio artístico. Todos los empresarios la usaban.

Tocaron unas cuantas veces en bailes, a tres mil dólares la noche, y parecía como si en aquellas actuaciones cristalizara toda su aversión por aquel modo de vida. Tocaban en clubes y casas en los que no lo hubieran dejado entrar de día. Después de todo, sólo representaba el papel del eterno mono de la fiesta, una especie de cabaretero sublimado. Lo ponía enfermo el olor de los teatros, el olor a colorete y lápiz de labios, el chismorreo de los camerinos y el aplauso condescendiente de los palcos. Ya no tenía fe en lo que estaba haciendo. La idea de una lenta aproximación al lujo del ocio lo volvía loco. Se iba acercando a eso, desde luego, pero, como un niño, se comía el helado tan despacio que no podía cogerle el gusto.

Quería tener montones de dinero y mucho tiempo libre, la oportunidad de leer y divertirse, y vivir como los hombres y mujeres que lo rodeaban, esos que, si hubieran pensado en él, lo hubieran considerado despreciable; en una palabra, deseaba todas aquellas cosas que había empezado a agrupar bajo el genérico rótulo de aristocracia, una aristocracia que, según parecía, no podía comprarse con dinero, a no ser que fuera con dinero ganado como él lo ganaba. Tenía entonces veinticinco años, y no tenía familia, ni estudios, ni posibilidad de abrirse camino en el mundo de los negocios. Empezó a invertir en especulaciones disparatadas, y en tres semanas había perdido todo el dinero que había ahorrado.

Entonces estalló la guerra. Se fue a Plattsburg, pero incluso hasta allí lo persiguió su profesión. Un teniente coronel lo llamó a su despacho y le dijo que podría servir mejor a su país como director de una orquesta de baile. Así que se pasó la guerra entreteniendo a celebridades tras la línea de combate con una orquesta del cuartel general. No era tan malo, pero cuando la infantería volvía sin fuerzas de las trincheras, quería ser uno de aquellos soldados. El sudor y el barro que los envolvía parecían uno de aquellos inefables símbolos de aristocracia que siempre estaban escapándosele.

—Pero fueron los bailes en casas particulares los que lo consiguieron. Cuando volví de la guerra, otra vez empezó la rutina de siempre. Teníamos una oferta de una cadena de hoteles en Florida. Sólo era cuestión de tiempo.

Se interrumpió y Ardita lo miró expectante, pero entonces hizo un gesto de negación con la cabeza.

—No —dijo—, no voy a seguir contándotelo. Me lo estoy pasando demasiado bien, y temo perder un poco de esta alegría si la comparto con alguien más. Quiero conservar estos instantes heroicos, emocionantes, en que he llegado a estar por encima de todos ellos, y les he hecho saber que era más que un maldito payaso que graznaba y bailaba.

Desde proa les llegó de pronto el runruneo de un canto. Los negros se habían agrupado en cubierta y sus voces se elevaban al unísono en una melodía embrujada que ascendía hacia la luna, armónica y conmovedora. Y Ardita escuchaba, como bajo el influjo de un encantamiento.

Al Sur…
al Sur.
Mami me quiere llevar al Sur, por la Vía Láctea.
Al Sur…
al Sur.
Papi dice: mañana;
pero mami dice: hoy.
Sí, mami dice: hoy.

Carlyle suspiró, y durante un momento se quedó en silencio, mirando la multitud de estrellas que titilaban como arcos voltaicos en el cielo templado. El canto de los negros se había apagado hasta ser un quejumbroso tarareo y parecía como si minuto a minuto el fulgor y el silencio inmenso fueran aumentando, hasta que casi llegó a oír cómo se arreglaban a medianoche las sirenas, cuando se peinan los chorreantes cabellos de plata a la luz de la luna y cuchichean sobre los restos de los naufragios que habitan en las verdes y opalescentes avenidas de las profundidades.

—Sí —dijo Carlyle en un susurro—, ésta es la belleza que deseo. La belleza debe ser asombrosa, sorprendente. Debe arder dentro de ti como un sueño, como los ojos preciosos de una chica.

Se volvió hacia Ardita, que callaba.

—Lo entiendes, ¿verdad, Ardita? ¿Verdad, Ardita?

No le contestó. Se había quedado dormida.

IV

En la tarde espesa e inundada de sol del día siguiente, una lejana mancha en el mar fue convirtiéndose en un islote verde y gris, aparentemente formado por un gran acantilado de granito en su extremo norte, que declinaba hacia el sur a través de poco más de un kilómetro de vívido bosquecillo y prado hasta una playa arenosa que se perdía perezosamente entre las olas. Cuando Ardita, que leía en su tumbona preferida, llegó a la última página de *La rebelión de los ángeles*, cerró el libro ruidosamente, alzó la vista y vio el paisaje, lanzó un grito de placer y llamó a Carlyle, que estaba apoyado melancólicamente en la baranda.

—¿Es ahí? ¿Es ahí adonde vamos?

Carlyle se encogió de hombros con indiferencia.

—Me coges en blanco —dijo, y alzando la voz llamó al capitán en funciones—: Eh, Babe, ¿es ésa tu isla?

La minúscula cabeza del mulato apareció en cubierta.

—Sí, señor; ésa es.

Carlyle se acercó a Ardita.

—Parece una buena playa, ¿no?

—Sí —asintió ella—; pero no parece lo bastante grande para ser un buen escondite.

—¿Sigues confiando en esos mensajes por radio que tu tío se dedicó a mandar?

—No —dijo Ardita con franqueza—. Estoy de tu parte. Me gustaría mucho ver cómo te escapas.

Carlyle se echó a reír.

—Tú eres nuestra Señora de la Suerte. Me temo que, por el momento, tendrás que quedarte con nosotros, así que serás nuestra mascota.

—No te atreverías a pedirme que volviera a nado —dijo Ardita con frialdad—. Si lo hicieras, empezaría a escribir novelas baratas basadas en la interminable historia de tu vida que me contaste anoche.

Carlyle se sonrojó: se había puesto serio.

—Siento mucho que te aburrieras.

—No, no me aburrí… Hasta que, al final, empezaste a contarme la rabia que te daba no poder bailar con las señoras para las que tocabas.

Se levantó, enfadado.

—Menuda lengüecita.

—Perdona —dijo, muerta de risa—, pero no estoy acostumbrada a que los hombres me entretengan contándome las ambiciones de su vida: especialmente si es una vida tan mortalmente platónica.

—¿Por qué? ¿Qué te cuentan los hombres?

—Ah, me hablan de mí —bostezó—. Me dicen que soy la quintaesencia de la juventud y la belleza.

—¿Y tú qué les dices?

—Les doy la razón.

—¿Todos los hombres que has conocido se te han declarado?

Ardita asintió.

—¿Y por qué no iban a declararse? Toda la vida consiste en acercarse y alejarse de una sola frase: Te quiero.

Carlyle se echó a reír y se sentó.

—Es verdad. No está mal, no. ¿Se te ha ocurrido a ti?

—Sí... O a lo mejor lo leí en algún sitio. No significa nada en especial. Sólo es una frase inteligente.

—Es el tipo de comentario —dijo muy serio— propio de tu clase.

—Ah —lo interrumpió, impaciente—, no empieces otra vez con esa perorata sobre la aristocracia. No me fío de la gente que puede ser profunda a esta hora de la mañana. Es una variedad benigna de la locura, una especie de resaca. La mañana es para dormir, nadar y no preocuparse de nada.

Diez minutos más tarde habían cambiado de rumbo, trazando un amplio círculo, como si se acercaran a la isla por el norte.

«Aquí hay gato encerrado», observó Ardita, pensativamente; «no puede pretender fondear al pie del acantilado».

Ahora se dirigían directamente a las rocas, que debían de alcanzar más de treinta metros de altura, y, hasta que no estuvieron a unos cincuenta metros, Ardita no descubrió el lugar hacia donde se dirigían. Entonces aplaudió, alegre. Había una abertura en el acantilado completamente oculta por un extraño pliegue de la roca, y a través de esta abertura penetró el yate, y muy lentamente atravesó un estrecho canal de aguas critalinas entre altas paredes grises. Y luego echaron el ancla en un mundo diminuto de oro y vegetación, una bahía dorada, lisa como cristal y rodeada de palmeras enanas. Parecía uno de esos mundos que los niños construyen con montones de arena, espejos que son lagos y ramitas que son árboles.

—¡No está mal, maldita sea! —exclamó Carlyle, entusiasmado—. Creo que ese negro sabe por dónde se anda en esta zona del Atlántico.

Su euforia era contagiosa, y Ardita también estaba exultante.

—¡Es un escondite absolutamente seguro!

—¡Sí, por Dios! Es una isla de las que salen en los cuentos.

Echaron el bote al lago dorado y remaron hasta la costa.

—Adelante —dijo Carlyle cuando desembarcaron en la arena blanda—, vamos a explorar.

La franja de palmeras estaba rodeada por un kilómetro y medio de territorio plano y arenoso. La siguieron hacia el sur y, dejando atrás una zona de vegetación tropical, llegaron a una playa virgen, gris perla, donde Ardita se quitó las zapatillas de golf marrones —parecía haber abandonado los calcetines para siempre— y se mojó los pies. Luego volvieron paseando hasta el yate, donde el infatigable Babe ya les tenía preparada la comida. Había apostado un vigía en lo alto del acantilado, hacia el norte, para que oteara el mar en todas las direcciones, aunque dudaba que la entrada a través del acantilado fuera conocida: nunca había visto un mapa en el que la isla estuviera señalada.

—¿Cómo se llama? —preguntó Ardita—. La isla, ¿cómo se llama?

—No tiene nombre —masculló Babe con una risilla—. A lo mejor se llama simplemente isla, ¿no?

A la caída de la tarde se sentaron en la parte más alta del acantilado, con la espalda apoyada en grandes peñascos, y Carlyle resumió sus confusos planes. Estaba seguro de que en aquellos instantes lo estaban buscando. El producto total del golpe que había dado, y sobre el que se negaba a informar a Ardita, lo estimaba en algo menos de un millón de dólares. Pensaba quedarse en la isla varias semanas y después partir hacia el sur, evitando las rutas habituales, bordeando el cabo de Hornos, rumbo al Callao, en Perú. Los detalles del aprovisionamiento de víveres y combustible quedaban enteramente en manos de Babe, que, según parecía, había navegado por aquellos mares desempeñando los más diversos menesteres, desde grumete en un barco cafetero hasta primer oficial sin serlo de un barco pirata brasileño, a cuyo capitán habían ahorcado hacía mucho tiempo.

—Si Babe hubiera sido blanco, sería hace mucho rey del sur de América —dijo Carlyle categóricamente—. En lo que se refiere a inteligencia, a su lado Booker T. Washington es un imbécil. Posee la astucia de todas las razas y nacionalidades de las que lleva sangre en las venas, y, o yo soy un embustero, o llegan a media docena. Me adora porque soy el único que toca el *ragtime* mejor que él. Nos sentábamos juntos en la dársena del puerto de Nueva York, él con un fagot y yo con un oboe, y mezclábamos en tono menor milenarias melodías africanas hasta que las ratas escalaban los postes y se reunían a nuestro alrededor gimiendo y chillando como perros frente a un gramófono.

Ardita rugió.

—¿Cómo puedes contar esas cosas?

Carlyle sonrió.

—Te juro que…

—¿Qué vas a hacer cuando llegues al Callao? —lo interrumpió.

—Me embarcaré rumbo a la India. Quiero ser un rajá. Lo digo en serio. Mi plan es llegar a Afganistán, comprar un palacio y una reputación, y dentro de cinco años aparecer en Inglaterra con acento extranjero y un misterioso pasado. Pero primero iré a la India. Ya sabes lo que dicen: que todo el oro del mundo va a parar poco a poco a la India. Es una historia fascinante. Y quiero tener tiempo para leer, mucho, mucho.

—¿Y después?

—Después —respondió, desafiante— viene la aristocracia. Ríete si quieres, pero, por lo menos, tendrás que admitir que sé lo que quiero, así que, me imagino, ya sé más que tú.

—Al contrario —lo contradijo Ardita, mientras buscaba en el bolsillo la pitillera—. Cuando nos conocimos, tenía absolutamente escandalizados a mis amigos y parientes porque sabía muy bien lo que quería.

—¿Qué era?

—Un hombre.

Carlyle se sobresaltó.

—¿Es que tienes novio?

—En cierto modo. Si no hubieras subido a bordo, me habría escapado ayer por la tarde..., parece que ha pasado tanto tiempo..., y me habría encontrado con él en Palm Beach. Me está esperando con una pulsera que perteneció a Catalina de Rusia. Y no vayas ahora a refunfuñar cualquier cosa sobre la aristocracia —añadió rápidamente—. Simplemente me gustaba porque tenía imaginación y un coraje total para mantener sus convicciones.

—Pero tu familia no está de acuerdo, ¿no?

—Mi familia son un tío tonto y una tía aún más tonta. Parece que tuvo un lío escandaloso con una pelirroja que se llama Mimi no sé qué. Pero me ha dicho que han exagerado espantosamente el asunto, y a mí los hombres no me mienten: y, además, no me importaría que fuera verdad. Lo único que cuenta es el futuro. Y del futuro me encargo yo. Cuando un hombre se enamora de mí, se olvida de otros entretenimientos. Le dije que la soltara, como si fuera una patata caliente, y lo hizo.

—Estoy un poco celoso —dijo Carlyle, frunciendo el ceño, y se echó a reír—. Creo que te quedarás con nosotros hasta que lleguemos a Callao. Entonces te daré el dinero necesario para que vuelvas a Estados Unidos. Así tendrás tiempo para pensarte un poco más lo de ese hombre.

—¡No me hables así! —se enfureció Ardita—. ¡No le tolero a nadie que se ponga paternalista! ¿Entendido?

Se le escapó una risilla, pero se contuvo, avergonzado: la cortante irritación de Ardita parecía haberle caído como un jarro de agua fría.

—Lo siento —dijo, indeciso.

—¡No pidas perdón! No soporto a los hombres que piden perdón con ese tono viril y reservado. ¡Cállate de una vez!

Se produjo un instante de silencio, un silencio que a Carlyle le resultó bastante violento, pero que Ardita parecía no advertir mientras disfrutaba alegremente de su cigarrillo y miraba el mar resplandeciente. Y entonces avanzó a gatas por la roca, se tendió y, con la cara en el filo, se asomó al fondo del acantilado. Carlyle, observándola, pensó que parecía imposible que Ardita adoptara una postura que no fuera airosa.

—¡Mira! —gritó—. ¡Hay arrecifes! ¡Grandes! ¡De todos los tamaños!

Carlyle se acercó, y juntos se asomaron a la vertiginosa altura.

—¡Podemos ir a nadar esta noche! —dijo Ardita, entusiasmada—. ¡A la luz de la luna!

—¿No prefieres ir a la otra playa?

—No, no. Me gusta bucear. Puedes usar el bañador de mi tío, aunque te sentará como un saco, porque mi tío es un hombre muy gordo. Mi bañador es todo un acontecimiento, tiene conmocionados a los nativos de la costa del Atlántico desde Biddeford Pool hasta San Agustín.

—Imagino que nadarás como un tiburón.

—Sí, soy una maravilla. Y estoy estupenda. Un escultor de Rye me dijo el verano pasado que mis pantorrillas valían quinientos dólares.

No había nada que alegar, así que Carlyle guardó silencio y sólo se permitió una discreta sonrisa interior.

V

Cuando la noche se insinuaba azul y plata, se abrieron paso por el espejeante canal en el bote, ataron el bote a una roca y comenzaron a escalar el acantilado. El primer saliente estaba a unos tres metros de altura, era ancho y servía de trampolín natural. Y allí, a la brillante luz de la luna, se sentaron a mirar el movimiento incesante y suave de las olas casi inmóviles en la marea baja.

—¿Eres feliz? —preguntó Carlyle de repente.

Ardita asintió.

—Siempre soy feliz junto al mar. ¿Sabes? —continuó—, he estado pensando todo el día que somos un poco diferentes. Los dos somos rebeldes, pero por diferentes razones. Hace dos años, cuando yo tenía dieciocho y tú…

—Veinticinco.

—Sí… Hace dos años los dos éramos dos triunfadores convencionales. Yo era una chica absolutamente irresistible que acababa de presentarse en sociedad y tú eras un músico de éxito al servicio del ejército…

—Caballero por decisión del Congreso —añadió con ironía.

—Bueno, en cualquier caso, los dos encajábamos. Si nuestros polos no estaban desgastados por el uso, al menos se atraían. Pero, muy dentro de nosotros, había algo que nos obligaba a pedir más felicidad. Yo no sabía lo que quería. Iba de hombre en hombre, incansable, impaciente, y pasaban los meses y cada día me sentía menos conforme y más insatisfecha. Me pasaba las horas mordiéndome los carrillos: creía que me estaba volviendo loca. Tenía una espantosa sensación de que el tiempo se me escapaba. Quería las cosas ya, al momento, lo más rápido posible. Yo era... preciosa. Lo soy, ¿no?

—Sí —asintió Carlyle, sin mucha seguridad.

Ardita se levantó de repente.

—Espera un segundo. Quiero probar el agua: parece que está estupenda.

Caminó hasta el filo del saliente y saltó al mar, doblándose en el aire para enderezarse luego y penetrar en el agua como la hoja de un cuchillo en un perfecto salto de carpa.

Y un minuto después Carlyle oía su voz.

—¿Sabes? Me pasaba los días leyendo, y las noches, casi. Empezó a molestarme la vida en sociedad.

—Sube —la interrumpió—. ¿Qué haces ahí?

—Estoy haciendo el muerto. Tardo un minuto. Te voy a decir una cosa. Lo único que me divertía era escandalizar a la gente: ponerme el traje más imposible y elegante para una fiesta de disfraces, salir con los hombres más atrevidos de Nueva York y meterme en los líos más terribles que te puedas imaginar.

El chapoteo se mezclaba con sus palabras, y luego Carlyle oyó su respiración agitada mientras escalaba la roca.

—¡Tírate! —gritó.

Se levantó y saltó, obediente. Cuando volvió a la superficie, chorreando, y empezó a subir, descubrió que Ardita no estaba ya en el saliente, pero, después de un instante de preocupación, oyó su risa luminosa en otra roca, tres metros más arriba. Se reunió con ella y se sentaron juntos, con los brazos alrededor de las rodillas, jadeando un poco después de la escalada.

—Mi familia estaba como loca —dijo de pronto—. Intentaron casarme. Y, cuando empezaba a pensar que la vida no valía la pena, descubrí algo —elevó los ojos al cielo jubilosamente—: ¡Descubrí algo!

Carlyle esperó y las palabras de Ardita cayeron como un torrente.

—Coraje: eso es; coraje como regla de vida, algo a lo que hay que mantenerse fiel siempre. Empecé a construir esta enorme fe en mí misma. Empecé a darme cuenta de que, en todos mis ídolos del pasado, lo que inconscientemente me había atraído era alguna prueba de coraje. Empecé a separar el coraje de las otras cosas de la vida. Todos los tipos de coraje: el boxeador golpeado, ensangrentado, que se levanta para seguir recibiendo golpes... Solía pedirles a los hombres que me llevaran al boxeo; la mujer en desgracia que se pasea entre una camada de gatos y los mira como si fueran el barro que pisa; disfrutar de lo que siempre te ha gustado; el desprecio absoluto de las opiniones ajenas: vivir como quiero y morir a mi manera… ¿Has traído tabaco?

Le dio un cigarrillo y encendió un fósforo sin decir una palabra.

—Pero los hombres —continuó Ardita— seguían persiguiéndome, viejos y jóvenes, y la mayoría eran menos inteligentes y menos fuertes que yo, y todos se volvían locos por conquistarme, por robarme la fama de orgullo imponente que me había labrado. ¿Me entiendes?

—Más o menos. ¿Nunca te han hecho daño ni has tenido que pedir perdón?

—¡Nunca!

Se acercó al borde de la roca, extendió los brazos y, durante un instante, pareció un crucificado contra el cielo; luego, describiendo una inesperada parábola, se hundió sin salpicar entre dos ondas plateadas siete metros más abajo.

Carlyle volvío a oír la voz de Ardita.

—Y coraje significa sumergirme en esa niebla gris y sucia que cubre la vida, desdeñando no sólo a la gente y a las circunstancias, sino también a la desolación de vivir: una especie de insistencia en el valor de la vida y en el precio de las cosas transitorias.

Otra vez escalaba las rocas, y, mientras pronunciaba la última frase, su cabeza apareció a la altura de Carlyle, el pelo rubio y mojado, perfectamente liso, hacia atrás.

—Todo eso está muy bien —objetó Carlyle—. Le puedes llamar coraje, pero tu coraje sólo es orgullo de familia. Te han educado para que tengas esa actitud desafiante. En mi vida gris incluso el coraje es una de las cosas que son grises y sin fuerza.

Ardita se había sentado muy cerca del borde, con los brazos alrededor de las rodillas, y miraba ensimismada la luna blanca; Carlyle estaba detrás, lejos, cobijado como un dios ridículo en un nicho de rocas.

—No quiero parecerte Pollyanna —empezó—, pero todavía no me has entendido. Mi coraje es fe, fe en mi inagotable capacidad de adaptación: fe en que la alegría volverá, y la esperanza y la espontaneidad. Y creo que, mientras me dure, tengo que mantener la boca cerrada y la cabeza bien alta y los ojos bien abiertos, y las sonrisas tontas sobran. Sí, también he bajado al infierno sin una lágrima muchas veces. Y el infierno de las mujeres es mucho más terrible que el de los hombres.

—¿Y si todo se acaba —sugirió Carlyle— antes de que vuelvan la alegría, la esperanza y la espontaneidad?

Ardita se levantó y escaló con alguna dificultad la roca, hasta alcanzar otro saliente, tres o cuatro metros más arriba.

—Pues entonces —exclamó— habré ganado.

Carlyle se asomó a la roca, hasta que pudo ver a Ardita.

—¡No saltes desde ahí! Te vas a matar —se apresuró a decir.

Ardita se rió.

—¡Yo, no!

Abrió los brazos con lentitud, y se quedó quieta: parecía un cisne, y su juventud perfecta irradiaba un orgullo que encendió un cálido resplandor en el corazón de Carlyle.

—Atravesaremos el aire tenebroso con los brazos abiertos —gritó— y los pies extendidos como colas de delfines, y creeremos que nunca llegaremos al agua hasta que de repente nos rodee la tibieza y las olas nos besen y acaricien.

Entonces saltó, y Carlyle, en un acto reflejo, contuvo la respiración. No se había dado cuenta de que era un salto de más de quince metros. Pareció transcurrir una eternidad antes de que oyera el ruido breve y brusco que se produjo cuando Ardita llegó al agua.

Y con un alegre suspiro de alivio cuando su risa luminosa y húmeda llegó por el acantilado a sus oídos angustiados, se dio cuenta de que la quería.

VI

El tiempo, perdido el eje sobre el que gira rutinariamente, derramó sobre ellos tres días de atardeceres. Cuando el sol iluminaba la portilla del camarote de Ardita, una hora después del alba, se levantaba feliz, se ponía el bañador y subía a cubierta. Los negros dejaban el trabajo cuando la veían y, riendo entre dientes y murmurando, se apelotonaban en la baranda mientras Ardita nadaba y buceaba en el agua clara como un ágil pececillo de estanque. Y por la tarde, cuando refrescara, volvería a nadar, a tumbarse y a fumar con Carlyle en el acantilado; o se tumbarían en la arena de la playa del sur, casi sin hablar, mirando sólo cómo el día, multicolor y trágico, se disolvía en la infinita languidez de una noche tropical.

Y, a medida que pasaban las largas horas de sol, Ardita dejó poco a poco de concebirlas como un episodio accidental, atolondrado, un brote de amor en un desierto de realidad. Le daba miedo el instante en que reemprendieran camino hacia el sur; le daban miedo todas las posibilidades que tenía ante sí; pensar era una molestia y tomar decisiones resultaba odioso. Si rezar hubiera ocupado algún espacio en los rituales paganos de su alma, sólo le hubiera pedido a la vida que la dejaran tranquila un tiempo, entregada perezosamente a las ingenuas e ingeniosas ocurrencias de Carlyle, a la viveza de su imaginación adolescente, y a la veta de monomanía que parecía recorrer todo su carácter y dar color a cada uno de sus actos.

Pero ésta no es la historia de una pareja en una isla, ni tiene como tema principal el amor que nace de la soledad. Sólo es la presentación de dos temperamentos, y su idílica localización entre las palmeras de la Corriente del Golfo es puramente accidental. Casi todos nos contentamos con existir y reproducirnos, y luchar por el derecho a hacer ambas cosas, pero la idea esencial, el intento condenado al fracaso de controlar el propio destino, está reservada a unos pocos afortunados o desgraciados. Lo que más me interesa de Ardita es el coraje, el coraje que se empañará a la par que su juventud y su belleza.

—Llévame contigo —dijo una noche, echados perezosamente en la hierba bajo las palmeras abiertas como abanicos oscuros. Los negros habían desembarcado sus instrumentos, y la música del *ragtime* se propagaba suavemente con la brisa templada de la noche—. Me gustaría volver a aparecer dentro de diez años transformada en una fabulosa y riquísima princesa india.

Carlyle se apresuró a contestar.

—Ya sabes que puedes.

Ella se rió.

—¿Es una proposición de matrimonio? ¡Edición especial! Ardita Farnam se casa con un pirata.

Chica de la alta sociedad raptada por un jazzista atracador de bancos.

—No fue un banco.

—¿Qué fue? ¿Por qué no me lo cuentas?

—No quiero desilusionarte.

—Querido amigo, yo no me hago ninguna ilusión contigo.

—Me refiero a las ilusiones que te haces sobre ti misma.

Lo miró sorprendida.

—¡Sobre mí! ¿Qué diablos tengo yo que ver con tus crímenes?

—Eso habría que verlo.

Ardita se le acercó y le acarició la mano.

—Querido señor Curtis Carlyle —murmuró—, ¿estás enamorado de mí?

—Como si eso te importara.

—Claro que me importa: creo que me he enamorado de ti.

La miró con ironía.

—Así la cuenta total de enero asciende a media docena —sugirió—. ¿Te imaginas que me tomara en serio el farol y te pidiera que te vinieras conmigo a la India?

—¿Y si me fuera?

Carlyle se encogió de hombros.

—Nos casaríamos en Callao.

—¿Qué vida puedes ofrecerme? No quiero molestarte, pero te lo pregunto en serio: ¿Qué será de mí si te coge esa gente que quiere la recompensa de veinte mil dólares?

—Creía que no tenías miedo.

—Nunca tengo miedo. Pero no voy a arruinar mi vida sólo por demostrarle a un hombre que no tengo miedo.

—Ojalá hubieras sido pobre: sólo una chica pobre que sueña sentada en una cerca en una calurosa tierra de vacas.

—¿Te hubiera gustado?

—He sido feliz asombrándote, viendo cómo se te abrían los ojos ante las cosas. ¡Si pudieras desear las cosas! ¿Te das cuenta?

—Sí, te endiendo. Como las chicas que miran embobadas los escaparates de las joyerías.

—Sí… Y quieren el reloj ovalado de platino ribeteado de diamantes. Entonces tú decidirías que es demasiado caro y elegirías uno de oro blanco que vale cien dólares. Y yo diría: ¿Caro? No me lo parece. Y entraríamos en la joyería, e inmediatamente el reloj de platino estaría brillando en tu muñeca.

—Suena muy agradable y muy vulgar, y divertido, ¿no? —murmuró Ardita.

—¿A que sí? ¿Nos imaginas viajando por el mundo, gastando dinero a manos llenas, venerados por porteros y camareros? Ah, bienaventurados sean los ricos puros, porque ellos poseerán la tierra.

—Sinceramente: me gustaría que las cosas fueran así.

—Te quiero, Ardita —dijo Carlyle con ternura.

La cara de Ardita perdió su expresión infantil un instante y se puso extraordinariamente seria.

—Me gusta estar contigo —dijo—, más que con ningún otro hombre de los que he conocido. Y me gusta cómo me miras y tu pelo negro, y cómo te asomas por la borda cuando vamos a la playa. La verdad es, Curtis Carlyle, que me gusta todo lo que haces cuando te comportas con absoluta naturalidad. Creo que tienes temperamento, y ya conoces mis ideas sobre el asunto. Algunas veces, cuando te tengo cerca, me dan ganas de besarte de pronto y decirte que sólo eres un chico idealista con un montón de tonterías inocentes en la cabeza. A lo mejor, si yo fuera un poco mayor y estuviera más aburrida, me iría contigo. Tal como son las cosas, creo que volveré y me casaré… con el otro.

En el lago plateado las siluetas de los negros se retorcían y contorsionaban a la luz de la luna, como acróbatas que, después de pasar un largo periodo de inactividad, necesitaran derrochar en sus volatinerías un exceso de energías. Avanzaban en fila india, en círculos concéntricos, echando la cabeza hacia atrás o inclinándose sobre sus instrumentos como faunos sobre sus caramillos. Y del trombón y el saxofón se derramaba sin cesar una melodía armoniosa, a ratos alegre y desenfrenada, y a ratos lastimera y obsesionante como una danza de la muerte en el corazón del Congo.

—¡Bailemos! —gritó Ardita—. No me puedo estar quieta mientras suena este jazz tan estupendo.

La cogió de la mano y la llevó hasta una amplia extensión de arena endurecida que la luna inundaba de esplendor. Flotaban como mariposas que se dejaran llevar por la intensa nube de luz, y, mientras la sinfonía fantástica gemía y ascendía y se debilitaba y desaparecía, Ardita perdió el poco sentido de la realidad que le quedaba y abandonó su imaginación al perfume de ensueño de las flores tropicales y a los aéreos e infinitos espacios estrellados, y tenía la impresión de que si abría los ojos se encontraría bailando con un fantasma en un país creado por su fantasía.

—Esto es lo que yo llamaría una fiesta selecta y privada —murmuró Carlyle.

—Creo que me he vuelto loca…, deliciosamente loca.

—Nos han hechizado. Las sombras de innumerables generaciones de caníbales nos vigilan desde la cima de ese acantilado.

—Y apuesto lo que quieras a que las caníbales están diciendo que bailamos demasiado pegados, y que es una vergüenza que no me haya puesto el anillo en la nariz.

Se reían suavemente, y de pronto las risas se apagaron porque, en la otra orilla del lago, habían callado los trombones en mitad de un compás, y los saxofones emitían un gemido asustado y dejaban poco a poco de oírse.

—¿Qué pasa? —gritó Carlyle.

Después de un instante de silencio distinguieron la silueta oscura de un hombre que rodeaba el lago corriendo. Cuando estuvo más cerca, vieron que era Babe en un estado de nerviosismo insólito. Se acercó y les contó las nuevas noticias, sofocado, comiéndose las palabras.

—Un barco, un barco a menos de un kilómetro, señor. Dios bendito, nos vigila y ha echado el ancla.

—¿Un barco? ¿Qué tipo de barco? —preguntó Carlyle angustiado.

Su voz denotaba inquietud, y a Ardita se le encogió el corazón de repente cuando le vio la cara desencajada.

—No lo sé, señor.

—¿Han mandado un bote?

—No, señor.

—Vamos —dijo Carlyle.

Subieron la colina en silencio, la mano de Ardita aún en la de Carlyle, como cuando dejaron de bailar. Sentía cómo él cerraba la mano de vez en cuando, nervioso, como si no fuera consciente del contacto, pero, aunque le hacía daño, no intentó soltarse. Pareció transcurrir una hora antes de que alcanzaran la cima y reptaran sigilosamente hasta el borde del acantilado. Tras una breve ojeada, Carlyle sofocó un grito involuntario. Se trataba de un guardacostas con cañones de seis pulgadas colocados de popa a proa.

—¡Nos han descubierto! —dijo con un suspiro—. ¡Nos han descubierto! Han debido encontrar nuestro rastro en algún sitio.

—¿Estás seguro de que han descubierto el canal? Quizá sólo esperan para echar un vistazo a la isla por la mañana. Desde donde están no pueden ver la abertura en el acantilado.

—Pueden verlo con los prismáticos —dijo, sin esperanza. Miró el reloj—. Ya casi son las dos. No podrán hacer nada hasta que amanezca, eso está claro. Y siempre existe la remota posibilidad de que sólo estén esperando a otro barco, o combustible.

—Creo que nosotros podemos también quedarnos aquí.

Las horas pasaban. Estaban tumbados, en silencio, juntos, las manos en la mejilla, como niños que durmieran. Detrás de ellos, encogidos, los negros, pacientes, resignados, conformes, proclamaban con sus sonoros ronquidos que ni siquiera la presencia del peligro podía domeñar su invencible ansia africana de sueño.

Poco antes de las cinco de la mañana Babe se acercó a Carlyle y le dijo que había media docena de fusiles en el *Narciso*. ¿Había decidido no ofrecer resistencia? Babe creía que podían montar una buena batalla si lo planeaban bien.

Carlyle se echó a reír y negó con la cabeza.

—Esto no es una película, Babe. Es un guardacostas lo que nos espera. Sería como enfrentarse con arco y flechas a una ametralladora. Si quieres enterrar las bolsas en alguna parte, para poder recuperarlas más tarde, hazlo. Pero será inútil: excavarán la isla de punta a punta. Es una batalla perdida, Babe.

Babe agachó la cabeza en silencio y se fue, y la voz de Carlyle era más ronca cuando le dijo a Ardita:

—Es el mejor amigo que he tenido. Daría la vida por mí, y estaría orgulloso de poder hacerlo, si yo se lo pidiera.

—¿Te das por vencido?

—No tengo otra posibilidad. Es verdad que siempre hay una salida, la más segura, pero puede esperar. No pienso perder la cabeza. No me perdería mi propio juicio por nada del mundo: así viviré la interesante experiencia de ser famoso. «La señorita Farnam declara que el comportamiento del pirata fue en todo momento propio de un caballero.»

—¡Cállate! Me da una pena horrible.

Cuando el color se diluyó en el cielo y el azul apagado se convirtió en un gris de plomo, percibieron un gran tumulto en la cubierta del barco y divisaron a un grupo de oficiales en uniforme blanco reunidos junto a la borda. Tenían prismáticos y examinaban el islote con atención.

—Se acabó —sentenció Carlyle, inexorable.

—¡Maldita sea! —dijo Ardita entre dientes. Sentía cómo los ojos se le llenaban de lágrimas.

—Volveremos al yate —dijo Carlyle—. Prefiero que me encuentren allí a ser cazado como una alimaña.

Abandonaron la cima y descendieron por la colina, y, cuando llegaron al lago, los remeros negros, silenciosos, los llevaron al yate. Entonces, pálidos y abatidos, se echaron en las tumbonas, a esperar.

Media hora después, bajo la débil luz gris, la proa del guardacostas apareció en el canal y se detuvo: era evidente que temían que la bahía fuera demasiado poco profunda. Por la apacible apariencia del yate, el hombre y la chica en las tumbonas, y los negros apoyados con curiosidad en la barandilla, habían deducido que no encontrarían resistencia, y lanzaron dos botes: en uno iban un oficial y seis policías, y en el otro cuatro remeros y, a popa, dos hombres canosos con ropa deportiva. Ardita y Carlyle se levantaron y, casi sin pensarlo, se miraron a los ojos. Entonces Carlyle se metió la mano en el bolsillo y sacó un objeto circular, fulgurante, y se lo dio.

—¿Qué es esto? —preguntó, maravillada.

—No estoy muy seguro, pero, por las palabras rusas que lleva grabadas en el interior, creo que es la célebre pulsera que te habían prometido.

—Pero... Pero... ¿De dónde diablos...?

—Estaba en una de las bolsas. Ya sabes: Curtis Carlyle y sus Seis Compadres Negros, en plena actuación en el salón de té de un hotel de Palm Beach, cambiaron sus instrumentos por pistolas automáticas y atracaron al público. Yo le quité esta pulsera a una preciosa pelirroja con demasiado maquillaje encima.

Ardita frunció las cejas y sonrió.

—¡Así que eso fue lo que hiciste! Sí, tienes temperamento.

Carlyle hizo una reverencia.

—Una conocida cualidad burguesa.

Entonces el amanecer avanzó intrépidamente por la cubierta y obligó a las sombras a retroceder hasta sus esquinas grises. El rocío se evaporaba, volviéndose niebla dorada, sutil como un sueño, y los envolvía, y parecían de gasa, vestigios de la noche, infinitamente fugaces, a punto de disolverse. Durante un instante mar y cielo dejaron de respirar, y la aurora de dedos rosados tocó los jóvenes labios de la vida... Luego, de más allá del lago, llegó el quejido de un bote y el crujir de los remos.

De pronto, recortándose contra el horno de oro que nacía en el este, dos gráciles siluetas se fundieron en una y él besó sus labios de niña mimada.

—Es como estar en la gloria —murmuró Carlyle.

Ardita le sonrió.

—¿Eres feliz?

Suspiró, y aquel suspiro era una bendición: la seguridad encantada de que en aquel momento era más joven y bella que nunca. Y la vida volvió a ser radiante, y el tiempo era un fantasma, y sus fuerzas eran eternas. Entonces hubo una sacudida y un crujido al rozar el bote el casco del yate.

Por la escalerilla subieron los dos hombres de pelo gris, el oficial y dos marineros que empuñaban revólveres. El señor Farnam cruzó los brazos y miró a su sobrina.

—Muy bien —dijo, asintiendo con la cabeza lentamente.

Ardita suspiró, dejó de abrazar a Carlyle, y sus ojos, transfigurados y ausentes, se posaron en el pelotón de abordaje. Su tío observaba cómo su labio superior poco a poco se alzaba en ese orgulloso puchero que él conocía tan bien.

—Muy bien —repitió, furioso—. Así que ésta es la idea que tienes del amor: fugarte con un pirata.

Ardita lo miró con indiferencia.

—¡Qué tonto eres! —dijo, muy tranquila.

—¿Eso es lo mejor que se te ocurre decir?

—No —dijo, como si estuviera reflexionando—. No, hay algo más: esa frase que conoces tan bien, con la que he terminado la mayoría de nuestras conversaciones de los últimos años. ¡Cállate!

Y, dicho esto, les dedicó a los dos vejestorios, al oficial y a los dos marineros una breve mirada de desprecio, dio media vuelta y desapareció orgullosamente por la escotilla que llevaba a los camarotes.

Pero, si hubiera esperado un poco, hubiera oído algo bastante infrecuente en las conversaciones con su tío: su tío había estallado en carcajadas incontrolables, a las que se había unido el otro vejestorio.

Este último se dirigió con energía a Carlyle, que había estado observando la escena con un aire de misterioso regocijo.

—Bien, Toby —dijo afablemente—, caradura incurable, romántico perseguidor de arcoiris, ¿has encontrado por fin la mujer que buscabas?

Carlyle sonrió, muy seguro.

—Por supuesto —dijo—. Sabía que sería así desde la primera vez que oí hablar de sus correrías disparatadas. Por eso le ordené a Babe que lanzara el cohete de señales anoche.

—Me alegro —dijo el coronel Moreland, serio—. Os seguíamos de cerca por si teníais algún problema con estos seis negros tan raros, pero no esperábamos encontraros a los dos en una situación tan comprometida —suspiró—. Bueno, ¡manda a un loco a cazar a un loco!

—Tu padre y yo —dijo el señor Farnam— pasamos la noche en vela esperando lo mejor, que quizá sea lo peor. Bien sabe Dios que le has gustado a Ardita, hijo mío. Me estaba volviendo loco. ¿Le diste la pulsera rusa que el detective que contraté consiguió de esa tal Mimi?

Carlyle asintió.

—¡Shhh! —dijo—. Viene Ardita.

Ardita apareció en la escalerilla de los camarotes, y los ojos se le fueron involuntariamente a las muñecas de Carlyle. Una expresión de perplejidad se dibujó en su cara. Los negros empezaron a cantar en la popa, y el lago, frío con el fresco del amanecer, devolvía serenamente el eco de sus voces profundas.

—Ardita —dijo Carlyle, tímidamente.

Ardita se acercó más.

—Ardita —repitió, con la respiración entrecortada—. Tengo que decirte… la verdad. Todo ha sido una trampa, Ardita. No me llamo Carlyle. Me llamo Moreland, Toby Moreland. Toda la historia ha sido un invento, Ardita, fruto del clima de Florida.

Lo miró fijamente: el asombro, la perplejidad, la incredulidad y la rabia se reflejaban sucesivamente en su cara. Ninguno de los tres hombres se atrevía a respirar. El señor Moreland dio un paso hacia Ardita. La boca del señor Farnam empezó a curvarse tristemente, a la espera, presa del pánico, del previsible estallido.

Pero no llegó. La cara de Ardita se iluminó de repente, y con una risilla se acercó de un salto al joven Moreland y lo miró sin rastro de rabia en los ojos grises.

—¿Me juras —dijo dulcemente— que todo ha sido sólo producto de tu imaginación?

—Lo juro —dijo el joven Moreland, anhelante.

Ella atrajo su rostro y lo besó suavemente.

—¡Qué imaginación! —dijo con ternura y casi con envidia—. Quiero que me mientas toda mi vida, con toda la dulzura de que eres capaz.

Las voces de los negros llegaban soñolientas desde la popa, mezcladas con una melodía que Ardita ya les había oído cantar:

> *El tiempo es un ladrón;*
> *alegrías y penas*
> *se van con las hojas*
> *en otoño…*

—¿Qué había en las bolsas? —preguntó en voz baja.

—Arena de Florida. Es una de las dos verdades que te he dicho.

—Tal vez yo pueda adivinar la otra —dijo Ardita. Y, poniéndose de puntillas, lo besó dulcemente… en la ilustración.

PRIMERO DE MAYO (S.O.S.)

Primero de Mayo (S.O.S.), *la primera gran novela corta de Fitzgerald, publicada durante su primer año de escritor profesional, apareció en julio de 1920. Es probable que Fitzgerald se la vendiera a los directores literarios de* Smart Set, *H. L. Mencken y George Jean Nathan, sin ofrecérsela antes al* Post *ni a ninguna otra revista, porque el material era demasiado realista y fuerte.* Primero de Mayo (S.O.S.) *fue la obra de mayor éxito entre las que inspiró el interés ocasional de Fitzgerald por la escuela de narrativa naturalista y determinista. Aunque fue leída por el público al que Fitzgerald quería llegar,* Smart Set *sólo le pagó 200 dólares por esta obra maestra.*

Primero de Mayo (S.O.S.) *se inspiró en la sensación de fracaso de Fitzgerald durante la primavera de 1919, cuando trabajaba en una agencia de publicidad de Nueva York. Fitzgerald hizo este comentario cuando el relato fue incluido en* Cuentos de la era del jazz *(1922):*

«Este relato es un tanto desagradable… Cuenta una serie de acontecimientos que tuvieron lugar en la primavera del año pasado. Los tres acontecimientos me causaron una gran impresión. No tuvieron relación entre sí en la vida real, excepto por la histeria general de aquella primavera que inauguró la Era del Jazz, pero en mi relato he intentado, me temo que sin éxito, darles forma unitaria: una forma que reprodujera el efecto de aquellos meses en Nueva York, tal como los vio un miembro de la que entonces era la generación más joven.»

Había habido una guerra, librada y ganada, y arcos triunfales atravesaban la gran ciudad de los vencedores, impresionante, llena de flores blancas, rojas y rosas que arrojaba la multitud. Durante aquellos largos días de primavera, los soldados que regresaban desfilaban por las calles principales precedidos por el retumbar de los tambores y el alegre y resonante resoplar de la trompetería, mientras los comerciantes y los oficinistas abandonaban sus discusiones y sus cuentas y, agolpándose muy serios en las ventanas, volvían hacia los batallones que desfilaban un ramillete de caras blancas.

Jamás había habido en la gran ciudad tanto esplendor, porque la guerra victoriosa había traído consigo la abundancia, y los comerciantes habían acudido en tropel con sus familias desde el Sur y el Oeste para disfrutar de los suculentos banquetes y asistir a las fastuosas diversiones programadas, y para comprarles a sus esposas abrigos de piel para el próximo invierno, y bolsos de malla de oro, y zapatos de baile de seda y plata, y raso rosa, y telas doradas.

Los escritorzuelos y los poetas del pueblo vencedor cantaban tan feliz y ruidosamente la paz y la prosperidad inminentes, que los derrochadores de todas las provincias acudían en número cada vez mayor a beber el vino del entusiasmo, y los comerciantes vendían cada vez con mayor rapidez sus baratijas y sus zapatos de baile, hasta que reclamaron a gritos más baratijas y más zapatos para poder seguir liquidándolos, de acuerdo con las exigencias del público. Algunos alzaban en vano los brazos al cielo y gritaban:

—¡Ay! ¡No me quedan zapatos! ¡Ni baratijas! ¡Ayúdame, Dios mío, que no sé qué hacer!

Pero nadie atendió sus quejas, porque las multitudes tenían demasiadas cosas que hacer. Día tras día, la infantería desfilaba alegremente por la avenida, y todos se regocijaban porque los jóvenes que regresaban eran puros y valientes, de dientes sanos y sonrosadas mejillas, y las jóvenes del país eran vírgenes, y hermosas de cara y cuerpo.

De modo que, en aquel tiempo, sucedieron muchas aventuras en la gran ciudad, y, de aquellas aventuras, algunas —o acaso una sola— se consignan aquí.

I

A las nueve de la mañana del 1 de mayo de 1919 un joven se dirigió al conserje del Hotel Biltmore y le preguntó si el señor Philip Dean estaba registrado en el hotel y, en caso de que así fuera, si podría llamar por teléfono a su habitación. El joven vestía un traje de buen corte, ya raído. Era bajo, delgado, de una belleza oscura; enmarcaban sus ojos unas pestañas excepcionalmente largas y el semicírculo azulado de la mala salud: este último efecto era intensificado por un brillo poco natural que coloreaba su rostro como una febrícula persistente.

El señor Dean estaba en el hotel. Le señalaron un teléfono al joven.

Descolgaron un segundo después; en algún sitio de los pisos superiores una voz soñolienta dijo: «Diga».

—¿El señor Dean? —inquirió con verdadera ansiedad—. Soy Gordon, Phil. Gordon Sterrett. Estoy en la recepción. He sabido que estabas en Nueva York y me he imaginado que te encontraría aquí.

La voz soñolienta se fue llenando de entusiasmo. Bueno, ¿cómo estaba Gordy, el querido y viejo amigo Gordy? ¡Qué sorpresa! ¡Qué alegría! Que subiera inmediatamente, ¡por todos los diablos!

Minutos después Philip Dean, en pijama de seda azul, abría la puerta de la habitación y los dos jóvenes se saludaban con una euforia un poco embarazosa. Tenían los dos 24 años y eran licenciados por Yale desde el año anterior a la guerra, pero aquí terminaba bruscamente el parecido. Dean era rubio, rubicundo y fuerte bajo el pijama de tela fina. Irradiaba de pies a cabeza buena salud, una perfecta forma física. Sonreía con frecuencia, mostrando una dentadura grande y prominente.

—Iba a llamarte —exclamó con entusiasmo—. Me estoy tomando un par de semanas de vacaciones. Siéntate un momento, si no te importa, y enseguida estoy contigo. Iba a ducharme.

Mientras desaparecía en el cuarto de baño, los ojos oscuros del visitante vagaron por la habitación, deteniéndose un instante en una gran bolsa de viaje inglesa que había en un rincón, y en un juego de camisas de seda esparcidas por las sillas entre corbatas impresionantes y suaves calcetines de lana.

Gordon se levantó, cogió una de las camisas y la examinó minuciosamente. Era de seda pura, amarilla, con finas rayas celestes: había casi una docena iguales. Gordon miró involuntariamente los puños de su camisa: tenían los bordes rotos y deshilachados, grises de suciedad. Soltó la camisa de seda y, sujetándose las mangas de la chaqueta, se subió los puños deshilachados de la camisa hasta que no se vieron. Luego se acercó al espejo y se miró con una curiosidad desganada y triste. Su corbata, que había conocido tiempos mejores, estaba descolorida y arrugada: ya no escondía los ojales desgastados del cuello. Pensó, sin ninguna alegría, que sólo tres años antes había sido elegido por amplia mayoría, en las elecciones de los estudiantes veteranos de la universidad, el alumno más elegante de su promoción.

Dean salió del baño frotándose el cuerpo.

—Anoche vi a una vieja amiga tuya —le comentó—. Me crucé con ella en recepción y no pude acordarme del nombre. Aquella chica con la que salías durante el último curso en New Haven.

Gordon se sobresaltó.

—¿Edith Bradin? ¿Te refieres a ella?

—Exactamente. Menuda belleza. Todavía parece una muñequita... Ya sabes lo que quiero decir: como si fueras a mancharla con sólo tocarla.

Observó en el espejo, con placer, su magnífica imagen, sonrió levemente y dejó ver una parte de la dentadura.

—Debe de tener ya veintitrés años —siguió hablando.

—Cumplió veintidós el mes pasado —dijo Gordon, distraído.

—¿Qué? Ah, sí, el mes pasado. Bueno, me figuro que habrá venido para el baile del club Gamma Psi, el de las estudiantes de Yale. ¿Sabes que esta noche organizan un baile en el Hotel Delmonico? Tienes que venir, Gordy. Medio New Haven estará allí. Te puedo conseguir una invitación.

Después de ponerse con desgana ropa interior limpia, Dean encendió un cigarro, se sentó junto a la ventana abierta y se examinó los tobillos y las rodillas a la luz del sol matutino que inundaba la habitación.

—Siéntate, Gordon —dijo—, y cuéntame todo lo que has hecho, y lo que estás haciendo ahora, y todo eso.

Gordon se desplomó inesperadamente en la cama: se quedó inmóvil, inerte. Su boca, que se le abría un poco cuando tenía la cara relajada, adquirió de pronto una expresión indefensa y patética.

—¿Qué te pasa? —le preguntó Dean enseguida.

—¡Dios mío!

—¿Qué te pasa?

—Lo más desastroso del mundo —dijo rotundamente—. Estoy absolutamente hecho pedazos, Phil. No puedo más.

—¿Cómo?

—No puedo más —le temblaba la voz.

Dean lo observó con mayor atención, escrutándolo con sus ojos azules.

—Parece que estás mal de verdad.

—Lo estoy. He arruinado mi vida —hizo una pausa—… Pero sería mejor empezar por el principio… ¿O te aburro?

—En absoluto, cuéntame —lo dijo, sin embargo, con cierto titubeo. Había planeado el viaje al Este como unas vacaciones, y encontrarse con Gordon Sterrett lleno de problemas lo exasperaba un poco—… Cuéntame —repitió, y añadió entre dientes—: Acabemos ya.

—Bueno —comenzó Gordon, inseguro—, volví de Francia en febrero, estuve un mes en casa, en Harrisburg, y me vine a Nueva York a buscar trabajo. Conseguí un empleo en una empresa de exportaciones. Me echaron ayer.

—¿Te echaron?

—Ahora te lo explico, Phil. Quiero hablarte con toda franqueza. Creo que eres la única persona a la que puedo recurrir en una situación como ésta. No te molesta que te hable con franqueza, ¿verdad?

Dean se puso un poco más tenso. Los golpecitos que se daba en las rodillas se convirtieron en automáticos. Tenía la vaga sensación de que lo obligaban injustamente a cargar con el peso de una responsabilidad; no estaba seguro, ni mucho menos, de desear que Gordon le contara nada. Aunque nunca le había sorprendido encontrarlo en dificultades de poca monta, había algo en la actual desesperación de Gordon que le repugnaba y lo volvía cruel, aunque despertara su curiosidad.

—Cuéntame.

—Se trata de una chica.

—Vaya… —Dean decidió en aquel momento que nada iba a estropearle las vacaciones. Si Gordon iba a ser tan deprimente, lo mejor sería verlo lo menos posible.

—Se llama Jewel Hudson —prosiguió la afligida voz desde la cama—. Creo que fue «pura» hasta hace más o menos un año. Vivía aquí, en Nueva York; su familia era pobre. Sus padres han muerto y ahora vive con una tía mayor. Sabes, la época en que la conocí fue

225

cuando todos empezaron a volver de Francia en olea-
das, y yo no hacía otra cosa que ir a recibir a los recién
llegados y participar en las fiestas en su honor. Así comenzó todo, Phil, sólo porque yo me alegraba de volver a ver a la gente y ellos de verme a mí.

—Deberías haber tenido más sentido común.

—Lo sé —Gordon hizo una pausa y luego
continuó sin mucho interés—. Ahora vivo solo,
soy independiente, ya sabes, Phil, y no soporto la
pobreza. Entonces apareció esa maldita chica. Se
enamoró de mí, a su manera, por un tiempo, y,
aunque nunca tuve intención de complicarme la
vida con ella, me la encontraba en todas partes.
Puedes imaginarte el tipo de trabajo que hacía para aquellos exportadores. Claro que siempre he
pensado dedicarme al dibujo, hacer ilustraciones
para las revistas. Da bastante dinero.

—¿Por qué no lo haces? Tienes que ponerte a
trabajar en serio, si quieres salir adelante —le dijo
Dean con frío formalismo.

—Algo he intentado, pero mis dibujos son torpes. Tengo talento, Phil, pero no conozco la técnica. Debería ir a alguna academia, pero no puedo
permitírmelo. Bueno, las cosas alcanzaron un punto crítico hace más o menos una semana. Justo
cuando me estaba quedando sin un dólar, esa chica
empezó a fastidiarme. Quiere dinero; dice que
puede causarme problemas si no se lo doy.

—¿Puede?

—Me temo que sí. Ésa es una de las razones
por las que he perdido mi trabajo: empezó a llamar
a la oficina a todas horas, y ésa ha sido la gota que

ha colmado el vaso. Ha escrito una carta para mandársela a mi familia. Me tiene bien cogido, está claro. Tengo que encontrar dinero para dárselo.

Hubo un silencio embarazoso. Gordon permanecía inmóvil, con los puños apretados.

—No puedo más —continuó con voz temblorosa—. Me estoy volviendo loco, Phil. Creo que, si no me hubiera enterado de que venías al Este, me hubiera matado. Necesito que me prestes 300 dólares.

Las manos de Dean, que habían estado acariciando sus rodillas, se detuvieron de repente..., y la curiosa incertidumbre que había flotado entre los dos hombres se convirtió en tensión, en tirantez.

Un segundo después Gordon continuó:

—He sangrado tanto a mi familia, que me daría vergüenza pedirles un solo céntimo más.

Dean siguió sin contestar.

—Jewel me ha dicho que quiere doscientos dólares.

—Ya sabes adónde tienes que mandarla.

—Sí, suena fácil, pero tiene un par de cartas que le escribí estando borracho. Y desgraciadamente no es el tipo de mujer débil que uno se imagina.

Dean hizo una mueca de repugnancia.

—No soporto a las mujeres así. Tendrías que haberte mantenido a distancia.

—Lo sé —admitió Gordon con tono de cansancio.

—Hay que aceptar las cosas como son. Si no tienes dinero, tienes que trabajar y no andar con mujeres.

—Para ti es fácil decirlo —comenzó Gordon, entrecerrando los ojos—. Tienes dinero a espuertas.

—En absoluto. Mi familia controla rigurosamente mis gastos. Precisamente porque tengo cierta libertad para gastar, tengo que tener un cuidado especial para no abusar de ella —levantó la persiana y entró un nuevo torrente de sol—. No soy mojigato, bien lo sabe Dios —continuó con decisión—. Me gusta divertirme… Mucho más en vacaciones, como ahora. Pero tienes…, tienes una pinta horrible. Nunca te había oído hablar así. Parece que estás en bancarrota… moral y económica.

—¿No van siempre juntas?

Dean movió la cabeza con impaciencia.

—Tienes un halo permanente que no puedo explicarme: es una especie de maleficio.

—Es el halo de las preocupaciones, la pobreza y las noches sin dormir —dijo Gordon, casi desafiante.

—No lo sé.

—Sí, admito que soy deprimente. Me deprimo a mí mismo. Pero, Dios mío, Phil, una semana de descanso, un traje nuevo y algunos billetes en el bolsillo, y volvería…, volvería a ser el que fui. Phil, dibujo con facilidad, y lo sabes. Pero no he tenido casi nunca el dinero suficiente para comprar materiales de buena calidad, y además no puedo dibujar si estoy cansado, desanimado, acabado. Con un poco de dinero podría descansar unas semanas y empezar a funcionar.

—¿Quién me dice que no te lo gastarás con otra mujer?

—¿Hay que seguir machacando con eso? —dijo Gordon en voz baja.

—No estoy machacando. Lamento verte así.

—¿Me prestas el dinero, Phil?

—No puedo decidirlo inmediatamente. Se trata de mucho dinero y para mí va a ser un verdadero sacrificio.

—Si no me lo prestas, me hundes. Sé que estoy en plan llorón, y que todo es culpa mía, pero eso no cambia las cosas.

—¿Cuándo podrías devolvérmelo?

Esas palabras eran esperanzadoras. Gordon reflexionó. Quizá lo más prudente era ser sincero.

—Podría prometerte, claro, que te lo devolveré el mes que viene, pero… será mejor decir tres meses. En cuanto empiece a vender dibujos.

—¿Y cómo sé que vas a vender algún dibujo?

Aquella nueva severidad en la voz de Dean le provocó a Gordon un leve estremecimiento de duda. ¿Era todavía posible que no consiguiera el dinero?

—Creía que confiabas un poco en mí.

—Y confiaba. Pero, cuando te veo en ese estado, empiezo a dudar.

—¿Crees que si no estuviera en las últimas hubiera acudido a ti en este estado? ¿Crees que me resulta agradable? —se interrumpió y se mordió el labio, sintiendo que hubiese sido mejor dominar la irritación creciente en su tono de voz. A fin de cuentas, era él el pedigüeño.

—Parece que te las ingenias muy bien —dijo Dean irritado—. Has conseguido ponerme en una situación en la que, si no te presto el dinero, soy un sinvergüenza. Sí, no digas que no. Y, permite que te lo diga, no me es nada fácil conseguir trescientos dólares. Mis ingresos no son tan importantes como para no notar semejante tajada.

Se levantó y empezó a vestirse, eligiendo con cuidado la ropa. Gordon alargó los brazos y se agarró a los bordes de la cama, aguantándose las ganas de llorar. La cabeza le dolía terriblemente y le zumbaba, tenía la boca seca y amarga y podía sentir la fiebre en la sangre resolviéndose en cifras constantes e innumerables como el lento gotear de un tejado.

Dean se hizo el nudo de la corbata con precisión, se peinó las cejas y se quitó solemnemente de los dientes una brizna de tabaco. A continuación llenó la pitillera, lanzó pensativamente el paquete vacío a la papelera y se metió el estuche en el bolsillo de la chaqueta.

—¿Has desayunado? —preguntó.

—No, nunca desayuno.

—Bueno, vamos afuera a tomar algo. Luego decidiremos sobre el dinero. Estoy cansado del asunto. He venido al Este a divertirme. Vamos al club de Yale —continuó, de mal humor. Y añadió con un reproche implícito—: Has dejado el trabajo. No tienes nada que hacer.

—Tendría muchas cosas que hacer si dispusiera de algún dinero —dijo Gordon intencionadamente.

—¡Por amor de Dios! ¿No puedes hablar de otra cosa durante un minuto? No vas a amargarme todas las vacaciones. Aquí tienes, aquí tienes algún dinero.

Sacó del monedero un billete de cinco dólares y se lo arrojó a Gordon, que lo dobló con cuidado y se lo guardó en el bolsillo. Tenía un poco de color en las mejillas, un nuevo brillo que no se debía a la fiebre. Por un instante, antes de salir, las miradas de los dos amigos se encontraron, y en ese instante descubrieron algo que los indujo a bajar rápidamente la vista. En aquel instante se odiaron rotunda y definitivamente.

II

La Quinta Avenida y la calle 44 eran un hervidero de gente al mediodía. El sol opulento y feliz resplandecía como oro fugaz a través de las gruesas cristaleras de las tiendas de lujo, iluminando bolsos de malla, monederos y collares de perlas en estuches de terciopelo gris, multicolores y llamativos abanicos de plumas, encajes y sedas de vestidos caros, malos cuadros y delicados muebles antiguos en las refinadas exposiciones de los decoradores.

Jóvenes empleadas, en parejas, grupos y enjambres, perdían el tiempo ante aquellos escaparates, eligiendo su futuro ajuar entre un surtido resplandeciente que hasta incluía un pijama de hombre, de seda, colocado hogareñamente sobre la cama. Se detenían frente a las joyerías y elegían sus anillos de compromiso, y las alianzas, y los relojes de platino, y luego se dejaban arrastrar hacia los abanicos de plumas y las capas para la ópera, mientras digerían los bocadillos y helados del almuerzo.

Aquí y allá, entre la multitud, había hombres de uniforme, marineros de la gran flota anclada en el Hudson, soldados con insignias de las divisiones estacionadas desde Massachussetts a California, que deseaban febrilmente llamar la atención y encontraban a la gran ciudad absolutamente harta de soldados, a no ser que estuvieran agrupados en bellas formaciones, incómodos bajo el peso de la mochila y el fusil.

Dean y Gordon vagabundeaban entre aquella mezcolanza: Dean, interesado y entusiasmado por el espectáculo de una humanidad en el colmo de su superficialidad y garrulería; Gordon, acordándose de cuántas veces había formado parte de la multitud, cansado, mal alimentado, agotado por el trabajo, disoluto. Para Dean la lucha era importante, joven, alegre; para Gordon era triste, sin sentido ni fin.

En el club de Yale encontraron a un grupo de compañeros de curso que acogieron la llegada de Dean clamorosamente. Sentados en semicírculo en sofás y sillones, bebieron whisky con hielo y soda.

A Gordon la conversación le pareció aburrida e interminable. Comieron juntos, *en masse*, templados por el alcohol cuando apenas empezaba la tarde. Todos iban a ir aquella noche al baile del club de estudiantes Gamma Psi: prometía ser la mejor fiesta desde que acabó la guerra.

—Estará Edith Bradin —le dijo alguien a Gordon—. ¿No fue tu novia un tiempo? Los dos sois de Harrisburg, ¿no?

—Sí —trató de cambiar de tema—. Veo a su hermano de vez en cuando. Es una especie de socialista fanático. Dirige un periódico o algo así, aquí, en Nueva York.

—No se parece en nada a su hermana, tan alegre, ¿verdad? —continuó el vehemente informador—. Bueno, Edith va al baile de esta noche con un estudiante de primero o segundo que se llama Peter Himmel.

Gordon se había citado con Jewel Hudson a las ocho: le había prometido llevarle algún dinero. Miró varias veces, nervioso, el reloj. A las cuatro, para alivio suyo, Dean se levantó y anunció que iba a Rivers Brothers a comprar cuellos y corbatas. Pero, cuando salían del club, uno del grupo se les unió, y Gordon se sintió consternado. Dean estaba ahora de muy buen humor, jovial, feliz, esperando la fiesta de aquella noche, casi eufórico. En Rivers compró una docena de corbatas, eligiéndolas una a una después de largas consultas con el otro amigo. ¿Creía que habían vuelto a ponerse de moda las corbatas estrechas? ¿No era una pena que en Rivers ya no hubiera cuellos Welsh Margotson? No existían cuellos que pudieran compararse a los Covington.

Gordon empezaba a sentir pánico. Necesitaba el dinero en el acto. Y le tentaba la idea de asistir al baile del club de estudiantes Gamma Psi. Quería ver a Edith: Edith, a la que no veía desde aquella noche romántica en el club de campo de Harrisburg, poco antes de irse a Francia. El idilio se había extinguido, ahogado en el tumulto de la guerra y completamente olvidado en el arabesco de aquellos tres meses, pero una imagen de Edith, intensa, elegante, inmersa en su charlatanería sin importancia, le volvió a la mente de improviso y trajo mil recuerdos con ella. Era el rostro de Edith que él había apreciado en la universidad con una especie de admiración distanciada y afectuosa. Le gustaba dibujarla: en las paredes de su habitación había una docena de bocetos de ella, mientras jugaba al golf, mientras nadaba..., y podía dibujar con los ojos cerrados su airoso y llamativo perfil.

Salieron de Rivers a las cinco y media y se detuvieron un instante en la acera.

—Bueno —dijo Dean afablemente—, ya he terminado. Creo que volveré al hotel, a que me afeiten, me pelen y me den un masaje.

—Excelente —dijo el otro—. Creo que iré contigo.

Gordon se preguntaba si después de todo iba a salir derrotado. Tuvo que hacer un esfuerzo para contenerse y no gritarle al acompañante imprevisto: «¡Vete de una vez, maldito seas!». Sospechaba, desesperado, que Dean había hablado con él y le había pedido que se quedara para evitar una discusión sobre el dinero.

Entraron en el Biltmore, un Biltmore rebosante de muchachas, la mayoría del Oeste y del Sur, debutantes estelares de muchas ciudades, reunidas allí para el baile de una famosa asociación de una universidad famosa. Pero para Gordon eran como rostros vistos en un sueño. Reunió todas sus fuerzas para una última súplica; ya iba a decir algo, no sabía qué, cuando Dean, de pronto, le pidió disculpas al otro y, tomando a Gordon por el brazo, se lo llevó aparte.

—Gordy —dijo rápidamente—, he estado pensando detenidamente en ese asunto, y he decidido que no te puedo prestar esa cantidad. Me gustaría hacerte ese favor, pero no puedo. Me costaría un mes de estrecheces.

Gordon, mirándolo sombríamente, se preguntó cómo no se había dado cuenta antes de cómo sobresalían los dientes superiores de Dean.

—Lo siento muchísimo, Gordon —continuó Dean—, pero las cosas son así —sacó la billetera y contó pausadamente setenta y cinco dólares en billetes—. Aquí tienes —le dijo, ofreciéndoselos—. Aquí hay setenta y cinco; eso hace ochenta dólares en total. Es todo lo que llevo en efectivo, además de lo que tengo para los gastos de viaje.

Gordon levantó con gesto automático la mano cerrada, la abrió como si fuera unas tenazas y volvió a cerrarla en torno al dinero.

—Te veré en el baile —añadió Dean—. Tengo que ir a la barbería.

—Adiós —dijo Gordon, con voz forzada y ronca.

—Adiós.

Dean empezó a sonreír, pero pareció cambiar de idea. Inclinó enérgicamente la cabeza y desapareció.

Gordon, en cambio, se quedó allí quieto, su agradable semblante demudado por la angustia, el fajo de billetes apretado con fuerza en el puño. Luego, cegado por repentinas lágrimas, bajó torpemente las escaleras del Biltmore.

III

Hacia las nueve de aquella misma noche dos seres humanos salieron de un restaurante barato de la Sexta Avenida. Eran feos, estaban mal alimentados, sólo poseían una inteligencia primaria y ni siquiera tenían esa exuberancia animal que por sí sola le da color a la vida; habían sido, hacía poco, atacados por los parásitos, el hambre y el frío en una sucia ciudad de un país extranjero; eran pobres, no tenían amigos; habían sido zarandeados como madera a la deriva desde su nacimiento y así seguirían hasta la muerte. Vestían el uniforme de la Marina de Estados Unidos, y en el hombro llevaban la insignia de una división de Nueva Jersey que había desembarcado tres días antes.

El más alto de los dos se llamaba Carrol Key: el nombre insinuaba que por sus venas, aunque ligeramente diluida por generaciones de degeneración, corría sangre de cierta valía. Pero uno podía escrutar hasta el infinito aquel rostro alargado, de mentón huidizo, aquellos ojos apagados y húmedos y los pómulos pronunciados, sin encontrar ni una sombra de valor ancestral o de ingenio innato.

Su compañero era moreno, con las piernas arqueadas, ojos de rata y una nariz ganchuda y partida más de una vez. Su aire de desafío era obviamente un fraude, un arma de defensa cogida prestada de aquel mundo de gruñidos y grescas, de fanfarronadas y amenazas físicas, en el que siempre había vivido. Se llamaba Gus Rose.

Salieron del restaurante y pasearon tranquilamente por la Sexta Avenida, empuñando los palillos de dientes con verdadero entusiasmo y absoluta desenvoltura.

—¿Adónde vamos? —preguntó Rose, y el tono daba a entender que no se sorprendería si Key sugería las islas de los Mares del Sur.

—¿Que te parecería conseguir algo de beber?

Todavía no existía la Ley Seca. Pero una ley que prohibía la venta de alcohol a los soldados hacía audaz la propuesta.

Rose aceptó con entusiasmo.

—Tengo una idea —continuó Key después de pensar un momento—; tengo un hermano que anda por aquí.

—¿Por Nueva York?

—Sí, un viejo —quería decir que era mayor que él—. Es camarero en una casa de comidas.

—Tal vez pueda conseguirnos algo.

—¡Ya lo creo!

—Puedes creerme, mañana mismo me quito de encima este maldito uniforme. No pienso volver a ponérmelo nunca más. Voy a conseguirme ropa como debe ser.

—¡Eh!, ¿y yo qué?

Como sus fondos en común no llegaban ni a cinco dólares, tal propósito podía ser considerado en gran medida como un divertido juego de palabras, inofensivo y consolador. Pareció gustarles a ambos, porque lo reforzaron con risillas y citas de personajes importantes en los ambientes bíblicos, acompañadas de exclamaciones como «¡Vaya, vaya!», «¡Caramba!», «¡Ya lo creo!», repetidas una y otra vez.

Todo el repertorio intelectual de aquellos dos hombres consistía en comentarios nasales y resentidos, ampliados en el curso de los años, contra aquellas instituciones —el Ejército, la fábrica o el asilo— que les daban de comer, y contra su inmediato superior en la institución. Hasta aquella misma mañana la institución había sido el Gobierno y el superior inmediato había sido el capitán; de los dos se habían liberado y se encontraban ahora en esa fase un poco incómoda que precedía a una nueva esclavitud. Estaban resentidos, inseguros, disgustados. Lo ocultaban fingiendo un enorme alivio por haber sido licenciados, y asegurándose mutuamente que la disciplina militar jamás volvería a regir sus voluntades inquebrantables, amantes de la independencia. Pero, en realidad, se hubieran sentido mucho más tranquilos en la cárcel que en esta recobrada e incuestionable libertad.

De repente Key apretó el paso. Rose, levantando los ojos y siguiendo la dirección de su mirada, descubrió una muchedumbre que se estaba congregando en mitad de la calle, a cincuenta metros de distancia. Key soltó una risilla y empezó a correr hacia la multitud; Rose también se rió, y sus piernas cortas y en arco se movieron al ritmo de las zancadas largas y torpes de su compañero.

Llegaron hasta donde empezaba la multitud e inmediatamente se convirtieron en parte indistinguible de un gentío formado por andrajosos civiles algo ebrios y por soldados que representaban a muchas divisiones y muchos estados de la sobriedad, todos apiñados alrededor de un pequeño judío gesticulante de grandes bigotes negros, que agitaba los brazos mientras pronunciaba una encendida pero escueta arenga. Key y Rose, después de colarse hasta la primera fila, lo escrutaron con viva sospecha mientras las palabras penetraban en su pobre sentido común.

—¿Qué habéis sacado de la guerra? —gritaba con furia—. ¡Mirad a vuestro alrededor! ¡Mirad! ¿Sois ricos? ¿Os han ofrecido grandes sumas de dinero? No. Tenéis suerte si conserváis la vida y las dos piernas; tenéis suerte si habéis vuelto y habéis encontrado que vuestra mujer no se ha ido con uno que tenía dinero suficiente para comprar que no lo mandaran a la guerra. ¡Ésa es vuestra suerte! ¿Quiénes han sacado algo, que no sean J. P. Morgan y John D. Rockefeller?

En este punto el discurso del pequeño judío fue interrumpido por el impacto hostil de un puñetazo en su mentón con perilla y retrocedió tambaleándose hasta quedar tumbado sobre la acera.

—¡Dios maldiga a los bolcheviques! —exclamó el enorme soldado-herrero que había lanzado el golpe. Hubo un murmullo de aprobación y la muchedumbre se hizo más compacta.

El judío se levantó haciendo eses, e inmediatamente volvió a caer, golpeado por cinco o seis puños. Esta vez permaneció tumbado, respirando pesadamente, sangrando por el labio partido.

Estalló un tumulto de voces, y un minuto después Rose y Key se encontraban Sexta Avenida abajo, arrastrados por la abigarrada multitud, bajo el liderazgo de un civil delgado que llevaba sombrero y del musculoso soldado que tan sumariamente había puesto fin al discurso. La multitud había aumentado formidablemente hasta alcanzar proporciones asombrosas, y un río de ciudadanos menos dispuestos a comprometerse la seguía desde las aceras prestando su apoyo moral con intermitentes gritos de ánimo.

—¿Adónde vamos? —le gritó Key al hombre que tenía más cerca.

Su vecino señaló al líder del sombrero.

—¡Ése sabe dónde hay más, muchos más! ¡Vamos a darles una lección!

—¡Vamos a darles una lección! —le susurró gozoso Key a Rose, y Rose, entusiasmado, le repitió la frase al hombre que tenía al lado.

La procesión avanzaba por la Sexta Avenida, y aquí y allá se le unían soldados y *marines*, y, de vez en cuando, civiles que se sumaban al grito inevitable de que también ellos acababan de licenciarse, y era como si presentaran la solicitud de ingreso en un club social y deportivo recién fundado.

La manifestación se desvió bruscamente por una calle transversal y se dirigió hacia la Quinta Avenida, y entre sus componentes corrió la voz de

que se dirigían a una reunión comunista en el To-
lliver Hall.

—¿Dónde está eso?

La pregunta llegó hasta la cabeza de la manifestación y un momento después la respuesta se
propagaba, hacia atrás, por todas las filas. El To-
lliver estaba en la calle 10. ¡Otro grupo de soldados dispuestos a disolver la reunión ya se encontraba allí!

Pero la calle 10 parecía muy lejana, y al oír la
noticia una queja general se elevó de la multitud y
una veintena de personas se separó de la manifestación. Entre ellas se encontraban Rose y Key, que
disminuyeron plácidamente el paso y dejaron
que los más entusiastas los adelantaran en su avan-
ce inexorable.

—Preferiría encontrar algo de beber —dijo
Key nada más detenerse, antes de dirigirse a la
acera entre gritos de «¡traidores!», «¡desertores!».

—¿Tu hermano trabaja por aquí? —preguntó
Rose, con el aire de quien pasa de los asuntos superficiales a los eternos.

—Debería —respondió Key—. No lo veo desde hace un par de años, desde que me fui a Pensil-
vania. Y a lo mejor ya no trabaja en el turno de noche. Es por aquí. Seguro que nos consigue algo si
no se ha ido.

Encontraron el local después de patrullar durante algunos minutos por la calle: era un mísero
restaurante de medio pelo entre la Quinta Avenida
y Broadway. Key entró a preguntar por su hermano George, mientras Rose esperaba en la acera.

—Ya no trabaja aquí —dijo Key al salir—. Ahora es camarero en el Delmonico.

Rose asintió con aire de sabiduría, como si ya lo hubiera previsto. No es de extrañar que un hombre capaz cambie de trabajo de vez en cuando. Una vez conoció a un camarero… Mientras proseguían su camino, empezaron una larga discusión sobre si los camareros ganaban más con la paga o con las propinas, y decidieron que dependía del tono más o menos elegante del local donde trabajaran. Después de intercambiar gráficas descripciones de millonarios que cenaban en el Delmonico y arrojaban billetes de cincuenta dólares tras la primera botella de champán, los dos hombres meditaron muy en secreto la posibilidad de hacerse camareros. La estrecha frente de Key ya escondía la resolución de pedirle a su hermano que le buscara trabajo.

—Un camarero puede beberse todo el champán que esos tipos dejan en las botellas —sugirió Rose, casi paladeando el sabor, y añadió como si se le hubiera ocurrido de pronto—: ¡Vaya, vaya!

Cuando llegaron al Delmonico eran ya las diez y media, y se asombraron de ver la larga fila de taxis que, uno detrás de otro, se detenían ante la entrada para que descendieran maravillosas señoritas sin sombrero, acompañada cada una por un estirado caballerete en traje de etiqueta.

—Hay una fiesta —dijo Rose, con cierto temor reverencial—. Quizá sea mejor que no entremos. Tendrá mucho trabajo.

—No, no. Se pondrá contento.

Después de algunas dudas, entraron por la puerta que les pareció menos ostentosa y, dominados repentinamente por la indecisión, se detuvieron nerviosos en una esquina apenas visible del pequeño comedor en el que se encontraban. Se quitaron las gorras y permanecieron con ellas en la mano. Una sombra de tristeza los invadió, y se sobresaltaron cuando una puerta se abrió de repente en el extremo opuesto del comedor para dejar pasar a un camarero raudo como un cometa que atravesó la sala y desapareció por otra puerta.

Tres veces se repitieron estas apariciones relámpago, antes de que los dos espectadores alcanzaran el grado de lucidez necesario para dirigirse a un camarero. Se volvió, los miró con suspicacia, y luego se les acercó con pasos suaves de gato, como si estuviera preparado para, en cualquier momento, dar media vuelta y huir.

—Oiga —empezó Key—, oiga, ¿conoce a mi hermano? Trabaja de camarero aquí.

—Se apellida Key —añadió Rose.

Sí, el camarero conocía a Key. Creía que estaba arriba. Había una gran fiesta en el salón principal. Le avisaría.

Diez minutos más tarde George Key apareció y saludó a su hermano con el mayor recelo; lo primero y más natural que se le ocurrió fue que venía a pedirle dinero.

George era alto, con el mentón poco pronunciado, pero ahí terminaba el parecido con su hermano. Los ojos del camarero no eran apagados, sino despiertos y chispeantes, y sus modales eran suaves, educados, con un leve aire de superioridad. Intercambiaron los saludos de costumbre. George estaba casado y tenía tres hijos. Parecía interesarle bastante la noticia de que Carrol había estado en el extranjero, en la Marina, aunque no le impresionaba. Carrol se sintió desilusionado.

—George —dijo el hermano menor en cuanto terminaron las formalidades—, queremos comprar bebida, pero nadie quiere vendérnosla. ¿Podrías conseguirnos algo?

George reflexionó.

—Claro. Es posible. Aunque puede llevar media hora.

—No importa —aceptó Carrol—, esperaremos.

Entonces Rose fue a sentarse en una cómoda silla, pero un grito de George, indignado, lo obligó a quedarse de pie.

—¡Eh! ¡Ten cuidado! ¡No te puedes sentar ahí! Esta sala está preparada para un banquete que hay a las doce.

—No la iba a estropear —dijo Rose con resentimiento—; me han despiojado.

—No importa —dijo George terminantemente—. Si el camarero mayor me viera aquí de charla, se iba a divertir mucho conmigo.

—Ah.

La mención del camarero mayor fue una explicación más que suficiente para los otros dos; manoseaban la gorra nerviosos y esperaban que George les sugiriera algo.

—Oídme —dijo George tras un breve silencio—, hay un sitio en el que podríais esperarme. Venid conmigo.

Lo siguieron por la puerta más lejana, atravesaron una despensa desierta, subieron un par de oscuras escaleras de caracol y llegaron por fin a un cuartucho amueblado principalmente con montones de cubos y cepillos, iluminado por una única y sombría bombilla. Allí los dejó George, después de pedirles dos dólares y haber prometido que volvería dentro de media hora con una botella de whisky.

—Juraría que George está ganando dinero —dijo Key melancólicamente mientras se sentaba en un cubo invertido—. Juraría que gana cincuenta dólares a la semana.

Rose asintió y escupió.

—Yo también lo juraría.

—¿Quién dijo que daba el baile?

—Unas estudiantes, de la Universidad de Yale.

Los dos asintieron con solemnidad.

—¿Adónde habrán ido a parar todos aquellos soldados de la manifestación?

—No lo sé. Sólo sé que era una caminata larguísima, demasiado larga para mí.

—Y para mí. A mí no me cogen para andar tanto.

Diez minutos después empezaron a impacientarse.

—Voy a ver lo que hay por ahí —dijo Rose, dirigiéndose con cautela a la otra puerta.

Era una puerta batiente, tapizada de paño verde, y la empujó hasta abrirla unos prudentes centímetros.

—¿Ves algo?

Como respuesta Rose aspiró con fuerza.

—¡Maldición! ¡Aquí tiene que haber bebida!

—¿Bebida?

Ya estaba Key en la puerta, con Rose, y miraba con avidez.

—Hay licor, seguro —dijo después de un instante de examen concentrado.

Era una habitación que doblaba en tamaño a la habitación donde se encontraban, y alguien había preparado allí un maravilloso festín alcohólico. Sobre dos mesas de blancos manteles se elevaban dos altas paredes de botellas variadas: whisky, ginebra, coñac, vermut francés e italiano, y zumo de naranja, para no hablar de una colección imponente de sifones y de dos grandes recipientes vacíos para el ponche. En la habitación aún no había nadie.

—Es para el baile que acaba de empezar —murmuró Key—. ¿Oyes los violines? Oye, no me importaría pegarme un baile.

Cerraron la puerta sin hacer ruido e intercambiaron una mirada de mutuo entendimiento. No necesitaban adivinarse las intenciones.

—Me gustaría echarle el guante a un par de botellas —dijo Rose con decisión.

—Y a mí.

—¿Tú crees que se darían cuenta?

Key reflexionó.

—Puede que sea mejor esperar a que empiecen a bebérselas. Las botellas están en orden, y las habrán contado.

Discutieron sobre este punto unos minutos. Rose quería echarle el guante a una botella inmediatamente y escondérsela bajo la chaqueta antes de que llegara nadie. Pero Key aconsejaba prudencia. Temía causarle problemas a su hermano. Si esperaban a que abrieran algunas botellas, podrían coger una sin ningún peligro, y todos pensarían que había sido alguno de la universidad.

Mientras seguían discutiendo, George Key atravesó el cuarto apresuradamente y, dedicándoles apenas un gruñido, desapareció por la puerta de paño verde. Un minuto después oyeron saltar algunos corchos, y luego el sonido del hielo picado y el correr del líquido. George estaba preparando el ponche.

Los soldados intercambiaron sonrisas de placer.

—¡Ah, chico! —murmuró Rose.

George volvió a aparecer.

—Un poco de paciencia, muchachos —dijo, hablando de prisa—. Tendré listo lo vuestro en cinco minutos.

Y desapareció por la puerta por donde había llegado.

Tan pronto como sus pisadas se perdieron escaleras abajo, Rose, después de una ojeada precavida, se precipitó en la habitación de las delicias y reapareció con una botella en la mano.

—Esto es lo que yo digo —dijo, mientras digerían, sentados y dichosos, el primer trago—. Esperaremos a que vuelva y le preguntaremos si podemos quedarnos aquí, a bebernos lo que nos traiga, ¿entiendes? Le diremos que no tenemos un sitio donde beber, ¿entiendes? Luego podemos colarnos ahí cuando no haya nadie y escondernos una botella bajo la chaqueta. Tendremos por lo menos para un par de días, ¿entiendes?

—Claro que sí —asintió Rose con entusiasmo—. ¡Ah, chico! Y, si quisiéramos, podríamos venderles alguna botella a los soldados.

Callaron un instante mientras le daban vueltas a esta idea prometedora. Luego Key se llevó la mano al cuello de la guerrera y se la desabrochó.

—Hace calor aquí, ¿no?

Rose asintió muy serio.

—Como en el infierno.

IV

Seguía bastante enfadada cuando salió del tocador y atravesó el salón interior que daba al vestíbulo: enfadada no tanto por lo que había ocurrido —que sólo era, a fin de cuentas, un simple lugar común en su vida social—, sino por el hecho de que hubiera ocurrido precisamente aquella noche. No estaba disgustada consigo misma. Se había comportado con aquella justa mezcla de dignidad y reticente compasión que empleaba siempre. Lo había rechazado sucinta y hábilmente.

Había sucedido cuando salían del Biltmore en un taxi y aún no se habían alejado ni media manzana. Él había levantado torpemente el brazo derecho —ella estaba sentada a su derecha— y había intentado apoyarlo cómodamente sobre la capa escarlata ribeteada en piel que ella llevaba. Esto ya constituía un error. Era de todo punto más elegante, para un joven que deseara abrazar a una señorita de cuyo consentimiento no estuviera seguro, intentar primero rodearla con el brazo más alejado de ella. Así se evita el desmañado gesto de levantar el brazo más próximo.

El segundo *faux pas* había sido inconsciente. Ella había pasado la tarde en la peluquería. La idea de que pudiera ocurrirle alguna calamidad a su pelo le resultaba sumamente repugnante, y Peter, al hacer su desgraciada tentativa, le había rozado levemente el peinado con el codo. Éste había sido su segundo *faux pas*. Dos ya eran suficientes.

Peter había empezado a murmurarle algo. Al primer susurro, ella ya había resuelto que no era más que un simple estudiante. Edith tenía veintidós años, pero, no obstante, aquel baile, el primero de ese tipo que se celebraba después de la guerra, le recordaba, con imágenes que se sucedían a ritmo creciente, otra cosa…, otro baile y otro hombre, un hombre por el que había sentido poco más que una ternura adolescente de miradas tristes. Edith Bradin se estaba enamorando del recuerdo de Gordon Sterrett.

Así que salió del tocador del Delmonico y permaneció un instante en la puerta mirando por encima de los hombros de un traje negro que se interpuso en su camino a los grupos de alumnos de Yale que revoloteaban como majestuosas polillas negras en las escaleras. La habitación de la que había salido emanaba la pesada fragancia que dejaba el ir y venir de muchas jóvenes bellezas perfumadas: esencias empalagosas y una vaga y evocadora nube de fragantes polvos de tocador. Este olor, derramándose, absorbía el sabor fuerte y picante del humo de los cigarrillos en el vestíbulo, y bajaba sensualmente las escaleras e impregnaba por fin la sala donde iba a tener lugar el baile de la asociación Gamma Psi. Era un olor que Edith conocía bien, excitante, estimulante, inquietantemente dulce: el olor de un baile a la moda.

Pensó en su propio aspecto. Se había empolvado los brazos y los hombros desnudos: blanco crema. Sabía que parecían muy suaves y que brillarían como leche contra el fondo de chaquetas negras que aquella noche enmarcaría su silueta. El peinado era un logro: la masa de cabellos rojos había sido cardada, moldeada, ondulada, hasta convertirse en una arrogante maravilla de móviles curvas. Se había pintado los labios primorosamente con carmín oscuro; el iris de sus ojos era de un azul frágil y delicado, como de ojos de porcelana. Era una criatura de absoluta belleza, una belleza infinitamente delicada, perfecta, que fluía armónicamente desde el complicado peinado hasta los pies pequeños y finos.

Pensaba en lo que diría aquella noche de fiesta, ya vagamente encantada por los ecos de risas altas y sofocadas, el rumor de pasos furtivos y el ajetreo de parejas escaleras arriba y abajo. Hablaría como lo llevaba haciendo desde hacía años —su especialidad: una mezcla de frases hechas y jerga periodística y estudiantil, una mezcolanza muy personal, algo descuidada, levemente provocativa, delicadamente sentimental—. Esbozó una sonrisa al oír que una muchacha, sentada en las escaleras, a su lado, decía:

—No te has enterado ni de la mitad, querida.

Y, mientras sonreía, el enfado desapareció por un instante, y, cerrando los ojos, aspiró una profunda bocanada de placer. Dejó caer los brazos hasta rozar apenas la vaina lisa y brillante que protegía e insinuaba su figura. No había sentido nunca con tanta intensidad su propia tersura, ni había disfrutado tanto con la blancura de sus propios brazos. «Huelo bien —se dijo candorosamente, y entonces tuvo otra idea—: He nacido para el amor.»

Le gustó cómo sonaban estas palabras y volvió a decirlas para sí; y entonces, consecuencia inevitable, se dejó llevar por las recientes fantasías sobre Gordon. Aquel capricho de la imaginación que, dos horas antes, le había revelado un deseo imprevisto de volverlo a ver, parecía haberla conducido hasta este baile, a esta hora.

A pesar de su resplandeciente belleza, Edith era una chica seria y reflexiva. Tenía algo de aquel deseo de pensar las cosas, de aquel idealismo adolescente que había convertido a su hermano en socialista y pacifista. Henry Bradin había abandonado Cornell, donde había sido profesor de Economía, y se había ido a Nueva York para recomendar efusivamente la ultimísima panacea para males incurables desde las columnas de un semanario radical.

Edith, menos fatua, se hubiera contentado con curar a Gordon Sterrett. Tenía Gordon cierta debilidad de carácter de la que ella quería ocuparse; existía en él cierta indefensión, y ella quería protegerlo. Necesitaba además a alguien que la conociese desde hacía tiempo, alguien que la quisiera desde hacía mucho. Estaba un poco cansada; quería casarse. De un paquete de cartas, de una docena de fotografías, de otros tantos recuerdos y de su cansancio había surgido la decisión de que la próxima vez que viera a Gordon sus relaciones iban a cambiar. Diría cualquier cosa con tal de cambiarlas. Ahora tenía ante sí aquella noche. Era su noche. Todas las noches eran suyas.

Sus reflexiones fueron interrumpidas por un solemne estudiante de primero que, con aire ofendido, nervioso y formal, se presentó ante Edith y la saludó con insólita y excesiva reverencia. Era el hombre con el que había venido al baile, Peter Himmel. Alto, divertido, con gafas de carey y un aire de atractiva extravagancia. De repente se dio cuenta de que aquel hombre no le gustaba, quizá porque no había conseguido besarla.

—Bueno —comenzó Edith—, ¿todavía estás enfadado conmigo?

—En absoluto.

Dio un paso y lo cogió del brazo.

—Lo siento —dijo con dulzura—. No sé por qué te rechacé de esa manera. Estoy de muy mal humor esta noche, no sé por qué extraña razón. Lo siento.

—Vale —masculló—, no hablemos más del asunto.

Se sentía desagradablemente incómodo. ¿Le estaba restregando Edith su reciente fracaso?

—Ha sido un error —continuó Edith, siempre en aquel tono deliberadamente dulce—. Los dos debemos olvidarlo.

Peter la odió.

Minutos después se deslizaban sobre la pista mientras, entre suspiros y balanceos, los doce músicos de la orquesta de jazz especialmente contratada para la ocasión hacían saber a la atestada sala de baile que «si un saxofón y yo nos quedamos solos, no importa: dos son compañía».

Un hombre con bigote relevó a su pareja.

—Hola —saludó con tono de reproche—. ¿No te acuerdas de mí?

—No puedo acordarme de tu nombre —dijo Edith con desenvoltura—, pero te conozco perfectamente.

—Te conocí en… —su voz se apagó desconsolada cuando un hombre muy rubio se la arrebató de los brazos. Edith murmuró un convencional «gracias, luego bailamos otra vez» a aquel *inconnu*.

El hombre muy rubio insistió en que se estrecharan la mano con entusiasmo. Ella lo catalogó como uno de los muchos Jim que conocía, el apellido era un misterio. Recordó incluso que bailaba con un ritmo particular y, mientras daban los primeros pasos, comprobó que tenía razón.

—¿Te vas a quedar mucho tiempo? —le susurró, confidencial.

Ella se separó un poco y lo miró.

—Un par de semanas.

—¿Dónde te alojas?

—En el Biltmore. Llámame algún día.

—Por supuesto —le aseguró—. Te llamaré. Iremos a merendar.

—Estupendo… Llámame.

Un hombre moreno la invitaba ahora con suma formalidad.

—No te acuerdas de mí, ¿verdad? —dijo gravemente.

—Yo diría que sí. Te llamas Harlan.

—No, no. Barlow.

—Bueno, sabía que era un apellido de dos síla-bas. Eres el chico que tocó tan bien el ukelele en la fiesta de Howard Marshall.

—Yo tocaba, pero no…

Lo relevó un hombre de prominente dentadu-ra. Edith inhaló una ligera nube de whisky. Le gustaba que los hombres hubieran bebido: enton-ces eran mucho más alegres, más atentos y lisonje-ros, y era más fácil hablar con ellos.

—Me llamo Dean, Philip Dean —dijo alegre-mente—. Sé que no te acuerdas de mí, pero venías mucho a New Haven con mi compañero de habi-tación en el último curso, Gordon Sterrett.

Edith alzó rápidamente los ojos.

—Sí, lo acompañé dos veces…, al gran baile de los veteranos y al baile de los novatos.

—Lo has visto, ¿no? —dijo Dean despreocu-padamente—. Está aquí esta noche. Lo he visto hace un minuto.

Edith se sobresaltó, aunque sabía perfecta-mente que Gordon estaría allí.

—No, no lo he visto…

Un pelirrojo gordo se la quitó de los brazos a Dean.

—Hola, Edith —comenzó.

—Ah, sí, hola…

Edith resbaló, dio un ligero traspié.

—Lo siento, querido —murmuró mecánica-mente.

Había visto a Gordon, un Gordon muy pálido, indiferente, apoyado en el quicio de la puerta, fumando y mirando hacia la sala de baile. Edith pudo observar que tenía el rostro afilado y pálido, que le temblaba la mano con que se llevaba el cigarrillo a los labios. Ahora bailaban muy cerca de él.

—Invitan a tantos que no son compañeros, que ya no sabes… —estaba diciendo aquel retaco.

—Hola, Gordon —saludó Edith por encima del hombro de su pareja. El corazón le latía con violencia.

Los grandes ojos negros de Gordon estaban fijos en ella. Él dio un paso en su dirección, pero en ese momento su pareja la obligó a girar y Edith volvió a escuchar su tono quejumbroso.

—Aunque la mitad no tiene pareja y beben de más y se van pronto, así que…

Y entonces oyeron una voz, muy baja, a su lado:

—¿Me permites, por favor?

De pronto estaba bailando con Gordon: la rodeaba con un brazo; sentía cómo la estrechaba espasmódicamente; sentía en la espalda la mano abierta de Gordon. La otra mano apretaba su mano, que sostenía el pañuelo de encaje.

—Ah, Gordon.

—Hola, Edith.

Volvió a resbalar, y al intentar bruscamente mantener el equilibrio su cara rozó el tejido negro del esmoquin de Gordon. Lo quería, sabía que lo quería. Luego callaron durante un minuto, y una extraña sensación de inquietud la invadió. Algo no iba bien.

De repente el corazón le dio un vuelco: se dio cuenta de lo que sucedía. Gordon daba lástima, estaba triste, algo borracho y terriblemente cansado.

—Oh… —gimió Edith involuntariamente.

Notó, mientras Gordon la miraba, que tenía los ojos inyectados en sangre, desorbitados.

—Gordon —murmuró—, deberíamos sentarnos; quiero sentarme.

Estaban casi en el centro de la pista, pero había visto a dos hombres que se le acercaban desde puntos opuestos de la sala, así que se detuvo, cogió la mano sin vida de Gordon y lo guió a trompicones a través de la multitud, apretando fuerte los labios, pálida bajo el maquillaje, los ojos temblorosos de lágrimas.

Encontró un sitio en lo más alto de las escaleras alfombradas, y Gordon se sentó pesadamente a su lado.

—Bueno —empezó, mirándola con ojos inseguros—, me alegro mucho de verte, Edith.

Lo miró sin responderle. El efecto que le producía aquello era inconmensurable. A lo largo de los años había visto a hombres en distintos grados de embriaguez, desde familiares honorables a chóferes, y sus sentimientos habían variado desde la risa a la repugnancia, pero ahora, por primera vez, experimentaba una emoción nueva: un horror indescriptible.

—Gordon —dijo con tono acusador, casi llorando—, tienes una pinta horrorosa.

Gordon asintió.

—He tenido problemas, Edith.

—¿Problemas?

—Problemas de todas clases. No le cuentes nada a mi familia, pero estoy hecho pedazos. Soy un desastre.

Le colgaba el labio inferior. Parecía no verla.

—¿No puedes…? ¿No puedes…? —Edith titubeaba—. ¿No puedes contarme lo que te pasa, Gordon? Siempre me he interesado por ti.

Se mordió el labio. Había intentado decirle algo más profundo, pero descubrió que no podía.

Gordon movió la cabeza desmañadamente.

—No te lo puedo contar. Tú eres buena. No le puedo contar lo que ha pasado a una mujer buena.

—Tonterías —dijo Edith, desafiante—. Considero un perfecto insulto llamar a alguien mujer buena de ese modo. Es una ofensa. Gordon, has estado bebiendo.

—Gracias —inclinó la cabeza solemnemente—. Gracias por la información.

—¿Por qué bebes?

—Porque me siento totalmente infeliz.

—¿Y piensas que bebiendo van a ir mejor las cosas?

—¿Qué estás haciendo? ¿Intentando reformarme?

—No; estoy intentando ayudarte, Gordon. ¿No puedes contarme lo que te pasa?

—Me he metido en un lío horrible. Lo mejor para ti es hacer como si no me conocieras.

—¿Por qué, Gordon?

—Siento haberte sacado a bailar. Ha sido una deslealtad. Tú eres pura y todo eso… Bueno, voy a buscar a alguno que baile contigo.

Se puso de pie con dificultad, pero Edith alargó la mano y lo obligó a sentarse de nuevo a su lado en las escaleras.

—Quédate aquí, Gordon, no seas ridículo. Me estás haciendo daño. Te comportas como…, como un loco.

—Estoy de acuerdo. Soy un loco. Tengo algo que no funciona, Edith. Hay algo que he perdido. No importa.

—Sí que importa. Cuéntamelo.

—Sólo es eso. Siempre he sido raro, un poco diferente de los otros chicos. En la universidad todo iba bien, pero ahora no. Algo se ha ido desprendiendo dentro de mí desde hace cuatro meses, como los broches de un vestido, y está a punto de caerse en cuanto se suelten unos broches más. Me estoy volviendo loco.

La miró a los ojos y se echó a reír, y Edith se separó de él.

—¿Cuál es el problema?

—Soy yo —repitió—. Me estoy volviendo loco. Es como si estuviera soñando que estoy aquí: en el Delmonico…

Mientras hablaba, Edith se dio cuenta de que había cambiado por completo. Ya no era ingenioso, alegre, despreocupado: estaba aletargado, dominado por la apatía y el desaliento. Sintió repugnancia, seguida por una vaga y sorprendente impresión de aburrimiento. La voz de Gordon parecía surgir de un vacío inmenso.

—Edith —decía—, yo me creía inteligente, con talento, un artista. Ahora sé que no soy nada. No sé dibujar, Edith. No sé por qué te cuento esto.

Edith asintió, ausente.

—No sé dibujar, no sé hacer nada. Soy más pobre que las ratas —se reía con fuerza y amargura—. Me he convertido en un maldito mendigo, una sanguijuela para mis amigos. Soy un fracaso, pobre como el demonio.

El asco de Edith iba en aumento. Apenas si asintió esta vez, esperando la primera ocasión para levantarse.

De pronto los ojos de Gordon se llenaron de lágrimas.

—Edith —dijo, volviéndose hacia ella y haciendo todo lo posible por dominarse—, no sabes lo que significa para mí saber que hay alguien a quien todavía le intereso.

Fue a acariciarle la mano, pero Edith la retiró sin querer.

—Es muy noble de tu parte —insistió Gordon.

—Bueno —dijo Edith lentamente, mirándolo a los ojos—, es agradable encontrarse con un viejo amigo, pero me duele verte en este estado, Gordon.

Hubo un silencio mientras se miraban, y la momentánea ilusión se esfumó de los ojos de Gordon. Edith se levantó y siguió mirándolo, sin expresión alguna en el rostro.

—¿Bailamos? —sugirió fríamente.

«El amor es frágil —estaba pensando Edith—, pero quizá se salvan los pedazos, las cosas que se quedan en los labios, que hubieran podido ser dichas. Las nuevas palabras de amor, la ternura que hemos aprendido, son tesoros para el próximo amante.»

V

Peter Himmel, el acompañante de la encantadora Edith, no estaba acostumbrado a los desaires; si alguien lo despreciaba, se sentía dolido y desconcertado, y avergonzado de sí mismo. Hacía un par de meses que mantenía una relación muy especial con Edith Bradin, y, sabiendo que la única excusa y razón para ese tipo de relaciones es su futura cotización como relación sentimental, se había sentido totalmente seguro del terreno que pisaba. En vano buscaba el motivo de por qué Edith había reaccionado de aquella manera por culpa de un simple beso.

Así que cuando, mientras bailaban, el tipo del bigote le quitó a Edith de los brazos, Peter salió al vestíbulo y, formulando una frase, se la repitió a sí mismo varias veces. Considerablemente censurada, decía así:

«Bueno, si alguna vez ha existido una chica que le haya ido dando esperanzas a un hombre para luego quitárselo de encima, ésa es Edith, así que no se quejará mucho si me largo y cojo una buena borrachera».

Atravesó el comedor y entró en una sala contigua que había descubierto al principio de la noche.

En aquella habitación había varias soperas para el ponche flanqueadas por muchas botellas. Se sentó junto a la mesa de las botellas.

Después del segundo whisky con soda, el aburrimiento, el asco, la monotonía del tiempo, la turbiedad de los acontecimientos, todo se hundió en un confuso trasfondo ante el que brillaban telarañas. Las cosas, reconciliadas consigo mismas, permanecían tranquilas en los estantes; los problemas de aquel día se alinearon en perfecta formación y, obedeciendo una brusca orden de Peter, rompieron filas y desaparecieron. Y con el alejamiento de las preocupaciones se impuso una simbología luminosa y cautivadora. Edith se convirtió en una chica caprichosa, insignificante, a quien no valía la pena tomarse en serio; daba risa. Se adaptó, como una imagen de su sueño, al mundo superficial que se había formado a su alrededor. Y él mismo se convirtió en un símbolo, una especie de juerguista virtuoso, el brillante soñador en acción.

Cuando se disolvió el estado de ánimo simbólico, mientras se bebía el tercer whisky con soda, su imaginación se dejó llevar por aquel bienestar cálido: se sentía como el que se hace el muerto en aguas tranquilas. Fue entonces cuando advirtió que, muy cerca, una puerta tapizada de verde se abría unos centímetros, y que a través de la rendija lo miraban fijamente unos ojos.

—Humm —murmuró Peter plácidamente.

La puerta verde se cerró, luego volvió a abrirse: no más de dos centímetros y medio esta vez.

—Cucú, cucú —murmuró Peter.

La puerta no se movió, y Peter empezó a oír una serie de entrecortados e intermitentes cuchicheos.

—Hay un tío.

—¿Qué hace?

—Nos está mirando.

—Pues sería mejor que se largara. Tenemos que conseguir otra botellita.

Peter escuchaba mientras las palabras calaban en su conciencia.

«Qué cosas más extrañas», pensaba.

Estaba animado. Estaba exultante. Era como si hubiera descubierto un misterio. Fingiendo una calculada indiferencia, se levantó, dio una vuelta a la mesa y, girando rápidamente, abrió de improviso la puerta verde, y el soldado Rose se precipitó en la habitación.

Peter lo saludó con mucha cortesía.

—¿Cómo está usted? —dijo.

El soldado Rose adelantó una pierna, listo para pelear, huir o llegar a un arreglo.

—¿Cómo está usted? —repitió Peter amablemente.

—Muy bien.

—¿Quiere beber algo?

El soldado Rose lo observó con perspicacia, sospechando un posible sarcasmo.

—Estupendo —dijo por fin.

Peter le señaló una silla.

—Siéntese.

—Estoy con un amigo —dijo Rose—; está ahí —señalaba hacia la puerta verde.

—Pues que venga, ¡claro que sí!

Peter atravesó la habitación, abrió la puerta y le dio la bienvenida al soldado Key, que entró receloso, indeciso y con aire de culpa.

Cogieron sillas y se sentaron alrededor del recipiente del ponche. Peter le dio a cada uno un whisky con soda y les ofreció un cigarrillo. Aceptaron con cierta timidez.

—Ahora —continuó Peter con desenvoltura—, ¿puedo preguntarles, señores, por qué prefieren pasar su tiempo libre en un cuarto que, por lo que puedo ver, sólo está amueblado con escobas? Y, dado que la raza humana ha progresado hasta el punto de fabricar 17.000 sillas al día, excepto los domingos... —se interrumpió un instante. Rose y Key lo miraban boquiabiertos—. ¿Les importaría decirme —continuó Peter— por qué han decidido sentarse sobre objetos que tienen como fin el transporte de agua de un lugar a otro?

En este punto Rose contribuyó a la conversación con un gruñido.

—Y, por último —concluyó Peter—, ¿podrían decirme por qué, si se encuentran en un edificio extraordinariamente engalanado con enormes candelabros, prefieren pasar las horas de la noche a la luz de una anémica bombilla?

Rose miró a Key; Key miró a Rose. Se echaron a reír, se morían de risa: descubrieron que era imposible mirarse sin reír. Pero no se reían con aquel hombre, se reían de él. Creían que un hombre que hablaba de aquella manera sólo podía estar furiosamente borracho o ser un loco furioso.

—Vosotros habéis estudiado en Yale, supongo —dijo Peter, bebiéndose el whisky y preparándose otro.

Volvieron a reír a carcajadas.

—¡Ca!

—¿No? Creía que habíais estudiado en la sección inferior de la universidad, en la Escuela Técnica Sheffield.

—¡Ca!

—Bueno, es una lástima. Seguro que sois estudiantes de Harvard que queréis manteneros de incógnito en este paraíso azul violeta, como dicen los periódicos.

—¡Ca! —dijo Key desdeñosamente—. Sólo estábamos aquí esperando a uno.

—¡Ah! —exclamó Peter, levantándose y llenándoles las copas—. Muy interesante. Tenéis una cita con una limpiadora, ¿no?

Lo negaron indignados.

—Vale, vale —los tranquilizó Peter—, no os disculpéis. Una limpiadora vale tanto como cualquier mujer. Kipling lo dice: cualquier dama es igual que Judy O'Grady bajo la piel.

—Evidentemente —dijo Key, guiñándole el ojo a Rose sin disimulo.

—Mi caso, por ejemplo —continuó Peter, vaciando el vaso—. Tengo arriba una amiga que es una consentida. La chica más consentida que conozco. No quiere darme un beso, quién sabe por qué. Ha hecho lo posible por hacerme creer que le encantaría que la besara, y luego..., ¡zas! Me ha dejado. ¿Adónde va a ir a parar la nueva generación?

—Eso es mala suerte —dijo Key—, una mala suerte terrible.

—¡Vaya, vaya! —dijo Rose.

—¿Otra copa? —dijo Peter.

—Nos metimos en una especie de pelea —dijo Key después de un momento de silencio—, pero había que ir muy lejos.

—¿Una pelea? ¡Eso está bien! —dijo Peter, y volvió a sentarse tambaleándose—. ¡Hay que pegarles a todos! He estado en el ejército.

—Era con un bolchevique.

—¡Eso está bien! —exclamó Peter entusiasmado—. ¡Eso es lo que yo digo! ¡Hay que matar a los bolcheviques! ¡Exterminarlos!

—¡Somos americanos! —dijo Rose, con vigoroso y desafiante patriotismo.

—Desde luego —dijo Peter—. La mejor raza del mundo. ¡Todos somos americanos! Tomemos otra copa.

Se la tomaron.

VI

A la una, una orquesta especial, especial incluso en una noche de orquestas especiales, llegó al Delmonico, y sus miembros, sentándose arrogantemente alrededor del piano, asumieron la tarea de abastecer de música al club de estudiantes Gamma Psi. Estaban dirigidos por un famoso flautista, célebre en toda Nueva York por la proeza de bailar el *shimmy* cabeza abajo, marcando el ritmo con los hombros, mientras tocaba el jazz más de moda con la flauta. Durante su actuación apagaban las luces, exceptuando un foco que iluminaba al flautista y un haz de luz móvil que proyectaba sombras parpadeantes y colores cambiantes y caleidoscópicos sobre la multitud de bailarines.

Edith había bailado hasta caer en ese estado de cansancio y ensueño típico de las debutantes en sociedad, un estado equivalente a la sensación de bienestar de un alma noble después de algunos whiskys con soda. Sus pensamientos se dejaban llevar por el calor de la música; sus compañeros de baile se alternaban con una irrealidad de fantasmas bajo la oscuridad movediza y llena de color, y en el estado de coma en que se encontraba parecía que habían pasado días y días desde el inicio del baile. Había hablado de muchas cosas fragmentarias con muchos hombres. La habían besado una vez y se le habían declarado seis veces. En las primeras horas de la fiesta algunos estudiantes de los primeros cursos habían bailado con ella, pero ahora, como todas las chicas más admiradas del baile, tenía su propio círculo, es decir, media docena de jóvenes galantes que bailaban sólo con ella o alternaban sus encantos con los de alguna otra belleza escogida. Se la quitaban de los brazos unos a otros constante e inevitablemente.

Había visto a Gordon varias veces: había permanecido sentado mucho rato en la escalera con la cabeza entre las manos, los ojos vacíos y fijos en un punto indeterminado de la pista de baile. Parecía muy triste y muy borracho. Pero Edith se apresuraba a mirar a otra parte. Parecía que todo había pasado hacía mucho; ahora su mente estaba inactiva, sus sentidos se arrullaban en un trance parecido al sueño; sólo bailaban sus pies, y su voz continuaba diciendo cosas sin importancia, brumosa y sentimental.

Pero Edith no estaba tan cansada como para ser incapaz de sentir indignación moral cuando Peter Himmel le pidió a su pareja que se la cediera, sublime y felizmente borracho. Lo miró y exclamó con asombro.

—¡Pero Peter!

—Estoy un poco bebido, Edith.

—Eres un encanto, Peter, de verdad. ¿No te parece un modo repugnante de comportarte cuando estás conmigo?

Entonces no tuvo más remedio que sonreír, porque Peter la miraba con un sentimentalismo solemne que alternaba con sonrisas tontas y espasmódicas.

—Querida Edith —comenzó con la mayor seriedad—, sabes que te quiero, ¿verdad?

—Suena bien.

—Te quiero, y sólo quisiera que me besaras —añadió con tristeza.

Su turbación, su vergüenza, habían desaparecido. Edith era la muchacha más bella del mundo. La de ojos más bellos, como las estrellas del cielo. Quería pedirle perdón —primero, por haber intentado besarla; segundo, por haber bebido—, pero se había echado atrás al pensar que Edith estaba enfadada con él.

El gordo pelirrojo los separó, y le dedicó a Edith una sonrisa radiante.

—¿Has venido con alguien? —le preguntó Edith.

No. El gordo pelirrojo no tenía pareja.

—Bien… ¿Te molestaría…? ¿No sería un fastidio demasiado grande para ti… acompañarme a casa esta noche? —esta extrema timidez era una afectación encantadora por parte de Edith: sabía que el gordo pelirrojo se derretiría inmediatamente en un paroxismo de placer.

—¿Molestarme? Dios mío, será un placer. Lo sabes, será un auténtico placer.

—¡Millones de gracias! Eres verdaderamente amable.

Miró rápidamente el reloj. Era la una y media. Y, mientras se decía «la una y media», le vino vagamente a la memoria que su hermano le había dicho en la comida que trabajaba en el periódico hasta la una y media cada noche.

Edith se volvió hacia su pareja ocasional.

—¿A qué calle da el Delmonico?

—¿Calle? A la Quinta Avenida, claro.

—Quiero decir a qué calle transversal.

—Ah, sí, un momento... A la calle 44.

Era tal como había pensado. El periódico de Henry debía de estar al otro lado de la calle, a la vuelta de la esquina, y se le ocurrió inmediatamente que podría hacer una escapada y sorprenderlo, aparecérsele de pronto, trémula maravilla en su nueva capa escarlata, y alegrarle un poco la noche. Era exactamente el tipo de cosas que a Edith le divertía hacer, algo desenfadado y original. La idea cuajó y absorbió su imaginación, y, tras un instante de duda, Edith se decidió.

—Mi peinado está a punto de desmoronarse —dijo amablemente a su pareja—. ¿Te importaría que fuera a arreglarme un poco?

—En absoluto.

—Eres un encanto.

Pocos minutos después, envuelta en la capa de seda escarlata, Edith bajaba volando por la escalera de servicio, con las mejillas encendidas por el nerviosismo de la pequeña aventura. Pasó junto a una pareja parada en la puerta —un camarero de mentón huidizo y una joven demasiado maquillada, que discutían acaloradamente— y abriendo la puerta de la calle se adentró en la cálida noche de mayo.

VII

La joven que usaba demasiado maquillaje la siguió con una mirada fugaz y resentida; luego se volvió hacia el camarero de mentón huidizo y siguió discutiendo.

—Debería subir y avisarle de que estoy aquí —dijo en tono de desafío—; si no, subiré yo misma.

—¡Usted no sube! —dijo George con dureza.

La muchacha sonrió con aire burlón.

—¿Que no? ¿Que no subo? Déjeme que le diga: conozco a muchos estudiantes, y muchos más de los que usted ha visto en su vida me conocen a mí, y todos estarían contentísimos de acompañarme a una fiesta.

—Puede ser...

—Puede ser... —lo interrumpió—. Todo es perfecto para las que son como esa que acaba de salir corriendo, sabe Dios adónde; para esas que están invitadas y pueden entrar y salir cuando les dé la gana; pero si yo quiero hablar con un amigo, entonces mandan a un camarero de tres al cuarto, que lo mismo corta jamón que te sirve un bollo, para que no me deje entrar.

—Oiga —dijo el mayor de los Key con indignación—, puedo perder mi trabajo. Puede que ese tipo del que usted habla no quiera verla.

—Claro que quiere verme.

—Además, ¿cómo podría yo encontrarlo entre tanta gente?

—Lo encontrará —le aseguró, llena de confianza—. Sólo tiene que preguntarle a cualquiera por Gordon Sterrett, y le dirán quién es. Esos tipos se conocen todos entre sí —abrió el bolso, sacó un dólar y se lo dio a George—. Aquí tiene —dijo—, una propina. Búsquelo y déle mi recado. Dígale que si no está aquí dentro de cinco minutos subiré yo.

George movió la cabeza con pesimismo, reflexionó un momento sobre el asunto, titubeó, desesperado, y se fue.

Antes de que terminara el plazo fijado, Gordon bajaba las escaleras. Estaba más borracho que al principio de la fiesta, y de un modo distinto. El alcohol parecía haberse solidificado a su alrededor como una costra. Se movía pesadamente, tambaleándose, y hablaba con poca coherencia.

—Hola, Jewel —dijo con voz espesa—. He venido rápido. Jewel, no he conseguido el dinero. He hecho lo que he podido.

—¡Nada de dinero! —soltó bruscamente—. No te has acercado a mí desde hace diez días. ¿Qué pasa?

Gordon movió la cabeza lentamente.

—He estado muy deprimido, Jewel. Enfermo.

—¿Por qué no me lo dijiste, si estabas malo? Ese dinero no me importa tanto. No empecé a fastidarte con eso hasta que tú empezaste a darme de lado.

Movió de nuevo la cabeza.

—No te he dado de lado, jamás.

—¡No me has dado de lado! No te acercas a mí desde hace tres semanas, a no ser que estuvieras tan borracho como para no saber lo que hacías.

—He estado enfermo, Jewel —repitió mirándola con ojos cansados.

—Estás lo bastante bien para venir a divertirte con tus amigos de la alta sociedad. Me dijiste que nos veríamos para cenar, que tendrías algún dinero para mí. Ni siquiera te has molestado en llamarme por teléfono.

—No pude conseguir el dinero.

—¿No te he dicho que eso no importa? Yo quería verte, Gordon, pero parece que tú prefieres a otra.

Lo negó con amargura.

—Entonces coge tu sombrero y vente conmigo —le propuso Jewel.

Gordon titubeó, pero Jewel se le acercó de repente y le rodeó el cuello con los brazos.

—Vente conmigo, Gordon —dijo, casi en un susurro—. Vamos a beber algo al Devineries, y luego podemos subir a mi apartamento.

—No puedo, Jewel…

—Claro que puedes —dijo Jewel con ardor.

—¡Estoy peor que un perro!

—Bueno, entonces no puedes quedarte aquí a bailar.

Miró a su alrededor con una mezcla de alivio y desesperación, titubeando; entonces, de pronto, Jewel lo atrajo hacia sí y lo besó con labios suaves, carnosos.

—Vale —dijo de mala gana—, voy por mi sombrero.

VIII

Cuando Edith salió al azul claro de la noche de mayo encontró la avenida desierta. Los escaparates de los grandes almacenes estaban apagados; cubrían las puertas grandes máscaras de hierro que las convertían en tumbas tenebrosas para el esplendor de la última luz del día. Mirando hacia la calle 42 vio el multicolor contorno difuminado de los anuncios luminosos de los restaurantes abiertos durante toda la noche. Sobre la Sexta Avenida el ferrocarril elevado, una llamarada, atravesó la calle entre los haces de luz paralelos de la estación y se perdió en la fría oscuridad. Pero en la calle 44 reinaba el silencio.

Abrigándose con la capa, Edith cruzó corriendo la avenida. Se estremeció espantada cuando un hombre solo pasó a su lado y le dijo en un susurro ronco: «¿Adónde corres, niña?». Le recordó una noche de su niñez en que había dado un paseo en pijama cerca de casa y un perro le había aullado desde un patio trasero grande y misterioso.

Un minuto después había alcanzado su destino, un edificio de dos pisos, relativamente viejo, en la calle 44: en las ventanas superiores detectó con alivio un destello de luz. Había suficiente luz en la calle para que pudiera leer el anuncio de la ventana: el *New York Trumpet*. Se adentró en un oscuro vestíbulo y un segundo después vio las escaleras en un rincón.

Ahora estaba en una habitación amplia y baja, amueblada con escritorios, de cuyas paredes colgaban páginas de periódico. Sólo había dos personas. Estaban sentadas en extremos opuestos de la habitación: llevaban visera verde y escribían a la luz de una solitaria lámpara de mesa.

Se quedó un momento indecisa en la entrada, y luego los dos hombres se volvieron simultáneamente y Edith reconoció a su hermano.

—¡Edith!

Se levantó inmediatamente y se acercó a ella sorprendido, quitándose la visera. Era alto, delgado y moreno, con ojos negros y penetrantes detrás de unas gafas muy gruesas, unos ojos extraviados que parecían siempre fijos sobre la cabeza de la persona con quien estaba hablando.

Le puso las manos en los brazos y la besó en la mejilla.

—¿Qué haces aquí? —preguntó, un poco alarmado.

—Estaba en un baile aquí enfrente, en el Delmonico, Henry —dijo, exaltada—, y no he podido resistir la tentación de escaparme un momento y venir a verte.

—Me alegra que lo hayas hecho —la alarma dejó paso enseguida a su habitual aire distraído—.

Pero no deberías andar por ahí sola de noche, ¿no?

El hombre que había en el otro extremo de la habitación los había estado mirando con curiosidad, y se acercó cuando Henry le hizo una señal. Era gordo y fofo, con ojillos risueños, y, después de quitarse el cuello de la camisa y la corbata, daba la impresión de ser un agricultor del Medio Oeste un domingo por la tarde.

—Te presento a mi hermana —dijo Henry—. Ha venido a hacerme una visita.

—Encantado —dijo el gordo, sonriendo—. Mi nombre es Bartholomew, señorita Bradin. Sé que su hermano lo olvidó hace tiempo.

Edith rió por cortesía.

—Bueno —continuó—, no tenemos precisamente unas instalaciones maravillosas, ¿no?

Edith observó la habitación.

—Parecen muy agradables —contestó—. ¿Dónde guardan las bombas?

—¿Las bombas? —repitió Bartholomew, riendo—. Tiene gracia..., las bombas. ¿La has oído, Henry? Quiere saber dónde guardamos las bombas. Oye, tiene gracia.

Edith se sentó sobre un escritorio vacío balanceando las piernas. Su hermano cogió una silla, a su lado.

—Bueno —le preguntó con aire distraído—, ¿qué te ha parecido Nueva York esta vez?

—No está mal. Me quedaré en el Biltmore con los Hoyt hasta el domingo. ¿Te vienes a comer mañana?

Henry lo pensó un momento.

—Tengo muchas cosas que hacer —objetó—, y no soporto las reuniones de mujeres.

—Vale —asintió Edith, sin enfadarse—, podemos comer juntos, los dos.

—Muy bien.

—Te recogeré a las doce.

Bartholomew quería evidentemente volver a su mesa, pero, al parecer, consideraba poco correcto irse sin una despedida ingeniosa.

—Bueno… —empezó a decir, torpemente.

Los dos se volvieron hacia él.

—Bueno, decía que… hemos pasado un rato emocionante esta tarde.

Los dos hombres se miraron.

—Debería haber venido un poco antes —prosiguió Bartholomew, más animado—. Hemos tenido un auténtico vodevil.

—¿De verdad?

—Una serenata —dijo Henry—. Un montón de soldados se ha congregado en la calle y ha comenzado a gritar contra el periódico.

—¿Por qué? —preguntó Edith.

—Sólo era una masa —dijo Henry, ensimismado—. Las masas tienen que gritar. Es evidente que no los dirigía nadie con un poco de iniciativa, si no, con toda probabilidad, hubieran entrado aquí por la fuerza y hubieran roto algo.

—Sí —dijo Bartholomew, volviéndose hacia Edith—, debería haber estado aquí.

Pareció pensar que esta intervención valía como despedida, ya que dio bruscamente media vuelta y volvió a su escritorio.

—¿Los soldados están de verdad en contra de los socialistas? —preguntó Edith a su hermano—. Quiero decir si os atacan con violencia y esas cosas.

Henry volvió a ponerse la visera verde y bostezó.

—La humanidad ha progresado mucho —dijo con indiferencia—, pero la mayoría somos salvajes; los soldados no saben lo que quieren, ni lo que odian, ni lo que aprecian. Están acostumbrados a actuar colectivamente, en gran número, y parecen tener que hacer alguna demostración de vez en cuando. Por eso nos han atacado. Ha habido desórdenes en toda la ciudad esta noche. Ya sabes que es Primero de Mayo.

—El alboroto de aquí ¿ha sido algo serio?

—No, nada —dijo con sarcasmo—. Unos veinticinco soldados se pararon en la calle a eso de las nueve, y empezaron a aullarle a la luna.

—Ah —Edith cambió de tema—. ¿Te da alegría verme, Henry?

—Desde luego.

—No lo parece.

—Pues me da alegría.

—Me figuro que piensas que soy una…, una fresca. Una especie de mariposona, la peor del mundo.

Henry se rió.

—Nada de eso. Diviértete mientras seas joven. Pero… ¿Es que tengo cara de ser el típico joven serio y mojigato?

—No… —Edith calló un momento—. Pero, no sé por qué, he pensado qué distinta es la fiesta en la que estaba de…, de todos tus objetivos. Parece algo…, algo incongruente, ¿no? Yo en un baile como ése, y tú, aquí, trabajando por algo que volvería imposibles para siempre ese tipo de fiestas, si tus ideas triunfaran.

—Yo no pienso así. Eres joven, te comportas como te han enseñado a comportarte. Venga…, diviértete.

Los pies de Edith, que habían estado balanceándose perezosamente, se detuvieron y su voz bajó un tono.

—Me gustaría…, me gustaría que volvieras a Harrisburg, que tú también te divirtieras. ¿Estás seguro de haber elegido bien?

—Las medias que llevas son preciosas —la interrumpió Henry—. ¿De qué diablos están hechas?

—Son bordadas —respondió Edith, bajando la vista—. ¿No son preciosas? —se levantó la falda y descubrió los tobillos delgados y enfundados en seda—. ¿O desapruebas las medias de seda?

Henry pareció perder un poco la paciencia. La miró penetrantemente con sus ojos negros.

—¿Estás sugiriendo que sólo pienso en criticarte, Edith?

—No, claro que no.

Edith calló un momento. A Bartholomew se le había escapado un gruñido. Se volvió y vio que había abandonado su mesa y que estaba junto a la ventana.

—¿Qué pasa? —preguntó Henry.

—Hay gente —dijo Bartholomew, y añadió enseguida—: A montones. Vienen de la Sexta Avenida.

—¿Gente?

El gordo pegó la nariz al cristal.

—¡Soldados, por Dios! —dijo en tono enérgico—. Ya me imaginaba que volverían.

Edith saltó al suelo y fue corriendo a la ventana donde estaba Bartholomew.

—¡Hay muchos! —exclamó, excitada—. ¡Ven, Henry!

Henry se ajustó la visera, pero siguió sentado.

—¿No es mejor que apaguemos la luz? —sugirió Bartholomew.

—No. Se irán dentro de un minuto.

—No se irán —dijo Edith, asomándose a la ventana—. Ni siquiera piensan en la posibilidad de irse. Están llegando más. Mira: una verdadera multitud está doblando la esquina de la Sexta Avenida.

Al resplandor amarillo y entre las sombras azules de las farolas de la calle podía ver que la acera se había llenado de hombres. La mayoría llevaba uniforme: algunos no habían bebido, otros iban entusiásticamente borrachos, y sobre todos se extendía un clamor incoherente, un griterío.

Henry se levantó y, al acercarse a la ventana, a la luz de las lámparas de mesa, su sombra se proyectó como una larga silueta. Inmediatamente el clamor se convirtió en un aullido inacabable, y una ruidosa descarga de pequeños proyectiles, pastillas de tabaco, paquetes de cigarrillos, e incluso monedas, cayó contra la ventana. La barahúnda empezó a ascender por las escaleras a medida que iban abriendo las puertas.

—¡Están subiendo! —gritó Bartholomew.

Edith se volvió angustiada hacia Henry.

—¡Están subiendo, Henry!

Los gritos que llegaban del portal se oían ya con claridad.

—¡Malditos socialistas!

—¡Proalemanes! ¡Amigos de los boches!

—¡Al segundo piso! ¡Venga!

—¡Vamos a cargarnos a esos hijos de…!

Los cinco minutos siguientes pasaron como en un sueño. Edith recordaba que el clamor había estallado de golpe sobre los tres como una nube cargada de lluvia, que había un estruendo de muchos pies en las escaleras, que Henry la había cogido del brazo y la había arrastrado al fondo de la oficina. Después la puerta se abrió y una avalancha de hombres irrumpió en la habitación: no los dirigentes, sino sencillamente aquellos que por casualidad ocupaban las primeras filas.

—¡Muy buenas!

—Trabajáis hasta muy tarde, ¿no?

—Tú y tu novia, ¿eh, capullos?

Edith reparó en que dos soldados muy borrachos habían sido arrastrados hasta la primera fila, donde se tambaleaban estúpidamente: uno de ellos era moreno y de baja estatura, el otro era alto, de mentón huidizo.

Henry dio un paso al frente y levantó la mano.

—¡Amigos! —dijo.

El clamor se disolvió en una momentánea tranquilidad, interrumpida por algunos murmullos.

—¡Amigos! —repitió, y sus ojos extraviados miraban más allá de las cabezas de la multitud—. Sólo os hacéis daño a vosotros mismos invadiendo este local esta noche. ¿Tenemos pinta de ser ricos? ¿Parecemos alemanes? Os pido en nombre de la justicia... ·

—¡Cállate!

—¡Tienes pinta de alemán rico!

—Oye, ¿nos presentas a tu novia, compadre?

Un hombre sin uniforme, que había estado revolviendo los papeles de una mesa, alzó de pronto un periódico.

—¡Aquí está! —gritó—. ¡Quieren que los alemanes ganen la guerra!

Un nuevo tropel empujaba desde las escaleras y de repente la habitación se llenó de hombres que rodeaban al pálido trío, que permanecía al fondo del cuarto. Edith vio que el soldado alto, de mentón huidizo aguantaba en primera fila. El soldado bajo y moreno había desaparecido.

Edith retrocedió un poco, y se detuvo junto a la ventana abierta, por la que entraba el soplo limpio del aire frío de la noche.

Entonces la habitación se convirtió en un caos. Se dio cuenta de que los soldados se lanzaban hacia delante, y vio al hombre gordo que blandía una silla sobre la cabeza. De repente la luz se fue, y sintió la presión de cuerpos calientes bajo ropas ásperas, y sus oídos se llenaron de gritos, pisadas y respiraciones agitadas.

Una figura pasó como un rayo junto a ella, como salida de ninguna parte, se tambaleó, se abrió

paso de lado, y de repente desapareció irremediablemente por la ventana abierta con un grito aterrorizado y entrecortado que murió *staccato* entre
el clamor. A la débil luz de las ventanas encendidas
en el edificio de enfrente, Edith tuvo la fugaz impresión de que se trataba del soldado alto, de mentón huidizo.

La ira la invadió de improviso. Agitó los brazos
frenéticamente y se abrió paso a ciegas hacia donde la refriega era más reñida. Oía gruñidos, maldi-
ciones, el impacto sordo de los puñetazos.

—¡Henry! —gritó furiosa—. ¡Henry!

Luego, minutos más tarde, tuvo la sensación
de que había entrado en la oficina más gente. Oyó
una voz profunda, intimidatoria, autoritaria; vio
haces de luz amarilla que barrían aquí y allá entre
la gresca. Los gritos se hicieron más espaciados.
La refriega creció y al poco cesó.

De repente las luces se encendieron: la habitación estaba llena de policías que aporreaban a dies-
tra y siniestra. La voz profunda bramó:

—¡Vamos! ¡Desfilando!

La habitación parecía vaciarse como un fregadero. Un policía, que tenía en un rincón bien aga-
rrada a su presa, la arrojó sobre su adversario, un
soldado, y, de un empujón, lo lanzó contra la puerta. La voz profunda insistía. Edith descubrió que
provenía de un capitán de la policía con cuello de
toro que estaba cerca de la puerta.

—¡Desfilando! ¡Éstas no son maneras! A uno
de vuestros camaradas lo han tirado por la ventana, y se ha matado.

—¡Henry! —llamó Edith—. ¡Henry!

Golpeó furiosamente con los puños en la espalda del hombre que tenía delante; se escurrió entre otros dos; peleó, chilló y, a golpes, se abrió paso hasta una figura muy pálida sentada en el suelo junto a un escritorio.

—¡Henry! —exclamó con pasión—. ¿Qué te pasa? ¿Qué te pasa? ¿Te han herido?

Henry tenía los ojos cerrados. Gimió, levantó la vista y dijo con asco:

—Me han roto la pierna. ¡Dios mío! ¡Qué imbéciles!

—¡Desfilando! —gritaba el capitán de policía—. ¡Desfilando!

IX

El restaurante Child, en la calle 59, a las ocho de cualquier mañana ni siquiera se diferencia de sus hermanos por el espesor del mármol de las mesas o el grado de limpieza de las sartenes. Veréis allí a una muchedumbre de pobres con los ojos llenos de sueño, intentando clavar la mirada en el plato de comida para no ver a los otros pobres. Pero el Child de la calle 59, cuatro horas antes, es completamente distinto de cualquier otro restaurante Child, desde Portland, en Oregón, a Portland, en Maine. Entre sus paredes descoloridas pero higiénicas, uno encuentra un ruidoso revoltijo de bailarinas, estudiantes de universidad, debutantes en sociedad, calaveras y *filles de joie*: una mezcla no poco representativa de la gente más alegre de Broadway, e incluso de la Quinta Avenida.

En las primeras horas de la mañana del 2 de mayo el restaurante estaba más lleno que de costumbre. Sobre las mesas de mármol se inclinaban las caras excitadas de las chicas a la moda, las *flappers*, hijas de los dueños de las grandes mansiones. Devoraban con avidez y placer galletas y huevos revueltos, hazaña que de ninguna manera hubieran sido capaces de repetir cuatro horas más tarde en el mismo local.

Casi toda la clientela venía del baile de estudiantes del club Gamma Psi en el Delmonico, excepto algunas coristas de una revista nocturna que, sentadas en una mesa lateral, desearían haberse quitado un poco más de maquillaje después de la función. Aquí y allá, una figura triste, como una rata, desesperadamente fuera de lugar, miraba a tanta mariposa con una curiosidad cansada y desconcertada. Pero la figura triste era una excepción. Era la mañana que seguía al Primero de Mayo, y todavía duraba el aire de fiesta.

Gus Rose, sobrio ya, pero aún un poco aturdido, debe ser considerado una de esas figuras tristes. Apenas si podía recordar cómo había llegado desde la calle 44 a la 59 después de la manifestación. Había visto cómo una ambulancia se llevaba el cadáver de Carrol Key, y se había encaminado hacia el centro con otros dos o tres soldados. En algun sitio, entre la calle 44 y la 59, los otros soldados habían encontrado a unas mujeres y habían desaparecido. Rose había vagabundeado hasta Columbus Circle y elegido las luces resplandecientes del Child para satisfacer su apetito de café y rosquillas. Entró y se sentó.

A su alrededor flotaban un parloteo insustancial e intrascendente y risas chillonas. Al principio no conseguía entender nada, pero, después de cinco minutos de confusión, se dio cuenta de que aquéllas eran las secuelas de alguna alegre fiesta. De vez en cuando un joven inquieto y divertido deambulaba fraternal y familiarmente entre las mesas, estrechando manos indiscriminadamente y parándose de vez en cuando para soltar algo chistoso, mientras los camareros, irritados, llevando en alto galletas y huevos, lo maldecían entre dientes y lo empujaban para quitárselo de enmedio. A Rose, sentado a la mesa menos visible y más vacía, la escena le parecía un pintoresco circo de belleza y placeres desenfrenados.

Poco a poco, pasados los primeros momentos, se fue dando cuenta de que la pareja que se sentaba diagonalmente frente a él, de espaldas a todos, no era la menos interesante del local. El hombre estaba borracho. Llevaba esmoquin, la corbata torcida y la camisa arrugada y desarreglada, con salpicaduras de vino y agua. Los ojos, turbios e inyectados en sangre, se movían sin parar de forma antinatural. Le faltaba el aire.

«Ése ha estado de juerga», pensó Rose.

La mujer no había bebido, o casi. Era guapa, con los ojos negros y un intenso color febril en las mejillas, y mantenía los ojos vigilantes y fijos en su pareja, alerta como un halcón. De vez en cuando, se le acercaba y le murmuraba algo con mucha concentración, y el hombre contestaba con una pesada inclinación de cabeza o un guiño singularmente diabólico y repugnante.

Rose los observó detenidamente, atontado, durante algunos minutos, hasta que la mujer le echó una mirada ofendida; dirigió entonces la vista a dos de los noctámbulos que llamaban más la atención por su alegría, que peregrinaban sin fin de mesa en mesa. Sorprendido, reconoció en uno de ellos al joven que tanto, y de manera tan ridícula, le había hecho reír en el Delmonico. Y entonces se acordó de Key con cierto sentimentalismo no exento de respeto y temor. Key estaba muerto. Se había caído desde una altura de nueve metros y se había partido la cabeza como un coco.

«Era un tipo auténtico —pensó Rose funeralmente—. Era un tipo auténtico, sí. Qué mala suerte ha tenido.»

Los dos noctámbulos se acercaron y, entre la mesa de Rose y la de al lado, empezaron a hablarles a amigos y extraños con jovial familiaridad. De pronto Rose vio como el joven rubio de dentadura prominente miraba tambaleándose al hombre y a la chica que tenía enfrente, y empezaba a mover la cabeza con rotundo aire de desaprobación.

El hombre de los ojos inyectados en sangre lo miró.

—Gordy —dijo el noctámbulo de prominente dentadura—, Gordy.

—Hola —dijo con voz espesa el hombre de la camisa manchada de vino.

Dentadura Prominente movió el dedo con aire pesimista frente a la pareja y le echó a la mujer una fría mirada de condena.

—¿Qué te había dicho, Gordy?

Gordon se estremeció en la silla.

—¡Vete al infierno! —dijo.

Dean seguía allí quieto, moviendo el dedo. La mujer empezó a ponerse furiosa.

—¡Lárgate! —gritó, muy irritada—. ¡Estás borracho, borracho perdido!

—Y él —indicó Dean, que seguía moviendo el dedo y ahora señalaba a Gordon.

Peter Himmel se acercó muy despacio, solemne como un búho y proclive a la retórica.

—Vamos a ver —empezó a decir, como si lo hubieran llamado para poner paz en una insignificante pelea de niños—, ¿qué pasa aquí?

—Llévate a tu amigo —dijo Jewel con aspereza—. Nos está molestando.

—¿Cómo dice?

—¡Ya me has oído! —respondió con voz chillona—. He dicho que te lleves al borracho de tu amigo.

Su voz estridente resonó entre el ruido y la confusión del restaurante, y un camarero se acercó corriendo.

—¡Hablen más bajo, oiga!

—Ese tío está borracho —exclamó Jewel—. Nos está insultando.

—Ay, ay, Gordy —insistió el acusado—. ¿Qué te había dicho? —se volvió al camarero—. Gordy y yo somos amigos. He intentado ayudarle, ¿no es así, Gordy?

—¿Ayudarme? ¡Un cuerno!

Jewel se levantó de repente y, cogiendo a Gordon del brazo, lo ayudó a ponerse de pie.

—Vamos, Gordy —dijo, acercándose a él y hablándole casi en un susurro—. Vámonos de aquí. Éste está borracho de verdad.

Gordon dejó que le ayudaran a ponerse de pie

y se dirigió a la salida. Jewel se volvió un instante y se dirigió al que los obligaba a levantar el vuelo.

—¡Lo sé todo sobre ti! —dijo con fiereza—. ¡Buen amigo estás tú hecho! Gordon me lo ha contado todo.

Entonces se agarró al brazo de Gordon, y juntos se abrieron paso entre los curiosos, pagaron la cuenta y se fueron.

—Tiene que sentarse —le dijo el camarero a Peter en cuanto hubieron salido.

—¿Cómo? ¿Sentarme?

—Sí, o váyase.

Peter se volvió hacia Dean.

—Venga —le propuso—, vamos a darle una paliza a este camarero.

—Eso está hecho.

Avanzaron hacia él con expresión amenazadora. El camarero retrocedió.

De pronto, Peter echó mano a un plato que había en la mesa más próxima, cogió un puñado de albóndigas y las arrojó al aire. Las albóndigas cayeron formando una lánguida parábola, como copos de nieve, sobre la cabeza de los que estaban cerca.

—¡Oiga! ¡Tenga cuidado!

—¡Fuera, fuera!

—¡Siéntate, Peter!

—¡Ya está bien!

Peter, riéndose a carcajadas, hizo una reverencia.

—Gracias por sus amables aplausos, damas y caballeros. Si alguien me da algunas albóndigas más y un sombrero de copa, continuaremos el espectáculo.

El forzudo encargado de la seguridad del local llegó a toda prisa.

—¡Será mejor que se vaya! —le dijo a Peter.

—¡Y un cuerno!

—¡Es mi amigo! —terció Dean, indignado.

Se había congregado un grupo de camareros.

—¡A la calle con él!

—Es mejor que nos vayamos, Peter.

Hubo un forcejeo y los dos fueron arrastrados a empujones hasta la puerta.

—¡Tengo ahí el sombrero y el abrigo! —gritó Peter.

—Venga, vaya a buscarlos, rápido.

El forzudo soltó a Peter, y éste, asumiendo una ridícula expresión de astucia extraordinaria, corrió inmediatamente dos mesas más allá, estalló en carcajadas y les hizo un corte de mangas a los exasperados camareros.

—Creo que me voy a quedar un poco más —anunció.

Comenzó la persecución. Los camareros se dividieron: cuatro por un lado y cuatro por el otro. Dean agarró a dos por la chaqueta, y otra vez forcejearon antes de reemprender la caza de Peter; por fin lo atraparon, después de que hubiera derramado un azucarero y varias tazas de café. Hubo una nueva discusión en la caja, donde Peter quería que le vendieran una ración de albóndigas para lanzárselas a los policías.

Pero la conmoción de su salida fue inmediatamente empequeñecida por otro fenómeno que

provocó miradas de admiración y un largo e involuntario «¡O-o-o-h-h!» en todos los presentes.

La gran cristalera del local era ahora azul, un
azul profundo y cremoso, como un claro de luna
pintado por Maxfield Parrish: un azul que parecía
hacer presión sobre el cristal para penetrar a la
fuerza en el restaurante. Despuntaba el alba en
Columbus Circle, un alba mágica, llena de expectación, que perfilaba la gran estatua del inmortal
Cristóbal, y se confundía, misteriosa y extraña,
con las luces eléctricas amarillas del interior, cada
vez más tenues.

X

El señor Entrada y el señor Salida no están en las listas del censo. Los buscaréis en vano en el registro civil, entre las partidas de nacimiento, matrimonio y defunción, y tampoco los encontraréis en la libreta donde lleva las cuentas el tendero. El olvido se los ha tragado y los testimonios sobre su existencia son vagos, inconsistentes, inadmisibles para los tribunales. Sin embargo, sé de buena fuente que durante un breve periodo de tiempo el señor Entrada y el señor Salida vivieron, respiraron, respondieron por su nombre e irradiaron el vivísimo encanto de su personalidad.

Durante el breve curso de su existencia, recorrieron con sus peculiares atuendos la gran autopista de la gran nación: se rieron de ellos, los maldijeron, los persiguieron. Después desaparecieron y de ellos nunca más se supo.

Iban tomando vagamente forma cuando un taxi con la capota bajada atravesó despreocupadamente Broadway a la luz muy suave del amanecer de mayo. En ese coche viajaban las almas del señor Entrada y del señor Salida, comentando con estupor la luz azul que tan bruscamente había coloreado el cielo tras la estatua de Cristóbal Colón, comentando con perplejidad las caras avejentadas y grises de los primeros madrugadores que apenas rozaban la calle como papelillos al aire sobre un lago gris. Estaban de acuerdo en todo: desde lo absurdo del forzudo del Child hasta lo absurdo del oficio de vivir. Los mareaba la extrema y sensiblera felicidad que la mañana había despertado en sus almas entusiastas. Y tan nuevo e intenso era su placer de vivir que sentían necesidad de expresarlo con fuertes gritos.

—¡Hiuuuuu! —ululó Peter, formando un megáfono con las manos, y Dean se unió a él con un grito que, aun siendo tan significativo y simbólico como el otro, debía su resonancia a su absoluta falta de articulación.

—¡Yuhuuuu! ¡Yu-baba!

La calle 53 fue un autobús que transportaba a una belleza morena con el pelo cortado como un chico; la calle 52 fue un barrendero que los esquivó, escapó por los pelos y lanzó un alarido: «¡Mira por donde vas!», con voz dolorida y acongojada. En la calle 50 un grupo de hombres sobre una acera blanquísima, ante un blanquísimo edificio, se volvió hacia ellos y gritó:

—¡Menuda fiesta, chicos!

En la calle 49 Peter le dijo a Dean en tono solemne, entornando sus ojos de búho:

—Espléndida mañana.

—Seguramente.

—¿Desayunamos algo?

Dean estaba de acuerdo, aunque con algún añadido.

—Desayuno y copa.

—Desayuno y copa —repitió Peter, y se miraron, asintiendo—. Es lógico.

Y estallaron en grandes carcajadas.

—¡Desayuno y copa! ¡Cielo santo!

—No existe tal cosa —anunció Peter.

—¿No sirven una cosa así? No importa. Los obligaremos a que nos la sirvan. Recurriremos a la fuerza.

—Recurriremos a la lógica.

El taxi abandonó Broadway de improviso, se adentró en una calle transversal y se detuvo en la Quinta Avenida, ante un edificio que parecía un mausoleo.

—¿Qué pasa?

El taxista los informó de que aquello era el Delmonico.

Era incomprensible. Tuvieron que concentrarse intensamente durante unos minutos, pues si le habían dado aquella dirección al taxista, algún motivo debía de existir.

—Algo de un abrigo… —sugirió el taxista.

Eso era. El abrigo y el sombrero de Peter. Se los había dejado en el Delmonico. Después de haber llegado a tal conclusión, desembarcaron del taxi y se encaminaron tranquilamente hacia la entrada cogidos del brazo.

—¡Eh! —dijo el taxista.

—¿Eh?

—Tienen que pagarme.

Negaron con la cabeza, escandalizados.

—Más tarde; ahora, no. Las órdenes las damos nosotros. Espere.

El taxista protestó: quería su dinero inmediatamente. Con el desdén y la condescendencia de los hombres que ejercen un tremendo esfuerzo para dominarse, le pagaron.

Luego, a tientas, Peter buscó en vano su abrigo y su sombrero en el oscuro y desierto guardarropa del Delmonico.

—Me temo que han volado. Los habrán robado.

—Algún estudiante de Sheffield.

—Con toda probabilidad.

—No importa —dijo Dean con generosidad—. Dejo yo mi abrigo y mi sombrero, y así iremos vestidos igual.

Se quitó el abrigo y el sombrero e iba a dejarlos en la percha cuando dos grandes rectángulos de cartón, colgados de las dos puertas del guardarropa, atraparon y atrajeron su mirada como un imán. El de la puerta de la izquierda lucía, en grandes letras negras, la palabra «Entrada»; y el de la puerta de la derecha ostentaba la no menos contundente «Salida».

—¡Mira! —exclamó lleno de felicidad.

Los ojos de Peter siguieron la dirección que les señalaba el dedo de Dean.

—¿Qué?

—Mira esos carteles. Vamos a cogerlos.

—Buena idea.

—Seguro que, juntos, resultan rarísimos y valiosos. Pueden servirnos.

Peter descolgó el cartel de la izquierda e intentó escondérselo en alguna parte: el asunto entrañaba cierta dificultad porque el cartel era de considerables proporciones. Entonces se le ocurrió una idea, y con aire solemne y misterioso se volvió de espaldas. Al cabo de un instante giró sobre los talones teatralmente y, extendiendo los brazos, se exhibió ante el admirado Dean. Se había prendido el cartel en el chaleco, cubriendo por completo la pechera de la camisa. Era como si la palabra «Entrada» hubiera sido pintada sobre la camisa con grandes letras negras.

—¡Yuhuuu! —gritó con entusiasmo Dean—. El señor Entrada.

Acto seguido, se colgó el cartel de la misma manera.

—¡El señor Salida! —anunció triunfalmente—. El señor Entrada tiene el gusto de conocer al señor Salida.

Dieron un paso al frente y se estrecharon las manos.

Y otra vez se retorcían espasmódicamente vencidos por un ataque de risa.

—¡Yuhuuu!

—Ahora vamos a pegarnos un buen desayuno.

—Venga, vamos, al Commodore.

Cogidos del brazo salieron del Delmonico con pasos decididos, doblaron hacia el este en la calle 44 y se dirigieron hacia el Commodore.

Cuando salían, un soldado bajo y moreno, muy pálido y muy cansado, que deambulaba apáticamente arriba y abajo por la acera, se volvió para mirarlos.

Hizo ademán de dirigirles la palabra, pero, como lo fulminaron inmediatamente con la mirada que se dirige a los desconocidos, esperó a que se alejaran con pasos inseguros calle abajo y los siguió a unos veinte metros de distancia, riéndose para sus adentros y repitiendo a media voz: «¡Vaya, vaya!», con plácida expectación.

El señor Entrada y el señor Salida intercambiaban chistes sobre sus futuros proyectos.

—Queremos una copa; queremos desayunar. No vale una cosa sin la otra. Una e indivisible.

—¡Queremos las dos!

—¡Las dos!

Ya era completamente de día, y los transeúntes empezaban a obervar con curiosidad a la pareja. Era evidente que debatían asuntos que los divertían enormenente, pues de cuando en cuando los sacudía un ataque de risa tan violento que, siempre cogidos del brazo, se retorcían entre carcajadas.

Al llegar al Commodore intercambiaron algunos epigramas picantes con el portero, que tenía ojos de sueño, navegaron con algún problema a traves de la puerta giratoria y luego cruzaron el vestíbulo, entre un público escaso y sorprendido, hasta el comedor, donde un camarero perplejo les señaló una oscura mesa en un rincón. Estudiaron la carta sin entender absolutamente nada, leyéndose uno al otro los nombres de los platos con un murmullo de perplejidad.

—¿No hay licores? —dijo Peter en tono de reproche.

El camarero dejó oír su voz, pero era ininteligible.

—Le repito —continuó Peter con paciente tolerancia— que en la carta parece haber una inexplicable y absolutamente repugnante ausencia de licores.

—Oye —le dijo Dean, muy seguro de sí mismo—, deja que yo me ocupe —ahora se dirigía al camarero—: Traiga… Tráiganos… —examinaba la carta con ansiedad—. Tráiganos una botella de champán y… podría ser… un bocadillo de jamón.

El camarero parecía titubear.

—¡Sírvanos! —rugieron al unísono el señor Entrada y el señor Salida.

El camarero tosió y desapareció. Mientras esperaban, sin que se dieran cuenta, el camarero mayor los sometía a un atento examen. Entonces llegó el champán y, en cuanto lo vieron, el señor Entrada y el señor Salida se sintieron llenos de júbilo.

—¿Te imaginas que se hubieran negado a servirnos champán para desayunar? ¿Te lo imaginas?

Intentaron imaginarse una posibilidad tan espantosa, pero la hazaña era excesiva para ellos. Era imposible, aunque sumaran su poder de imaginación, concebir un mundo en el que estuviera prohibido desayunar champán. El camarero descorchó la botella con un enorme estruendo y en las copas inmediatamente burbujeó la espuma pálida y dorada.

—A su salud, señor Entrada.

—A la suya, señor Salida.

El camarero se retiró, los minutos pasaron; el nivel del champán bajaba en la botella.

—Es humillante —dijo Dean de repente.

—¿Qué es humillante?

—La idea de que pudieran prohibirnos desayunar champán.

300

—¿Humillante? —reflexionó Peter—. Sí, ¡ésa es la palabra! Humillante.

Otra vez se morían de risa, ululaban, se tronchaban de risa, se agitaban en sus sillas, repetían la palabra «humillante» una vez y otra vez, y cada repetición parecía volverla más genial, clamorosamente absurda.

Después de aquellos minutos de diversión, decidieron pedir otra botella. El camarero, angustiado, lo consultó a su inmediato superior, y este juicioso personaje dio órdenes terminantes de que no se sirviera más champán. Les llevaron la cuenta.

Cinco minutos después, cogidos del brazo, abandonaban el Commodore y proseguían su camino entre la multitud, que los observaba con curiosidad, por la calle 42 y la avenida Vanderbilt, hasta el Hotel Biltmore. Allí, con inesperada astucia, se pusieron a la altura de las circunstancias y atravesaron el vestíbulo a paso rápido y ceremoniosamente erguidos.

Pero, ya en el comedor, repitieron su actuación. Alternaban risotadas intermitentes y convulsas con repentinas e imprevisibles discusiones sobre política, la universidad y su radiante estado de ánimo. Según sus relojes eran las nueve, y empezó a ocurrírseles la vaga idea de que estaban en una fiesta memorable, una fiesta que recordarían siempre. No se dieron prisa con la segunda botella. Bastaba la sola mención de la palabra «humillante» para que los asfixiaran las carcajadas. El comedor zumbaba y parecía moverse; una curiosa claridad impregnaba y enrarecía el aire pesado.

Pagaron la cuenta y volvieron al vestíbulo.

En aquel preciso momento la puerta principal del hotel giró por enésima vez aquella mañana, dejando entrar a una joven muy pálida, una belleza con ojeras y un vestido de noche muy arrugado. La acompañaba un hombre obeso y vulgar, que evidentemente no era el acompañante adecuado.

Esta pareja se encontró al final de las escaleras con el señor Entrada y el señor Salida.

—Edith —dijo el señor Entrada, acercándosele lleno de alegría y dedicándole una profunda reverencia—. Buenos días, corazón.

El hombre obeso le echó a Edith una mirada interrogativa, como si, pura y simplemente, le pidiera permiso para quitar de enmedio sumariamente a aquel individuo.

—Perdona el exceso de confianza —añadió Peter, como si lo hubiera pensado mejor—. Buenos días, Edith.

Cogiéndolo por el codo, obligó a Dean a acercarse.

—Te presento al señor Entrada, Edith: mi mejor amigo. Somos inseparables: el señor Entrada y el señor Salida.

El señor Salida dio un paso al frente e hizo una reverencia: fue tan largo el paso y tan profunda la reverencia que estuvo a punto de acabar en el suelo, y, para mantener el equilibrio, hubo de apoyarse ligeramente en el hombro de Edith.

—Soy el señor Salida, Edith —murmuró muy amable—; el señor Entrada y el señor Salida.

—El Señor Salidentrada —dijo Peter con orgullo.

Pero Edith no los veía, miraba más allá, fijos los ojos en algún punto de la galería superior. Le hizo una señal con la cabeza al hombre obeso, que avanzó como un toro y, con un gesto enérgico y brusco, apartó al señor Entrada y al señor Salida, y Edith y él pasaron por el espacio abierto entre los dos.

Pero diez pasos más allá Edith volvió a detenerse: se detuvo y apuntó con el dedo a un soldado moreno, bajo, que miraba detenidamente a todo el mundo, y, muy en particular, la escena del señor Entrada y el señor Salida, con una especie de terror asombrado y hechizado.

—¡Allí! —exclamó Edith—. ¡Allí está!

Su voz subió de tono y se volvió algo chillona. El dedo acusador temblaba un poco.

—Es el soldado que le ha roto la pierna a mi hermano.

Hubo algunas exclamaciones. Un empleado con chaqué abandonó su puesto en el mostrador de recepción y avanzó en estado de alarma; el hombre obeso se lanzó como un rayo contra el soldado bajo y moreno, y todos los que se hallaban en el vestíbulo rodearon al grupo, impidiéndoles la visión al señor Entrada y el señor Salida.

Pero para el señor Entrada y el señor Salida este incidente sólo era un segmento especialmente iridiscente de un mundo zumbante y giratorio.

Oyeron gritos, vieron cómo saltaba el gordo, y de repente la escena se volvió borrosa.

Poco después se encontraban en un ascensor rumbo al cielo.

—¿A qué piso, por favor? —dijo el ascensorista.

—A cualquiera —dijo el señor Entrada.
—Al último piso —dijo el señor Salida.
—Éste es el último piso —dijo el ascensorista.
—Que pongan otro —dijo el señor Salida.
—Más alto —dijo el señor Entrada.
—Al cielo —dijo el señor Salida.

XI

En la habitación de un pequeño hotel a pocos pasos de la Sexta Avenida Gordon Sterrett se despertó con la nuca dolorida y sintiendo en cada vena el pulso de la fiebre. Observó las sombras grises y crepusculares en los rincones de la habitación y un agujero en un gran sillón de piel que llevaba en aquella esquina mucho tiempo. Miró la ropa, revuelta, arrugada y tirada en el suelo, y aspiró el olor rancio del humo de los cigarrillos y el olor rancio del alcohol. Las ventanas estaban herméticamente cerradas. El sol, resplandeciente, proyectaba un rayo de luz polvorienta más allá del alféizar de la ventana, un rayo que se partía en la cabecera de la gran cama de madera donde había dormido. Estaba inmóvil, casi en coma, drogado, con los ojos desmesuradamente abiertos, con la mente golpeteando frenéticamente como una máquina sin engrasar.

Debían de haber pasado treinta segundos desde que percibió el rayo de sol polvoriento y el agujero en el sillón de piel, cuando tuvo la sensación de que había algo vivo a su lado; y otros treinta segundos pasaron antes de que se diera cuenta de que estaba casado irrevocablemente con Jewel Hudson.

Salió media hora después y compró un revólver en una tienda de artículos de deporte. Luego fue en taxi a la habitación de la calle 27 Este donde había vivido hasta entonces, y, apoyándose en la mesa sobre la que estaban sus materiales de dibujo, se pegó un tiro en la cabeza justo detrás de la sien.

El Gominola

El Gominola *fue escrito como continuación de* El palacio de hielo. *Cuando el* Post *lo rechazó, Fitzgerald cambió los nombres, pero se negó a darle un final feliz. El cuento apareció en 1920 en el número de octubre del* Metropolitan Magazine, *como parte de un acuerdo para publicar seis relatos que elevó la cotización de Fitzgerald de 500 a 900 dólares por cuento.*

Fitzgerald añadió este comentario cuando incluyó El Gominola *en* Cuentos de la era del jazz:

«Ésta es una historia del Sur, que se desarrolla en la pequeña ciudad de Tarleton, en Georgia. Siento un gran afecto por Tarleton, pero, no sé por qué, cada vez que escribo un cuento sobre Tarleton, recibo cartas de todos los puntos del Sur criticándome abiertamente. El Gominola *también mereció una buena dosis de cartas reprobatorias.*

»Este cuento lo escribí en circunstancias extrañas poco después de que se publicara mi primera novela y fue el primer cuento para el que conté con un colaborador. Como vi que no era capaz de resolver el episodio de los dados, se lo pasé a mi mujer, quien, como sureña, era presumiblemente una experta en la técnica y la terminología de ese gran pasatiempo de la región.»

I

Jim Powell era un gominola. Por mucho que yo quiera convertirlo en un personaje atractivo, creo que sería poco escrupuloso engañaros sobre este punto. Testarudo, gominola de pura cepa en un noventa y nueve y tres cuartos por ciento, había crecido perezosamente durante la estación de los gominolas, que es cada estación, allá en el país de los gominolas, muy al sur de la línea Mason-Dixon.

Hoy día, si llamas gominola a un hombre de Memphis, seguramente se sacará del bolsillo posterior de los pantalones una cuerda larga y resistente para ahorcarte en el palo de telégrafo más próximo. Si llamas gominola a un hombre de Nueva Orleans, puede que sonría burlón y te pregunte quién va a llevar a tu chica al baile del Mardi Gras. El trozo de tierra, tierra de gominolas, que dio a luz al protagonista de esta historia está situado más o menos entre esas dos ciudades: una pequeña ciudad de cuarenta mil habitantes, que dormita profundamente desde hace cuarenta mil años en el sur de Georgia, agitándose entre sueños y murmurando algo sobre una guerra que tuvo lugar una vez, en algún lugar, y que todo el mundo ha olvidado hace ya mucho tiempo.

Jim era un gominola. Lo escribo otra vez porque suena bien, casi como el principio de un cuento de hadas, como si Jim fuera encantador. En cierto modo, la palabra me da su retrato: cara redondeada y apetitosa, de caramelo con forma de alubia, y hojas y verduras que le rebosan fuera de la gorra. Pero Jim era alto y delgado, y andaba inclinado hacia delante, de tanto inclinarse sobre las mesas de billar; y era lo que en el Norte igualitario llamarían un gandul de esquina. Gominola es el nombre que se da en toda la irredenta Confederación a quien pasa la vida conjugando el verbo haraganear en primera persona del singular: yo haraganeo, yo he haraganeado, yo haraganearé.

Jim había nacido en una casa blanca de una esquina verde. Tenía en la fachada cuatro columnas deterioradas por las inclemencias del tiempo, y en la parte posterior, celosías y parras que tejían un alegre fondo para un florido césped bañado de sol. Originariamente, los habitantes de la casa blanca habían sido los propietarios del terreno colindante, y del terreno que colindaba con el colindante, y del terreno de más allá, pero hacía tanto tiempo que incluso el padre de Jim apenas si se acordaba. De hecho, consideraba aquello un asunto de tan mínima importancia que, cuando se estaba muriendo, herido de bala en una pelea, se olvidó incluso de recordárselo al pequeño Jim, que tenía cinco años y estaba terriblemente asustado. La casa blanca se convirtió en una pensión regida por una impenetrable señora de Macon, a quien Jim llamaba tía Mamie y odiaba con toda el alma.

A los quince años, Jim fue al instituto; llevaba el pelo negro desgreñado y le daban miedo las chicas. Detestaba su casa, donde cuatro mujeres y un viejo prolongaban, de un verano a otro, una interminable charla acerca de los terrenos que en sus orígenes formaron la propiedad de los Powell, o sobre de qué tipo de flores era el tiempo. De vez en cuando los padres de las chicas de la ciudad, acordándose de la madre de Jim e imaginando un parecido en los ojos y el pelo, lo invitaban a fiestas, pero en las fiestas descubría su timidez, y prefería sentarse sobre el eje de un coche en el garaje de Tilly, meciendo el esqueleto o explorándose interminablemente la boca con una largo palillo. Para conseguir algún dinero hacía trabajos esporádicos, y éste fue el motivo de que dejara de ir a las fiestas. En la tercera fiesta la pequeña Marjorie Haight había murmurado indiscretamente, al alcance de sus oídos, que Jim era el chico que a veces traía las verduras. Así que, en vez del *two-step* y la polca, Jim había aprendido a lanzar los dados y conseguir el número que quisiera, y conocía sabrosas historias de todos los jugadores de la región en los últimos cincuenta años.

Cumplió los dieciocho. Estalló la guerra, se alistó en la Marina y limpió barcos en el arsenal de Charleston durante un año. Después, por variar, se fue al Norte y limpió barcos en el arsenal de Brooklyn durante un año.

Cuando la guerra terminó, volvió a casa. Tenía veintiún años, los pantalones le quedaban demasiado cortos y demasiado estrechos. Sus botines eran largos y puntiagudos. Su corbata era una alarmante conspiración de púrpura y rosa maravillosamente combinados, y, rematándolo todo, había dos ojos azules desvaídos como trozos de algún viejo tejido de buena calidad expuesto al sol durante mucho tiempo.

Cierta tarde de abril, al anochecer, cuando un gris suave se había derramado sobre los campos de algodón y sobre la ciudad sofocante, Jim era una figura borrosa, apoyada contra una empalizada, silbando y contemplando el halo de la luna sobre las farolas de Jackson Street. Su mente se afanaba obstinadamente en un problema que ocupaba su atención desde hacía una hora. El Gominola había sido invitado a una fiesta.

A la edad en que todos los chicos odiaban a todas las chicas, Clark Darrow y Jim se sentaban juntos en la escuela. Pero, mientras las aspiraciones sociales de Jim se habían extinguido en el aire aceitoso del garaje, Clark se había enamorado y desenamorado, había ido a la Universidad, se había dado a la bebida y la había dejado, y, para no extendernos mucho, se había convertido en uno de los galanes más solicitados en la ciudad. No obstante, Clark y Jim habían conservado una amistad que, aunque se vieran poco, estaba fuera de toda duda. Aquella tarde el viejo Ford de Clark había aminorado su marcha al pasar junto a Jim, que estaba en la acera, y allí, en la calle, Clark lo había invitado a una fiesta en el club de campo. El impulso que lo había movido a hacerlo no fue menos extraño que el que movió a Jim a aceptar la invitación. En el caso de este último, probablemente fue un inconsciente aburrimiento, un tímido espíritu de aventura. Y ahora Jim reflexionaba seriamente sobre el asunto.

Empezó a cantar, zapateando perezosamente con su largo pie sobre un adoquín de la acera, hasta que el adoquín se balanceó al ritmo de la grave y ronca tonada:

A un kilómetro de casa en la ciudad de los gominolas
vive Jeanne, la reina de los gominolas.
Jeanne ama sus dados y sabe tratarlos;
no hay dado que le lleve la contraria.

Jim calló de repente y alborotó la acera con un agitado galope.

—¡Rayos! —dijo entre dientes.

Estarían todos… Toda aquella gente, la gente de toda la vida, a la que, por la casa blanca, vendida hacía mucho tiempo, y el retrato del oficial en uniforme gris sobre la repisa de la chimenea, Jim debería haber pertenecido. Pero aquella gente había crecido junta, en un grupo reducido que se había ido cerrando a medida que las faldas de las chicas se alargaban centímetro a centímetro y los pantalones de los chicos descendían repentinamente hasta los tobillos. Y, para aquella sociedad de mortecinos noviazgos juveniles, en la que todos se llamaban por su nombre de pila, Jim era un intruso, uno que destacaba entre los blancos que no tenían dinero. Casi todos los hombres lo conocían, y lo miraban con aire de superioridad; Jim se llevaba una mano al sombrero para saludar a tres o cuatro chicas. Eso era todo.

Cuando el crepúsculo se adensó hasta convertirse en un telón azul para la luna, Jim atravesó la ciudad calurosa, agradablemente acre, hacia Jackson Street. Las tiendas estaban cerrando y los últimos compradores volvían a sus casas, como arrastrados en la rotación de un lento tiovivo soñado. Más lejos, una feria ambulante formaba un luminoso callejón de barracas multicolores y ponía música variada a la noche: una danza oriental brotaba de una flauta, una corneta melancólica gemía ante la barraca de los monstruos, un organillo interpretaba una alegre versión de *Back Home in Tennessee*.

El Gominola se paró en una tienda y compró un cuello duro. Y luego se fue dando un paseo hasta el bar de Sam, donde encontró aparcados los sempiternos tres o cuatro coches de las tardes de verano y los niños negros de siempre, correteando con helados de frutas y limonadas.

—¡Hola, Jim!

La voz sonó a su lado: Joe Ewing, al volante de un coche, con Marilyn Wade. Nancy Lamar y un desconocido ocupaban el asiento de atrás.

El Gominola se apresuró a tocarse el sombrero.

—¡Hola!… —y luego, tras una pausa casi imperceptible—: ¿Qué tal?

No se detuvo. Caminó sin prisa hasta el garaje, donde tenía una habitación en el piso de arriba. Le había dicho «¿Qué tal?» a Nancy Lamar, con quien no hablaba desde hacía quince años.

Nancy tenía una boca como el recuerdo de un beso y ojos oscuros y pelo negro azulado que había heredado de su madre, nacida en Budapest. Jim se la cruzaba a menudo por la calle: Nancy andaba con las manos en los bolsillos, como un chico, y Jim sabía que, en compañía de su inseparable Sally Carrol Hopper, había dejado una estela de corazones destrozados desde Atlanta hasta Nueva Orleans.

Por un instante, Jim deseó saber bailar. Luego se echó a reír y, cuando llegó a su puerta, empezó a canturrear entre dientes:

> *Lanza los dados y te parte el alma,*
> *sus ojos son grandes y marrones,*
> *es la reina de las reinas de los gominolas,*
> *mi Jeanne de la ciudad de los gominolas.*

II

A las nueve y media Jim y Clark se encontraron frente al bar de Sam y se encaminaron hacia el club de campo en el Ford de Clark.

—Jim —preguntó Clark con tono indiferente, mientras traqueteaban a través de la noche perfumada de jazmín—, ¿cómo te las arreglas para vivir?

El Gominola lo pensó, antes de responder.

—Bueno —dijo por fin—, tengo una habitación encima del garaje de Tilly. Por las tardes le ayudo algo con los coches, y él me la deja gratis. A veces conduzco uno de sus taxis y gano algo. Me estoy hartando de hacer siempre lo mismo.

—¿Eso es todo?

—Bueno, cuando hay demasiado trabajo le ayudo…, los sábados, generalmente… Y luego tengo una fuente principal de ingresos de la que no suelo hablar. Quizá no te acuerdes de que soy algo así como el campeón de los jugadores de dados de la ciudad. Ahora me obligan a lanzarlos con un cubilete, porque en cuanto toco un par de dados, los dados me obedecen.

Clark sonrió con admiración.

—Yo nunca he podido aprender a lanzarlos para que hagan lo que yo quiero. Me gustaría verte jugar con Nancy Lamar algún día y desplumarla. Juega a los dados con los chicos y pierde más de lo que su padre puede darle. Me he enterado de que el mes pasado vendió un anillo para pagar una deuda de juego.

El Gominola no hizo ningún comentario.

—¿La casa blanca de Elm Street sigue siendo tuya?

Jim negó con la cabeza.

—Vendida. A bastante buen precio, si consideramos que ya no está en un buen sitio de la ciudad. El abogado me dijo que invirtiera el dinero en deuda pública. Pero la tía Mamie ha perdido la cabeza, y todos los intereses se van en pagar el sanatorio de Great Farms.

—Ah.

—Tengo un tío en el norte del Estado, y me figuro que podría irme con él si las cosas fueran muy mal. Tiene una bonita granja, pero no los suficientes negros para trabajarla. Me ha pedido que vaya y le ayude, pero no creo que me guste aquello. Demasiado aislado... —calló de repente—. Clark, quiero decirte que te agradezco tu invitación, pero que preferiría que pararas ahora mismo el coche y me dejaras volver a pie a la ciudad.

—¡Mierda! —gruñó Clark—. ¿Por qué te quieres ir? Piénsalo, hombre. No tienes que bailar..., sólo moverte un poco.

—¡Espera! —exclamó Jim, incómodo—. No vayas a presentarme a una chica y dejarme luego allí, solo, para que tenga que bailar con ella.

Clark se echó a reír.

—Porque —continuó Jim, desesperado—, si no me juras que no lo harás, me bajo aquí mismo, y que mis buenas piernas me lleven de vuelta a Jackson Street.

Después de discutir un rato, llegaron al acuerdo de que Jim, lejos de las mujeres, vería el espectáculo desde un sofá, en el rincón más apartado, donde Clark se reuniría con él entre baile y baile.

Así que, a las diez en punto, allí estaba el Gominola: con una pierna encima de la otra y los brazos prudentemente cruzados, intentando aparentar que se encontraba a sus anchas y que, educadamente, los que bailaban no le interesaban lo más mínimo. En el fondo, se debatía dolorosamente entre una arrolladora timidez y una intensa curiosidad por todo lo que sucedía a su alrededor. Vio a las chicas salir una a una de los lavabos de señoras, peinándose y atusándose las plumas como pájaros llamativos, sonriendo por encima del hombro empolvado a sus insoportables madres y tías, lanzando rápidas miradas que abarcaban todo el salón y, al mismo tiempo, captaban la reacción del salón ante su entrada, para inmediatamente, pájaros de nuevo, posarse y anidar en los brazos seguros de sus pacientes acompañantes. Sally Carrol Hopper, rubia de ojos lánguidos, apareció vestida de su rosa preferido, parpadeando como una rosa que acabara de despertarse. Marjorie Haight, Marilyn Wade, Harriet Cary, todas las chicas que había visto perder el tiempo por Jackson Street al mediodía, ahora, con el pelo rizado, un toque de brillantina y delicadamente teñidas por la luz de las lámparas, eran raras y prodigiosas figurillas de porcelana rosa y azul y roja y oro, recién salidas del almacén sin haberse acabado de secar.

Jim llevaba media hora en el sofá, indiferente a las joviales visitas de Clark, siempre acompañadas de un «Qué, amigo, ¿cómo va eso?» y una palmada en la rodilla. Una docena de chicos había hablado con él o se había parado un instante a su lado, pero Jim sabía que se sorprendían de encontrarlo allí, e incluso se le antojó que uno o dos se sentían ligeramente molestos. Pero, a las diez y media, la vergüenza y el ensimismamiento desaparecieron de repente. Lo que veía le cortó la respiración: Nancy Lamar había salido del lavabo de señoras.

Llevaba un vestido amarillo de organdí, lleno de curvas y descaro, con tres filas de volantes y un gran lazo a la espalda: irradiaba un fulgor negro y amarillo, una especie de resplandor fosforecente. Los ojos del Gominola se abrieron de par en par y se le hizo un nudo en la garganta. Nancy permaneció unos segundos en la puerta hasta que su pareja se acercó de prisa. Jim lo reconoció: era el desconocido que la acompañaba aquella tarde en el coche de Joe Ewing. La vio poner los brazos en jarras y murmurar algo, y reírse. El hombre rió también y Jim sintió una punzada rápida, una clase nueva, extraña, de dolor. Algo luminoso brotaba entre la pareja, un rayo de belleza que procedía de aquel sol que, un momento antes, había calentado a Jim. El Gominola se sintió de pronto como mala hierba a la sombra.

Entonces Clark se le acercó, con ojos brillantes, encendidos.

—Qué, amigo —gritó con cierta falta de originalidad—. ¿Cómo va eso?

Jim respondió que como era de esperar.

—Ven conmigo —ordenó Clark—. Tengo algo que calentará la noche.

Jim lo siguió torpemente a través del salón y subió hasta la despensa, donde Clark le enseñó una botella, sin marca, llena de un líquido amarillo.

—Auténtico whisky.

El *ginger ale* llegó en bandeja. Aquel potente néctar, al que llamaban «auténtico whisky», necesitaba algún disfraz más fuerte que el agua de Seltz.

—Dime, chico —exclamó Clark sin aliento—, ¿no te parece guapa Nancy Lamar?

Jim asintió con la cabeza.

—Terriblemente guapa.

—Está toda emperifollada para pasarlo en grande esta noche. ¿Te has fijado en el tipo que está con ella?

—¿El grandullón de los pantalones blancos?

—Ajá. Bueno, ése es Ogden Merritt, de Savannah. Su padre fabrica las cuchillas de afeitar Merritt. Ese tipo ha perdido la cabeza por Nancy. Lleva persiguiéndola todo el año… Está loca —continuó Clark—, pero me gusta. Les gusta a todos. Es verdad que hace locuras. Suele escapar con vida, pero, después de tantas aventuras, tiene la reputación llena de cicatrices.

—¿Sí? —Jim le tendió el vaso—. Es buen whisky.

—No está mal… Sí, está loca. ¡No veas cómo tira los dados, chico! ¡Y cómo le pega al whisky con soda! Le he prometido uno.

—¿Y está enamorada de ese… Merritt?

—Te juro que no tengo ni idea. Parece como si las mejores chicas de por aquí tuvieran que casarse con tipos así y marcharse a otra parte.

Se sirvió otro vaso y, meticulosamente, le puso el corcho a la botella.

—Oye, Jim, voy a bailar. Te estaría muy agradecido si te metieras el whisky en el bolsillo mientras no bailas. Si se dan cuenta de que he echado un trago, vendrán y me pedirán, y antes de que me dé cuenta, el whisky se habrá evaporado y alguno estará pasándoselo bien a mi costa.

Así que Nancy Lamar iba a casarse. La chica más celebrada de la ciudad se iba a convertir en propiedad privada de un individuo con pantalones blancos, y todo porque el padre del individuo con pantalones blancos había fabricado una cuchilla de afeitar mejor que la del vecino: a Jim le pareció una idea inexplicablemente deprimente mientras bajaba las escaleras. Por primera vez en su vida sintió un vago y romántico anhelo. Una imagen iba tomando forma en su imaginación: Nancy caminaba con aires de chico por la calle, aceptaba una naranja que, como un diezmo, le ofrecía un devoto vendedor de frutas y luego cargaba en su mítica cuenta del bar de Sam alguna bebida prohibida antes de reunir una escolta de pretendientes y alejarse triunfalmente en coche hacia una noche de música y despilfarro.

El Gominola salió al porche y eligió una esquina desierta, a oscuras entre la luna sobre el césped y la única puerta iluminada del salón de baile. Encontró una silla y, tras encender un cigarrillo, se abandonó a sus ensoñaciones habituales. Ahora era una ensoñación sensual: la hacían sensual la noche y el perfume cálido de las borlas de polvos de tocador, húmedas, escondidas bajo los grandes escotes de los vestidos, destilando un millar de perfumes fínisimos que flotaban a través de la puerta abierta. Y la música, ensombrecida por las notas graves del trombón, se iba volviendo tibia y oscura, en lánguida armonía con el roce de muchos zapatos de fiesta.

De repente una oscura figura ensombreció el rectángulo de luz amarilla de la puerta. Una chica había salido de los lavabos de señoras y estaba en el porche, a tres metros de distancia. Jim oyó susurrar la palabra «maldición», como un suspiro; luego la chica se giró y lo vio. Era Nancy Lamar.

Jim enrojeció de pies a cabeza.

—¿Qué tal?

—Hola… —se detuvo, dudó y luego se acercó—. ¡Ah, eres… Jim Powell!

Jim hizo una leve inclinación, pensando qué decir.

—¿Tú crees que…? —se le adelantó Nancy—. Quiero decir… ¿Tú sabes algo de chicle?

—¿Qué?

—Tengo un chicle pegado en el zapato. Algún redomado imbécil ha tirado el chicle al suelo y, claro, lo he pisado yo.

Jim se sonrojó, inoportunamente.

—¿Sabes cómo quitarlo? —preguntó ella de mal humor—. He probado con un cuchillo. He probado con todo lo que he encontrado en los lavabos. He probado con jabón y agua… e incluso con perfume, y me he cargado mi borla para los polvos intentando que se pegara al chicle.

Jim, algo nervioso, estudió el asunto.

—Bueno… Quizá con gasolina…

Las palabras acababan de salir de su boca cuando Nancy lo cogió de la mano y lo arrastró, corriendo, fuera de la terraza, pisando las flores, al galope, hacia los coches aparcados a la luz de la luna cerca del primer hoyo del campo de golf.

—Abre el depósito de gasolina —le ordenó, sin aliento.

—¿Qué?

—Para el chicle. Tengo que quitármelo. No puedo bailar con un chicle pegado en el zapato.

Jim, obediente, se acercó a los coches y empezó a inspeccionarlos para ver cómo conseguir el deseado disolvente. Si Nancy le hubiera pedido un cilindro, hubiera hecho todo lo posible por arrancarlo.

—Aquí —dijo después de buscar un momento—. Aquí hay uno que es fácil. ¿Tienes un pañuelo?

—Está arriba, mojado. Lo usé para el jabón y el agua.

Jim exploró laboriosamente sus bolsillos.

—Creo que yo no tengo.

—¡Maldita sea! Bueno, podemos abrirlo y dejar que la gasolina se derrame.

Jim abrió el conducto; la gasolina empezó a gotear.

—¡Más!

Lo abrió por completo. El goteo se convirtió en un chorro y formó un charco aceitoso, reluciente, palpitante, que reflejaba una docena de lunas trémulas.

—Ah —suspiró con satisfacción—. Deja que salga toda la gasolina. Lo único que puedo hacer es pisotearla.

Desesperado, Jim abrió completamente el conducto y el charco se volvió más profundo, esparciendo chorros y ríos minúsculos en todas las direcciones.

—Así está bien. Es lo que quería.

Levantándose la falda, lo pisoteó con garbo.

—Sé que esto me quitará el chicle —murmuró Nancy.

Jim sonrió.

—Hay muchos coches más.

Nancy salió delicadamente de la gasolina y empezó a restregar los zapatos, por el borde y la suela, en el estribo del automóvil. El Gominola no pudo contenerse más. Lanzó una carcajada explosiva: se partía de risa. Y Nancy se unió a las carcajadas.

—Has venido con Clark Darrow, ¿verdad? —preguntó cuando volvían a la terraza.

—Sí.

—¿Sabes dónde está?

—Imagino que bailando.

—¡Demonios! Me prometió un whisky.

—Bueno —dijo Jim—, me figuro que estará de acuerdo. Tengo su botella justamente en el bolsillo.

Nancy le sonrió radiante.

—Supongo que querrás *ginger ale* —añadió él.

—Yo, no. Sólo la botella.

—¿Seguro?

Ella rió desdeñosamente.

—Ponme a prueba. Puedo beber lo mismo que un hombre, cualquier cosa. Vamos a sentarnos.

Nancy Lamar se encaramó en el borde de una mesa y Jim se dejó caer en una de las sillas de mimbre. Nancy descorchó la botella y, apoyándola en los labios, dio un gran trago. Jim la miraba fascinado.

—¿Te gusta?

Nancy Lamar negó con la cabeza, sin respiración.

—No, pero me gusta cómo me siento después de beber. Creo que eso es lo que le gusta a mucha gente.

Jim asintió.

—A mi padre le gustaba muchísimo. Se envició.

—Los norteamericanos —dijo Nancy, muy seria— no saben beber.

—¿Qué? —dijo Jim sorprendido.

—En realidad —continuó, con despreocupación—, no saben hacer nada a derechas. Lo único que lamento en mi vida es no haber nacido en Inglaterra.

—¿En Inglaterra?

—Sí. Es lo único que lamento: no haber nacido allí.

—¿Te gusta Inglaterra?

—Sí. Una barbaridad. Nunca he estado en Inglaterra, pero he conocido a muchos ingleses que estuvieron por aquí cuando la guerra, en el ejército, hombres de Oxford y Cambridge, ya sabes, como aquí Sewanee y la Universidad de Georgia, y, claro, he leído montones de novelas inglesas.

Jim estaba interesado, atónito.

—¿Has oído alguna vez hablar de lady Diana Manners? —le preguntó Nancy con la mayor seriedad.

No, Jim no había oído hablar de lady Diana.

—Bueno, me gustaría ser como ella. Morena, ya sabes, como yo, y más loca que un pecado. Es la chica que subió a caballo las escaleras de una catedral o una iglesia o algo por el estilo, y todos los novelistas hacen que sus heroínas lo repitan.

Jim asintió con la cabeza, por educación. Ya no pisaba terreno conocido.

—Pasa la botella —propuso Nancy—. Voy a beber otro poco. Un traguito no le haría daño ni a un niño… Verás —continuó, otra vez sin respiración, después de dar un trago—, la gente de allí tiene estilo. Aquí nadie tiene estilo. Quiero decir que no vale la pena arreglarse o hacer algo sensacional por los chicos de aquí. ¿No crees?

—Supongo que sí… Es decir, supongo que no —murmuró Jim.

—Y me gustaría hacer algo sensacional. La verdad es que soy la única chica de la ciudad que tiene estilo —Nancy estiró los brazos y bostezó con mucho encanto—. Bonita noche.

—Sí que lo es —corroboró Jim.

—Me gustaría tener un barco —dijo ella soñadoramente—. Me gustaría navegar en un lago plateado, el Támesis, por ejemplo. Y habría champán y canapés de caviar. Seríamos unas ocho personas. Y, para amenizar la fiesta, uno de los hombres saltaría por la borda y se ahogaría, como hizo una vez uno de los acompañantes de lady Diana Manners.

—¿Lo hizo para complacerla?

—No quiero decir que se ahogara para complacerla. Sólo quería saltar por la borda y hacer reír a todos.

—Imagino que se murieron de risa cuando se ahogó.

—Sí, supongo que se reirían un poco —admitió Nancy—. Imagino que ella se rió, por lo menos. Me figuro que lady Diana es bastante dura, como yo.

—¿Tú eres dura?

—Como el acero —Nancy volvió a bostezar y añadió—: Dame un poco más de esa botella.

Jim dudó, pero ella alargó la mano, desafiante.

—No me trates como a una chica —le advirtió—. Yo no soy como las chicas que conoces… —reflexionó—. Bueno, quizá tengas razón. Tienes…, tienes una cabeza vieja sobre hombros jóvenes.

Nancy Lamar se puso en pie de un salto y se dirigió hacia la puerta. El Gominola se levantó también.

—¡Adiós! —dijo amablemente—, adiós. Gracias, Gominola.

Y Nancy Lamar entró en la casa y dejó a Jim en el porche, pasmado.

III

A las doce una procesión de capas salió en fila de a uno del tocador de señoras, se fue emparejando cada una con un galán en esmoquin, como bailarines componiendo una figura de cotillón, y se deslizaron hacia la puerta entre alegres risas soñolientas, y, más allá de la puerta, hacia la oscuridad, donde los coches daban marcha atrás y resoplaban, y los distintos grupos se llamaban a voces y se reunían en torno al depósito de agua.

Jim, sentado en la esquina, se levantó para buscar a Clark. Lo había visto a las once; luego Clark se había ido a bailar. Así, buscándolo, dando vueltas, Jim se acercó al puesto de refrescos, que en otro tiempo había sido un bar. La sala estaba desierta, exceptuando a un negro soñoliento que dormitaba tras la barra y dos chicos que manoseaban perezosamente un par de dados en una de las mesas. Jim estaba a punto de irse cuando vio entrar a Clark. En ese mismo instante Clark levantó los ojos.

—¡Eh, Jim! —dijo, como quien da una orden—. Ven y ayúdanos a terminar la botella. Me temo que no queda mucho, pero seguro que hay para otro brindis.

Nancy, el hombre de Savannah, Marilyn Wade y Joe Ewing se reían a la entrada, recostados en la pared con indolencia. Nancy cruzó una mirada con Jim y le guiñó un ojo, divertida.

Como a la deriva, llegaron hasta una mesa y se sentaron, a la espera de que el camarero les trajera *ginger ale*. Jim, un poco incómodo, miraba a Nancy, que había ido a jugar una partida de dados con los dos chicos de la mesa vecina, con apuestas de cinco centavos.

—Diles que se vengan aquí —dijo Clark.

Joe miró a su alrededor.

—No hace falta atraer a una multitud. Va contra las reglas del club.

—Aquí no hay nadie —insistió Clark—, excepto el señor Taylor. Está dando vueltas como un loco, tratando de descubrir quién le ha vaciado la gasolina del coche.

Se produjo una carcajada general.

—Apuesto un millón de dólares a que a Nancy se le ha vuelto a pegar algo en los zapatos. No puedes aparcar cuando ella está cerca.

—¡Eh, Nancy, el señor Taylor te está buscando!

Las mejillas de Nancy ardían con la excitación del juego.

—Hace dos semanas que no he visto su ridículo coche.

Jim notó el silencio repentino. Se volvió: en la puerta había un señor de mediana edad.

La voz de Clark acentuó la violencia de la situación.

—¿Quiere sentarse con nosotros, señor Taylor?

—Gracias.

El señor Taylor derramó sobre una silla su molesta presencia.

—Me figuro que no tengo más remedio. Estoy esperando a que me traigan un poco de gasolina. Alguien se ha estado divirtiendo con mi coche.

Entrecerró los ojos y los miró uno por uno rápidamente. Jim se preguntó qué habría oído desde la puerta, e intentó recordar lo que habían dicho.

—¡Estoy en forma esta noche! —gritó Nancy—. Y pongo un dólar en la mesa.

—¡Acepto la apuesta! —saltó el señor Taylor de improviso.

—¡Vaya, señor Taylor, no sabía que jugara a los dados!

Nancy se alegró muchísimo al ver que el señor Taylor se sentaba y cubría inmediatamente la apuesta. Se tenían una manifiesta antipatía desde la noche en que Nancy acabó definitivamente con una serie de insinuaciones más bien atrevidas.

—¡Muy bien, pequeños, hacedlo por vuestra mamaíta: sólo un siete, un siete!

Nancy estaba arrullando los dados. Los agitó con un gesto hábil y poco limpio, y los hizo rodar encima de la mesa.

—¡Ah, me lo imaginaba! Y ahora pongo otro dólar.

Cinco manos a favor de Nancy revelaron que Taylor era un mal perdedor. Ella se tomaba la partida como una cuestión personal, y, tras cada éxito, Jim veía cómo el triunfo revoloteaba por su cara.

Nancy doblaba la apuesta en cada tirada: era difícil que tanta suerte pudiera durarle.

—Tómatelo con calma —le aconsejó Jim tímidamente.

—¡Eh, mira esto! —murmuró ella. Había un ocho sobre la mesa, y Nancy anunció su número.

—Pequeña Ada, esta vez nos vamos al Sur.

Ada de Decatur rodó sobre la mesa. Nancy estaba encendida, casi histérica, pero su suerte se mantenía. Agitaba el cubilete una y otra vez, incansable. Taylor tamborileaba con los dedos sobre la mesa, pero estaba decidido a seguir.

Entonces Nancy intentó sacar un diez, y perdió los dados. Taylor los cogió con avidez. Lanzaba sin decir palabra, y, en el silencio de la emoción, el ruido de los dados rodando sobre la mesa era lo único que se oía.

Nancy había recuperado los dados, pero no la suerte. Pasó una hora. Ganaban y perdían. Taylor recuperaba los dados una y otra vez. Iban empatados y, por fin, Nancy perdió sus últimos cinco dólares.

—¿Me acepta un cheque —se apresuró a decir— de cincuenta dólares, y nos lo jugamos todo?

La voz no era firme, y le temblaba la mano que sostenía el cheque.

Clark intercambió una mirada de incertidumbre y preocupación con Joe Ewing. Taylor volvió a lanzar. El cheque de Nancy fue suyo.

—¿Y otro cheque? —dijo Nancy, frenética—. Cualquier banco lo hará efectivo sin problemas.

Jim comprendió: era el «auténtico whisky» que él le había ofrecido, y el «auténtico whisky» que ella había bebido por su cuenta. Deseó tener coraje para intervenir: una chica de su edad y de su posición difícilmente tendría dos cuentas bancarias. Cuando el reloj dio dos campanadas, no pudo contenerse más.

—¿Podría…? ¿Me dejas que los tire por ti? —propuso, con aquella voz grave, perezosa, un poco forzada.

Repentinamente soñolienta y apática, Nancy le arrojó los dados.

—¡De acuerdo, chico! Como diría lady Diana Manners: «Lánzalos, Gominola… La suerte me ha abandonado».

—Señor Taylor —dijo Jim, con despreocupación—, nos jugaremos uno de estos cheques contra todo el dinero.

Media hora más tarde Nancy, a punto de caerse de la silla, le daba palmadas en la espalda.

—Me has robado la suerte —asintió sabiamente con la cabeza.

Jim recogió el último cheque y, juntándolo con los otros, los rompió en mil pedazos y los esparció, como confetis, por el suelo. Alguien empezó a cantar, y Nancy, apartando de una patada la silla, se puso en pie de un salto.

—Señoras y señores —anunció—. Lo de señoras va por ti, Marilyn… Quiero anunciar al mundo entero que el señor Jim Powell, conocido gominola de esta ciudad, es una excepción a la gran regla «afortunado en el juego, desafortunado en amores». Jim es extraordinariamente afortunado en el juego y yo…, yo lo quiero. Señoras y señores, yo,

Nancy Lamar, célebre belleza morena, presentada con frecuencia en el *Herald* como uno de los miembros más populares entre lo más joven de la alta sociedad, como suele ser normal en estos casos… yo deseo anunciar…, deseo anunciar, señores…

De repente se tambaleó. Clark la sujetó y la ayudó a recuperar el equilibrio.

—Ha sido culpa mía —prosiguió Nancy, riendo—. Es que una tiene tendencia a…, tendencia a…. De cualquier modo…, brindemos por el Gominola…, por el señor Jim Powell, rey de los gominolas.

Minutos después, mientras Jim esperaba a Clark con el sombrero en la mano en la oscuridad del porche, en la misma esquina donde la había encontrado cuando andaba buscando gasolina, Nancy apareció a su lado.

—Gominola —dijo—, ¿estás aquí, Gominola? Creo que… —su ligera inestabilidad parecía parte de un sueño encantado—. Creo que mereces uno de mis besos más dulces por lo que has hecho, Gominola.

Durante unos segundos le rodeó el cuello con los brazos y sus labios apretaron la boca de Jim.

—En este mundo soy una pieza desquiciada, Gominola, pero has hecho una buena jugada por mí.

Salió del porche y se alejó por el césped ruidoso de grillos. Jim vio cómo Merritt salía por la puerta principal y le decía algo a Nancy con rabia. La vio reír, volverle la espalda y encaminarse hacia el coche de Merritt, evitando mirar a nadie. Marilyn y Joe los seguían, canturreando una soñolienta canción que hablaba de una niña apasionada por el jazz.

Clark salió y alcanzó a Jim en la escalera.

—Un buen lío, sospecho —bostezó—. Merritt está de un humor terrible. Seguro que ha discutido con Nancy.

Por el este, a lo largo del campo de golf, una imprecisa alfombra gris se extendió a los pies de la noche. La gente del coche empezó a entonar el estribillo mientras se calentaba el motor.

—¡Buenas noches a todos! —gritó Clark.

—Buenas noches, Clark.

—Buenas noches.

Hubo un silencio, y después una voz dulce y alegre añadió:

—Buenas noches, Gominola.

El coche partió entre un frenesí de canciones. Un gallo quejumbroso y solitario cantó desde una granja al otro lado de la calle y, a sus espaldas, un último camarero negro apagó las luces del porche. Jim y Clark se encaminaron al Ford. Sus zapatos rechinaban estridentes en la gravilla.

—¡Chico! —suspiró Clark—. ¡Cómo lanzas los dados!

Había todavía demasiada oscuridad para que pudiera ver el rubor de las enjutas mejillas de Jim, o para que pudiera darse cuenta de que el rubor se debía a una vergüenza a la que Jim no estaba acostumbrado.

IV

El ruido y los bufidos del piso de abajo y las canciones de los negros que en la calle lavaban coches con una manguera resonaban todo el día en el inhóspito cuarto que había encima del garaje de Tilly. Era un espacio sombrío y cuadrado, ocupado por una cama y una mesa maltrecha sobre la que había desparramados unos cuantos libros: *Slow Train thru Arkansas*, de Joe Miller; *Lucille*, en una vieja edición llena de anotaciones en una caligrafía anticuada; *The Eyes of the World*, de Harold Bell Wright, y un vetusto libro de rezos de la Iglesia anglicana, con el nombre de Alice Powell y la fecha de 1831 escritos en el forro.

El este, gris cuando el Gominola entró en el garaje, adquirió un azul brillante e intenso cuando encendió la única bombilla. La volvió a apagar, se acercó a la ventana, apoyó los codos en el alféizar y se quedó contemplando cómo se ahondaba la mañana. Se habían despertado sus emociones, y su primera percepción fue una sensación de futilidad, un dolor sordo por la mediocridad absoluta de su vida. Un muro había crecido de golpe a su alrededor, encerrándolo, un muro tangible, tan real como las paredes blancas y desnudas de su habitación. Y, al percibir ese muro, todo lo que había hecho que su vida pareciera novelesca, el azar, la alegre despreocupación, la milagrosa generosidad de su existencia, se desvaneció. El Gominola que vagabundeaba por Jackson Street tarareando perezosamente una cancioncilla, conocido en todas las tiendas y todos los puestos callejeros, regalando saludos y anécdotas ingeniosas, triste a veces sólo por el melancólico paso del tiempo…, ese Gominola se había desvanecido de repente. Su mismo nombre era ya un reproche, una vulgaridad. Y entonces comprendió que Merritt lo despreciaba, que hasta el beso de Nancy al amanecer no habría despertado celos, sino sólo desprecio hacia Nancy, que se había rebajado tanto. Y, por su parte, el Gominola se había servido, para ayudarla, de un sucio subterfugio aprendido en el garaje. Le había servido a Nancy de lavandería moral; pero las manchas eran suyas, de Jim.

Cuando el gris se volvía azul, iluminando e inundando el cuarto, fue hasta la cama y se arrojó sobre ella, agarrando los bordes con fuerza.

—¡La quiero! —gritó—. ¡Dios mío!

Y, con el grito, algo se abrió paso en su interior, como un nudo que se deshiciera en su garganta. El aire se hizo transparente y resplandeció con el alba, y Jim, aplastando la cara contra la almohada, empezó a sollozar.

Bajo el sol de las tres de la tarde, Clark Darrow, que avanzaba lenta y penosamente por Jackson Street, vio cómo lo saludaba el Gominola desde la acera, con los dedos en el bolsillo del chaleco.

—¡Hola! —exclamó Clark, parando el Ford a su lado con precisión pasmosa—. ¿Te acabas de levantar?

El Gominola negó con la cabeza.

—No me he acostado. Sentía una especie de desasosiego, así que esta mañana me he ido a dar un largo paseo por el campo. Acabo de volver a la ciudad.

—Comprendo que estuvieras nervioso. Yo también he estado así todo el día…

—Estoy pensando en irme —continuó el Gominola, absorto en sus pensamientos—. He estado pensando en irme a la granja y ayudarle un poco al tío Dun. Me temo que he hecho el vago demasiado tiempo.

Clark guardó silencio y el Gominola continuó:

—Estoy pensando que, cuando se muera mi tía Mamie, podría invertir mi dinero en la granja y sacar algún provecho. Mi familia procede de allí, del norte del Estado. Tenía bastantes tierras.

Clark lo miró con curiosidad.

—Tiene gracia —dijo—. Ese desasosiego… Yo también he sentido desasosiego.

El Gominola dudó.

—No sé —comenzó lentamente—, pero algo…, algo de lo que anoche dijo aquella chica sobre una señora que se llamaba Diana Manners, una dama inglesa, me ha hecho pensar —se irguió y miró a Clark de una manera extraña—. Una vez tuve una familia —dijo desafiante.

Clark asintió.

—Lo sé.

—Y yo soy el último de ellos —continuó el Gominola, levantando levemente la voz—, y no valgo un pimiento. El apodo con que me llaman lo dice todo: algo blandengue, flojo. Gente que no era nadie cuando mi familia lo era todo arrugan la nariz si se cruzan conmigo por la calle.

De nuevo Clark guardó silencio.

—Así que abandono. Me voy hoy mismo. Y, cuando regrese a esta ciudad, seré un caballero.

Clark se sacó el pañuelo del bolsillo y se secó la frente.

—Diría que no eres el único impresionado por el asunto —admitió lúgubremente—. Se tiene que acabar ya eso de que las chicas se larguen por ahí como vienen haciéndolo. Es terrible, y todo el mundo debería verlo así.

—¿Quieres decir —preguntó Jim asombrado— que se ha sabido lo de anoche?

—¿Que si se ha sabido? ¿Cómo demonios quieres que lo mantuvieran en secreto? Lo publicarán los periódicos esta noche. El doctor Lamar tiene que salvar su reputación de alguna forma.

Jim se apoyó en el coche y apretó sus largos dedos contra la carrocería.

—¿Quieres decir que Taylor ha investigado los cheques?

Esta vez fue Clark quien se sorprendió.

—Pero ¿no sabes lo que ha pasado?

Los ojos asombrados de Jim eran suficiente respuesta.

—Bueno —dijo Clark teatralmente—, esos cuatro consiguieron otra botella de whisky, se em-

borracharon y decidieron escandalizar a la ciudad... Así que Nancy y ese Merritt se han casado
en Rockville esta mañana a las siete.

Una muesca minúscula apareció en la carrocería bajo los dedos de el Gominola.

—¿Se han casado?

—¡Como te lo digo! A Nancy se le pasó la borrachera y volvió corriendo a la ciudad, llorando y
muerta de miedo... Decía que todo era una equivocación. Al principio el doctor Lamar se puso furioso, y quería matar a Merritt, pero al final han llegado
a un arreglo, no sé cómo, y Nancy y Merritt han salido para Savannah en el tren de las dos y media.

Jim cerró los ojos, y con un esfuerzo superó un
repentino malestar.

—Es terrible —dijo Clark filosóficamente—.
No el asunto de la boda... Me figuro que no está
mal, aunque no creo que a Nancy le interese nada
ese Merritt. Pero es un crimen que una chica guapa le haga daño a su familia de esa forma.

El Gominola se separó del coche. Se iba. Le
pasaba algo extraño, muy adentro, como una inexplicable reacción química.

—¿Adónde vas? —le preguntó Clark, desde lejos.

El Gominola se volvió: miraba a Clark con
ojos apagados, por encima del hombro.

—Tengo que irme —murmuró—. Llevo mucho rato de pie. Me encuentro mal.

—¡Ah!

Hacía mucho calor a las tres de la tarde, y hacía
mucho más calor a las cuatro; el polvo de abril

parecía atrapar al sol en una red, y soltarlo, y atraparlo de nuevo, en una broma antigua como el mundo, repetida por siempre en una eternidad de tardes. Pero, a las cuatro y media, la tranquilidad empezó a asentarse, y las sombras se alargaron bajo los toldos y el espeso follaje de los árboles. En aquel calor nada tenía importancia. Toda la vida era clima: esperar, bajo aquel calor en el que los hechos no tenían sentido, a que volviera el frescor, acariciador y suave como una mano de mujer sobre una frente cansada. Allá en el Sur, en Georgia, existe la convicción, quizá inconsciente, de que ésta es la gran sabiduría del Sur. Y así, un rato después, el Gominola llegó a Jackson Street y entró en la sala de billar, seguro de que encontraría a gente como él, que repetiría las mismas bromas de siempre, las que él conocía.

EL EXTRAÑO CASO
DE BENJAMIN BUTTON

Fue difícil *vender* El extraño caso de Benjamin Button *(aparecido en la revista* Collier *el 27 de mayo de 1922).*
Fitzgerald le escribiría más tarde a su agente Harold Ober:
«Ya sé que las revistas sólo quieren mis relatos sobre chicas a
la moda; los problemas que has tenido para vender Benjamin
Button *y* Un diamante tan grande como el Ritz *lo de-*
muestran».

Benjamin Button *fue su segundo relato (le había prece-*
dido The Cut-Glass Bowl, *en 1920) de corte fantástico o*
superreal, un estilo en el que escribió algunos de sus cuentos
más brillantes y que quizá le atraía por su tensión entre ro-
manticismo y realismo, por el desafío que la fantasía plantea:
convertir lo imposible en verosímil. Fitzgerald explicó la gé-
nesis de Benjamin Button cuando lo incluyó en sus Cuentos
de la era del jazz*:*

«Me inspiró el cuento un comentario de Mark Twain:
era una lástima que el mejor tramo de nuestra vida estuvie-
ra al principio y el peor al final. He intentado demostrar su
tesis, haciendo un experimento con un hombre inserto en un
ambiente absolutamente normal. Semanas después de termi-
nar el relato, descubrí un argumento casi idéntico en los cua-
dernos de Samuel Butler.»

I

Hasta 1860 lo correcto era nacer en tu propia casa. Hoy, según me dicen, los grandes dioses de la medicina han establecido que los primeros llantos del recién nacido deben ser emitidos en la atmósfera aséptica de un hospital, preferiblemente en un hospital elegante. Así que el señor y la señora Button se adelantaron cincuenta años a la moda cuando decidieron, un día de verano de 1860, que su primer hijo nacería en un hospital. Nunca sabremos si este anacronismo tuvo alguna influencia en la asombrosa historia que estoy a punto de referirles.

Les contaré lo que ocurrió, y dejaré que juzguen por sí mismos.

Los Button gozaban de una posición envidiable, tanto social como económica, en el Baltimore de antes de la guerra. Estaban emparentados con Esta o Aquella Familia, lo que, como todo sureño sabía, les daba el derecho a formar parte de la inmensa aristocracia que habitaba la Confederación. Era su primera experiencia en lo que atañe a la antigua y encantadora costumbre de tener hijos: naturalmente, el señor Button estaba nervioso. Confiaba en que fuera un niño, para poder mandarlo a la Universidad de

Yale, en Connecticut, institución en la que el propio señor Button había sido conocido durante cuatro años con el apodo, más bien obvio, de Cuello Duro.

La mañana de septiembre consagrada al extraordinario acontecimiento se levantó muy nervioso a las seis, se vistió, se anudó una impecable corbata y corrió por las calles de Baltimore hasta el hospital, donde averiguaría si la oscuridad de la noche había traído en su seno una nueva vida.

A unos cien metros de la Clínica Maryland para Damas y Caballeros vio al doctor Keene, el médico de cabecera, que bajaba por la escalera principal restregándose las manos como si se las lavara —como todos los médicos están obligados a hacer, de acuerdo con los principios éticos, nunca escritos, de la profesión.

El señor Roger Button, presidente de Roger Button & Company, Ferreteros Mayoristas, echó a correr hacia el doctor Keene con mucha menos dignidad de lo que se esperaría de un caballero del Sur, hijo de aquella época pintoresca.

—Doctor Keene —llamó—. ¡Eh, doctor Keene!

El doctor lo oyó, se volvió y se paró a esperarlo, mientras una expresión extraña se iba dibujando en su severa cara de médico a medida que el señor Button se acercaba.

—¿Qué ha ocurrido? —preguntó el señor Button, respirando con dificultad después de su carrera—. ¿Cómo ha ido todo? ¿Cómo está mi mujer? ¿Es un niño? ¿Qué ha sido? ¿Qué…?

—Serénese —dijo el doctor Keene ásperamente. Parecía algo irritado.

—¿Ha nacido el niño? —preguntó suplicante el señor Button.

El doctor Keene frunció el entrecejo.

—Diantre, sí, supongo... en cierto modo —y volvió a lanzarle una extraña mirada al señor Button.

—¿Mi mujer está bien?

—Sí.

—¿Es niño o niña?

—¡Y dale! —gritó el doctor Keene en el colmo de su irritación—. Le ruego que lo vea usted mismo. ¡Es indignante! —la última palabra cupo casi en una sola sílaba. Luego el doctor Keene murmuró—: ¿Usted cree que un caso como éste mejorará mi reputación profesional? Otro caso así sería mi ruina..., la ruina de cualquiera.

—¿Qué pasa? —preguntó el señor Button, aterrado—. ¿Trillizos?

—¡No, nada de trillizos! —respondió el doctor, cortante—. Puede ir a verlo usted mismo. Y buscarse otro médico. Yo lo traje a usted al mundo, joven, y he sido el médico de su familia durante cuarenta años, pero he terminado con usted. ¡No quiero verle ni a usted ni a nadie de su familia nunca más! ¡Adiós!

Se volvió bruscamente y, sin añadir palabra, subió a su faetón, que lo esperaba en la calzada, y se alejó muy serio.

El señor Button se quedó en la acera, estupefacto y temblando de pies a cabeza. ¿Qué horrible desgracia había ocurrido? De repente había perdido el más mínimo deseo de entrar en la Clínica Maryland para Damas y Caballeros. Pero, un instante después, haciendo un terrible esfuerzo, se obligó a subir las escaleras y cruzó la puerta principal.

Había una enfermera sentada tras una mesa en la penumbra opaca del vestíbulo. Venciendo su vergüenza, el señor Button se le acercó.

—Buenos días —saludó la enfermera, mirándolo con amabilidad.

—Buenos días. Soy… Soy el señor Button.

Una expresión de horror se adueñó del rostro de la chica, que se puso en pie de un salto y pareció a punto de salir volando del vestíbulo: se dominaba gracias a un esfuerzo ímprobo y evidente.

—Quiero ver a mi hijo —dijo el señor Button.

La enfermera lanzó un débil grito.

—¡Por supuesto! —gritó histéricamente—. Arriba. Al final de las escaleras. ¡Suba!

Le señaló la dirección con el dedo, y el señor Button, bañado en sudor frío, dio media vuelta, vacilante, y empezó a subir las escaleras. En el vestíbulo de arriba se dirigió a otra enfermera que se le acercó con una palangana en la mano.

—Soy el señor Button —consiguió articular—. Quiero ver a mi…

¡Clanc! La palangana se estrelló contra el suelo y rodó hacia las escaleras. ¡Clanc! ¡Clanc! Empezó un metódico descenso, como si participara en el terror general que había desatado aquel caballero.

—¡Quiero ver a mi hijo! —el señor Button casi gritaba. Estaba a punto de sufrir un ataque.

¡Clanc! La palangana había llegado a la planta baja. La enfermera recuperó el control de sí misma y lanzó al señor Button una mirada de auténtico desprecio.

—De acuerdo, señor Button —concedió con voz sumisa—. Muy bien. ¡Pero si usted supiera cómo estábamos todos esta mañana! ¡Es algo sencillamente indignante! Esta clínica no conservará ni sombra de su reputación después de…

—¡Rápido! —gritó el señor Button, con voz ronca—. ¡No puedo soportar más esta situación!

—Venga entonces por aquí, señor Button.

Se arrastró penosamente tras ella. Al final de un largo pasillo llegaron a una sala de la que salía un coro de aullidos, una sala que, de hecho, sería conocida en el futuro como la «sala de los lloros». Entraron. Alineadas a lo largo de las pareces había media docena de cunas con ruedas, esmaltadas de blanco, cada una con una etiqueta pegada en la cabecera.

—Bueno —resopló el señor Button—. ¿Cuál es el mío?

—Aquél —dijo la enfermera.

Los ojos del señor Button siguieron la dirección que señalaba el dedo de la enfermera, y esto es lo que vieron: envuelto en una voluminosa manta blanca, casi saliéndose de la cuna, había sentado un anciano que aparentaba unos setenta años. Sus escasos cabellos eran casi blancos, y del mentón le caía una larga barba color humo que ondeaba absurdamente de acá para allá, abanicada por la brisa que entraba por la ventana. El anciano miró al señor Button con ojos desvaídos y marchitos, en los que acechaba una interrogación que no hallaba respuesta.

—¿Estoy loco? —tronó el señor Button, transformando su miedo en rabia—. ¿O la clínica quiere gastarme una broma de mal gusto?

—A nosotros no nos parece ninguna broma —replicó la enfermera severamente—. Y no sé si usted está loco o no, pero lo que es absolutamente seguro es que ése es su hijo.

El sudor frío se duplicó en la frente del señor Button. Cerró los ojos, y volvió a abrirlos, y miró. No era un error: veía a un hombre de setenta años, un *recién nacido* de setenta años, un recién nacido al que las piernas se le salían de la cuna en la que descansaba.

El anciano miró plácidamente al caballero y a la enfermera durante un instante, y de repente habló con voz cascada y vieja:

—¿Eres mi padre? —preguntó.

El señor Button y la enfermera se llevaron un terrible susto.

—Porque, si lo eres —prosiguió el anciano quejumbrosamente—, me gustaría que me sacaras de este sitio, o, al menos, que hicieras que me trajeran una mecedora cómoda.

—Pero, en nombre de Dios, ¿de dónde has salido? ¿Quién eres tú? —estalló el señor Button exasperado.

—No te puedo decir *exactamente* quién soy —replicó la voz quejumbrosa—, porque sólo hace unas cuantas horas que he nacido. Pero mi apellido es Button, no hay duda.

—¡Mientes! ¡Eres un impostor!

El anciano se volvió cansinamente hacia la enfermera.

—Bonito modo de recibir a un hijo recién nacido —se lamentó con voz débil—. Dígale que se equivoca, ¿quiere?

—Se equivoca, señor Button —dijo severamente la enfermera—. Éste es su hijo. Debería asumir la situación de la mejor manera posible. Nos vemos en la obligación de pedirle que se lo lleve a casa cuanto antes: hoy, por ejemplo.

—¿A casa? —repitió el señor Button con voz incrédula.

—Sí, no podemos tenerlo aquí. No podemos, de verdad. ¿Comprende?

—Yo me alegraría mucho —se quejó el anciano—. ¡Menudo sitio! Vamos, el sitio ideal para albergar a un joven de gustos tranquilos. Con todos estos chillidos y llantos, no he podido pegar ojo. He pedido algo de comer —aquí su voz alcanzó una aguda nota de protesta— ¡y me han traído una botella de leche!

El señor Button se dejó caer en un sillón junto a su hijo y escondió la cara entre las manos.

—¡Dios mío! —murmuró, aterrorizado—. ¿Qué va a decir la gente? ¿Qué voy a hacer?

—Tiene que llevárselo a casa —insistió la enfermera—. ¡Inmediatamente!

Una imagen grotesca se materializó con tremenda nitidez ante los ojos del hombre atormentado: una imagen de sí mismo paseando por las abarrotadas calles de la ciudad con aquella espantosa aparición renqueando a su lado.

—No puedo hacerlo, no puedo —gimió.

La gente se pararía a preguntarle, y ¿qué iba a decirles? Tendría que presentar a ese…, a ese septuagenario: «Éste es mi hijo, ha nacido esta mañana temprano». Y el anciano se acurrucaría bajo la manta y seguirían su camino penosamente, pasando por delante de las tiendas atestadas y el mercado de esclavos (durante un oscuro instante, el señor Button deseó fervientemente que su hijo fuera negro), por delante de las lujosas casas de los barrios residenciales y el asilo de ancianos...

—¡Vamos! ¡Cálmese! —ordenó la enfermera.

—Mire —anunció de repente el anciano—, si cree usted que me voy a ir a casa con esta manta, se equivoca de medio a medio.

—Los niños pequeños siempre llevan mantas.

Con una risa maliciosa el anciano sacó un pañal blanco.

—¡Mire! —dijo con voz temblorosa—. Mire lo que me han preparado.

—Los niños pequeños siempre llevan eso —dijo la enfermera remilgadamente.

—Bueno —dijo el anciano—. Pues este niño no va a llevar nada puesto dentro de dos minutos. Esta manta pica. Me podrían haber dado por los menos una sábana.

—¡Déjatela! ¡Déjatela! —se apresuró a decir el señor Button. Se volvió hacia la enfermera—. ¿Qué hago?

—Vaya al centro y cómprele a su hijo algo de ropa.

La voz del anciano siguió al señor Button hasta el vestíbulo:

—Y un bastón, papá. Quiero un bastón.

El señor Button salió dando un terrible portazo.

II

—Buenos días —dijo el señor Button, nervioso, al dependiente de la mercería Chesapeake—. Quisiera comprar ropa para mi hijo.

—¿Qué edad tiene su hijo, señor?

—Seis horas —respondió el señor Button, sin pensárselo dos veces.

—La sección de bebés está en la parte de atrás.

—Bueno, no creo… No estoy seguro de lo que busco. Es…, es un niño extraordinariamente grande. Excepcionalmente…, excepcionalmente grande.

—Allí puede encontrar tallas grandes para bebés.

—¿Dónde está la sección de chicos? —preguntó el señor Button, cambiando desesperadamente de tema. Tenía la impresión de que el dependiente se había olido ya su vergonzoso secreto.

—Aquí mismo.

—Bueno… —el señor Button dudó. Le repugnaba la idea de vestir a su hijo con ropa de hombre. Si, por ejemplo, pudiera encontrar un traje de chico grande, muy grande, podría cortar aquella larga y horrible barba y teñir las canas: así conseguiría disimular los peores detalles, y conservar algo de su dignidad, por no mencionar su posición social en Baltimore.

Pero la búsqueda afanosa por la sección de chicos fue inútil: no encontró ropa adecuada para el Button que acababa de nacer. Roger Button le echaba la culpa a la tienda, claro está... En semejantes casos lo apropiado es echarle la culpa a la tienda.

—¿Qué edad me ha dicho que tiene su hijo? —preguntó el dependiente con curiosidad.

—Tiene... dieciséis años.

—Ah, perdone. Había entendido seis horas. Encontrará la sección de jóvenes en el siguiente pasillo.

El señor Button se alejó con aire triste. De repente se paró, radiante, y señaló con el dedo hacia un maniquí del escaparate.

—¡Aquél! —exclamó—. Me llevo ese traje, el que lleva el maniquí.

El dependiente lo miró asombrado.

—Pero, hombre —protestó—, ése no es un traje para chicos. Podría ponérselo un chico, sí, pero es un disfraz. ¡También se lo podría poner usted!

—Envuélvamelo —insistió el cliente, nervioso—. Es lo que buscaba.

El sorprendido dependiente obedeció.

De vuelta en la clínica, el señor Button entró en la sala de los recién nacidos y casi le lanzó el paquete a su hijo.

—Aquí tienes la ropa —le espetó.

El anciano desenvolvió el paquete y examinó su contenido con mirada burlona.

—Me parece un poco ridículo —se quejó—. No quiero que me conviertan en un mono de…

—¡Tú sí que me has convertido en un mono! —estalló el señor Button, feroz—. Es mejor que no pienses en lo ridículo que pareces. Ponte la ropa… o…, o te pegaré.

Le costó pronunciar la última palabra, aunque consideraba que era lo que debía decir.

—De acuerdo, padre —era una grotesca simulación de respeto filial—. Tú has vivido más, tú sabes más. Como tú digas.

Como antes, el sonido de la palabra «padre» estremeció violentamente al señor Button.

—Y date prisa.

—Me estoy dando prisa, padre.

Cuando su hijo acabó de vestirse, el señor Button lo miró desolado. El traje se componía de calcecines de lunares, leotardos rosa y una blusa con cinturón y un amplio cuello blanco. Sobre el cuello ondeaba la larga barba blanca, que casi llegaba a la cintura. No producía buen efecto.

—¡Espera!

El señor Button empuñó unas tijeras de quirófano y con tres rápidos tijeretazos cercenó gran parte de la barba. Pero, a pesar de la mejora, el conjunto distaba mucho de la perfección. La greña enmarañada que aún quedaba, los ojos acuosos, los dientes de viejo, producían un raro contraste con aquel traje tan alegre. El señor Button, sin embargo, era obstinado. Alargó una mano.

—¡Vamos! —dijo con severidad.

Su hijo le cogió de la mano confiadamente.

—¿Cómo me vas a llamar, papi? —preguntó con voz temblorosa cuando salían de la sala de los recién nacidos—. ¿Nene, a secas, hasta que pienses un nombre mejor?

El señor Button gruñó.

—No sé —respondió agriamente—. Creo que te llamaremos Matusalén.

III

Incluso después de que al nuevo miembro de la familia Button le cortaran el pelo y se lo tiñeran de un negro desvaído y artificial, y lo afeitaran hasta el punto de que le resplandeciera la cara, y lo equiparan con ropa de muchachito hecha a la medida por un sastre estupefacto, era imposible que el señor Button olvidara que su hijo era un triste remedo de primogénito. Aunque encorvado por la edad, Benjamin Button —pues este nombre le pusieron, en vez del más apropiado, aunque demasiado pretencioso, de Matusalén— medía un metro y setenta y cinco centímetros. La ropa no disimulaba la estatura, ni la depilación y el tinte de las cejas ocultaban el hecho de que los ojos que había debajo estaban apagados, húmedos y cansados. Y, en cuanto vio al recién nacido, la niñera que los Button habían contratado abandonó la casa, sensiblemente indignada.

Pero el señor Button persistió en su propósito inamovible. Bejamin era un niño, y como un niño había que tratarlo. Al principio sentenció que, si a Benjamin no le gustaba la leche templada, se quedaría sin comer, pero, por fin, cedió y dio permiso para que su hijo tomara pan y mantequilla, e incluso, tras un pacto, harina de avena. Un día llevó a casa un sonajero y, dándoselo a Benjamin, insistió, en términos que no admitían réplica, en que debía jugar con él; el anciano cogió el sonajero con expresión de cansancio, y todo el día pudieron oír cómo lo agitaba de vez en cuando obedientemente.

Pero no había duda de que el sonajero lo aburría, y de que disfrutaba de otras diversiones más reconfortantes cuando estaba solo. Por ejemplo, un día el señor Button descubrió que la semana anterior había fumado muchos más puros de los que acostumbraba, fenómeno que se aclaró días después cuando, al entrar inesperadamente en el cuarto del niño, lo encontró inmerso en una vaga humareda azulada, mientras Benjamin, con expresión culpable, trataba de esconder los restos de un habano. Aquello exigía, como es natural, una buena paliza, pero el señor Button no se sintió con fuerzas para administrarla. Se limitó a advertirle a su hijo que el humo *frenaba el crecimiento*.

El señor Button, a pesar de todo, persistió en su actitud. Llevó a casa soldaditos de plomo, llevó trenes de juguete, llevó grandes y preciosos animales de trapo y, para darle veracidad a la ilusión que estaba creando —al menos para sí mismo—, preguntó con vehemencia al dependiente de la juguetería si el pato rosa desteñiría si el niño se lo metía en la boca. Pero, a pesar de los esfuerzos paternos, a Benjamin nada de aquello le interesaba. Se escabullía por las escaleras de servicio y volvía a su habitación con un volumen de la *Enciclopedia Británi-*

ca, ante el que podía pasar absorto una tarde entera, mientras las vacas de trapo y el arca de Noé yacían abandonadas en el suelo. Contra una tozudez semejante, los esfuerzos del señor Button sirvieron de poco.

Fue enorme la sensación que, en un primer momento, causó en Baltimore. Lo que aquella desgracia podría haberles costado a los Button y a sus parientes no podemos calcularlo, porque el estallido de la Guerra Civil dirigió la atención de los ciudadanos hacia otros asuntos. Hubo quienes, irreprochablemente corteses, se devanaron los sesos para felicitar a los padres; y al fin se les ocurrió la ingeniosa estratagema de decir que el niño se parecía a su abuelo, lo que, dadas las condiciones de normal decadencia comunes a todos los hombres de setenta años, resultaba innegable. A Roger Button y su esposa no les agradó, y el abuelo de Benjamin se sintió terriblemente ofendido.

Benjamin, en cuanto salió de la clínica, se tomó la vida como venía. Invitaron a algunos niños para que jugaran con él, y pasó una tarde agotadora intentando encontrarles algún interés al trompo y las canicas. Incluso se las arregló para romper, casi sin querer, una ventana de la cocina con un tirachinas, hazaña que complació secretamente a su padre.

Desde entonces Benjamin se las ingeniaba para romper algo todos los días, pero hacía cosas así porque era lo que esperaban de él, y porque era servicial por naturaleza.

Cuando la hostilidad inicial de su abuelo desapareció, Benjamin y aquel caballero encontraron un enorme placer en su mutua compañía. Tan alejados en edad y experiencia, podían pasarse horas y horas sentados, discutiendo como viejos compinches, con monotonía incansable, los lentos acontecimientos de la jornada. Benjamin se sentía más a sus anchas con su abuelo que con sus padres, que parecían tenerle una especie de temor invencible y reverencial, y, a pesar de la autoridad dictatorial que ejercían, a menudo le trataban de usted.

Benjamin estaba tan asombrado como cualquiera por la avanzada edad física y mental que aparentaba al nacer. Leyó revistas de medicina, pero, por lo que pudo ver, no se conocía ningún caso semejante al suyo. Ante la insistencia de su padre, hizo sinceros esfuerzos por jugar con otros niños, y a menudo participó en los juegos más pacíficos: el fútbol lo trastornaba demasiado, y temía que, en caso de fractura, sus huesos de viejo se negaran a soldarse.

Cuando cumplió cinco años lo mandaron al parvulario, donde lo iniciaron en el arte de pegar papel verde sobre papel naranja, de hacer mantelitos de colores y construir infinitas cenefas. Tenía propensión a adormilarse, e incluso a dormirse, en mitad de esas tareas, costumbre que irritaba y asustaba a su joven profesora. Para su alivio, la profesora se quejó a sus padres y éstos lo sacaron del colegio. Los Button dijeron a sus amigos que el niño era demasiado pequeño.

Cuando cumplió doce años los padres ya se habían habituado a su hijo. La fuerza de la costumbre es tan poderosa que ya no se daban cuenta de que era diferente a todos los niños, salvo cuando alguna anomalía curiosa les recordaba el hecho. Pero un día, pocas semanas después de su duodécimo cumpleaños, mientras se miraba al espejo, Benjamin hizo, o creyó hacer, un asombroso descubrimiento. ¿Lo engañaba la vista, o le había cambiado el pelo, del blanco a un gris acero, bajo el tinte, en sus doce años de vida? ¿Era ahora menos pronunciada la red de arrugas de su cara? ¿Tenía la piel más saludable y firme, incluso con algo del buen color que da el invierno? No podía decirlo. Sabía que ya no andaba encorvado y que sus condiciones físicas habían mejorado desde sus primeros días de vida.

—¿Será que…? —pensó en lo más hondo, o, más bien, apenas se atrevió a pensar.

Fue a hablar con su padre.

—Ya soy mayor —anunció con determinación—. Quiero ponerme pantalones largos.

Su padre dudó.

—Bueno —dijo por fin—, no sé. Catorce años es la edad adecuada para ponerse pantalones largos, y tú sólo tienes doce.

—Pero tienes que admitir —protestó Benjamin— que estoy muy grande para la edad que tengo.

Su padre lo miró, fingiendo entregarse a laboriosos cálculos.

—Ah, no estoy muy seguro de eso —dijo—. Yo era tan grande como tú a los doce años.

No era verdad: aquella afirmación formaba parte del pacto secreto que Roger Button había hecho consigo mismo para creer en la normalidad de su hijo.

Llegaron por fin a un acuerdo. Benjamin continuaría tiñéndose el pelo, pondría más empeño en jugar con los chicos de su edad y no usaría las gafas ni llevaría bastón por la calle. A cambio de tales concesiones, recibió permiso para su primer traje de pantalones largos.

IV

No me extenderé demasiado sobre la vida de Benjamin Button entre los doce y los veinte años. Baste recordar que fueron años de normal decrecimiento. Cuando Benjamin cumplió los dieciocho estaba tan derecho como un hombre de cincuenta; tenía más pelo, gris oscuro; su paso era firme, su voz había perdido el temblor cascado: ahora era más baja, la voz de un saludable barítono. Así que su padre lo mandó a Connecticut para que hiciera el examen de ingreso en la Universidad de Yale. Benjamin superó el examen y se convirtió en alumno de primer curso.

Tres días después de matricularse recibió una notificación del señor Hart, secretario de la Universidad, que lo citaba en su despacho para establecer el plan de estudios. Benjamin se miró al espejo: necesitaba volver a tintarse el pelo. Pero, después de buscar angustiosamente en el cajón de la cómoda, descubrió que no estaba la botella de tinte marrón. Se acordó entonces: se le había terminado el día anterior y la había tirado.

Estaba en apuros. Tenía que presentarse en el despacho del secretario dentro de cinco minutos.

No había solución: tenía que ir tal y como estaba. Y fue.

—Buenos días —dijo el secretario educadamente—. Habrá venido para interesarse por su hijo.

—Bueno, la verdad es que soy Button —empezó a decir Benjamin, pero el señor Hart lo interrumpió.

—Encantando de conocerle, señor Button. Estoy esperando a su hijo de un momento a otro.

—¡Soy yo! —explotó Benjamin—. Soy alumno de primer curso.

—¿Cómo?

—Soy alumno de primero.

—Bromea usted, claro.

—En absoluto.

El secretario frunció el entrecejo y echó una ojeada a una ficha que tenía delante.

—Bueno, según mis datos, el señor Benjamin Button tiene dieciocho años.

—Esa edad tengo —corroboró Benjamin, enrojeciendo un poco.

El secretario lo miró con un gesto de fastidio.

—No esperará que me lo crea, ¿no?

Benjamin sonrió con un gesto de fastidio.

—Tengo dieciocho años —repitió.

El secretario señaló con determinación la puerta.

—Fuera —dijo—. Váyase de la universidad y de la ciudad. Es usted un lunático peligroso.

—Tengo dieciocho años.

El señor Hart abrió la puerta.

—¡Qué ocurrencia! —gritó—. Un hombre de su edad intentando matricularse en primero. Tie-

ne dieciocho años, ¿no? Muy bien, le doy dieciocho minutos para que abandone la ciudad.

Benjamin Button salió con dignidad del despacho, y media docena de estudiantes que esperaban
en el vestíbulo lo siguieron intrigados con la mirada. Cuando hubo recorrido unos metros, se volvió
y, enfrentándose al enfurecido secretario, que aún
permanecía en la puerta, repitió con voz firme:

—Tengo dieciocho años.

Entre un coro de risas disimuladas, procedente
del grupo de estudiantes, Benjamin salió.

Pero no quería el destino que escapara con
tanta facilidad. En su melancólico paseo hacia la
estación de ferrocarril se dio cuenta de que lo seguía un grupo, luego un tropel y por fin una muchedumbre de estudiantes. Se había corrido la voz
de que un lunático había aprobado el examen de
ingreso en Yale y pretendía hacerse pasar por un
joven de dieciocho años. Una excitación febril se
apoderó de la universidad. Hombres sin sombrero
se precipitaban fuera de las aulas, el equipo de fútbol abandonó el entrenamiento y se unió a la multitud, las esposas de los profesores, con la cofia
torcida y el polisón mal puesto, corrían y gritaban
tras la comitiva, de la que procedía una serie incesante de comentarios dirigidos a los delicados sentimientos de Benjamin Button.

—¡Debe de ser el Judío Errante!

—¡A su edad debería ir al instituto!

—¡Mirad al niño prodigio!

—¡Creería que esto era un asilo de ancianos!

—¡Que se vaya a Harvard!

Benjamin aceleró el paso y pronto echó a correr. ¡Ya les enseñaría! ¡Iría a Harvard, y se arrepentirían de aquellas burlas irreflexivas!

A salvo en el tren de Baltimore, sacó la cabeza por la ventanilla.

—¡Os arrepentiréis! —gritó.

—¡Ja, ja! —rieron los estudiantes—. ¡Ja, ja, ja!

Fue el mayor error que la Universidad de Yale haya cometido en su historia.

V

En 1880 Benjamin Button tenía veinte años, y celebró su cumpleaños comenzando a trabajar en la empresa de su padre, Roger Button & Company, Ferreteros Mayoristas. Aquel año también empezó a alternar en sociedad: es decir, su padre se empeñó en llevarlo a algunos bailes elegantes. Roger Button tenía entonces cincuenta años, y él y su hijo se entendían cada vez mejor. De hecho, desde que Benjamin había dejado de tintarse el pelo, todavía canoso, parecían más o menos de la misma edad, y podrían haber pasado por hermanos.

Una noche de agosto salieron en el faetón vestidos de etiqueta, camino de un baile en la casa de campo de los Shevlin, justo a la salida de Baltimore. Era una noche magnífica. La luna llena bañaba la carretera con un apagado color platino, y, en el aire inmóvil, la cosecha de flores tardías exhalaba aromas que eran como risas suaves, con sordina. Los campos, alfombrados de trigo reluciente, brillaban como si fuera de día. Era casi imposible no emocionarse ante la belleza del cielo, casi imposible.

—El negocio de la mercería tiene un gran futuro —estaba diciendo Roger Button. No era un hombre espiritual: su sentido de la estética era rudimentario—. Los viejos ya tenemos poco que aprender —observó profundamente—. Sois vosotros, los jóvenes con energía y vitalidad, los que tenéis un gran futuro por delante.

Las luces de la casa de campo de los Shevlin surgieron al final del camino. Ahora les llegaba un rumor, como un suspiro inacabable: podía ser la queja de los violines o el susurro del trigo plateado bajo la luna.

Se detuvieron tras un distinguido carruaje cuyos pasajeros se apeaban ante la puerta. Bajó una dama, la siguió un caballero de mediana edad, y por fin apareció otra dama, una joven bella como el pecado. Benjamin se sobresaltó: fue como si una transformación química disolviera y recompusiera cada partícula de su cuerpo. Se apoderó de él cierta rigidez, la sangre le afluyó a las mejillas y a la frente, y sintió en los oídos el palpitar constante de la sangre. Era el primer amor.

La chica era frágil y delgada, de cabellos cenicientos a la luz de la luna y color miel bajo las chisporroteantes lámparas del pórtico. Llevaba echada sobre los hombros una mantilla española del amarillo más pálido, con bordados en negro; sus pies eran relucientes capullos que asomaban bajo el traje con polisón.

Roger Button se acercó confidencialmente a su hijo.

—Ésa —dijo— es la joven Hildegarde Moncrief, la hija del general Moncrief.

Benjamin asintió con frialdad.

—Una criatura preciosa —dijo con indiferencia. Pero, en cuanto el criado negro se hubo llevado el carruaje, añadió—: Podrías presentármela, papá.

Se acercaron a un grupo en el que la señorita Moncrief era el centro. Educada según las viejas tradiciones, se inclinó ante Benjamin. Sí, le concedería un baile. Benjamín le dio las gracias y se alejó. Se alejó tambaleándose.

La espera hasta que llegara su turno se hizo interminablemente larga. Benjamin se quedó cerca de la pared, callado, inescrutable, mirando con ojos asesinos a los aristocráticos jóvenes de Baltimore que mariposeaban alrededor de Hildegarde Moncrief con caras de apasionada admiración. ¡Qué detestables le parecían a Benjamin; qué intolerablemente sonrosados! Aquellas barbas morenas y rizadas le provocaban una sensación parecida a la indigestión.

Pero cuando llegó su turno, y se deslizaba con ella por la movediza pista de baile al compás del último vals de París, la angustia y los celos se derritieron como un manto de nieve. Ciego de placer, hechizado, sintió que la vida acababa de empezar.

—Usted y su hermano llegaron cuando llegábamos nosotros, ¿verdad? —preguntó Hildegarde, mirándolo con ojos que brillaban como esmalte azul.

Benjamin dudó. Si Hildegarde lo tomaba por el hermano de su padre, ¿debía aclarar la confusión? Recordó su experiencia en Yale, y decidió no hacerlo. Sería una descortesía contradecir a una dama; sería un crimen echar a perder aquella exquisita oportunidad con la grotesca historia de su nacimiento. Más tarde, quizá. Así que asintió, sonrió, escuchó, fue feliz.

—Me gustan los hombres de su edad —decía Hildegarde—. Los jóvenes son tan tontos... Me cuentan cuánto champán bebieron en la universidad, y cuánto dinero perdieron jugando a las cartas. Los hombres de su edad saben apreciar a las mujeres.

Benjamin sintió que estaba a punto de declararse. Dominó la tentación con esfuerzo.

—Usted está en la edad romántica —continuó Hildegarde—. Cincuenta años. A los veinticinco los hombres son demasiado mundanos; a los treinta están atosigados por el exceso de trabajo. Los cuarenta son la edad de las historias largas: para contarlas se necesita un puro entero; los sesenta... Ah, los sesenta están demasiado cerca de los setenta, pero los cincuenta son la edad de la madurez. Me encantan los cincuenta.

Los cincuenta le parecieron a Benjamin una edad gloriosa. Deseó apasionadamente tener cincuenta años.

—Siempre lo he dicho —continuó Hildegarde—: prefiero casarme con un hombre de cincuenta años y que me cuide, a casarme con uno de treinta y cuidar de él.

Para Benjamin el resto de la velada estuvo bañado por una neblina color miel. Hildegarde le concedió dos bailes más, y descubrieron que estaban maravillosamente de acuerdo en todos los temas de actualidad. Darían un paseo en calesa el domingo, y hablarían más detenidamente.

Volviendo a casa en el faetón, justo antes de romper el alba, cuando empezaban a zumbar las primeras abejas y la luna consumida brillaba débilmente en la niebla fría, Benjamin se dio cuenta vagamente de que su padre estaba hablando de ferretería al por mayor.

—¿Qué asunto propones que tratemos, además de los clavos y los martillos? —decía el señor Button.

—Los besos —respondió Benjamin, distraído.

—¿Los pesos? —exclamó Roger Button—. ¡Pero si acabo de hablar de pesos y básculas!

Benjamin lo miró aturdido, y el cielo, hacia el este, reventó de luz, y una oropéndola bostezó entre los árboles que pasaban veloces…

VI

Cuando, seis meses después, se supo la noticia del enlace entre la señorita Hildegarde Moncrief y el señor Benjamin Button (y digo «se supo la noticia» porque el general Moncrief declaró que prefería arrojarse sobre su espada antes que anunciarlo), la conmoción de la alta sociedad de Baltimore alcanzó niveles febriles. La casi olvidada historia del nacimiento de Benjamin fue recordada y propalada escandalosamente a los cuatro vientos de los modos más picarescos e increíbles. Se dijo que, en realidad, Benjamin era el padre de Roger Button, que era un hermano que había pasado cuarenta años en la cárcel, que era el mismísimo John Wilkes Booth disfrazado... y que dos cuernecillos despuntaban en su cabeza.

Los suplementos dominicales de los periódicos de Nueva York explotaron el caso con fascinantes ilustraciones que mostraban la cabeza de Benjamin Button acoplada al cuerpo de un pez o de una serpiente, o rematando una estatua de bronce. Llegó a ser conocido en el mundo periodístico como El Misterioso Hombre de Maryland. Pero la verdadera historia, como suele ser normal, apenas tuvo difusión.

Como quiera que fuera, todos coincidieron con el general Moncrief: era un crimen que una chica encantadora, que podía haberse casado con el mejor galán de Baltimore, se arrojara en brazos de un hombre que tenía por lo menos cincuenta años. Fue inútil que el señor Roger Button publicara el certificado de nacimiento de su hijo en grandes caracteres en el *Blaze* de Baltimore. Nadie lo creyó. Bastaba tener ojos en la cara y mirar a Benjamin.

Por lo que se refiere a las dos personas a quienes más concernía el asunto, no hubo vacilación alguna. Circulaban tantas historias falsas acerca de su prometido, que Hildegarde se negó terminantemente a creer la verdadera. Fue inútil que el general Moncrief le señalara el alto índice de mortalidad entre los hombres de cincuenta años, o, al menos, entre los hombres que aparentaban cincuenta años; e inútil que le hablara de la inestabilidad del negocio de la ferretería al por mayor. Hildegarde eligió casarse con la madurez... y se casó.

VII

En una cosa, al menos, los amigos de Hildegarde Moncrief se equivocaron. El negocio de ferretería al por mayor prosperó de manera asombrosa. En los quince años que transcurrieron entre la boda de Benjamin Button, en 1880, y la jubilación de su padre, en 1895, la fortuna familiar se había duplicado, gracias en gran medida al miembro más joven de la firma.

No hay que decir que Baltimore acabó acogiendo a la pareja en su seno. Incluso el anciano general Moncrief llegó a reconciliarse con su yerno cuando Benjamin le dio el dinero necesario para sacar a la luz su *Historia de la Guerra Civil* en treinta volúmenes, que había sido rechazada por nueve destacados editores.

Quince años provocaron muchos cambios en el propio Benjamin. Le parecía que la sangre le corría con nuevo vigor por las venas. Empezó a gustarle levantarse por la mañana, caminar con paso enérgico por la calle concurrida y soleada, trabajar incansablemente en sus envíos de martillos y sus cargamentos de clavos. Fue en 1890 cuando logró su mayor éxito en los negocios: lanzó la famosa idea de que *todos los clavos usados para clavar cajas destinadas al transporte de clavos son propiedad del transportista*, propuesta que, con rango de proyecto de ley, fue aprobada por el presidente del Tribunal Supremo, el señor Fossile, y ahorró a Roger Button & Company, Ferreteros Mayoristas, más de *seiscientos clavos anuales*.

Y Benjamin descubrió que lo atraía cada vez más el lado alegre de la vida. Típico de su creciente entusiasmo por el placer fue el hecho de que se convirtiera en el primer hombre de la ciudad de Baltimore que poseyó y condujo un automóvil. Cuando se lo encontraban por la calle, sus coetáneos lo miraban con envidia, tal era su imagen de salud y vitalidad.

—Parece que está más joven cada día —observaban. Y, si el viejo Roger Button, ahora de sesenta y cinco años, no había sabido darle a su hijo una bienvenida adecuada, acabó reparando su falta colmándolo de atenciones que rozaban la adulación.

Llegamos a un asunto desagradable sobre el que pasaremos lo más rápidamente posible. Sólo una cosa preocupaba a Benjamin Button: su mujer había dejado de atraerle.

En aquel tiempo Hildegarde era una mujer de treinta y cinco años, con un hijo, Roscoe, de catorce. En los primeros días de su matrimonio Benjamin había sentido adoración por ella. Pero, con los años, su cabellera color miel se volvió castaña, vulgar, y el esmalte azul de sus ojos adquirió el aspecto de la loza barata. Además, y por encima de todo, Hildegarde había ido moderando sus costumbres, demasiado plácida, demasiado satisfecha, demasiado anémica en sus manifestaciones de entusiasmo: sus gustos eran demasiado sobrios. Cuando eran novios, ella era la que arrastraba a Benjamin a bailes y cenas; pero ahora era al contrario. Hildegarde lo acompañaba siempre en sociedad, pero sin entusiasmo, consumida ya por esa sempiterna inercia que viene a vivir un día con nosotros y se queda a nuestro lado hasta el final.

La insatisfacción de Benjamin se hizo cada vez más profunda. Cuando estalló la Guerra Hispano-Norteamericana en 1898, su casa le ofrecía tan pocos atractivos que decidió alistarse en el ejército. Gracias a su influencia en el campo de los negocios, obtuvo el grado de capitán, y demostró tanta eficacia que fue ascendido a mayor y por fin a teniente coronel, justo a tiempo para participar en la famoso carga contra la colina de San Juan. Fue herido levemente y mereció una medalla.

Benjamin estaba tan apegado a las actividades y las emociones del ejército, que lamentó tener que licenciarse, pero los negocios exigían su atención, así que renunció a los galones y volvió a su ciudad. Una banda de música lo recibió en la estación y lo escoltó hasta su casa.

VIII

Hildegarde, ondeando una gran bandera de seda, lo recibió en el porche, y en el momento preciso de besarla Benjamin sintió que el corazón le daba un vuelco: aquellos tres años habían tenido un precio. Hildelgarde era ahora una mujer de cuarenta años, y una tenue sombra gris se insinuaba ya en su pelo. El descubrimiento lo entristeció.

Cuando llegó a su habitación, se miró en el espejo: se acercó más y examinó su cara con ansiedad, comparándola con una foto en la que aparecía en uniforme, una foto de antes de la guerra.

—¡Dios santo! —dijo en voz alta. El proceso continuaba. No había la más mínima duda: ahora aparentaba tener treinta años. En vez de alegrarse, se preocupó: estaba rejuveneciendo. Hasta entonces había creído que, cuando alcanzara una edad corporal equivalente a su edad en años, cesaría el fenómeno grotesco que había caracterizado su nacimiento. Se estremeció. Su destino le pareció horrible, increíble.

Volvió a la planta principal. Hildegarde lo estaba esperando: parecía enfadada, y Benjamin se preguntó si habría descubierto al fin que pasaba algo malo. E, intentado aliviar la tensión, abordó el asunto durante la comida, de la manera más delicada que se le ocurrió.

—Bueno —observó en tono desenfadado—, todos dicen que parezco más joven que nunca.

Hildegarde lo miró con desdén. Y sollozó.

—¿Y te parece algo de lo que presumir?

—No estoy presumiendo —aseguró Benjamin, incómodo.

Ella volvió a sollozar.

—Vaya idea —dijo, y agregó un instante después—: Creía que tendrías el suficiente amor propio como para acabar con esto.

—¿Y cómo? —preguntó Benjamin.

—No voy a discutir contigo —replicó su mujer—. Pero hay una manera apropiada de hacer las cosas y una manera equivocada. Si tú has decidido ser distinto a todos, me figuro que no puedo impedírtelo, pero la verdad es que no me parece muy considerado por tu parte.

—Pero, Hildegarde, ¡yo no puedo hacer nada!

—Sí que puedes. Pero eres un cabezón, sólo eso. Estás convencido de que tienes que ser distinto. Has sido siempre así y lo seguirás siendo. Pero piensa, sólo un momento, qué pasaría si todos compartieran tu manera de ver las cosas… ¿Cómo sería el mundo?

Se trababa de una discusión estéril, sin solución, así que Benjamin no contestó, y desde aquel instante un abismo comenzó a abrirse entre ellos. Y Benjamin se preguntaba qué fascinación podía haber ejercido Hildegarde sobre él en otro tiempo.

Y, para ahondar la brecha, Benjamin se dio cuenta de que, a medida que el nuevo siglo avanzaba, se fortalecía su sed de diversiones. No había fiesta en Baltimore en la que no se le viera bailar con las casadas más hermosas y charlar con las debutantes más solicitadas, disfrutando de los encantos de su compañía, mientras su mujer, como una viuda de mal agüero, se sentaba entre las madres y las tías vigilantes, para observarlo con altiva desaprobación, o seguirlo con ojos solemnes, perplejos y acusadores.

—¡Mira! —comentaba la gente—. ¡Qué lástima! Un joven de esa edad casado con una mujer de cuarenta y cinco años. Debe de tener por lo menos veinte años menos que su mujer.

Habían olvidado —porque la gente olvida inevitablemente— que ya en 1880 sus papás y mamás también habían hecho comentarios sobre aquel matrimonio mal emparejado.

Pero la gran variedad de sus nuevas aficiones compensaba la creciente infelicidad hogareña de Benjamin. Descubrió el golf, y obtuvo grandes éxitos. Se entregó al baile: en 1906 era un experto en el *boston*, y en 1908 era considerado un experto del *maxixe*, mientras que en 1909 su *castle walk* fue la envidia de todos los jóvenes de la ciudad.

Su vida social, naturalmente, se mezcló hasta cierto punto con sus negocios, pero ya llevaba veinticinco años dedicado en cuerpo y alma a la ferretería al por mayor y pensó que iba siendo hora de que se hiciera cargo del negocio su hijo Roscoe, que había terminado sus estudios en Harvard.

Y, de hecho, a menudo confundían a Benjamin con su hijo. Semejante confusión agradaba a Benjamin, que olvidó pronto el miedo insidioso que lo había invadido a su regreso de la Guerra Hispano-Norteamericana: su aspecto le producía ahora un placer ingenuo. Sólo tenía una contraindicación aquel delicioso ungüento: detestaba aparecer en público con su mujer. Hildegarde tenía casi cincuenta años, y, cuando la veía, se sentía completamente absurdo.

IX

Un día de septiembre de 1910 —pocos años después de que el joven Roscoe Button se hicera cargo de la Roger Button & Company, Ferreteros Mayoristas— un hombre que aparentaba unos veinte años se matriculó como alumno de primer curso en la Universidad de Harvard, en Cambridge. No cometió el error de anunciar que nunca volvería a cumplir los cincuenta, ni mencionó el hecho de que su hijo había obtenido su licenciatura en la misma institución diez años antes.

Fue admitido, y, casi desde el primer día, alcanzó una relevante posición en su curso, en parte porque parecía un poco mayor que los otros estudiantes de primero, cuya media de edad rondaba los dieciocho años.

Pero su éxito se debió fundamentalmente al hecho de que en el partido de fútbol contra Yale jugó de forma tan brillante, con tanto brío y tanta furia fría e implacable, que marcó siete *touchdowns* y catorce goles de campo a favor de Harvard, y consiguió que los once hombres de Yale fueran sacados uno a uno del campo, inconscientes. Se convirtió en el hombre más célebre de la universidad.

Aunque parezca raro, en tercer curso apenas si fue capaz de formar parte del equipo. Los entrenadores dijeron que había perdido peso, y los más observadores repararon en que no era tan alto como antes. Ya no marcaba *touchdowns*. Lo mantenían en el equipo con la esperanza de que su enorme reputación sembrara el terror y la desorganización en el equipo de Yale.

En el último curso, ni siquiera lo incluyeron en el equipo. Se había vuelto tan delgado y frágil que un día unos estudiantes de segundo lo confundieron con un novato, incidente que lo humilló profundamente. Empezó a ser conocido como una especie de prodigio —un alumno de los últimos cursos que quizá no tenía más de dieciséis años— y a menudo lo escandalizaba la mundanería de algunos de sus compañeros. Los estudios le parecían más difíciles, demasiado avanzados. Había oído a sus compañeros hablar del San Midas, famoso colegio preuniversitario, en el que muchos de ellos se habían preparado para la Universidad, y decidió que, cuando acabara la licenciatura, se matricularía en el San Midas, donde, entre chicos de su complexión, estaría más protegido y la vida sería más agradable.

Terminó los estudios en 1914 y volvió a su casa, a Baltimore, con el título de Harvard en el bolsillo. Hildegarde residía ahora en Italia, así que Benjamin se fue a vivir con su hijo, Roscoe. Pero, aunque fue recibido como de costumbre, era evidente que el afecto de su hijo se había enfriado: incluso manifestaba cierta tendencia a considerar un estorbo a Benjamin, cuando vagaba por la casa presa de melancolías de adolescente. Roscoe se había casado, ocupaba un lugar prominente en la vida social de Baltimore, y no deseaba que en torno a su familia se suscitara el menor escándalo.

Benjamin ya no era persona grata entre las debutantes y los universitarios más jóvenes, y se sentía abandonado, muy solo, con la única compañía de tres o cuatro chicos de la vecindad, de catorce o quince años. Recordó el proyecto de ir al colegio de San Midas.

—Oye —le dijo a Roscoe un día—, ¿cuántas veces tengo que decirte que quiero ir al colegio?

—Bueno, pues ve, entonces —abrevió Roscoe. El asunto le desagradaba, y deseaba evitar la discusión.

—No puedo ir solo —dijo Benjamin, vulnerable—. Tienes que matricularme y llevarme tú.

—No tengo tiempo —declaró Roscoe con brusquedad. Entrecerró los ojos y miró preocupado a su padre—. El caso es —añadió— que ya está bien: podrías pararte ya, ¿no? Sería mejor… —se interrumpió, y su cara se volvió roja mientras buscaba las palabras—. Tienes que dar un giro de ciento ochenta grados: empezar de nuevo, pero en dirección contraria. Esto ya ha ido demasiado lejos para ser una broma. Ya no tiene gracia. Tú… ¡Ya es hora de que te portes bien!

Benjamin lo miró, al borde de las lágrimas.

—Y otra cosa —continuó Roscoe—: cuando haya visitas en casa, quiero que me llames tío, no

381

Roscoe, sino tío, ¿comprendes? Parece absurdo que un niño de quince años me llame por mi nombre de pila. Quizá harías bien en llamarme tío *siempre*, así te acostumbrarías.

Después de mirar severamente a su padre, Roscoe le dio la espalda.

Cuando terminó esta discusión, Benjamin, muy triste, subió a su dormitorio y se miró al espejo. No se afeitaba desde hacía tres meses, pero apenas si se descubría en la cara una pelusilla incolora, que no valía la pena tocar. La primera vez que, en vacaciones, volvió de Harvad, Roscoe se había atrevido a sugerirle que debería llevar gafas y una barba postiza pegada a las mejillas: por un momento pareció que iba a repetirse la farsa de sus primeros años. Pero la barba le picaba, y le daba vergüenza. Benjamin lloró, y Roscoe había acabado cediendo a regañadientes.

Benjamin abrió un libro de cuentos para niños, *Los boy scouts en la bahía de Bimini*, y comenzó a leer. Pero no podía quitarse de la cabeza la guerra. Hacía un mes que Estados Unidos se había unido a la causa aliada, y Benjamin quería alistarse, pero, ay, dieciséis años eran la edad mínima, y Benjamin no parecía tenerlos. De cualquier modo, su verdadera edad, cincuenta y cinco años, también lo inhabilitaba para el ejército.

Llamaron a la puerta y el mayordomo apareció con una carta con gran membrete oficial en una esquina, dirigida al señor Benjamin Button. Benjamin la abrió, rasgando el sobre con impaciencia, y leyó la misiva con deleite: muchos militares de alta graduación, actualmente en la reserva, que habían prestado servicio durante la guerra con España, estaban siendo llamados al servicio con un rango superior. Con la carta se adjuntaba su nombramiento como general de brigada del ejército de Estados Unidos y la orden de incorporarse inmediatamente.

Benjamin se puso en pie de un salto, casi temblando de entusiasmo. Aquello era lo que había deseado. Cogió su gorra y diez minutos después entraba en una gran sastrería de Charles Street y, con insegura voz de tiple, ordenaba que le tomaran medidas para el uniforme.

—¿Quieres jugar a los soldados, niño? —preguntó un dependiente, con indiferencia.

Benjamin enrojeció.

—¡Oiga! ¡A usted no le importa lo que yo quiera! —replicó con rabia—. Me llamo Button y vivo en la Mt. Vernon Place, así que ya sabe quién soy.

—Bueno —admitió el dependiente, titubeando—, por lo menos sé quién es su padre.

Le tomaron las medidas, y una semana después estuvo listo el uniforme. Tuvo algunos problemas para conseguir los galones e insignias de general porque el comerciante insistía en que una bonita insignia de la Asociación de Jóvenes Cristianas quedaría igual de bien y sería mucho mejor para jugar.

Sin decirle nada a Roscoe, Benjamin salió de casa una noche y se trasladó en tren a Camp Mosby, en Carolina del Sur, donde debía asumir el mando de una brigada de infantería. En un sofocante día de abril Benjamin llegó a las puertas del campamento, pagó el taxi que lo había llevado hasta allí desde la estación y se dirigió al centinela de guardia.

—¡Que alguien recoja mi equipaje! —dijo enérgicamente.

El centinela lo miró con mala cara.

—Dime —observó—, ¿adónde vas disfrazado de general, niño?

Benjamin, veterano de la Guerra Hispano-Norteamericana, se volvió hacia el soldado echando chispas por los ojos, pero, por desgracia, con voz aguda e insegura.

—¡Cuádrese! —intentó decir con voz de trueno; hizo una pausa para recobrar el aliento, e inmediatamente vio cómo el centinela entrechocaba los talones y presentaba armas. Benjamin disimuló una sonrisa de satisfacción, pero cuando miró a su alrededor la sonrisa se le heló en los labios. No había sido él la causa de aquel gesto de obediencia, sino un imponente coronel de artillería que se acercaba a caballo.

—¡Coronel! —llamó Benjamin con voz aguda.

El coronel se acercó, tiró de las riendas y lo miró fríamente desde lo alto, con un extraño centelleo en los ojos.

—¿Quién eres, niño? ¿Quién es tu padre? —preguntó afectuosamente.

—Ya le enseñaré yo quién soy —contestó Benjamin con voz fiera—. ¡Baje inmediatamente del caballo!

El coronel se rió a carcajadas.

—Quieres mi caballo, ¿eh, general?

—¡Tenga! —gritó Benjamin exasperado—. ¡Lea esto! —y tendió su nombramiento al coronel.

El coronel lo leyó y los ojos se le salían de las órbitas.

—¿Dónde lo has conseguido? —preguntó, metiéndose el documento en su bolsillo.

—¡Me lo ha mandado el Gobierno, como usted descubrirá enseguida!

—¡Acompáñame! —dijo el coronel, con una mirada extraña—. Vamos al puesto de mando, allí hablaremos. Venga, vamos.

El coronel dirigió su caballo, al paso, hacia el puesto de mando. Y Benjamin no tuvo más remedio que seguirlo con toda la dignidad de la que era capaz: prometiéndose, mientras tanto, una dura venganza.

Pero la venganza no llegó a materializarse. Se materializó, dos días después, su hijo Roscoe, que llegó de Baltimore, acalorado y de mal humor por el viaje inesperado, y escoltó al lloroso general, *sans* uniforme, de vuelta a casa.

XI

En 1920 nació el primer hijo de Roscoe Button. Durante las fiestas de rigor, a nadie se le ocurrió mencionar que el chiquillo mugriento que aparentaba unos diez años de edad y jugueteaba por la casa con soldaditos de plomo y un circo en miniatura era el mísmisimo abuelo del recién nacido.

A nadie molestaba aquel chiquillo de cara fresca y alegre en la que a veces se adivinaba una sombra de tristeza, pero para Roscoe Button su presencia era una fuente de preocupaciones. En el idioma de su generación, Roscoe no consideraba que el asunto reportara la menor utilidad. Le parecía que su padre, negándose a parecer un anciano de sesenta años, no se comportaba como un «hombre de pelo en pecho» —ésta era la expresión preferida de Roscoe—, sino de un modo perverso y estrafalario. Pensar en aquel asunto más de media hora lo ponía al borde de la locura. Roscoe creía que los «hombres con nervios de acero» debían mantenerse jóvenes, pero llevar las cosas a tal extremo… no reportaba ninguna utilidad. Y en este punto Roscoe interrumpía sus pensamientos.

Cinco años más tarde, el hijo de Roscoe había crecido lo suficiente para jugar con el pequeño Benjamin bajo la supervisión de la misma niñera. Roscoe los llevó a los dos al parvulario el mismo día y Benjamin descubrió que jugar con tiras de papel de colores, y hacer mantelitos y cenefas y curiosos y bonitos dibujos, era el juego más fascinante del mundo. Una vez se portó mal y tuvo que quedarse en un rincón, y lloró, pero casi siempre las horas transcurrían felices en aquella habitación alegre, donde la luz del sol entraba por las ventanas y la amable mano de la señorita Bailey de vez en cuando se posaba sobre su pelo despeinado.

Un año después el hijo de Roscoe pasó a primer grado, pero Benjamin siguió en el parvulario. Era muy feliz. Algunas veces, cuando otros niños hablaban de lo que harían cuando fueran mayores, una sombra cruzaba su carita como si de un modo vago, pueril, se diera cuenta de que eran cosas que él nunca compartiría.

Los días pasaban con alegre monotonía. Volvió por tercer año al parvulario, pero ya era demasiado pequeño para entender para qué servían las brillantes y llamativas tiras de papel. Lloraba porque los otros niños eran mayores y le daban miedo. La maestra habló con él, pero, aunque intentó comprender, no comprendió nada.

Lo sacaron del parvulario. Su niñera, Nana, con su uniforme almidonado, pasó a ser el centro de su minúsculo mundo. Los días de sol iban de paseo al parque; Nana le señalaba con el dedo un gran monstruo gris y decía «elefante», y Benjamin debía repetir la palabra, y aquella noche, mientras lo desnudaran para acostarlo, la repetiría una y otra vez en voz alta: «lefante, lefante, lefante». Algunas veces Nana le permitía saltar en la cama, y entonces se lo pasaba muy bien, porque, si te sentabas exactamente como debías, rebotabas, y si decías «ah» durante mucho tiempo mientras dabas saltos, conseguías un efecto vocal intermitente muy agradable.

Le gustaba mucho coger del perchero un gran bastón y andar de acá para allá golpeando sillas y mesas, y diciendo: «Pelea, pelea, pelea». Si había visita, las señoras mayores chasqueaban la lengua a su paso, lo que le llamaba la atención, y las jóvenes intentaban besarlo, a lo que él se sometía con un ligero fastidio. Y, cuando el largo día acababa, a las cinco en punto, Nana lo llevaba arriba y le daba a cucharadas harina de avena y unas papillas estupendas.

No había malos recuerdos en su sueño infantil: no le quedaban recuerdos de sus magníficos días universitarios ni de los años espléndidos en que rompía el corazón de tantas chicas. Sólo existían las blancas, seguras paredes de su cuna, y Nana y un hombre que venía a verlo de vez en cuando, y una inmensa esfera anaranjada, que Nana le señalaba un segundo antes del crepúsculo y la hora de dormir, a la que Nana llamaba el sol. Cuando el sol desaparecía, los ojos de Benjamin se cerraban, soñolientos… Y no había sueños, ningún sueño venía a perturbarlo.

El pasado: la salvaje carga al frente de sus hombres contra la colina de San Juan; los primeros años de su matrimonio, cuando se quedaba traba-jando hasta muy tarde en los anocheceres veranie-gos de la ciudad presurosa, trabajando por la joven Hildegarde, a la que quería; y, antes, aquellos días en que se sentaba a fumar con su abuelo hasta bien entrada la noche en la vieja y lóbrega casa de los Button, en Monroe Street… Todo se había desva-necido como un sueño inconsistente, pura imagi-nación, como si nunca hubiera existido.

No se acordaba de nada. No recordaba con claridad si la leche de su última comida estaba templada o fría; ni el paso de los días… Sólo exis-tían su cuna y la presencia familiar de Nana. Y, aparte de eso, no se acordaba de nada. Cuando te-nía hambre lloraba, eso era todo. Durante las tar-des y las noches respiraba, y lo envolvían suaves murmullos y susurros que apenas oía, y olores casi indistinguibles, y luz y oscuridad.

Luego fue todo oscuridad, y su blanca cuna y los rostros confusos que se movían por encima de él, y el tibio y dulce aroma de la leche, acabaron de desvanecerse.

EL DIAMANTE
TAN GRANDE COMO EL RITZ

El diamante tan grande como el Ritz apareció por *primera vez en la revista* The Smart Set, *en junio de 1922. Titulado primero* El diamante en el cielo, *este clásico de la novela breve fue rechazado por el* Post *y por otras revistas de gran circulación, incluso después de que Fitzgerald eliminara entre cuatro y cinco mil palabras. (Los fragmentos eliminados se han perdido.) Comprimiría aún más el relato, suprimiendo ochocientas palabras más, al corregirlo para su publicación en el volumen* Cuentos de la era del jazz. *Los responsables de las revistas consideraron el cuento incomprensible, blasfemo, o una desagradable sátira contra los ricos.* The Smart Set *sólo le pagó a Fitzgerald 300 dólares, aunque entonces su cotización en el* Post *ascendía a 1.500 dólares por un relato largo. Fitzgerald se desanimó por la reacción de las revistas ante su cuento,* «en el que he invertido tres semanas de verdadero entusiasmo… Pero, por Dios y Lorimer, me haré rico a pesar de los pesares». *Cuando lo incluyó en* Cuentos de la era del jazz, *Fitzgerald explicó que* El diamante…

«… lo escribí exclusivamente para mi propio placer. Mi estado de ánimo se caracterizaba entonces por una absoluta ansia de lujo, y el relato se me ocurrió como un intento de saciar aquella ansia con manjares imaginarios.

»Un conocido crítico ha tenido el gusto de considerar esta extravagancia lo mejor que he escrito. Yo prefiero El pirata de la costa.»

I

John T. Unger descendía de una familia notable, desde hacía varias generaciones, en Hades, pequeña ciudad en la ribera del Misisipí. El padre de John había conservado el título de campeón de golf aficionado en numerosas y reñidas competiciones; la señora Unger era conocida en los antros del vicio y la corrupción, como decían en el pueblo, por sus arengas políticas; y el joven John T. Unger, que apenas había cumplido los dieciséis años, sabía bailar todos los bailes a la moda de Nueva York antes de ponerse pantalones largos. Ahora tenía que pasar algún tiempo lejos de casa. El respeto por la educación impartida en Nueva Inglaterra, verdadero azote de todas las ciudades de provincia, a las que arrebata cada año los jóvenes más prometedores, había alcanzado a sus padres. Lo único que podía satisfacerlos era que estudiara en el colegio de San Midas, cerca de Boston. Hades era demasiado pequeña para su querido e inteligente hijo.

Pero en Hades —como bien sabe cualquiera que haya estado allí— los nombres de los más elegantes colegios preuniversitarios y las más elegantes universidades significan muy poco. Sus habitantes llevan tanto tiempo alejados del mundo que, aunque presumen de estar al día en moda, costumbres y literatura, dependen en gran medida de lo que les llega de oídas, y una ceremonia que en Hades se consideraría perfecta sería juzgada «quizá un poco cursi» por la hija del rey de las carnicerías de Chicago.

Era la víspera de la partida de John T. Unger. Mientras la señora Unger, con maternal fatuidad, le llenaba las maletas de trajes de lino y ventiladores eléctricos, el señor Unger le regaló a su hijo una billetera de asbesto atiborrada de dinero.

—Acuérdate de que aquí siempre serás bien recibido —le dijo—. Puedes estar seguro, hijo, de que mantendremos viva la llama del hogar.

—Lo sé —contestó John con voz ronca.

—No olvides quién eres y de dónde vienes —continuó su padre con orgullo—, y no hagas nada de lo que te puedas avergonzar. Eres un Unger… de Hades.

Y el viejo y el joven se estrecharon la mano, y John se alejó llorando a mares. Diez minutos después, en cuanto cruzó los límites de la ciudad, se detuvo para mirarla por última vez. El anticuado lema victoriano inscrito sobre las puertas le pareció extrañamente atractivo. Su padre había intentado muchas veces cambiarlo por algo con más garra y brío, algo como «Hades: tu oportunidad», o incluso un simple «Bienvenidos» estampado sobre un caluroso apretón de manos dibujado con luces eléctricas. El viejo lema era un poco deprimente, pero en aquel momento…

Así que John miró por última vez la ciudad y luego, con resolución, se encaró a su destino. Y, mientras se alejaba, las luces de Hades contra el cielo parecían llenas de una cálida y apasionada belleza.

El Colegio Preuniversitario de San Midas está a media hora de Boston en un automóvil Rolls-Pierce. Nunca se sabrá la distancia real, porque nadie, excepto John T. Unger, ha llegado hasta allí como no sea en un Rolls-Pierce, y probablemente un caso como el de Unger no volverá a repetirse. San Midas es el colegio preuniversitario masculino más caro y selecto del mundo.

Los dos primeros cursos transcurrieron apaciblemente. Todos los alumnos eran hijos de reyes de las altas finanzas, y John pasó los dos veranos invitado en alguna playa de moda. Aunque apreciaba mucho a los amigos que lo invitaban, los padres le sorprendían porque todos parecían cortados por el mismo patrón, y, desde su juvenil punto de vista, a veces se maravillaba de su excesiva similitud. Cuando les decía dónde vivía, le preguntaban despreocupadamente: «Hace calor allí, ¿no?», y John se veía obligado a añadirle a la respuesta una débil sonrisa: «Desde luego que sí». Habría respondido con mayor cordialidad si todos no repitieran siempre el mismo chiste, a veces con una variante que no le parecía menos odiosa: «Allí no te quejarás del frío, ¿no?».

A mediados del segundo curso, pusieron en la clase de John a un chico tranquilo y atractivo que se llamaba Percy Washington. El recién llegado

tenía modales agradables y vestía extraordinariamente bien, incluso para San Midas, pero, a pesar
de todo, quién sabe por qué, se mantenía al margen de los otros chicos. El único con quien hizo
amistad fue John T. Unger, pero ni siquiera con
John hablaba abiertamente de su casa y su familia.
No había ninguna duda de que era rico, pero,
aparte de lo poco que podía deducir, John no sabía
casi nada de su amigo, así que, cuando Percy lo invitó a pasar el verano en su casa del Este, fue como
si le prometieran un banquete para saciar su curiosidad. Aceptó sin vacilar.

Ya en el tren, Percy se volvió, por primera vez,
más comunicativo. Y un día, mientras comían en
el vagón-restaurante y hablaban de los defectos de
algunos de sus compañeros de colegio, Percy cambió de repente de tono e hizo una observación inesperada:

—Mi padre —dijo— es, con mucho, el hombre más rico del mundo.

—Ah —respondió John cortésmente. No sabía
qué contestar a semejante confidencia. Pensó contestar: «Es magnífico», pero le sonaba a hueco; y
estuvo a punto de decir: «¿De verdad?», pero se
contuvo, porque hubiera parecido que dudaba
de la afirmación de Percy. Y una afirmación tan
asombrosa como aquella no admitía dudas.

—El más rico, con mucho —repitió Percy.

—He leído en el *Almanaque Mundial* —empezó a decir John— que en Estados Unidos hay uno
que gana más de cinco millones al año, y cuatro
que ganan más de tres millones, y…

—Ah, eso no es nada —la boca de Percy se curvó en una mueca de desprecio—. Capitalistas de cuatro cuartos, financieros de poca monta, pequeños comerciantes y prestamistas. Mi padre podría comprarles todo lo que tienen y ni siquiera lo notaría.

—Pero ¿cómo…?

—¿Que cómo no figura en las listas de Hacienda? Porque no paga impuestos. Si acaso, paga un poco, pero no de acuerdo con sus ingresos reales.

—Debe de ser muy rico —se limitó a decir John—. Me alegro. Me gusta la gente muy rica. Cuanto más rica es la gente, más me gusta —había un brillo de apasionada franqueza en su cara morena—. En Semana Santa me invitaron los Schnlitzer-Murphy. Vivian Schnlitzer-Murphy tenía rubíes tan grandes como huevos, y zafiros que parecían bombillas encendidas.

—Me encantan las joyas —asintió Percy con entusiasmo—. Prefiero que en el colegio nadie lo sepa, claro, pero yo tengo una buena colección. Colecciono joyas como otros coleccionan sellos.

—Y diamantes —dijo John con pasión—. Los Schnlitzer-Murphy tenían diamantes como nueces…

—Eso no es nada —Percy se le acercó y bajó la voz, que ahora sólo era un susurro—. Eso no es nada. Mi padre tiene un diamante más grande que el Hotel Ritz-Carlton.

II

El crepúsculo de Montana se extendía entre dos montañas como una moradura gigantesca de la que se derramaran sobre un cielo envenenado arterias oscuras. A una distancia inmensa, bajo el cielo, se agazapaba la aldea de Fish, diminuta, tétrica y olvidada. Vivían doce hombres, o eso se decía, en la aldea de Fish, doce almas sombrías e inexplicables que mamaban la leche escasa de las rocas casi literalmente desnudas sobre las que los había engendrado una misteriosa energía repobladora. Se habían convertido en una raza aparte, estos doce hombres de Fish, como una de esas especies surgidas de un remoto capricho de la naturaleza: una naturaleza que, tras pensárselo dos veces, los hubiera abandonado a la lucha y al exterminio.

Más allá de la moradura azul y negra, en la distancia, se deslizaba por la desolación del paisaje una larga fila de luces en movimiento, y los doce hombres de Fish se reunieron como espectros en la mísera estación para ver pasar el tren de las siete, el Expreso Transcontinental de Chicago. Seis veces al año, más o menos, el Expreso Transcontinental, por orden de alguna autoridad inconcebi-

ble, paraba en la aldea de Fish; cuando esto sucedía, descendían del tren uno o dos bultos, monta-
ban en una calesa que siempre surgía del ocaso y se
alejaban hacia el crepúsculo amoratado. La observación de este fenómeno ridículo y absurdo se había convertido en una especie de rito entre los
hombres de Fish. Observar: eso era todo. No quedaba en ellos nada de esa cualidad vital que es la
ilusión, necesaria para sorprenderse o pensar; si algo hubiera quedado, aquellas visitas misteriosas
hubieran podido dar lugar a una religión. Pero los
hombres de Fish estaban por encima de toda religión —los más descarnados y salvajes dogmas del
cristianismo no hubieran podido arraigar en aquella roca estéril—, y en Fish no existían altar, sacerdote ni sacrificio; sólo, a las siete de la tarde, la
reunión silenciosa en la estación miserable, una
congregación de la que se elevaba una oración de
tenue y anémica maravilla.

Aquella tarde de junio, el Gran Encargado de
los Frenos, a quien, en caso de haber deificado a
alguien, los hombres de Fish podrían haber elegido perfectamente su héroe celeste, había ordenado
que el tren de las siete dejara en Fish su carga humana (o inhumana). A las siete y dos minutos
Percy Washington y John T. Unger descendieron
del expreso, pasaron de prisa ante los ojos embele-
sados, desmesurados, espantosos, de los doce
hombres de Fish, montaron en una calesa que evidentemente había surgido de la nada y se alejaron.

Media hora más tarde, cuando el crepúsculo se
coagulaba en la oscuridad, el negro silencioso que

conducía la calesa gritó en dirección a un cuerpo opaco que les había salido al paso en las tinieblas. En respuesta al grito, proyectaron sobre ellos un disco luminoso que los miraba como un ojo maligno desde la noche insondable. Cuando estuvieron más cerca, John vio que era la luz trasera de un automóvil inmenso, el más grande y magnífico que había visto en su vida. La carrocería era de metal resplandeciente, más brillante que el níquel y más rutilante que la plata, y los tapacubos de las ruedas estaban adornados con figuras geométricas, iridiscentes, amarillas y verdes: John no se atrevió a preguntarse si eran de cristal o de piedras preciosas.

Dos negros, con libreas relucientes como las que se ven en los cortejos reales londinenses de las películas, esperaban firmes junto al coche, y, cuando los jóvenes bajaron de la calesa, los saludaron en una lengua que el invitado no pudo entender, pero que parecía ser una degeneración extrema del dialecto de los negros del Sur.

—Ven —le dijo Percy a su amigo, mientras colocaban las maletas en el techo de ébano de la limusina—. Siento que hayas tenido que hacer un viaje tan largo en la calesa, pero es preferible que no vean este coche los viajeros del tren y esos tipos de Fish dejados de la mano de Dios.

—¡Qué barbaridad! ¡Qué coche!

Esta exclamación fue provocada por el interior del vehículo. John vio que la tapicería estaba formada por mil minúsculas piezas de seda, entretejidas con piedras preciosas y bordados, y montadas sobre un paño de oro. Los brazos de los asientos en los que los chicos se habían hundido voluptuosamente estaban cubiertos por una tela semejante al terciopelo, pero que parecía fabricada en los innumerables colores del extremo de las plumas de las avestruces.

—¡Vaya coche! —exclamó John una vez más, maravillado.

—¿Qué? ¿Esto? —Percy se echó a reír—. Pero si es sólo un trasto viejo que usamos como furgoneta.

Se deslizaban silenciosamente a través de la oscuridad hacia una abertura entre las dos montañas.

—Llegaremos dentro de hora y media —dijo Percy, mirando el reloj—. Será mejor que te diga que vas a ver cosas que no has visto nunca.

Si el coche era un indicio de lo que John iba a ver, estaba preparado para maravillarse. El primer mandamiento de la sencilla religión que impera en Hades ordena adorar y venerar las riquezas: si John no hubiera sentido ante ellas una radiante humildad, sus padres hubieran vuelto la cara, horrorizados por la blasfemia.

Habían llegado al paso entre las dos montañas, y en cuanto empezaron a atravesarlo el camino se hizo mucho más escabroso.

—Si la luz de la luna llegara hasta aquí, verías que estamos en un gran barranco —dijo Percy, intentado ver algo por la ventanilla. Dijo unas palabras por el teléfono interior e inmediatamente el lacayo encendió un reflector y recorrió las colinas con un inmenso haz de luz.

—Rocas, ya ves. Un coche normal se haría pedazos en media hora. La verdad es que se necesitaría un tanque para viajar por aquí, si no conoces el camino. Habrás notado que vamos cuesta arriba.

Estaban subiendo, sí, y pocos minutos después el coche coronó una cima, desde donde vislumbraron a lo lejos una luna pálida que acababa de salir. El coche se paró de repente y, a su alrededor, tomaron forma numerosas figuras que salían de la oscuridad: también eran negros. Volvieron a saludar a los jóvenes en el mismo dialecto vagamente reconocible. Entonces los negros se pusieron manos a la obra: engancharon cuatro inmensos cables que caían de lo alto a los tapacubos de las ruedas llenos de joyas. Y, a la voz resonante de «¡Hey-yah!», John notó que el coche se elevaba del suelo, más y más, por encima de las rocas que lo flanqueaban, más y más alto, hasta que pudo divisar un valle ondulado, a la luz de la luna, que se extendía ante él en neto contraste con el tremedal de rocas que acababan de abandonar. Sólo a uno de los lados se veían aún rocas, y enseguida, de repente, no quedaron rocas, ni cerca de ellos ni en ninguna otra parte.

Era evidente que habían superado un inmenso saliente de piedra, como cortada a cuchillo, perpendicular en el aire. Y entonces empezaron a descender y por fin, con un choque suave, se posaron sobre un terreno llano.

—Lo peor ya ha pasado —dijo Percy, echando un vistazo por la ventana—. Sólo faltan ocho kilómetros, por nuestra carretera: es como una tapicería de adoquines. Todo es nuestro. Mi padre dice que aquí termina Estados Unidos.

—¿Estamos en Canadá?

—No. Estamos en las Montañas Rocosas. Pero estás ahora mismo en los únicos ocho kilómetros cuadrados del país que no aparecen en ningún registro.

—¿Por qué? ¿Se les ha olvidado?

—No —dijo Percy, sonriendo—. Han intentado hacerlo tres veces. La primera vez mi abuelo corrompió a un departamento completo del Registro Oficial de la Propiedad; la segunda, consiguió que cambiaran los mapas oficiales de Estados Unidos… Así retrasó quince años el asunto. La última vez fue más difícil. Mi padre se las arregló para que sus brújulas se encontraran en el mayor campo magnético que jamás ha sido creado artificialmente. Consiguió un equipo completo de instrumentos de planimetría y topografía levemente defectuosos, incapaces de registrar este territorio, y los sustituyó por los que iban a ser usados. Luego desvió un río y construyó en la ribera una aldea ficticia, para que la vieran y la confundieran con un pueblo del valle, quince kilómetros más arriba. Mi padre sólo le teme a una cosa —concluyó—: el único medio en el mundo capaz de descubrirnos.

—¿Cuál es?

Percy bajó la voz: su voz se convirtió en un murmullo.

—Los aviones —susurró—. Tenemos media docena de cañones antiaéreos, y nos las vamos arreglando; pero ya ha habido algunas muertes y muchos prisioneros. No es que eso nos preocupe a mi padre y a mí, ya sabes, pero mi madre y las chicas se asustan, y existe la posibilidad de que alguna vez no podamos solucionar el problema.

Fragmentos y jirones de chinchilla, nubes galantes en el cielo de verde luna, pasaban ante la luna como preciosos tejidos de Oriente exhibidos ante los ojos de algún kan tártaro. A John le parecía que era de día, y que veía aviadores que navegaban por el aire y dejaban caer una lluvia de folletos publicitarios y prospectos medicinales con mensajes de esperanza para los desesperados caseríos perdidos en la montaña. Le parecía que miraban a través de las nubes y veían…, veían todo lo que había que ver allí adonde él se dirigía. ¿Qué pasaría entonces? Serían obligados a aterrizar por algún artefacto maligno, y encerrados entre muros lejos de los prospectos medicinales y publicitarios hasta el día del Juicio; o, en caso de burlar la trampa, los derribaría una rápida humareda y la terrible onda expansiva de la explosión de una granada, que asustaría a la madre y las hermanas de Percy. John negó con la cabeza y el fantasma de una sonrisa irónica se insinuó en sus labios entreabiertos. ¿Qué negocio desesperado se escondía en aquel lugar? ¿Qué astucia moral de algún excéntrico Creso? ¿Qué misterio dorado y terrible?

Las nubes de chinchilla se amontonaban a lo lejos y, fuera del automóvil, la noche de Montana era clara como el día. Aquella carretera que era como una alfombra de adoquines pasaba suavemente bajo los grandes neumáticos mientras bordeaban un lago tranquilo e iluminado por la luna; atravesaron una zona de oscuridad durante un instante, un bosque de pinos aromático y fresco, y desembocaron en una amplia avenida de césped, y la exclamación de placer de John coincidió con las palabras taciturnas de Percy:

—Hemos llegado a casa.

Magnífico a la luz de las estrellas, un primoroso castillo se levantaba a orillas del lago, irguiéndose con el esplendor de sus mármoles hasta la mitad de la altura de un monte vecino, para fundirse al fin, con simetría perfecta y transparente languidez femenina, con las densas tinieblas de un bosque de pinos. Las torres innumerables, las esbeltas tracerías de los parapetos inclinados, el cincelado prodigioso de un millar de ventanas amarillas, con sus rectángulos, octógonos y triángulos de luz dorada, la pasmosa suavidad con que se cruzaban el resplandor de las estrellas y las sombras azules, vibraron en el alma de John como la cuerda de un instrumento musical. En la cima de una de las torres, la más alta, la que tenía la base más negra, un juego de luces exteriores creaba una especie de país de ensueño flotante. Y cuando John miraba hacia arriba en un estado de encantamiento entusiasta, un tenue y amortiguado sonido de violines descendió y lo envolvió en una armonía rococó nunca jamás oída. Y, casi inmediatamente, el automóvil se detuvo ante una escalinata de mármol, ancha y alta, a la que el aire de la noche llevaba la fragancia de millares de flores. Al final de la escalinata dos grandes puertas se abrieron silenciosas y una luz ambarina se derramó en la oscuridad, perfilando la figura de una dama elegantísima, de cabellos negros, con un alto peinado, una dama que les tendía los brazos.

—Madre —estaba diciendo Percy—, éste es mi amigo John Unger, de Hades.

Más tarde John recordaría aquella primera noche como un deslumbramiento de muchos colores, sensaciones fugaces, música dulce como una voz enamorada: deslumbramiento ante la belleza de las cosas, luces y sombras, gestos y rostros. Había un hombre con el pelo blanco que, de pie, bebía un licor de múltiples matices en una copa de cristal con el pie de oro. Había una chica, con la cara como una flor, vestida como Titania, con sartas de zafiros entre el pelo. Había una habitación en la que el oro macizo y suave de las paredes cedía a la presión de la mano, y otra habitación que era como la idea platónica del prisma definitivo*: estaba, del techo al suelo, recubierta por una masa inagotable de diamantes, diamantes de todas las formas y tamaños, de tal manera que, iluminada desde los ángulos por altas lámparas violáceas, deslumbraba con una claridad que sólo en sí misma podía encontrar parangón, más allá de los deseos o los sueños humanos.

Los dos chicos vagabundearon por aquel laberinto de habitaciones. A veces el suelo que pisaban llameaba con brillantes dibujos de fulgor interior, dibujos de colores mezclados en bárbaros contrastes, o dibujos que tenían la delicadeza del pastel, o el blancor más puro, o mosaicos sutiles y comple-

* En su copia de *Tales of the Jazz Age* Fitzgerald corrigió y sustituyó *«prison»* [prisión] por *«prisym»*. *(N. del T.)*

jos, procedentes sin duda de alguna mezquita del mar Adriático. A veces, bajo losas de espeso cristal, John veía un torbellino de aguas celestes o verdes, pobladas de peces exóticos y una vegetación que mezclaba todos los colores del arco iris. Y pudieron andar sobre pieles de todas las texturas y colores, o a través de corredores del más pálido marfil, inacabables, como si hubieran sido excavados en los gigantescos colmillos de los dinosaurios extinguidos antes de la era del hombre.

Hay luego un intervalo confuso en la memoria, y ya estaban cenando: cada plato estaba hecho con dos capas casi indistinguibles de puro diamante entre las que habían insertado con extraña labor una filigrana de esmeraldas, casi filamentos de puro aire, verdes e intangibles. Una música quejumbrosa y discreta fluía a través de lejanos corredores: la silla, de plumas e insidiosamente curvada en torno a su espalda, parecía tragárselo y aprisionarlo mientras se bebía la primera copa de oporto. Intentó soñolientamente contestar a una pregunta que acababan de hacerle, pero el lujo melifluo que oprimía su cuerpo intensificó el espejismo del sueño: joyas, tejidos, vinos y metales se desdibujaban ante sus ojos en una dulce niebla…

—Sí —contestó con esfuerzo, por cortesía—, allí paso calor de sobra.

Consiguió añadir a sus palabras una risa espectral; luego, sin un movimiento, sin ofrecer resistencia, le pareció flotar a la deriva, alejarse flotando, dejando atrás el postre, un helado que era rosa como un sueño… Se durmió.

Cuando despertó, supo que habían pasado horas. Estaba en una habitación grande y silenciosa, con paredes de ébano y una iluminación desvaída, demasiado débil, demasiado sutil para poder ser llamada luz. Su joven anfitrión se inclinaba sobre él.

—Te has quedado dormido mientras cenábamos —le decía Percy—. Yo estuve a punto de dormirme también: era tan agradable sentirse cómodo después de un año de colegio. Los criados te han desnudado y lavado mientras dormías.

—¿Esto es una cama o una nube? —suspiró John—. Percy, Percy, antes de que te vayas, quisiera pedirte perdón.

—¿Por qué?

—Por haber dudado de ti cuando dijiste que tenías un diamante tan grande como el Hotel Ritz-Carlton.

Percy sonrió.

—Sabía que no me creías. Es esta montaña, ¿sabes?

—¿Qué montaña?

—La montaña sobre la que está construido el castillo. No es demasiado alta para ser una montaña. Pero, aparte de unos quince metros de hierba y grava, es un diamante puro. Un diamante único en el mundo, un diamante de unos 1.500 metros cúbicos, sin un solo defecto. ¿Me estás escuchando? Oye...

Pero John T. Unger había vuelto a quedarse dormido.

III

Era por la mañana. Mientras se despertaba, percibió entre sueños que la habitación se iba llenando de luz solar. Los paneles de ébano de una de las paredes, deslizándose por una especie de raíles, habían entreabierto la habitación para que entrara la luz del día. Un negro voluminoso, en uniforme blanco, estaba de pie junto a la cama.

—Buenas noches —murmuró John, ordenándole a su propia mente que volviera de las regiones de la insensatez.

—Buenos días, señor. ¿Desea darse un baño, señor? Por favor, no se levante. Yo lo llevaré. Basta con que se desabotone el pijama… así. Gracias, señor.

John permaneció tranquilamente en la cama mientras le quitaban el pijama: aquello le divertía y le gustaba. Esperaba que lo cogieran como a un niño los brazos de aquel negro Gargantúa que lo atendía, pero no sucedió nada parecido; sintió que la cama se inclinaba hacia un lado, y John empezó a desplazarse, sorprendido al principio, hacia la pared, pero, cuando iba a tocarla, las cortinas se abrieron y, deslizándose por un blando plano inclinado que no llegaba a los dos metros de longitud, se hundió suavemente en agua que estaba a la misma temperatura que su cuerpo.

Miró alrededor. La pasarela o el tobogán que lo había conducido al agua se había plegado lenta y automáticamente. Había sido proyectado a otra habitación y estaba sentado en una bañera empotrada en el suelo: su cabeza quedaba exactamente por encima del nivel del suelo. Todo a su alrededor, las paredes de la habitación y el fondo de la bañera, formaba parte de un acuario azul, y, mirando a través de la superficie de cristal en la que estaba sentado, podía ver cómo nadaban los peces entre luces ambarinas, deslizándose sin ninguna curiosidad junto a los dedos de sus pies, separados sólo por la espesura del cristal. Desde lo alto, la luz del sol se filtraba a través de un vidrio verdemar.

—He pensado, señor, que esta mañana preferiría agua de rosas caliente con espuma de jabón y, para terminar, quizá agua salada fría.

El negro seguía a su lado.

—Sí —asintió John, sonriendo como un tonto—. Como usted quiera.

La sola idea de ordenar aquel baño hubiera resultado, de acuerdo con su pobre nivel de vida, presuntuosa e incluso perversa.

El negro apretó un botón y una ducha templada empezó a caer, en apariencia desde arriba, pero en realidad, según pudo descubrir John muy pronto, de una especie de fuente que había junto a la bañera. El agua tomó un color rosa pálido, y chorros de jabón líquido brotaron de cuatro cabezas de morsa en miniatura situadas en los ángulos de

la bañera. Y, en un instante, doce minúsculas ruedas hidráulicas, fijadas a los lados, habían agitado y
convertido la mezcla en un radiante arco iris de espuma rosa que envolvía a John en una delicia de
suavidad y ligereza y estallaba a su alrededor por
todas partes en burbujas resplandecientes y rosa.

—¿Conecto el proyector de cine, señor? —sugirió el negro respetuosamente—. Hoy hay preparada una buena comedia de un solo rollo, pero puedo poner una película más seria, si así lo prefiere.

—No, gracias —contestó John con educación y
firmeza. Disfrutaba demasiado del baño como para
desear otra distracción. Pero llegó la distracción: ahora oía, procedente del exterior, una música de flautas,
flautas que derramaban una melodía semejante a una
cascada, tan fresca y verde como aquella habitación, y
acompañaban a un volátil octavín, más frágil que el
encaje de espuma que lo envolvía y fascinaba.

Tras una ducha de agua salada y fría, salió de la
bañera en un albornoz con tacto de lana y, sobre
un diván tapizado con el mismo tejido, recibió un
masaje de aceite, alcohol y perfumes. Luego se
sentó en una voluptuosa silla para que lo afeitaran
y le recortaran un poco el pelo.

—El señor Percy lo espera en su salón —dijo
el negro, cuando acabaron estas operaciones—.
Me llamo Gygsum, señor Unger. Todas las mañanas estaré al servicio del señor Unger.

John encontró lleno de sol el cuarto de estar,
donde el desayuno lo esperaba, y a Percy, resplandeciente en pantalones de golf blancos de piel de
cabra, fumando cómodamente sentado.

IV

Ésta es la historia de la familia Washington, tal como Percy se la resumió a John durante el desayuno.

El padre del actual señor Washington había nacido en Virginia, descendiente directo de George Washington y lord Baltimore. Cuando terminó la Guerra Civil era un coronel de veinticinco años, propietario de una plantación destruida y unos mil dólares de oro.

Fitz-Norman Culpepper Washington, pues ése era el nombre del joven coronel, decidió regalarle a su hermano menor la propiedad de Virginia e irse al Oeste. Eligió a veinticuatro de sus negros más fieles, que, por supuesto, lo adoraban, y compró veinticinco billetes de tren para el Oeste, donde pensaba obtener concesiones de tierra a nombre de los veinticinco y montar un rancho de ovejas y vacas.

Cuando llevaba en Montana menos de un mes y las cosas le iban verdaderamente mal, se topó con su extraordinario descubrimiento. Se había perdido cabalgando por las colinas, y después de un día sin comer, empezó a sentir hambre. Como no tenía rifle, se vio forzado a perseguir a una ardilla, y en el curso de la persecución se dio cuenta de que la ardilla llevaba algo brillante en la boca. Cuando ya desaparecía en su madriguera —la Providencia no quiso que aquella ardilla aplacase el hambre de Fitz-Norman Washington—, el animal soltó su carga. Al sentarse para considerar la situación, Fitz-Norman vislumbró un fulgor entre la hierba, muy cerca. Diez segundos después, había perdido completamente el apetito y ganado cien mil dólares. La ardilla, que había evitado con irritante obstinación convertirse en comida, le había regalado un diamante perfecto y descomunal.

Más tarde, aquella misma noche, Washington encontró el camino hasta el campamento, y doce horas después todos sus negros de sexo masculino ocupaban los alrededores de la madriguera de la ardilla y cavaban con furia en la falda de la montaña. Les dijo que había descubierto una mina de cuarzo y, dado que sólo uno o dos negros habían visto antes algo parecido a un diamante, lo creyeron sin ningún género de dudas. Cuando estuvo seguro de la magnitud de su descubrimiento, se encontró en un verdadero aprieto. Toda la montaña era un diamante: sólo era, literalmente, un diamante puro. Llenó cuatro sacos de muestras rutilantes y partió a lomos de su caballo hacia Saint Paul; allí consiguió vender media docena de piedras pequeñas. Cuando intentó vender una piedra más grande, un tendero se desmayó y Fitz-Norman fue detenido por escándalo público. Se escapó de la cárcel y tomó el tren de Nueva York, donde vendió algunos diamantes de tamaño mediano y recibió a cambio doscientos mil dólares de oro. Pero no se atrevió a mostrar ninguna gema excepcional. Y, de hecho, abandonó Nueva York en el momento oportuno. Una tremenda conmoción se había producido en los ambientes próximos a los joyeros, no tanto por el tamaño de los diamantes, como por su aparición en la ciudad, sin que nadie conociera su misteriosa procedencia. Empezaron a correr estrafalarios rumores de que la mina había sido descubierta en los montes Catskill, en la costa de Jersey, en Long Island, bajo Washington Square. Trenes especiales, llenos de hombres con picos y palas, empezaron a salir de Nueva York rumbo a distintos y cercanos Eldorados. Pero, para entonces, el joven Fitz-Norman viajaba ya camino de Montana.

Quince días después, había calculado que el diamante de la montaña equivalía aproximadamente a todos los diamantes que, por lo que se sabe, existen en el mundo. No habría sido posible, sin embargo, valorarlo con exactitud, pues se trataba de un único diamante purísimo, y si hubiese sido puesto a la venta, no sólo hubiese provocado el hundimiento del mercado, sino que, si, de acuerdo con la costumbre, el valor varía según el tamaño en progresión aritmética, no hubiera habido oro en el mundo para comprar la décima parte. Y, además, ¿qué se podía hacer con un diamante de semejantes dimensiones?

Era una situación difícil y extraordinaria. Era, en cierto sentido, el hombre más rico de todos los tiempos, pero ¿le valía de algo? Si su secreto llegaba a saberse, quién sabe a qué medidas tendría que recurrir el Gobierno para evitar el pánico, tanto en el mercado del oro como en el de las piedras preciosas. Incluso podrían expropiar el diamante y crear un monopolio.

No le cabía otra alternativa: tenía que explotar la montaña en secreto. Fitz-Norman recurrió a su hermano menor, que se encontraba en el Sur, y le confió el mando de su séquito de negros, pobres negros que no se habían dado cuenta de que la esclavitud había sido abolida. Para mayor seguridad, les leyó una proclama que él mismo había redactado, en la que se anunciaba que el general Forrest había reorganizado los destrozados ejércitos del Sur y derrotado a los nordistas en una batalla campal. Los negros lo creyeron sin reservas, e inmediatamente lo celebraron con alegría y ceremonias religiosas.

Fitz-Norman partió hacia países extranjeros con cien mil dólares y dos baúles llenos de diamantes sin pulir de todos los tamaños. Navegó rumbo a Rusia en un junco chino, y, seis meses después de salir de Montana, llegó a San Petersburgo. Encontró un oscuro alojamiento y fue a ver al joyero de la Corte para anunciarle que tenía un diamante para el zar. Se quedó en San Petersburgo dos semanas, en constante peligro de ser asesinado, cambiando sin cesar de alojamiento, con miedo de abrir más de tres o cuatro veces sus baúles durante aquellos quince días.

Después de prometer que volvería un año más tarde con piedras más grandes y más bellas, recibió permiso para zarpar rumbo a la India. Pero, antes de que partiera, los tesoreros de la Corte le habían depositado en bancos americanos, en cuentas abiertas bajo cuatro diferentes nombres supuestos, la suma de quince millones de dólares.

Volvió a Estados Unidos en 1868, después de una ausencia de algo más de dos años. Había visitado las capitales de veintidós países y hablado con cinco emperadores, once reyes, tres príncipes, un sah, un kan y un sultán. En aquel momento Fitz-Norman calculaba su fortuna en mil millones de dólares. Un factor contribuía decisivamente al mantenimiento del secreto: ninguno de sus diamantes de mayor tamaño permanecía a la vista del público más de una semana sin que inmediatamente le atribuyeran una historia tan rica en desgracias, amores, revoluciones y guerras, que forzosamente había de remontarse a los días del primer imperio babilonio.

Desde 1870 hasta su muerte en 1900, la historia de Fitz-Norman Washington fue una larga epopeya del oro. Hubo también asuntos secundarios, claro: consiguió eludir a los registradores de la propiedad, se casó con una dama de Virginia, de la que tuvo un único hijo, y se vio obligado, por una serie de desafortunadas complicaciones, a matar a su hermano, que tenía la desdichada costumbre de emborracharse hasta caer en un estupor indiscreto que muchas veces había puesto en peligro la seguridad de todos. Pero pocos asesinatos más turbaron aquellos felices años de progreso y expansión.

No mucho antes de morir, adoptó una nueva política, e invirtiendo sólo algunos millones de dólares de su patrimonio líquido, adquirió grandes cantidades de metales preciosos y los depositó en las cámaras acorazadas de bancos de todo el mundo como si fueran antigüedades. Su hijo, Braddock Tarleton Washington, siguió, a escala aún mayor, la misma política. Los metales preciosos fueron sustituidos por el más raro de todos los elementos, el radio: el equivalente en radio a mil millones de dólares de oro cabe en un recipiente no más grande que una caja de puros.

Tres días después de la muerte de Fitz-Norman, su hijo Braddock decidió que los negocios habían ido demasiado lejos. La cuantía de las riquezas que su padre y él habían extraído de la montaña estaba por encima de todo cálculo. Registró en un dietario, en clave, la cantidad aproximada de radio depositada en cada uno de los mil bancos de los que era cliente, y los nombres falsos que poseían la titularidad de las cuentas. Luego hizo una cosa muy sencilla: cerró la mina.

Cerró la mina. Lo que ya habían extraído mantendría, con lujo sin precedentes, durante generaciones, a todos los Washington que pudieran nacer. Su única preocupación sería guardar el secreto, para que el previsible pánico que causaría su revelación no lo redujera a la miseria absoluta, junto con todos los capitalistas del mundo.

Aquélla era la familia con la que se encontraba John T. Unger. Ésta fue la historia que le contaron en el cuarto de estar de paredes de plata la mañana después de su llegada.

V

Después del desayuno, John se dirigió hacia la gran entrada de mármol, desde donde contempló con curiosidad el panorama que se ofrecía a su vista. Todo el valle, desde la montaña de diamante hasta el abrupto precipicio de granito ocho kilómetros más allá, aún despedía un hálito dorado que flotaba perezosamente sobre la magnífica extensión de prados, lagos y jardines. Aquí y allá, grupos de olmos formaban delicados bosquecillos de sombra, en extraño contraste con las duras masas de los pinos que se agarraban a las colinas como puños de un verde azulado y oscuro. Vio a tres cervatos que, con pasos ligeros, salieron en fila de entre unas matas, a menos de un kilómetro de distancia, y desaparecieron con desmañada vivacidad en la penumbra veteada de negro de otras matas. John no se hubiera sorprendido si hubiera visto a un fauno tocar la flauta a su paso entre los árboles, o si hubiera vislumbrado una piel rosa de ninfa y una cabellera rubia flotando al viento entre las más verdes de las hojas verdes.

Con aquella remota esperanza descendió los peldaños de mármol, perturbando ligeramente el sueño de dos sedosos perros lobos rusos al pie de la escalinata, y se puso en camino a través de un paseo de losas azules y blancas que parecía no llevar a ningún sitio preciso.

Disfrutaba cuanto podía. La felicidad de la juventud, así como su insuficiencia, estriba en que los jóvenes no pueden vivir en el presente, sino que siempre deben comparar el día que pasa con el futuro, imaginado con esplendor: flores y oro, chicas y estrellas, sólo son premoniciones y profecías del incomparable e inalcanzable sueño juvenil.

John siguió una suave curva donde los macizos de rosas llenaban el aire de intensos aromas y, a través de un parque, se dirigió hacia un claro de musgo a la sombra de unos árboles. Nunca se había tendido sobre el musgo y quería comprobar si de verdad era tan blando como para justificar que su nombre fuera utilizado para designar la blandura. Entonces vio a una chica que se acercaba por el prado. Era la criatura más bella que había visto en su vida.

Vestía una falda corta, blanca, que apenas le tapaba las rodillas, y le ceñía el pelo una guirnalda de resedas unidas con pasadores de zafiros azules. Sus desnudos pies rosados salpicaban rocío conforme se iba acercando. Era más joven que John: no tenía más de dieciséis años.

—Hola —exclamó con voz suave—, soy Kismine.

Ya era, para John, mucho más. Avanzó hacia la chica, y, cuando estuvo más cerca, casi ni se atrevía a dar un paso, por temor a pisarle los pies desnudos.

—No nos conocíamos —dijo con aquella voz suave. Y sus ojos azules añadieron: «¡Y te has perdido muchísimo!»—. Anoche conociste a mi hermana Jasmine. Yo estaba mala: me había sentado mal la lechuga —prosiguió la voz suave, y los ojos añadieron: «Y soy muy dulce cuando estoy mala… Y cuando estoy bien».

«Me has causado una enorme impresión», dijeron los ojos de John, «y yo no soy tan fácil».

—¿Cómo estás? —dijo su voz—. Espero que te encuentres mejor esta mañana —y sus ojos añadieron, tímidos: «Querida».

John se dio cuenta de que estaban paseando por el prado. Kismine propuso que se sentaran en el musgo: John había olvidado probar su blandura.

Era muy exigente con las mujeres. Un simple defecto —unos tobillos gruesos, una voz ronca, una mirada fría— bastaba para que dejaran de interesarle. Y he aquí que, por primera vez en su vida, estaba con una chica que le parecía la encarnación de la perfección física.

—¿Eres del Este? —le preguntó Kismine con un interés encantador.

—No —respondió John con sencillez—. Soy de Hades.

O nunca había oído hablar de Hades, o no se le ocurrió ningún comentario amable, porque no volvió a nombrar aquel sitio.

—Este otoño voy a ir a un colegio del Este —dijo Kismine—. ¿Crees que me lo pasaré bien? Iré a Nueva York, al colegio de la señorita Bulge. Es un colegio muy severo, pero, ¿sabes?, los fines de semana los pasaré con mi familia en nuestra casa de Nueva York, porque papá se ha enterado de que las alumnas tienen que pasear de dos en dos, en fila.

—Tu padre quiere que tengas orgullo —observó John.

—Somos orgullosas —contestó, y los ojos le brillaban de dignidad—. Jamás nos han castigado. Papá dice que jamás debemos ser castigadas. Una vez, mi hermana Jasmine, cuando era pequeña, lo empujó escaleras abajo, y papá sólo se levantó y se fue cojeando... Mamá se quedó... —continuó Kismine—, bueno, un poco sorprendida cuando oyó que eras de..., ya sabes, de ese sitio de donde eres. Dice que, cuando era joven... Pero es que, ya sabes, es española y anticuada.

—¿Pasas mucho tiempo aquí? —preguntó John, para disimular que aquellas palabras lo habían molestado. Parecían una alusión poco amable a su provincianismo.

—Percy, Jasmine y yo venimos todos los veranos, pero el verano que viene Jasmine irá a Newport. El año que viene irá a Londres para ser presentada en sociedad ante la Corte.

—¿Sabes —comenzó John indeciso— que eres mucho más sofisticada de lo que me había imaginado al verte?

—No, no, qué va —se apresuró a responder Kismine—. Ni pensarlo. Creo que los jóvenes que son sofisticados son terriblemente vulgares, ¿no te parece? Yo no lo soy, en absoluto, de verdad. Si me dices que soy sofisticada, me echaré a llorar.

Estaba tan dolida que le temblaba el labio. John se vio obligado a declarar:

—No creo que seas sofisticada; sólo lo he dicho para hacerte rabiar.

—Porque, si lo fuese, no me importaría —insistía ella—, pero no lo soy. Soy muy inocente y muy niña. Nunca fumo ni bebo y sólo leo poesías. Casi no sé nada de matemáticas o química. Me visto con mucha sencillez. La verdad es que casi no me visto. Lo último que puedes decir de mí es que soy sofisticada. Creo que las chicas deben disfrutar la juventud de un modo saludable.

—Yo también lo creo —dijo John sinceramente.

Kismine estaba otra vez alegre. Le sonreía, y una lágrima que nacía sin vida se escurrió por la comisura de un ojo azul.

—Me caes simpático —le murmuró en tono íntimo—. ¿Vas a pasar todo el tiempo con Percy mientras estés aquí, o serás simpático conmigo? Piénsalo... Soy un territorio absolutamente virgen. Nunca he tenido novio. Nunca me han dejado estar sola con chicos... salvo con Percy. He venido al bosque porque quería verte sin tener a toda la familia alrededor.

Profundamente halagado, John hizo una reverencia, tal como le habían enseñado en la academia de baile de Hades.

—Es mejor que nos vayamos —dijo Kismine con dulzura—. He quedado con mamá a las once. Todavía no me has pedido que te dé un beso. Creía que era lo que hacían los chicos de hoy.

John hinchó el pecho, lleno de orgullo.

—Algunos lo hacen —contestó—, pero yo no. Las chicas no hacen esas cosas... en Hades.

Volvieron juntos a la casa.

VI

John estaba frente al señor Braddock Washington, a pleno sol. Era un hombre de unos cuarenta años, con un semblante orgulloso e inexpresivo, mirada inteligente y complexión robusta. Por la mañana le gustaban los caballos, los mejores caballos. Se apoyaba en un sencillo bastón de paseo, de abedul, con un gran ópalo en el puño. Le enseñaba, con Percy, el lugar a John.

—Las viviendas de los esclavos están allí —el bastón de paseo señalaba, a la izquierda, un claustro de mármol que, con la gracia del estilo gótico, se extendía al pie de la montaña—. Cuando yo era joven, un periodo de absurdo idealismo me apartó de la vida real. Durante aquel tiempo, los esclavos vivieron en el lujo. Por ejemplo, hice que cada uno tuviera baño en sus habitaciones.

—Me figuro —se aventuró a decir John, con una sonrisa zalamera— que usarían las bañeras para guardar el carbón. El señor Schnlitzer-Murphy me contó que una vez...

—Las opiniones del señor Schnlitzer-Murphy no deben de tener demasiada importancia —lo interrumpió Braddock Washington con frialdad—.

Mis esclavos no usaban las bañeras como carboneras. Tenían órdenes de bañarse cada día, y obedecían. Si no lo hubieran hecho, yo hubiera podido ordenar que se lavaran la cabeza con ácido sulfúrico. Interrumpí los baños por otra razón. Varios se resfriaron y murieron. El agua no es buena para ciertas razas, si no es para beber.

John se rió, e inmediatamente decidió limitarse a asentir escuetamente con la cabeza. Braddock Washington lo hacía sentirse incómodo.

—Todos esos negros son descendientes de los que mi padre se trajo del Norte. Ahora debe de haber unos doscientos cincuenta. Te habrás dado cuenta de que han vivido tanto tiempo al margen del mundo que su dialecto nativo se ha convertido en una jerga casi ininteligible. A algunos les hemos enseñado a hablar inglés: a mi secretario y a dos o tres criados de la casa. Éste es el campo de golf —continuó, mientras paseaban por el césped verde, invernal—. Ya ves que todo lo ocupa el *green*: aquí no hay *fairway*, ni *rough*, ni riesgos.

Le sonreía cordialmente a John.

—¿Hay muchos hombres en la jaula, padre?

Braddock Washington tropezó, y se le escapó una maldición.

—Uno menos de los que debería haber —exclamó sombríamente, y añadió un instante después—: Hemos tenido problemas.

—Mamá me lo había dicho —exclamó Percy—; aquel profesor italiano...

—Un terrible error —dijo Braddock Washington, muy enfadado—. Pero, desde luego, hay muchas posibilidades de que lo encontremos. Puede que haya caído en alguna parte del bosque, o que se haya precipitado por un barranco. Y siempre existirá la posibilidad de que, si consigue huir, nadie crea su historia. De cualquier modo, he mandado dos docenas de hombres para que lo busquen por las aldeas de los alrededores.

—¿Y no ha habido resultados?

—Alguno. Catorce hombres le han dicho a mi agente que habían matado a un individuo que respondía a la descripción, pero puede ser, desde luego, que sólo quisieran cobrar la recompensa.

Se interrumpió. Se habían acercado a una gran cavidad en el suelo, un círculo más o menos del tamaño de un tiovivo, cubierto por una fuerte reja de acero. Braddock Washington le hizo señas a John y apuntó el bastón hacia la profundidad, a través de la reja. John se acercó al agujero y miró, y de repente le hirió los oídos una desenfrenada gritería que surgía de las profundidades.

—¡Baja al infierno!

—¡Eh, chico! ¿Cómo es el aire ahí arriba?

—¡Eh, échanos una cuerda!

—¿No tendrás un bollo duro, hijo, o un par de bocadillos de segunda mano?

—Oye, amigo, si le empujas al tipo ese que está contigo, te haremos una demostración del arte de la desaparición súbita.

—Dale una paliza de mi parte, ¿vale?

Había demasiada oscuridad para ver con claridad en el interior del foso, pero, por el rudo optimismo y la brava vitalidad de aquellas frases y voces,

John hubiera dicho que pertenecían a norteamericanos de clase media y del tipo más atrevido. Entonces el señor Washington alargó el bastón y
oprimió un botón que había entre la hierba, y el
foso se iluminó de repente.

—Son marineros, aventureros que han tenido
la desgracia de encontrar Eldorado —señaló.

Había aparecido a sus pies, en la tierra, un gran
agujero que tenía la forma del interior de un ta-
zón. Las paredes eran empinadas, y parecían de vidrio pulido, y sobre el fondo ligeramente cóncavo
había, de pie, dos docenas de hombres en uniforme de aviador, mezclando ropa militar y civil. Sus
rostros, vueltos hacia arriba, encendidos por la có-
lera, el rencor, la desesperación, el cinismo, estaban cubiertos por largas barbas, pero, excepto
unos pocos que se consumían a ojos vistas, parecían bien alimentados, sanos.

Braddock Washington acercó una silla de jardín al filo del foso y se sentó.

—Bueno, ¿cómo estáis, muchachos? —preguntó afablemente.

Un coro de abominaciones, en el que partici-
paron todos, menos los que estaban demasiado
abatidos para gritar, se elevó hasta el aire soleado,
pero Braddock Washington lo oyó con imperturbable serenidad. Cuando el último eco se apagó,
habló de nuevo.

—¿Habéis encontrado alguna salida para vuestros problemas?

De aquí y allá brotaron algunas respuestas.

—¡Hemos decidido quedarnos aquí por gusto!

—¡Súbenos y verás qué pronto encontramos la salida!

Braddock Washington esperó a que volvieran a callar. Entonces dijo:

—Ya os he explicado la situación. No quisiera que estuvierais aquí. Le pido a Dios no haberos visto nunca. Vuestra propia curiosidad os trajo aquí, y en cuanto se os ocurra una salida que nos salvaguarde a mí y a mis intereses, estaré encantado de tomarla en consideración. Pero mientras limitéis vuestro esfuerzos a excavar túneles —sí, ya estoy al corriente del último que habéis empezado— no llegaréis muy lejos. Esto no es tan duro como queréis hacer creer, con todos vuestros alaridos, a los seres queridos de mi casa. Si hubierais sido el tipo de personas que se preocupa por los seres queridos, jamás os hubierais dedicado a la aviación.

Un hombre alto se separó de los demás y levantó una mano para llamar la atención.

—¡Permítame hacerle algunas preguntas! —gritó—. Usted pretende ser un hombre equitativo.

—Qué absurdo. ¿Cómo puede un hombre de mi posición ser equitativo con vosotros? ¿Por qué no pides que un perro cazador sea equitativo con un pedazo de carne?

Ante esta observación despiadada, las caras de las dos docenas de pedazos de carne acusaron el golpe, pero el hombre alto continuó:

—¡Muy bien! —gritó—. Ya hemos discutido antes estas cosas. Usted no es humanitario, ni equitativo, pero es humano, o al menos dice serlo, y será capaz de ponerse en nuestro lugar y entender hasta qué punto… Hasta qué punto…

—¿Hasta qué punto, qué? —preguntó Washington fríamente.

—Hasta qué punto es innecesario…

—Para mí, no.

—Bueno, hasta qué punto es cruel…

—Eso ya lo hemos hablado. No existe crueldad cuando está en juego la propia conservación. Habéis sido soldados, lo sabéis. Busca otro argumento.

—Bueno, entonces, hasta qué punto es una estupidez.

—Bien —admitió Washington—, eso lo reconozco. Pero intentad pensar una alternativa. Me he ofrecido a ejecutaros sin dolor a todos, o a quien quiera, cuando lo deseéis. Me he ofrecido a secuestrar a vuestras mujeres, novias, hijos y madres, para traéroslos hasta aquí. Ampliaremos vuestro alojamiento en la fosa, y os alimentaremos y vestiremos durante el resto de vuestras vidas. Si hubiera algún método que produjera amnesia permanente, os lo hubiera aplicado a todos y os hubiera liberado de inmediato, lejos de mis propiedades. Pero no se me ocurre otra cosa.

—¿Y si te fiaras de que no te íbamos a delatar? —gritó alguien.

—No lo dices en serio —dijo Washington con sarcasmo—. Dejé salir a uno para que le enseñara italiano a mi hija. Huyó la semana pasada.

Un grito salvaje de júbilo salió de repente de dos docenas de gargantas y le siguió un estallido de alegría. Los prisioneros bailaron y aplaudieron con entusiasmo, cantaron a la tirolesa y lucharon entre sí en un repentino e increíble ataque de optimismo animal. Incluso treparon por las paredes de vidrio del agujero, hasta donde pudieron, y resbalaron otra vez hasta el fondo, sobre el cojín natural de sus cuerpos. El hombre alto empezó una canción que todos corearon:

> *Sí, colgaremos al Káiser*
> *de un manzano ácido.*

Braddock Washington guardó un silencio inescrutable hasta que la canción terminó.

—Ya veis —observó, en cuanto consiguió un mínimo de atención—. No os guardo rencor. No me gusta veros tristes. Por eso no os había contado todo de golpe. Ese tipo... ¿Cómo se llamaba? ¿Crichtichiello? Uno de mis agentes le disparó y acertó en catorce puntos distintos.

Los prisioneros no sospechaban que los puntos a los que se refería eran catorce ciudades diferentes: las ruidosas manifestaciones de alegría cesaron inmediatamente.

—De todas maneras —exclamó Washington con cierta rabia—, intentó huir. ¿Pretendéis que vuelva a arriesgarme con vosotros después de una experiencia semejante?

Se repitieron las imprecaciones y los gritos.

—¡Claro!

—¿Quiere aprender chino tu hija?

—¡Eh! ¡Yo hablo italiano! Mi madre era italiana.

—¡Lo mismo quiere aprender a hablar como en Nueva York!

—¡Si es la chica de los ojos azules, puedo enseñarle cosas mucho mejores que hablar italiano!

—Yo sé canciones irlandesas, y, si hace falta, sé batir el cobre.

El señor Washington alargó repentinamente el bastón y pulsó el botón entre la hierba, y la escena del foso desapareció al instante y sólo quedó la gran boca oscura, cubierta tristemente por los dientes negros de la reja.

—¡Eh! —gritó una voz desde el fondo—, ¿te vas a ir sin bendecirnos?

Pero el señor Washington, seguido por los dos chicos, se encaminaba ya a grandes pasos hacia el agujero número nueve del campo, como si el foso y todo lo que contenía sólo fuera un obstáculo más que hubiera superado con facilidad su hábil palo de golf.

VII

Julio, al abrigo de la montaña de diamante, fue un mes de noches frescas y días cálidos, esplendorosos. John y Kismine estaban enamorados. John no sabía que el pequeño balón de fútbol de oro (con la inscripción *Pro deo et patria et St. Mida*) que le había regalado a Kismine descansaba sobre el pecho de la chica, colgado de una cadena de platino. Pero así era. Y Kismine no sabía que John guardaba con ternura en su joyero un gran zafiro que un día se había desprendido de su sencillo peinado.

Una tarde, cuando reinaba el silencio en la sala de música de rubíes y armiño, pasaron una hora juntos. John le cogió la mano y Kismine lo miró de tal manera que él murmuró su nombre. Kismine se inclinó hacia él y luego titubeó.

—¿Has dicho Kismine? —preguntó suavemente—. O...

Quería estar segura. Pensaba que quizá se estaba equivocando.

Ninguno de los dos sabía lo que era un beso, pero una hora después parece que las cosas eran un poco diferentes.

Se fue yendo la tarde. Aquella noche, cuando un último soplo de música descendió desde la torre más alta, soñaban despiertos con cada uno de los minutos del día. Habían decidido casarse tan pronto como fuera posible.

VIII

Todos los días el señor Washington y los dos jóvenes iban a cazar o a pescar a lo más hondo del bosque, o a jugar al golf en el campo soñoliento —partidas en las que diplomáticamente John dejaba ganar a su anfitrión—, o a nadar en la frescura montañosa del lago. El señor Washington le parecía a John un hombre de carácter un tanto riguroso: indiferente por completo a otras ideas y opiniones que no fueran las suyas. La señora Washington era siempre distante y reservada. Parecía despreocuparse absolutamente de sus dos hijas y dedicarse por completo a su hijo Percy, con quien mantenía durante la comida conversaciones interminables en un español fluido.

Jasmine, la hija mayor, se parecía a Kismine a primera vista —salvo que tenía las piernas un poco arqueadas, y las manos y los pies demasiado grandes—, pero poseía un temperamento completamente distinto. Sus libros preferidos trataban de chicas pobres que cuidaban la casa de su padre viudo. Kismine le contó a John que Jasmine no se había podido recuperar del impacto y la decepción producidos por el fin de la guerra mundial, cuando estaba a punto de partir hacia Europa para servir en las cantinas militares. Incluso había pasado algún tiempo muy triste, y Braddock Washington había dado algunos pasos para provocar una nueva guerra en los Balcanes, pero Jasmine vio la foto de unos soldados serbios heridos y perdió el interés por todo lo que se refiriera a aquel asunto. Sin embargo, Percy y Kismine parecían haber heredado la arrogancia de su padre, en toda su cruel magnificencia. Un egoísmo casto y consecuente moldeaba todas y cada una de sus ideas.

A John le encantaban las maravillas del castillo y del valle. Braddock Washington, según le contó Percy, había mandado secuestrar a un diseñador de jardines, un arquitecto, un escenógrafo y un poeta del decadentismo francés superviviente del siglo pasado. Puso a su disposición toda la fuerza de sus negros y les procuró los materiales más preciosos y raros que existen en el mundo, dejándoles libertad para que llevaran a cabo algunas de sus ideas. Pero uno tras otro habían demostrado su incapacidad. El poeta decadentista enseguida empezó a quejarse de estar lejos de los bulevares en primavera: hizo algunas vagas observaciones sobre especias, monos y marfiles, pero no dijo nada que tuviese valor práctico. El escenógrafo, por su parte, quería convertir el valle en una sucesión de trucos y efectos sensacionales: algo de lo que los Washington se hubieran cansado pronto. En cuanto al arquitecto y al diseñador de jardines, sólo pensaban en términos convencionales. Querían hacer esto según este modelo, y aquello según aquel otro.

Pero por lo menos resolvieron el problema de lo que cabía hacer con ellos: enloquecieron una mañana temprano, después de pasar toda la noche reunidos, intentando ponerse de acuerdo sobre dónde colocar una fuente, y ahora estaban internados cómodamente en un manicomio de Westport, en Connecticut.

—Pero —preguntó John con curiosidad— ¿quién proyectó vuestros maravillosos salones, los vestíbulos, los accesos al castillo y los cuartos de baño?

—Bueno —contestó Percy—, me da vergüenza decírtelo, pero fue uno que hace películas, la única persona que encontramos acostumbrada a manejar cantidades ilimitadas de dinero, aunque comía vorazmente con la servilleta atada al cuello y no sabía leer ni escribir.

Agosto se acababa, y John empezó a sentir pena: pronto debería volver al colegio. Kismine y él habían decidido fugarse juntos en junio del año siguiente.

—Sería más bonito casarnos aquí —confesó Kismine—, pero la verdad es que mi padre no me daría nunca permiso para casarme contigo. Y, además, prefiero la fuga. Es terrible para los ricos casarse en Estados Unidos en estos tiempos: tienen que mandar comunicados a la prensa anunciando que la boda se celebrará con sobras, cuando lo que quieren decir es que se casarán con un puñado de perlas de segunda mano y algún encaje que una vez llevó la emperatriz Eugenia.

—Lo sé —asintió John vehementemente—. Cuando fui a casa de los Schnlitzer-Murphy, la hija mayor, Gwendolyn, se casó con el hijo del dueño de media Virginia. Escribió a casa diciendo lo difícil que era arreglárselas con el sueldo del marido, empleado de banco. Y terminaba diciendo: «Gracias a Dios, tengo cuatro criadas, y eso me ayuda un poco».

—Es absurdo —comentó Kismine—. Creo que hay millones y millones de personas, trabajadores y gente así, que se las arreglan con sólo dos criadas.

Una tarde de finales de agosto, unas palabras casuales de Kismine cambiaron la situación por completo y sumieron a John en un estado de terror.

Estaban en su bosquecillo preferido, y entre besos John se abandonaba a románticos presentimientos que creía que añadían patetismo a sus relaciones.

—A veces pienso que nunca nos casaremos —dijo con tristeza—. Tú eres demasiado rica, demasiado suntuosa. Una persona tan rica como tú no puede ser como las otras chicas. Tendré que casarme con la hija de cualquier acomodado ferretero al por mayor de Omaha o Sioux City, y contentarme con medio millón de dólares de dote.

—Yo conocí una vez a la hija de un ferretero —señaló Kismine—. No creo que te hubieses sentido a gusto con ella. Era amiga de mi hermana. Estuvo aquí.

—Ah, ¿habéis tenido otros invitados? —exclamó John sorprendido.

Kismine pareció arrepentirse de lo que había dicho.

—Bueno, sí —se apresuró a decir—; hemos tenido algunos.

—Pero… ¿No temíais…? ¿No temía tu padre que lo contaran todo cuando se fueran?

—Hasta cierto punto, ¿no? Hasta cierto punto —contestó—. ¿Por qué no hablamos de algo más agradable?

Pero aquello había despertado la curiosidad de John.

—¡Algo más agradable! —exclamó—. ¿Es que esto no es agradable? ¿No eran simpáticas aquellas chicas?

Para su gran sorpresa, Kismine se echó a llorar.

—Sí… Y ése… Ése es precisamente el problema. Me había hecho muy amiga de algunas. Y Jasmine, también, pero seguía invitando a otras. No puedo entenderlo.

Una oscura sospecha nació en el corazón de John.

—¿Quieres decir que hablaron y que tu padre las… eliminó?

—Peor —murmuró Kismine, y se le quebraba la voz—. Mi padre no corrió ningún riesgo. Y Jasmine seguía escribiéndoles para que vinieran… ¡Y se lo pasaban tan bien!

Kismine estaba deshecha de dolor.

Perplejo por el horror de esta revelación, John la miraba con la boca abierta, sintiendo los nervios agitarse como si muchos gorriones se hubieran posado en su espina dorsal.

—Ya te lo he dicho, y no debería haberlo hecho —dijo Kismine, tranquilizándose de golpe y secándose sus ojos azul oscuro.

—¿Quieres decir que tu padre las asesinó antes de que se fueran?

Kismine asintió.

—Normalmente en agosto, o a principios de septiembre. Es natural que antes quisiéramos disfrutar de su compañía todo lo que pudiéramos.

—¡Es abominable! Dios mío, debo de estar volviéndome loco. ¿Has dicho en serio que…?

—Sí —lo interrumpió Kismine, encogiéndose de hombros—. No podíamos encerrarlas como a los aviadores: nos hubiera estado remordiendo la conciencia todo el día. Y siempre han tenido cuidado de que a Jasmine y a mí no nos resultara muy difícil: papá daba la orden antes de lo que esperábamos. Así evitábamos las escenas de despedida…

—¡Así que las asesinasteis! —gritó John.

—Fue de una manera muy agradable. Las drogaron mientras dormían. Y a las familias les dijimos que habían muerto de escarlatina en Butte.

—Pero… ¡No entiendo cómo seguisteis invitando a otras!

—Yo, no —estalló Kismine—. Yo nunca he invitado a nadie. Fue Jasmine. Y siempre se lo han pasado muy bien. En los últimos días Jasmine les hacía los regalos más maravillosos. Seguramente yo también invitaré a alguna amiga. Me acostumbraré a esas cosas. No permitiremos que algo tan inevitable como la muerte nos impida disfrutar la vida mientras podamos. Piensa qué solo estaría el castillo si nunca pudiéramos invitar a nadie. Y papá y mamá han sacrificado a algunos de sus mejores amigos, como nosotros.

—Y así… —exclamó John acusadoramente—. Así has dejado que me enamorara de ti y has fingido que me correspondías, hablando de matrimonio y sabiendo perfectamente que nunca iba a salir vivo de aquí…

—No —protesto Kismine con pasión—. Ya, no; sólo al principio. Estabas aquí. No podía evitarlo, y pensé que tus últimos días podían ser agradables para los dos. Pero me enamoré de ti y… Ahora siento sinceramente que tengas que… desaparecer. Aunque prefiero que desaparezcas a que alguna vez beses a otra chica.

—¿Sí? ¿Lo prefieres? —gritó John ferozmente.

—Desde luego que sí. Además, siempre he oído que las chicas se lo pasan mejor con los hombres con los que saben que no se casarán nunca. Ay, ¿por qué te lo he contado? Seguramente te he echado a perder los buenos ratos que nos quedaban: lo hemos pasado verdaderamente bien cuando no sabías nada. Ya sabía yo que te ibas a deprimir un poco.

—¿Lo sabías? ¿De verdad lo sabías? —la voz de John temblaba de ira—. Ya he oído bastante. Si tienes tan poco orgullo y tan poca decencia como para flirtear con alguien que sabes que es poco más que un cadáver, no quiero tener nada que ver contigo.

—¡Tú no eres un cadáver! —protestó horrorizada—. No eres un cadáver. ¡No quiero que digas que he besado a un cadáver!

—¡No he dicho nada parecido!

—¡Sí! ¡Has dicho que he besado a un cadáver!

—¡No!

Las voces habían ido elevándose, pero una imprevista irrupción los obligó a callar en el acto. Unas pisadas se acercaban por el sendero, y un instante después las ramas del rosal se abrieron y apareció Braddock Washington: sus inteligentes ojos, engastados en un rostro hermoso e inexpresivo, estudiaban a John y a Kismine.

—¿Quién ha besado a un cadáver? —preguntó con evidente disgusto.

—Nadie —contestó Kismine rápidamente—. Estábamos bromeando.

—¿Qué estáis haciendo aquí? —preguntó de mal humor—. Kismine, tendrías que estar leyendo o jugando al golf con tu hermana. Vamos, ¡a leer! ¡A jugar al golf! ¡No quiero encontrarte aquí cuando vuelva!

Después saludó cortésmente a John con la cabeza y siguió su paseo.

—¿Has visto? —dijo Kismine, enfadada, cuando ya no podía oírla—. Lo has estropeado todo. No podremos vernos nunca más. Mi padre no me dejará verte. Mandaría envenenarte si supiera que estamos enamorados.

—¡Ya no estamos enamorados! —exclamó John con rabia—. Tu padre puede estar tranquilo. Y no te creas que voy a quedarme aquí. Dentro de seis horas habré cruzado las montañas y estaré camino del Este, aunque tenga que cavar un túnel con los dientes.

Se habían puesto de pie y, tras estas palabras, Kismine se le acercó y lo cogió del brazo.

—Yo también voy.

—Debes de haberte vuelto loca…

—Ya lo creo que voy —lo interrumpió con impaciencia.

—Desde luego que no. Tú…

—Muy bien —dijo con calma—. Buscaremos a mi padre y hablaremos con él.

Derrotado, John consiguió esbozar una sonrisa forzada.

—Muy bien, amor mío —asintió, con apagada y poco convincente ternura—; iremos juntos.

El amor por Kismine volvía a asentarse plácidamente en su corazón. Kismine era suya… Lo acompañaría y correría los mismos peligros que él. La abrazó y la besó con pasión. A pesar de todo, Kismine lo quería. En realidad, lo había salvado.

Hablando de la fuga, volvieron despacio al castillo. Decidieron que, puesto que Braddock Washington los había visto juntos, sería mejor huir aquella misma noche. Pero, a la hora de la cena, John tenía la boca insólitamente seca y, nervioso, tragó de tal manera una gran cucharada de consomé de pavo real que acabó en su pulmón izquierdo. Lo tuvieron que llevar a la sala de juego decorada con turquesas y pieles de marta, para que uno de los ayudantes del mayordomo le golpeara en la espalda. A Percy le divirtió mucho la escena.

IX

Mucho después de medianoche, un estremecimiento nervioso recorrió el cuerpo de John, que se
irguió de golpe, sentándose muy derecho en la cama, mirando a través de los velos de somnolencia
que tapizaban la habitación. Por los rectángulos de
tiniebla azul que eran las ventanas abiertas, había
oído un sonido débil y lejano que murió bajo una
capa de viento antes de que su memoria lo recono-
ciera entre nubarrones de malos sueños. Pero el
ruido penetrante había continuado, se acercaba,
estaba ya al otro lado de las paredes de su habitación: el sonido del picaporte de una puerta, un paso, un murmullo, no sabría decir qué; sentía un pe-
llizco en la boca del estómago y le dolía todo el
cuerpo en el esfuerzo desesperado para oír. Entonces uno de los velos pareció disolverse y vio una figura confusa junto a la puerta, de pie, una figura
esbozada y esculpida débilmente en la oscuridad,
confundida de tal manera con los pliegues de las
cortinas que parecía deformada, como un reflejo
sobre un cristal empañado.

Con un movimiento imprevisto de miedo o de
resolución, John oprimió el botón que había junto

a la cama y, en un segundo, estaba sentado en la bañera de la habitación vecina, bien despierto, gracias al choque del agua fría.

Saltó afuera y, con el pijama mojado que dejaba un rastro de agua tras sus pasos, corrió hacia la puerta de aguamarina que, como sabía, daba al vestíbulo de marfil del segundo piso. La puerta se abrió sin ruido. Una sola lámpara escarlata, que ardía en la gran cúpula, iluminaba con profunda belleza la magnífica curva de la escalinata esculpida. Durante un instante John titubeó, aterrado por el inmenso y silencioso esplendor que lo rodeaba como si quisiera envolver entre sus pliegues gigantescos a la figurilla solitaria y empapada que tiritaba en el vestíbulo de marfil. Entonces sucedieron dos cosas a un mismo tiempo. La puerta de su propio salón se abrió y tres negros desnudos se precipitaron en el pasillo, y, cuando John se lanzaba loco de terror hacia las escaleras, otra puerta se abrió en la pared, en el otro extremo del pasillo, y John vio a Braddock Washington, de pie en el ascensor iluminado, con una pelliza y botas de montar que le llegaban a las rodillas y relucían sobre el brillo de un pijama rosa.

En aquel instante, los tres negros —John no los había visto antes y le pasó por la cabeza, como un rayo, la idea de que debían de ser verdugos profesionales— dejaron de correr hacia él y se volvieron expectantes hacia el hombre del ascensor, que lanzó una orden imperiosa:

—¡Aquí, adentro! ¡Los tres! ¡Rápidos como el demonio!

Entonces los tres negros salieron disparados hacia el ascensor, el rectángulo de luz desapareció mientras las puertas del ascensor se cerraban suavemente, y John se quedó solo en el vestíbulo. Se dejó caer sin fuerzas en un peldaño de marfil.

Era evidente que algo portentoso había ocurrido, algo que, por el momento al menos, había aplazado su propio e insignificante desastre. ¿Qué había sucedido? ¿Se habían rebelado los negros? ¿Los aviadores habían forzado los barrotes de hierro de sus rejas? ¿O los hombres de Fish se habían abierto paso, torpe, ciegamente, a través de las montañas y contemplaban con ojos desesperanzados y sin alegría el valle espectacular? John no lo sabía. Oía un tenue zumbido de aire mientras el ascensor volvía a subir y, poco después, mientras descendía. Era probable que Percy se hubiera apresurado a ayudar a su padre, y se le ocurrió a John que aquélla era la ocasión para reunirse con Kismine y planear una fuga inmediata. Esperó hasta que el ascensor permaneció en silencio unos minutos; tiritando un poco, porque sentía el frío de la noche a través del pijama mojado, volvió a su habitación y se vistió deprisa. Luego subió un largo tramo de escaleras y siguió el pasillo alfombrado con piel de marta rusa que llevaba a las habitaciones de Kismine.

La puerta del salón de Kismine estaba abierta y las lámparas encendidas. Kismine, en kimono de angora, estaba levantada, cerca de la ventana, como a la escucha, y, cuando John entró silenciosamente, se volvió hacia él.

—¡Ah, eres tú! —murmuró, mientras cruzaba la habitación—. ¿Lo has oído?

—He oído que los esclavos de tu padre entraban en mi...

—No —lo interrumpió nerviosa—. ¡Aviones!

—¿Aviones? Quizá fuera eso el ruido que me despertó.

—Había por lo menos una docena. He visto uno, hace unos minutos, exactamente delante de la luna. El centinela del desfiladero disparó su fusil y eso es lo que ha despertado a papá. Abriremos fuego inmediatamente contra ellos.

—¿Han venido a propósito?

—Sí. Ha sido ese italiano que se escapó...

Al tiempo que pronunciaba la última palabra, una sucesión de explosiones secas penetró en la habitación a través de la ventana abierta. Kismine sofocó un grito, con dedos temblorosos cogió una moneda de una caja que había sobre el tocador, y se acercó corriendo a una de las lámparas eléctricas. En un instante todo el castillo estaba a oscuras: Kismine había hecho saltar los fusibles.

—¡Vamos! —gritó—. ¡Vamos a la azotea a ver los aviones desde allí!

Se echó una capa, le cogió la mano y salieron a tientas. Sólo un paso los separaba del ascensor de la torre, y, cuando Kismine apretó el botón para que subiera, John la abrazó en la oscuridad y la besó en la boca. Por fin John Unger estaba viviendo una aventura de novela romántica. Un minuto después salieron a la terraza blanca. Arriba, bajo la luna brumosa, entrando y saliendo a través de las manchas de niebla que se arremolinaban bajo la luna, en incesante trayectoria circular flotaban una docena de negras máquinas aladas. Aquí y allá, en el valle, ráfagas de fuego ascendían hacia los aeroplanos, seguidas por secas detonaciones. Kismine aplaudió con alegría, una alegría que, un instante después, se convertía en desesperación cuando los aviones, a una señal convenida, comenzaron a lanzar sus bombas y todo el valle se transformó en un paisaje de estallidos resonantes y espeluznantes llamaradas.

Pronto la puntería de los atacantes se concentró sobre los puntos donde estaban situadas las baterías antiaéreas, y uno de los cañones fue casi inmediatamente convertido en un ascua gigantesca que se consumía despacio sobre un jardín de rosas.

—Kismine —dijo John—, te alegrará saber que el ataque ha empezado un momento antes de mi asesinato. Si no hubiese oído el disparo del centinela, ahora estaría muerto...

—¡No te oigo! —gritó Kismine, atenta a lo que ocurría ante sus ojos—. ¡Habla más fuerte!

—¡Sólo he dicho —gritó John— que sería mejor que saliéramos antes de que empiecen a bombardear el castillo!

De repente el pórtico de las viviendas de los negros saltó hecho pedazos, un géiser de llamas entró en erupción bajo las columnas y grandes fragmentos de mármol triturado fueron lanzados a tanta distancia que alcanzaron las orillas del lago.

—Ahí van cincuenta mil dólares en esclavos —exclamó Kismine— según los precios de antes de la guerra. Muy pocos norteamericanos respetan la propiedad privada.

John renovó sus esfuerzos para convencerla de que debían salir. La puntería de los aviones se volvía cada vez más precisa, y sólo dos antiaéreos seguían respondiendo al ataque. Parecía evidente que la guarnición, sitiada por el fuego, no podría resistir mucho tiempo.

—¡Vamos! —gritó John, tirando del brazo de Kismine—. Tenemos que irnos. ¿No te das cuenta de que los aviadores te matarían sin dudarlo si te encontraran?

Kismine cedió de mala gana.

—¡Tenemos que despertar a Jasmine! —dijo, y corrieron hacia el ascensor. Y Kismine añadió con una especie de felicidad infantil—: Vamos a ser pobres, ¿verdad? Como los personajes de los libros. Seré huérfana y completamente libre. ¡Libre y pobre! ¡Qué divertido!

Se detuvo y unió sus labios a los de John en un beso feliz.

—Es imposible ser las dos cosas a la vez —dijo John con crudeza—. La gente se ha dado cuenta. Y yo, entre las dos cosas, elegiría ser libre. Como precaución extra, sería mejor que te echaras al bolsillo lo que tengas en el joyero.

Diez minutos después, las dos chicas se reunieron con John en el pasillo oscuro y bajaron al piso principal del castillo. Recorrían por última vez la suntuosidad de los espléndidos salones, y salieron un instante a la terraza para ver cómo ardían las viviendas de los negros y las ascuas llameantes de dos aviones que habían caído al otro lado del lago. Un solitario cañón antiáereo aún resistía con tenaces detonaciones, y los atacantes parecían tener miedo de descender más y seguían lanzando estruendosos fuegos de artificio, hasta que una bomba aniquiló a la dotación etíope del cañón antiáereo.

John y las dos hermanas bajaron la escalinata de mármol, giraron abruptamente a la izquierda y empezaron a ascender por un estrecho sendero que rodeaba como una cinta la montaña de diamante. Kismine conocía una zona muy boscosa a medio camino, donde podrían esconderse y descansar mientras veían la terrible noche en el valle... Y, cuando fuera necesario, podrían huir por fin a través de un camino secreto, entre las rocas de un barranco.

X

Eran las tres de la mañana cuando llegaron a su destino. La amable y flemática Jasmine se quedó dormida inmediatamente, apoyada en el tronco de un gran árbol; John y Kismine se sentaron, abrazados, a mirar el desesperado flujo y reflujo de la batalla, que agonizaba entre las ruinas de aquel paisaje que, hasta aquella misma mañana, había sido un vergel. Poco después de las cuatro, un estruendo metálico surgió del último cañón que seguía disparando: quedó fuera de servicio entre una repentina lengua de humo rojo. Aunque la luna estaba muy baja, vieron cómo las máquinas voladoras giraban cada vez más cerca de tierra. Cuando estuvieran seguros de que los sitiados habían agotado sus recursos, los aviones aterrizarían y habría concluido el oscuro y esplendoroso reinado de los Washington.

Con el cese del fuego, el valle quedó en silencio. Las cenizas de los dos aviones derribados fulguraban como los ojos de un monstruo acurrucado en la hierba. El castillo se elevaba silencioso en la tiniebla, bello sin luz como bello había sido bajo el sol, mientras las carracas de Némesis llenaban el aire con un lamento que iba expandiéndose y disminuyendo. Entonces John se dio cuenta de que Kismine, como su hermana, se había quedado dormida.

Eran más de las cuatro cuando oyó pasos en el sendero que acababan de recorrer, y esperó, aguantando la respiración, sin hacer ruido, a que los dueños de aquellas pisadas dejaran atrás el lugar estratégico donde se encontraba. Algo flotaba en el aire, algo que no era de origen humano, y el rocío era frío; John pensó que pronto amanecería. Esperó a que los pasos estuvieran a una distancia segura, montaña arriba, y dejaran de oírse. Entonces los siguió. A medio camino de aquella cumbre, los árboles desaparecían y un abrupto collado de roca se extendía sobre el diamante enterrado. Poco antes de alcanzar este punto, John disminuyó el paso: un instinto animal le había advertido que algo vivo le precedía, muy cerca. Cuando llegó a una gran piedra, levantó poco a poco la vista sobre el borde. Su curiosidad quedó satisfecha. He aquí lo que vio:

Allí estaba Braddock Washington, de pie, inmóvil, perfilado contra el cielo gris, silencioso, sin un signo de vida. El amanecer, que desde el este le daba a la tierra un matiz verde y frío, hacía que la figura solitaria pareciera insignificante a la luz del nuevo día.

Mientras John lo observaba, su anfitrión permaneció un instante absorto en insondables meditaciones; luego les hizo una señal a dos negros acurrucados a sus pies para que cogieran el fardo que se encontraba entre ellos. Mientras se levantaban trabajosamente, el primer rayo de sol amarillo se refractó en los prismas innumerables de un inmenso diamante exquisitamente tallado, y un resplandor blanco fulguró en el aire como un fragmento del lucero del alba. Los porteadores se tambalearon un instante bajo su peso; luego, sus músculos vibrantes se tensaron y endurecieron bajo el brillo húmedo de la piel y las tres figuras volvieron a inmovilizarse en un gesto de desafiante impotencia frente a los cielos.

Un instante después, el hombre blanco levantó la cabeza y lentamente alzó los brazos para reclamar atención, como quien exige ser oído por una gran muchedumbre: pero no había ninguna muchedumbre, sólo el vasto silencio de la montaña y el cielo, roto por el tenue canto de los pájaros en los árboles. La figura, sobre la roca, empezó a hablar, enfáticamente, con un inextinguible orgullo.

—¡Eh, tú! —gritó con voz temblorosa—. ¡Eh, tú, ahí!

Calló, con los brazos todavía extendidos hacia lo alto, la cabeza levantada, a la escucha, como si esperara respuesta. John aguzó la vista para ver si alguien bajaba de la montaña, pero en la montaña no había rastro de vida humana: sólo el cielo y el silbido burlón del viento entre las copas de los árboles. ¿Estaría rezando Washington? John se lo preguntó un instante. Pero la ilusión duró poco: en la actitud de aquel hombre había algo que era la antítesis de una plegaria.

—¡Eh! ¡Tú! ¡Ahí, arriba!

La voz era ahora más fuerte, más segura. No se trataba de una súplica desesperada. Si algo caracterizaba a aquella voz, era un tono de monstruosa condescendencia.

Las palabras, pronunciadas con demasiada rapidez para ser comprendidas, se disolvían unas en otras. John escuchaba aguantando la respiración, captando alguna frase suelta, mientras la voz se interrumpía, volvía a empezar y volvía a interrumpirse, ahora fuerte y porfiada, ahora coloreada por una impaciencia asombrada y contenida. Y entonces el único que la oía empezó a comprender, y mientras la certeza lo invadía, la sangre fluyó más rápida por sus venas. ¡Braddock Washington estaba tratando de sobornar a Dios!

Se trataba de eso: no había duda. El diamante que sostenían sus esclavos sólo era una muestra, una promesa de lo que vendría después.

John comprendió por fin que aquél era el hilo conductor de las frases. Prometeo Enriquecido invocaba el testimonio de antiguos sacrificios olvidados, ritos olvidados, plegarias obsoletas desde antes del nacimiento de Cristo. De repente su discurso tomó la forma de un recordatorio: le recordaba a Dios esta o aquella ofrenda que la divinidad se había dignado aceptar de los hombres: grandes iglesias si había salvado ciudades de la peste, ofrendas de oro, incienso y mirra, vidas humanas y bellas mujeres y ejércitos prisioneros, niños y reinas, animales del bosque y del campo, ovejas y cabras, cosechas y ciudades, territorios conquistados, ofrendados con codicia y derramamiento de sangre para aplacar a Dios, para comprar el apaciguamiento de la ira divina. Y ahora, Braddock

Washington, Emperador de los Diamantes, rey y sacerdote de la edad de oro, árbitro del esplendor y el lujo, iba a ofrendarle un tesoro que ninguno de los príncipes que lo habían precedido hubiera podido soñar, y no lo ofrecía suplicante, sino con orgullo.

Le daría a Dios, continuó, descendiendo a los detalles, el mayor diamante del mundo. Ese diamante sería tallado con miles y miles de facetas, muchas más de cuantas hojas tiene un árbol, y, sin embargo, tendría la perfección de una piedra no mayor que una mosca. Muchos hombres lo pulirían durante muchos años. Sería montado en una gran cúpula de oro maravillosamente labrada, con puertas de ópalo e incrustaciones de zafiro. En su centro sería excavada una capilla presidida por un altar de radio iridiscente, desintegrándose, siempre cambiante, capaz de quemar los ojos de cualquier fiel que levantara la cabeza durante la oración. Y sobre este altar, para Su regocijo, se inmolaría a la víctima que el Divino Benefactor eligiera, aunque fuera el hombre más grande y poderoso de la tierra.

A cambio sólo pedía una cosa, una cosa que para Dios sería absurdamente fácil: sólo pedía que la situación volviera a ser como el día antes a la misma hora, y que así se quedase para siempre. ¡Era extraordinariamente fácil! Que abriera los cielos, para que se tragaran a aquellos hombres y aquellos aviones, y los cerrara de nuevo. Que le devolviera a sus esclavos, vivos, sanos y salvos.

Jamás había necesitado tratar o pactar con ningún otro ser.

Sólo tenía una duda: si el soborno que ofrecía era lo suficientemente grande. Dios tenía Su precio, desde luego. Dios estaba hecho a imagen del hombre, así estaba escrito: tenía un precio, podía ser comprado. Y el precio había de ser excepcional: ninguna catedral edificada a lo largo de muchos años, ninguna pirámide construida por diez mil esclavos, podrían igualar a esta catedral y esta pirámide.

Calló un instante. Ésta era su propuesta. Todo se llevaría a cabo según su descripción, y no había nada caprichoso en su afirmación de que pedía muy poco a cambio. Estaba dando a entender que la Providencia podía tomarlo o dejarlo.

Sus frases, conforme terminaba de hablar, se volvieron entrecortadas, breves y confusas, y su cuerpo pareció ponerse en tensión, como si se esforzara para captar en el aire el más leve contacto o rumor que transmitiera un signo de vida. El pelo se le había ido poniendo blanco mientras hablaba, y ahora elevaba la cabeza hacia el cielo como un antiguo profeta, majestuosamente loco.

Entonces, mientras lo miraba con obnubilada fascinación, a John le pareció que un fenómeno curioso tenía lugar a su alrededor. Era como si el cielo se hubiera oscurecido un instante, como si se hubiera oído un murmullo imprevisto en una ráfaga de viento, un sonido de trompetas lejanas, un suspiro semejante al frufrú de una inmensa túnica de seda; durante un instante la naturaleza entera participó de esta oscuridad: el canto de los pájaros cesó; las ramas de los árboles permanecieron inmóviles, y a lo lejos, en las montañas, retumbó un trueno sordo y amenazante.

Y nada más. El viento se extinguió sobre las hierbas altas del valle. El amanecer y el día recuperaron su lugar en el tiempo, y el sol naciente irradió cálidas ondas de niebla amarilla que iban iluminándole su propio camino. Las hojas reían al sol, y su risa agitó los árboles, hasta que cada rama pareció un colegio de niñas en el país de las hadas. Dios había rechazado el soborno.

John contempló el triunfo del día unos segundos más. Luego, al volverse, vio un dorado aleteo junto al lago, y otro aleteo, y otro más, como una danza de ángeles de oro que descendieran de las nubes. Los aviones habían aterrizado.

Se deslizó resbalando por la roca y corrió por la ladera de la montaña hacia la arboleda donde las dos chicas se habían despertado y lo esperaban. Kismine se levantó de un salto, con las joyas tintineando en sus bolsillos y una pregunta en sus labios entrabiertos, pero el instinto le dijo a John que no había tiempo para palabras. Debían abandonar la montaña sin perder un minuto. Les dio la mano a las chicas y, en silencio, se abrieron paso entre los árboles, bañados ahora por la luz y la niebla que se iba levantando. Ningún ruido llegaba del valle, a sus espaldas, salvo el lejano lamento de los pavos reales y el murmurar suave de la mañana.

Cuando llevaban recorrido casi un kilómetro, evitaron los jardines y siguieron un estrecho sendero que conducía a la elevación de terreno más cercana. En el punto más alto se detuvieron y volvieron la vista atrás. Sus ojos se posaron en la ladera que habían abandonado. Los oprimía la sensación de una oscura y trágica amenaza.

Perfilado nítidamente contra el cielo, un hombre abatido, con el pelo blanco, descendía despacio la ladera escarpada, seguido por dos negros gigantescos e impasibles, cargados con un bulto que aún resplandecía y fulguraba al sol. A mitad de la cuesta, otras dos figuras se les unieron: John pudo ver que eran la señora Washington y su hijo, en cuyo brazo se apoyaba. Los aviadores habían descendido de sus máquinas en el majestuoso prado que había ante el castillo y, en patrullas, empuñando sus armas, empezaban a ascender por la montaña de diamante.

Pero el reducido grupo de cinco personas que se había formado en la ladera y sobre el que se concentraba la atención de todos se había detenido sobre un saliente de la roca. Los negros se agacharon y abrieron lo que parecía ser una trampilla en la falda de la montaña. Por allí desaparecieron, el hombre de pelo blanco en primer lugar, y luego su mujer y su hijo, y por fin los dos negros: las relucientes puntas de sus gorros enjoyados reflejaron el sol un segundo, antes de que la trampilla descendiera y se los tragara a todos.

Kismine apretó el brazo de John.

—Ah —exclamó con desesperación—, ¿adónde vamos? ¿Qué vamos a hacer?

—Debe de haber algún túnel por donde podamos escapar…

Los gritos de las dos chicas interrumpieron su frase.

—¿No te has dado cuenta? —exclamó Kismine, histérica—. La montaña está electrificada.

Mientras hablaba, John se llevó la mano a los ojos para protegerlos. La superficie de la montaña había virado de improviso a un amarillo deslumbrador e incandescente, que resaltaba a través de la capa de hierba como la luz a través de la mano de un hombre. El insoportable resplandor duró un instante y, luego, como un filamento que se apaga, desapareció, revelando un negro yermo del que surgía un humo lento y azul, que arrastraba consigo cuanto quedaba de vegetación y carne humana. De los aviadores no quedó ni sangre ni huesos: fueron consumidos completamente, como las cinco criaturas que habían desaparecido en el interior de la montaña.

Simultáneamente, y con inmensa conmoción, el castillo saltó literalmente por los aires, estalló en encendidos fragmentos mientras se elevaba, y luego cayó sobre sí mismo en una imponente masa humeante que sobresalía entre las aguas del lago. No hubo fuego: el humo se disipó, mezclándose con la luz del sol, y durante algunos minutos una nube de polvo de mármol se elevó de la masa informe que había sido la mansión de las joyas. No se oía nada y los tres jóvenes estaban solos en el valle.

XI

Al atardecer, John y sus dos compañeras alcanzaron la cumbre del desfiladero que había señalado los confines de los dominios de los Washington, y, volviéndose a mirar atrás, encontraron el valle hermoso y apacible a la luz del crepúsculo. Se sentaron a terminar la comida que Jasmine llevaba en una cesta.

—¡Aquí! —dijo. Y extendió el mantel y colocó los bocadillos en un pulcro montón—. ¿No tienen buena pinta? Siempre he pensado que la comida sabe mejor al aire libre.

—Con esta frase —señaló Kismine— Jasmine acaba de ingresar en la clase media.

—Y ahora —dijo John impaciente— vacía los bolsillos y enséñanos qué joyas te has traído. Si has hecho una buena selección, los tres podremos vivir cómodamente el resto de nuestras vidas.

Obedientemente, Kismine metió la mano en el bolsillo y esparció ante John dos puñados de piedras resplandecientes.

—No está mal —exclamó John con entusiasmo—. No son muy grandes, pero... ¡Eh!

Su expresión cambió mientras exponía una de las piedras a la luz del sol poniente.

—¡No son diamantes! ¡Ha tenido que pasar algo!

—¡Dios mío! —exclamó Kismine, con ojos espantados—. ¡Qué idiota soy!

—¡Son bisutería! —gritó John.

—Lo sé —se echó a reír—. Me he equivocado de cajón. Eran del vestido de una de las invitadas de Jasmine. Se las cambié por diamantes. Yo sólo había visto piedras preciosas.

—¿Y esto es lo que te has traído?

—Me temo que sí —removió con un dedo, pensativamente, los diamantes falsos—. Creo que prefiero éstos. Estoy un poco cansada de diamantes.

—Muy bien —dijo John con tristeza—. Tendremos que vivir en Hades. Y envejecerás contándoles a mujeres incrédulas que te equivocaste de cajón. Por desgracia, los talonarios de cheques de tu padre se han consumido con él.

—Bueno, ¿qué tiene de malo Hades?

—Si a mi edad vuelvo a casa casado, es muy fácil que mi padre me deshere y me deje un poco de carbón caliente, como dicen allí en el Sur.

Jasmine se animó a hablar.

—A mí me gusta lavar la ropa —dijo en voz baja—. Siempre me he lavado mis pañuelos. Lavaré ropa para la calle y os mantendré a los dos.

—¿Hay lavanderas en Hades? —preguntó Kismine inocentemente.

—Claro que sí —respondió John—. Como en cualquier parte.

—Yo pensaba que hacía demasiado calor y la gente no llevaba ropa.

John se rió.

—Prueba tú —le sugirió—. Echarán a correr

detrás de ti antes de que empieces a desnudarte.

—¿Estará allí papá? —preguntó Kismine.

John la miró asombrado.

—Tu padre ha muerto —contestó sombríamente—. ¿Por qué iba a ir a Hades? Has confundido Hades con otro lugar clausurado hace mucho tiempo.

Después de cenar, recogieron el mantel y extendieron las mantas para pasar la noche.

—Qué sueño tan raro —suspiró Kismine, mirando las estrellas—. ¡Qué extraño me resulta estar aquí con un solo vestido y un novio sin dinero...! Bajo las estrellas —repitió—: Nunca me había fijado en las estrellas. Siempre me las he imaginado como grandes diamantes que tenían un dueño. Ahora me dan miedo. Me dan la sensación de que todo ha sido un sueño, toda mi juventud.

—Ha sido un sueño —dijo John en voz baja—. La juventud siempre es un sueño, una forma de locura química.

—¡Pues es agradable estar loco!

—Eso me han dicho —murmuró John con tristeza—; y no sé mucho más. Pero podemos querernos algún tiempo, tú y yo, un año o así. Es una forma de embriaguez divina al alcance de cualquiera. Sólo hay diamantes en el mundo, diamantes y quizá el miserable don de la desilusión. Bueno, yo lo tengo ya, pero, como es normal, no sabré aprovecharlo —se estremeció. Y añadió—: Álzate el cuello del abrigo, chiquilla, la noche es fría y vas a pillar una pulmonía. Quien descubrió la consciencia cometió un pecado mortal. Perdámosla unas horas.

Se envolvió en su manta y se durmió.

SUEÑOS DE INVIERNO

Sueños de invierno *apareció por primera vez en* Metropolitan Magazine *(diciembre de 1922) y fue incluido en* All the Sad Young Men *(1926). Escrito mientras Fitzgerald ideaba su tercera novela,* El gran Gatsby, *es el más convincente de los cuentos que guardan relación con el mundo de* Gatsby. *Trata, como la novela, de un joven cuyas ambiciones acaban identificándose con la conquista de una muchacha rica y egoísta. Es evidente que Fitzgerald eliminó del cuento publicado en la revista la reacción de Dexter Green ante la casa de Judy Jones para incluirla en la novela convertida en la reacción de Jay Gatsby ante la casa de Daisy Fay.*

Los cuatro últimos párrafos del relato destacan por la compleja explicación que Fitzgerald ofrece sobre la sensación de transitoriedad de Dexter, que se duele por haber perdido la capacidad de sentir dolor.

I

Algunos de los *caddies* del campo de golf eran más pobres que las ratas y vivían en casas de una sola habitación con una vaca neurasténica en el patio, pero el padre de Dexter Green era el dueño de la segunda droguería de Black Bear —la mejor era El Cubo, que contaba entre sus clientes a los más ricos de Sherry Island—, y Dexter era *caddie* sólo por ganar algún dinero para sus gastos.

En otoño, cuando los días se volvían crudos y grises, y el largo invierno de Minnesota caía como la blanca tapadera de una caja, los esquís de Dexter se deslizaban sobre la nieve que ocultaba las calles del campo de golf. En días así el campo le producía una sensación de profunda melancolía: le dolía que los campos se vieran condenados al abandono, invadidos durante la larga estación por gorriones harapientos. Y era triste que en los *tees*, donde en verano ondeaban los alegres colores de las banderolas, sólo hubiera ahora desolados cajones de arena medio incrustados en el hielo. Cuando Dexter cruzaba las colinas el viento soplaba helado como la desdicha, y, si brillaba el sol, Dexter caminaba y entrecerraba los ojos frente a aquel resplandor duro y desmesurado.

En abril el invierno acababa de repente. La nieve se derretía y fluía hacia el lago Black Bear, sin esperar apenas a que los primeros jugadores de golf desafiaran a la estación con pelotas rojas y negras. Sin alegría, sin un instante intermedio de húmeda gloria, el frío se iba.

Dexter adivinaba algo lúgubre en aquella primavera nórdica, como intuía en el otoño algo maravilloso. El otoño lo obligaba a frotarse las manos, a tiritar, a repetirse a sí mismo frases estúpidas, a dirigir bruscos y enérgicos ademanes de mando a públicos y ejércitos imaginarios. Octubre lo colmaba de esperanzas que noviembre elevaba a una especie de éxtasis y triunfo, y, en aquel estado de ánimo, se alimentaba de las efímeras y brillantes impresiones del verano en Sherry Island. Conquistaba el campeonato de golf y derrotaba al señor T. A. Hedrick en una magnífica partida jugada cien veces en los campos de golf de su imaginación, una partida de la que Dexter cambiaba los detalles sin cansarse nunca: a veces vencía con una facilidad casi ridícula, a veces remontaba una desventaja extraordinaria. Y, apeándose de un automóvil Pierce-Arrow, como el señor Mortimer Jones, entraba glacialmente en los salones del Club de Golf de Sherry Island, o quizá, rodeado por una multitud de admiradores, ofrecía una exhibición de fantásticos saltos de trampolín en la piscina del club. Entre quienes lo miraban boquiabiertos y maravillados estaba el señor Mortimer Jones.

Y sucedió un buen día que el señor Jones —el mismísimo señor Jones y no su sombra— se acercó a Dexter con lágrimas en los ojos y le dijo que Dexter era, maldita sea, el mejor *caddie* del club, y seguro que no le importaba seguir siéndolo si el señor Jones le pagaba como se merecía, porque todos los *caddies* del club, sin excepción, maldita sea, le perdían una pelota en cada agujero.

—No, señor —respondió Dexter con decisión—. No quiero seguir siendo *caddie* —y añadió tras un instante de silencio—: Ya soy demasiado mayor.

—Sólo tienes catorce años. ¿Por qué diablos has decidido precisamente esta mañana que te quieres ir? Habías prometido que la semana próxima me acompañarías al torneo del Estado.

—He pensado que ya soy demasiado mayor.

Dexter devolvió su insignia de *caddie* de primera categoría, recibió del jefe de *caddies* el dinero que le debían y regresó andando a su casa, en Black Bear.

—¡El mejor *caddie* que he visto en mi vida, maldita sea! —gritaba aquella tarde el señor Mortimer Jones mientras se tomaba una copa—. ¡Jamás perdía una pelota! ¡Voluntarioso! ¡Inteligente! ¡Tranquilo! ¡Honrado! ¡Agradecido!

La responsable de todo era una chica de once años: era maravillosamente fea, como suelen serlo todas las chiquillas destinadas a ser, pocos años después, indeciblemente bellas, y a causar desdichas sin fin a un número incontable de hombres. Pero la chispa ya era perceptible. Había algo pecaminoso en el modo en que descendían las comisuras de sus labios cuando sonreía, y —¡Dios nos asista!— en el brillo, casi apasionado, de sus ojos. La vitalidad nace antes en este tipo de mujeres. Ya era evidente: fulguraba a través de su cuerpo delgado como una especie de resplandor.

Había llegado impaciente al campo a las nueve con una niñera de uniforme blanco y cinco pequeños bastones de golf en una bolsa de lona blanca que llevaba la niñera. Dexter la vio por primera vez cerca del vestuario de los *caddies*; estaba nerviosa e intentaba disimularlo manteniendo con la niñera una conversación evidentemente poco espontánea, que aderezaba con muecas sorprendentes que no venían a cuento.

—Bueno, hace un día verdaderamente espléndido, Hilda —la oyó decir Dexter. Descendieron las comisuras de sus labios, sonrió, miró furtivamente a su alrededor, y la mirada, de paso, se detuvo un instante en Dexter.

Entonces dijo a la niñera:

—Bueno, me temo que no hay mucha gente esta mañana.

Y volvió a sonreír: la misma sonrisa, radiante, descaradamente artificial, convincente.

—No sé qué vamos a hacer —dijo la niñera sin mirar hacia ningún sitio en particular.

—Ah, no te preocupes. Ya decidiré yo.

Dexter permanecía absolutamente inmóvil, con la boca entreabierta. Sabía que si daba un paso adelante ella se daría cuenta de cómo la miraba, y si retrocedía dejaría de verle la cara. No se había dado cuenta inmediatamente de lo joven que era la chica. Ahora se acordaba de que la había visto varias veces el año anterior: llevaba pantalones.

De pronto, sin querer, Dexter se rió —una risa breve y brusca—, y luego, sorprendiéndose a sí mismo, dio media vuelta y empezó a alejarse de prisa.

—¡Chico!

Dexter se detuvo.

—¡Chico!

No había duda: lo estaba llamando. Y no era sólo eso: le dedicaba aquella absurda sonrisa, aquella sonrisa insensata que muchos hombres recordarían cuando dejaran de ser jóvenes.

—Chico, ¿sabes dónde está el profesor de golf?

—Está dando clase.

—¿Sabes dónde está el *caddie* mayor?

—No ha venido esta mañana.

—Ah —aquella noticia pareció desconcertarla. Se apoyaba alternativamente en el pie derecho y en el pie izquierdo.

—Nos gustaría conseguir un *caddie* —dijo la niñera—. La señora de Mortimer Jones nos ha mandado a jugar al golf, y no sabemos cómo vamos a jugar si no encontramos un *caddie*.

La interrumpió una mirada ominosa de la señorita Jones, a la que siguió inmediatamente una sonrisa.

—El único *caddie* que hay soy yo —dijo Dexter a la niñera—, y no puedo moverme de aquí hasta que no vuelva el jefe.

—Ah.

La señorita Jones y su séquito se alejaron entonces, y, cuando estuvieron a una distancia conveniente de Dexter, se enredaron en una acalorada conversación que terminó cuando la señorita Jones empuñó uno de los palos de golf y golpeó el suelo con violencia. Para poner más énfasis, volvió a empuñarlo, y estaba a punto de descargarlo sobre el pecho de la niñera, cuando la niñera agarró el palo y se lo quitó de las manos.

—¡Maldito vejestorio asqueroso! —gritó la señorita Jones con rabia.

Se desató una nueva discusión. Dexter, que apreciaba los aspectos cómicos de la escena, estuvo varias veces a punto de echarse a reír, pero aguantó las carcajadas antes de que llegaran a ser audibles. No podía resistirse al convencimiento monstruoso de que la chiquilla tenía motivos para pegarle a la niñera.

La aparición fortuita del *caddie* mayor resolvió la situación: la niñera lo llamó inmediatamente.

—La señorita Jones necesita un *caddie*, y ese muchacho dice que no puede acompañarnos.

—El señor McKenna me dijo que esperara aquí hasta que usted llegara —se apresuró a decir Dexter.

—Pues ya ha llegado —la señorita Jones sonrió alegremente al jefe de los *caddies*, dejó caer la bolsa y se dirigió con pasos remilgados y arrogantes hacia el primer *tee*.

—¿Y bien? —el jefe de los *caddies* se volvió hacia Dexter—. ¿Qué haces ahí parado como un maniquí? Coge los palos de la señorita.

—Me parece que hoy no voy a trabajar.

—¿Cómo?

—Creo que voy a dejar el trabajo.

La enormidad de la decisión lo asustó. Era uno de los *caddies* preferidos por los jugadores, y en ningún otro sitio de la zona del lago conseguiría los treinta dólares mensuales que ganaba durante el verano. Pero había sufrido un choque emocional demasiado fuerte, y estaba tan perturbado que necesitaba desahogarse violenta e inmediatamente.

Y había algo más. Como tantas veces ocurriría en el futuro, Dexter se había dejado llevar inconscientemente por sus sueños de invierno.

Con el tiempo, como es natural, variaron las
características y la intensidad de aquellos sueños
invernales, pero no cambió su esencia. Algunos
años más tarde, los sueños convencieron a Dexter
para que renunciara a un curso de Economía en la
universidad del Estado —su padre, que había pros-
perado, le habría pagado los estudios—, a cambio
de la dudosa ventaja de estudiar en una universidad
del Este, más antigua y famosa, donde pasó verdaderos apuros con el dinero. Pero no hay que ceder
a la impresión de que, puesto que sus primeros sueños invernales solían girar en torno a los ricos, el
muchacho era un vulgar caso de esnobismo. No
deseaba relacionarse con cosas fulgurantes y personas fulgurantes: deseaba el fulgor. A menudo per-
seguía lo mejor sin saber por qué, y a veces trope-
zaba con las misteriosas negativas y prohibiciones
que la vida se permite. De una de aquellas negativas, y no de la carrera de Dexter, trata esta historia.
   Ganó dinero: de un modo asombroso. Cuando
terminó los estudios universitarios, se fue a la ciudad de donde procedían los ricos clientes del lago
Black Bear. Sólo tenía veintitrés años y sólo lleva-

ba en la ciudad dos, y ya les gustaba decir a algunos: «Este chico sí que vale». A su alrededor los hijos de los ricos jugaban a la bolsa precariamente, o invertían precariamente sus patrimonios, o perseveraban en los innumerables volúmenes del *Curso Comercial George Washington*, pero Dexter, con el aval de su título universitario y de su labia segura de sí misma, consiguió un préstamo de mil dólares y compró una participación en una lavandería.

Era una lavandería pequeña cuando entró en el negocio, pero Dexter se especializó en aprender cómo los ingleses lavaban los calcetines de golf sin que encogieran, y un año después ofrecía sus servicios a los usuarios de prendas deportivas. Los hombres exigían que llevaran sus calcetines y jerséis de lana a la lavandería de Dexter, como habían exigido un *caddie* capaz de encontrar las pelotas. Y no tardó mucho en ocuparse también de la lencería de sus mujeres y abrir cinco sucursales en diferentes puntos de la ciudad. Antes de cumplir veintisiete años poseía la más importante cadena de lavanderías de la región. Fue entonces cuando lo vendió todo y se fue a Nueva York. Pero la parte de la historia que nos interesa se remonta a los días en que Dexter logró su primer gran éxito.

Cuando tenía veintitrés años, el señor Hart —uno de aquellos señores de pelo cano a quienes gustaba decir: «Este chico sí que vale»— lo invitó a pasar un fin de semana en el Club de Golf de Sherry Island. Así que una mañana estampó su firma en el registro y pasó la tarde jugando al golf por parejas con los señores Hart, Sandwood y T. A. Hedrick.

No le pareció necesario comentar que una vez, en aquel mismo campo de golf, le había llevado los palos al señor Hart, y que conocía cada dificultad y cada pendiente con los ojos cerrados, pero se sorprendió observando de reojo a los cuatro *caddies* que los seguían, intentando descubrir una mirada o un gesto que le recordara a sí mismo y disminuyera el vacío que se extendía entre el presente y el pasado.

Fue un día raro, salpicado de impresiones inesperadas, huidizas, familiares. De pronto tenía la sensación de ser un intruso, y, apenas unos segundos después, se sentía infinitamente superior al aburrido señor T. A. Hedrick, que además no sabía jugar al golf.

Entonces el señor Hart perdió una pelota cerca del *green* número diecisiete y sucedió algo extraordinario. Mientras buscaban entre la hierba áspera del *rough*, oyeron gritar con claridad, desde una colina a sus espaldas: «¡Cuidado!». Y cuando, interrumpiendo bruscamente la búsqueda, los cuatro se volvían, salió disparada de la colina una pelota nueva y reluciente que golpeó al señor T. A. Hedrick en el abdomen.

—¡Dios santo! —gritó el señor T. A. Hedrick—. ¡Deberían expulsar a todas esas locas del campo! Es una vergüenza.

Una cabeza y una voz surgieron en la colina.

—¿Les importa que continuemos?

—¡Me ha golpeado en el estómago! —protestó el señor Hedrick, furioso.

—¿De verdad? —la joven se acercó al grupo—. Lo siento. He gritado «Cuidado».

Fue mirando, con indiferencia, a cada uno de los hombres. Luego escudriñó la calle, buscando la pelota.

—¿Ha caído entre malas hierbas?

Era imposible saber si la pregunta era ingenua o maliciosa. Pero inmediatamente la joven resolvió todas las dudas, porque, al aparecer su compañera de juego en la colina, gritó alegremente:

—¡Estoy aquí! Iba directa al *green* si no hubiera tropezado con algo.

Mientras la joven se disponía a golpear la pelota con el hierro número cinco, Dexter la miró con atención. Llevaba un vestido de algodón azul, con un ribete blanco en el cuello y en las mangas cortas que acentuaba su bronceado. Ya no existía aquel rasgo de exageración, de delgadez, que a los once años volvía absurdos los ojos apasionados y la curva descendente de los labios. Era impresionantemente bella. El color de las mejillas era perfecto, como el color de un cuadro: no un color subido, sino una especie de calidez fluctuante y febril, un color tan esfumado que se diría que en cualquier momento iba a disminuir, a desaparecer. Este color y la movilidad de la boca daban una sensación incesante de cambio continuo, de vida intensa, de apasionada vitalidad, equilibrada sólo en parte por el fulgor triste de los ojos.

Impaciente, sin interés, blandió el hierro número cinco y lanzó la pelota a la fosa de arena, más allá del *green*. Y, con una sonrisa rápida y falsa y un despreocupado «Gracias», la siguió.

—¡Esta Judy Jones! —observó el señor Hedrick en el siguiente *tee*, mientras esperaban a que la joven se alejara—. Lo único que necesita es que le estén dando azotazos en el culo seis meses y luego la casen con un capitán de caballería de los de antes.

—Dios mío, ¡es guapísima! —dijo el señor Sandwood, que apenas tenía treinta años.

—¡Guapísima! —exclamó el señor Hedrick con desprecio—. ¡Parece como si siempre estuviera deseando que la besaran, encandilando con ojos de vaca a cualquier ternero de la ciudad!

Era dudoso que el señor Hedrick se refiriera al instinto maternal.

—Si se lo propusiera, jugaría muy bien al golf —dijo el señor Sandwood.

—No tiene estilo —dijo el señor Hedrick solemnemente.

—Tiene un tipo precioso —dijo el señor Sandwood.

—Agradezcámosle a Dios que no golpee la pelota con más fuerza —dijo el señor Hart, guiñándole un ojo a Dexter.

Aquella tarde el sol se puso entre un bullicioso torbellino de oro y azules y escarlatas, y le sucedió la seca, susurrante noche de los veranos occidentales. Dexter miraba desde la terraza del club de golf, miraba cómo la brisa rizaba las aguas, melaza de plata bajo la luna llena. Y entonces la luna se llevó un dedo a los labios y el lago se transformó en una piscina clara, pálida y tranquila. Dexter se puso el bañador y nadó hasta el trampolín más lejano, y allí se tendió, goteando, sobre la lona mojada de la palanca.

Saltaba un pez y una estrella brillaba y resplandecían las luces alrededor del lago. Lejos, en una oscura península, un piano tocaba las canciones del último verano y de los veranos recientes, canciones de comedias musicales como *Chin-chin, El conde de Luxemburgo* y *El soldado de chocolate*, y, porque el sonido de un piano resonando en una superficie de agua siempre le había parecido maravilloso, Dexter permaneció absolutamente inmóvil, a la escucha.

La melodía que el piano estaba tocando había sido alegre y nueva cinco años antes, cuando Dexter estudiaba segundo curso en la universidad. La habían tocado una vez en uno de los bailes que organizaban en el gimnasio, cuando no podía permitirse el lujo de los bailes, y se había quedado fuera de la fiesta, oyendo. La melodía le provocaba una especie de éxtasis, y en aquel éxtasis veía lo que le estaba sucediendo en aquel instante: era un estado de percepción intensísima, la sensación de hallarse, por una vez, en extraordinaria armonía con la vida, la sensación de que todo irradiaba a su alrededor una claridad y un esplendor que jamás volvería a conocer.

Una forma baja, alargada, pálida, surgió de repente de la oscuridad de la isla, escupiendo el reverberante sonido del motor de una lancha de carreras. Tras la barca se desplegaron dos serpentinas blancas de agua hendida y, casi al instante, la barca estuvo junto a él, sofocando los cálidos acordes del piano con el zumbido monótono de su espuma. Dexter se levantó un poco, apoyándose en los brazos, y vislumbró una figura en el timón, dos ojos oscuros que lo miraban por encima de la superficie, cada vez más extensa, de agua. La lancha se había alejado y trazaba un inmenso e inútil círculo de espuma en el centro del lago. Apartándose uniformemente del centro, uno de los círculos se dilató, dirigiéndose hacia el trampolín.

—¿Quién está ahí? —gritó una joven, apagando el motor. Estaba tan cerca ahora, que Dexter podía adivinar un bañador rosa.

La proa de la lancha chocó contra el trampolín, que se inclinó peligrosamente: Dexter se precipitó hacia la muchacha. Se reconocieron, con diferente grado de interés.

—¿No eres uno de los que jugaban al golf esta tarde? —le preguntó.

Lo era.

—Bueno, ¿sabes pilotar una lancha? Es que me gustaría coger la tabla de surf. Soy Judy Jones —le dedicó una absurda sonrisa o, mejor, lo que intentaba ser una sonrisa: con la boca exageradamente torcida, no era grotesca, sino simplemente bella—, y vivo en una casa en la Isla, y en esa casa me está esperando un hombre. En cuanto su coche ha llegado a la puerta, he cogido la lancha y me he ido, porque dice que soy su mujer ideal.

Saltaba un pez y una estrella brillaba y resplandecían las luces alrededor del lago. Dexter se sentó junto a Judy Jones, que le explicó cómo se conducía la lancha. Y al poco estaba Judy en el agua, nadando hacia la tabla de surf con un sinuoso estilo crol. Los ojos no se cansaban de mirarla: era como mirar una rama que tiembla al viento o una gaviota que vuela. Sus brazos, bronceados, color de aceite de nueces, se movían sinuosamente entre las ondas de platino apagado, el codo aparecía primero al echar hacia atrás el antebrazo con un ritmo de agua que cae, extendiéndose y recogiéndose, como sables que fueran abriendo camino.

Se dirigieron al centro del lago; volviéndose, Dexter vio que se había arrodillado en la parte posterior de la tabla inclinada.

—Acelera —gritó—, acelera todo lo que puedas.

Dexter, obediente, movió la palanca y la espuma alcanzó la altura de la proa. Cuando volvió a mirarla, la chica estaba de pie sobre la tabla en movimiento, a la máxima velocidad, con los brazos extendidos al aire, mirando a la luna.

—¡Qué frío más espantoso! —gritó—. ¿Cómo te llamas?

Se lo dijo.

—Bueno, ¿por qué no vienes a cenar mañana?

El corazón de Dexter giró como el volante de la lancha y, por segunda vez, un capricho de Judy cambió el rumbo de su vida.

III

La tarde siguiente, mientras esperaba a que Judy bajara, Dexter imaginó el porche, la galería y el gran recibidor invadidos por todos los hombres que habían querido a Judy Jones. Sabía qué tipo de hombres eran: los mismos que, cuando empezó a ir a la universidad, habían llegado de los grandes colegios privados con trajes elegantes y el bronceado profundo de los veranos saludables. Se había dado cuenta de que, en cierto sentido, él era mejor que aquellos hombres. Era más nuevo, más fuerte. Aunque se confesara a sí mismo que deseaba que sus hijos fueran como ellos, reconocía que él era el sólido material en bruto del que ellos surgirían eternamente.

Cuando le llegó el momento de vestir buenos trajes, sabía quiénes eran los mejores sastres de Estados Unidos, y los mejores sastres de Estados Unidos habían hecho el traje que llevaba aquella tarde. Había adquirido esa escrupulosa circunspección típica de su universidad, que tanto la distinguía de las demás universidades. Se daba cuenta de la importancia de aquel peculiar amaneramiento y lo había hecho suyo; sabía que el descuido en las maneras y el vestir exigía mayor confianza en uno mismo que el ser cuidadoso. Sus hijos podrían permitirse ser descuidados. El apellido de su madre había sido Krimslich. Era una campesina de Bohemia que sólo había chapurreado el inglés hasta el fin de sus días. Su hijo debía atenerse a inflexibles modelos de comportamiento.

Judy Jones bajó poco después de las siete. Llevaba un sencillo vestido de seda azul, y Dexter se sintió desilusionado porque no se hubiera puesto algo más elegante. Esta sensación se acentuó cuando, después de un breve saludo, Judy se acercó a la puerta de la cocina y, abriéndola, dijo: «Puedes servir la cena, Martha». Dexter esperaba que un mayordomo anunciara la cena, que hubieran tomado un cóctel. Pero olvidó estas reflexiones cuando se sentaron en un sofá y se miraron.

—Papá y mamá no están en casa —dijo, pensativa.

Dexter recordaba la última vez que había visto al padre de Judy, y se alegraba de que los padres no estuvieran en casa aquella noche: se hubieran preguntado quién era aquel Dexter. Había nacido en Keeble, una aldea de Minnesota ochenta kilómetros más al norte, y siempre decía que había vivido en Keeble, y no en Black Bear. Los pueblos del interior quedaban muy bien como lugar de procedencia, siempre que no fueran demasiado conocidos y usados como apeadero próximo a algún lago de moda.

Hablaron de la universidad donde Dexter había estudiado, y que Judy había visitado con frecuencia durante los dos últimos años; y hablaron de la ciudad vecina, que abastecía a Sherry Island de clientes, y donde al día siguiente esperaban a Dexter sus prósperas lavanderías.

Durante la cena Judy fue cayendo en una especie de abatimiento que le hacía sentirse incómodo. Le molestaban las impertinencias que Judy soltaba con su voz ronca. Y, aunque Judy sonriera —a él, a un higadillo de pollo, a nada—, lo turbaba que aquella sonrisa no hundiera sus raíces en la alegría, o, por lo menos, en algún instante de diversión. Cuando las comisuras escarlata de sus labios se curvaban hacia abajo, era menos una sonrisa que una invitación a los besos.

Después de la cena, lo llevó a la galería en penumbra y deliberadamente cambió la atmósfera.

—¿Te importa que llore un poco? —dijo.

—Temo que te estoy aburriendo —respondió Dexter.

—No. Me caes simpático. Pero ha sido una tarde terrible. Me interesaba un hombre, y esta tarde me ha dicho de buenas a primeras que es pobre como una rata. Antes ni siquiera se me lo había insinuado. ¿No te parece horriblemente vulgar?

—Le daría miedo decírtelo.

—Eso me figuro —contestó—. No lo hizo bien desde el principio. Mira, si yo hubiera sabido que era pobre… He perdido la cabeza por montones de hombres pobres y siempre he tenido la intención de casarme con ellos. Pero, en este caso, no se me había ocurrido una cosa así, y mi interés no era tan fuerte como para sobrevivir al golpe. Es como si una chica le dijera tranquilamente a su chico que era viuda. No es que el chico tuviera nada contra las viudas, pero... Vamos a empezar bien las cosas —se interrumpió de pronto—. ¿Tú qué eres?

Dexter titubeó un instante. Luego dijo:

—No soy nadie. Mi carrera es, en gran medida, cuestión de futuro.

—¿Eres pobre?

—No —dijo francamente—. Posiblemente estoy ganando más dinero que cualquiera de mi edad en el Noroeste. Sé que es una afirmación despreciable, pero me has aconsejado que empiece bien las cosas.

Callaron un instante. Luego Judy sonrió y las comisuras de sus labios se curvaron y un balanceo casi imperceptible la acercó a Dexter. Lo miraba a los ojos. Dexter sentía un nudo en la garganta y esperó, aguantando la respiración, el experimento: probar el compuesto imprevisible formado misteriosamente con los elementos de los labios de Judy. Y lo probó. Judy le transmitía su excitación, pródigamente, profundamente, con besos que no eran una promesa, sino un cumplimiento. No le provocaban una ansiosa necesidad de renovarlos, sino una saciedad que exigía más saciedad: besos que, como la caridad, producían deseo porque no obtenían nada a cambio.

No necesitó muchas horas para admitir que deseaba a Judy Jones desde que era un chiquillo orgulloso y ambicioso.

IV

Así empezó, y así continuó, con distintos grados de intensidad, en el mismo tono, hasta el desenlace. Dexter entregó una parte de sí mismo a la persona más abierta y con menos principios que jamás había conocido. Judy conseguía, gracias al poder de su encanto, cualquier cosa que pudiera desear. Y no recurría a distintas estrategias y maniobras para conseguir posiciones o efectos premeditados: en sus asuntos amorosos contaba muy poco el aspecto racional. Sólo se preocupaba de que los hombres fueran conscientes del alto grado de su belleza física. Dexter no quería que Judy cambiara. Una energía apasionada superaba todos sus defectos, trascendiéndolos y justificándolos.

Cuando, apoyando la cabeza en el hombro de Dexter, aquella primera noche murmuró: «No sé qué me pasa. Anoche creía que estaba enamorada de un hombre y esta noche creo que estoy enamorada de ti», a él le parecieron palabras hermosas y románticas. Dexter aún podía dominar aquella emotividad deliciosa. Pero una semana después no tuvo más remedio que mirar de manera distinta la misma cualidad. Judy lo llevó en su descapotable a una comida en el campo, y después de la comida desapareció con otro en el mismo descapotable. Dexter, de muy mal humor, apenas si fue capaz de tratar con un mínimo de eduación a los demás invitados. Y, cuando Judy le aseguró que no había besado al otro, supo que mentía, pero le alegró que se molestara en mentirle.

Era, como descubrió antes de que el verano acabara, uno de los muchos que daban vueltas alrededor de Judy. Todos habían sido alguna vez el favorito, y la mitad todavía se consolaba con ocasionales renacimientos sentimentales. Si alguno daba señales de retirarse tras un largo periodo de indiferencia, Judy le dedicaba una hora escasa de ternura que lo animaba a resistir un año o mucho más. Semejantes incursiones contra los indefensos y derrotados las emprendía sin malicia y, desde luego, sin apenas darse cuenta de que había algo perverso en lo que hacía.

Cuando aparecía en la ciudad un hombre nuevo, se olvidaba de todos: todas las citas eran canceladas automáticamente.

Era inútil pretender hacer algo al respecto, porque Judy lo hacía todo. No era una chica que pudiera ser conquistada, en el sentido cinético del término: estaba hecha a prueba de astucias y hechizos; si alguno se lanzaba al asalto con demasiado ímpetu, Judy resolvía inmediatamente el asunto en el plano físico, y bajo la magia de su esplendor físico tanto los impetuosos como los avispados acababan aceptando plenamente su juego. Sólo se divertía satisfaciendo sus deseos y ejercitando sus encantos. Puede que, asediada por tanto amor juvenil y tantos jóvenes enamorados, hubiera terminado, en defensa propia, alimentándose exclusivamente de sí misma.

A la euforia inicial de Dexter siguieron el desasosiego y el disgusto. El éxtasis, irremediable, de perderse en Judy era más un opiáceo que un tónico. Fue una suerte para su trabajo durante el invierno que fueran raros aquellos momentos de éxtasis. Cuando se conocieron, en los primeros días, parecía existir una profunda atracción recíproca: aquel primer agosto, por ejemplo, tres días de largos anocheceres en la terraza, a oscuras, y aquellos besos tristes y extraños, a la caída de la tarde, en rincones sombríos, o en el jardín, tras el emparrado del cenador, y mañanas en las que era fresca como un sueño y casi tímida, cuando se encontraban en la claridad del nuevo día. Vivían el éxtasis de un noviazgo, un éxtasis fortalecido por la consciencia de que no era un noviazgo. Por primera vez, durante aquellos tres días, Dexter le pidió que se casara con él. Ella dijo: «Quizá algún día», ella dijo: «Bésame», ella dijo: «Me gustaría casarme contigo», ella dijo: «Te quiero»…, ella dijo… nada.

Aquellos tres días fueron interrumpidos por la llegada de un tipo de Nueva York, invitado a pasar la mitad de septiembre en casa de Judy. Corrió el rumor de que eran novios, para dolor de Dexter. Era el hijo del presidente de una gran empresa. Pero a final de mes se decía que Judy bostezaba. En un baile pasó la noche sentada en una motora con un galán local, mientras el neoyorquino la buscaba frenéticamente por el club. Judy le dijo al galán local que su invitado la aburría, y dos días después el invitado se fue. Los vieron juntos en la estación, y se decía que el neoyorquino tenía un aspecto verdaderamente lastimoso.

Así acabó el verano. Dexter tenía veinticuatro años y cada vez se sentía más capaz de conseguir todo lo que se propusiera. Se había hecho socio de dos clubes de la ciudad y vivía en uno de ellos. Aunque no formaba parte de los grupos de hombres sin pareja, procuraba asistir a los bailes en los que era probable que apareciera Judy Jones. Hubiera podido brillar en sociedad cuanto hubiera querido: ya era un soltero cotizado y apreciado por los padres de las mejores familias de la ciudad. Su confesada devoción por Judy Jones había contribuido a solidificar su posición. Pero no tenía aspiraciones sociales y despreciaba a los fanáticos del baile, siempre listos para la fiesta del jueves y el sábado, y para llenar un hueco en las cenas con las parejas más jóvenes de recién casados. Le estaba dando vueltas a la idea de irse al Este o a Nueva York. Y quería llevarse a Judy Jones. Ninguna desilusión procedente del mundo en el que Judy había crecido podría curarle la ilusión que le causaba su atractivo.

Conviene recordarlo, porque sólo a esta luz es comprensible lo que hizo por ella.

Dieciocho meses después de haber conocido a Judy Jones, se comprometió con otra chica. Se llamaba Irene Sheerer, y su padre era de los que siempre habían creído en Dexter. Irene tenía el pelo claro y era dulce y honesta, y un poco gorda, y tenía dos pretendientes a los que delicadamente abandonó cuando Dexter le pidió formalmente que se casara con él.

Un verano, un otoño, un invierno, una primavera, otro verano y otro otoño: así de grande era el trozo de vida plena que había entregado a los incorregibles labios de Judy Jones. Judy lo había tratado con interés, aprobación, malicia, indiferencia, desprecio. Le había infligido los innumerables desaires y afrentas que suelen darse en semejantes casos: como si quisiera vengarse de haberle tenido cariño. Lo había atraído, se había aburrido, lo había vuelto a atraer, y Dexter, muchas veces, había respondido con amargura y malas caras. Judy le había dado una arrebatada felicidad y una angustia intolerable. Había sido causa de molestias indecibles y de no pocos problemas. Lo había insultado y pisoteado, había contrapuesto el interés por ella al interés por su trabajo sólo por divertirse. Le había hecho todo tipo de cosas, excepto hablar mal de él —nunca lo hizo—, porque, según Dexter, aquello hubiera manchado la absoluta indiferencia que le demostraba y que sinceramente sentía.

Cuando pasó el segundo otoño, Dexter reconoció que jamás conquistaría a Judy Jones. Tuvo que metérselo a la fuerza en la cabeza, pero por fin acabó convenciéndose. Una noche, antes de dormirse, reflexionó. Recordó los problemas y el dolor que le había causado, y enumeró sus evidentes defectos como esposa. Luego se dijo que la quería, y se durmió. Durante una semana, para no imaginarse su voz ronca al teléfono o sus ojos frente a él mientras comían juntos, trabajó mucho, hasta muy tarde, y de noche iba a su despacho y planeaba el futuro.

Y, cuando llegó el fin de semana, fue a una fiesta y la invitó a bailar cuando hubo cambio de pareja. Puede que fuera la primera vez desde que se conocían que no le pidió que salieran a la terraza ni le dijo que estaba preciosa. Le dolió que Judy ni se diera cuenta, pero no sintió nada más. No se puso celoso cuando vio que aquella noche iba con un nuevo acompañante. Hacía tiempo que era inmune a los celos.

Se quedó en el baile hasta muy tarde. Pasó una hora con Irene Sheerer, hablando de libros y música. Dexter entendía poco de esas cosas. Pero ahora empezaba a ser dueño de su tiempo, y se le ocurrió la idea, un poco pedante, de que él —el joven y ya fabulosamente próspero Dexter Green— debería entender un poco de semejantes asuntos.

Fue en octubre, cuando tenía veinticinco años. En enero Dexter e Irene se hicieron novios. El compromiso se haría público en junio, y tres meses después se casarían.

El invierno de Minnesota se alargó interminablemente, y casi era mayo cuando por fin los vientos se apaciguaron y la nieve se derritió en el lago Black Bear. Por primera vez, desde hacía más de un año, Dexter disfrutaba de cierta paz de espíritu. Judy Jones había estado en Florida, y en Hot Springs, y en algún sitio se había prometido, y en algún sitio había roto el compromiso. Al principio, cuando había renunciado definitivamente a ella, lo entristecía que la gente creyera que todavía estaban enamorados y le preguntara por Judy, pero, cuando empezaron a sentarlo en las comidas junto a Irene, dejaron de preguntarle por Judy: ahora le contaban cosas de Judy. Dexter había dejado de ser una autoridad en la materia.

Y llegó mayo. Dexter paseaba de noche por las calles, cuando la oscuridad era húmeda como la lluvia, maravillándose de que una pasión tan grande lo hubiera abandonado tan pronto, sin demasiado esfuerzo. Mayo, el año anterior, había estado marcado por la turbulencia arrebatadora, inolvidable pero olvidada, de Judy: había sido uno de esos raros periodos en que Judy imaginaba que podía quererlo. Dexter había cambiado aquellas monedas de felicidad pasada por un poco de paz. Sabía que Irene sólo sería unos visillos que se cierran, una mano que se mueve entre relucientes tazas de té, una voz que llama a los niños: la pasión y la belleza se habían ido para siempre, la magia de las noches y la maravilla incesante de las horas y las estaciones. Labios suaves, curvados, posándose en sus labios y transportándolo al paraíso de las miradas: todo lo llevaba muy adentro. Y Dexter era demasiado fuerte y estaba demasiado vivo para que aquello muriera sin más.

A mediados de mayo, cuando el clima se estabilizó durante unos días en el puente inconsistente que conducía al corazón del verano, Dexter llegó una noche a casa de Irene. Su compromiso sería anunciado dentro de una semana, y no sorprendería a nadie. Aquella noche, sentados juntos en el salón del Club Universitario, pasarían una hora mirando a las parejas que bailaban. Estar con Irene le daba una sensación de solidez: todos la admiraban tanto, era tan intensamente *grande*.

Subió las escaleras de la casa de piedra oscura y entró.

—Irene —llamó.

La señora Sheerer salió del cuarto de estar para recibirlo.

—Dexter —dijo—, Irene se ha subido a su cuarto con un dolor de cabeza terrible. Quería salir contigo, pero la he mandado a la cama.

—Espero que no sea nada importante...

—Claro que no. Mañana jugaréis al golf. Puedes pasar sin ella una noche, ¿no, Dexter?

Su sonrisa era agradable. Se tenían simpatía. Charlaron un rato en la sala de estar antes de que Dexter se despidiera.

Volvió al Club Universitario, donde tenía un apartamento, y se entretuvo un rato en la entrada, mirando a las parejas que bailaban. Se apoyó en el quicio de la puerta, saludó con la cabeza a un par de conocidos, bostezó.

—Hola, querido.

La voz familiar, a su lado, lo sobresaltó. Judy Jones había dejado a su acompañante y había atravesado el salón para acercarse a Dexter: Judy Jones, delgada muñeca de porcelana vestida de oro: dorada la cinta del pelo, dorados los zapatos que asomaban bajo el traje de noche. El fulgor frágil de su cara pareció alcanzar la plenitud cuando le sonrió a Dexter. Una brisa cálida y luminosa sopló en el salón de baile. Las manos de Dexter se cerraron espasmódicamente en el bolsillo del esmoquin. Se había emocionado de repente.

—¿Cuándo has vuelto? —preguntó con naturalidad.

—Ven y te lo diré.

La siguió. Había estado lejos: Dexter tenía ganas de llorar por la maravilla de que hubiera regresado. Había recorrido calles encantadas, había hecho cosas que eran como una música excitante. Todo misterio y toda esperanza renovadora y vivificante se habían ido con ella, y con ella acababan de volver.

Se detuvo a la salida.

—¿Tienes aquí el coche? Si no, yo he traído el mío —dijo Judy.

—Tengo el descapotable.

Subió al coche con un frufrú de tela dorada. Dexter cerró la puerta. A cuántos coches habría subido… como éste…, como ahora…, la espalda contra el cuero…, así…, el codo descansando en la puerta…, a la espera. Hacía mucho que estaría manchada si algo que no fuera ella misma hubiera podido mancharla, pero aquellos gestos sólo eran una efusiva manifestación de su personalidad.

Con esfuerzo, se obligó a arrancar el coche y salir del aparcamiento. Debía recordar que aquello no significaba nada. Judy ya había hecho lo mismo otras veces, pero Dexter no se lo tenía en cuenta, como si hubiera tachado un error en sus libros de contabilidad.

Condujo hacia el centro, despacio, y, haciéndose el distraído, atravesó las calles desiertas de los barrios comerciales: había gente que salía de un cine, jóvenes tísicos o fuertes como boxeadores perdían el tiempo ante las salas de billar. El tintineo de los vasos y el ruido de las palmadas sobre el mostrador escapaba de los bares, claustros de vidrio esmerilado y luz amarilla y sucia.

Judy lo miraba con atención y el silencio era embarazoso, pero Dexter no logró encontrar una sola palabra que profanara aquel instante. Dio la vuelta donde pudo, en un zigzag, para volver al Club Universitario.

—¿Me has echado de menos? —preguntó Judy de pronto.

—Todos te hemos echado de menos.

Dexter se preguntó si conocía a Irene Sheerer. Había vuelto hacía apenas un día: su ausencia casi había coincidido con su noviazgo.

—¡Vaya respuesta! —Judy reía tristemente, pero sin melancolía. Lo miraba con ojos escrutadores. Dexter se concentró en el cuadro de mandos.

—Estás más guapo que antes —dijo pensativamente—. Dexter, tienes unos ojos inolvidables.

Dexter se podría haber echado a reír, pero no se rió: cosas así les decían a los alumnos de segundo. Fue como una puñalada.

—Estoy terriblemente cansada de todo, querido —les llamaba *querido* a todos, repartiendo la palabra cariñosa con camaradería despreocupada, muy personal—. Quiero que te cases conmigo.

Tanta franqueza lo desarmó. Tendría que haberle dicho que iba a casarse con otra, pero no fue capaz. Y hubiera podido jurar, con la misma facilidad, que no la había querido nunca.

—Creo que no nos llevaríamos mal —continuó Judy en el mismo tono—, aunque quizá me hayas olvidado y te hayas enamorado de otra.

Su seguridad era, evidentemente, extraordinaria. Había dicho, en realidad, que le parecía increíble una cosa así, y que, si fuera verdad, Dexter había cometido una imprudencia infantil, probablemente por despecho. Lo perdonaría, porque sólo habría sido un desliz, al que no había que darle la menor importancia.

—Claro que no podrías querer a nadie sino a mí —continuó—. Me gusta cómo me quieres. Ay, Dexter, ¿ya no te acuerdas del año pasado?

—Sí, me acuerdo.

—¡Yo también me acuerdo!

¿Estaba verdaderamente conmovida… o se dejaba llevar por la fuerza de su interpretación?

—Me gustaría que todo volviera a ser igual —dijo, y Dexter se vio obligado a contestar:

—No creo que sea posible.

—Me lo figuro… Me han dicho que te dedicas a perseguir a Irene Sheerer.

Pronunció el nombre de Irene sin el menor énfasis, pero Dexter sintió vergüenza de repente.

—¡Llévame a casa! —exclamó Judy de improviso—. No quiero volver a ese baile idiota, con esos niñatos.

Y entonces, mientras enfilaban la calle que subía hasta el barrio residencial, Judy empezó a llorar, tranquila, en silencio, para sí misma. Nunca la había visto llorar.

La calle oscura se iluminó: las casas de los ricos surgieron a su alrededor, y Dexter detuvo el descapotable frente a la casa, blanca e inmensa, de Mortimer Jones, soñolienta, suntuosoa, sumergida en la claridad húmeda de la luna llena. Lo sorprendió su solidez. Los muros consistentes, el acero de las vigas, su magnitud, fortaleza y magnificencia sólo servían para resaltar el contraste con la belleza juvenil que tenía al lado. Y era difícil subrayar su fragilidad: como lo hubiera sido señalar qué corriente de aire generaría el ala de una mariposa.

Dexter permanecía completamente inmóvil en su asiento, con los nervios crispados, temiendo que, si se movía, se la encontraría irresistiblemente entre los brazos. Dos lágrimas habían resbalado por la cara de Judy y le temblaban en el labio superior.

—Soy más guapa que nadie —dijo de repente—. ¿Por qué no puedo ser feliz? —sus ojos húmedos quebrantaban la firmeza de Dexter; una tristeza honda le curvaba poco a poco los labios—: Me gustaría casarme contigo si me quisieras, Dexter. Me figuro que no me consideras digna, pero por ti sería la más bella, Dexter.

Un millón de frases de indignación, orgullo, pasión, odio y ternura pugnaron por salir de los labios de Dexter. Y entonces lo atravesó una oleada de emoción, que arrastró un sedimento de sabiduría, convenciones, dudas y sentido del honor. Era su chica la que le hablaba, toda suya, su belleza, su orgullo.

—¿No quieres entrar?

A Dexter le pareció percibir un sollozo.

Ella estaba esperando.

—De acuerdo —le temblaba la voz—, entraré.

V

Fue extraño: Dexter nunca se arrepintió de aquella noche, ni cuando todo acabó, ni mucho tiempo después. Viendo las cosas desde la perspectiva que dan diez años, parecía insignificante que el arrebato que Judy sintió por él apenas durara un mes. Tampoco importaba que con su docilidad se hubiera infligido a sí mismo el más profundo dolor y hubiera ofendido gravemente a Irene Sheerer y a sus padres, que le habían ofrecido su afecto. No había habido detalles suficientemente gráficos en la aflicción de Irene para que se le grabaran en la memoria.

Dexter era en el fondo testarudo. La actitud de la ciudad ante su acción no le importaba, y no porque pensara irse de la ciudad, sino porque cualquier actitud ajena sobre la situación parecía superficial. La opinión pública le era indiferente por completo. Ni siquiera cuando se dio cuenta de que todo era inútil, de que no poseía la fuerza suficiente para conmover de verdad a Judy Jones, para retenerla, le guardó rencor. La quería, y la hubiera querido hasta el día en que fuese demasiado viejo para querer, pero no podía poseerla. Así saboreó el dolor profundo que está reservado a los fuertes, como había saboreado por un momento la más profunda felicidad.

Ni siquiera la falsedad absoluta de los motivos por los que Judy acabó con el noviazgo, porque «no quería quitárselo a Irene» —Judy, que no había deseado otra cosa—, le pareció repugnante. Estaba más allá de toda repulsión y de toda burla.

Se fue al Este en febrero con la intención de vender las lavanderías y establecerse en Nueva York, pero Estados Unidos entró en la guerra en marzo y cambiaron todos sus proyectos. Volvió al Oeste, le confió la dirección de los negocios a su socio, y a finales de abril ingresó en el primer campo de instrucción para oficiales. Fue uno de los miles de jóvenes que recibieron la guerra con cierto alivio, agradeciendo que los liberara de las telarañas de los sentimientos enmarañados.

VI

Conviene recordar que esta historia no es su biografía, aunque en ella se deslicen anécdotas que no tienen nada que ver con sus sueños juveniles. Y poco queda que contar de Dexter y sus sueños: apenas un episodio que sucedió siete años después.

Tuvo lugar en Nueva York, donde a Dexter le iba bien, tan bien que para él no existían barreras demasiado altas. Había cumplido treinta y dos años, y, con excepción de un viaje en avión recién acabada la guerra, hacía siete años que no había vuelto al Oeste. Un tal Devlin, de Detroit, lo visitó en su despacho por asuntos de negocios, y allí y entonces ocurrió el episodio que cerró, por así decirlo, este capítulo de su vida.

—Así que eres del Medio Oeste —dijo el tal Devlin con despreocupada curiosidad—. Tiene gracia: creía que los hombres como tú sólo podían nacer y crecer en Wall Street. ¿Sabes? La mujer de uno de mis mejores amigos de Detroit es de tu ciudad. Fui testigo en la boda.

Dexter esperó, sin ponerse en guardia, lo que venía a continuación.

—Judy Simms —dijo Devlin sin especial interés—; de soltera se llamaba Judy Jones.

—Sí, la conocí.

Una impaciencia subterránea se iba apoderando de Dexter. Ya sabía, desde luego, que se había casado, pero, quizá deliberadamente, no había llegado a saber más.

—Una chica terriblemente simpática —meditó Devlin en voz alta, irreflexivamente—. Me da un poco de pena.

—¿Por qué? —algo en Dexter se había despertado, alerta, receptivo.

—Ah, yo diría que Lud Simms no va por muy buen camino. No digo que la trate mal, pero bebe y sale mucho.

—¿Ella no sale?

—No. Se queda en casa con los niños.

—Ah.

—Quizá sea demasiado mayor para él —dijo Devlin.

—¡Demasiado mayor! —exclamó Dexter—. Pero, hombre, sólo tiene veintisiete años.

Sentía un deseo intensísimo de correr a tomar el tren a Detroit. No pudo dominarse: se puso de pie.

—Me figuro que estás ocupado —se disculpó Devlin—. No me había dado cuenta…

—No, no estoy ocupado —dijo Dexter, intentando mantener firme la voz—. No tengo absolutamente nada que hacer. Nada. ¿Has dicho que tenía… veintisiete años? No. Lo he dicho yo.

—Sí, has sido tú —asintió Devlin, cortante.

—Sigue, entonces. Sigue.

—¿Cómo?

—Sigue hablándome de Judy Jones.

Devlin lo miró indeciso.

—Bueno, es… No hay mucho más que decir. La trata fatal. No, no se divorciarán ni nada por el estilo. Cuando Lud es especialmente aborrecible, Judy lo perdona. La verdad es que me inclino a pensar que lo quiere. Era mona cuando llegó a Detroit.

¡Mona! A Dexter la expresión le pareció ridícula.

—¿Ya no es… mona?

—Ah, no está mal.

—Mira —dijo Dexter, sentándose de pronto—, no te entiendo. Has dicho que era mona y ahora dices que no está mal. No te entiendo: Judy Jones no era mona, en absoluto. Era una belleza. Yo la conocí, la conocí. Era…

Devlin se echó a reír amablemente.

—No quiero llevarte la contraria —dijo—. Creo que Judy es simpática, y la aprecio. No puedo entender cómo un hombre como Lud Simms pudo enamorarse perdidamente de ella, pero así fue —y añadió—: Le cae simpática a casi todas las mujeres.

Dexter miró fijamente a Devlin, pensando, insensatamente, que debía de tener alguna razón para hablar de aquella manera, una insensibilidad innata o algún rencor secreto.

—Montones de mujeres se marchitan así —Devlin chasqueó los dedos—. Tú mismo lo habrás comprobado. Tal vez he olvidado lo guapa que estaba en la boda. Después la he visto demasiado, ¿sabes? Tiene los ojos bonitos.

Una especie de torpeza, de flojedad, envolvía a Dexter. Por primera vez en su vida le entraron ganas de emborracharse de verdad. Se dio cuenta de que se reía a carcajadas de algo que Devlin había dicho, pero no sabía qué había dicho ni por qué tenía tanta gracia. Cuando, minutos después, Devlin se fue, se echó en el diván y contempló a través de la ventana el horizonte de los edificios de Nueva York, donde el sol se hundía entre pálidas, hermosas tonalidades rosa y oro.

Había creído que, al no quedarle nada más que perder, por fin era invulnerable: pero ahora sabía que acababa de perder algo más, tan cierto como si se hubiera casado con Judy Jones y la hubiera visto marchitarse día a día.

El sueño había terminado. Algo le había sido arrebatado. Con algo parecido al pánico se apretó los ojos con las manos e intentó rescatar una imagen de las aguas que lamían Sherry Island, y la terraza a la luz de la luna, y los trajes de algodón en los campos de golf, y el sol árido y el color dorado de la delicada nuca de Judy. Y los labios de Judy húmedos de sus besos, y sus ojos doloridos de melancolía, y su frescor, por la mañana, como de sábanas de lino finas y nuevas. ¡Todo aquello ya no formaba parte del mundo! Había existido y ya no existía.

Por primera vez en muchos años se le saltaban las lágrimas. Pero ahora lloraba por él. No le importaban los labios, los ojos, las manos que acarician. Quería que le importaran, pero no le importaban. Porque se había ido de aquel mundo, y no podría volver jamás. Las puertas se habían cerrado, el sol se había puesto, y la única belleza que quedaba era la belleza gris del acero que resiste al tiempo. Incluso el dolor que podía haber sentido había quedado atrás, en el país de las ilusiones, de la juventud, de la plenitud de la vida, donde habían florecido sus sueños de invierno.

—Hace mucho, mucho tiempo —dijo—, existía algo en mí, y ahora eso ha desaparecido. Ahora eso ha desaparecido, eso ha desaparecido. No puedo llorar. No puedo lamentarlo. Ha desaparecido y no volverá nunca.

Dados,
NUDILLOS DE HIERRO Y GUITARRA

Dados, nudillos de hierro y guitarra *apareció en la revista* Hearst's International, *en mayo de 1923, y fue el primer cuento de Fitzgerald que contrataron las revistas de Hearst.* Dados... *es evidentemente uno de los cuentos en los que Fitzgerald experimentó con ideas que desarrollaría con mayor profundidad en* El gran Gatsby. *Aquí el tema de la insensibilidad de los ricos es tratado en clave de humor, pero la declaración de Amanthis al forastero indeseable —«Tú eres mejor que todos esos juntos, Jim»— anticipa el juicio de Nick Carraway sobre Gatsby, que es «mejor que toda esa maldita pandilla junta».* Dados... *expresa, también desde un punto de vista humorístico, las impresiones de Fitzgerald sobre las diferencias culturales y sociales entre el Sur y el Norte.*

Zonas enteras de Nueva Jersey, como todo el mundo sabe, se encuentran bajo el agua, y otras se encuentran bajo la vigilancia permanente de las autoridades. Pero aún sobreviven, desperdigadas aquí y allá, extensiones de huertos salpicadas de anticuadas casonas con amplias galerías sombrías y un columpio rojo en el jardín. Y quizá, en la galería más sombría y más amplia, haya incluso una hamaca abandonada desde los días de las hamacas, meciéndose suavemente al viento victoriano de hace medio siglo.

Cuando los turistas llegan a tales hitos del pasado paran sus coches, miran un rato y enseguida murmuran: «Bueno, gracias a Dios, nuestra época tiene antecedentes»; o dicen: «Bueno, es verdad que en esta casa sólo hay salones inmensos, cientos de ratas y un solo baño, pero hay también cierta atmósfera…».

El turista no se queda mucho tiempo. Dirige su coche a su villa isabelina de cartón piedra, a su carnicería normanda y antigua o a su palomar medieval e italiano, porque éste es el siglo XX y las casas victorianas están tan pasadas de moda como las novelas de la señora Humphry Ward.

No puede ver la hamaca desde la carretera, pero algunas veces en la hamaca hay una chica. Aquella tarde había una. Estaba dormida y no parecía darse cuenta de los horrores estéticos que la rodeaban, la estatua de piedra de Diana, por ejemplo, que en el jardín, a la luz del sol, sonreía como una estúpida.

Todo era extraordinariamente amarillo: aquella luz del sol, por ejemplo, era amarilla, y la hamaca era de ese detestable color amarillo que sólo poseen las hamacas, y el pelo rubio de la chica se desparramaba sobre la hamaca en una especie de comparación envidiosa.

Dormía con la boca cerrada y las manos unidas bajo la cabeza, como suelen dormir las jóvenes. Su pecho subía y bajaba suavemente, sin mayor énfasis que el balanceo de la hamaca.

Su nombre, Amanthis, estaba tan pasado de moda como la casa donde vivía. Lamento decir que sus raíces victorianas se interrumpían tajantemente en este punto.

Ahora, si esto fuera una película (como, por supuesto, espero que lo sea algún día), rodaría de la chica tantos miles de metros de celuloide como me permitieran, y acercaría la cámara y mostraría el amarillo de su nuca, donde el pelo termina, y el color cálido de sus mejillas y brazos, porque me gusta imaginármela mientras duerme en la hamaca, como cualquiera habrá dormido alguna vez cuando era joven. Luego contrataría a un tal Israel Glucosa para que escribiera alguna frase de transición, alguna tontería, y empalmaría con otra escena que sucedería lejos, en algún lugar de la carretera.

En un impresionante automóvil viajaba con su criado un caballero del Sur. Podríamos decir que se dirigía a Nueva York, pero tenía un pequeño problema: la parte superior y la parte inferior del automóvil no coincidían exactamente. De hecho, de vez en cuando, los dos viajeros se apeaban del coche, arrimaban el hombro al chasis, hacían coincidir esquina con esquina, y proseguían su camino, vibrando levemente en involuntaria armonía con el motor.

El coche, al que le faltaba la puerta trasera, podía haber sido construido en los inicios de la era mecánica. Lo cubría el barro de ocho Estados, y, en la parte delantera, un taxímetro enorme y difunto le servía de adorno; en la parte de atrás ondeaba un roñoso banderín con la inscripción «Tarleton, Georgia». En el pasado ignoto alguien había empezado a pintar el capó de amarillo, pero por desgracia, a mitad de la faena, había tenido que atender otros asuntos.

Cuando el caballero y su criado pasaban frente a la casa donde Amanthis dormía maravillosamente en la hamaca, sucedió un imprevisto: se desprendió la carrocería del coche. Sólo tengo una disculpa para decirlo tan bruscamente: sucedió bruscamente. Cuando el estruendo se apagó y el polvo se disipó, amo y criado se apearon e inspeccionaron las dos mitades.

—Fíjate —dijo el caballero, de mal humor—, el maldito trasto se ha dividido esta vez por completo.

—Se ha partido en dos —asintió el criado.

—Hugo —dijo el caballero después de reflexionar—, tenemos que conseguir martillo y clavos,
y clavarlo.

Contemplaron la mansión victoriana. La rodeaban campos ligeramente irregulares que se perdían en un horizonte desolado y ligeramente irregular. No cabía elección, así que el negro Hugo abrió
la cancela y siguió a su amo por el camino de grava,
y apenas si echó un vistazo, con ojos resabiados de
inveterado viajero, al columpio rojo y a la estatua
de Diana, que les lanzó una mirada de loca furiosa.

En el momento preciso en que llegaron al porche, Amanthis se despertó, se incorporó en la hamaca y los miró de arriba abajo.

El caballero era joven, quizá tuviera veinticuatro años. Se llamaba Jim Powell. Llevaba un traje
barato, polvoriento y estrecho, y era evidente que
temía que el traje se le escapara en el momento
menos pensado: iba cerrado por una hilera de seis
botones ridículos.

También en las mangas abundaban los botones
inútiles, y Amanthis no pudo evitarlo: comprobó si
también llevaban botones las perneras del panta-
lón. Pero los pantalones sólo se distinguían por su
forma: eran acampanados. El corte del chaleco,
muy bajo, apenas impedía que la asombrosa corbata ondeara al viento.

El caballero hizo una reverencia, sacudiéndose
el polvo de las rodillas con un sombrero de paja, y
simultáneamente sonrió, entornando los ojos azules, de un azul desvaído, y exhibiendo una dentadura blanca y perfectamente simétrica.

—Muy buenas —dijo con descuidado acento de Georgia—. Mi coche ha sufrido un accidente poco más allá de su puerta. No sé si sería mucho pedir que me prestara un momento un martillo y unas cuantas tachuelas... Algunos clavos.

Amanthis se echó a reír. No podía parar de reír, y el señor Jim Powell rió también con educación y agradecimiento. Sólo el criado, sumido en su angustia de adolescente negro, conservó una solemne gravedad.

—Quizá sea mejor que me presente —dijo el forastero—. Me llamo Powell. Vivo en Tarleton, Georgia. El negro es Hugo, mi chico.

—¡Es su hijo! —la joven miró a uno y a otro con exagerada fascinación.

—No, es mi chico, mi criado. Allí llamamos chicos a los negros.

Ante esta referencia a las mejores costumbres de su tierra natal, el chico, Hugo, cruzó las manos a la espalda y miró misteriosamente la hierba con aire de suficiencia.

—Sí, señora —murmuró—, soy un criado.

—¿Adónde iban en el coche? —preguntó Amanthis.

—Vamos al Norte, a pasar el verano.

—¿Adónde?

El turista movió la mano en el aire despreocupadamente, como señalando los montes Adirondacks, las Mil Islas o Newport, pero dijo:

—Queremos llegar a Nueva York.

—¿Lo conoce?

—No, no he ido nunca. Pero he estado muchas veces en Atlanta. Y en este viaje hemos pasado por toda clase de ciudades. ¡Dios mío!

Silbó para expresar la extraordinaria espectacularidad de sus últimos viajes.

—Oiga —dijo Amanthis muy decidida—, deberían comer algo. Dígale a su…, a su criado que vaya a la puerta de servicio y le pida a la cocinera que nos traiga bocadillos y limonada. O tal vez usted no beba limonada… Ya no la bebe casi nadie.

Con un dedo, trazando un círculo, el señor Powell mandó a Hugo a cumplir la misión. Luego se sentó con mucho tiento en una mecedora y empezó a darle vueltas rápidamente al sombrero de paja.

—De verdad que es usted muy amable —dijo—. Y, si quisiera algo más fuerte que la limonada, llevo en el coche una buena botella de whisky de maíz. Me la he traído porque me imaginaba que el whisky de por aquí sería imbebible.

—Oiga —dijo Amanthis—, yo también me llamo Powell. Amanthis Powell.

—¿De verdad? —se rió, admirado—. A lo mejor somos parientes. Yo procedo de muy buena familia —continuó—, aunque pobre. Tengo algún dinero que mi tía destinaba a pagar los gastos del sanatorio donde vivió hasta su muerte —calló unos segundos, presumiblemente por consideración hacia su tía difunta, y concluyó con llamativa indiferencia—: No me ha tocado la parte principal, pero recibí de golpe una buena cantidad de dinero y se me ocurrió pasar el verano en el Norte.

Hugo volvió a aparecer entonces en los escalones del porche y dejó oír su voz:

—La señora blanca de la puerta de atrás me ha preguntado si yo también quiero comer algo. ¿Qué le digo?

—Dile: «Sí, señora, si es usted tan amable» —ordenó el amo; y, cuando Hugo se fue, le habló a Amanthis con absoluta confianza—: Ese chico no es muy listo, no. No da un paso sin que yo le dé permiso. Yo lo he educado —añadió, no sin orgullo.

Cuando llegaron los bocadillos, el señor Powell se levantó. No estaba acostumbrado a ver criados blancos y evidentemente esperaba que se los presentaran.

—¿Está usted casada? —le preguntó a Amanthis cuando la criada se fue.

—No —contestó, y añadió con la seguridad de sus dieciocho años—: Soy una vieja solterona.

El señor Powell volvió a reírse muy educadamente.

—Quiere decir que es una señorita de la alta sociedad.

Negó con la cabeza. El señor Powell advirtió con turbación y entusiasmo el especial tono amarillo de su pelo rubio.

—¿Esta casa vieja tiene pinta de eso? —dijo alegremente Amanthis—. Tiene usted delante a una auténtica campesina. Color de la piel: cien por cien natural las veinticuatro horas del día. Pretendientes: barberos del pueblo vecino, jóvenes y prometedores, con pelos del último cliente en la manga.

—Su padre no debería dejarla salir con barberos de pueblo —protestó el turista. Y añadió con aire meditabundo—: Usted debería ser una chica de la alta sociedad de Nueva York.

—No —Amanthis, triste, negaba con la cabeza—. Soy demasiado guapa. Para ser una chica de la alta sociedad de Nueva York hay que tener una nariz larga, dientes prominentes y vestir como las actrices vestían hace tres años.

Jim empezó a golpear rítmicamente el suelo del porche con el pie, e inmediatamente Amanthis se dio cuenta de que, sin querer, estaba haciendo lo mismo.

—¡Pare! —ordenó—. No me haga hacer esto.

Jim se miró el pie.

—Perdone —dijo con humildad—. No sé... Tengo esa costumbre.

Esta interesante discusión fue interrumpida por la aparición de Hugo en la escalera, con un martillo y un puñado de clavos.

El señor Powell se levantó de mala gana y miró su reloj.

—Maldita sea, tenemos que irnos —dijo frunciendo el entrecejo—. Oiga, ¿le gustaría ser una chica de la alta sociedad de Nueva York e ir a todos esos bailes que salen en las revistas, donde lanzan monedas de oro?

Lo miró con expresión de curiosidad.

—¿Su familia no conoce a nadie de la alta sociedad? —continuó el señor Powell.

—Sólo tengo a papá. Y es juez, ¿sabe?

—Eso sí que es una pena.

Amanthis se levantó como pudo de la hamaca y, juntos, se dirigieron a la carretera.

—Bueno, estaré atento y ya le haré saber —insistió Jim—. Una chica tan guapa como usted debería entrar en sociedad. A lo mejor somos parientes, ¿sabe? Los Powell debemos mantenernos unidos.

—¿Qué va a hacer usted en Nueva York?

Estaban llegando a la cancela y el turista señaló con el dedo a las dos tristes partes de su automóvil.

—Seré taxista. Aquí lo tiene: éste es mi taxi. El único problema es que no para de partirse por la mitad.

—¿Y va a conducir ese trasto en Nueva York?

Jim la miró confundido. Una chica tan guapa debería controlar la costumbre de decir no con la cabeza continuamente, sin motivo.

—Sí, señora —dijo con dignidad.

Amanthis observó cómo colocaban la parte superior del coche sobre la inferior y la clavaban con fuerza. Entonces el señor Powell empuñó el volante y su criado se sentó junto a él.

—Verdaderamente le estoy muy agradecido por su hospitalidad. Presente mis respetos a su padre.

—De su parte —le garantizó Amanthis—. Vuelva a verme, si no le importa que haya barberos en la casa.

Jim Powell espantó tan desagradable idea con un gesto.

—Su compañía será siempre un placer —arrancó el coche, quizá para sofocar la temeridad de su frase de despedida—: Es usted la muchacha más guapa que he visto en el Norte. Con mucho.

Y el señor Powell, del sur de Georgia, entre crujidos y traqueteos, en su propio coche y con su criado personal y sus propias ambiciones y su propia y personal nube de polvo, continuó su viaje hacia el Norte, a pasar el verano.

Amanthis pensó que no volvería a verlo. Tumbada en la hamaca, delgada y preciosa, abrió un poco el ojo izquierdo para ver cómo se presentaba junio, y de nuevo se refugió en sus sueños.

Pero un día, cuando las parras del verano habían trepado por el precario columpio rojo del jardín, el señor Jim Powell, de Tarleton, Georgia, volvió a entrar vibrantemente en su vida. Se sentaron en la amplia galería, como la primera vez.

—Tengo un gran proyecto —dijo.

—¿Condujo su taxi, tal como decía?

—Sí, señora, pero el negocio no fue muy bien. Esperaba a las puertas de los hoteles y teatros, pero no se subía nadie.

—¿Nadie?

—Bueno, una noche se subieron unos borrachos, pero el coche se partió por la mitad cuando estaba arrancándolo. Y otra noche estaba lloviendo, y no había otro taxi, y una señora se subió porque decía que tenía que ir lejísimos. Pero antes de que llegáramos me ordenó parar y se bajó. Parecía una loca: se fue andando bajo la lluvia. Nueva York está llena de gente demasiado orgullosa.

—Así que vuelve usted a casa, ¿eh? —dijo Amanthis, compasiva.

—No, señora. Tengo una idea —entornó los ojos azules—. ¿Ha venido por aquí el barbero…, el de los pelos en la manga?

—No. Se ha ido de la ciudad.

—Bien, entonces, en primer lugar, me gustaría dejarle el coche aquí, si le parece bien. No está pintado como debería estarlo un taxi. A cambio, me gustaría que lo usara usted siempre que quiera. No le pasará nada malo, si tiene a mano martillo y clavos.

—Yo cuidaré el coche —lo interrumpió Amanthis—. Pero ¿adónde va usted?

—A Southampton. Es uno de los abrevaderos…, perdón, de los balnearios más aristocráticos que hay por aquí. Así que allí voy.

Amanthis se incorporó, estupefacta.

—¿Y qué va a hacer allí?

—Oiga —se le acercó con aire confidencial—, ¿me dijo en serio que le gustaría ser una chica de la alta sociedad neoyorquina?

—Absolutamente en serio.

—Eso es todo lo que quería saber —dijo Jim enigmáticamente—. Espere en este porche un par de semanas y… duerma. Y si algún barbero con pelos en la manga viene a verla, dígale que tiene demasiado sueño para atenderlo.

—¿Y después?

—Tendrá noticias mías. Dígale a su papá que puede celebrar todos los juicios que quiera, pero que usted se va a bailar un poco. Señora —prosiguió con decisión—, ¡habla usted de la alta sociedad! Antes de que pase un mes, yo la introduciré en la más alta sociedad que pueda imaginarse.

Y no dijo más. Su modo de comportarse sugería que arrastraría a Amanthis al filo de una piscina de diversiones y la empujaría con violencia mientras le preguntaba: «¿Se divierte, señora? ¿Desea la señora un poco más de emoción?».

—Bueno —respondió por fin Amanthis, perezosamente—, hay muy pocas cosas por las que renunciaría al lujo de pasar durmiendo julio y agosto, pero si me escribe, iré… Iré corriendo a Southampton.

Jim chasqueó los dedos entusiasmado.

—La más alta sociedad que pueda imaginarse.

Tres días después, un joven con un sombrero que podría haber sido cortado del techo de paja de una casita de campo inglesa llamaba a la puerta de la enorme y maravillosa mansión de Madison Harlan, en Southampton. Preguntó al mayordomo si había alguien en la casa entre los dieciséis y los veinte años. Se le contestó que la señorita Genevieve Harlan y el señor Ronald Harlan respondían a tal descripción y, acto seguido, el joven del sombrero entregó al mayordomo una tarjeta muy particular y le rogó con seductor acento georgiano que la sometiera a la atención del señor y la señorita.

De suerte que pasó cerca de una hora encerrado con el señor Ronald Harlan (alumno del colegio Hillkiss) y la señorita Genevieve Harlan (que no era precisamente una desconocida en los bailes de Southampton). Cuando se fue, llevaba una nota de puño y letra de la señorita Harlan que presentó, junto con su tarjeta, tan particular, en la mansión vecina. Resultó ser la de Clifton Garneus, donde, como por arte de magia, se le concedió la misma audiencia.

No descansó. Era un día caluroso, y algunos hombres que ya se habían rendido iban por la carretera con la chaqueta al hombro, pero Jim, natural del Sur más profundo, de Georgia, estaba tan fresco como al principio cuando llegó a la última casa. Aquel día visitó diez casas. Si alguien lo hubiera seguido en su recorrido, hubiera podido tomarlo por un vendedor de libros excepcionalmente eficaz y con codiciados volúmenes en su catálogo.

Había algo en su inesperada pregunta sobre los miembros adolescentes de la familia que hacía que los inflexibles mayordomos perdieran su perspicacia. Un observador atento hubiera podido advertir que, cuando abandonaba una casa, miradas de fascinación lo seguían hasta la puerta y voces nerviosas cuchicheaban acerca de un próximo encuentro.

El segundo día visitó doce casas. Southampton había crecido extraordinariamente —Jim Powell podría haber prolongado su gira una semana sin ver dos veces al mismo mayordomo—, pero sólo le interesaban las casas suntuosas, las mansiones deslumbrantes.

El tercer día hizo algo que a muchos ha sido aconsejado, pero que pocos han hecho: alquiló una sala. Quizá se lo habían sugerido los chicos entre dieciséis y veinte años de las casas inmensas. La sala que alquiló había sido en otro tiempo el Gimnasio Privado para Caballeros del Señor Snorkey. Estaba situada sobre un garaje en el extremo sur de Southampton y en los días de prosperidad había sido, lamento decirlo, un lugar donde los caballeros podían, bajo la dirección del señor Snorkey, aliviar los efectos de la noche anterior. Ahora estaba abandonada: el señor Snorkey se había rendido, se había ido y se había muerto.

Ahora nos saltaremos tres semanas durante las que suponemos que siguió adelante el proyecto relacionado con el alquiler de la sala y la visita a las casas más imponentes de Southampton.

Saltaremos al día de julio en que el señor James Powell envió un telegrama a la señorita Amanthis Powell para decirle que, si todavía aspiraba a los placeres de la más alta sociedad, tomara el primer tren para Southampton. Iría a esperarla a la estación.

Jim no era ya un hombre con tiempo libre, así que se preocupó cuando Amanthis no llegó a la hora que le había prometido en un telegrama. Se figuró que llegaría en el siguiente tren y, cuando volvía a su..., a su proyecto, se la encontró en la calle, a la entrada de la estación.

—Pero... ¿Cómo...?

—Ah —dijo Amanthis—, he llegado esta mañana y no quería molestarle, así que me he buscado una pensión respetable, por no decir aburrida, en el paseo marítimo.

Le pareció muy distinta a la Amanthis indolente de la hamaca en el porche. Llevaba un traje azul claro y un sombrero elegante y juvenil con una pluma rizada: vestía igual que las señoritas entre dieciséis y veinte años que últimamente acaparaban la atención de Jim Powell. Sí, no desentonaba en absoluto.

Jim hizo una profunda reverencia al abrirle el taxi y se sentó a su lado.

—¿No es hora de que me cuente su proyecto? —sugirió Amanthis.

—Bueno, tiene que ver con las chicas de la alta sociedad de aquí —agitó la mano en el aire como quitándole importancia al asunto—. Las conozco a todas.

—¿Dónde están?

—Precisamente, en este momento, están con Hugo. Recordará que es mi criado.

—¡Con Hugo! —Amanthis abrió mucho los ojos—. ¿Por qué? ¿Qué pasa?

—Bueno, he montado una especie de academia, creo que se le puede llamar así.

—¿Una academia?

—Es una especie de academia. Y yo soy el director. Es una idea mía.

De repente sacó de su maletín una tarjeta con el gesto con que se baja un termómetro.

—Mire.

Amanthis cogió la tarjeta. En grandes letras anunciaba:

JAMES POWELL, P. J.
Dados, nudillos de hierro y guitarra

Lo miraba con asombro.

—¿Dados, nudillos de hierro y guitarra? —repitió con respeto y temor.

—Sí, señora.

—¿Qué quiere decir? ¿Los vende usted?

—No, señora, doy clases. Es una profesión como otra cualquiera.

—¿Dados, nudillos de hierro y guitarra? ¿Y qué significa P. J.?

—Profesor de Jazz.

—Pero ¿qué es eso? ¿En qué consiste?

—Bueno, mire, se trata más o menos de lo siguiente. Una noche, en Nueva York, entablé conversación con un borracho, un cliente del taxi. Había llevado a no sé dónde a una chica de la alta sociedad y la había perdido.

—¿La había perdido?

—Sí, señora. Me figuro que se le olvidó en algún sitio. Y estaba muy preocupado. Bueno, me puse a pensar que estas chicas de hoy día, las chicas de la alta sociedad, llevan una vida bastante peligrosa, y mi curso les ofrece métodos de protección contra semejantes peligros.

—¿Usted les enseña a usar los nudillos de hierro?

—Sí, señora, cuando es necesario. Fíjese. Figúrese que una chica entra en un café poco conveniente. Pues bien, su acompañante bebe demasiado, se duerme, y entonces llega otro y le dice: «Hola, encanto», o lo que digan esos moscones del Norte. ¿Qué hace la chica? No puede gritar, porque ninguna señora de verdad gritaría hoy día. No. Sólo busca en el bolsillo, mete los dedos en los Nudillos de Hierro Powell, Especiales para Defensa, talla de debutante en sociedad, ejecuta lo que yo llamo un Gancho Alta Sociedad, y, ¡zas!, el matón va a parar a la bodega.

—Sí, sí. ¿Y para qué sirve la guitarra? —murmuró Amanthis, asustada—. ¿Tienen que darle a alguien un guitarrazo?

—¡No, señora! —exclamó Jim, horrorizado—. No, señora. En mi curso jamás enseñaría a ninguna dama a levantar una guitarra contra nadie. Les enseño a tocar. ¡Dios bendito! Debería oírlas. En cuanto les doy dos clases, algunas parecen negras.

—¿Y los dados?

—¿Los dados? Los llevo en la sangre. Mi abuelo fue jugador. Las preparo para que los dados las obedezcan. Protejo al bolsillo y al individuo.

—¿Tiene…, tiene muchas alumnas?

—Señora, tengo a toda la gente rica y simpática de la ciudad. Y no le he contado todo. Les enseño muchas cosas. Les enseño los nuevos ritmos, el Jellyroll y el Mississippi Sunrise. Y una chica me pidió que le enseñara a chasquear los dedos. Quiero decir a chasquear los dedos como Dios manda. Me dijo que siempre, desde pequeña, había querido aprender a chasquear los dedos. Le di dos clases y… ¡zas! Su padre dice que se va a ir de casa.

—¿Cuándo son las clases? —preguntó Amanthis, pasmada y rendida.

—Tres veces a la semana. Ahora vamos hacia allí.

—¿Y yo qué tengo que hacer?

—Será una alumna más. He dicho que proviene de una familia muy distinguida de Nueva Jersey. No les he contado que su padre es juez. Les he dicho que es el dueño de la patente de los terrones de azucar.

Amanthis sofocó un grito de asombro.

—Lo único que tiene que hacer —continuó Jim— es aparentar que nunca ha visto a un barbero.

Habían llegado al extremo sur de la ciudad y Amanthis vio una fila de coches aparcados ante un edificio de dos plantas. Todos los coches eran bajos, largos, elegantes, de colores vivos. Era el tipo de coches que se fabrican para resolver el problema de los millonarios el día en que sus hijos cumplen dieciocho años.

Y ahora Amanthis subía la estrecha escalera que conducía a la segunda planta. Allí, en una puerta a través de la que se oía música y risas, estaban escritas las siguientes palabras:

JAMES POWELL, P. J.
Dados, nudillos de hierro y guitarra
Lunes-Miércoles-Viernes
De 3 a 5 de la tarde

—Y ahora, si es tan amable de pasar… —dijo el director abriendo la puerta.

Amanthis se encontró en una sala amplia y luminosa, llena de chicas y chicos aproximadamente de su edad. La escena le pareció al principio una especie de merienda muy animada, pero muy pronto empezo a percibir, aquí y allá, que los movimientos obedecían a ciertas pautas y razones.

Los alumnos estaban divididos en grupos, sentados, de rodillas y de pie, pero todos prestaban una ávida atención a sus asignaturas. De un círculo de seis señoritas reunidas alrededor de unos objetos indistinguibles surgía una mezcolanza de gritos e imprecaciones: quejumbrosas, suplicantes, implorantes y lastimeras, las voces destacaban como una voz tenor sobre un fondo de misteriosos martillazos.

Cerca de este grupo, cuatro jóvenes rodeaban a un adolescente negro que resultó ser el mismísimo criado del señor Powell. Los jóvenes le gritaban a Hugo frases aparentemente inconexas, que expresaban una amplia gama de emociones. Las voces se elevaban hasta convertirse en una especie de clamor, e inmediatamente sonaban suaves y amables, dulcemente cómplices. Hugo les respondía de vez en cuando con palabras de aprobación, o corrigiendo o señalando algún error.

—¿Qué están haciendo? —le susurró Amanthis a Jim.

—Un curso de acento sureño. Muchos jóvenes de aquí quieren aprender a hablar con acento del Sur, el acento de Georgia, Florida, Alabama, la Costa Este y el virginiano antiguo. Nosotros les enseñamos. Algunos quieren aprender el auténtico acento negro, para dedicarse a la canción.

Paseaban entre los grupos. Unas chicas, con nudillos de hierro, golpeaban con furia dos sacos de pugilista en los que habían pintado la cara impúdica de un moscón que les guiñaba un ojo. Chicos y chicas, al ritmo de tantán de un banjo, tocaban armónicos acordes a la guitarra. Había parejas que bailaban torpemente en un rincón al compás de un disco de la Rastus Muldoon's Savannah Band. Y había parejas que ensayaban solemnemente los pasos de un lento bailable de Chicago a la manera del *sideswoop* de Memphis.

—¿Hay reglas?

Jim reflexionó un instante.

—Bueno —respondió por fin—. Sólo pueden fumar los mayores de dieciséis años, los alumnos no pueden usar dados cargados y está prohibido traer bebidas alcohólicas a la academia.

—Ya.

—Y ahora, señorita Powell, si está preparada, le pediría que se quitara el sombrero y se uniera a la señorita Genevieve Harlan en el saco de arena de aquella esquina —alzó la voz—: Hugo —llamó—, acaba de llegar una nueva alumna. Dale un par de Nudillos de Hierro Powell, Especiales para Defensa, talla de debutante en sociedad.

Lamento decir que nunca vi en acción a la famosa Academia de Jazz de Jim Powell ni emprendí, bajo su guía personal, el viaje a través de los misterios de los dados, los nudillos de hierro y la guitarra. Así que sólo puedo darles algunos detalles tal como me los reveló uno de sus entusiastas alumnos. A pesar de todas las polémicas, nadie negó su enorme éxito y ningún alumno lamentó haber recibido su título de Diplomado en Jazz.

Los padres imaginaron inocentemente que era una especie de academia de música y baile, pero la agencia de noticias subterránea que une a la llamada nueva generación difundió su verdadero plan de estudios desde Santa Bárbara a Biddeford Pool. Las invitaciones para visitar Southampton eran muy solicitadas, aunque para los jóvenes

Southampton resulte casi tan aburrido como Newport.

Una reducida pero exquisita orquesta de jazz ensanchó el campo de operaciones de la academia.

—No me atrevo a decirlo —le confesó Jim a Amanthis—, pero me gustaría traer de Savannah a la Rastus Muldoon's Band. Es la orquesta que siempre he deseado dirigir.

Estaba ganando dinero. Sus precios no eran exorbitantes —sus alumnos, por regla general, no nadaban en la abundancia—, pero pudo dejar la pensión y mudarse a una *suite* del Hotel Casino, donde Hugo le servía el desayuno en la cama.

La aceptación de Amanthis entre los jóvenes de la alta sociedad de Southampton fue más fácil de lo que Jim esperaba. Antes de que acabara la semana, todos la conocían por su nombre. La señorita Genevieve Harlan le tomó tanto cariño que la invitó a un baile para chicas que todavía no se habían vestido de largo. El baile fue en casa de los Harlan, y es evidente que Amanthis se portó con discreción, pues desde entonces la invitaron a casi todas las fiestas de Southampton.

Jim la veía menos de lo que le hubiera gustado. No es que Amanthis hubiera cambiado —estaba siempre dispuesta a oír sus proyectos, y paseaban juntos por la mañana—, pero desde que la absorbía la gente elegante, sus noches parecían haber sido monopolizadas. Varias veces fue a buscarla a la pensión y se la encontró sin aliento, como si acabara de llegar corriendo de alguna fiesta a la que él no había sido invitado.

Así que, conforme se acababa el verano, se dio cuenta de que le faltaba algo para culminar el éxito de su empresa. A pesar de la hospitalidad con que habían acogido a Amanthis, las puertas de Southampton se habían cerrado ante él. Por amables o, más bien, fascinados que se mostraran sus alumnos de tres a cinco de la tarde, pasada esa hora penetraban en otro mundo.

Estaba en la misma situación que el profesor de golf que, aunque puede confraternizar con los jugadores e incluso darles órdenes, al ponerse el sol pierde sus privilegios. Puede mirar por la ventana del club, pero no puede bailar. Del mismo modo, a Jim no le estaba permitido ver los resultados de sus enseñanzas. Podía oír los chismorreos de la mañana siguiente. Nada más.

Pero, mientras el profesor de golf se siente, por ser inglés, orgullosamente por encima de sus jefes, Jim Powell, «que venía de una excelente pero pobre familia de por allí abajo», pasaba muchas noches despierto, oyendo en la cama del hotel la música que entraba por la ventana, desde la casa de los Katzby o el Club Marítimo, y daba vueltas y más vueltas entre las sábanas, y se preguntaba qué era lo que fallaba. En sus primeros días de éxito se había comprado un esmoquin, pensando que muy pronto tendría oportunidad de ponérselo, pero el esmoquin seguía intacto en la caja de la sastrería.

Quizá, pensaba, existía una distancia real que lo separaba de los demás. Aquello le preocupaba. Un chico en especial, Martin van Vleck, hijo del famoso Van Vleck rey de los cubos de basura, le hizo tomar conciencia de esa distancia. Van Vleck tenía veintiún años, y, típico producto de colegios de pago, todavía esperaba que lo admitieran en Yale. Jim había podido oír más de una vez sus comentarios en voz baja: sobre el traje de muchos botones o sobre la puntera de los zapatos de Jim. Jim no le había hecho caso.

Sabía que Van Vleck frecuentaba la academia principalmente para monopolizar el tiempo de la pequeña Martha Katzby, que sólo tenía dieciséis años y era demasiado joven para hacerle caso a un chico de veintiuno, especialmente a un chico como Van Vleck, que estaba tan agotado y vacío a causa de sus fracasos en los estudios que pretendía aprovecharse de la inocencia de los dieciséis años, todavía por agotar.

Terminaba septiembre, y faltaban dos días para la fiesta en casa de los Harlan, que sería la última y la más importante del verano para aquellos jóvenes. A Jim, como de costumbre, no lo habían invitado. Tenía esperanza de que lo invitaran. Los hermanos Harlan, Ronald y Genevieve, habían sido sus primeros clientes cuando llegó a Southampton, y Genevieve le había tomado mucho cariño a Amanthis. Asistir a aquella fiesta —la más fantástica de todas las fiestas— hubiera culminado y confirmado el éxito del verano que acababa.

Sus alumnos, reunidos aquella tarde, vivían ya por anticipado, ruidosamente, el jolgorio del día siguiente, sin prestarle a Jim mayor atención que al mayordomo de la familia. Hugo, a su lado, se echó a reír de repente y señaló:

—Mire a ese Van Vleck. No puede dar un paso. Lleva bebiendo whisky del bueno toda la tarde.

Jim se volvió y miró con atención a Van Vleck, que había cogido del brazo a la pequeña Martha Katzby y le decía algo al oído. Jim se dio cuenta de que Martha intentaba apartarse.

Se llevó el silbato a los labios y sopló.

—Muy bien —gritó—. ¡Vamos! El grupo uno, a lanzar las baquetas bien alto y en zigzag; grupo dos, a ensayar con las armónicas el Riverfront Shuffle. ¡Que resulte meloso! ¡Aquí, el pelotón de los torpes! ¡Que la orquesta toque el Florida Drag-Out a ritmo de marcha fúnebre!

Había en su voz una aspereza inusitada y los ejercicios empezaron con un murmullo de divertida protesta.

Quemándole dentro la irritación contra Van Vleck, Jim iba de aquí para allá, de un grupo a otro, cuando Hugo le tocó de repente el brazo. Miró alrededor. Dos alumnos se habían apartado del conjunto de armónicas: uno era Van Vleck, y le estaba ofreciendo un trago de su petaca a Ronald Harlan, que tenía quince años.

Jim atravesó la sala a grandes zancadas. Van Vleck se volvió desafiante, esperándolo.

—Muy bien —dijo Jim, temblando de rabia—, ya conoces las reglas. ¡Fuera de aquí!

La música se apagó despacio y enseguida la gente se fue acercando a la pelea. Alguien se rió con disimulo. Se había creado instantáneamente una atmósfera de expectación. A pesar de que to-

dos apreciaban a Jim, las simpatías estaban divididas: Van Vleck era uno de los suyos.

—¡Vete! —repitió Jim, ya más tranquilo.

—¿Me estás hablando a mí? —preguntó fríamente Van Vleck.

—Sí.

—Entonces será mejor que me llames «señor».

—Jamás llamaré «señor» a alguien que le da
whisky a un chiquillo.

—¡Hombre! —dijo Van Vleck, furioso—.
Ahora sí que te estás metiendo en lo que no te importa. Conozco a Ronald desde que tenía dos
años. Pregúntale si quiere que le digas lo que debe
hacer.

Ronald Harlan, herido en su dignidad, creció
de repente dos años y miró a Jim con arrogancia.

—¡Métete en tus cosas! —dijo insolentemente,
aunque con algo de culpabilidad.

—¿Te has enterado? —preguntó Van Vleck—.
Pero, Dios mío, ¿no te das cuenta de que sólo eres
un criado? Ronald te invitaría a su fiesta tanto como invitaría al que le vende el whisky de contra-
bando.

—¡Largo de aquí! —gritó Jim. No le salían las
palabras.

Van Vleck no se movió. Jim se le echó encima
de repente, le agarró la muñeca, le torció el brazo
detrás de la espalda, hasta que Van Vleck se dobló
de dolor. Jim se agachó y con la mano libre recogió
del suelo la petaca de whisky. Luego le hizo a Hugo
una señal para que abriera la puerta, profirió un
abrupto «¡Andando!», arrastró a su indefenso pri-

sionero hasta el vestíbulo y, literalmente, lo lanzó de cabeza escaleras abajo, un ovillo que rebotaba en la pared y la baranda. Y tras él lanzó la petaca.

Cuando volvió a entrar en la academia, cerró la puerta y apoyó la espalda en ella.

—Hay… Hay una regla que dice que en esta academia no se bebe.

Hizo una pausa, y fue mirándolos a todos a la cara, y encontró simpatía, miedo, desaprobación, sentimientos contradictorios. Estaban muy nerviosos. Creyó ver en los ojos de Amanthis una señal casi imperceptible de aliento y, casi con esfuerzo, continuó:

—Sabéis que no he tenido más remedio que echar a ese individuo —y mostró por fin, aunque era evidente que fingía, un desprecio absoluto hacia aquel asunto sin importancia—. ¡Muy bien, adelante! ¡Orquesta!

Pero nadie tenía precisamente ganas de seguir. La espontaneidad de los ensayos había sido violentamente dañada. Alguien tocó unos acordes a la guitarra y varias chicas empezaron a golpear ruidosamente sobre la sonrisa maliciosa pintada en los sacos de arena, pero Ronald Harlan y otros dos chicos cogieron sus sombreros y se fueron en silencio.

Jim y Hugo paseaban entre los grupos como de costumbre, y consiguieron restablecer algo de la rutina de todos los días, pero el entusiasmo era irrecuperable y Jim, nervioso y desanimado, pensó en suspender las clases aquel día. Pero no se atrevió. Si se iban a casa en aquel estado de ánimo, lo más seguro es que no volvieran. Aquel negocio dependía del estado de ánimo. Debía volver a crear el estado de ánimo adecuado, pensó fréneticamente: ahora mismo, ya.

Pero, aunque lo intentó en la medida de sus posibilidades, apenas halló respuesta. Ni siquiera él estaba contento, así que no podía transmitirles su alegría a los alumnos: observaban sus esfuerzos con indiferencia y —pensó Jim— con un cierto desprecio.

Entonces la tensión estalló: la puerta se abrió de repente e irrumpieron en la sala dos señoras hechas un basilisco. Nadie mayor de veintiún años había entrado antes en la academia, pero Van Vleck había recurrido directamente al Alto Mando. Aquellas mujeres eran la señora de Clifton Garneau y la señora de Poindexter Katzby, dos de las mujeres más elegantes y, en aquel momento, más irritadas de Southampton. Iban a buscar a sus hijas, como en nuestros días hacen tantas madres.

El asunto acabó en tres minutos.

—Y, en cuanto a usted —gritó la señora de Clifton Garneau con una voz que daba miedo—, ¡se le ha ocurrido montar un bar y un fumadero de opio infantil! Es usted maligno, horrible, incalificable. ¡Puedo oler los vapores de la morfina! Y no me diga que no huelo los vapores de la morfina. ¡Huelo los vapores de la morfina!

—Y —prosiguió la señora de Poindexter Katzby— se junta con negros. ¡Tiene chicas negras escondidas! ¡Voy a llamar a la policía!

No contentas con llevarse a sus hijas como si fueran ovejas, se empeñaron en provocar el éxodo de las amigas de sus hijas. Jim ni siquiera se emocionó cuando algunas —incluida la pequeña Martha Katzby, antes de ser secuestrada por su madre— se le acercaron y le estrecharon la mano. Pero todas se fueron, con arrogancia o pesar, o entre murmullos avergonzados de disculpa.

—Adiós —les dijo con tristeza—. Mañana por la mañana os devolveré el dinero que os debo.

Y, después de todo, no les daba pena irse. En la calle, el ruido de los motores al arrancar, el triunfante rugido de los tubos de escape que taladraba el aire templado de septiembre, era un ruido de alegría: ruido de juventud y esperanzas tan altas como el sol. Corrían hacia el mar, hacia las olas, para olvidarse de él y del malestar de haber presenciado su humillación.

Se fueron, y se quedó solo, con Hugo. Se sentó de pronto, con la cara entre las manos.

—Hugo —dijo con voz ronca—, no nos quieren aquí.

—No te preocupes —dijo una voz.

Levantó la vista y vio a Amanthis, de pie, a su lado.

—Es mejor que se vaya con ellos —dijo Jim—. Es mejor que no la vean conmigo.

—¿Por qué?

—Porque ahora pertenece a la alta sociedad, y para esa gente yo no valgo más que un criado. Usted forma parte de la alta sociedad: ése era mi plan. Es mejor que se vaya, o no la invitarán a sus fiestas.

—No iban a invitarme, Jim —dijo Amanthis con ternura—. No me han invitado a la fiesta de mañana.

Jim la miró indignado.

—¿No la han invitado?

Amanthis negó con la cabeza.

—¡Los obligaré! —dijo Jim, furioso—. ¡Les diré que la inviten! Les… Les…

Se le acercó. Le brillaban los ojos.

—No te preocupes, Jim —lo tranquilizó—. No te preocupes. No me importan. Mañana celebraremos una fiesta, tú y yo, solos.

—Soy de buena familia —dijo Jim, desafiante—, aunque pobre.

Amanthis le apoyó suavemente la mano en el hombro.

—Te entiendo. Eres mejor que todos ellos juntos, Jim.

Jim se levantó, se acercó a la ventana y miró tristemente la caída de la tarde.

—Creo que debería haber dejado que siguieras durmiendo en aquella hamaca.

Amanthis se echó a reír.

—Estoy contentísima de que no lo hicieras.

Jim se volvió y miró la sala, y se le ensombreció el semblante.

—Barre y cierra, Hugo —dijo; la voz le temblaba—. Se acabó el verano y nos vamos a casa.

El otoño había llegado pronto. Cuando Jim Powell se despertó a la mañana siguiente encontró fría la habitación, y el fenómeno de su aliento helado en septiembre absorbió su atención un instante, borrando el día anterior. Y entonces la desdicha le deformó la cara, porque recordó la humillación que había puesto fin al alegre esplendor del verano. Lo único que le quedaba era volver a donde lo conocían, donde a los blancos no les decían por las buenas cosas como las que a él le habían dicho allí.

Después del desayuno recuperó algo de su chispeante buen humor. Era un hijo del Sur: obsesionarse con un problema era impropio de su temperamento. Sólo podía recordar una ofensa un número limitado de veces antes de que se disolviera en el gran vacío del pasado.

Pero cuando, por la fuerza de la costumbre, se dirigió a su negocio inexistente, ya tan obsoleto como el desaparecido gimnasio de Snorkey, el corazón volvió a llenársele de melancolía. Allí estaba Hugo, espectro de la desesperación, sumido en la pena negra, a la sombra de las esperanzas rotas de su amo.

Normalmente unas palabras de Jim bastaban para provocarle un arrebato inexplicable, pero aquella mañana no había palabras que decir. Durante los dos últimos meses Hugo había vivido en una cima hasta entonces imposible de imaginar. Había disfrutado de un trabajo apasionante y sencillo: llegaba antes de hora a la academia y, cuando salían los alumnos del señor Powell, nunca se decidía a irse.

El día se transformaba muy despacio en una noche no demasiado halagüeña. Amanthis no apareció y Jim se preguntó, con sensación de desamparo, si no se habría arrepentido de cenar con él aquella noche. Quizá sería mejor que no los vieran juntos. Pero, reflexionó con tristeza, era imposible que los vieran: todos iban al gran baile en casa de los Harlan.

Cuando el crepúsculo llenó de sombras insoportables la academia, cerró por última vez, quitó el cartel de «James Powell, P. J., Dados, Nudillos de Hierro y Guitarra» y volvió al hotel. Al repasar sus cuentas descubrió entre garabatos y borrones que debía un mes de alquiler y algunas facturas de ventanas rotas y los materiales que apenas había usado. Jim había vivido lujosamente, y ahora advertía que, desde el punto de vista de las finanzas, no iba a sacarle provecho alguno al verano.

Cuando terminó, desempaquetó el esmoquin y lo examinó, pasando la mano por el satén de las solapas y el forro. El traje, por lo menos, era suyo, y quizá en Tarleton lo invitaran a alguna fiesta donde poder lucirlo.

—¡Dios bendito! —dijo con sorna—. A fin de cuentas, sólo era un desastre de academia y un mal negocio. Cualquiera de esos chicos que rondan por el garaje de casa se las hubiera apañado mejor que yo.

Silbando *Jeanne de la ciudad de los gominolas* con un ritmo más bien animado, Jim se puso el primer esmoquin de su vida y se dirigió al centro del pueblo.

—Orquídeas —dijo al dependiente. Examinó su compra con orgullo. Sabía que ninguna chica en el baile de los Harlan luciría algo más hermoso que aquellas flores exóticas que languidecían sobre helechos verdes.

Fue a la pensión de Amanthis en un taxi cuidadosamente elegido para que pareciera un coche particular. Amanthis bajó con un traje de noche rosa en el que las orquídeas se fundieron como los colores de un atardecer.

—Creo que podríamos ir al Hotel Casino —sugirió Jim—; a menos que prefieras otro sitio.

En la mesa, mirando el mar oscuro, empezó a sentir una tristeza contenida. El frío había obligado a cerrar las ventanas, pero la orquesta tocaba *Kalula* y *Luna de los mares del Sur*, y, por un instante, ante la belleza juvenil de Amanthis, tuvo la sensación de ser un personaje romántico de la vida que lo rodeaba. No bailaron, y lo prefería así: se hubiera acordado de otra fiesta más alegre y animada, a la que no estaban invitados.

Después de cenar, tomaron un taxi y durante una hora recorrieron los caminos de arena, mirando a través de los árboles el mar estrellado.

—Quiero darte las gracias —dijo Amanthis— por todo lo que has hecho por mí, Jim.

—No hay de qué: los Powell debemos estar unidos.

—¿Qué piensas hacer?

—Mañana me voy a Tarleton.

—Lo siento —dijo en voz baja—. ¿Vas en coche?

—Sí. Tengo que ir en mi coche porque, si lo vendiera, no me pagarían lo que vale. No estarás pensando en que lo hayan robado de tu granero, ¿verdad? —preguntó, alarmado de repente.

Amanthis reprimió una sonrisa.

—No.

—Siento mucho todo esto… por ti —continuó Jim, con voz ronca—. Y… me hubiera gustado ir a

una sola de sus fiestas. No deberías haberte quedado conmigo ayer: quizá por eso no te han invitado.

—Jim —sugirió con ilusión—, vamos a oír la
música desde fuera de la casa.

—Saldrán —objetó él.

—No, hace demasiado frío. Y, además, no pueden hacerte más de lo que ya te han hecho.

Amanthis le dio al taxista la dirección y, minutos después, se detuvieron frente a la adusta belleza decimonónica de la mansión de los Harlan: se
derramaba su alegría por las ventanas, manchando
de luz el césped. Se oían risas dentro de la casa, y el
sonido quejumbroso de los modernos instrumentos de viento, y el incesante, lento y misterioso roce de los pasos de baile.

—Vamos a acercarnos —murmuró Amanthis,
extasiada—. Quiero oír.

Caminaron hacia la casa, a la sombra de los
grandes árboles. Jim avanzaba con miedo. De repente se detuvo y cogió a Amanthis del brazo.

—¡Dios mío! —exclamó, con un susurro emocionado—. ¿Sabes qué es eso?

—¿El vigilante nocturno? —Amanthis lanzó a
su alrededor una mirada asustada.

—¡Es la Rastus Muldoon's Band, de Savannah!
Los oí una vez, y los conozco. ¡Es la Rastus Muldoon's Band!

Se acercaron más, hasta que pudieron ver, primero, peinados a la Pompadour, y, luego, desco-
llantes cabezas masculinas, y altos moños, y hasta
cabezas de chicas peladas como chicos, apoyadas
en la pechera de un esmoquin, bajo pajaritas ne-

gras. Podían distinguir conversaciones entre las risas inacabables. Dos siluetas aparecieron en el
porche, bebieron rápidamente un trago de sus pe-
tacas y volvieron al interior. Pero la música había
embrujado a Jim Powell. Tenía la mirada fija y movía los pies como un ciego.

Apretados, muy juntos, detrás de unos arbustos oscuros, escuchaban. La canción acabó. Soplaba una brisa marina y Jim se estremeció. Entonces
murmuró con tristeza:

—Siempre he querido dirigir esa orquesta,
aunque sólo fuera una vez —su voz se apagó—.
Venga, vámonos. Sé que aquí estoy de sobra.

Le tendió la mano, pero Amanthis, en lugar de
tomarla, salió de repente de los arbustos, a la luz
que se derramaba por las ventanas.

—Vamos, Jim —dijo de pronto—. Vamos a
entrar.

—¿Cómo?

Lo cogió del brazo y, aunque retrocedía, horrorizado y estupefacto ante su audacia, Amanthis
insistió, lo empujó hacia la gran puerta principal.

—¡Ten cuidado! —dijo con voz entrecortada—.
Van a salir de la casa y nos van a ver.

—No, Jim —dijo Amanthis con firmeza—.
Nadie va a salir de la casa, pero dos personas van a
entrar.

—¿Por qué? —preguntó aterrorizado, a la luz
deslumbradora de las lámparas de la entrada—.
¿Por qué?

—¿Por qué? —se burló Amanthis—. Pues porque este baile es en mi honor.

Jim pensó que se había vuelto loca.

—Vámonos a casa antes de que nos vean —le suplicó.

Las grandes puertas se abrieron y un caballero apareció en el porche. Jim, horrorizado, reconoció a Madison Harlan. Hizo un movimiento que sugería que iba a echar a correr y emprender la huida. Pero el hombre bajó las escaleras y tendió los brazos a Amanthis.

—Bienvenida, por fin —exclamó—. ¿Dónde diablos os habíais metido? Prima Amanthis... —la besó y se dirigió amablemente a Jim—. En cuanto a usted, señor Powell —continuó—, tendrá que prometernos, por haber llegado tarde, que dirigirá una canción de la orquesta.

Hacía buen tiempo en Nueva Jersey, excepto en las zonas que cubría el agua, cuestión que sólo incumbe a los peces. Los turistas que recorrían kilómetros y kilómetros de verdor detenían sus coches frente a una gran casa de campo destartalada y anticuada, y miraban el columpio rojo en el jardín y el porche amplio y sombrío, y suspiraban y continuaban su camino, desviándose un poco para no atropellar a un criado negro como el azabache. El criado, en la carretera, se afanaba con martillo y clavos en un armatoste destrozado que ostentaba en la parte trasera la leyenda «Tarleton, Georgia».

Una chica rubia, con la piel tostada, estaba tumbada en una hamaca, como si fuera a quedarse dormida en cualquier momento. A su lado se sentaba un caballero que vestía un traje extraordinariamente estrecho. El día antes habían vuelto juntos de las playas de moda de Southampton.

—Cuando apareciste por primera vez —explicaba la chica—, creí que no volvería a verte, así que me inventé la historia del barbero y todo eso. La verdad es que nunca he salido mucho, con o sin nudillos de hierro. Este otoño saldré.

—Reconozco que tengo mucho que aprender.

—¿Sabes? —continuó Amanthis, mirándolo un poco nerviosa—. Mis primos me habían invitado a ir a Southampton, y, cuando me dijiste que ibas allí, sentí curiosidad. Siempre duermo en casa de los Harlan, pero alquilé una habitación en la pensión para que no me descubrieras. No llegué en el tren que te había dicho porque salí antes para advertirles a todos que fingieran no conocerme.

Jim se levantó. Asentía con la cabeza en señal de comprensión.

—Creo que es mejor que Hugo y yo nos vayamos ya. Tengo que llegar a Baltimore esta noche.

—Está lejos.

—Esta noche quiero dormir en el Sur —se limitó a decir.

Recorrieron juntos el sendero y pasaron frente la estúpida estatua de Diana.

—¿Sabes? —dijo Amanthis con ternura—. No hay que ser más rico que en Georgia para..., para andar por aquí —se interrumpió de repente—. ¿Volverás el año que viene para montar otra academia?

—No, señora, no. Ese señor Harlan me dijo que siguiera con la que tenía y le dije que no.

—¿Tienes…? ¿Has ganado dinero?

—No, señora —contestó—. Todavía me queda algo de lo que tenía, lo suficiente para volver a casa. Ni siquiera recuperé lo que invertí. Llegó a sobrarme el dinero, pero vivía a lo grande, y tenía que pagar el alquiler y los instrumentos y los músicos, y además tuve que devolverles a los alumnos lo que me habían adelantado por las clases.

—¡No tenías por qué hacerlo! —exclamó Amanthis, indignada.

—No querían aceptar el dinero, pero los obligué a aceptarlo.

No consideró necesario mencionar que el señor Harlan había intentado darle un cheque.

Llegaron al coche cuando Hugo clavaba el último clavo. Jim sacó de la guantera una botella sin etiqueta que contenía un líquido entre amarillo y blancuzco.

—Me gustaría hacerle un regalo —dijo tímidamente—, pero se me acabó el dinero antes de comprarlo, así que ya le mandaré algo desde Georgia. Esto es sólo un recuerdo personal. No es para que se lo beba, pero, cuando se vista usted de largo, quizá pueda enseñarles a esos chicos cómo sabe el auténtico whisky.

Amanthis cogió la botella.

—Gracias, Jim.

—No hay de qué —se volvió hacia Hugo—. Creo que nos vamos ya. Devuélvele a la señora el martillo.

—Ah, puedes quedarte el martillo —dijo Amanthis, llorando—. ¿Me prometes que volverás?

—Algún día, quizá.

Miró un instante el pelo rubio y los ojos azules nublados de sueño y lágrimas. Entonces subió al coche y, cuando los pies encontraron los pedales, su comportamiento cambió de repente.

—Debo decirle adiós, señora —anunció con impresionante dignidad—. Nos vamos a pasar el invierno al Sur.

Su sombrero de paja apuntaba hacia Palm Beach, San Agustín, Miami. El criado giró la manivela de arranque, ocupó su asiento y se integró en la intensa vibración que sacudió al automóvil.

—A pasar el invierno al Sur —repitió Jim, y añadió dulcemente—: Eres la chica más bonita que he conocido. Vuelve a tu hamaca, y duerme, duerme…

Era casi una nana, tal como pronunciaba las palabras. Se inclinó ante Amanthis, solemne, profundamente, y todo el Norte participó del esplendor de su reverencia.

Y se fueron carretera abajo entre una ridícula nube de polvo. Antes de que llegaran a la primera curva Amanthis los vio frenar en seco, apearse y clavar la parte de arriba en la parte de abajo del coche. Volvieron a sus asientos sin mirar a su alrededor. Luego tomaron la curva y se perdieron de vista, dejando, como única señal de su paso, una neblina dorada.

Absolución

Absolución *apareció en junio de 1924 en la nueva revista de H. L. Mencken,* The American Mercury, *y fue recogido en* All the Sad Young Men. *Se ha especulado sin fundamento sobre su relación con* El gran Gatsby. *Escrito en junio de 1923,* Absolución *formaba parte de un primer borrador perdido de la novela, pero no figuraba en la última versión manuscrita de* Gatsby. *Fitzgerald se lo explicó así a Maxwell Perkins, director de la editorial Scribner: «Como sabes, tenía que haber sido el prólogo de la novela, pero rompía la armonía del proyecto». Rudolph Miller debe ser considerado como una prefiguración del personaje que se transformaría en James Gatz, y no del joven Gatsby.*

I

Érase una vez un sacerdote de ojos fríos y húmedos que, en el silencio de la noche, derramaba frías lágrimas. Lloraba porque las tardes eran cálidas y largas y era incapaz de conseguir una absoluta unión mística con Nuestro Señor. A veces, hacia las cuatro, bajo su ventana, se oía un rumor de chicas suecas en el sendero, y en sus risas estridentes descubría una terrible disonancia que lo empujaba a rezar en voz alta para que cayera pronto la tarde. Al atardecer las risas y las voces se apaciguaban, pero más de una vez había pasado por la tienda de Romberg cuando ya era casi de noche y las luces amarillas brillaban en el interior y resplandecían los grifos de níquel del agua de Seltz, y el perfume en el aire del jabón de tocador barato le había parecido desesperadamente dulce. Pasaba por allí cuando volvía de confesar a los fieles los sábados por la tarde, hasta que tomó la precaución de cruzar a la otra acera de la calle, para que el perfume del jabón se disolviera en el aire, flotando como incienso hacia la luna de verano, antes de llegarle a la nariz.

Pero era imposible eludir la vehemente locura de las cuatro de la tarde. Desde la ventana, hasta donde alcanzaba a ver, el trigo de Dakota cubría el valle del río Rojo. Era terrible la visión del trigo, y el dibujo de la alfombra, a la que, angustiado, bajaba los ojos, transportaba su imaginación melancólica a través de laberintos grotescos, siempre abiertos al sol inevitable.

Una tarde, cuando había llegado al punto en que la mente se para como un reloj viejo, el ama de llaves acompañó a su estudio a un hermoso y perspicaz chico de once años llamado Rudolph Miller. El chiquillo se sentó en una mancha de sol, y el sacerdote, en su escritorio de nogal, fingió estar muy ocupado: quería disimular el alivio de que alguien entrara en su habitación embrujada.

Cuando se volvió, se sorprendió al clavar la vista en aquellos dos ojos enormes, un poco separados, iluminados por chispas de luz color cobalto. Aquella mirada lo asustó al principio, pero enseguida se dio cuenta de que su visitante tenía miedo, un miedo abyecto.

—Te tiemblan los labios —dijo el padre Schwartz con voz cansada.

El niño se tapó con la mano la boca temblorosa.

—¿Te ha pasado algo? —preguntó el padre Schwartz con brusquedad—. Quítate la mano de la boca y cuéntame qué te pasa.

El chico —el padre Schwartz lo reconoció entonces: era el hijo de uno de sus feligreses, el señor Miller, el transportista— se quitó de mala gana la mano de la boca y empezó a hablar, con un murmullo desesperado.

—Padre Schwartz, he cometido un pecado terrible.

—¿Un pecado contra la pureza?

—No, padre… Peor.

El padre Schwartz se estremeció visiblemente.

—¿Has matado a alguien?

—No, pero tengo miedo de que… —la voz subió hasta convertirse en un gemido agudo.

—¿Quieres confesarte?

El niño, apesadumbrado, negó con la cabeza. El padre Schwartz se aclaró la garganta para que la voz sonara dulce cuando dijera algo agradable y consolador. En aquel instante debía olvidar su propio dolor e intentar actuar como Dios. Repitió mentalmente una jaculatoria, esperando que, en correspondencia, Dios lo ayudara a comportarse como debía.

—Cuéntame lo que has hecho —dijo con su nueva y dulce voz.

El niño lo miró a través de las lágrimas, reconfortado por la impresión de flexibilidad moral que había conseguido transmitirle el turbado sacerdote. Poniéndose, cuanto era capaz, en manos de aquel hombre, Rudolph Miller empezó a contar su historia.

—El sábado, hace tres días, mi padre me dijo que tenía que confesarme porque llevaba un mes sin hacerlo, y mi familia se confiesa todas las semanas, y yo no me había confesado. Pero yo no fui a confesarme, me daba lo mismo. Lo dejé para después de cenar porque estaba jugando con mis amigos, y mi padre me preguntó si había ido, y le dije que no, y me cogió por el cuello y me dijo que fuera inmediatamente, y yo le dije que muy bien, y fui a la iglesia. Y mi padre me gritó: «No vuelvas hasta que no te hayas confesado»…

II

El sábado, tres días antes

Volvieron a caer los pliegues tenebrosos de la cortina del confesionario, dejando sólo a la vista la suela del zapato viejo de un hombre viejo. Detrás de la cortina, un alma inmortal estaba a solas con Dios y con el reverendo Adolphus Schwartz, el párroco. Empezó a oírse un bisbiseo laborioso, sibilante y discreto, interrumpido de vez en cuando por la voz del sacerdote, que hacía preguntas perfectamente audibles.

Rudolph Miller se arrodilló en el reclinatorio, junto al confesionario, y esperó, nervioso, esforzándose en escuchar, y también en no escuchar, lo que se decía en el confesionario. El hecho de que la voz del sacerdote fuera audible lo alarmó. Llegaba su turno, y las tres o cuatro personas que esperaban podrían oír sin ningún escrúpulo cómo admitía haber violado el sexto y el noveno mandamientos.

Rudolph nunca había cometido adulterio, ni había deseado a la mujer del prójimo, pero le resultaba particularmente difícil confesar otros pecados más o menos relacionados con aquéllos. Saboreaba, por contraste, las faltas menos vergonzosas: formaban un fondo gris que atenuaba la marca de ébano que los pecados sexuales imprimían en su alma.

Se tapaba los oídos con las manos, con la esperanza de que los demás notaran su negativa a oír y, por cortesía, hicieran con él lo mismo, cuando un brusco movimiento del penitente en el confesionario lo empujó a esconder precipitadamente la cara en el hueco del brazo. El miedo tomó una forma sólida, acomodándose a la fuerza entre su corazón y sus pulmones. Ahora ponía los cinco sentidos en arrepentirse de sus pecados, no porque tuviera miedo, sino porque había ofendido a Dios. Debía convencer a Dios de que estaba arrepentido y, para conseguirlo, primero debería convencerse a sí mismo. Después de una violenta lucha con sus emociones, llegó a sentir una tímida compasión de sí mismo y decidió que ya estaba preparado. Si impedía que cualquier otro pensamiento penetrara en su mente, y conseguía conservar intacta aquella emoción hasta el momento de entrar en el gran ataúd vertical, habría sobrevivido a una nueva crisis de su vida religiosa.

Por un instante, sin embargo, una idea diabólica casi se apoderó de él. Podría volver a casa ahora, antes de que le tocara el turno, y decirle a su madre que había llegado demasiado tarde, cuando el sacerdote ya se había ido. Una cosa así implicaba, por desgracia, el riesgo de que descubrieran la mentira. También podía decir, y era otra alternativa, que se había confesado, pero, en tal caso, hubiera tenido que evitar comulgar al día siguiente, porque la hostia consagrada, recibida por un alma impura, se hubiera convertido en veneno en su boca y él se hubiera desplomado en el comulgatorio, exánime y condenado para siempre.

Otra vez se oía la voz del padre Schwartz:

—Y por los tuyos…

Las palabras se confundieron en un ronco murmullo, y Rudolph, nervioso, se puso de pie. Le parecía imposible confesarse aquella tarde. Estaba indeciso, tenso. Entonces brotaron del confesionario un golpe seco, un crujido y un frufrú sostenido. La celosía se abrió y la cortina tembló: la tentación había llegado demasiado tarde.

—Ave María Purísima. Déme su bendición, padre, porque he pecado… Yo, pecador, me confieso a Dios todopoderoso y a usted, padre, porque he pecado… Hace un mes y tres días que me confesé por última vez… Me acuso de…, de haber tomado el nombre de Dios en vano…

Éste era un pecado venial. Sus blasfemias sólo habían sido fanfarronerías, y confesarlas era poco menos que una bravata.

—… de haberme portado mal con una anciana.

La sombra triste se movió ligeramente al otro lado de la celosía.

—¿Cómo, hijo mío?

—Fue la señora Swenson —el murmullo de Rudoph se elevó con júbilo—. Nos había quitado la pelota de béisbol porque había golpeado en su ventana, y no quería devolvérnosla, y entonces estuvimos gritándole toda la tarde: «Fuera, fuera».

Y, a eso de las cinco, le dio un ataque y tuvieron que llevarla al médico.

—Sigue, hijo mío.

—Me acuso de no creer que soy hijo de mis padres.

—¿Cómo? —la pregunta demostraba verdadera perplejidad.

—De no creer que soy hijo de mis padres.

—¿Por qué?

—Ah, por orgullo nada más —respondió el penitente sin darle importancia al asunto.

—¿Quieres decir que piensas que eres demasiado bueno para ser hijo de tus padres?

—Sí, padre —las palabras sonaban ahora con menos júbilo.

—Sigue.

—Me acuso de ser desobediente y de ponerle motes a mi madre. De hablar mal de la gente. De haber fumado…

Ya se le habían acabado los pecados veniales y se estaba acercando a los pecados que le dolía confesar. Se oprimía la cara con los dedos, como si fueran rejas entre las que debía exprimir la vergüenza de su corazón.

—De decir palabras feas y tener malos pensamientos y deseos impuros —musitó en voz muy baja.

—¿Cuántas veces?

—No lo sé.

—¿Una vez a la semana? ¿Dos veces?

—Dos veces a la semana.

—¿Has cedido a esos deseos?

—No, padre.

—¿Estabas solo cuando los tuviste?

—No, padre. Estaba con dos chicos y una chica.

—¿No sabes, hijo mío, que debes evitar las ocasiones de pecado tanto como el pecado mismo? Las malas compañías conducen a los deseos impuros; y los deseos impuros, a las acciones impuras. ¿Dónde estabas?

—En un granero detrás de…

—No quiero oír nombres —lo interrumpió bruscamente el sacerdote.

—Bueno, estábamos en el pajar, y esta chica y…, bueno, un amigo, decían cosas…, cosas impuras… Y yo me quedé.

—Deberías haberte ido… Deberías haberle dicho a la chica que se fuera.

¡Debería haberse ido! No podía contarle al padre Schwartz cómo le había latido el pulso, qué rara y romántica excitación lo había poseído al oír aquellas cosas extrañas. Quizá en los reformatorios, entre las chicas incorregibles de mirada dura e idiotizada, se encuentran aquéllas por las que ha ardido el fuego más puro.

—¿Tienes algo más que contarme?

—Creo que no, padre.

Rudoph sintió un gran alivio. Le sudaban las manos, entrelazadas con fuerza.

—¿No has dicho mentiras?

La pregunta lo sobresaltó. Como todos los que mienten por costumbre e instinto, sentía un respeto inmenso, un temor reverencial por la verdad. Algo casi ajeno a él le dictó una respuesta rápida y ofendida.

—No, no, padre. Jamás digo mentiras.

Durante unos segundos, como el plebeyo en el trono del rey, saboreó con orgullo la situación. Y entonces, mientras el sacerdote empezaba a murmurar convencionales consejos, se dio cuenta de que, al negar heroicamente haber dicho mentiras, había cometido un pecado terrible: había mentido bajo confesión.

Obedeciendo automáticamente al padre Schwartz, que le pedía que se arrepintiera de sus pecados, empezó a rezar en voz alta, sin darse mucha cuenta de lo que decía:

—Señor mío y Dios mío, me arrepiento de todo corazón de haberos ofendido...

Tenía que arreglar aquello inmediatamente: era un pecado grave; pero, mientras sus labios se cerraban tras las últimas palabras de la oración, se oyó un golpe sordo. La rejilla del confesionario también se había cerrado.

Un instante después, a la luz del crepúsculo, el alivio de salir de la iglesia bochornosa y respirar el aire libre del mundo de trigo y cielo aplazó la plena conciencia de lo que había hecho. En lugar de preocuparse, aspiró profundamente el aire vigorizante y repitió entre dientes una y otra vez las palabras «¡Blatchford Sarnemington! ¡Blatchford Sarnemington!».

Blatchford Sarnemington era él mismo, y aquellas palabras eran como un poema o una canción. Cuando se convertía en Blatchford Sarnemington emanaba de él una amable nobleza. Blatchford Sarnemington vivía de triunfo en triunfo, triunfos extraordinarios y dramáticos. Cuando Rudolph entornaba los ojos significaba que Blatchford se había apoderado de él, y a su paso se oían murmullos de envidia: «¡Blatchford Sarnemington! ¡Por ahí va Blatchford Sarnemington!».

Ahora, por un instante, era Blatchford, mientras volvía a casa por el camino lleno de baches, pero cuando el camino se cubrió de asfalto y se convirtió en la calle principal de Ludwig, la euforia de Rudolph se desvaneció: tenía la cabeza fría, le horrorizaba su mentira. Dios, por supuesto, ya la conocía. Pero Rudolph se reservaba un rincón de su mente donde estaba a salvo de Dios, donde planeaba los subterfugios con los que a menudo engañaba a Dios. Escondido en aquel rincón, ahora reflexionaba sobre la mejor manera de evitar las consecuencias de su mentira.

Tenía que arreglárselas como fuera para no comulgar al día siguiente. Era demasiado grande el riesgo de ofender a Dios hasta tal punto. Podría beber agua *por descuido* a la mañana siguiente, y así, de acuerdo con las leyes de la Iglesia, no podría comulgar aquel día. A pesar de su poca consistencia, éste fue el subterfugio más factible que se le ocurrió. Tras reconocer los riesgos que implicaba, se estaba concentrando en la mejor manera de llevarlo a la práctica, cuando dobló la esquina de la tienda de Romberg y apareció la casa de su padre.

III

El padre de Rudolph, el transportista local, había llegado con la segunda oleada de emigrantes alemanes e irlandeses a la región de Minnesota y Dakota. En teoría, en aquel tiempo y lugar un joven emprendedor disponía de grandes oportunidades, pero Carl Miller había sido incapaz de labrarse, entre sus superiores y subalternos, la reputación de casi absoluta imperturbabilidad que es esencial para tener éxito en los negocios basados en la jerarquía. Aunque algo tosco, no era, sin embargo, lo suficientemente testarudo, ni sabía aceptar como indiscutibles ciertas relaciones fundamentales, y esta incapacidad lo hacía ser desconfiado y estar permanentemente inquieto y descontento.

Mantenía dos vínculos con la alegría de vivir: su fe en la Iglesia católica romana y una veneración mística por James J. Hill, constructor del Empire. Hill era la apoteosis de aquella cualidad que le faltaba a Miller: el sentido de la realidad, la intuición, la capacidad de presentir la lluvia en el aire que te da en la cara. La inteligencia de Miller se malgastaba en decisiones que ya habían tomado otros, y nunca en su vida tuvo la sensación de que de sus manos dependía el equilibrio de algo, aunque fuera la cosa más simple. Su cuerpo cansado, lleno aún de energía, más pequeño de lo normal, envejecía a la sombra gigantesca de Hill. Llevaba veinte años viviendo en el nombre de Hill y Dios.

Nada mancillaba la paz de aquel domingo cuando Carl Miller se despertó a las seis de la mañana. Arrodillado junto a la cama, inclinó sobre la almohada la cabeza canosa y amarillenta y los bigotes de color indefinido, y rezó unos minutos. Luego se quitó el camisón —como todos los de su generación, nunca había soportado los pijamas— y embutió su cuerpo delgado, pálido, sin vello, en la ropa interior de lana.

Se afeitó. Silencio en el dormitorio donde su mujer dormía inquieta; silencio en el rincón del pasillo donde, aislada por una cortina, estaba la cama de su hijo y donde su hijo dormía entre los libros de Alger, su colección de vitolas de puro, sus banderines apolillados —«Cornell», «Hamlin», «Recuerdos de Pueblo, Nuevo México»— y otros tesoros de su vida privada. Miller podía oír los pájaros que chillaban fuera de la casa, el revolotear de las gallinas y, como ruido de fondo, débil, acercándose, más fuerte, el traqueteo del tren de las seis y cuarto, directo a Montana y las verdes costas. Entonces, mientras el agua fría goteaba de la toalla que tenía en la mano, levantó la cabeza de repente: había oído un ruido furtivo, abajo, en la cocina.

Secó rápidamente la navaja de afeitar, se puso los tirantes y escuchó. Alguien andaba por la coci-

554

na y, por las pisadas ligeras, adivinó que no era su mujer. Con la boca entreabierta, bajó corriendo las escaleras y abrió la puerta de la cocina.

En el fregadero, con una mano en el grifo que todavía goteaba y un vaso de agua en la otra, estaba su hijo. Los ojos del chico, todavía bajo el peso del sueño, de una belleza asustada y llena de reproches, se encontraron con los del padre. El chico estaba descalzo, y se había remangado la camisa y los pantalones del pijama.

Se quedaron inmóviles un instante: las cejas de Carl Miller bajaron, y se alzaron las de su hijo, como si quisieran encontrar un equilibrio entre las emociones opuestas que los embargaban. Entonces el bigote del padre descendió portentosamente hasta ensombrecerle la boca. El padre echó un vistazo alrededor para comprobar si todo seguía en su sitio.

La luz del sol aureolaba la cocina, se estrellaba en las cacerolas y daba a la madera lisa del suelo y a la mesa un color amarillo y limpio, de trigo. La cocina era el centro de la casa, con el fuego encendido y los cazos encajados en cazos como si fueran juguetes, y el silbido permanente del vapor, y una suave tonalidad pastel. Nada había sido cambiado de sitio, no habían tocado nada, excepto el grifo en el que seguían formándose gotas de agua que caían en la pila con un instantáneo fulgor blanco.

—¿Qué haces?

—Tenía mucha sed y se me ha ocurrido bajar a…

—Creía que ibas a comulgar.

Una expresión de vehemente asombro se dibujó en la cara de su hijo.

—Se me había olvidado.

—¿Has bebido agua?

—No…

En el mismo instante en que la palabra se le escapó de los labios Rudolph se dio cuenta de que se había equivocado al responder, pero los ojos apagados e indignados que lo miraban habían dictado la verdad antes de que interviniera la voluntad del chico. Ahora comprendía además que ni siquiera tendría que haber bajado a la cocina; por una vaga necesidad de verosimilitud había querido dejar un vaso mojado, como prueba, en el fregadero. Lo había traicionado la honradez de su imaginación.

—¡Tira el agua! —ordenó el padre.

Rudolph volcó el vaso con desesperación.

—¿Se puede saber qué te pasa? —preguntó Miller, de mal humor.

—Nada.

—¿Fuiste ayer a confesarte?

—Sí.

—¿Por qué ibas a beber agua entonces?

—No lo sé. Se me había olvidado.

—Puede que te importe más pasar un poco de sed que tu religión.

—Se me había olvidado —Rudolph sentía cómo se le saltaban las lágrimas.

—Ésa no es manera de responder.

—Bueno, es lo que me ha pasado.

—¡Pues ten más cuidado! —la voz del padre era aguda, insistente, inquisitiva—: Si eres tan desmemoriado que hasta puedes olvidar tu religión, habrá que tomar medidas.

Rudolph llenó un opresivo instante de silencio diciendo:

—La recuerdo perfectamente.

—Primero descuidas tu religión —gritó su padre, atizando su propia rabia—, luego empiezas a mentir y a robar, y el siguiente paso es el reformatorio.

Ni siquiera esta amenaza, ya familiar, hizo más hondo el abismo que Rudolph veía ante sí. O lo confesaba todo inmediatamente, exponiéndose a que, con toda seguridad, su cuerpo recibiera una paliza feroz, o atraía sobre sí los truenos del infierno al recibir el Cuerpo y la Sangre de Cristo con un sacrilegio en el alma. Y, de las dos posibilidades, la primera le parecía más terrible: no temía tanto a los golpes como a la rabia salvaje, desahogo de hombre inútil, que se escondía tras ellos.

—¡Deja ese vaso, sube y vístete! —ordenó el padre—. Y cuando vayamos a la iglesia, antes de comulgar, deberías arrodillarte para pedirle a Dios perdón por tu descuido.

Cierto énfasis involuntario en las palabras del padre actuó como catalizador sobre la confusión y el miedo de Rudolph. Una furia incontrolada y orgullosa se apoderó de él, y arrojó con rabia el vaso al fregadero.

Su padre emitió un ruido ronco, forzado, y se lanzó sobre él. Rudolph lo esquivó, tropezó con una silla y trató de pasar al otro lado de la mesa. Gritó cuando una mano le agarró el pijama, por el hombro, y sintió el impacto seco de un puño en la sien, y golpes de refilón en el pecho y la espalda.

Mientras intentaba ponerse fuera del alcance de su padre, que lo arrastraba por el suelo o lo levantaba cuando instintivamente le sujetaba el brazo, Rudolph, consciente de la humillación y de los golpes, no abrió la boca, excepto para reírse histéricamente alguna vez. Entonces, en menos de un minuto, las bofetadas cesaron de repente. El padre agarraba a Rudolh con fuerza, y padre e hijo temblaban y farfullaban, comiéndose la mitad de las sílabas, palabras sin sentido, hasta que Carl Miller obligó a su hijo a subir las escaleras entre empellones y amenazas.

—¡Vístete!

Rudolph estaba histérico y helado. Le dolía la cabeza, y tenía en el cuello un arañazo largo y superficial, una marca de las uñas del padre, y sollozaba y temblaba mientras se vestía. Sabía que su madre esperaba en la puerta, en bata, arrugando la cara arrugada, que se comprimía y se deformaba, y del cuello a la frente se cubría de un remolino de arrugas nuevas. Despreciando la impotencia asustada de la madre, y rechazándola sin miramientos cuando intentó untarle una pomada en el cuello, se lavó deprisa, entre sollozos. Luego salió de casa con su padre, camino de la iglesia católica.

IV

Andaban sin hablar, salvo cuando Carl Miller reconocía maquinalmente a aquellos con quienes se cruzaban. Sólo la respiración entrecortada de Rudolph rompía el silencio cálido del domingo.

El padre se detuvo con resolución ante la puerta de la iglesia.

—He decidido que lo mejor es que vuelvas a confesarte. Dile al padre Schwartz lo que has hecho y pídele perdón a Dios.

—¡Tú también has perdido los nervios! —se apresuró a contestar Rudolph.

Carl Miller dio un paso hacia su hijo, que, prudentemente, retrocedió.

—Vale, me confesaré.

—¿Vas a hacer lo que te he dicho? —preguntó el padre con un murmullo ronco.

—Sí, sí.

Rudolph entró en la iglesia y, por segunda vez en dos días, se acercó al confesionario y se arrodilló. La celosía se abrió casi instantáneamente.

—Me acuso de no haber rezado al despertarme.

—¿Nada más?

—Nada más.

Sintió júbilo y ganas de llorar. Nunca más volvería a anteponer con tanta facilidad una abstracción a las necesidades de su tranquilidad y su orgullo. Había traspasado una línea invisible: era plenamente consciente de su soledad, consciente de que la soledad afectaba a los momentos en que era Blatchford Sarnemington, pero también a toda su vida íntima. Hasta entonces, fenómenos como sus ambiciones disparatadas y su mezquina timidez y sus miedos mezquinos sólo habían sido rincones privados, secretos, no reconocidos ante el trono de su alma oficial. Ahora sabía, inconscientemente, que aquellos rincones privados eran su propio yo, él mismo, y que todo lo demás era una fachada vistosa y una bandera convencional. La presión del ambiente lo había empujado al camino secreto y solitario de la adolescencia.

Se arrodilló en el banco, al lado de su padre. Empezó la misa. Mantenía la espalda erguida —cuando estaba solo, apoyaba el trasero en el banco— y saboreaba la idea de venganza, una venganza dolorosa y sutil. A su lado, su padre le pedía a Dios que perdonara a Rudolph, y también pedía perdón por su arrebato de ira. Miró de reojo a su hijo, y se sintió más tranquilo al ver que ya no tenía la cara tensa, de rabia, y que había dejado de sollozar. La gracia de Dios, inherente al Sacramento, haría el resto, y quizá, después de la misa, todo iría mejor. En su corazón estaba orgulloso de Rudolph, y empezaba a sentirse sinceramente arrepentido, no sólo formalmente, de lo que había hecho.

Habitualmente el paso de la bandeja para la colecta era para Rudolph un momento muy importante de la misa. Si, como sucedía a menudo, no tenía dinero, se sentía avergonzado e irritado, e inclinaba la cabeza y fingía no ver la bandeja, para que Jeanne Brady, en el banco vecino, no se diera cuenta y no sospechara un caso grave de indigencia familiar. Pero aquel día miró fríamente la bandeja mientras pasaba ante sus ojos, casi rozándolo, y advirtió con momentáneo interés que contenía muchísimas monedas.

Pero, cuando tintineó la campanilla para la comunión, se estremeció. No existía ningún motivo para que Dios no le parara el corazón. Durante las últimas doce horas había cometido una serie de pecados mortales, a cual más grave, y ahora iba a rematar la serie con un sacrilegio blasfemo.

—*Domine, non sum dignum; ut interes sub tectum meum; sed tantum dic verbum, et sanabitur anima mea.*

Hubo un rumor, movimiento en los bancos, y los comulgantes desfilaron hacia el altar con los ojos bajos y las manos juntas. Los más piadosos unían las puntas de los dedos para formar pequeñas cúpulas. Entre ellos estaba Carl Miller. Rudolph lo siguió hasta el comulgatorio y se arrodilló, apoyando, sin darse cuenta, la barbilla en el mantel blanco. La campanilla tintineó con fuerza y el sacerdote se volvió hacia los comulgantes sosteniendo la Hostia blanca sobre el copón:

—*Corpus Domini nostri Jesu Christi custodiat animam tuam in vitam aeternam.*

Un sudor frío cubrió la frente de Rudolph cuando empezó la comunión. El padre Schwartz avanzaba por la fila, y Rudolph, que cada vez tenía más ganas de vomitar, sintió cómo las válvulas de su corazón desfallecían por voluntad de Dios. Le pareció que la iglesia se oscurecía y que la cubría un gran silencio, roto sólo por el confuso murmullo que anunciaba que se iba acercando el Creador del Cielo y de la Tierra. Hundió la cabeza entre los hombros y esperó el golpe.

Entonces sintió un fuerte codazo en el costado. Su padre le daba con el codo para que se mantuviera derecho y no se apoyara en el comulgatorio; faltaban dos personas para que llegara el sacerdote.

—*Corpus Domini nostri Jesu Christi custodiat animam tuam in vitam aeternam*.

Rudolph abrió la boca. Sintió sobre la lengua el pegajoso sabor a cera de la hostia. Permaneció inmóvil durante un periodo de tiempo que pareció interminable, con la cara todavía levantada, y la Hostia intacta en la boca, sin disolverse. Y otra vez lo espabiló el codo de su padre, y vio que la gente se alejaba del altar, como hojarasca, y, con los ojos bajos, sin mirar a ninguna parte, volvía a los bancos, a solas con Dios.

Rudolph estaba a solas consigo mismo, empapado en sudor, hundido en el pecado mortal. Mientras volvía a su sitio, sus pezuñas de demonio resonaron con fuerza contra el suelo de la iglesia, y supo que llevaba en el corazón un veneno negro.

V

el aire, y se mueve, no comprende de orden revuelta
venganza, perdón, a fin de que diese a la vez toda
una clase de enseñanza como cuando la voluntad de

Sagitta Volante in Dei

El precioso chiquillo de ojos como piedras azules y pestañas que se abrían como pétalos había terminado de confesarle al padre Schwartz su pecado, y el rectángulo de sol en el que se sentaba había recorrido en la habitación el espacio de media hora. Ya estaba menos asustado: se había librado del peso de su historia, y lo notaba. Sabía que mientras estuviera en aquella habitación, con aquel sacerdote, Dios no le pararía el corazón, así que suspiró y permaneció sentado, en silencio, a la espera de que el sacerdote hablara.

Los ojos fríos y húmedos del padre Schwartz seguían fijos en los dibujos de la alfombra, donde el sol resaltaba las esvásticas y los pámpanos muertos y estériles y la pálida copia de unas flores. El tictac del reloj del recibidor sonaba con insistencia camino del atardecer, y la habitación oscurecida y la tarde tras los cristales traían una monotonía irremediable, rota de vez en cuando por los golpes lejanos de un martillo, que resonaban en el aire seco. Los nervios del sacerdote estaban tensos, a punto de saltar, y las cuentas de su rosario se arrastraban y retorcían como serpientes sobre el paño verde del escritorio. No recordaba lo que tenía que decir.

Más allá de cuanto existía en aquella perdida ciudad sueca, era consciente de los ojos de aquel chiquillo: unos ojos preciosos, de pestañas que parecían nacer sin ganas, curvándose hacia atrás como si quisieran volver a los ojos.

El silencio persistía, y Rudolph esperaba, y el sacerdote se esforzaba en recordar algo que se le iba, se le iba cada vez más lejos, y el tictac del reloj resonaba en la casa triste. Entonces el padre Schwartz miró fijamente al chico y, con una voz rara, dijo:

—Cuando mucha gente se reúne en los sitios mejores, las cosas resplandecen.

Rudolph se sobresaltó y miró al padre Schwartz.

—Digo que... —empezó a hablar el sacerdote, y se interrumpió para escuchar algo—. ¿Oyes el martillo y el tictac del reloj y las abejas? Bueno, eso no significa nada. Lo importante es reunir a mucha gente en el centro del mundo, dondequiera que esté el centro del mundo. Entonces —y sus ojos húmedos se dilataron maliciosamente— las cosas resplandecen.

—Sí, padre —asintió Rudolph, sintiendo un poco de miedo.

—¿Qué vas a ser cuando seas mayor?

—Bueno, antes quería ser jugador de béisbol —respondió Rudolph, nervioso—, pero no creo que eso sea demasiado ambicioso, así que quiero ser actor u oficial de marina.

El sacerdote volvía a mirarlo fijamente.

—Sé exactamente lo que quieres decir —dijo con aire feroz.

Rudolph no quería decir nada en particular y las palabras del sacerdote lo hicieron sentirse más incómodo.

«Este hombre está loco», pensó, «y me da miedo. Quiere que lo ayude, no sé cómo, pero yo no quiero».

—Por tu aspecto, se diría que las cosas relucen —exclamó el padre Schwartz incoherentemente—. ¿Has ido alguna vez a una fiesta?

—Sí, padre.

—¿Te diste cuenta de que todo el mundo iba bien vestido? Eso es lo que quiero decir. Cuando llegaste a la fiesta, seguro que todos iban bien vestidos. Y a lo mejor dos niñas esperaban en la puerta y algunos chicos se apoyaban en el pasamanos de la escalera, y había jarrones llenos de flores.

—He ido a muchas fiestas —dijo Rudolph, aliviado por el rumbo que tomaba la conversación.

—Claro que sí —continuó el padre Schwartz con aire triunfal—. Sé que estás de acuerdo conmigo. Pero mi teoría es que, cuando mucha gente coincide en los sitios mejores, las cosas resplandecen sin cesar.

Rudolph se dio cuenta de que estaba pensando en Blatchford Sarnemington.

—Por favor, ¡escúchame! —ordenó el sacerdote con impaciencia—. Deja de preocuparte por lo que pasó el sábado. Sólo en el supuesto de que existiera una fe absoluta, la apostasía implicaría la absoluta condenación. ¿Está claro?

Rudolph no tenía la menor idea de lo que el padre Schwartz quería decir, pero asintió, y el sacerdote asintió también y volvió a su misteriosa preocupación.

—Sí —exclamó—, hoy existen luminosos tan grandes como las estrellas, ¿te das cuenta? Me han contado que en París, o en otro sitio, hay un luminoso tan grande como una estrella. Lo ha visto mucha gente, mucha gente feliz. Hoy día hay cosas que ni siquiera has soñado. Mira —se acercó más a Rudolph, pero el chico retrocedió, y el padre Schwartz volvió a retreparse en su sillón, con los ojos secos y ardientes—. ¿Has visto alguna vez un parque de atracciones?

—No, padre.

—Bueno, ve a ver un parque de atracciones —el sacerdote movió vagamente la mano—. Es parecido a una feria, sólo que con muchas más luces. Ve de noche a un parque de atracciones y obsérvalo a distancia desde la oscuridad, bajo los árboles oscuros. Verás una gran rueda hecha de luces que gira en el aire, y un tobogán inmenso por donde se deslizan barcas hasta el agua. Y en algún sitio está tocando una orquesta, y hay un olor a almendras garrapiñadas… Y todo brilla. Y, ¿sabes?, no te recordará a nada. Flotará en la noche como un globo de colores, como un gran farol amarillo colgado de un mástil.

El padre Schwartz frunció el entrecejo mientras, de repente, se le ocurría algo.

—Pero no te acerques demasiado —le advirtió—, porque, si te acercas demasiado, sólo sentirás el calor, el sudor y la vida.

Todas aquellas palabras le parecían a Rudolph extraordinariamente raras y terribles porque aquel hombre era un sacerdote. Allí estaba, sentado, medio muerto de miedo, mirando fijamente con los ojos muy abiertos, preciosos, al padre Schwartz. Pero, bajo el miedo, sentía que sus más íntimas convicciones habían sido confirmadas. En alguna parte existía algo inefablemente maravilloso que no tenía nada que ver con Dios. Ya no creía que Dios estuviera disgustado con él por su primera mentira, porque Dios habría comprendido que Rudolph había mentido para hacer la confesión más interesante, añadiendo a la nimiedad de sus pecados algo radiante, un poco de orgullo. Y, en el preciso instante en que proclamaba su honor inmaculado, un estandarte de plata ondeaba al viento en algún sitio, entre el crujir del cuero y el fulgor de las espuelas de plata, y una tropa de caballeros esperaba el amanecer en una colina verde. El sol encendía estrellas de luz en sus armaduras como en el cuadro de los coraceros alemanes en Sedán que había en su casa.

Pero ahora el sacerdote murmuraba palabras ininteligibles, doloridas, y el chico empezó a sentir un miedo incontrolable. El miedo entró de pronto por la ventana abierta y la atmósfera de la habitación cambió. El padre Schwartz cayó bruscamente de rodillas, desplomado, y ahora apoyaba la espalda contra una silla.

—Dios mío —gritó, con una voz extraña, antes de derrumbarse.

Y de las ropas gastadas del sacerdote se desprendió una opresión humana, y se mezcló con el leve olor de la comida que se pudría en los rincones. Rudolph lanzó un grito y abandonó el lugar corriendo, aterrorizado, mientras el hombre yacía inmóvil, llenando la sala, llenándola de voces y rostros, una multitud de voces, pura ecolalia, hasta que estalló una carcajada aguda e inacabable.

Al otro lado de la ventana el siroco azul temblaba sobre el trigo, y chicas rubias paseaban sensualmente por los caminos que unían los campos, gritándoles frases inocentes y excitantes a los muchachos que trabajaban en los trigales. Bajo los vestidos de algodón se adivinaba la forma de las piernas, y el borde de los escotes estaba tibio y húmedo. Hacía ya cinco horas que la vida fértil y caliente ardía en la tarde. Dentro de tres horas sería de noche, y en toda la región aquellas rubias nórdicas y aquellos altos muchachos de las granjas se tenderían junto al trigo, bajo la luna.

Rags Martin-Jones
y el Príncipe de G—les

Rags Martin-Jones y el Pr-ncipe de G-les *fue publicado en* McCall's *(julio de 1924) e incluido en* All the Sad Young Man. *Aparte de su calidad como relato, es interesante como recreación de* El pirata de la costa. *Ambos relatos tratan en clave humorística un tema central en la obra de Fitzgerald: la capacidad de la imaginación para transformar la realidad.*

I

El *Majestic* entró suave y silenciosamente en el puerto de Nueva York una mañana de abril. Despreció a los remolcadores y a los transbordadores lentos como tortugas, hizo un guiño a una pequeña embarcación joven y llamativa, y apartó de su camino a un barco de ganado con el estridente silbido de un chorro de vapor. Luego atracó en su dársena particular con los aspavientos de una señora gorda al sentarse y anunció complacido que acababa de llegar de Cherburgo y Southampton con los pasajeros más distinguidos del mundo.

Los pasajeros más distinguidos del mundo permanecían en cubierta y saludaban estúpidamente con la mano a los pobres familiares que esperaban en el muelle unos guantes traídos de París. Hacía mucho que una gran pasarela había conectado el *Majestic* con Norteamérica cuando el transatlántico empezó a vomitar a los pasajeros más distinguidos del mundo, que resultaron ser Gloria Swanson, dos empleados del departamento de compras de Lord & Taylor, el ministro de Hacienda de Graustark con una propuesta para financiar la deuda, y un rey africano que llevaba todo el invierno intentando desembarcar en algún sitio y sentía un mareo horroroso.

Los fotógrafos trabajaban febrilmente mientras el río de pasajeros desembocaba en el muelle. Se produjo un estallido de aplausos y vítores cuando aparecieron en sendas camillas dos individuos del Medio Oeste que la noche anterior habían estado bebiendo hasta perder el sentido.

Poco a poco el muelle se fue quedando vacío, pero, cuando la última botella de Benedictine alcanzó la orilla, los fotógrafos aún permanecían en sus puestos. Y el oficial encargado del desembarco seguía al pie de la pasarela, y consultaba su reloj y echaba un vistazo a cubierta como si una parte importante del pasaje continuara a bordo. Por fin los mirones del muelle lanzaron una interminable exclamación de asombro cuando un numeroso séquito empezó a descender de la cubierta B.

Abrían la marcha dos criadas francesas que llevaban en brazos dos perritos pelirrojos, seguidas por un regimiento de mozos, ciegos e invisibles bajo innumerables ramos de flores, otra criada con un huerfanito de ojos tristes al gusto francés y, pegado a sus talones, el segundo oficial arrastrando tres perros lobos neurasténicos con gran desgana de unos y otro.

Una pausa. Y entonces el capitán, sir Howard George Witchcraft, apareció en la borda, acompañado de lo que bien podía ser un montón de magníficas pieles de zorro plateado.

¡Rags Martin-Jones, después de cinco años en las capitales de Europa, volvía a su tierra natal!

Rags Martin-Jones no era un perro. Era una mezcla de chica y flor, y, al estrechar la mano del capitán sir Howard George Witchcraft, sonrió como si acabaran de contarle el más reciente y picante chiste del mundo. La gente que aún no había abandonado el muelle sintió el temblor de aquella sonrisa en el aire de abril y se volvió a mirarla.

Descendió despacio por la pasarela. Llevaba el sombrero, un experimento caro e incomprensible, aplastado bajo el brazo, así que su corto pelo de chico, pelo de presidiaria, intentaba en vano ondear al viento del puerto. Su cara era como una mañana de boda, salvo por un detalle: un ridículo monóculo le cubría un ojo claro, azul, infantil. A cada paso las pestañas, muy largas, le arrancaban el monóculo, y ella reía, con una risa feliz y aburrida, y se ponía el monóculo arrogante en el otro ojo.

¡Top! Sus cuarenta y siete kilos de peso llegaron al muelle, que pareció tambalearse e inclinarse ante la impresión de su belleza. Algunos estibadores perdieron el conocimiento. Un tiburón grande y sentimental que había seguido al transatlántico saltó desesperado para volver a verla antes de zambullirse con el corazón roto, de retorno a las profundidades marinas. Rags Martin-Jones acababa de regresar a casa.

Ningún miembro de su familia había ido a esperarla, por la sencilla razón de que ella era el único miembro de su familia que seguía vivo. En 1913 sus padres habían preferido hundirse juntos en el *Titanic* antes que separarse, y una niña de diez años había heredado el patrimonio de los Martin-Jones. Fue lo que se dice una pena.

A Rags Martin-Jones (todo el mundo había olvidado su verdadero nombre hacía años) la estaban fotografiando ahora desde todos los ángulos. El monóculo insistía en caérsele, y ella seguía riendo y bostezando y poniéndose otra vez el monóculo, así que era imposible obtener una imagen clara, excepto las que filmaba una cámara de cine. Entre los fotógrafos había un joven guapo y despistado, con la llama casi voraz del amor ardiéndole en los ojos, que había ido a esperarla al muelle. Se llamaba John M. Chestnut, ya había escrito la historia de su triunfo en los negocios para el *American Magazine*, y estaba enamorado sin esperanza de Rags desde los días en que ella, como las mareas, había caído bajo la influencia de la luna de verano.

Cuando por fin Rags se dio cuenta de su presencia, camino de la salida del puerto, lo miró sin inmutarse, como si no lo hubiera visto en su vida.

—Rags —empezó él—, Rags…

—¿Eres John M. Chestnut? —preguntó, examinándolo con gran interés.

—¡Por supuesto! —exclamó, enfadado—. ¿Estás intentando aparentar que no me conoces? ¿No me has escrito para pedirme que venga a esperarte?

Ella se echó a reír. Un chófer había aparecido a su lado, y Rags se quitaba el abrigo entre contorsiones, dejando al descubierto un vestido a cuadros grandes y llamativos, azules y grises. Se agitó como un pájaro mojado.

—Tengo un montón de porquerías que declarar —comentó distraídamente.

—Yo, también —dijo Chestnut, angustiado—, y lo primero que quiero declarar es que te he querido, Rags, cada minuto desde que te fuiste.

Rags lo detuvo con un gruñido.

—¡Por favor! Había algunos chicos norteamericanos en el barco. Ese tema ya me aburre.

—¡Dios mío! —exclamó Chestnut—. ¿Quieres decir que le das a mi amor la misma importancia que a lo que te hayan podido decir en un barco?

Había elevado la voz, y alguna gente se volvió para mirar.

—Shhh —le regañó ella—. No quiero montar un espectáculo. Si quieres que salga contigo mientras esté aquí, tendrás que ser menos violento.

Pero John M. Chestnut parecía incapaz de controlar su voz.

—¿Quieres decir —la voz le temblaba, y seguía elevándose— que has olvidado lo que me dijiste en este mismo muelle un jueves, hace exactamente cinco años?

La mitad de los pasajeros del transatlántico miraba ahora la escena en el muelle, y otro pequeño remolino de curiosos se asomaba a la puerta de la aduana.

—John —su indignación iba en aumento—, si vuelves a levantarme la voz, me ocuparé de que no te falten oportunidades de enfriar tu ánimo. Voy al Hotel Ritz. Recógeme allí esta tarde.

—Pero... ¡Rags! —protestó con la voz quebrada—. ¡Escucha! Hace cinco años...

Entonces los mirones del muelle tuvieron el gusto de presenciar un curioso espectáculo: una dama bellísima, con un vestido a cuadros grises y azules, dio un decidido paso al frente para agarrar a un joven muy nervioso que tenía al alcance de la mano.

El joven emprendió la retirada y buscó instintivamente donde apoyar el pie, pero, encontrando el vacío, descendió apaciblemente los diez metros de altura del dique y se hundió con estruendo, no sin dar una voltereta poco airosa, en las aguas del río Hudson.

Sonó un grito de alarma, y hubo un tumulto en el muelle hasta que su cabeza salió a flote. Nadaba con facilidad, y, dándose cuenta de esto, la joven que, al parecer, había sido la causa del accidente se inclinó sobre la dársena y formó un megáfono con las manos.

—Estaré en el hotel a las cuatro y media —gritó.

Y con un alegre movimiento de la mano, que el caballero hundido no pudo devolver, se ajustó el monóculo, lanzó una mirada arrogante a la multitud y abandonó el lugar de los hechos con absoluta tranquilidad.

II

Los cinco perros, las tres criadas y el huérfano francés estaban instalados en la mayor *suite* del Ritz, y Rags retozaba perezosamente en una bañera vaporosa, fragante de hierbas, donde dormitó casi una hora. Acabada aquella tarea, celebró varias entrevistas de negocios: recibió al masajista, a la manicura y a un peluquero de París que le devolvió al corte de pelo su longitud propia de criminales. Cuando John M. Chetsnut llegó a las cuatro se encontró con media docena de abogados y banqueros, los administradores del fideicomiso de los Martin-Jones, que esperaban en el vestíbulo. Llevaban allí desde la una y media, y habían alcanzado un estado de nerviosismo evidente.

Tras ser sometido a un riguroso examen por una de las criadas, quizá para asegurarse de que estaba absolutamente sobrio, John fue conducido inmediatamente a presencia de *mademoiselle*. *Mademoiselle* estaba en su dormitorio, tumbada en la *chaise-longue* entre dos docenas de almohadones de seda que la acompañaban a todas partes. John entró en la habitación algo cohibido y la saludó con una ceremoniosa reverencia.

—Tienes mejor aspecto —dijo Rags, incorporándose entre los almohadones y observándolo con ojos escrutadores—. Has recuperado el color.

John le agradeció fríamente el cumplido.

—Deberías salir todas las mañanas... —y luego, intempestivamente, anunció—: Mañana vuelvo a París.

John Chestnut respiraba con dificultad.

—Ya te escribí que no pensaba quedarme en ningún caso más de una semana —añadió.

—Pero, Rags...

—¿Y por qué iba a quedarme? En Nueva York no conozco a nadie que sea divertido.

—Pero, Rags, ¿no puedes darme una oportunidad? ¿No te podrías quedar... diez días, por ejemplo, para conocerme un poco?

—¡Conocerte! —su tono daba a entender que John era ya un libro abierto y muy manoseado—. Me gustaría encontrar un hombre capaz de tener un gesto de valor, de galantería.

—¿Quieres decir que te gustaría que me convirtiera en una pantomima?

Rags dejó escapar un suspiro de disgusto.

—Quiero decir que no tienes ni chispa de imaginación —le explicó con paciencia—. Los norteamericanos no tienen imaginación. París es la única gran ciudad donde puede respirar una mujer civilizada.

—¿No me tienes ningún cariño?

—No hubiera atravesado el Atlántico para verte si no te lo tuviera. Pero en cuanto les eché un vistazo a los norteamericanos que viajaban en el barco, me di cuenta de que no podría casarme con un norteamericano. Acabaría detestándote, John, y la única alegría que encontraría en el matrimonio sería la alegría de destrozarte el corazón.

Empezó a serpentear entre los cojines hasta casi desaparecer de su vista.

—He perdido el monóculo —explicó.

Después de buscar infructuosamente en las profundidades de seda, descubrió el cristal fugitivo, colgándole del cuello, a su espalda.

—Quisiera querer a alguien, estar enamorada —continuó, volviéndose a colocar el monóculo en el ojo de niña—. En Sorrento, la primavera pasada, estuve a punto de fugarme con un rajá indio, pero era demasiado moreno, y una de sus otras mujeres me caía terriblemente antipática.

—¡No digas más tonterías! —gritó John, ocultando la cara entre las manos.

—Bueno, no me casé con él —protestó Rags—. Pero tenía mucho que ofrecerme. Era la tercera fortuna del Imperio Británico. Por cierto, ¿eres rico?

—No tan rico como tú.

—Eso es verdad. ¿Qué puedes ofrecerme?

—Amor.

—¡Amor! —volvió a desaparecer entre los cojines—. Mira, John, para mí la vida es una serie de tiendas resplandecientes con un vendedor a la puerta frotándose las manos y diciendo: «Utilice nuestros servicios. Somos la mejor tienda del mundo». Y yo entro a comprar con mi monedero lleno de belleza, dinero y juventud. «¿Qué vende usted?», le pregunto, y el comerciante se frota las manos y dice: «Bueno, *mademoiselle*, hoy tenemos un amor absolutamente maravilloso». A veces no le queda en el almacén, pero, en cuanto se da cuenta de que me sobra el dinero, manda a buscarlo a donde sea. Ah, siempre me da amor antes de que me vaya, y gratis. Ésa es mi única venganza.

John Chestnut se levantó desesperado y dio un paso hacia la ventana.

—No te tires —exclamó Rags inmediatamente.

—Como quieras —lanzó el cigarrillo a la avenida Madison.

—Tú no tienes la culpa —dijo Rags con voz más dulce—. Aunque seas aburrido y soso, te tengo más cariño del que me gusta reconocer. Pero la vida sigue. Y nunca pasa nada.

—Pasan muchas cosas —insistió John—. Hoy se ha producido un asesinato intelectual en Hoboken y un suicidio por poderes en Maine. El Congreso debate una ley para esterilizar a los agnósticos…

—El humor no me interesa —respondió Rags—, pero por el amor y las aventuras siento una predilección casi atávica. Mira, John, el mes pasado, durante una cena, en mi misma mesa, dos hombres se jugaron a cara o cruz el reino de Schwartzberg-Rhineminster. En París conocí a un tal Blutchdak que había sido el auténtico provocador de la guerra mundial y tenía planeada otra para dentro de dos años.

—Bueno, aunque sólo sea para darte un respiro, sal conmigo esta noche —dijo John, tenaz.

—¿Adónde? —preguntó Rags con desdén—. ¿Crees que todavía me hacen ilusión una sala de fiestas y una botella de algún licor azucarado? Prefiero mis propios sueños en colores.

—Te llevaré al sitio más excitante de la ciudad.

—¿Sí? ¿Qué tiene de especial? Dime qué tiene de especial.

Entonces John Chestnut expulsó una gran bocanada de aire y miró con cautela a su alrededor, como si temiera que pudiesen oírlo.

—Bueno, para serte sincero —dijo en voz baja, preocupado—, si alguien se enterara, podría ocurrirme algo terrible.

Rags se incorporó y los almohadones cayeron a su alrededor como hojas.

—¿Estás insinuando que hay algo turbio en tu vida? —exclamó, a punto de echarse a reír—. ¿Esperas que me lo crea? No, John, diviértete tú haciendo siempre las mismas cosas trilladas, siempre las mismas.

Su boca, una rosa insolente y pequeña, dejó caer las palabras como si fueran espinas. John cogió de la silla el sombrero, el abrigo y el bastón.

—Por última vez, ¿quieres salir conmigo esta noche y ver… lo que haya que ver?

—¿Qué voy a ver? ¿A quién hay que ver? ¿Hay alguien en este país a quien merezca la pena ver?

—Bueno —dijo flemáticamente—, por ejemplo, al príncipe de Gales.

—¿Ha vuelto a Nueva York? —abandonó de un salto la *chaise- longue*.

—Llega esta noche. ¿Te gustaría verlo?

—¿Que si me gustaría? Nunca lo he visto. No he coincidido con él en ningún sitio. Daría un año de mi vida por verlo una hora —le temblaba la voz de emoción.

—Ha estado en Canadá. Llega de incógnito esta tarde para asistir al gran campeonato de boxeo. Y resulta que sé adónde va a ir esta noche.

Rags lanzó un grito agudo, arrebatado:

—¡Dominic! ¡Louise! ¡Germaine!

Las tres criadas entraron a la carrera. La habitación se llenó de pronto de vibraciones de una luz exagerada y frenética.

—¡Dominic, el coche! —gritó Rags en francés—. Perfume Saint Raphael, y mi vestido dorado y los zapatos con los tacones de oro auténtico. También las perlas grandes, todas las perlas, y ese diamante que es como un huevo, y las medias con bordados de zafiros. Germaine, llama al salón de belleza inmediatamente. Preparad el baño otra vez, más frío que el hielo y con mucha leche de almendras. Dominic, vuela a Tiffany, como un rayo, antes de que cierren. Búscame un prendedor, un medallón, una diadema, cualquier cosa, lo que sea, con el escudo de armas de los Windsor.

Manoseaba torpemente los botones del vestido, que le resbaló por los hombros en el instante en que John daba rápidamente media vuelta, camino de la salida.

—¡Orquídeas! —exclamó Rags—. ¡Orquídeas, por amor de Dios! Cuatro docenas, para que pueda elegir cuatro.

Y las criadas revoloteaban por la habitación como pájaros asustados.

—Perfume, Saint Raphael, abre la maleta de los perfumes; trae mis martas rosa, y mis ligas de diamantes, y el aceite de oliva para las manos. Dame eso. ¡Eso también, y eso, ah, y eso!

Digno y pudoroso, John Chestnut cerró la puerta a sus espaldas. Los seis fideicomisarios aún atestaban el recibidor, adoptando distintas posturas de cansancio, aburrimiento, resignación y desesperación.

—Caballeros —anunció John Chestnut—, me temo que la señorita Martin-Jones está demasiado cansada después del viaje para hablar con ustedes esta tarde.

III

—Este lugar se llama, por ninguna razón especial, el Agujero del Cielo.

Rags miró a su alrededor. Estaban en una terraza completamente abierta a la noche de abril. Sobre sus cabezas titilaban heladas las auténticas estrellas y, a occidente, la luna era una astilla de hielo en la oscuridad. Pero hacía tanto calor como en junio, y las parejas cenaban o bailaban sobre la pista de cristal opaco indiferentes a las inclemencias del cielo.

—¿Por qué hace calor? —murmuró Rags, camino de una mesa.

—Es un invento nuevo para mantener el aire caliente. No sé cómo lo consiguen, pero me consta que mantienen la misma temperatura que ahora incluso en pleno invierno.

—¿Dónde está el príncipe de Gales? —preguntó, inquieta.

John miró alrededor.

—No ha llegado todavía. Llegará dentro de una media hora.

Rags suspiró profundamente.

—Es la primera vez que me pongo nerviosa desde hace cuatro años.

Cuatro años: un año menos que el tiempo que él llevaba queriéndola. John se preguntaba si Rags, a los dieciséis años, una niña preciosa y alocada que pasaba las noches en restaurantes con oficiales que tenían que partir hacia Brest al día siguiente, perdiendo el hechizo de la vida demasiado pronto en los viejos, tristes y patéticos días de la guerra, había sido tan adorable como en aquel momento, bajo aquellas luces ambarinas y aquel cielo oscuro. Desde los ojos expectantes a los tacones de sus minúsculos zapatos, adornados con tiras de plata y oro de ley, era como uno de esos transatlánticos maravillosos que se construyen pieza a pieza dentro de una botella. Había sido acabada con el mismo cuidado, como si un especialista de la fragilidad hubiera dedicado su vida a construirla. John Chestnut quería cogerla, tenerla en la mano, darle vueltas, examinar la punta de un zapato o el filo de una oreja o mirar de cerca el material mágico con el que habían sido hechas sus pestañas.

—¿Quién es ése? —Rags señaló con el dedo a un apuesto latino que ocupaba una de las mesas.

—Es Roderigo Minerlino, la estrella de cine, el de los anuncios de crema facial. Quizá baile luego un rato.

Rags advirtió de repente el sonido de los violines y los tambores, pero la música parecía venir de muy lejos: parecía flotar sobre la noche vigorizante y sobre la pista, lejana como un sueño.

—La orquesta toca en otra terraza —explicó John—. Es una idea nueva. Mira, empieza el espectáculo.

Por una entrada oculta, una chica negra, delgada como un junco, emergió de repente en un círculo de luz barbárica y chillona: descendió sobrecogedoramente la música a un enloquecido tono menor, y la chica empezó a cantar una canción rítmica y trágica. Su cuerpo de junco pareció quebrarse bruscamente, e inició unos pasos de baile lentos e inacabables, sin destino y sin esperanza, como el fracaso de un sueño salvaje y desbaratado. Había perdido a Papa Jack, se quejaba y quejaba con histérica monotonía, desconsolada pero sin resignación. Uno por uno, los estrepitosos instrumentos de metal intentaban arrancarla del persistente ritmo de locura, pero sólo oía el rumor de los tambores que la aislaban en algún lugar perdido en el tiempo, entre miles de años olvidados. Cuando cesó el flautín, volvió a reducirse a una finísima línea morena, gimió con terrible y cortante intensidad, y se desvaneció en la oscuridad súbita.

—Si vivieras en Nueva York, sabrías perfectamente quién es —dijo John cuando volvió a brillar la luz ambarina—. Ahora actúa Sheik B. Smith, uno de esos humoristas necios y charlatanes que...

Calló. En el instante en que las luces se desvanecían para el segundo número, Rags había suspirado profundamente, inclinándose hacia delante en su silla. Sus ojos estaban inmóviles como los de un pointer, y John comprobó que se habían fijado en un grupo que acababa de entrar por una puerta lateral y elegía una mesa en la penumbra.

Las palmeras resguardaban la mesa, y al principio Rags sólo vislumbró tres formas confusas.

Luego distinguió una cuarta figura que parecía estar situada a propósito tras las otras tres: el óvalo pálido de un rostro coronado por un tenue resplandor de pelo rubio.

—¡Mira! —exclamó John—. Ahí está Su Majestad.

La respiración de Rags pareció extinguirse en la garganta con un susurro. Apenas si veía al humorista que, en un fulgor de luz blanca en la pista de baile, acababa de hablar; apenas si oía el constante rumor de risas que llenaba el aire. Pero sus ojos continuaban inmóviles, encantados. Había visto cómo uno de los miembros del grupo se inclinaba y murmuraba algo a otro, y, tras el humilde resplandor de una cerilla, el ascua de un cigarrillo brilló en la penumbra, al fondo. Perdió la noción del tiempo. Entonces algo se interpuso ante sus ojos, algo blanco, algo terriblemente urgente, y fue como si la sacudieran, y bruscamente se encontró bajo la luz de un foco, en el centro de un reducido círculo de luz. Empezó a ser consciente de que le hablaban desde alguna parte, de que una rápida estela de risas se extendía por la terraza, pero la luz la cegaba, e instintivamente hizo ademán de levantarse de la silla.

—Quédate sentada —le cuchicheó John a través de la mesa—. Eligen a alguien cada noche para este número.

Entonces se dio cuenta: era el humorista, Sheik B. Smith. Le hablaba, le explicaba algo que parecía increíblemente gracioso a todo el mundo, pero que para sus oídos sólo era un rumor impreciso, confuso. Instintivamente había controlado la expresión de su cara al primer impacto de la luz y ahora sonreía: era una demostración de su extraordinario dominio de sí misma. Insinuaba con aquella sonrisa una enorme indiferencia, como si no tuviera conciencia de la luz ni de los esfuerzos del humorista por aprovecharse de su belleza, pero como si se riera de ese individuo, infinitamente lejano, que con el mismo éxito podría haber lanzado sus dardos a la luna. Ya no era una dama: una dama hubiera reaccionado de manera violenta, lamentable o ridícula; Rags se limitó a ser absolutamente consciente de su propia belleza impenetrable, sentada allí, resplandeciente, hasta que el cómico empezó a sentirse solo, más solo que nunca. Hizo una señal y el foco se apagó de repente. El instante había acabado.

El instante había acabado. El cómico abandonó la pista y volvió la música lejana. John se inclinó hacia ella.

—Lo siento. No se podía hacer nada. Has estado maravillosa.

Rags dio por concluido el incidente con una risa despreocupada, y de pronto se sobresaltó: ahora sólo había dos hombres sentados a la mesa del otro lado de la pista.

—¡Se ha ido! —exclamó, con repentina angustia.

—No te preocupes: volverá. Tiene que ser terriblemente precavido, ya sabes, seguramente estará esperando fuera con alguno de sus asistentes hasta que vuelvan a apagar las luces.

—¿Por qué tiene que ser precavido?

—Porque nadie sabe que está en Nueva York. Incluso utiliza los apellidos de una rama poco conocida de la familia.

Otra vez las luces se hicieron más tenues, y casi inmediatamente un hombre alto surgió de la oscuridad y se acercó a la mesa.

—¿Permiten que me presente? —se dirigió a John con un arrogante acento británico—. Lord Charles Este, del séquito del barón Marchbank.

Miró atentamente a John, como si quisiera cerciorarse de que apreciaba en su justo valor lo que significaba aquel nombre.

John asintió.

—Es confidencial, ya me entiende.

—Por supuesto.

Rags buscó a tientas su copa de champán, intacta, y la vació de un trago.

—El barón Marchbank solicita que su acompañante se sume a su séquito durante el próximo número.

Los dos hombres miraron a Rags. Hubo un instante de silencio.

—Muy bien —dijo ella, y lanzó una mirada interrogativa a John, que volvió a asentir. Se levantó y, con el corazón latiéndole con fuerza, se abrió paso entre las mesas de la sala; luego se esfumó, delgada figura trémula de oro, entre las mesas en penumbra.

IV

El número se acercaba a su fin, y John Chestnut, solo en su mesa, agitaba la copa de champán en busca de nuevas burbujas. Y entonces, un segundo antes de que se encendieran las luces, se oyó un suave frufrú de ropa dorada, y Rags, ruborizada, respirando con dificultad, se sentó a su lado. Las lágrimas le brillaban en los ojos.

John la miró melancólicamente.

—Bueno, ¿qué ha dicho?

—Estaba muy callado.

—¿No ha dicho una palabra?

A Rags le temblaba la mano cuando cogió la copa de champán.

—Sólo me miraba en la oscuridad. Y ha dicho unas cuantas cosas convencionales. Era como sale en las fotos, pero parece muy aburrido y cansado. Ni siquiera me ha preguntado mi nombre.

—¿Se va de Nueva York esta noche?

—Dentro de media hora. Los está esperando un coche a la puerta, y esperan cruzar la frontera antes de que amanezca.

—¿Te ha parecido… fascinante?

Dudó unos segundos; luego, despacio, asintió con la cabeza.

—Es lo que dice todo el mundo —admitió John, taciturno—. ¿Esperan que vuelvas?

—No lo sé.

Miró indecisa a través de la pista, pero el célebre personaje había vuelto a abandonar su mesa, hacia algún refugio en el exterior. Dejó de mirar, y entonces un desconocido que llevaba un rato en la entrada principal se les acercó. Era un individuo mortalmente pálido, con un traje arrugado y poco apropiado. Apoyó una mano temblorosa en el hombro de John Chestnut.

—¡Monte! —exclamó John, y se incorporó tan bruscamente que derramó su champán—. ¿Qué hay? ¿Qué pasa?

—¡Han encontrado pruebas! —dijo el joven en un susurro inquietante. Miró alrededor—. Tengo que hablar contigo a solas.

John Chestnut se puso en pie de un salto, y Rags notó que tenía la cara blanca como la servilleta que llevaba en la mano. Se disculpó y se retiraron a una mesa vacía, a un metro de distancia. Rags los miró con curiosidad un instante, y luego siguió vigilando la mesa del otro lado de la pista. ¿Le habían pedido que esperara? El príncipe sólo se había levantado, había hecho una reverencia y se había ido. Quizá debería haber esperado hasta su regreso, pero, aunque seguía algo tensa por la emoción, había vuelto a ser, en gran medida, Rags Martin-Jones. Había satisfecho su curiosidad, y no tenía ningún otro deseo. Se preguntaba si lo que ella había sentido era una verdadera atracción, y se preguntaba especialmente si el príncipe había sido sensible a su belleza.

El individuo pálido que se llamaba Monte desapareció y John volvió a la mesa. Rags se asustó al descubrir que había sufrido un cambio extraordinario. Se derrumbó en la silla como un borracho.

—¡John! ¿Qué pasa?

En vez de responder, buscó la botella de champán, pero la mano le temblaba de tal manera que el líquido derramado formó un círculo húmedo y amarillo alrededor de la copa.

—¿Estás bien?

—Rags —dijo, titubeante—, estoy completamente acabado.

—¿Qué quieres decir?

—Te digo que estoy completamente acabado —se empeñó en sonreír de un modo enfermizo—. Se ha dictado una orden de busca y captura contra mí hace una hora.

—¿Qué has hecho? —preguntó con miedo en la voz—. ¿Por qué han dictado una orden de busca y captura?

Las luces se apagaron para el siguiente número, y John se derrumbó sobre la mesa.

—¿Por qué? —insistía ella, cada vez más preocupada mientras se inclinaba hacia John, que respondió con palabras apenas inteligibles—… ¿Asesinato? —Rags sentía cómo se iba quedando helada como la nieve.

John asintió. Rags lo cogió por los brazos e intentó reanimarlo, sacudiéndolo como si fuera una chaqueta. A John los ojos se le salían de las órbitas.

—¿Es verdad? ¿Tienen pruebas?

Volvió a asentir con gestos de borracho.

—¡Entonces tienes que salir del país inmediatamente! ¿Entiendes, John? Tienes que irte inmediatamente, antes de que vengan a buscarte —lanzó hacia la entrada una enloquecida mirada de terror—. ¡Dios mío! —exclamó—. ¿Por qué no haces algo? —miraba a todas partes con desesperación, y de repente clavó la mirada en un punto. Tomó aire, indecisa, y luego murmuró al oído de John febrilmente—: Si yo lo arreglo, ¿te irás a Canadá esta noche?

—¿Cómo?

—Yo lo arreglaré, si te tranquilizas un poco. Te lo dice Rags. ¿De acuerdo, John? Quiero que te quedes ahí sentado y no te muevas hasta que yo vuelva.

Un minuto después cruzaba la sala al amparo de la oscuridad.

—Barón Marchbank —murmuró suavemente, de pie detrás de una silla.

El barón le indicó con la mano que se sentara.

—¿Hay sitio en su coche para dos pasajeros más?

Uno de sus hombres de confianza reaccionó inmediatamente.

—El coche de Su Señoría está lleno —dijo escuetamente.

—Es muy urgente —a Rags le temblaba la voz.

—Bueno, no sé… —dijo el príncipe, dubitativo.

Lord Charles Este miró al príncipe y negó con la cabeza.

—No lo considero prudente. Se trata, en cualquier caso, de un asunto delicado, y tenemos órdenes en sentido contrario. Estábamos de acuerdo, como sabéis perfectamente, en que evitaríamos complicaciones.

El príncipe frunció el entrecejo.

—No es ninguna complicación —objetó.

Este se dirigió a Rags sin rodeos.

—¿Por qué es urgente?

Rags titubeó.

—¿Por qué? —se ruborizó—. Es una fuga, una boda secreta.

El príncipe se echó a reír.

—¡Dios mío! —exclamó—. No hay más que decir. Este se limita a cumplir con su deber. Vaya a buscar a su amigo, deprisa. Salimos inmediatamente, ¿no es así?

Este miró su reloj.

—¡Ahora mismo!

Rags salió como un rayo. Quería que el grupo abandonara la terraza mientras las luces seguían apagadas.

—¡Deprisa! —dijo al oído de John—. Vamos a cruzar la frontera… con el príncipe de Gales. Por la mañana estarás a salvo.

John la miró con ojos deslumbrados. Rags pagó la cuenta a toda prisa y, cogiéndolo del brazo, lo guió con la mayor discreción posible a la otra mesa, donde lo presentó con pocas palabras. El príncipe reconoció su presencia con un apretón de manos. Sus hombres de confianza inclinaron la cabeza, disimulando a duras penas su disgusto.

—Será mejor que nos pongamos en marcha —dijo Este, mirando con impaciencia el reloj.

Se estaban levantando, cuando, de pronto, se produjo una exclamación general: dos policías y un hombre pelirrojo, de paisano, acababan de aparecer en la puerta principal.

—Salgamos —dijo en voz baja Este, empujando al grupo hacia una salida lateral—. Parece que aquí va a haber jaleo.

Blasfemó: otros dos policías vigilaban aquella puerta. Se detuvieron indecisos. El hombre de paisano había empezado una cuidadosa inspección del público de las mesas.

Este miró severamente a Rags y luego a John, que buscaban la protección de las palmeras.

—¿Ese tipo los está buscando a ustedes? —preguntó Este.

—No —murmuró Rags—. Va a haber problemas. ¿No podemos salir por aquella puerta?

El príncipe, con creciente impaciencia, volvió a sentarse.

—Avisadme cuando estéis preparados para partir —le sonrió a Rags—: Creo que todos nos hemos metido en problemas por culpa de su cara bonita.

Entonces se encendieron todas las luces. El hombre de paisano, que no paraba de dar vueltas, saltó al centro de la pista de baile.

—¡Que nadie abandone la sala! —gritó—. ¡Que se siente aquel grupo que está detrás de las palmeras! ¿Está en la sala John M. Chestnut?

A Rags se le escapó un grito.

—Allí —ordenó el inspector al policía de uniforme que lo seguía—. Échele una ojeada a aquella alegre pandilla. ¡Manos arriba! ¡Vamos!

—¡Dios mío! —murmuró Este—. ¡Tenemos que salir de aquí! —se volvió hacia el príncipe—. Es intolerable, Ted. No es conveniente que te vean aquí. Los entretendré mientras llegas al coche.

Dio un paso hacia la puerta lateral.

—¡Manos arriba! —gritó el hombre de paisano—. Y cuando digo manos arriba, lo digo en serio. ¿Quién de ustedes es Chesnut?

—¡Usted ha perdido la cabeza! —exclamó Este—. Somos súbditos británicos. No tenemos nada que ver con este asunto.

Una mujer gritó en algún sitio, y hubo un movimiento general hacia el ascensor, un movimiento que se detuvo en seco ante las bocas de dos pistolas automáticas. Una chica se derrumbó sin sentido en la pista de baile, muy cerca de Rags, y en aquel preciso momento la música empezó a sonar en otra terraza.

—¡Que pare la música! —vociferó el hombre de paisano—. ¡Y, rápido, ponedle las esposas a toda esa pandilla!

Dos policías avanzaron hacia el grupo y, al mismo tiempo, Este y los hombres del séquito del príncipe sacaron sus revólveres, y, protegiendo al príncipe como mejor pudieron, comenzaron a abrirse paso poco a poco hacia uno de los lados de la sala. Sonó un disparo, y luego otro, seguidos por un estruendo de plata y porcelana rota: media docena de comensales habían volcado sus mesas para agazaparse rápidamente tras ellas.

Cundió el pánico. Se sucedieron tres disparos, e inmediatamente estalló una descarga cerrada. Rags vio cómo Este disparaba fríamente sobre las ocho luces amarillas del techo. Una densa humareda gris empezó a llenar el aire. Como una extraña y suave música de fondo para los disparos y los gritos, se oía el clamor incesante de la lejana orquesta de jazz.

Entonces, en un minuto, todo acabó. Un silbido agudo sonó en la terraza, y a través del humo Rags vio a John Chestnut que avanzaba hacia el hombre de paisano, con los brazos extendidos en señal de rendición. Hubo un último grito, nervioso, un estruendo escalofriante, como si alguien caminara por descuido sobre un montón de platos, y luego un pesado silencio se apoderó de la terraza, e incluso la música de la orquesta pareció desvanecerse.

—¡Todo ha terminado! —la voz de John Chestnut resonó con fuerza en el aire de la noche—. La fiesta ha terminado. ¡Todo aquel que quiera, puede irse a casa!

Continuaba el silencio. Rags pensó que era el silencio del miedo. El peso de la culpa había enloquecido a John Chestnut.

—Ha sido un gran espectáculo —gritaba—. Quiero daros las gracias a todos. Si podéis encontrar alguna mesa que siga en pie, se os servirá todo el champán que seáis capaces de beberos.

A Rags le pareció que la terraza y las altas estrellas empezaban de repente a girar y girar. Vio cómo John cogía la mano del inspector de policía y la estrechaba con fuerza, y vio cómo el inspector sonreía y se guardaba la pistola en el bolsillo. Volvía a sonar la música, y la chica que se había desmayado bailaba ahora con lord Charles Este en una esquina. John corría de un lado para otro dándole palmadas en la espalda a la gente, riendo y estrechando manos. Luego se acercó a Rags, alegre e inocente como un niño.

—¿No ha sido maravilloso? —exclamó.

Rags sintió que la abandonaban las fuerzas. Buscaba a tientas, a su espalda, una silla.

—¿Qué ha sido todo esto? —exclamó, aturdida—. ¿Estoy soñando?

—¡Ni mucho menos! Estás completamente despierta. Lo he organizado yo, Rags, ¿no te das cuenta? ¡Me lo he inventado yo! Lo único real era mi nombre.

Rags se derrumbó sobre John, aferrándose a las solapas de su chaqueta, y se hubiera caído al suelo si John no la hubiera cogido rápidamente entre sus brazos.

—¡Champán, rápido! —pidió, y luego le gritó al príncipe de Gales, que estaba cerca—: ¡Pide mi coche! La señorita Martin-Jones se ha desmayado de la emoción.

V

El rascacielos se alzaba voluminosamente a lo largo de treinta pisos de ventanas antes de estrecharse en un airoso pan de azúcar de resplandeciente blancura. Luego seguía ascendiendo treinta metros más, transformándose, para su última y frágil ascensión hacia el cielo, en una sencilla torre afilada. En la más alta de sus altas ventanas Rags Martin-Jones se exponía a la fuerte brisa mientras contemplaba la ciudad.

—El señor Chestnut la espera en su despacho.

Obedientemente, sus pequeños pies atravesaron la alfombra de una habitación fría y alta que dominaba el puerto y el ancho mar.

John Chestnut esperaba, sentado a su escritorio, y Rags se acercó a él y le echó el brazo por encima del hombros.

—¿Estás seguro de que eres real? —preguntó, anhelante—. ¿Estás completamente seguro?

—Sólo me escribiste una semana antes de llegar —protestó John humildemente—; si hubiera tenido más tiempo, habría montado una revolución.

—¿Todo aquello era sólo por mí? —preguntó Rags—. Todo aquel montaje absolutamente inútil, maravilloso, ¿fue sólo por mí?

—¿Inútil? —meditó John—. Bueno, al principio sí. A última hora invité al dueño de un gran restaurante, y mientras tú estabas en la mesa del príncipe le vendí la idea de la sala de fiestas.

John miró su reloj.

—Resuelvo un último asunto… y luego tendremos el tiempo justo para casarnos antes de comer —descolgó el teléfono—. ¿Jackson? Manda un telegrama por triplicado a París, Berlín y Budapest: que localicen en la frontera polaca a los dos duques falsos que se jugaban a cara o cruz el reino de Swartzberg-Rhineminster. Ah, si no baja la cotización, rebaja el tipo de cambio al triple cero dos. Otra cosa, ese idiota de Blutchdak está otra vez en los Balcanes, intentando desencadenar una nueva guerra. Dile que tome el primer barco que salga para Nueva York o enciérralo en una cárcel griega.

Colgó y se volvió hacia la sorprendida cosmopolita con una carcajada.

—La próxima parada es en el Ayuntamiento. Luego, si quieres, nos vamos a París.

—John —preguntó Rags con interés—, ¿quién era el príncipe de Gales?

John esperó a estar en el ascensor, descendiendo veinte pisos de golpe. Entonces tocó al ascensorista en el hombro.

—No tan rápido, Cedric. La señora no está acostumbrada a descender de las alturas.

El ascensorista se volvió, sonriendo. Su cara era pálida, ovalada, enmarcada en pelo rubio. A Rags se le encendió el rostro.

—Cedric es de Wessex —explicó John—. El parecido es, sin exagerar, asombroso. Los príncipes no son precisamente discretos, y sospecho que Cedric pertenece a alguna rama morganática de la familia real.

Rags se quitó el monóculo del cuello y pasó el cordón por la cabeza de Cedric.

—Gracias —dijo Rags— por la segunda mayor emoción de mi vida.

John Chestnut empezó a frotarse las manos con ademanes de comerciante.

—Utilice nuestros servicios, señora —le suplicaba a Rags—. ¡Somos la mejor tienda de la ciudad!

—¿Qué vende usted?

—Bueno, *mademoiselle*, hoy tenemos amor, un amor maravilloso, maravilloso.

—Envuélvamelo, señor comerciante —exclamó Rags Martin-Jones—. Me parece una ganga.

LO MÁS SENSATO

Lo más sensato *fue publicado en* Liberty *el 15 de julio de 1924 y recogido en* All the Sad Young Men. *Durante 1923 y 1924 Harold Ober había estado ofreciendo los cuentos de Fitzgerald a distintas revistas de gran difusión con el fin de elevar la cotización del escritor.* Lo más sensato *alcanzó una cotización de 1.750 dólares. Se trata de un cuento extraordinariamente logrado perteneciente al grupo de Gatsby; su tema es el amor y su pérdida. George O'Kelly recupera a su amada; pero el relato termina con la aceptación de que el amor es irrepetible, a diferencia de la creencia de Jay Gatsby de que podría repetir el pasado. (Los personajes masculinos de Fitzgerald son más fieles que los objetos de su devoción.) Como en muchos cuentos de Fitzgerald —Sueños de invierno, por ejemplo—, en* Lo más sensato *sucede un rápido cambio de fortuna que refleja las experiencias de Fitzgerald entre 1919 y 1920, cuando consiguió sus primeros éxitos y reconquistó a Zelda.*

I

A la hora de la comida, Hora Fundamental en Estados Unidos, el joven George O'Kelly ordenó su escritorio pausadamente y con fingido aire de interés. Nadie en la oficina debía notar que tenía prisa, porque el éxito es cuestión de atmósfera y no conviene airear que tienes la cabeza a mil kilómetros de tu trabajo.

Pero, en cuanto salió del edificio, apretó los dientes y echó a correr, lanzando una mirada, de vez en cuando y el alegre mediodía que anunciaba ya la primavera en Times Square, suspendido a menos de tres metros por encima de la multitud. La multitud alzaba un poco la vista y respiraba profundamente el aire de marzo, y el sol los deslumbraba, así que apenas si podían verse unos a otros: sólo veían su reflejo en el cielo.

George O'Kelly, con la imaginación a más de mil kilómetros de distancia, pensó que era horrible cuanto había bajo el sol. Se precipitó hacia el metro, y durante noventa y cinco calles mantuvo la mirada perdida en un cartel publicitario que mostraba con la mayor crudeza que sólo existía una posibilidad entre cinco de que conservara la dentadura diez años. En la calle 137 interrumpió su estudio del arte publicitario, salió del metro y echó a correr de nuevo. Emprendió una carrera incansable, angustiada, que lo condujo esta vez a su casa: una única habitación en un alto y horrible edificio de apartamentos en el centro de la nada.

Allí estaba, sobre el escritorio, la carta, escrita con tinta sagrada sobre papel bendito: en toda la ciudad, la gente, de haber prestado atención, hubiera podido oír los latidos del corazón de George O'Kelly. Leyó las comas, los borrones y la huella sucia de un dedo en el margen: entonces se arrojó desesperado sobre la cama.

Estaba en un aprieto, uno de esos terroríficos problemas que son acontecimientos normales en la vida de los pobres, que siguen a la pobreza como aves de rapiña. Los pobres salen a flote o se hunden, acaban mal o incluso se las apañan como pueden, siempre a la manera de los pobres, pero George O'Kelly tenía tan poca experiencia en la pobreza que si alguien le hubiera dicho que su caso no era único, se hubiera quedado estupefacto.

Hacía menos de dos años que había terminado sus estudios con las máximas calificaciones en el Instituto de Tecnología de Massachusetts y había encontrado empleo en una empresa del ramo de la construcción del sur de Tennessee. Durante toda su vida había pensado en términos de túneles, rascacielos, grandes diques y altos puentes de tres torres como una fila de bailarinas cogidas de la mano, con las faldas de cable de acero y la cabeza tan alta como una ciudad. A George O'Kelly le parecía romántico cambiar el curso de los ríos y la forma de las montañas para que la vida floreciera en las malas tierras del mundo donde jamás había arraigado nada. Amaba el acero, y soñaba con el acero, acero fundido, acero en lingotes, y en bloques, y en vigas, y en informes masas plásticas, esperándolo, como si fuera óleo y lienzo para la mano de un pintor: acero inagotable, para que el fuego de su imaginación lo convirtiera en austera belleza.

Ahora trabajaba como empleado en una agencia de seguros, por cuarenta dólares a la semana, y sus sueños iban quedando vertiginosamente atrás. La chica morena que lo había metido en aquel aprieto, aquel terrible e intolerable aprieto, esperaba en una ciudad de Tennessee a que George O'Kelly la llamara a su lado.

Un cuarto de hora más tarde, la mujer que le había realquilado la habitación llamó a la puerta y le preguntó con desesperante cortesía si, ya que estaba en casa, comería alguna cosa. George O'Kelly negó con la cabeza, pero aquella interrupción lo espabiló, y, levantándose de la cama, redactó un telegrama: «Carta deprimente. Has perdido los nervios. Estás loca y trastornada al pensar en romper sólo porque no me puedo casar inmediatamente. Seguro que podremos arreglarlo todo…».

Titubeó un minuto, un minuto de desesperación, y luego añadió con una letra que nadie reconocería como suya: «En cualquier caso llegaré mañana a las seis».

Cuando acabó, salió corriendo del apartamento, hacia la oficina de telégrafos que había junto a la parada del metro. Sólo tenía cien dólares, pero la carta decía que ella estaba «nerviosa» y no le quedaba por tanto otra elección. Sabía lo que significaba «nerviosa»: que estaba deprimida, que la perspectiva de casarse para llevar una vida de pobreza y lucha sometía a su amor a una presión demasiado fuerte.

George O'Kelly llegó a la agencia de seguros corriendo como siempre: correr sin parar se había convertido en su segunda naturaleza, y parecía la mejor expresión de la tensión bajo la que vivía. Fue directamente al despacho del director.

—Quisiera hablar con usted, señor Chambers —anunció sin aliento.

—¿Sí? —dos ojos, dos ojos como dos ventanas en invierno, lo miraron sin piedad, indiferentes.

—Necesito cuatro días de permiso.

—¡Cómo! ¡Pidió permiso hace dos semanas! —dijo el señor Chambers, sorprendido.

—Es verdad —admitió el joven, desencajado—, pero necesito otro.

—¿Adónde fue la otra vez? ¿A su casa?

—No, fui a…, a una ciudad de Tennessee.

—Bueno, ¿adónde necesita ir ahora?

—Necesito ir a…, a una ciudad de Tennessee.

—Por lo menos, es usted consecuente —dijo el director, muy seco—. Pero no sabía que lo hubiéramos contratado como viajante.

—No, no —exclamó George con desesperación—, pero tengo que ir.

—Estupendo —asintió el señor Chambers—, pero no vuelva. ¡No se le ocurra volver!

—No volveré.

Y con no menos sorpresa para él mismo que para el propio señor Chambers, George enrojeció de alegría. Se sentía feliz, exultante: por primera vez en seis meses era completamente libre. Lágrimas de agradecimiento le vinieron a los ojos, y le estrechó la mano al señor Chambers calurosamente.

—Muchas gracias —dijo en un arrebato de emoción—. No pienso volver. Creo que hubiera perdido la cabeza si llega a decirme que podía volver. ¿Sabe? No tenía valor para despedirme yo, así que le agradezco que me haya despedido.

Saludó con la mano, magnánimo, y gritó:

—¡Me debe el salario de tres días, pero puede quedárselo!

Salió corriendo del despacho. El señor Chambers llamó a su secretaria y le preguntó si O'Kelly había mostrado signos de locura en los últimos tiempos. Había despedido a mucha gente a lo largo de su vida profesional, y se lo habían tomado de mil formas distintas, pero aquélla era la primera vez que le daban las gracias.

II

Se llamaba Jonquil Cary, y George O'Kelly jamás había visto nada tan fresco y pálido como su cara cuando lo vio y corrió a su encuentro, ilusionada, en el andén de la estación. Ya había tendido los brazos hacia George, había entreabierto la boca para el beso, cuando de repente lo detuvo con apenas un gesto y, un poco turbada, volvió la cabeza. Dos chicos, algo más jóvenes que George, se mantenían en segundo plano.

—El señor Craddock y el señor Holt —anunció alegremente—. Ya los conociste cuando estuviste aquí.

Preocupado por la manera en que el beso se había convertido en una presentación, y con la sospecha de que aquello tuviera algún significado oculto, George se sintió aún más confundido cuando se dio cuenta de que el coche que los iba a llevar a casa de Jonquil pertenecía a uno de los dos jóvenes: le pareció que aquel detalle lo ponía en desventaja. Durante el trayecto Jonquil animó la conversación entre los asientos delantero y trasero, y cuando George, al amparo del crepúsculo, intentó pasarle el brazo por los hombros, lo obligó con un rápido movimiento a que se contentara con cogerle la mano.

—¿Por aquí se va a tu casa? —murmuró George—. No reconozco la calle.

—Es la avenida nueva. Jerry estrena coche y quería probarlo conmigo antes de llevarnos a casa.

Cuando, veinte minutos después, se apearon en casa de Jonquil, George sintió que la intrusión del paseo en coche había disipado la primera felicidad del encuentro, la alegría que con tanta seguridad había reconocido en los ojos de Jonquil en la estación. Algo en lo que había pensado con verdadera ilusión se había perdido casi con indiferencia, y a esto le daba vueltas melancólicamente cuando se despidió con frialdad de los dos jóvenes. Luego su mal humor se fue desvaneciendo mientras Jonquil lo abrazaba como siempre en el recibidor a media luz y le decía de diez maneras distintas, y la mejor era sin palabras, cuánto lo había echado de menos. La emoción de Jonquil le devolvió la seguridad: le prometía al corazón angustiado que todo iría bien.

Se sentaron juntos en el sofá, rendidos los dos ante la presencia del otro, lejos de todo, menos de su ternura vacilante. A la hora de la cena aparecieron los padres de Jonquil: se alegraban de ver a George. Lo querían y habían seguido con interés su carrera de ingeniero cuando llegó a Tennessee hacía más de un año. Habían sentido mucho que renunciara a su carrera y se fuera a Nueva York en busca de otro trabajo más provechoso a corto plazo; pero, aunque lamentaban que hubiera abandonado su carrera, lo comprendían y estaban dispuestos a aceptar el compromiso con su hija. Durante la cena le preguntaron cómo le iban las cosas en Nueva York.

—Muy bien —dijo con entusiasmo—. Me han ascendido. Gano más.

Se sintió despreciable al pronunciar aquellas palabras, pero los veía tan contentos...

—Seguro que te aprecian —dijo la señora Cary—, seguro, o no te hubieran dado dos permisos en tres semanas.

—Les he dicho que tenían que darme permiso —se apresuró a explicar George—. Les he dicho que, si no me lo daban, no volvería a trabajar para ellos.

—Pero deberías ahorrar —le regañó cariñosamente la señora Cary—, y no gastarte todo el dinero en estos viajes tan caros.

Acabó la cena. Jonquil y George estaban otra vez solos, abrazándose.

—Qué contenta estoy de que hayas venido —suspiró Jonquil—. Me gustaría que no te fueras nunca, cariño.

—¿Me has echado de menos?

—Mucho, mucho.

—¿Vienen a verte otros a menudo, como esos dos chicos?

La pregunta la sorprendió. Los ojos negros, aterciopelados, lo miraban fijamente.

—Pues claro que vienen. Todos los días. Te lo he contado en las cartas, cariño.

Era verdad. Cuando se fue a Nueva York ya la rondaban una docena de chicos que respondían a su fragilidad singular con adoración de adolescentes, pero sólo unos pocos se daban cuenta de que sus hermosos ojos eran también comprensivos y bondadosos.

—¿Qué quieres? ¿Que no salga? —preguntó Jonquil, retrepándose en los cojines del sofá hasta que pareció que lo miraba a muchos kilómetros de distancia—. ¿Que me quede sentada aquí, cruzada de brazos, para siempre?

—¿Qué quieres decir? —estalló George, presa del pánico—. ¿Que nunca tendré bastante dinero para casarme contigo?

—No saques conclusiones apresuradas, George.

—No estoy sacando conclusiones. Es lo que tú has dicho.

Entonces George se dio cuenta de que estaba pisando terreno peligroso. No deseaba que la noche se estropeara. Intentó volver a abrazarla, pero Jonquil se resistió inesperadamente, diciendo:

—Hace calor. Voy a poner el ventilador.

Puso el ventilador, y volvieron a sentarse juntos, pero George estaba muy susceptible y, sin querer, se adentró en el terreno que había querido evitar.

—¿Cuándo vas a casarte conmigo?

—¿Puedes casarte conmigo?

Entonces perdió los nervios y se levantó de un salto.

—Apaga ese maldito ventilador —gritó—. Va a volverme loco. Es como el tictac de un reloj que no parara de sonar todo el tiempo que estoy contigo. He venido para ser feliz y olvidarme de Nueva York y del tiempo.

Volvió a sentarse en el sofá tan repentinamente como se había levantado. Jonquil apagó el ventilador y, apoyando la cabeza de George en su regazo, empezó a acariciarle el pelo.

—Quedémonos así —dijo con ternura—, así, callados; yo te dormiré. Estás muy cansado, y nervioso, y tu amor te va a cuidar.

—Pero yo no quiero quedarme así —protestó George, levantándose de repente—. No quiero quedarme así, de ninguna manera. Quiero besarte. Eso es lo único que me descansa. Y no estoy nervioso... Tú eres la que está nerviosa. Yo no estoy nervioso, en absoluto.

Para demostrar que no estaba nervioso, se levantó del sofá y se dejó caer pesadamente en una silla en la otra punta de la habitación.

—Precisamente cuando puedo casarme contigo, me escribes cartas nerviosísimas, como si tú ya no quisieras casarte, y tengo que venir corriendo...

—No tienes que venir si no quieres.

—¡Pero yo quiero! —insistió George.

Le parecía que estaba comportándose de una manera perfectamente fría y razonable, y que era ella la que lo empujaba deliberadamente a la discusión. Cada palabra los separaba más y más, pero era incapaz de detenerse, incapaz de que la preocupación y el sufrimiento no se transparentaran en su voz.

Y, un minuto después, Jonquil empezó a llorar con verdadera pena, y George volvió al sofá y la abrazó. Ahora tenía que consolarla, la hacía apoyar la cabeza en su hombro, susurrándole palabras repetidas muchas veces, hasta que se tranquilizó y sólo temblaba de vez en cuando, y se estremecía, en sus brazos. Una hora permanecieron así, mientras los pianos del atardecer derramaban en la calle sus últimos compases. George no se movía, ni pensaba, ni esperaba nada, adormecido e insensibilizado por el presentimiento del desastre. El tictac del reloj continuaría sonando hasta después de las once, hasta después de las doce, y entonces la señora Cary les avisaría cariñosamente desde la baranda de la escalera; fuera de eso, sólo veía el mañana y la desesperación.

III

La ruptura tuvo lugar a la hora más calurosa del día siguiente. Los dos habían adivinado toda la verdad sobre el otro, pero, de los dos, Jonquil era la más decidida a reconocer la situación.

—Es inútil seguir —dijo, abatida—, sabes que detestas la compañía de seguros y que nunca llegarás a nada.

—No es eso —insistió George, tercamente—; no soporto seguir solo. Si te casaras conmigo, y te vinieras conmigo, y te arriesgaras conmigo, podría salir adelante en lo que fuera, pero no puedo si tengo que preocuparme de lo que tú estarás haciendo aquí.

Jonquil guardó un largo silencio antes de contestar; no estaba pensando —porque ya conocía la conclusión—, sólo esperaba. Sabía que cada palabra sería más cruel que la anterior. Habló por fin:

—George, te quiero con toda mi alma y no me imagino queriendo a otro. Si hace dos meses hubieras estado dispuesto, me hubiera casado contigo. Ahora no puedo, porque no me parece lo más sensato.

George hizo acusaciones disparatadas: había otro, le estaba ocultando algo.

—No, no hay otro.

Era verdad. Pero, como reacción a las tensiones de su relación con George, había encontrado alivio en la compañía de jóvenes como Jerry Holt, que tenía la ventaja de que no significaba absolutamente nada en su vida.

George no supo afrontar la situación. La abrazó e intentó, literalmente a fuerza de besos, convencerla de que se casaran inmediatamente. Cuando fracasó en su intento, se enfrascó en un largo monólogo que rebosaba lástima de sí mismo y sólo acabó cuando se dio cuenta de que se estaba mostrando despreciable a los ojos de Jonquil. Amenazó con irse, aunque no tenía ninguna intención de hacerlo, y se negó a irse cuando Jonquil le dijo que, dadas las circunstancias, era mejor que se fuera.

Al principio estaba dolida, luego sólo trataba de ser amable.

—Es mejor que te vayas —gritó por fin, tan alto que la señora Cary bajó las escaleras asustada.

—¿Ha pasado algo?

—Me voy, señora Cary —dijo George, con palabras entrecortadas. Jonquil había salido de la habitación.

—No te lo tomes así, George —la señora Cary le hacía un gesto de inútil solidaridad: lamentaba lo ocurrido y, a la vez, se alegraba de que aquella pequeña tragedia casi hubiera terminado—. Si yo fuera tú, iría a pasar una semana con mi madre. Quizá, después de todo, sea lo más sensato.

—Por favor, ¡calle! —gritó—. ¡No me diga nada!

Jonquil entró de nuevo en la habitación: había escondido el dolor y el nerviosismo bajo pintura de labios, maquillaje y un sombrero.

—He llamado a un taxi —dijo con voz impersonal—. Podemos dar un paseo hasta que salga el tren.

Y ya estaba Jonquil en el porche. George se puso el abrigo y el sombrero y permaneció un instante, como si estuviera muy cansado, en el recibidor: apenas había comido un bocado desde que salió de Nueva York. La señora Cary se acercó, lo obligó a bajar la cabeza y lo besó en la mejilla, y George se sintió absolutamente ridículo y poco convincente porque sabía que la escena había sido ridícula y poco convincente. Si se hubiera ido la noche antes, se hubiera despedido por última vez con un mínimo de orgullo.

El taxi había llegado, y durante una hora aquellos dos que habían sido novios atravesaron las calles menos frecuentadas. George le había cogido la mano a Jonquil y, a la luz del sol, se tranquilizó un poco. Se daba cuenta demasiado tarde de que no había nada más que decir o hacer.

—Volveré —dijo.

—Sé que volverás —contestó Jonquil, esforzándose para que su voz sonara confiada y alegre—. Y nos escribiremos de vez en cuando.

—No. No nos escribiremos. No lo soportaría. Algún día volveré.

—Nunca te olvidaré, George.

Llegaron a la estación, y Jonquil lo acompañó a comprar el billete.

—¡Mira! ¡George O'Kelly y Jonquil Cary!

Era una pareja a la que George había conocido cuando trabajaba en la ciudad, y Jonquil pareció recibir su presencia con alivio. Durante cinco interminables minutos estuvieron charlando; luego el tren empezó a rugir en la estación y, con cara de sufrimiento mal disimulado, George le tendió los brazos a Jonquil. Ella dio un paso indeciso hacia él, dudó y le estrechó rápidamente la mano, como si se despidiera de un amigo ocasional.

—Adiós, George —le decía—. Que tengas buen viaje.

—Adiós, George. Nos veremos de nuevo cuando regreses.

Mudo, casi cegado por el dolor, cogió la maleta y, aturdido, consiguió subir al tren.

Cruzaron traqueteantes pasos a nivel, ganando velocidad a través de interminables zonas suburbiales, hacia el ocaso. Quizá también ella mirara el ocaso, quizá se hubiera detenido un momento, recordando, antes de que él, con la noche y el sueño, se desvaneciera en el pasado. La oscuridad de aquella noche había cubierto para siempre el sol, los árboles, las flores y las risas de la juventud.

IV

Una tarde húmeda de septiembre, un año después, se apeó del tren en una ciudad de Tennessee
un joven con el rostro tan quemado por el sol que
parecía tener un brillo de cobre. Miró alrededor
con impaciencia y pareció aliviado cuando comprobó que nadie lo esperaba. Un taxi lo llevó al mejor
hotel de la ciudad, donde, con cierta satisfacción, se
presentó como George O'Kelly, de Cuzco, Perú.

En su habitación se sentó unos minutos a mirar por la ventana aquellas calles familiares. Luego, con un leve temblor en la mano, descolgó el
teléfono y pidió a la telefonista que lo pusiera con
un número de la ciudad.

—¿Está la señorita Jonquil?

—Soy yo.

—Ah… —la voz estuvo a punto de quebrárse-
le, pero superó aquel brevísimo instante y continuó con amigable formalidad—. Soy George O'Kelly. ¿Has recibido mi carta?

—Sí. Creía que llegabas hoy.

Su voz, fría e impasible, lo turbó, pero no tanto como esperaba. Era la voz de una extraña, indiferente, que amablemente se alegraba de oírlo: na-

da más. Le hubiera gustado colgar el teléfono y recuperar el aliento.

—No te veo desde hace… mucho tiempo —consiguió que la frase pareciera improvisada—. Más de un año.

Sabía exactamente desde cuándo: había contado los días.

—Me encantará volver a charlar contigo.

—Estaré allí dentro de una hora.

Colgó. Durante cuatro largas estaciones, la esperanza de llegar a aquel momento había colmado cada una de sus horas de descanso, y por fin el momento había llegado. Había pensado que la encontraría casada, prometida, enamorada: pero jamás había pensado que su regreso pudiera dejarla indiferente.

Sabía que no volvería a vivir diez meses como los que acababa de dejar atrás. Había obtenido un reconocido éxito, más notable por ser un ingeniero joven: se le habían presentado dos oportunidades excepcionales, una en Perú, de donde acababa de regresar, y otra, consecuencia de la primera, en Nueva York, adonde se dirigía. En aquel breve espacio de tiempo había pasado de la pobreza a una posición que le ofrecía posibilidades ilimitadas.

Se miró en el espejo del lavabo. Estaba casi negro, muy bronceado, pero era un bronceado romántico que, según había descubierto en los últimos días, cuando había tenido tiempo para pensar en cosas así, le gustaba. También apreció con una especie de fascinación la fortaleza de su cuerpo. Había perdido en algún sitio parte de una ceja, y todavía llevaba una venda elástica en la rodilla, pero era demasiado joven para no haberse dado cuenta de cómo muchas mujeres lo miraban en el barco con admiración e inusitado interés.

El traje, por supuesto, era horrible. Se lo había hecho en dos días un sastre griego de Lima. Era también lo bastante joven para haberle explicado a Jonquil este problema de vestuario en una nota, por otra parte, lacónica. El único detalle que añadía era el ruego de que no se le ocurriera ir a esperarlo a la estación.

George O'Kelly, de Cuzco, Perú, esperó en el hotel una hora y media, hasta que el sol recorrió en el cielo, para ser exactos, la mitad de su camino. Entonces, recién afeitado, después de que los polvos de talco le dieran un color de piel más caucásico, porque en el último instante la vanidad se había impuesto sobre el romanticismo, llamó a un taxi y se dirigió a la casa que conocía tan bien.

Le costaba respirar, y se dio cuenta, pero se dijo que era nerviosismo, no emoción. Había vuelto; ella no se había casado: con esto le bastaba. Ni siquiera estaba seguro de lo que iba a decirle. Pero tenía la sensación de que éste era el momento más imprescindible de su vida. A fin de cuentas, no existía el triunfo sin una mujer, y, si no ponía sus tesoros a los pies de Jonquil, podría al menos ponerlos ante sus ojos un instante fugaz.

La casa apareció de repente, y lo primero que pensó fue que se había vuelto extrañamente irreal. Nada había cambiado, pero había cambiado todo. Era más pequeña y parecía más pobre y descuidada que antes: ninguna nube mágica flotaba sobre el tejado ni salía de las ventanas del último piso. Tocó al timbre y abrió una criada negra que no conocía. La señorita Jonquil bajaría enseguida. Se humedeció los labios, nervioso, y paseó por el cuarto de estar, y la sensación de irrealidad aumentó. Sólo era, a pesar de todo, una habitación, y no la cámara encantada donde había pasado horas conmovedoras. Se sentó en una silla, asombrado de que sólo fuera una silla: se daba cuenta de que su imaginación había distorsionado y coloreado aquellos sencillos objetos familiares.

Entonces se abrió la puerta y entró Jonquil: fue como si todo se nublara de repente ante sus ojos. No recordaba lo hermosa que era, y sentía cómo se le iba el color y la voz le fallaba y se convertía en un pobre suspiro.

Llevaba un vestido verde pálido, y un lazo dorado le recogía como una corona el pelo negro y liso. Los ojos aterciopelados, que conocía tan bien, se clavaron en sus ojos cuando cruzó la puerta, y lo traspasó un estremecimiento de miedo ante el poder de infligir dolor que tenía su belleza.

George dijo «Hola», y se acercaron unos pasos y se estrecharon la mano. Luego se sentaron, muy separados, y se miraron a través de la habitación.

—Has vuelto —dijo ella.

Y George contestó una trivialidad:

—Pasaba por aquí y se me ha ocurrido parar un momento a verte.

Intentó neutralizar el temblor de la voz, mirando a cualquier parte que no fuera la cara de Jonquil. Era suya la responsabilidad de mantener la conversación, pero, a no ser que empezara a vanagloriarse de sus éxitos, parecía que no había nada que decir. Su antigua relación nunca había caído en la banalidad, y parecía imposible que dos personas en su situación hablaran del tiempo.

—Es ridículo —estalló de repente George, desconcertado—. No sé qué hacer. ¿Te molesta que haya venido?

—No —la respuesta era reticente y, a la vez, impersonalmente triste. Lo desanimaba.

—¿Tienes novio?

—No.

—¿Estás enamorada?

Negó con la cabeza.

—Ah —se retrepó en la silla.

Ya habían agotado otro tema de conversación: la entrevista no seguía el curso que había previsto.

—Jonquil —comenzó, ahora en un tono más suave—, después de todo lo que nos ha pasado, quería volver y verte. Haga lo que haga en el futuro, nunca querré a nadie como te he querido a ti.

Era una de las frases que llevaba preparadas. En el barco le había parecido que la frase tenía el tono adecuado: una alusión a la ternura que siempre había sentido por ella, combinada con una muestra poco comprometedora de su actual estado de ánimo. En aquella habitación, con el pasado a su alrededor, cerca, el pasado que cada vez pesaba más en la atmósfera, la frase le pareció teatral y rancia.

Jonquil no contestó, inmóvil en su silla, mirándolo con una expresión que podía significar todo o nada.

—Ya no me quieres, ¿verdad? —preguntó George, con voz segura.

—No.

Cuando un minuto después entró la señora Cary y comentó su éxito —el periódico local había publicado media columna al respecto—, George experimentó una mezcla de emociones: ya sabía que aún deseaba a aquella chica, y también sabía que algunas veces el pasado vuelve. Eso era todo. Por lo demás, debía ser fuerte y estar en guardia, a la expectativa.

—Y ahora —decía la señora Cary— me gustaría que fuerais a visitar a la señora de los crisantemos. Me ha dicho que quiere conocerte porque ha leído lo que publica el periódico sobre ti.

Fueron a ver a la señora de los crisantemos. Iban andando por la calle, y George recordó con una especie de emoción que los pasos de Jonquil, más cortos, se cruzaban siempre con los suyos. La señora se desvivió por ser amable y los crisantemos eran enormes y extraordinariamente hermosos. Los jardines de la señora estaban llenos de crisantemos, blancos, rosa y amarillos: estar entre aquellas flores era como haber vuelto al corazón del verano. Había dos jardines llenos, separados por una verja. Y la señora fue la primera en atravesarla cuando entraban en el segundo jardín.

Entonces sucedió algo raro. George se apartó para que Jonquil pasara, pero Jonquil, en vez de entrar, se quedó inmóvil, mirándolo fijamente: no fue tanto la expresión, que no era una sonrisa, como el instante de silencio. Se vieron en los ojos del otro, y aspiraron una breve y apresurada bocanada de aire, y entraron en el segundo jardín, y nada más.

La tarde declinó. Le dieron las gracias a la señora y volvieron a casa despacio, pensativos, juntos. También durante la cena permanecieron en silencio. George le contó al señor Cary algo de lo ocurrido en América del Sur y se las arregló para dejar claro que en el futuro todo le seguiría yendo viento en popa.

Entonces terminó la cena, y Jonquil y George se quedaron solos en la habitación donde su amor había empezado y había acabado. A George le parecía que todo había sucedido hacía mucho tiempo, que todo era indeciblemente triste. Nunca se había sentido tan débil, tan cansado, tan infeliz, tan pobre. Porque sabía que aquel chico de hacía quince meses tenía algo, confianza, afecto, que se había ido para siempre. Lo más sensato: habían hecho lo más sensato. Había canjeado su primera juventud por fortaleza, y la desesperación había sido el material con que había construido su éxito. Y con la juventud la vida se había llevado la frescura de su amor.

—No quieres casarte conmigo, ¿verdad? —dijo, tranquilo.

Jonquil negó con la cabeza.

—No pienso casarme —contestó.

George asintió.

—Mañana por la mañana me voy a Washington —dijo.

—Ah…

—Me tengo que ir. Tengo que estar en Nueva York a primeros de mes y quiero pasar por Washington.

—¡Negocios!

—No —dijo, como sin ganas—. Me gustaría ver a alguien que se portó bien conmigo cuando yo estaba tan…, tan hundido.

Se lo estaba inventando. No tenía que ver a nadie en Washington, pero observaba a Jonquil con toda la atención de que era capaz, y estaba seguro de que se había estremecido, había cerrado los ojos y los había vuelto a abrir desmesuradamente.

—Pero me gustaría, antes de irme, contarte todo lo que ha pasado desde que te vi por última vez, y, como quizá no volvamos a vernos, me pregunto si…, si no te gustaría sentarte en mi regazo como hacíamos entonces. No te lo pediría si no estuviéramos solos, pero, bueno… Quizá sea una tontería.

Jonquil asintió y se sentó en su regazo como tantas veces en aquella primavera perdida. La sensación de su cabeza en el hombro, de su cuerpo bien conocido, lo emocionó. Los brazos querían estrecharla, y George se retrepó en la silla y, meditabundo, empezó a hablarle al aire.

Le contaba las dos semanas de desesperación en Nueva York, que acabaron con un interesante, aunque poco lucrativo, trabajo en una obra de Jersey City. Cuando se le presentó la oportunidad de trabajar en Perú, no parecía nada extraordinario: era un puesto de tercer ayudante del ingeniero de la expedición. Pero sólo diez estadounidenses, entre ellos ocho topógrafos, habían llegado a Cuzco. Diez días más tarde el jefe de la expedición moría de fiebre amarilla. Y así se le había presentado su oportunidad, una oportunidad que incluso un tonto hubiera aprovechado, una oportunidad maravillosa.

—¿Un tonto? —lo interrumpió Jonquil inocentemente.

—Incluso un tonto —continuó—. Era maravilloso. Entonces mandé un telegrama a Nueva York…

—Y entonces… —volvió a interrumpirlo—, ¿te contestaron que podías aprovechar la oportunidad?

—¿Que podía? —exclamó, apoyándose en el respaldo de la silla—. ¡Que tenía que hacerlo! No había tiempo…

—¿Ni siquiera un minuto?

—Ni un minuto.

—Ni siquiera un minuto para… —calló.

—¿Para qué?

—Mira.

George inclinó la cabeza de repente, y en el mismo instante Jonquil se le acercó, los labios entreabiertos como una flor.

—Sí —le susurraba George en la boca—. Todo el tiempo del mundo…

Todo el tiempo del mundo: la vida de él y la vida de ella. Pero, por un momento, mientras la besaba, comprendió que, aunque buscara durante toda la eternidad, nunca encontraría aquel abril perdido. Podía abrazarla hasta que le dolieran los músculos: Jonquil era algo extraño, deseable, por lo que había luchado, que le había pertenecido, pero nunca volvería a ser un susurro intangible en la oscuridad, en la brisa nocturna…

«Bueno, se acabó», pensaba. «Se acabó abril, se acabó. Existen en el mundo amores de todas las clases, pero nunca el mismo amor dos veces.»

Amor en la noche

Amor en la noche *apareció en el* Saturday Evening Post *el 14 de marzo de 1925. Escrito en la Riviera en noviembre de 1924, después de entregar* El gran Gatsby *a Scribner, es el primer cuento de Fitzgerald cuya acción transcurre en el extranjero.* Amor en la noche *es el primero de un grupo de relatos en los que Fitzgerald compara Estados Unidos y Europa. Parte del material que se refiere a la Riviera en este cuento —por ejemplo, la evocación de la colonia rusa prerrevolucionaria— sería recuperado en* Suave es la noche.

I

Aquellas palabras conmovieron a Val. Le habían venido a la cabeza de pronto, aquella tarde de
abril fresca y dorada, y se las repetía una y otra vez:
«Amor en la noche; amor en la noche». Las pronunció en tres idiomas —ruso, francés e inglés—,
y decidió que sonaban mejor en inglés. En cada
idioma significaban un tipo diferente de amor y un
tipo diferente de noche: la noche inglesa parecía la
más cálida y suave, con la lluvia de estrellas más
diáfana y cristalina. El amor inglés parecía el más
frágil y romántico: un vestido blanco y una cara en
penumbra y unos ojos que eran remansos de luz.
Y, si añado que en realidad Val pensaba en una noche francesa, comprendo que debo retroceder y
empezar desde el principio.

Val era mitad ruso y mitad norteamericano. Su
madre era hija de aquel Morris Hasylton que fue
uno de los patrocinadores de la Feria Internacio-
nal de Chicago de 1892, y su padre —véase el Almanaque de Gotha, edición de 1910— era el príncipe Pablo Sergio Boris Rostoff, hijo del príncipe
Vladimir Rostoff, nieto de un gran duque —conocido como Sergio el Charlatán—, y primo tercero

y distanciado del zar. Era, como se ve, impresionante: casa en San Petersburgo, un pabellón de caza cerca de Riga, y una lujosísima villa, más bien un palacio, con vistas al Mediterráneo. En aquella villa de Cannes pasaban el invierno los Rostoff, y lo último que se le podía recordar a la princesa Rostoff era que aquella villa de la Riviera, desde la fuente de mármol —estilo Bernini— hasta las doradas copas de licor —estilo sobremesa—, había sido pagada con oro americano.

Los rusos, por supuesto, vivían alegres en Europa en los días festivos de antes de la guerra. De las tres razas que usaban el mediodía francés como parque de atracciones eran, con mucho, los más distinguidos. Los ingleses eran demasiado pragmáticos, y los americanos, aunque gastaran con generosidad, no tenían una tradición de comportamiento romántico. Pero los rusos… Eran tan galantes como los latinos y además eran ricos. Cuando los Rostoff llegaban a Cannes a finales de enero, los dueños de restaurantes telegrafiaban al norte para que pegaran en las botellas de champán las etiquetas de las marcas favoritas del príncipe, y los joyeros apartaban las piezas más increíbles y maravillosas para mostrárselas al príncipe —pero no a la princesa—, y barrían y adornaban la iglesia rusa por si al príncipe se le ocurría pedir ortodoxamente perdón por sus pecados. Y hasta el Mediterráneo tomaba en su honor un intenso color de vino en las tardes de primavera, y los barcos de pesca, con las velas hinchadas como el pecho de un petirrojo, holgazaneaban primorosamente a poca distancia de la costa.

El joven Val se daba cuenta vagamente de que todo aquello se organizaba en beneficio suyo y de su familia. Aquella ciudad pequeña y blanca, a orillas del mar, era un privilegio y un paraíso donde tenía libertad para hacer lo que quisiera porque era rico y joven y la sangre de Pedro el Grande corría azul por sus venas. Sólo tenía diecisiete años en 1914, cuando comienza esta historia, aunque ya se había batido en duelo con un joven cuatro años mayor que él, y, como prueba, tenía una pequeña cicatriz sin pelo en su preciosa coronilla.

Pero el asunto del amor en la noche era lo que más le llegaba al corazón. Era un sueño vago y agradable, algo que le sucedería alguna vez, único e incomparable. Lo único que podía decir sobre aquel asunto era que aparecería una chica maravillosa y desconocida y que tendría lugar bajo la luna de la Riviera.

Lo raro no fue que abrigara aquella esperanza amorosa, desbordante y a la vez casi espiritual, pues todos los chicos con algo de imaginación abrigan esperanzas semejantes: lo raro fue que se cumpliera. Y, cuando aquello sucedió, sucedió de improviso: fue tal la confusión de sensaciones y emociones, de frases sorprendentes que acudían a sus labios, de visiones y ruidos, de momentos que llegaban, y se perdían, y ya eran pasado, que apenas entendió nada. Y quizá la misma inmaterialidad de aquellos instantes los grabó para siempre en su corazón y su memoria.

Aquella primavera el amor estaba en el aire, a su alrededor: los amoríos de su padre, por ejemplo, que eran muchos e indiscretos, y de los que Val se fue enterando poco a poco por los chismorreos de los criados, y definitivamente cuando una tarde descubrió a su madre, la americana, tronando histéricamentte contra el retrato de su padre que presidía el salón. En el cuadro su padre vestía uniforme blanco con dolmán de piel y miraba impasible a su mujer como si dijera: «¿Creías, querida, que te habías casado para formar parte de una familia de clérigos?».

Val se alejó de puntillas, sorprendido, confuso y turbado. No se escandalizó, como se hubiera escandalizado un chico norteamericano de su edad. Sabía, desde hacía años, cómo era la vida de los europeos ricos, y lo único que le censuraba a su padre era que hiciera llorar a su madre.

El amor lo envolvía: el amor sin tacha y el amor ilícito. Deambulando por el paseo marítimo, a las nueve de la noche, cuando brillaban tanto las estrellas que rivalizaban con las farolas eléctricas, adivinaba el amor en todas partes. De las terrazas de los cafés, animadas por los vestidos a la última moda de París, llegaba un olor dulce y picante a flores y *chartreuse*, a café recién hecho y cigarrillos, y entremezclado con aquel olor percibía otro aroma, el aroma misterioso y excitante del amor. Manos acariciaban manos rutilantes de joyas sobre las mesas blancas. Los alegres vestidos y las pecheras blancas de las camisas vibraban al unísono, y las llamas de los fósforos temblaban un poco, antes de encender lentamente los cigarrillos. Al otro lado del bulevar, enamorados menos elegantes, jóvenes franceses que trabajaban en las tiendas de Cannes, paseaban con sus novias a la sombra de los árboles, pero los ojos jóvenes de Val rara vez miraban hacia allí. El esplendor de la música y los colores vivos y las palabras en voz baja eran su sueño. Eran, en esencia, las galas del amor en la noche.

Aunque adoptaba, en la medida de sus posibilidades, la expresión feroz propia de un joven caballero ruso que recorre solo las calles, Val empezaba a sentirse desgraciado. El crepúsculo de abril había sucedido al crepúsculo de marzo, la primavera casi había terminado, y aún no había descubierto qué hacer en las tardes cálidas de primavera. Las chicas de dieciséis y diecisiete años que conocía estaban perfectamente vigiladas por sus madres y parientes desde que anochecía hasta que se iban a la cama —recordad que era antes de la guerra—, y las que hubieran paseado gustosamente con él ofendían su deseo romántico. Y así pasaba abril: una, dos, tres semanas…

Había estado jugando al tenis hasta las siete, y se quedó vagabundeando por las pistas otra hora, así que eran las ocho y media cuando el cansado caballo del coche de alquiler llegó a la cima de la colina sobre la que resplandecía la fachada de la villa de los Rostoff. Los faros de la limusina de su madre brillaban amarillos en el camino, y la princesa, abotonándose los guantes, cruzaba en aquel momento la cancela reluciente. Val le lanzó dos francos al cochero y fue a besar a su madre.

—No me toques —se apresuró a decir la madre—. Has estado tocando dinero.

—Pero no con la boca, madre —protestó, en tono festivo.

La princesa lo miró con impaciencia.

—Estoy de mal humor —dijo—. ¿Precisamente tenías que llegar tarde esta noche? Estamos invitados a cenar en un yate, y tú tenías que venir.

—¿Un yate?

—Sí, de unos americanos —siempre había en su voz una sutil ironía cuando mencionaba su tierra natal. Su América era el Chicago de los años noventa, que todavía imaginaba como la inmensa escalera de una carnicería. Ni siquiera los despropósitos del príncipe Pablo eran un precio demasiado alto para su fuga.

—Dos yates —prosiguió—. La verdad es que no sabemos muy bien qué yate es. La nota era poco precisa, muy poco formal.

Americanos. La madre de Val le había enseñado a mirar por encima del hombro a los americanos, pero no había conseguido que le desagradaran. Los americanos se daban cuenta de que existías, aunque tuvieras diecisiete años. Los americanos le caían simpáticos. Era totalmente ruso, pero no era inmaculadamente ruso: la proporción exacta, como la de un jabón famoso, era de un noventa y nueve y tres cuartos por ciento.

—Quiero ir —dijo—. Me daré prisa, madre, me daré...

—Ya es tarde —la princesa se volvió cuando su marido apareció en la cancela—. Val dice ahora que quiere venir.

—Pues no puede —dijo el príncipe Pablo, tajante—. Ha llegado escandalosamente tarde.

Val asintió. Los aristócratas rusos, por indulgentes que fueran consigo mismos, siempre eran admirablemente espartanos con sus hijos. Era imposible discutir.

—Lo siento —dijo.

El príncipe Pablo gruñó. El lacayo, de librea roja y plata, abrió la puerta de la limusina. Pero el gruñido había decidido la cuestión a favor de Val, porque la princesa Rostoff, en aquel día y hora precisos, tenía ciertas quejas contra su marido que le daban el dominio de la situación doméstica.

—Lo he pensado mejor: es mejor que vengas, Val —anunció la princesa con poco entusiasmo—. Ya es tarde, pero ven después de la cena. El yate es el *Minnehaha* o el *Privateer* —entró en la limusina—. El que esté más animado. Me figuro que el yate de los Jackson…

—Encontrar requiere sentido común —murmuró el príncipe crípticamente, dando a entender que Val encontraría el yate si tenía algún sentido común—. Que mi ayuda de cámara te eche un vistazo antes de salir. Ponte una corbata mía en lugar de ese escandaloso lazo que llevabas en Viena. Ya es hora de que te portes como un hombre.

Mientras la limusina se arrastraba crepitando por el camino de grava, la cara de Val ardía.

II

Había oscurecido en el puerto de Cannes, o parecía a oscuras tras el esplendor del paseo que Val acababa de dejar atrás. Tres faros mortecinos y débiles rutilaban en la dársena sobre los innumerables barcos de pesca que se amontonaban como conchas en la playa. En el agua, más lejos, había más luces, allí donde una flota de yates esbeltos surcaba la corriente con lenta dignidad, y, más lejos aún, una luna llena y en su punto convertía la superficie del agua en una brillante pista de baile. De vez en cuando se oía un crujido, un chirrido, un gotear, cuando un bote de remos avanzaba por las aguas poco profundas y su silueta borrosa atravesaba el laberinto oscilante de lanchas y barcas de pesca. Val, que descendía por la aterciopelada pendiente de arena, tropezó con un marinero dormido y percibió un olor rancio a ajo y vino barato. Cogió al hombre por los hombros y el hombre abrió los ojos, asustado.

—¿Sabe dónde están fondeados el *Minnehaha* y el *Privateer*?

Mientras se deslizaban por la bahía se tumbó en la popa: miraba con algo parecido a la insatisfacción la luna de la Riviera. No había duda: era la luna ideal, perfecta. Frecuentemente, cinco de cada siete noches, la luna era la ideal. Y la brisa era suave, tan encantadora que hacía daño, y sonaba la música, acordes mezclados de muchas orquestas, la música que venía de la playa. Hacia el este se extendía el oscuro cabo de Antibes, y Niza, y más allá Montecarlo, donde la noche tintineaba rebosante de oro. Algún día disfrutaría de todo aquello, conocería sus placeres y triunfos: cuando fuera demasiado viejo y juicioso para que le importara.

Pero aquella noche…, aquella noche, la corriente de plata que se rizaba como un gran tirabuzón hacia la luna, las luces tenues y románticas de Cannes a su espalda, el amor en el aire, irresistible e inefable…, aquella noche, todo aquello, iba a desperdiciarse para siempre.

—¿Cuál es? —preguntó de pronto el barquero.

—¿Qué? —preguntó Val, levantándose.

—¿Cuál es el barco?

Señaló con el dedo. Val se volvió. Por encima de él se levantaba la proa gris de un yate, como una espada. En el espacio de tiempo que había durado el ansia insistente de su deseo habían recorrido casi un kilómetro.

Leyó las letras de bronce, sobre su cabeza. Era el *Privateer*, pero sólo había a bordo luces débiles, ni música ni voces, sólo el murmullo, el chapoteo intermitente de las olas mansas que lamían los costados del yate.

—El otro —dijo Val—, el *Minnehaha*.

—No os vayáis todavía.

Val se asustó. La voz, baja y suave, descendía desde las tinieblas de cubierta.

—¿Es que tenéis prisa? —dijo la voz suave—. Había creído que alguien venía a verme y he sufrido una desilusión terrible.

El barqueró levantó los remos y miró, indeciso, a Val. Pero Val callaba, así que el hombre hundió los remos en el agua y dirigió majestuosamente la barca hacia la luz de la luna.

—¡Espere un momento! —gritó Val entonces.

—Adiós —dijo la voz—. Volved cuando os podáis quedar más tiempo.

—Me quedo ahora —contestó Val, jadeante.

Dio las órdenes precisas y la barca viró y volvió al pie de la escala de cuerda. Alguien joven, alguien con un vestido blanco y vaporoso, alguien que hablaba en voz baja, con una voz preciosa, lo llamaba desde la oscuridad de terciopelo. «¡Si le viera los ojos!», se dijo. Le gustaba el sonido romántico de aquellas palabras y las repitió con un suspiro: «¡Si le viera los ojos!».

—¿Quién eres? —ahora estaba cerca, sobre él. Lo miraba desde cubierta y Val la miraba desde la escala, mientras subía, y, cuando sus ojos se encontraron, los dos se echaron a reír.

Era muy joven, delgada, casi frágil, y el vestido, sencillo y blanco, acentuaba su juventud. Dos manchas oscuras y tenues en las mejillas señalaban dónde brillaba el color a la luz del día.

—¿Quién eres? —repitió, retrocediendo y riendo de nuevo cuando la cabeza de Val apareció en cubierta—. Tengo miedo y quiero saber quién eres.

—Soy un caballero —dijo Val, e hizo una reverencia.

—¿Qué clase de caballero? Hay muchas clases de caballeros. Había un…, un caballero negro en la mesa de al lado en París, así que… —se interrumpió de pronto—. No eres americano, ¿verdad?

—Soy ruso —dijo Val, como hubiera anunciado que era un arcángel. Y, sin pensarlo demasiado, añadió—: Y soy el más afortunado de los rusos. Todo el día, toda la primavera, he estado soñando con enamorarme en una noche así, y ahora el cielo te ha enviado.

—¡Un momento! —dijo ella, dominándose para no gritar—. Ahora estoy segura de que esta visita es una equivocación. No estoy para cosas así. ¡Por favor!

—Te ruego que me perdones —la miró perplejo, sin darse cuenta de que había dado por sentadas demasiadas cosas. Y se puso muy derecho, ceremoniosamente—. Me he equivocado. Si me lo permite, me retiraré.

Dio media vuelta. Tenía la mano en la barandilla.

—Espera —dijo ella, apartándose de los ojos un mechón de pelo descontrolado—. Pensándolo mejor, puedes decir todas las tonterías que quieras, pero no te vayas. Estoy muy triste y no me quiero quedar sola.

Val titubeó; había algo que no acababa de entender. Había dado por supuesto que si una chica llamaba a un desconocido de noche, aunque fuera desde la cubierta de un yate, era que, sin duda alguna, estaba abierta al amor. Y deseaba con todas sus fuerzas quedarse. Entonces recordó que aquél era uno de los dos yates que había estado buscando.

—Me figuro que la cena será en el otro barco —dijo.

—¿La cena? Ah, sí, es en el *Minnehaha*. ¿Ibas allí?

—Iba allí… hace mucho.

—¿Cómo te llamas?

Estaba a punto de decírselo, pero hizo una pregunta.

—¿Y tú? ¿Por qué no has ido a la fiesta?

—Porque he preferido quedarme aquí. La señora Jackson dijo que iban a ir rusos… Me imagino que lo diría por ti —lo miraba con interés—. Eres muy joven, ¿no?

—Soy bastante mayor de lo que parezco —dijo Val, muy estirado—. La gente siempre lo comenta. Es algo extraordinario.

—¿Cuántos años tienes?

—Veintiuno —mintió.

Ella se echó a reír.

—¡Qué tontería! No tienes más de diecinueve.

El disgusto de Val era tan evidente que la chica se apresuró a tranquilizarlo.

—¡Anímate! Yo sólo tengo diecisiete. Hubiera ido a la fiesta si hubiera sabido que iba a ir alguien con menos de cincuenta años.

Val se alegró de que cambiara de conversación.

—Prefieres quedarte aquí, a soñar a la luz de la luna.

—He estado pensando en las equivocaciones —se sentaron juntos, en sillas de lona—. Es un tema muy absorbente, el tema de las equivocaciones.

Las mujeres piensan poco en las equivocaciones. Tienen más ansia de olvidar que los hombres. Pero cuando se obsesionan…

—¿Has cometido alguna equivocación? —preguntó Val.

Asintió.

—¿No tiene arreglo?

—Creo que no —respondió—. No estoy segura. En eso pensaba cuando llegaste.

—Quizá yo pueda ayudarte en algo —dijo Val—. Quizá no sea una equivocación irreparable.

—No puedes ayudarme —dijo, triste—. Así que no le demos más vueltas. Estoy harta de mi equivocación y me gustaría que me contaras las cosas alegres y divertidas que están pasando en Cannes esta noche.

Miraban hacia la línea de luces misteriosas y fascinantes de la costa, los grandes bloques de juguete con velas encendidas que eran en realidad los grandes hoteles de moda, el reloj iluminado de la ciudad vieja, el fulgor empañado del Café de París, y, como alfilerazos de luz, las ventanas de las villas que ascendían por colinas suaves hacia la negrura del cielo.

—¿Qué hace allí todo el mundo? —murmuró la chica—. Parece que está sucediendo algo maravilloso, pero no sabría decir qué.

—Allí todo el mundo hace el amor —dijo Val, en voz baja.

—¿Eso? —lo miró un instante muy largo, con una expresión extraña en los ojos—. Entonces quiero volver a Estados Unidos —dijo—. Aquí hay demasiado amor. Quiero volver a casa mañana.

—¿Tienes miedo de enamorarte?

Negó con la cabeza.

—No es eso. Es que aquí... yo no tengo amor.

—Yo, tampoco —añadió Val en un susurro—. Es triste que estemos en un sitio tan adorable, en una noche tan adorable, y no tengamos... nada.

Se acercaba a ella, con ojos románticos, ojos inspirados y castos, y ella se apartaba.

—Háblame más de ti —se apresuró a preguntarle—. Si eres ruso, ¿dónde has aprendido a hablar inglés tan bien?

—Mi madre es norteamericana —reconoció—. Mi abuelo también era norteamericano, así que mi madre no tuvo elección.

—¡Entonces tú también eres norteamericano!

—Yo soy ruso —dijo Val con orgullo.

Lo miró a los ojos, sonrió y no quiso discutir.

—Bueno, entonces —dijo con diplomacia—, me figuro que tendrás un nombre ruso.

Pero Val no tenía intención de decirle su nombre todavía. Un nombre, incluso el apellido de los Rostoff, hubiera profanado la noche. Eran dos voces que hablaban muy bajo, dos caras blancas, y era bastante. Estaba seguro, sin ninguna razón para estar seguro, sólo por instinto, una especie de instinto que susurraba triunfalmente en su interior, estaba seguro de que en un instante, un minuto o una hora, iba a conocer por fin la vida del amor. Su nombre no existía, en comparación con lo que se agitaba en su corazón.

—Eres preciosa —dijo de repente.

—¿Cómo lo sabes?

—Porque la luz de la luna es la luz más cruel para las mujeres.

—¿Soy guapa a la luz de la luna?

—Eres lo más precioso que he visto en mi vida.

—Ah —reflexionaba sobre aquellas palabras—. No pensaba dejarte subir a bordo. Debería haber imaginado de qué íbamos a hablar con esta luna. Pero no puedo quedarme aquí toda la vida, mirando a la costa. Soy demasiado joven, ¿no te parece?

—Demasiado joven —asintió Val solemnemente.

Y de pronto oyeron una música nueva, cerca, al alcance de la mano, una música que parecía surgir del agua, a menos de cien metros de distancia.

—¡Escucha! —exclamó ella—. Es en el *Minnehaha*. Han acabado de cenar.

Escuchaban en silencio.

—Gracias —dijo Val de pronto.

—¿Por qué?

Casi ni se había dado cuenta de que había hablado. Les daba las gracias a los instrumentos de metal por sonar en la brisa, bajos y profundos; al mar por su murmullo cálido y quejumbroso contra la proa; a la luz débil y lechosa de las estrellas por derramarse sobre ellos y bañarlos, hasta que sintió que flotaba en una sustancia más densa que el aire.

—Es precioso —murmuró ella.

—¿Qué vamos a hacer ahora?

—¿Tenemos que hacer algo? Podríamos quedarnos aquí y disfrutar…

—No, no piensas eso —la interrumpió Val, a media voz—. Sabes que hay algo que debemos hacer. Voy a ofrecerte mi amor, y te alegrarás.

—No puedo —dijo ella con un hilo de voz. Quería reírse, decir algo insustancial y gracioso, algo que devolviera la situación a las aguas seguras de un coqueteo sin importancia. Pero ya era demasiado tarde. Val sabía que la música había completado lo que había empezado la luna.

—Te diré la verdad —dijo—. Eres mi primer amor. Sólo tengo diecisiete años, como tú.

Había algo absolutamente encantador en el hecho de que tuvieran la misma edad, algo que la desarmaba ante el destino que los había reunido. Las sillas crujieron y Val tuvo conciencia de un débil perfume, irreal, mientras caían, de repente, como niños, el uno en brazos del otro.

III

No podría recordar más tarde si la besó una o varias veces, aunque quizá pasaran una hora allí sentados, muy juntos y cogidos de la mano. Lo que más le sorprendió del amor fue que no parecía contener ninguno de los elementos de la pasión desaforada —remordimiento, deseo y desesperación—, sino una delirante promesa de felicidad, para la vida, para el mundo, como no había conocido nunca. El primer amor: ¡sólo era el primer amor! ¡Qué sería el amor en toda su plenitud, en toda su perfección! No sabía que lo que estaba experimentando entonces, aquella mezcla irreal de paz y éxtasis, limpia de deseo, era irrecuperable para siempre.

Hacía un rato que la música había cesado, cuando el ruido de una barca de remos rompió aquel silencio lleno de murmullos, perturbando las aguas tranquilas. Ella se levantó de un salto y miró hacia la bahía como un centinela.

—¡Oye! —dijo deprisa—. Quiero que me digas tu nombre.

—No.

—Por favor —le rogó—. Me voy mañana.

Val no contestó.

—No quiero que me olvides —dijo ella—. Me llamo...

—No te olvidaré. Te prometo que te recordaré siempre. A quienquiera que ame siempre la compararé contigo, mi primer amor. Mientras viva, siempre conservarás la misma lozanía en mi corazón.

—Quiero que te acuerdes de mí —murmuró con palabras entrecortadas—. Ay, esto ha significado para mí más que para ti, mucho más.

Estaba tan cerca que Val sentía su respiración joven y cálida en la cara. Volvieron a abrazarse. Val apretaba sus manos, sus muñecas, entre las suyas, como parecía que había que hacer, y le besó los labios. Era el beso ideal, pensó, el beso romántico: ni muy corto ni muy largo. Pero contenía una especie de promesa, promesa de otros besos que podría haber gozado, y, con un leve peso en el corazón, oyó cómo se acercaba la barca al yate, y comprendió que había vuelto la familia de la chica. Había acabado la noche.

«Y esto es sólo el principio», se dijo. «Toda mi vida será como esta noche.»

Ella le decía algo en voz baja, deprisa, y él escuchaba en tensión.

—Quiero que sepas una cosa: estoy casada. Desde hace tres meses. Ésa era la equivocación en que estaba pensando cuando apareciste a la luz de la luna. Enseguida lo entenderás.

Calló de repente cuando la barca chocó contra la escala y una voz de hombre surgió de la oscuridad.

—¿Eres tú, querida?

—Sí.

—Hay un bote de remos esperando. ¿A quién espera?

—Uno de los invitados del señor Jackson ha venido por equivocación y le he pedido que se quedara y me hiciera compañía un rato.

Y el pelo escaso y canoso y la cara cansada de un hombre de sesenta años apareció en cubierta. Y Val se dio cuenta demasiado tarde de cuánto le afectaba aquello.

IV

En mayo, cuando terminó la temporada en la Riviera, los Rostoff y el resto de los rusos cerraron sus villas y se fueron al norte, a pasar el verano. Y cerraron la iglesia ortodoxa rusa y los barriles de los vinos más selectos, y guardaron en el trastero, por decirlo así, para otro año la elegante luz de la luna primaveral, en espera de su regreso.

—Volveremos la temporada que viene —repitieron como todos los años.

Pero se apresuraron al decirlo, porque no volverían jamás. Los pocos que volvieron a dispersarse por el sur después de cinco años de tragedia se alegraban de encontrar trabajo como camareras y *valets de chambre* en los grandes hoteles donde habían comido en otro tiempo. Muchos, por supuesto, murieron en la guerra o en la revolución, y muchos desaparecieron en las grandes ciudades, convertidos en sablistas o timadores, y no pocos acabaron sus vidas en la desesperación y el embrutecimiento.

Cuando el gobierno de Kerensky cayó en 1917, Val era teniente en el frente oriental, e intentaba desesperadamente que su compañía acatara una autoridad de la que, desde hacía mucho, ya no quedaba ni el menor vestigio. Aún lo estaba intentando cuando el príncipe Pablo Rostoff y su esposa ofrendaron sus vidas una mañana de lluvia para expiar las meteduras de pata de los Romanoff: la envidiable carrera de la hija de Morris Hasylton acabó en una ciudad que se parecía a una carnicería mucho más incluso que el Chicago de 1892.

Y Val combatió en el ejército de Denikin hasta que se dio cuenta de que estaba participando en una farsa: la gloria de la Rusia imperial había terminado. Entonces se fue a Francia, donde inmediatamente hubo de enfrentarse al increíble problema de cómo mantener unidos el cuerpo y el alma.

Era perfectamente natural que pensara en irse a Estados Unidos. Dos tías lejanas, con quienes su madre se había peleado hacía muchos años, seguían viviendo allí con cierto lujo. Pero la idea repugnaba a los prejuicios que su madre le había inculcado y además no le quedaba dinero para pagar el pasaje. Tendría que ganarse la vida en Francia como pudiera hasta que una posible contrarrevolución le restituyera las propiedades rusas de los Rostoff.

Así que se fue a la ciudad que mejor conocía. Se fue a Cannes. Compró un billete de tercera con sus últimos trescientos francos y, cuando llegó, entregó el esmoquin a una sociedad benéfica que se ocupaba de semejantes asuntos y recibió a cambio dinero para comida y alojamiento. Más tarde se arrepentiría de haber vendido el esmoquin, porque podría haberle ayudado a conseguir un puesto de camarero. Pero encontró trabajo como taxista, y se sintió igual de feliz o, mejor, igual de desgraciado.

A veces llevaba a norteamericanos a ver villas en alquiler, y, cuando estaba abierto el cristal que separaba el asiento del chófer alcanzaba a oír curiosos fragmentos de conversación.

—Me han dicho que ese tipo era un príncipe ruso... Calla... No, ése, el chófer... ¡Calla, Esther! —y aguantaban la risa.

Cuando el coche se detenía, los pasajeros lo rodeaban para mirarlo. Al principio se sentía desesperadamente desdichado si lo miraban las chicas, pero luego dejó de importarle. Una vez un americano alegremente borracho le preguntó si aquella historia era verdad y lo invitó a comer, y otra vez una mujer ya mayor le cogió la mano al bajar del taxi, la apretó con violencia y lo obligó a coger un billete de cien francos.

—Bueno, Florence, ya puedo contar, cuando vuelva a casa, que le he dado la mano a un príncipe ruso.

El americano ebrio que lo invitó a comer creía al principio que Val era hijo del zar, y Val tuvo que explicarle que ser príncipe en Rusia sólo era como ser lord en Inglaterra. Pero no acababa de entender el norteamericano cómo un hombre con la personalidad de Val no se dedicaba a ganar dinero de verdad.

—Esto es Europa —dijo Val muy serio—. Aquí no se gana el dinero. Aquí se hereda, o se ahorra lentamente durante largos años, y a lo mejor al cabo de tres generaciones una familia puede mejorar su posición social.

—Piense en algo que necesite la gente, como hacemos nosotros.

—Eso es porque en Estados Unidos hay más dinero para necesidades. Todo lo que necesita la gente de aquí lleva pensado mucho tiempo.

Pero, un año después, gracias a la ayuda de un joven inglés con quien había jugado al tenis antes de la guerra, Val consiguió un empleo en la sucursal en Cannes de un banco inglés. Se encargaba del correo, compraba billetes de tren y organizaba excursiones para turistas impacientes. Algunas veces una cara familiar se acercaba a su ventanilla; si reconocía a Val, se estrechaban la mano; si no, Val callaba. Y, dos años más tarde, ni siquiera lo señalaban con el dedo por haber sido príncipe: los rusos eran ya una vieja historia. El esplendor de los Rostoff y compañía estaba olvidado.

Se mezclaba muy poco con la gente. Daba un paseo por las tardes, se bebía una lenta cerveza en un café y se acostaba temprano. Casi nunca lo invitaban a ningún sitio porque consideraban que su expresión triste y ensimismada era deprimente, y, si lo invitaban, jamás aceptaba una invitación. Vestía trajes franceses y baratos en vez de las franelas caras e inglesas que encargaba con su padre. En cuanto a las mujeres, no conocía a ninguna. A los diecisiete años había estado seguro de muchas cosas, y de lo que había estado más seguro había sido de esto: habría muchos amores en su vida. Ahora, ocho años después, sabía que no era así. Nunca había tenido tiempo para el amor: la guerra, la revolución y ahora la pobreza habían conspirado contra su corazón lleno de ilusiones. El manantial de emoción que brotó por primera vez una noche de abril se había secado inmediatamente y ahora sólo manaba gota a gota.

Su juventud feliz había acabado antes de empezar. Ya se veía cada día más viejo y más pobre, viviendo siempre, más y más, de los recuerdos de la adolescencia maravillosa. Se volvería ridículo: sacaría un viejo reloj, una reliquia de familia, y se lo enseñaría a los compañeros de la oficina, que, divertidos, oirían entre guiños sus historias sobre el apellido Rostoff.

Sumido en estos pensamientos tristes paseaba a orillas del mar una noche de abril de 1922 y contemplaba la magia inalterable del despertar de las luces eléctricas. Aquella magia ya no estaba a su disposición, pero seguía existiendo, y Val se alegraba de que fuera así. Al día siguiente se iría de vacaciones a un hotel barato de la costa donde podría bañarse, descansar y leer, y luego volvería a la ciudad y al trabajo. Todos los años, desde hacía tres, se iba de vacaciones las dos últimas semanas de abril, quizá porque entonces sentía mayor necesidad de recordar. Fue en abril cuando lo que estaba destinado a ser lo mejor de su vida había alcanzado su punto culminante a la romántica luz de la luna. Aquello era sagrado para él: lo que había creído una iniciación y un principio había resultado ser el final.

Se detuvo un instante frente al Café des Étrangers, e inmediatamente, como arrastrado por un impulso, cruzó la calle y bajó a la playa. Una docena de yates, que viraban hacia un precioso color plata, fondeaban en la bahía. Los había visto aquella tarde y, por costumbre, había leído los nombres pintados en la proa. Llevaba haciéndolo tres años, y ya era casi una función natural de sus ojos.

—*Un beau soir* —comentaron a su lado, en francés. Era un barquero, que muchas veces había visto a Val por allí—. ¿A *monsieur* le parece hermoso el mar?

—Muy hermoso.

—A mí, también. Pero, fuera de temporada, deja poco para vivir. Menos mal que la semana que viene tengo un encargo especial. Me pagan por quedarme aquí, esperando, sin hacer otra cosa, desde las ocho de la tarde hasta medianoche.

—Es estupendo —dijo Val, por cortesía.

—Es una señora viuda, muy guapa, una americana. Su yate siempre fondea en el puerto las dos últimas semanas de abril. Este año será el tercero, si el *Privateer* llega mañana.

V

Val no pegó un ojo en toda la noche, no porque se preguntara qué debía hacer, sino porque sus emociones, adormecidas durante mucho tiempo, de repente despertaron y revivieron. Estaba claro que no debía verla —él, un pobre fracasado, con un apellido que ya sólo era una sombra—, pero siempre lo haría un poco más feliz saber que ella lo recordaba. Aquello añadía una nueva dimensión a sus propios recuerdos: los resaltaba, como esas lentes estereoscópicas que, sobre un papel liso, dan fondo y relieve a las imágenes. Le hacía sentirse seguro de que no se había engañado: una vez había sido encantador con una mujer preciosa, y ella no lo olvidaba.

Al día siguiente, una hora antes de la salida del tren, ya estaba en la estación con su equipaje: quería evitar cualquier posibilidad de un encuentro en la calle. Buscó un asiento en el vagón de tercera clase.

Y, en cuanto se sentó, empezó a ver la vida de manera diferente: con una especie de esperanza, débil e ilusoria, desconocida veinticuatro horas antes. Quizá existiera algún modo de que volvieran a encontrarse en los próximos años: si trabajaba de verdad, aprovechando con pasión cualquier oportunidad que se le presentara. Sabía de dos rusos que vivían en Cannes, que habían vuelto a empezar desde cero, sólo con buena educación e ingenio, a quienes ahora les iba sorprendentemente bien. La sangre de Morris Hasylton comenzaba a latir débilmente en las sienes de Val para recordarle algo que nunca había querido recordar: Morris Hasylton, que había construido un palacio en San Petersburgo para su hija, había empezado desde la más absoluta miseria.

Y otra emoción, simultánea, se apoderó de él, menos extraña, menos dinámica, pero también americana: la emoción de la curiosidad. En el caso de que volviera a… Bueno, en el caso de que la vida hiciera posible que volviera a encontrar a la chica, por lo menos se enteraría de su nombre.

Se puso en pie de un salto, consiguió abrir con mucha torpeza, muy nervioso, la puerta del vagón y saltó del tren. Y, tras lanzar la maleta a la consigna, echó a correr hacia el consulado de Estados Unidos.

—Esta mañana ha llegado un yate —dijo con prisa al funcionario—, un yate norteamericano, el *Privateer*. Quisiera saber quién es el dueño.

—Espere un momento —dijo el funcionario, mirándolo con curiosidad—. Voy a ver si puedo informarme…

Volvió al cabo de lo que a Val le pareció un espacio de tiempo interminable.

—Espere un momento, por favor —repitió, inseguro—. Sí… Parece que vamos a poder informarnos…

—¿Ha llegado el yate?

—Ah, sí, perfectamente. O eso creo yo. Siéntese un momento, por favor.

Diez minutos después, Val miró su reloj, impaciente. Si no se daban prisa, perdería el tren. Hizo un gesto nervioso, como si fuera a levantarse de la silla.

—¡Estése quieto, por favor! —dijo el funcionario, echándole una ojeada desde el escritorio—. Se lo ruego, siéntese.

Val lo miraba fijamente. ¿Qué podía importarle al funcionario que esperara o no esperara?

—Voy a perder el tren —dijo con impaciencia—. Siento haberle molestado.

—¡Por favor, quédese donde está! Nos alegraría mucho quitarnos este asunto de encima. ¿Sabe? Llevamos esperando su pregunta… tres años.

Val se levantó de un salto y se encasquetó el sombrero.

—¿Por qué no me lo ha dicho? —preguntó de mal humor.

—Porque teníamos que avisar a…, a nuestro cliente. No se vaya, por favor. Es… Es demasiado tarde.

Val dio media vuelta. Un criatura delicada y radiante, de ojos negros y asustados, se perfilaba contra la luz del sol, en la puerta.

—Cómo…

Los labios de Val se entrabrieron, pero no le salieron las palabras. Ella dio un paso hacia él.

—Yo… —lo miraba a través de las lágrimas, desvalida—. Sólo quería saludarte —murmuró—.

He vuelto tres años seguidos porque quería saludarte.

Val callaba.

—Podrías contestar —dijo con impaciencia—. Podrías contestar… Ya pensaba que habías muerto en la guerra —entonces se dirigió al funcionario—: Por favor, preséntenos —exclamó—. ¿Sabe? No puedo saludarlo porque ni siquiera sabemos cómo nos llamamos.

Es cierto que se suele desconfiar de estos matrimonios internacionales. Según la tradición norteamericana siempre acaban mal, y estamos acostumbrados a titulares como éstos: «Cambiaría el título por un verdadero amor americano, dice la duquesa» o «El conde Mendicant torturaba a su esposa». Nunca aparecen titulares que digan: «El castillo es un nido de amor, afirma una antigua belleza de Georgia» o «El duque y la hija del empaquetador celebran sus bodas de oro».

Hasta el momento los jóvenes Rostoff no han aparecido en ningún titular. El príncipe Val está demasiado ocupado en la cadena de taxis color azul claro de luna que dirige con inusitada eficacia, y no concede entrevistas. El príncipe y su esposa sólo abandonan Nueva York una vez al año, y todavía existe un barquero que se alegra cuando el *Privateer* entra en el puerto de Cannes una noche de mediados de abril.

EL JOVEN RICO

El joven rico es la novela corta de Fitzgerald más importante y contiene su frase más errónea y promiscuamente citada: «Son diferentes de nosotros». La escribió en Capri, dividida en tres partes, mientras esperaba la publicación de El gran Gatsby, *y la revisó en París, dividiéndola en dos partes que aparecieron en* Red Book *(enero y febrero de 1926).*

El personaje de Anson Hunter está basado en Ludlow Fowler, amigo de Fitzgerald desde los años del colegio:

«He escrito un relato de quince mil palabras sobre ti llamado El joven rico: *está todo tan disfrazado que nadie, excepto tú y yo y quizá dos de las chicas implicadas, podría reconocerte, a menos que tú lo contaras, pero se trata en gran medida de la historia de tu vida, retocada aquí y allá y simplificada. Y hay bastantes partes que son fruto de mi imaginación. Es franco, generoso pero comprensivo, y creo que te gustará. Es de lo mejor que he escrito.»*

Dos anécdotas sobre Hunter, que aparecían en la versión publicada en revista, fueron suprimidas a petición de Fowler cuando El joven rico *fue incluido en el volumen* All the Sad Young Men. *Recuperamos entre corchetes esos fragmentos.*

A Fitzgerald le preocupaba la afirmación de su amigo Ring Lardner de que podría haber alargado El joven rico *hasta convertirlo en una novela; él mismo explicó a Maxwell Perkins: «Me habría sido absolutamente imposible estirar* El joven rico *más allá de la extensión de una novela corta».*

I

Empieza con un individuo y, antes de que te des cuenta, te encontrarás con que has creado un tipo; empieza con un tipo y te encontrarás con que has creado… nada, absolutamente nada. Y es que todos somos bichos raros, mucho más raros tras nuestras caras y nuestras voces que lo que dejamos que los otros adivinen, o de lo que nosotros mismos sabemos. Cuando oigo a uno que se proclama a sí mismo «un hombre normal, leal y honrado» estoy completamente seguro de que padece alguna precisa y quizá terrible anormalidad que intenta disimular, y que su declaración de que es normal, leal y honrado es una manera de recordarse a sí mismo sus imperfecciones.

No existen tipos, ni identidades colectivas. Existe un joven rico, y ésta es su historia, no la de sus iguales. Toda mi vida he vivido entre sus iguales, pero éste ha sido mi amigo. Y, si yo escribiera sobre sus iguales, debería empezar rebatiendo todas las mentiras que los pobres han dicho sobre los ricos y que los ricos han dicho sobre sí mismos: es tan disparatada la estructura que han erigido que, cuando abrimos un libro sobre los ricos, algún instinto nos predispone a la irrealidad. Incluso inteligentes y desapasionados cronistas de sociedad han convertido el país de los ricos en algo tan irreal como el país de las hadas.

Permitidme que os hable de quienes son riquísimos. Son diferentes a nosotros. Poseen y disfrutan desde sus primeros años, y esto influye en su carácter: los hace blandos cuando nosotros somos duros, cínicos cuando somos crédulos, de manera que, a no ser que hayas nacido rico, es difícil que los comprendas. Piensan, en lo más profundo de sus corazones, que son mejores que nosotros, porque nosotros hemos tenido que descubrir por nuestra cuenta las recompensas y artimañas de la vida. Incluso cuando penetran en lo más hondo de nuestro mundo, o caen más bajo que nosotros, siguen pensando que son mejores. Son diferentes. El único modo para lograr describir al joven Anson Hunter será acercarme a él como si fuera un extraño y aferrarme tenazmente a mi punto de vista. Si aceptara el suyo un solo instante estaría perdido: sólo conseguiría una película absurda.

Anson era el mayor de seis hermanos que algún día se repartirían un patrimonio de quince millones de dólares y habían alcanzado el uso de razón —¿se alcanza a los siete años?— a principios de siglo, cuando ya se deslizaban por la Quinta Avenida chicas audaces en vehículos eléctricos. En aquellos días Anson y su hermano tenían una institutriz inglesa que hablaba el idioma a la perfección, con claridad y concisión, así que los dos chicos aprendieron a hablar como ella: sus palabras y frases eran concisas y claras, jamás confusas y atropelladas como las nuestras. No hablaban exactamente como los niños ingleses, pero adquirieron ese acento que es característico de la gente distinguida de Nueva York.

En verano los seis niños dejaban la casa de la calle 71 y se mudaban a una gran finca al norte de Connecticut. No era una localidad de moda: el padre de Anson quería que sus hijos conocieran lo más tarde posible la vida de la gente distinguida. Era un hombre por encima de su clase —la alta sociedad de Nueva York— y su época —la Edad de Oro de la vulgaridad esnob y etiquetera—, y quería que sus hijos cultivaran la inteligencia, y crecieran sanos y fuertes, y se convirtieran en honrados hombres prósperos. Su mujer y él procuraron no quitarles un ojo de encima hasta que los dos mayores empezaron a ir al colegio, pero una cosa así es difícil en las casas inmensas: era mucho más sencillo en aquellas casas pequeñas o medianas en las que transcurrió mi juventud. Nunca estuve fuera del alcance de la voz de mi madre, o de la sensación de su presencia, su aprobación o desaprobación.

Anson empezó a tomar conciencia de su superioridad cuando se dio cuenta de la deferencia desganada, típica de los americanos, con que lo trataban en aquella aldea de Connecticut. Los padres de los chicos con quienes jugaba siempre le preguntaban por sus padres, y parecían vagamente nerviosos cuando invitaban a sus hijos a que fueran a casa de los Hunter. Anson aceptaba este estado de cosas como natural, y durante toda su vida conservó una especie de impaciencia hacia aquellos grupos en los que no era el centro, por su dinero, su posición social y su autoridad. No se dignaba luchar con otros chicos por sobresalir: esperaba que su supremacía fuese reconocida libremente, y, si no era así, se refugiaba en su familia. Le bastaba su familia, porque en el Este el dinero es todavía algo feudal, algo que forma clanes. En el vanidoso Oeste el dinero divide a las familias en camarillas.

A los dieciocho años, cuando se trasladó a New Haven, Alson era alto y fuerte, de cutis limpio y color saludable gracias a la vida ordenada que había llevado en el colegio. El pelo rubio le crecía de una manera cómica, y tenía la nariz aguileña —estos dos detalles le impedían ser guapo—, pero era encantador, y estaba seguro de serlo, y tenía estilo, cierta elegancia brusca, y las personas de elevada condición social con las que coincidía se daban cuenta inmediatamente, sin que nadie les dijera nada, de que era un joven rico educado en los mejores colegios. Sin embargo, su propia superioridad le impedía tener éxito en la universidad: su independencia fue tomada por egocentrismo, y su negativa a aceptar las reglas de Yale con el adecuado respeto reverencial parecía empequeñecer a quienes las acataban. Así, mucho antes de terminar sus estudios, empezó a hacer de Nueva York el centro de su vida.

En Nueva York se sentía a sus anchas: en Nueva York tenía una casa con «el tipo de servidumbre que hoy ya no se encuentra»; en Nueva York vivía su familia, de la que, gracias a su buen humor y cierta habilidad para conseguir que las cosas funcionaran, rápidamente se estaba convirtiendo en el centro; en Nueva York se celebraban las fiestas de presentación en sociedad, y Nueva York le ofrecía el viril y correcto mundo de los clubes reservados a los hombres, y las juergas desaforadas y ocasionales con chicas galantes que en New Haven sólo veías desde la fila quinta. Sus aspiraciones eran bastante convencionales: hasta incluían la irreprochable sombra de una futura esposa, pero diferían de las aspiraciones de la mayoría de los jóvenes en que no las empañaba ninguna nube, ninguna de esas cualidades a las que se suele conocer por idealismo o ilusión. Anson aceptaba sin reservas el mundo de las altas finanzas y de la extrema extravagancia, del divorcio y la disolución, del esnobismo y los privilegios. Nuestras vidas suelen terminar en un compromiso: la suya empezó con un compromiso.

Nos conocimos al final del verano de 1917, cuando Anson acababa de salir de Yale y, como todos, estaba a punto de dejarse arrastrar por el bien urdido histerismo de la guerra. Con el uniforme azul verdoso de los aviadores de la Marina llegó a Pensacola, donde las orquestas de los hoteles interpretaban *Lo siento, querida*, y nosotros, jóvenes oficiales, bailábamos con las chicas. A todos les caía bien, y, aunque andaba con bebedores y no era precisamente un buen piloto, incluso los instructores lo trataban con cierto respeto. Solía mantener largas y frecuentes conversaciones con ellos, con aquella voz lógica y segura de sí misma: conversaciones que terminaban cuando conseguía resolver algún problema acuciante, suyo o, con mayor frecuencia, de otro oficial. Era sociable, picante, insaciablemente ávido de placeres, y nos sorprendió a todos cuando se enamoró de una chica convencional y un tanto relamida.

Se llamaba Paula Legendre, una belleza morena, seria, de no sé qué lugar de California. Su familia pasaba los inviernos en una casa muy próxima a la ciudad, y, a pesar de su gazmoñería, Paula tenía muchísimo éxito con los chicos: existe cierta clase de hombres, muy numerosa, cuyo egocentrismo no soporta que una mujer tenga sentido del humor. Pero Anson no era de ésos, y no consigo explicarme la atracción que la «sinceridad» —ésta era la cualidad que podía reconocérsele— de Paula ejerció sobre una inteligencia aguda e irónica como la suya.

Pero se enamoraron, y según las condiciones que imponía Paula. Anson dejó de frecuentar las reuniones en el Bar De Sota a la caída de la tarde, y siempre que se les veía juntos estaban enfrascados en un largo y serio diálogo que se prolongaba durante semanas. Mucho después me contaría que aquellas conversaciones no trataban de nada en especial, sino que, por ambas partes, se alimentaban de frases inmaduras e incluso sin sentido: el contenido emotivo que poco a poco iba llenando la conversación no nacía de las palabras, sino de la extraordinaria seriedad con que eran pronunciadas. Era una especie de hipnosis. A veces se interrumpía, cediendo su lugar a ese humorismo castrado al que llamamos bromear; cuando estaban solos volvía a empezar, solemne, como un bajo, afinado para darles una sensación de armonía de sentimientos y pensamientos. Se enfadaban si los interrumpían, acabaron por ser insensibles a los chistes sobre la vida, e incluso al cinismo amable de sus contemporáneos. Sólo eran felices cuando el diálogo se reanudaba, cuando la seriedad los bañaba como el resplandor ámbar de una hoguera. Hacia el final, hubo una interrupción que no les molestó: la pasión empezó a interrumpir el diálogo.

Aunque parezca extraño, Anson estaba tan absorto en aquellas conversaciones como Paula, y tan profundamente afectado, pero al mismo tiempo era consciente de que, por su parte, había mucho de insinceridad, como, por parte de Paula, había mucho de simple ingenuidad. Al principio, despreciaba la ingenuidad emotiva de Paula, pero, gracias a su amor, el carácter de Paula se hizo más profundo y maduró: ya no podía despreciarla. Sentía que sería feliz si lograba entrar en la cálida y protegida existencia de Paula. Aquellas largas conversaciones allanaron el camino, derribaron todos los obstáculos: Anson le enseñó algo de lo que había aprendido con mujeres más atrevidas, y Paula respondió con una intensidad arrebatada y sagrada. Una noche, después de un baile, decidieron casarse, y Anson le escribió a su madre una larga carta sobre Paula. Al día siguiente Paula le dijo que era rica, que su patrimonio personal ascendía a casi un millón de dólares.

III

Era exactamente como si hubieran podido decir: «Ninguno de los dos tiene nada: compartiremos nuestra pobreza». Compartir la riqueza era igual de maravilloso: les daba la misma sensación de compartir una aventura. Pero, cuando en abril Anson consiguió un permiso, y Paula y su madre lo acompañaron al Norte, la posición social de su familia y su tren de vida en Nueva York impresionaron a Paula. Cuando por primera vez se quedó sola con Anson en la habitación donde había jugado cuando era un muchacho sintió que la embargaba una emoción agradable, como si verdaderamente estuviera segura y protegida. Las fotos de Anson con la gorra de su primer colegio, de Anson a caballo con la novia de un verano misterioso y olvidado, de Anson entre un alegre grupo de damas de honor y testigos de una boda, le hicieron sentir celos de su vida pasada, lejos de ella; y con tal grado de perfección parecía la figura autoritaria de Anson resumir y simbolizar todas aquellas antiguas posesiones, que, en un momento de inspiración, se le ocurrió casarse inmediatamente y volver a Pensacola convertida en su mujer.

Pero nadie había hablado de la posibilidad de una boda inmediata, e incluso el compromiso se guardaba en secreto hasta que acabara la guerra. Cuando Paula se dio cuenta de que a Anson sólo le quedaban dos días de permiso, su descontento cristalizó en la intención de conseguir que él tampoco quisiera esperar. Estaban invitados a cenar en el campo, y Paula decidió forzar una decisión aquella noche.

Estaba con ellos en el Ritz una prima de Paula, una chica seca y resentida que quería a Paula, pero un poco celosa de aquel impresionante compromiso matrimonial, y, mientras Paula acababa de vestirse, la prima, que no iba a la cena, recibió a Anson en el vestíbulo de la *suite*.

Anson se había encontrado con algunos amigos a las cinco y con ellos había estado bebiendo sin medida ni discreción durante una hora. Había abandonado el Club de Yale a la hora conveniente, y había ordenado al chófer de su madre que lo llevara al Ritz, pero no estaba en la plenitud de sus facultades y la calefacción del salón le provocó un mareo repentino. Al notarlo, se sintió alegre y arrepentido a la vez.

La prima de Paula tenía veinticinco años, pero era excepcionalmente ingenua, y al principio no se dio cuenta de lo que sucedía. Era la primera vez que veía a Anson, y se sorprendió cuando masculló alguna frase sin sentido y estuvo a punto de caerse de la silla, pero hasta que apareció Paula no se le ocurrió que lo que había tomado por el olor de un uniforme recién salido de la tintorería era en reali-

dad olor a whisky. Paula se dio cuenta inmediatamente, y su único pensamiento fue quitar de enmedio a Anson antes de que su madre lo viera, y, por
su mirada, su prima comprendió lo que pasaba.

Cuando Paula y Anson bajaron, encontraron
dentro del coche a dos hombres dormidos; eran
los amigos con quienes Anson había estado bebiendo en el Club de Yale, invitados también a la
cena. Anson había olvidado por completo que estaban en el coche. Se despertaron camino de
Hempstead y se pusieron a cantar. Eran picantes
algunas de sus canciones, y Paula, aunque intentaba resignarse al hecho de que Anson tuviera pocas
inhibiciones verbales, apretó los labios avergonza-
da y disgustada.

Y en el hotel la prima, confundida y nerviosa,
tras reflexionar sobre el incidente, entró en la habitación de la señora Legendre y le dijo:

—¿No es gracioso?

—¿Quién es gracioso?

—¿Quién? El señor Hunter. Me ha parecido
muy gracioso.

La señora Legendre la miró con severidad.

—¿Por qué es gracioso?

—Me ha dicho que es francés. No sabía que
era francés.

—Es absurdo. Seguro que no has entendido
bien —sonrió—. Te ha tomado el pelo.

La prima negó con la cabeza, obstinada.

—No, me ha dicho que se ha criado en Francia. Ha dicho que no sabía inglés y que no podía
hablar conmigo. ¡Y es verdad que no podía hablar!

La señora Legendre desvió la mirada con impaciencia en el preciso instante en que la prima, saliendo de la habitación, añadía:

—Sería por lo borracho que estaba.

El extraño episodio era verdad. Anson, advirtiendo que la lengua se le trababa sin remedio, había recurrido a un subterfugio insólito: había dicho que no sabía inglés. Años después solía contar la anécdota, e invariablemente contagiaba a todos la risa incontenible que le provocaba aquel recuerdo.

En la hora siguiente, cinco veces intentó la señora Legendre hablar por teléfono con Hempstead. Cuando por fin lo consiguió, hubo de esperar diez minutos más antes de oír la voz de Paula en el auricular.

—La prima Jo me ha dicho que Anson estaba borracho.

—Ah, no...

—Ah, sí. La prima Jo dice que estaba borracho. Le dijo que era francés, y se cayó de la silla y se portó como si estuviera muy borracho. No quiero que vuelvas aquí con él.

—¡Mamá! Está perfectamente. No te preocupes, por favor...

—Pues claro que me preocupo. ¡Qué horror! Quiero que me prometas que no volverás con él...

—Eso es cosa mía, mamá...

—No quiero que vuelvas con él.

—Muy bien, mamá. Adiós.

—Recuerda lo que te he dicho, Paula. Pídele a alguien que te acompañe.

Paula retiró muy decidida el auricular de su oído y colgó. Estaba roja de irritación e impotencia. Anson dormía a pierna suelta en un dormitorio del piso de arriba, y abajo la cena se acercaba penosamente al final.

El viaje en coche, que duró una hora, lo había espabilado un poco —la llegada sólo fue motivo de risas—, y Paula tenía la esperanza de que, a pesar de todo, no se estropeara la noche, pero dos imprudentes cócteles antes de la cena completaron el desastre. Anson se dirigió a los invitados ruidosamente, un poco agresivo, durante quince minutos y luego se desplomó silenciosamente bajo la mesa, como en un grabado antiguo, pero, a diferencia del grabado antiguo, la escena resultó espantosa sin ser en absoluto pintoresca. Ninguna de las jóvenes presentes comentó el incidente: parecía merecer únicamente silencio. Su tío y dos más lo subieron por las escaleras, e inmediatamente después Paula había hablado por teléfono con su madre.

Una hora más tarde Anson se despertó entre nubes de dolor y angustia, y entre nubes distinguió al cabo de unos segundos la figura de su tío Robert junto a la puerta.

—Digo que si te sientes mejor.

—¿Cómo?

—¿Te sientes mejor, amigo?

—Fatal —dijo Anson.

—Voy a darte otro calmante. Te ayudará a dormir, si no lo vomitas.

Con esfuerzo, Anson apoyó los pies en el suelo y se levantó.

—Estoy perfectamente —dijo con voz apagada.

—Despacio, despacio.

—Creo que si me das una copa de coñac podré bajar las escaleras.

—Ah, no.

—Sí, es lo único que necesito. Ya estoy bien. Me figuro que me estarán poniendo verde.

—Saben que te has pasado un poco de rosca —dijo el tío con desaprobación—. Pero no te preocupes. Schuyler ni siquiera ha podido venir. Perdió el conocimiento en el vestuario del club de golf.

Indiferente a todas las opiniones, excepto a la de Paula, Anson estaba decidido a salvar lo que pudiera entre los escombros de la noche, pero, cuando, después de un baño frío, apareció, casi todos los invitados se habían ido. Paula se levantó inmediatamente para volver al hotel.

En el coche reanudaron el diálogo serio y antiguo. Paula sabía que le gustaba beber, pero nunca se hubiera imaginado algo como aquello: tenía la impresión de que quizá, después de todo, no estaban hechos el uno para el otro. Sus ideas sobre la vida eran demasiado diferentes, y así sucesivamente. Cuando acabó de hablar, Anson tomó la palabra, absolutamente sobrio. Luego Paula dijo que tenía que pensarlo, que no podía tomar una decisión aquella noche; no estaba enfadada, sino terriblemente dolida. Ni siquiera le dejó entrar en el hotel con ella, pero cuando salía del coche se inclinó y le dio un beso triste en la mejilla.

La tarde siguiente Anson mantuvo una larga conversación con la señora Legendre mientras

Paula escuchaba en silencio. Llegaron al acuerdo de que Paula meditaría sobre el incidente durante un periodo razonable y que luego, si madre e hija lo consideraban oportuno, se reunirían con Anson en Pensacola. Anson, por su parte, pidió perdón con sinceridad y dignidad: eso fue todo. Con todas las cartas a su favor, la señora Legendre fue incapaz de obtener ninguna ventaja sobre Anson. Anson no prometió nada, no demostró ninguna humildad, y se limitó a hacer algún sensato comentario sobre la vida, que al final le dio cierto aire de superioridad moral. Cuando regresaron al Sur tres semanas después, ni Anson, satisfecho, ni Paula, aliviada porque volvían a encontrarse, se dieron cuenta de que el momento psicológico había pasado para siempre.

IV

Anson la dominaba y atraía, y al mismo tiempo la llenaba de angustia. Confundida por aquella mezcla de fortaleza y disipación, de sensibilidad y cinismo —incongruencias que su mentalidad tradicional era incapaz de entender—, Paula empezó a pensar que Anson tenía dos personalidades que se alternaban. Cuando se veían a solas o en una fiesta, o, por casualidad, en compañía de alguien inferior a él, se sentía verdaderamente orgullosa de su fuerte y atractiva personalidad, de su gran inteligencia, paternal y comprensiva. Pero en compañía de otros se sentía incómoda cuando lo que había sido una refinada impermeabilidad al simple formalismo de las buenas maneras mostraba su otra cara. La otra cara era ordinaria, burlona, indiferente a todo lo que no fuera diversión. Entonces, por un tiempo, trataba de quitarse a Anson de la cabeza, e incluso emprendió un breve y furtivo experimento con un antiguo admirador, pero fue inútil: después de cuatro meses bajo la influencia de la envolvente vitalidad de Anson, todos los hombres le parecían de una palidez anémica.

En julio Anson fue destinado al extranjero. La ternura y el deseo aumentaron. Paula pensó en un matrimonio de última hora, y se arrepintió porque Anson siempre olía a cóctel, pero la despedida la puso enferma, físicamente enferma de tristeza. Tras la partida le escribió largas cartas, doliéndose por los días de amor que, esperando, habían perdido. En agosto el avión de Anson cayó al mar del Norte. Fue rescatado por un destructor después de pasar una noche en el agua y fue internado en un hospital, con pulmonía. El armisticio se firmó antes de que Anson fuera repatriado por fin.

Entonces, cuando volvían a presentárseles todas las oportunidades, sin ningún obstáculo material que superar, los secretos velos de sus temperamentos se interpusieron entre ellos: secaron sus besos y sus lágrimas, hicieron que sus voces se apagaran entre sí, sofocaron la conversación íntima de sus corazones hasta que la antigua comunicación sólo fue posible por carta, a distancia. Una tarde un periodista, cronista de sociedad, esperó dos horas en casa de los Hunter la confirmación de su compromiso. Anson desmintió la noticia, a pesar de que una edición anterior la había publicado con grandes titulares: se les había visto «constantemente juntos en Southampton, Hot Springs y Tuxedo Park». Pero el diálogo serio y antiguo había desembocado de repente en una pelea interminable, y el amor se acababa. Anson se emborrachó escandalosamente y no acudió a una cita, y Paula le reprochó su comportamiento. La desesperación cedió ante su orgullo y su dominio de sí mismo: el compromiso se rompió definitivamente.

«Corazón mío», decían entonces las cartas de Anson y Paula, «corazón, corazón mío, cuando me despierto a medianoche y pienso en lo que, después de todo, nunca será, me dan ganas de morirme. No puedo seguir viviendo. Quizá cuando nos veamos este verano podamos hablar más despacio y decidir otra cosa. Estábamos tan nerviosos y tan tristes aquel día… Sé que no podré vivir la vida entera sin ti. Hablas de otras personas. ¿No sabes que no existe nadie para mí, que sólo existes tú?».

Y, aunque alguna vez Paula, en sus vagabundeos por el Este, con ánimo de llamar su atención mencionara lo mucho que se divertía, Anson era demasiado perspicaz para inquietarse. Cuando en sus cartas encontraba el nombre de algún hombre se sentía más seguro que nunca de los sentimientos de Paula y un poco desdeñoso: siempre había estado por encima de aquellas cosas. Pero seguía teniendo esperanzas: algún día se casarían.

Y, mientras, se sumergió de lleno en el tumulto y el esplendor del Nueva York de después de la guerra, empezó a trabajar en la Bolsa, se hizo socio de media docena de clubes, bailaba hasta muy tarde y vivía en tres mundos diferentes: su propio mundo, el mundo de los jóvenes licenciados de Yale y esa zona del submundo que tiene una de sus fronteras en Broadway. Pero siempre respetó ocho horas completas e intocables que dedicaba a su trabajo en Wall Street, donde la combinación de sus influyentes contactos familiares, su aguda inteligencia y su exuberante energía física lo llevaron casi inmediatamente a lo más alto. Poseía una de esas inteligencias, incalculablemente valiosas, que se dividen en compartimentos. Alguna vez apareció en su despacho después de dormir menos de una hora, pero no era un caso frecuente. Así que, ya en 1920, sus ingresos, entre sueldo y comisiones, superaban los doce mil dólares.

A medida que la tradición de Yale se perdía en el pasado, en Nueva York Anson se iba convirtiendo en una figura cada vez más conocida y admirada entre sus compañeros de curso, mucho más de lo que lo había sido en la universidad. Vivía en una casa suntuosa, y contaba con los medios necesarios para introducir a los jóvenes en otras casas suntuosas. Parecía, además, tener la vida asegurada, mientras que los demás, en su mayoría, sólo habían llegado a un nuevo y precario punto de partida. Empezaron a tomarlo como referencia para sus diversiones y escapadas, y Anson siempre respondía de buena gana, y disfrutaba ayudando a la gente y resolviéndole sus asuntos.

Ya no hablaban de hombres las cartas de Paula: ahora resonaba en ellas una nota de ternura que antes no existía. Por diversas fuentes sabía que tenía un pretendiente fijo, Lowell Thayer, un bostoniano rico y de alta posición social, y, aunque estaba seguro de que aún lo quería, le inquietaba pensar que, a pesar de todo, podía perderla. Salvo un día, que fue una desilusión, Paula llevaba casi cinco meses sin aparecer por Nueva York, y, a medida que los rumores aumentaban, sentía más ganas de verla. En febrero se tomó unas vacaciones y fue a Florida.

Palm Beach se extendía saludable y opulenta entre el zafiro rutilante del lago Worth, manchado aquí y allá por los yates anclados, y la inmensa franja celeste del océano Atlántico. Las moles imponentes del Hotel Breakers y del Hotel Royal Ponciana se erguían como dos panzas gemelas sobre la luminosa línea de arena, y alrededor se arracimaban el Dancing Glade, el casino y una docena de tiendas de modas tres veces más caras que las tiendas de Nueva York. En la terraza del Hotel Breakers doscientas mujeres daban un paso a la derecha, un paso a la izquierda, giraban y se entregaban a la célebre gimnasia conocida como *double-shuffle*, mientras, a contratiempo, doscientas pulseras tintineaban, arriba y abajo, en doscientos brazos.

En el Club Everglades, ya de noche, Paula, Lowell Thayer, Anson y un cuarto jugador ocasional jugaban al bridge con buenas cartas. La cara de Paula, seria y agradable, le parecía a Anson pálida y cansada: Paula llevaba dando vueltas cuatro, cinco años. Hacía tres años que la conocía.

—Dos picas.

—¿Un cigarrillo? Ah, perdón. Me toca a mí.

—Sí.

—Doblaré tres picas.

Había una docena de mesas de juego en la sala, que iba llenándose de humo. Los ojos de Anson y Paula se encontraron, se miraron con insistencia, incluso cuando la mirada de Thayer se interpuso.

—¿Cuál es la apuesta? —preguntó Thayer, distraído.

—cantaban los más jóvenes en un rincón—

Me estoy marchitando
en este aire de sótano…

El humo se espesaba como niebla y, al abrirse una puerta, la corriente de aire llenó la habitación de remolinos de ectoplasma. Ojitos Brillantes pasó como un rayo entre las mesas buscando al señor Conan Doyle entre los ingleses que en el vestíbulo del hotel representaban el papel de ingleses.

—Se podría cortar con un cuchillo.

—… cortar con un cuchillo.

—… con un cuchillo.

Cuando acabó la partida, Paula se levantó de repente y le dijo algo a Anson, en voz baja, nerviosa. Casi sin dignarse mirar a Lowell Thayer, cruzaron la puerta y bajaron una larga escalera de peldaños de piedra, y pronto paseaban por la playa, cogidos de la mano, a la luz de la luna.

—Corazón, corazón…

Se abrazaban en las sombras, con pasión, imprudentemente. Entonces Paula separó la cara para que los labios de Anson pudieran decir lo que quería oír: sentía cómo las palabras iban formándose mientras se besaban de nuevo… De nuevo se separó, a la escucha, pero, mientras Anson volvía a acercársele, se dio cuenta de que no había dicho nada, sólo «Corazón, corazón…», con aquel susurro profundo, triste, que siempre la había hecho

llórar. Humildemente, obedientemente, sus sentimientos se rendían ante él, y las lágrimas le corrían
por la cara, pero el corazón seguía exclamando:
«Pídemelo, Anson, amor mío, pídemelo».

—Paula… Paula…

Las palabras le oprimían el corazón como unas
manos, y Anson, al sentirla temblar, supo que
aquella emoción ya era bastante. No era necesario
que dijera nada más, que hiciera depender sus destinos de un enigma poco práctico. ¿Para qué iba a
hacerlo, si podía tenerla así, mientras ganaba tiempo, otro año, siempre? Pensaba en los dos, y más
en ella que en sí mismo. Por un instante, cuando
Paula dijo de repente que debía volver al hotel, dudó, y pensó primero: «Ha llegado el momento», e
inmediatamente: «No. Esperaremos. Es mía».

Olvidaba que las tensiones de aquellos tres
años también habían consumido íntimamente a
Paula: los sentimientos de Paula cambiaron para
siempre aquella noche.

A la mañana siguiente Anson volvió a Nueva
York, nervioso e insatisfecho. [Coincidió en el tren
con una preciosa debutante y comieron juntos un
par de días. Al principio le contó algo de Paula e inventó una misteriosa incompatibilidad que los
separaba irremediablemente. La chica tenía un
temperamento impulsivo, desenfrenado, y las confidencias de Anson la halagaron. Como el soldado
de Kipling, Anson podría haber conseguido lo mejor de ella antes de llegar a Nueva York, pero por
fortuna estaba sobrio y se dominó.] A finales de
abril, sin previo aviso, recibió un telegrama desde

Bar Harbor en el que Paula le decía que se había prometido con Lowell Thayer y que se casarían inmediatamente en Boston. Lo que jamás había creído que pudiera suceder, por fin había sucedido.

Aquella mañana se empapó de whisky, se fue al despacho y trabajó sin descanso, como si temiera que pasara algo si se detenía. Al atardecer salió como siempre, sin decir una palabra sobre lo ocurrido. Parecía afectuoso, de buen humor, atento. Pero había algo que no podía evitar: durante tres días, donde estuviera y con quien estuviera, de repente hundía la cabeza entre las manos y se echaba a llorar como un niño.

V

En 1922, cuando Anson acompañó al extranjero al socio menos antiguo de la empresa para estudiar ciertos créditos en Londres, el viaje fue un signo de que iba a ser aceptado como socio en la empresa. Ya tenía veintisiete años y había ganado peso, aunque no era gordo, y se comportaba como si tuviera más edad. Viejos y jóvenes lo apreciaban y confiaban en él, y las madres se sentían tranquilas cuando le encomendaban a sus hijas, porque tenía un modo muy particular, cuando entraba en un salón, de ponerse a la altura de las personas de más edad y más conservadoras. «Ustedes y yo», parecía decir, «somos personas sólidas. Entendemos el mundo».

Tenía un conocimiento instintivo y piadoso de las debilidades de hombres y mujeres y, como un sacerdote, por esta circunstancia, se preocupaba mucho de respetar las apariencias. Solía dar clases de catequesis los domingos por la mañana en una conocida iglesia episcopal, aunque sólo una ducha fría y un rápido cambio de chaqueta lo separaba de una noche desenfrenada. [Un día, como obedeciendo a un impulso compartido, algunos chicos se levantaron de la primera fila y se pasaron a la última. Contaba con frecuencia esta anécdota, que usualmente era recibida con alegres carcajadas.]

Después de la muerte de su padre, se había convertido en cabeza de familia, y, en efecto, dirigía los destinos de los hijos más jóvenes. A causa de una complicación legal, su autoridad no alcanzaba al patrimonio paterno, administrado por el tío Robert, el miembro de la familia aficionado a los caballos, hombre bueno, excelente bebedor, miembro de la camarilla que tiene su centro en Wheatley Hills.

El tío Robert y su mujer, Edna, habían sido grandes amigos del joven Anson, y el tío se sintió desilusionado cuando la superioridad del sobrino no desembocó en un gusto por las carreras de caballos parecido al suyo. Lo avaló para que ingresara en un club de la ciudad, el club de América donde el ingreso era más difícil, abierto sólo a miembros de las familias que hubieran contribuido a construir Nueva York (o, con otras palabras, que fueran ricas antes de 1880), y cuando Anson, tras ser aceptado en el club, renunció para darse de alta en el Club de Yale, el tío Robert le dijo algunas palabras sobre el asunto. Y, cuando, como remate, Anson renunció a ser socio de la agencia de Bolsa de Robert Hunter, agencia conservadora y algo abandonada, la relación terminó de enfriarse. Como un maestro de escuela que ha enseñado todo lo que sabe, el tío Robert desapareció de la vida de Anson.

Había tantos amigos en la vida de Anson... Y era difícil hablar de uno solo al que no le hubiese hecho algún favor extraordinario, o al que no hubiera puesto alguna vez en apuros con sus ordinarieces o con su costumbre de emborracharse donde y como quisiera. No soportaba que los demás metieran la pata, pero sus patochadas siempre le divertían. Le sucedían las cosas más extrañas, y luego las contaba entre carcajadas contagiosas.

Yo trabajaba en Nueva York aquella primavera y solía comer con él en el Club de Yale, porque nuestra universidad usaba sus instalaciones mientras terminaban nuestro local. Yo había leído la noticia del matrimonio de Paula y una tarde, cuando le hablé de ella, algo lo empujó a contarme la historia. A partir de entonces me invitó a cenar frecuentemente en su casa y se comportó como si entre nosotros existiera una relación especial, como si, con sus confidencias, me hubiera traspasado una parte de aquellos recuerdos obsesivos.

Me di cuenta de que, a pesar de la confianza de las madres, su actitud con las jóvenes no era indiscriminadamente protectora. Dependía de la chica: si mostraba cierta inclinación a la vida fácil, era mejor que se cuidara de sí misma, incluso con Anson.

—La vida —me explicaría alguna vez— me ha vuelto un cínico.

Cuando decía la vida, quería decir Paula. A veces, sobre todo cuando bebía, perdía un poco la cabeza, y pensaba que Paula lo había abandonado cruelmente.

El «cinismo», o, mejor, la constatación de que no valía la pena dejar escapar a las chicas ligeras por naturaleza, lo condujo a su relación con Dolly Karger. No fue la única relación que mantuvo en aquel tiempo, pero estuvo a punto de afectarle profundamente y ejerció una influencia trascendental en su actitud hacia la vida.

Dolly era la hija de un conocido publicista que se había casado con una representante de la alta sociedad. Se había educado en los mejores colegios, había sido presentada en sociedad en el Hotel Plaza y frecuentaba el Assembly; y sólo unas pocas familias antiguas, como los Hunter, podían discutir que perteneciera a su mundo, pues su fotografía aparecía frecuentemente en los periódicos y recibía una atención envidiable, más atención que muchas chicas sobre las que no cabía discusión posible. Tenía el pelo oscuro, labios de carmín y un cutis perfecto, encendido, que, durante el año siguiente a su puesta de largo, escondió bajo polvos de una tonalidad gris y rosa, porque no estaba de moda aquel color encendido: se llevaba una palidez decimonónica. Vestía de negro, con estilo severo, y, de pie, se metía las manos en los bolsillos, inclinándose un poco hacia adelante con una cómica expresión de dominio de sí misma. Bailaba primorosamente: bailar era lo que más le gustaba, si exceptuamos flirtear. Desde que tenía diez años había estado enamorada, casi siempre de algún chico que no quería saber nada de ella. Quienes se enamoraban de ella—y eran muchos— la aburrían después del primer encuentro, pero reservaba para sus fracasos el lugar más cálido de su corazón, y cuando volvía a encontrarlos siempre lo intentaba de nuevo: alguna vez tuvo éxito, pero fracasaba casi siempre.

Jamás se le pasó por la cabeza a esta gitana de lo inalcanzable que aquéllos que se negaban a quererla tenían cierto rasgo en común: compartían una aguda intuición que descubría la falta de carácter de Dolly, no para los sentimientos, sino para encauzar su vida. Anson lo notó el mismo día que la conoció, menos de un mes después de la boda de Paula. Entonces estaba bebiendo mucho y durante una semana simuló que se estaba enamorando de ella. Y luego la abandonó de repente y la olvidó: inmediatamente Anson alcanzó la posición dominante en su corazón.

Como muchas de las chicas de aquel tiempo, Dolly era poco sería e indiscretamente rebelde. La falta de convencionalismo de la generación anterior sólo había sido uno de los aspectos del movimiento de posguerra empeñado en desacreditar costumbres anticuadas: la falta de convencionalismo de Dolly era a la vez más vieja y más pobre, y hallaba en Anson los dos extremos que atraen a las mujeres incapaces de sentir emociones verdaderas: cierto abandono o complacencia indulgente que alternaba con su fuerza protectora. Descubría en el carácter de Anson al sibarita y a la roca firme, y los dos rasgos satisfacían todo lo que su naturaleza necesitaba.

Dolly presentía que la relación iba a ser difícil, pero se equivocaba en los motivos: creía que Anson y su familia esperaban una boda más espectacular, pero intuyó inmediatamente que la tendencia de Anson a beber demasiado le concedía alguna ventaja.

Se veían en las grandes fiestas de presentación en sociedad, y, conforme crecía el encaprichamiento de Dolly, procuraron encontrarse cada vez con mayor frecuencia. Como la mayoría de las madres, la señora Karger creía que Anson era excepcionalmente digno de la máxima confianza, así que le permitía a Dolly acompañarlo a lejanos clubes de campo y a casas de las afueras sin preguntar demasiado y sin dudar de las explicaciones de su hija cuando llegaban tarde. Al principio tales explicaciones quizá fueran verdad, pero los mundanos planes de Dolly para conquistar a Anson pronto cedieron ante la creciente marea de los sentimientos. Los besos en coche y en el asiento trasero de los taxis ya no bastaban, y entonces dieron un paso inesperado.

Durante cierto tiempo abandonaron su mundo y se crearon otro un poco inferior en el que se notaran y comentaran menos las borracheras de Anson y los horarios irregulares de Dolly. Formaban este mundo varios elementos: algunos amigos de los tiempos de Yale y sus mujeres, dos o tres jóvenes corredores y agentes de Bolsa y un puñado de jóvenes sin compromiso, recién salidos de la universidad, con dinero y propensos a la disipación. Lo mezquino y mediocre de este mundo les concedía, en compensación, una libertad que ni siquiera se permitía a sí mismo. Y además giraba a su alrededor, y le permitía a Dolly el placer de una leve condescendencia, un placer que Anson no podía compartir, pues su vida entera, desde la niñez sin incertidumbres, estaba hecha de condescendencia.

No estaba enamorado de Dolly, y en el invierno largo y febril que duró su relación se lo dijo muchas veces. En primavera estaba cansado: necesitaba renovar su vida, beber de otras fuentes, y comprendió que o rompía inmediatamente con ella o aceptaba la responsabilidad de una seducción definitiva. La actitud alentadora de la familia de Dolly precipitó su decisión: una noche, cuando el señor Karger llamó discretamente a la puerta de la biblioteca para decirle que había dejado una botella de buen brandy en el comedor, Anson sintió que la vida lo estaba acorralando. Aquella misma noche escribió una breve carta a Dolly en la que le decía que se iba de vacaciones y que, dadas las circunstancias, sería mejor que no volvieran a verse.

Era el mes de junio. Como su familia había cerrado la casa y se había ido al campo, Anson vivía transitoriamente en el Club de Yale. Me había mantenido al día de sus relaciones con Dolly —me contaba aquello con humor, porque despreciaba a las mujeres inestables y no les concedía ningún lugar en el edificio social en el que creía—, y cuando aquella noche me contó que se había peleado definitivamente con ella, me alegré. Yo había visto a Dolly algunas veces, y siempre me había dado lástima su empeño inútil, y me había dado vergüenza saber, sin ningún derecho, tantas cosas sobre ella. Era eso que llaman una criatura preciosa, pero demostraba cierta temeridad que me fascinaba. Su dedicación a la diosa de la disipación hubiera sido menos evidente si Dolly hubiera sido menos animosa: seguramente acabaría dilapidándose a sí misma, así que me alegró saber que yo no sería testigo del sacrificio.

Anson iba a dejar la carta de despedida en la casa de Dolly a la mañana siguiente. Era una de las pocas casas que permanecían abiertas en la zona de la Quinta Avenida, y sabía que la familia Karger, siguiendo las informaciones equivocadas de Dolly, había suspendido un viaje al extranjero para facilitarle las cosas a su hija. Cuando salía del Club de Yale camino de la avenida Madison, Anson vio llegar al cartero y lo siguió. La primera carta que había atraído su mirada llevaba en el sobre la letra de Dolly.

Se imaginaba la carta: un monólogo ensimismado y trágico, lleno de los reproches que ya conocía, de recuerdos de recuerdos, de «Me pregunto si...», de todas las intimidades inmemoriales que él mismo ya le había escrito a Paula Legendre en lo que parecía ser otra época. Apartó algunos sobres con facturas y abrió la carta de Dolly. Para su sorpresa era una nota breve, más bien protocolaria, que decía que Dolly no podía acompañarlo a pasar el fin de semana en el campo porque Perry Hull, de Chicago, había llegado inesperadamente a la ciudad. La carta añadía que Anson se lo había merecido: «Si supiera que me quieres como yo, me iría contigo a cualquier sitio y en cualquier momento, pero Perry es tan simpático y tiene tantas ganas de que me case con él...».

Anson sonrió con desprecio: ya tenía experiencia en este tipo de cartas mentirosas. Sabía además que Dolly habría preparado su plan cuidadosamente, y habría llamado seguramente al fiel Perry, calculando la hora de su llegada; sabía que habría pensado mucho la carta, para que lo pusiera celoso sin espantarlo. Como la mayoría de las soluciones intermedias, la carta no expresaba ni fuerza ni vitalidad, sólo miedo y desesperación.

Se había puesto de mal humor. Se sentó en el vestíbulo y volvió a leer la carta. Luego llamó a Dolly por teléfono y le dijo con voz clara y autoritaria que había recibido su nota y que la recogería a las cinco como habían planeado. Casi ni se entretuvo en oír la fingida incertidumbre de su respuesta: «A lo mejor puedo estar contigo una hora». Colgó y se fue al despacho. Por la calle rompió su carta de despedida, y fue tirando al suelo los pedazos.

No estaba celoso —Dolly no significaba nada—, pero, ante aquella patética artimaña, salieron a flote todo su orgullo y cabezonería. No podía pasar por alto la arrogancia de alguien inferior en inteligencia. Si Dolly quería saber a quién pertenecía, iba a enterarse.

A las cinco y cuarto estaba en la puerta de la casa. Dolly se había arreglado para salir, y Anson oyó en silencio la frase que ella había empezado a decirle por teléfono: «Sólo puedo estar contigo una hora».

—Ponte el sombrero, Dolly —dijo—. Vamos a dar un paseo.

Paseaban por la avenida Madison y la Quinta Avenida, mientras la camisa se empapaba de sudor sobre el cuerpo ancho de Anson: hacía mucho calor. Anson habló poco, regañándole, sin palabras de amor, y, antes de dejar atrás seis manzanas de casas, otra vez era suya. Se disculpaba por la carta: prometía, como penitencia, no ver a Perry. Le daría lo que quisiera. Creía que había venido porque había empezado a quererla.

—Tengo calor —dijo Anson cuando llegaron a la calle 71—. Llevo un traje de invierno. ¿Te importaría esperarme un momento si voy a casa a cambiarme? Sólo tardaré un minuto.

Dolly era feliz: la intimidad de que tuviera calor, como cualquier aspecto físico de Anson, la excitaba. Cuando llegaron a la cancela y Anson sacó la llave sintió una especie de placer.

La planta principal estaba a oscuras y, mientras Anson subía en el ascensor, Dolly descorrió una cortina y miró a través de visillos opacos las casas de enfrente. Oyó cómo se detenía el ascensor y, con la idea de gastarle una broma a Anson, apretó el botón para que volviera a bajar. Entonces, obedeciendo a algo que era más que un impulso, entró en el ascensor y subió al piso que pensaba que era el de Anson.

—Anson —llamó, riéndose un poco.

—Un momento —contestó desde el dormitorio. Y un instante después—: Ya puedes entrar.

Se había cambiado y estaba abotonándose el chaleco.

—Ésta es mi habitación —dijo despreocupadamente—. ¿Te gusta?

Dolly vio la foto de Paula en la pared y la miró fascinada, como Paula, cinco años antes, había mirado las fotos de las novias infantiles de Anson. Sabía algo de Paula: lo poco que sabía la había atormentado más de una vez.

De repente se acercó a Anson, tendiéndole los brazos. Se abrazaron. En la ventana temblaba ya el crepúsculo, artificial y suave, aunque el sol aún lucía sobre el tejado de enfrente. Dentro de media hora la habitación estaría completamente a oscuras. La ocasión imprevista les turbaba, les cortaba la respiración: se abrazaron con más fuerza. Era inminente, inevitable. Abrazándose todavía, levantaron la cabeza, y sus miradas se posaron juntas sobre la foto de Paula, que los observaba desde la pared.

Entonces Anson dejó caer los brazos y, sentándose al escritorio, trató de abrir el cajón con un manojo de llaves.

—¿Quieres beber algo? —preguntó con voz ronca.

—No, Anson.

Se llenó medio vaso de whisky, se lo bebió y abrió la puerta que daba al pasillo.

—Vamos —dijo.

Dolly dudó.

—Anson... He decidido que me voy al campo contigo esta noche. ¿Lo entiendes?

—Claro que sí —respondió con brusquedad.

Se dirigieron a Long Island en el coche de Dolly, más unidos sentimentalmente que nunca. Sabían qué iba a suceder, sin la cara de Paula recordándoles que faltaba algo: nada les importaría cuando estuvieran solos en la tranquila y calurosa noche de Long Island.

La casa de Port Washington donde pensaban pasar el fin de semana era de una prima de Anson que se había casado con un comisionista del cobre de Montana. En la casa del guarda empezaba un camino interminable que serpenteaba bajo álamos recién trasplantados hasta llegar a una villa de estilo español, enorme y rosa. Anson la visitaba con frecuencia.

Después de cenar fueron a bailar al Club Linx. Poco después de medianoche Anson se aseguró de que sus primos no volverían antes de las dos. Entonces dijo que Dolly estaba cansada, que iba a llevarla a la casa y que después volvería al club. Casi temblando de excitación se fueron en un coche prestado, camino de Port Washington. Cuando llegaron a la casa del guarda, Anson paró y habló con el vigilante nocturno.

—¿Cuándo haces la próxima ronda, Carl?

—Ahora.

—¿Te quedarás hasta que vuelvan todos?

—Sí, señor.

—Estupendo. Oye, si algún coche, sea el que sea, se dirige a la casa, llama por teléfono inmediatamente —puso un billete de cinco dólares en la mano de Carl—. ¿Está claro?

—Sí, señor Anson —natural del Viejo Continente, no hizo ningún guiño ni sonrió. Mientras, Dolly miraba hacia otra parte.

Anson tenía llave. Dentro de la casa, preparó unas bebidas —Dolly no tocó la suya—, comprobó dónde estaba el teléfono y se aseguró de que podía oírlo desde sus habitaciones, que estaban en el primer piso.

Cinco minutos más tarde llamó a la puerta de la habitación de Dolly.

—¿Anson?

Entró y cerró la puerta. Dolly estaba acostada, esperando nerviosa, con los codos en la almohada. Se sentó a su lado y la abrazó.

—Anson, querido.

No respondió.

—Anson... Anson... Te quiero. Dime que me quieres. Dímelo ahora. ¿No puedes? ¿Aunque no sea verdad?

No la escuchaba. Mirando por encima de su cabeza, le pareció ver el retrato de Paula colgado en la pared.

Se levantó y se acercó: el marco resplandecía débilmente con el triple reflejo de la luz de la luna: enmarcaba la vaga sombra de una cara que no conocía. Casi sollozando, se volvió y miró fijamente, con odio, a la figurilla que estaba en la cama.

—Esto es absurdo —dijo con voz apagada—. No sé en qué estaba pensando. No te quiero: es mejor que esperes a otro que te quiera. Yo no te quiero ni poco ni mucho, ¿no lo entiendes?

Se le quebró la voz, y salió rápidamente. Bebía una copa en el salón, le temblaba la mano, cuando la puerta de la casa se abrió de repente y entró su prima.

—Ah, me he enterado de que Dolly se sentía mal —dijo con preocupación—. Me he enterado de que se sentía mal...

—No es nada —la interrumpió, elevando la voz para que también se oyera en la habitación de Dolly—. Estaba un poco cansada. Se ha acostado.

Desde entonces, durante mucho tiempo, Anson creyó que un Dios protector interviene algunas veces en los asuntos humanos. Pero Dolly Karger, que no podía dormirse, con los ojos fijos en el techo, no volvió a creer en nada.

VI

Cuando Dolly se casó durante el otoño siguiente, Anson estaba en Londres en viaje de negocios. Como la boda de Paula, fue algo imprevisto, pero le afectó de otra manera. Al principio le pareció gracioso, y le daban ganas de reír cuando se acordaba. Pero luego empezó a desanimarse: la noticia le hacía sentirse viejo.

Parecía que las cosas se repetían, aunque Paula y Dolly pertenecían a generaciones distintas. Tuvo un anticipo de la sensación de un hombre de cuarenta años que se entera de la boda de la hija de un antiguo amor. Mandó un telegrama de felicitación y, no como en el caso de Paula, el telegrama era sincero: jamás había creído de verdad que Paula pudiera ser feliz.

Cuando volvió a Nueva York se convirtió en socio de la empresa donde trabajaba, y, conforme aumentaban sus responsabilidades, le fue quedando menos tiempo libre. La negativa de una compañía de seguros a hacerle un seguro de vida le impresionó tanto que dejó de beber un año, y presumía de sentirse mucho mejor físicamente, aunque yo creo que echaba de menos contar alegremente aquellas aventuras cellinianas que, en los primeros años de la veintena, habían ocupado una parte muy importante de su vida. Pero nunca abandonó el Club de Yale. Era una figura en el club, una personalidad, y la tendencia de sus antiguos compañeros de curso —ya hacía siete años que habían dejado la universidad— a frecuentar lugares más serios era frenada por su presencia.

Nunca tenía la agenda demasiado llena, ni la mente demasiado cansada para prestarle ayuda a quien se la pidiera. Lo que al principio hacía por orgullo y por convicción de su propia superioridad, se había convertido en costumbre y pasión. Y siempre había algo: uno de sus hermanos menores con problemas en New Haven; un amigo que se había peleado con la mujer y quería arreglarlo; conseguirle trabajo a uno y aconsejarle a otro cierta inversión. Pero la especialidad de Anson era resolver los problemas de los matrimonios jóvenes. Los matrimonios jóvenes lo fascinaban, sus apartamentos le parecían casi sagrados: conocía la historia de sus noviazgos, les aconsejaba dónde y cómo vivir, y recordaba el nombre de sus hijos. Hacia las jóvenes esposas mantenía una actitud circunspecta: jamás se aprovechaba de la confianza que sus maridos depositaban en él, algo verdaderamente extraño si se tienen en cuenta sus confesadas aventuras.

Llegó a sentir como suyos los placeres de los matrimonios felices, y una agradable melancolía cuando alguno se estropeaba. No había temporada en que no le tocara ser testigo del fracaso de una unión que quizá él mismo había apadrinado. Cuando Paula se divorció y casi inmediatamente volvió a casarse con otro de Boston pasó una tarde entera hablándome de ella. Nunca quiso a nadie como había querido a Paula, pero insistía en que le era indiferente desde hacía mucho tiempo.

—Jamás me casaré —llegó a decir—. He visto muchas bodas, y sé que un matrimonio feliz es una cosa rarísima. Y ya soy demasiado viejo.

Pero creía en el matrimonio. Como todos los nacidos de un matrimonio afortunado y feliz creía apasionadamente en el matrimonio, y como, viera lo que viera, nada podía minar su fe, su cinismo se disolvía como humo. Pero creía de verdad que era demasiado viejo. A los veintiocho años empezó a admitir con ecuanimidad la perspectiva de un matrimonio sin amor; eligió a una joven de Nueva York perteneciente a su misma clase social, una chica agradable, inteligente, compatible con él, irreprochable, e hizo lo posible por enamorarse. Las cosas que le había dicho a Paula con sinceridad, y con elegancia a las demás, ya no sabía decirlas sin una sonrisa, ni con el calor necesario para que resultaran convincentes.

—A los cuarenta años —dijo a sus amigos— alcanzaré la madurez. Me enamoraré de alguna corista, como todos.

Pero perseveró en su intento. Su madre quería verlo casado, y Anson podía permitirse sin problemas una boda: era agente de Bolsa y ganaba 25.000 dólares al año. La idea era agradable: cuando sus amigos —pasaba casi todo su tiempo con el grupo que se había creado alrededor de Dolly y él— se encerraban por la noche tras las paredes del hogar, Anson no conseguía disfrutar de la libertad. Y llegaba a preguntarse si no debería haberse casado con Dolly. Ni siquiera Paula lo había querido más que ella, y empezaba a darse cuenta de lo raro que resulta encontrar, en el transcurso de una vida, emociones sinceras.

Empezaba a dejarse dominar por aquel estado de ánimo, cuando llegó a sus oídos una historia inquietante. Su tía Edna, que ya había cumplido los cuarenta, mantenía sin esconderse una aventura con un joven disoluto y bebedor llamado Cary Sloane. Todo el mundo lo sabía, menos el tío de Anson, Robert, que, seguro de la fidelidad de su mujer, fanfarroneaba en todos los clubes desde hacía quince años.

Anson oyó la historia una y otra vez con creciente irritación. Recuperó algo del viejo afecto que había sentido por su tío, un sentimiento que rebasaba lo estrictamente personal: era un salto atrás, una vuelta a la solidaridad familiar en la que se basaba su orgullo. Su intuición supo distinguir el elemento esencial del problema: que su tío no sufriera. Era su primera experiencia en un caso en el que nadie había pedido su intervención, pero, conociendo el carácter de Edna, creía que podía ocuparse del asunto mejor que su tío y mejor que un juez.

Su tío estaba en Hot Springs. Anson investigó y comprobó las fuentes del escándalo para que no existiera posibilidad de error, llamó a Edna y la invitó a comer en el Plaza al día siguiente. Algo en el tono de su voz debió de asustarla, y se mostró poco dispuesta a aceptar, pero Anson insitió, proponiendo retrasar la cita, hasta que no le quedaron excusas.

Se encontraron a la hora fijada en el vestíbulo del Plaza: era una rubia de ojos grises, encantadora, marchita, con un abrigo de marta rusa. Cinco enormes anillos, fríos de diamantes y esmeraldas, brillaban en sus manos finísimas. Se le ocurrió a Anson que la inteligencia de su padre, y no la de su tío, había ganado lo necesario para pagar las pieles y las piedras preciosas, el rico fulgor que mantenía a flote la perdida belleza de Edna.

Aunque Edna percibía la hostilidad de Anson, no se esperaba la franqueza con que abordó la cuestión.

—Edna, me sorprende lo que estás haciendo —le dijo con voz firme—. Al principio, no podía creerlo.

—¿Creer qué? —preguntó con aspereza.

—No hace falta que finjas, Edna. Te estoy hablando de Cary Sloane. Al margen de otras consideraciones, no creía que pudieras tratar a tío Robert...

—Oye, Anson —empezó a decir, irritada, pero la voz perentoria de Anson se impuso.

—... ni a tus hijos de esa manera. Llevas casada dieciocho años y tienes ya edad para saber mejor lo que haces.

—¡No tienes derecho a hablarme así! Tú...

—Sí, tengo derecho. Tío Robert ha sido siempre mi mejor amigo.

Estaba muy emocionado. Sentía verdadera pena por su tío y sus tres primos.

Edna se levantó. No había probado el cóctel de mariscos.

—Esto es lo más ridículo…

—Muy bien, si no quieres escucharme le contaré a tío Robert toda la historia. Tarde o temprano se va a enterar. Y luego iré a ver al viejo Moses Sloane.

Edna se derrumbó en su silla.

—No hables tan alto —le rogó. Las lágrimas le empañaban los ojos—. No sabes cómo suena tu voz. Deberías haber elegido un lugar más reservado para hacerme todas esas acusaciones disparatadas.

Anson no respondió.

—Sí, nunca te he caído bien, lo sé —continuó—. Aprovechas cualquier chisme ridículo para intentar romper la única amistad interesante que he tenido. ¿Qué te he hecho yo para que me aborrezcas así?

Anson siguió esperando, en silencio. Ahora Edna apelaría a su caballerosidad, a su compasión y, por fin, a su elegante superioridad, y cuando Anson se hubiera abierto paso a empujones entre esas tres barreras vendrían las confesiones y habría de luchar a brazo partido con ella. Callando, impenetrable, volviendo constantemente a su mejor arma, que eran sus sentimientos, la intimidó, la sacó de quicio, la fue desesperando conforme pasaba la hora de la comida. A las dos Edna sacó un espejo y un pañuelo, borró la huella de sus lágrimas y se empolvó los pliegues delicados donde se habían depositado. Estaba de acuerdo: esperaría a Anson a las cinco en su casa.

Cuando Anson llegó, estaba tendida en un diván, cubierto por la cretona de los veranos, y las lágrimas que Anson había provocado durante la comida parecían seguir en sus ojos. Entonces advirtió la presencia sombría y angustiada de Cary Sloane junto a la chimenea apagada.

—¿Qué es lo que quieres? —estalló Sloane inmediatamente—. Tengo entendido que invitaste a Edna a comer y la amenazaste fundándote en calumnias vulgares.

Anson se sentó.

—No tengo razones para pensar que sean calumnias.

—He oído que vas a ir con el cuento a Robert Hunter y a mi padre.

Anson asintió.

—O acabáis con esto, o lo haré yo —dijo.

—¿Y a ti qué mierda te importa, Hunter?

—No pierdas el control, Cary —dijo Edna, nerviosa—. Sólo se trata de demostrarle lo absurdo que...

—En primer lugar, está en juego mi apellido —interrumpió Anson—. Eso es lo único que tienes que tener en cuenta, Cary.

—Edna no pertenece a tu familia.

—¡Claro que sí! —su indignación aumentó—. ¡Pero si le debe esta casa y los anillos que lleva a la inteligencia de mi padre! Cuando se casó con tío Robert no tenía ni un céntimo.

Todos miraron los anillos como si tuvieran una importancia decisiva en la situación. Edna hizo además de quitárselos.

—Me figuro que no son los únicos anillos que existen en el mundo —dijo Sloane.

—Ah, es absurdo —exclamó Edna—. Anson, ¿puedes escucharme? He descubierto cómo han empezado todos estos chismes. Ha sido una criada a la que despedí, contratada por los Chilicheff: todos estos rusos les tiran de la lengua a las criadas, y luego no entienden bien lo que les han dicho —dio un puñetazo en la mesa, con rabia—: Y eso que Robert les prestó la limusina un mes entero cuando nos fuimos al Sur el invierno pasado.

—¿Te das cuenta? —se apresuró a intervenir Sloane—. Esa criada ha causado todo el equívoco. Sabía que Edna y yo éramos amigos, y ha ido con el cuento a los Chilicheff. En Rusia dan por supuesto que si un hombre y una mujer…

Convirtió el asunto en una larga disquisición sobre las relaciones sociales en el Cáucaso.

—Si se trata de eso, es mejor que tío Robert se entere —dijo Anson, seco—; así, cuando le lleguen los rumores, sabrá que son mentira.

Adoptando el método que había utilizado con Edna durante el almuerzo dejó que siguieran dándole explicaciones. Sabía que eran culpables y que muy pronto cruzarían el límite entre las explicaciones y las justificaciones para condenarse a sí mismos mucho más terminantemente de lo que él hubiera sido capaz. A las siete tomaron la desesperada decisión de decirle la verdad: la indiferencia de Robert Hunter, la vida vacía de Edna, el flirteo sin trascendencia que había encendido la pasión. Pero, como tantas historias verdaderas, su historia tenía la desgracia de sonar a vieja, y su débil argumentación se estrelló contra la armadura de la voluntad de Anson. La amenaza de recurrir al padre de Sloane acabó de sumirlos en la impotencia, porque el señor Sloane, comisionista de algodón en Alabama, ya retirado de los negocios, era un conocido fundamentalista que dominaba a su hijo asignándole una estricta cantidad mensual fija y asegurándole que, a la proxima extravagancia, la paga se acabaría para siempre.

Cenaron en un pequeño restaurante francés, y la discusión continuó. En cierto momento Sloane recurrió a las amenazas físicas, pero, unos minutos después, la pareja suplicaba a Anson que les concediera un poco de tiempo. Anson fue inflexible. Se había dado cuenta de que Edna empezaba a derrumbarse, de que no convenía ofrecerle la oportunidad de recuperar el ánimo gracias a un renacimiento de la pasión.

A las dos de la mañana, en un pequeño club nocturno de la calle 53, Edna perdió los nervios y pidió que la llevaran a casa. Sloane no había dejado de beber en toda la noche, y estaba a punto de deshacerse en lágrimas: se apoyaba en la mesa y lloriqueaba con la cara entre las manos. Anson aprovechó para imponerles sus condiciones. Sloane pasaría seis meses fuera de la ciudad, que abandonaría en un plazo de cuarenta y ocho horas. Cuando volviera, la relación no sería reanudada, pero, dentro de un año, Edna, si así lo deseaba, podría decirle a Robert Hunter que quería divorciarse e iniciar los trámites necesarios.

Anson se interrumpió un momento, pero la expresión de sus caras lo animó a pronunciar la última palabra.

—Ah, hay otra cosa que podríais hacer —dijo lentamente—: si Edna quiere abandonar a sus hijos, no puedo impediros que os escapéis juntos.

—¡Quiero volver a casa! —repitió Edna—. ¿No te parece que ya es bastante por hoy?

Era una noche oscura, aunque desde el fondo de la calle llegaba el resplandor borroso de la Sexta Avenida. A aquella luz, los dos que habían sido amantes se miraron por última vez, y vieron en sus caras trágicas que entre los dos no reunían la juventud ni la fuerza suficientes para impedir la separación eterna. Entonces Sloane se perdió calle abajo y Anson golpeó el brazo de un taxista medio dormido.

Eran casi las cuatro. El agua de las bocas de riego fluía pacientemente por las aceras fantasmales de la Quinta Avenida y las sombras de dos mujeres de la noche aparecieron y desaparecieron en la fachada oscura de la iglesia de Santo Tomás. Y surgieron los desolados arbustos de Central Park, donde Anson había jugado tantas veces cuando era un niño, y los números cada vez más altos, significativos como nombres, de las calles que atravesaban. Ésta era su ciudad, pensaba, donde su apellido había sido lucido con orgullo a lo largo de cinco generaciones. Ningún cambio podría alterar la solidez de su posición en la ciudad, porque el cambio era el sustrato esencial sobre el que él y los que llevaban su apellido se identificaban con el espíritu de Nueva York. La capacidad de iniciativa y el poder de la voluntad —pues sus amenazas, en manos más débiles, hubieran sido menos que nada— habían limpiado el polvo que se acumulaba sobre el nombre de su tío, el nombre de la familia e incluso el nombre de la figura temblorosa que iba sentada a su lado, en el taxi.

El cadáver de Cary Sloane fue encontrado a la mañana siguiente al pie de uno de los pilares del puente de Queensboro. En la oscuridad, en su estado nervioso, Cary había pensado que el agua corría a sus pies, pero, apenas un segundo después, la diferencia resultó insignificante, a no ser que Cary hubiera planeado dedicarle un último pensamiento a Edna y repetir su nombre mientras se debatía débilmente en el agua.

VII

Anson nunca sintió remordimientos por su intervención en este asunto: no era responsable de la situación que la había provocado. Pero el justo sufre por el injusto, y se encontró con que su amistad más antigua y, en cierta manera, más preciosa, había terminado. Jamás llegaron a sus oídos las falsedades que fue contando Edna, pero su tío no volvió a recibirlo en su casa.

Poco antes de Navidad la señora Hunter se retiró al más distinguido de los cielos episcopalianos, y Anson se convirtió oficialmente en el cabeza de familia. Una tía soltera que desde hacía muchos años vivía con ellos llevaba la casa e intentaba con lamentable ineficacia proteger y vigilar a las chicas más jóvenes. Todos los Hunter tenían menos confianza en sí mismos que Anson, y eran más convencionales tanto en lo que se refiere a las virtudes como a los defectos. La muerte de la señora Hunter había aplazado la presentación en sociedad de una de las hijas y la boda de otra, y les había arrebatado a todos algo absolutamente esencial, porque con su desaparición llegó a su fin la discreta y costosa superioridad de los Hunter.

En primer lugar, el patrimonio familiar, considerablemente disminuido por los impuestos de sucesión y destinado a ser dividido entre seis hijos, no era ninguna fortuna considerable. Anson se dio cuenta de que sus hermanas pequeñas solían hablar con bastante respeto de familias que ni siquiera existían hacía veinte años. Su sentido de preeminencia no encontraba eco en sus hermanas, que, a lo sumo, a veces eran convencionalmente esnobs. En segundo lugar, aquél era el último verano que pasarían en la casa de Connecticut. El clamor contra la casa había crecido demasiado: ¿quién quería perder los mejores meses del año encerrado en aquel pueblo sin vida? Anson cedió de mala gana: la casa sería puesta a la venta en otoño, y en el próximo verano alquilarían una casa más pequeña en el condado de Westchester. Significaba descender un peldaño de la costosa sencillez que su padre había concebido y, aunque comprendía la rebelión, no podía evitar sentirse disgustado. En vida de su madre no pasaba más de un fin de semana sin ir a la casa, incluso en los veranos más animados.

También a él le afectaba aquel cambio, y, gracias a su extraordinario instinto vital, no se había sumado, cuando tenía poco más de veinte años, a las exequias vanas de aquella clase malograda y ociosa. Pero no era plenamente consciente: aún creía que existía una norma, un modelo de sociedad, aunque no existiera ninguna norma, y era dudoso que hubiera existido alguna vez en Nueva York. Los pocos que todavía pagaban y luchaban por entrar en un grupo restringido cuando lo conseguían se encontraban con que no funcionaba como sociedad, o con que, y eso era aún más alarmante, la Bohemia de la que habían huido se sentaba a la mesa con ellos, pero en mejor sitio.

A los veintinueve años la principal preocupación de Anson era su soledad, cada vez mayor. Era evidente que nunca se casaría. Eran incontables las bodas a las que había asistido como testigo o invitado: tenía en su casa un cajón rebosante de corbatas usadas en tal o cual fiesta nupcial, corbatas que simbolizaban amores que ni siquiera habían durado un año, parejas que habían desaparecido completamente de su vida. Pillacorbatas, portaminas de oro, gemelos, regalos de una generación entera de novios habían pasado por su joyero y se habían perdido, y en cada ceremonia nupcial cada vez era menos capaz de imaginarse en el lugar del novio. La felicidad que había deseado de corazón a todos aquellos matrimonios ocultaba la desesperación por su matrimonio nunca celebrado.

Y, cerca de la treintena, empezaron a dolerle las bajas que el matrimonio, especialmente en los últimos tiempos, causaba entre sus amistades. Los grupos de amigos tenían una desconcertante tendencia a disolverse y desaparecer. Sus antiguos compañeros de universidad —a quienes precisamente había dedicado la mayor parte de su tiempo y afecto— eran los más esquivos de todos. La mayoría se había retirado a lo más profundo del ambiente hogareño, dos habían muerto, uno vivía en el extranjero y otro estaba en Hollywood y escribía guiones de películas que Anson iba a ver fielmente.

Casi todos, sin embargo, estaban en permanente viaje de las afueras al centro, con una complicada vida de familia centrada en algún lejano club de campo: este distanciamiento era el que más le dolía.

En los primeros tiempos de su vida matrimonial todos lo habían necesitado. Les había aconsejado sobre su frágil situación económica, como un adivino exorcizaba dudas sobre la oportunidad de traer al mundo un niño en dos habitaciones con baño, y sobre todo era el representante del mundo ancho y ajeno. Pero ahora los problemas económicos pertenecían al pasado y el niño esperado con temor se había convertido en una familia absorbente. Siempre se alegraban de ver a su viejo amigo Anson, pero se ponían para recibirlo el traje de los domingos, intentaban impresionarlo con su nueva relevancia social, y ya no le contaban sus problemas. Ya no lo necesitaban.

Pocas semanas antes de cumplir treinta años se casó el último de sus más viejos e íntimos amigos. Anson desempeñó su acostumbrado papel de padrino, le regaló el acostumbrado juego de té de plata, y fue a despedir a los novios, que se iban de viaje en el barco acostumbrado. Era una tarde calurosa de mayo, un viernes, y cuando se alejaba del puerto recordó que había empezado el fin de semana y no tenía nada que hacer hasta la mañana del lunes.

«¿Adónde puedo ir?», se preguntó a sí mismo.

Al Club de Yale, naturalmente: bridge hasta la hora de la cena, cuatro o cinco cócteles secos en la habitación de algún conocido y una noche agradable y confusa. Lamentaba que no pudiera acompañarlo el recién casado: siempre habían sabido aprovechar al máximo noches como aquélla. Conocían el modo de conquistar a las mujeres y el modo de desembarazarse de ellas, sabían la cantidad exacta de atención que su inteligente hedonismo debía prestarle a una chica. Una fiesta era algo perfectamente organizado: llevabas a ciertas chicas a ciertos locales, gastabas exactamente lo que merecían que gastaras para que se lo pasaran bien; bebías un poco más, no mucho, de lo debido, y, por la mañana, a la hora exacta, te levantabas y decías que te ibas a casa. Evitabas a los estudiantes, a los gorrones, los compromisos para el futuro, las peleas, el sentimentalismo y las indiscreciones. Así era como debía ser. Lo demás era disipación.

A la mañana siguiente nunca te sentías profundamente arrepentido: no habías tomado decisiones irreversibles, pero si habías exagerado y se resentía el corazón, dejabas de beber unos días sin decírselo a nadie y esperabas hasta que la acumulación de aburrimiento te arrastrara a otra fiesta.

El vestíbulo del Club de Yale estaba vacío. En el bar tres estudiantes muy jóvenes lo miraron un segundo, sin curiosidad.

—Hola, Oscar —le dijo al camarero—. ¿Ha venido el señor Cahill esta tarde?

—El señor Cahill ha ido a New Haven.

—¿Y eso?

—Ha ido al fútbol. Ha ido mucha gente.

Anson echó otra ojeada al vestíbulo, se quedó pensativo un momento y se dirigió a la Quinta

Avenida. Desde el ventanal de uno de los clubes a los que pertenecía —un club en el que quizá no entraba desde hacía cinco años— lo miró un hombre de cabellos grises y ojos húmedos. Anson miró a otra parte: aquella figura, sumida en una resignación vacía, en una arrogante soledad, le parecía deprimente. Se detuvo y, volviendo sobre sus pasos, atravesó la calle 47, hacia el apartamento de Teak Warden. Teak y su mujer habían sido sus amigos más íntimos: Dolly Karger y Anson solían ir a su casa cuando salían juntos. Pero Teak se había aficionado a la bebida y su mujer había comentado públicamente que Anson era una mala compañía para su marido. El comentario había llegado, muy exagerado, a oídos de Anson, y, cuando por fin se aclararon las cosas, el hechizo de la intimidad se había roto para siempre y sin remedio.

—¿Está el señor Warden? —preguntó.

—Se han ido al campo.

La noticia le dolió de manera inesperada. Se habían ido al campo y él no lo sabía. Dos años antes hubiera sabido la fecha, la hora, les hubiera hecho una visita en el último momento para beber la última copa, y hubieran planeado la próxima cita. Ahora se habían ido sin decirle una palabra.

Anson miró su reloj y pensó en la posibilidad de pasar el fin de semana con su familia, pero el único tren era un tren de cercanías, tres horas de traqueteo y calor agobiante. Y tendría que pasar el sábado en el campo, y el domingo: no estaba de humor para jugar al bridge en la terraza con educados estudiantes de último curso, ni para bailar después de la cena en un hotel de carretera, una caricatura de la alegría que tanto había apreciado su padre.

«No», se dijo. «No.»

Era un hombre serio, imponente, joven, un poco gordo ya, pero, por lo demás, sin ningún signo de disipación. Hubiera podido ser tomado por el pilar de algo —en ciertos momentos se tenía la certeza de que no podía tratarse de la sociedad; en otros, de que no podía tratarse de otra cosa—, el pilar de la ley o de la Iglesia. Durante unos instantes permaneció inmóvil en la acera, ante un edificio de apartamentos de la calle 47: quizá era la primera vez en su vida que no tenía absolutamente nada que hacer.

Entonces echó a andar rápidamente por la Quinta Avenida, como si acabara de recordar una cita importante. La necesidad de disimular es una de las pocas características que tenemos en común con los perros, y me imagino a Anson, aquel día, como un perro de raza bien adiestrado que ha visto cómo le cerraban sin motivo una puerta conocida. Anson iba a ver a Nick, barman de moda en otro tiempo, solicitadísimo en todas las fiestas privadas, empleado ahora en las bodegas laberínticas del Hotel Plaza, donde se ocupaba de que se mantuviera frío el champán sin alcohol.

—Nick —dijo—, ¿qué ha pasado con todo?

—Está muerto —dijo Nick.

—Prepárame un whisky con limón —Anson le pasó una botella de medio litro por encima del mostrador—. Nick, las mujeres han cambiado; tenía una novia en Brooklyn y se casó la semana pasada sin decirme una palabra.

—¿En serio? ¡Ja, ja, ja! —respondió Nick con diplomacia—. Pues le ha jugado una mala pasada.

—Absolutamente —dijo Anson—. Y habíamos salido juntos la noche antes.

—¡Ja, ja, ja! —respondió Nick—. ¡Ja, ja, ja!

—¿Te acuerdas, Nick, de aquella boda en Hot Springs, cuando les obligué a cantar a los camareros y a la orquesta *Dios salve al rey*?

—¿Dónde fue aquello, señor Hunter? —Nick se concentraba, dubitativo—. Si no me equivoco, fue en…

—En la boda siguiente quisieron repetir, y empecé a preguntarme cuánto les había pagado la vez anterior —prosiguió Anson.

—Me parece que fue en la boda del señor Trenholm.

—No conozco a ése —dijo Anson, muy decidido. Le ofendía que un nombre extraño se entrometiera en sus recuerdos. Nick lo notó.

—No, no —admitió—. No sé cómo he podido equivocarme. Era uno del grupo de ustedes… Brakins… Baker…

—Bicker Baker —dijo Anson con entusiasmo—. Me montaron en un coche fúnebre, me cubrieron de flores y me sacaron de la boda.

—Ja, ja, ja —respondió Nick—. Ja, ja, ja.

Fue perdiendo fuerza la actuación de Nick en el papel de viejo criado de la familia, y Anson subió al vestíbulo. Miró alrededor: su mirada se cruzó con la mirada del recepcionista, a quien no cono-

cía, se posó en una flor de la boda que se había celebrado por la mañana, una flor en el filo de una
escupidera de bronce, a punto de caer dentro. Salió del hotel y siguió la dirección del sol, rojo de
sangre, por Columbus Circle. Y de pronto volvió
sobre sus pasos, otra vez hacia el Plaza, y se ence-
rró en una cabina telefónica.

Luego me contaría que me había llamado tres
veces aquella tarde, y que había llamado a todos los
que podían estar en Nueva York: hombres y mujeres a quienes no veía desde hacía años; una modelo
de los tiempos de la universidad cuyo número todavía estaba, borroso, en su agenda, aunque en la central telefónica le dijeron que ni siquiera existía la línea desde hacía años. Por fin la búsqueda se dirigió
hacia el campo, y mantuvo breves conversaciones
decepcionantes con criadas y mayordomos presun-
tuosos. Fulano no estaba en casa, estaba montando
a caballo, nadando, jugando al golf, había zarpado
hacia Europa la semana pasada. ¿De parte de quién?

Era intolerable tener que pasar la noche solo:
el tiempo libre que planeas dedicar a estar a solas
contigo mismo pierde todo su atractivo cuando la
soledad es forzosa. Siempre puedes recurrir a ciertas mujeres, pero las que conocía parecían haberse
evaporado, y ni se le ocurrió pagar por una noche
en Nueva York en compañía de una extraña: le hubiera parecido algo vergonzoso y clandestino, la
diversión de un viajante de comercio de paso por
una ciudad desconocida.

Anson abonó las llamadas —la telefonista intentó en vano bromear sobre el importe desmesu-

rado— y por segunda vez aquella tarde se dispuso a salir del Hotel Plaza para ir a no sabía dónde. Junto a la puerta giratoria la silueta de una mujer, evidentemente encinta, se perfilaba contra la luz: un ligero echarpe ocre le temblaba en los hombros cuando la puerta giraba, y entonces ella miraba con impaciencia hacia la puerta, como si estuviera cansada de esperar. En cuanto la vio se apoderó de él una violenta y nerviosa sensación de familiaridad, pero hasta que no la tuvo a un metro de distancia no se dio cuenta de que era Paula.

—¡Pero si es Anson Hunter!

Le dio un vuelco el corazón.

—Paula…

—Es maravilloso. No me lo puedo creer, Anson.

Paula le cogió las manos, y la libertad de aquel gesto le hizo comprender que Paula podía recordarlo sin angustia. Pero a él no le ocurría lo mismo: sentía cómo lo iba dominando aquel bien conocido estado de ánimo que Paula le provocaba, aquella dulzura con la que siempre había acogido el optimismo de Paula, como si temiera empañarlo.

—Estamos pasando el verano en Rye. Pete tenía que venir al Este en viaje de negocios… Sabrás, claro, que me casé con Peter Hagerty… Así que hemos alquilado una casa y nos hemos traído a los niños. Tienes que venir a vernos.

—¿Cuándo te parece? —preguntó sin rodeos.

—Cuando quieras. Ahí está Pete.

La puerta volvió a girar y entró un hombre alto y agradable, de unos treinta años, con la cara bronceada y un bigote bien cuidado. Su impecable forma física contrastaba con el creciente volumen de Anson, evidente bajo un traje ligeramente enta-llado.

—No deberías estar de pie —dijo Hagerty a su mujer—. ¿Por qué no nos sentamos ahí?

Señalaba las sillas del vestíbulo, pero Paula no parecía muy decidida.

—Tengo que volver pronto a casa —dijo—. Anson, ¿por qué no te vienes y cenas con nosotros esta noche? Todavía está todo un poco desordena-do, pero si no te importa...

Hagerty reiteró la invitación con cordialidad.

—Sí, ven y quédate a dormir en casa.

El coche los estaba esperando ante el hotel, y Paula, con gesto cansado, se echó en unos cojines de seda.

—Me gustaría contarte tantas cosas —dijo—. Me va a ser imposible.

—Quiero que me hables de ti. Estoy deseando saber cómo te va.

—Ay —le sonrió a Hagerty—, eso también me llevaría mucho tiempo. Tengo tres hijos de mi pri-mer matrimonio. Tienen cinco, cuatro y tres años —volvió a sonreír—. No he perdido el tiempo, ¿verdad?

—¿Son niños?

—Un niño y dos niñas. Y han ocurrido un sin-fín de cosas, y hace un año me divorcié en París y me casé con Pete. Y nada más, aparte de que soy inmensamente feliz.

En Rye se detuvieron ante una gran casa cerca del Club Marítimo, de la que surgieron de repente tres niños delgados, de pelo oscuro, que se escaparon de su niñera inglesa y se acercaron entre gritos esotéricos.

Como distraída, con trabajo, Paula los fue cogiendo en brazos, caricia que los niños aceptaban con cierta rigidez, porque evidentemente les habían dicho que tuvieran cuidado de no darle un golpe a mamá. Ni siquiera junto a sus caras frescas el cutis de Paula revelaba el paso del tiempo: a pesar del cansancio, parecía más joven que la última vez que Anson la había visto, hacía siete años, en Palm Beach.

Parecía, durante la cena, preocupada por algo, y después, mientras rendían homenaje a la radio, se echó en el sofá con los ojos cerrados, y Anson llegó a preguntarse si su presencia en aquel momento no sería una molestia. Pero a las nueve, cuando Hagerty se levantó y dijo amablemente que iba a dejarlos solos un rato, Paula empezó a hablar despacio, a hablar de sí misma y del pasado.

—La primera niña —dijo—, la que llamamos Darling, la mayor… Quería morirme cuando supe que me había quedado embarazada, porque Lowell era como un desconocido. No podía creer que la niña pudiera ser mía. Te escribí una carta, pero la rompí. Ay, qué mal te portaste conmigo, Anson.

Era el diálogo, que volvía a empezar, con sus claroscuros y altibajos. Anson sintió cómo revivían los recuerdos.

—Estuviste a punto de casarte, ¿no? —le preguntó Paula—. ¿Con una tal Dolly?

—Nunca he estado a punto de casarme. Lo he intentado, pero nunca he querido a nadie, excepto a ti.

—Ah —dijo. Y un segundo después—: El niño que estoy esperando es el primero que deseo de verdad. Ya ves, ahora estoy enamorada, por fin.

Anson no contestó, dolorido por la traición que suponían aquellas palabras. Y Paula debió de darse cuenta de que aquel «por fin» le había hecho daño, porque añadió:

—Estaba loca por ti, Anson: podrías haber conseguido lo que hubieras querido. Pero no hubiéramos sido felices. No soy suficientemente inteligente para ti. No me gustan las cosas complicadas como a ti —hizo una pausa—. Tú eres incapaz de casarte.

La frase fue como un golpe a traición: quizá era la única acusación que nunca había merecido.

—Me casaría si las mujeres fueran diferentes —dijo—. Si no las conociera demasiado, si las mujeres no lo dejaran a uno inservible para el resto de las mujeres, si tuvieran un poco de orgullo. ¡Si pudiera dormirme un instante y despertarme en un hogar que fuera realmente mío! Porque es para lo que estoy hecho, Paula, y es exactamente eso lo que las mujeres ven, lo que les gusta de mí. Lo único que pasa es que no soporto los requisitos previos que hay que cumplir.

Hagerty volvió poco antes de las once; después de beber un whisky, Paula se levantó y anunció que se iba a la cama. Se acercó a su marido.

—¿Dónde has estado, querido? —preguntó.

—He estado tomando una copa con Ed Saunders.

—Estaba preocupada. Ya creía que me habías abandonado —apoyó la cabeza en el pecho de Hagerty—. Es maravilloso, ¿verdad, Anson? —preguntó.

—¡Desde luego! —dijo Anson, echándose a reír.

Paula levantó la cara hacia su marido.

—Bueno, estoy lista —dijo. Se volvió hacia Anson—: ¿Quieres ver las acrobacias gimnásticas de la familia?

—Sí —dijo con curiosidad.

—Muy bien. ¡Adelante!

Hagerty la cogió en brazos sin esfuerzo.

—Estas son las acrobacias gimnásticas de la familia —dijo Paula—. Me sube en brazos las escaleras. ¿No es maravilloso?

—Sí —dijo Anson.

Hagerty inclinó la cabeza, y su cara rozó la de Paula.

—Y lo quiero —dijo Paula—. Ya te lo había dicho, ¿no, Anson?

—Sí.

—Es el ser más adorable del mundo, ¿verdad, mi vida? Venga, buenas noches. Allá vamos. Tiene fuerza, ¿eh?

—Sí —dijo Anson.

—Encima de la cama tienes un pijama de Pete. Que duermas bien. Nos veremos en el desayuno.

—Sí —dijo Anson.

VIII

Los socios más antiguos de la empresa se empeñaron en que Anson pasara el verano en el extranjero. Decían que llevaba casi siete años sin vacaciones. Estaba cansado y necesitaba cambiar de aires. Anson se resistía.

—Si me voy —dijo—, no volveré.

—Es absurdo, hombre. Volverás dentro de tres meses y habrás olvidado todos los problemas. Estarás como nuevo.

—No —negó con la cabeza, testarudo—. Si lo dejo, no volveré al trabajo. Si lo dejo, significa que me he rendido: se acabó.

—Estamos dispuestos a correr ese riesgo. Quédate fuera seis meses, si quieres. No tememos que nos abandones. Te sentirías un desgraciado si no trabajaras.

Le reservaron el pasaje. Querían a Anson —todos querían a Anson— y el cambio que había sufrido había caído como una mortaja sobre el despacho. El entusiasmo que siempre había caracterizado su trabajo, el respeto hacia iguales e inferiores, su vitalidad y energía: en los últimos cuatro meses un intenso agotamiento nervioso había transformado todas aquellas cualidades en el quisquilloso pesimismo de un hombre de cuarenta años. En todos los asuntos en los que intervenía resultaba un peso muerto y un obstáculo.

—Si me voy, no vuelvo —decía.

Tres días antes de zarpar, supo que Paula Legendre Hagerty había muerto al dar a luz. En aquella época pasábamos mucho tiempo juntos, porque íbamos a viajar juntos, pero, por primera vez desde que nos conocíamos, no me dijo ni una palabra sobre sus sentimientos, ni vi el menor signo de emoción. Su mayor preocupación era que ya había cumplido los treinta: siempre llevaba la conversación hasta el punto en que podía recordártelo y luego se sumía en el silencio, como si estuviera convencido de que aquella afirmación podía desencadenar una serie de pensamientos autosuficientes. Me sorprendía, como a sus socios, el cambio que había experimentado, y me alegré cuando nuestro barco, el *París*, se adentró en el húmedo espacio que separa dos mundos, dejando atrás el reino de Anson.

—¿Tomamos una copa? —sugirió.

Entramos en el bar con ese estado de ánimo desafiante que caracteriza el día de la partida y pedimos cuatro martinis. Tras el primer cóctel cambió de repente: se echó hacia delante y me palmeó la rodilla, el primer gesto alegre que le había visto desde hacía meses.

—¿Has visto a la chica de la boina roja? —preguntó—. ¿Ésa muy maquillada que se trajo a dos perros policías para que la despidieran?

—Es guapa —admití.

—Me he informado en la oficina del barco: viaja sola. Voy a hablar con el camarero. Esta noche cenaremos con ella.

Y se fue, y una hora después paseaba con ella, arriba y abajo, por la cubierta, hablándole con su voz clara y potente. La boina roja destacaba como una mancha brillante de color sobre el verde metálico del mar, y de vez en cuando la muchacha levantaba la vista con una relampagueante sacudida de la cabeza y sonreía divertida, interesada, curiosa. Bebimos champán en la cena, y estábamos verdaderamente alegres, y Anson jugó al billar con un entusiasmo contagioso, y varias personas que me habían visto con él me preguntaron quién era. Y Anson y la joven charlaban y reían juntos en un sofá del bar cuando me fui a la cama.

Durante el viaje lo vi menos de lo que me esperaba. Incluso me buscó pareja, pero no había nadie disponible, y sólo lo veía en las comidas. A veces iba al bar, a beber un cóctel, y me hablaba de la chica de la boina roja y de sus aventuras con ella, describiéndolas siempre, como sólo él sabía hacerlo, de manera extravagante y divertida, y me alegró que volviera a ser el de antes o, al menos, aquél que yo había conocido y con el que me sentía cómodo. No creo que pudiera ser feliz a menos que alguna mujer estuviera enamorada de él, obedeciéndolo como las limaduras de hierro obedecen al imán, ayudándolo a entenderse a sí mismo, prometiéndole alguna cosa. No sé qué. Quizá le prometieran que habría siempre mujeres en el mundo que perderían sus horas más brillantes, vivas y extraordinarias acunando y protegiendo aquella superioridad que abrigaba en su corazón.

LA ESCALA DE JACOB

La escala de Jacob *apareció en el* Saturday Evening Post *el 20 de agosto de 1927 y entusiasmó a la dirección de la revista: alcanzó una cotización de 3.000 dólares. El relato guarda estrechos vínculos con* Suave es la noche, *pues tanto la relación entre Jacob y Jenny, como la de Dick y Rosemary, se basaban en el interés de Fitzgerald por Lois Moran, la joven actriz de cine a la que había conocido en 1927. Parte de* La escala de Jacob *sería incorporada a* Suave es la noche.

I

Era un juicio por asesinato, un juicio sórdido y vil, y Jacob Booth, sentado entre el público, sufriendo en silencio, sentía que, como un niño, había devorado ávidamente algo sin tener hambre, sólo porque estaba al alcance de la mano. Los periódicos habían humanizado el caso, convirtiendo en un barato e ingenioso drama de tesis lo que no era sino un asunto propio de la jungla, así que era difícil conseguir un pase para entrar en la sala del juzgado. La noche anterior le habían ofrecido uno.

Jacob miraba hacia la entrada, donde un centenar de personas, inhalando y exhalando aire con dificultad, generaban un clima de emoción con la impaciencia y el ansia de huir de sus propias vidas. Hacía calor, y el sudor empapaba a la muchedumbre, un sudor visible, grandes gotas como de rocío que caerían sobre Jacob si se abría paso hasta la salida. Alguien, detrás de él, aventuró que el jurado no tardaría ni media hora en volver a la sala con un veredicto.

Con la inevitabilidad de una brújula giró la cabeza hacia la mesa de la acusada y volvió a mirar fijamente la cara enorme e inexpresiva de la asesina, adornada por unos ojos que parecían dos botones rojos. Era la señora Choynski, de soltera Delehanty, y el destino había dispuesto que un día agarrara un hacha de carnicero y partiera en dos a su amante, un marinero. Las manos hinchadas que habían blandido el arma no dejaban de darle vueltas a un tintero; varias veces miró hacia el público con una sonrisa nerviosa.

Jacob frunció el entrecejo y echó un vistazo a su alrededor: había encontrado una cara que le gustaba, pero había vuelto a perderla. La cara se había colado de refilón en su conciencia, mientras se concentraba en una imagen mental de la señora Choynski en acción; ahora había vuelto a desvanecerse en el anonimato de la multitud. Era la cara de una santa morena, de ojos dulces y luminosos, con el cutis pálido y perfecto. La buscó dos veces por la sala, antes de olvidarla, mientras esperaba sentado, rígido e incómodo.

El jurado pronunció un veredicto de asesinato en primer grado; la señora Choynski chilló: «¡Dios mío!». La sentencia fue aplazada hasta el día siguiente. Balanceándose lenta y rítmicamente, el público salió a empujones a la tarde de agosto.

Jacob volvió a ver la cara, y comprendió por qué no la había visto antes. Pertenecía a una joven que estaba junto a la mesa de la acusada: la había tapado la cabeza de luna llena de la señora Choynski. Ahora los ojos claros y luminosos brillaban llenos de lágrimas, y un joven impaciente con la nariz aplastada intentaba llamar su atención tocándole el hombro.

—¡Váyase! —dijo la chica, perdiendo la paciencia, quitándose la mano de encima—. ¿Quiere dejarme en paz? Mierda, déjeme en paz.

El hombre suspiró profundamente y retrocedió. La chica se abrazó a la aturdida señora Choynski, y un individuo que tampoco terminaba de irse le comentó a Jacob que eran hermanas. Entonces sacaron a la señora Choynski de la sala —su expresión sugería absurdamente que acudía a una cita importante— y la chica se sentó a la mesa de los acusados y empezó a empolvarse la cara. Jacob esperaba; y esperaba el joven de la nariz aplastada. El oficial del juzgado apareció con cara de pocos amigos y Jacob le dio cinco dólares.

—¡Mierda! —gritó la chica al joven—. ¿No me puede dejar en paz? —se levantó. Su presencia, las vibraciones oscuras de su exasperación, llenaban el juzgado—. ¡Todos los días lo mismo!

Jacob se acercó. El otro hombre hablaba muy deprisa:

—Señorita Delehanty, hemos sido más que generosos con usted y su hermana y sólo le pido que cumpla su parte en el contrato. Nuestro periódico entra en prensa a las...

La señorita Delehanty se volvió desesperada hacia Jacob.

—¿No es increíble? —preguntó—. Ahora quiere una foto de mi madre y mi hermana cuando era niña.

—Su madre no saldrá en el periódico.

—Quiero la foto de mi madre. Es la única que tengo.

—Le prometo que le devolveré la foto mañana.

—Ah, me pone mala todo esto —volvía a hablar con Jacob, pero sólo lo veía como parte del público indistinto y omnipresente—. ¡Es insoportable!

Chasqueó la lengua, y en aquel ruido se concentró la esencia del desprecio humano.

—Tengo el coche fuera, señorita Delehanty —dijo Jacob inesperadamente—. ¿Quiere que la acompañe a casa?

—Muy bien —respondió con indiferencia.

El periodista imaginó que ya se conocían; empezó a decir algo entre dientes mientras los tres se dirigían a la salida.

—¡Todos los días es igual! —dijo la señorita Delehanty con amargura—. ¡Estos periodistas!

En la calle Jacob le hizo una seña al chófer para que acercara el coche, un descapotable grande y reluciente. Y, mientras el chófer saltaba del descapotable y abría la puerta, el periodista, a punto de echarse a llorar, veía cómo se quedaba sin foto y soltaba una letanía de súplicas.

—¡Tírate al río! —dijo la señorita Delehanty, sentándose en el coche de Jacob—. ¡Tírate-al-río!

Era tan extraordinaria la fuerza de su consejo, que Jacob lamentó que su vocabulario fuera tan limitado. Aquellas palabras no sólo sugerían una imagen del pobre periodista lanzándose al Hudson, sino que convencieron a Jacob de que aquélla era la única manera adecuada y digna de deshacerse de aquel individuo. Dejándolo a merced de su destino acuoso, el coche se alejó calle abajo.

—Usted sabe perfectamente cómo tratar a ese hombre —dijo Jacob.

—No faltaba más —admitió—. Me enfado enseguida y entonces sé cómo tratar a quien se me ponga delante, sea quien sea. ¿Cuántos años me echa usted?

—¿Cuántos tiene?

—Dieciséis.

Lo miraba muy seria, esperando su sorpresa. Su cara, la cara de una santa, una pequeña Virgen ardiente, se elevaba frágilmente sobre el polvo mortal de la tarde. La respiración no alteraba la línea pura de sus labios, y Jacob nunca había visto una textura tan pálida e inmaculada como su piel, nada tan vivo y luminoso como sus ojos. Su propio aspecto, muy cuidado siempre, por primera vez en su vida le parecía vulgar y pobre mientras caía de rodillas ante el corazón de la lozanía.

—¿Dónde vive? —preguntó Jacob. En el Bronx, tal vez en Yonkers, en Albany, o en Baffin's Bay... No le hubiera importado dar la vuelta al mundo, viajar eternamente.

Aquel instante se desvaneció en un segundo, porque la joven empezó a hablar. Las palabras sin importancia cobraban vida en su voz.

—En la calle 133 Este. Vivo con una amiga.

Esperaban a que cambiara el semáforo, y la chica intercambió una mirada arrogante con un individuo que asomaba la cara colorada por la ventanilla de un taxi. El hombre se quitó el sombrero alegremente.

—Debe de ser la secretaria —exclamó—. ¡Menuda secretaria!

Un brazo y una mano aparecieron en la ventanilla del taxi y lo devolvieron a la oscuridad del vehículo.

La señorita Delehanty miró a Jacob: una arruga se insinuaba entre sus cejas, como la sombra de un cabello.

—Me conoce mucha gente —dijo—. Hemos salido mucho en los periódicos.

—Lamento que las cosas hayan ido tan mal.

Parecía que, por primera vez desde hacía media hora, la chica recordaba lo que había pasado aquella tarde.

—Era su destino, señor. Jamás tuvo una oportunidad. Pero nunca han mandado a una mujer a la silla eléctrica en el estado de Nueva York.

—No; eso es verdad.

—Se salvará.

Era como si hablara otra persona: su expresión de tranquilidad conseguía que las palabras, tan pronto como las pronunciaba, asumieran una existencia propia, al margen de ella.

—¿Vivían juntas?

—¿Yo? ¡Oiga, lea los periódicos! Ni siquiera sabía que era mi hermana hasta que me lo dijeron. No la veía desde niña —de pronto señaló hacia uno de los mayores grandes almacenes del mundo—. Ahí trabajo. Pasado mañana vuelvo a coger el pico y la pala.

—Va a hacer calor esta noche —dijo Jacob—. ¿Por qué no vamos a cenar al campo?

La joven lo miró. Su mirada era educada y amable.

—Estupendo —dijo.

Jacob tenía treinta y tres años. Había poseído una prometedora voz de tenor, pero, hacía diez años, una laringitis se la había quitado en una semana de fiebre. En un estado de desesperación bajo el que se ocultaba cierto alivio compró una finca en Florida e invirtió cinco años en convertirla en un campo de golf. Cuando en 1924 subió escandalosamente el precio de los terrenos vendió su propiedad por ochocientos mil dólares.

Las cosas, como a tantos americanos, le interesaban menos que el valor de las cosas. Su apatía no era miedo a la vida ni afectación: era la violencia de su raza, pero exhausta. Era una apatía cómica. Aunque no necesitaba dinero, durante un año y medio había puesto todo su empeño, todo, en casarse con una de las mujeres más ricas de Estados Unidos. Si la hubiera querido, o hubiera fingido quererla, podría haberse casado; pero nunca había sido capaz de sentir la menor emoción, de ir más allá de las mentiras protocolarias.

Era bajo, elegante y guapo. Y, salvo cuando sufría un terrible ataque de apatía, era extraordinariamente encantador. Salía con un grupo de amigos que estaban seguros de ser los mejores de Nueva York y los que mejor se lo pasaban. Durante sus terribles ataques de apatía era como un pajarraco malhumorado, con las plumas de punta, fastidiado, y despreciaba al género humano con todas sus fuerzas.

Apreciaba al género humano aquella noche, a la luz de la luna, en los jardines Borghese. La luna era un huevo radiante, suave y luminoso como la cara de Jenny Delehanty, al otro lado de la mesa. Un airecillo salobre soplaba sobre las grandes casas y recogía en los jardines los aromas de las flores para llevarlos a la terraza del hotel de carretera. Los camareros saltaban de un sitio a otro como duendes en la noche de verano: sus espaldas negras desaparecían en las sombras y sus pecheras blancas brillaban llamativamente cuando surgían de la oscuridad inexplorada.

Bebieron champán, y Jacob le contó a Jenny Delehanty una historia.

—Eres lo más precioso que he visto en mi vida —dijo—, pero resulta que no eres mi tipo, así que no me mueve ningún interés oculto. Pero no puedes volver a los grandes almacenes. Mañana te voy a concertar una cita con Billy Farrelly, que está dirigiendo una película en Long Island. No sé si sabrá apreciar lo maravillosa que eres, porque nunca le he presentado a nadie antes.

La expresión de Jenny permaneció inmutable, aunque una sombra de ironía cruzó por sus ojos. Ya le habían dicho cosas parecidas, pero el director de cine nunca había podido recibirla al día siguiente. O ella había sido lo suficientemente discreta para no recordarles a los hombres lo que le habían prometido la noche anterior.

—No sólo eres maravillosa —continuó Jacob—; eres algo fuera de lo común, superior. Todo lo que haces…, sí, coger la copa, fingir ser tímida o fingir que no te fías de mí…, surte efecto. Si alguien es lo bastante inteligente para darse cuenta quizá llegues a ser actriz.

—Mi preferida es Norma Shearer.

En el coche, en el viaje de regreso a través de la noche suave, ella ofreció la cara en silencio para ser besada. Reteniéndola en el hueco de su brazo, Jacob rozó su mejilla contra la suavidad de la mejilla de Jenny y luego la miró un largo instante.

—Qué criatura tan hermosa —dijo muy serio.

Jenny le sonrió. Sus manos jugaban convencionalmente con las solapas de su chaqueta.

—Me lo he pasado maravillosamente —murmuró—. ¡Mierda! Espero no tener que volver nunca más al juzgado.

—Espero que no.

—¿Vas a darme un beso de buenas noches?

—Estamos pasando por Great Neck. Muchas estrellas de cine viven aquí.

—Tienes gracia, guapo.

—¿Por qué?

Jenny negaba con la cabeza y sonreía.

—Tienes gracia.

Se había dado cuenta de que Jacob no era como la gente que había conocido. Y a Jacob, sin sentirse halagado, le sorprendía que lo considerara gracioso. Jenny se daba cuenta de que, fueran cuales fueran sus intenciones finales, en aquel momento no quería nada de ella. Jenny Delehanty aprendía deprisa. Dejó que la noche le contagiara su solemnidad, dulzura y quietud, y, cuando entraron en la ciudad por el puente de Queensboro, iba medio dormida, echada en el hombro de Jacob.

II

Llamó a Billy Farrelly al día siguiente.

—Quiero verte —le dijo—. He descubierto a una chica y me gustaría que le echaras un vistazo.

—¡Santo Dios! —dijo Farrelly—. Eres el tercero que me llama hoy.

—Pero no el tercero que te ofrece lo mismo.

—Muy bien. Si es blanca, puede ser la protagonista de la película que empiezo el viernes.

—Bromas aparte, ¿puedes hacerle una prueba?

—No estoy bromeando. Puede ser la protagonista, ya te lo he dicho. Estoy harto de estas horribles actrices. Me voy a California el mes que viene. Prefiero ser el botones de Constance Talmadge que el dueño de la mayoría de estas jóvenes... —el mal humor irlandés le daba un tono de amargura a su voz—. Sí, Jake, tráemela. Le echaré un vistazo.

Cuatro días después, mientras la señora Choynski, acompañada por dos ayudantes del sheriff, se iba a pasar el resto de su vida a la cárcel de Auburn, Jenny cruzaba, en el coche de Jacob, el puente que lleva a Astoria, en Long Island.

—Tienes que cambiarte el nombre —dijo Jacob—; y recuerda que nunca has tenido una hermana.

—Ya lo había pensado —contestó—. Y también había pensado un nombre: Tootsie Defoe.

—Es malísimo —Jacob se reía—, malísimo.

—Bueno, piensa tú uno, ya que eres tan listo.

—Algo como... Jenny... Jenny... Vamos a ver... ¿Jenny Prince?

—Estupendo, guapo.

Jenny Prince subió las escaleras de los estudios cinematográficos, y Billy Farrelly, con su mal humor irlandés, harto de sí mismo y de su profesión, la contrató para uno de los tres papeles principales de la película.

—Todas son iguales —le dijo a Jacob—. ¡Qué mierda! Las sacas del arroyo hoy y mañana quieren una vajilla de oro. Prefiero ser el botones de Constance Talmadge antes que el dueño de un harén de actrices así.

—¿Te gusta la chica?

—Está bien. Tiene un buen perfil. Pero todas son iguales.

Jacob le compró a Jenny un traje de noche de ciento ochenta dólares y la llevó aquella noche al Lido. Estaba satisfecho de sí mismo, y emocionado. Se rieron mucho. Estaban contentos.

—¿Puedes creer que vas a hacer una película? —preguntó.

—Lo más seguro es que mañana me echen a patadas. Ha sido demasiado fácil.

—No, no ha sido fácil. Hemos aprovechado un buen momento psicológico: el humor de Billy Farrelly era exactamente...

—Me cae simpático.

—No es mala persona —coincidió Jacob. Pero se estaba acordando de que ya había otro que también ayudaba a Jenny a abrir las puertas del éxito—. Es un irlandés disparatado, ten cuidado.

—Ya lo sé. Una sabe cuándo un tipo se la quiere llevar a la cama.

—¿Cómo?

—No digo que me quiera llevar a la cama, guapo, pero tiene toda la pinta, ¿entiendes lo que te digo? —una sonrisa de sabelotodo le deformó la cara preciosa—. Le gusta eso; se le nota a primera vista.

Bebían una botella de zumo de uva altamente alcohólico.

El jefe de camareros se acercó a la mesa.

—Te presento a la señorita Jenny Prince —dijo Jacob—. La vas a ver con mucha frecuencia, Lorenzo, porque acaba de firmar un importante contrato para rodar películas. Trátala siempre con el mayor respeto.

Cuando Lorenzo se fue, Jenny dijo:

—Tienes los ojos más bonitos que he visto —le costaba decir aquello, lo mejor que podía ocurrírsele. Estaba seria, triste—. De verdad —murmuró—, los ojos más bonitos que he visto. A cualquier chica le gustaría tener unos ojos así.

Jacob se rió, pero estaba conmovido. Apoyó suavemente la mano en el brazo de Jenny.

—Trabaja de verdad y estaré orgulloso de ti, y juntos lo pasaremos bien de vez en cuando.

—Siempre me lo paso bien contigo —sus ojos se habían clavado en él, se agarraban a él como manos—. De verdad, no bromeo con tus ojos. Siempre crees que estoy de broma. Quiero darte las gracias por todo lo que has hecho por mí.

—No he hecho nada, estás loca. Vi tu cara y... me encantó. Le encantaría a cualquiera.

Apareció la orquesta y los ojos de Jenny, ávidos, se alejaron de Jacob.

Era tan joven... Jacob nunca se había dado cuenta, como en aquel instante, de lo que era la juventud. Siempre se había considerado joven, hasta aquella noche.

Poco después, en la gruta oscura del taxi, entre la fragancia del perfume que le había comprado aquella tarde, Jenny se acercó, se aferró a Jacob. La besó sin placer. No había ni sombra de pasión en los ojos de Jenny, ni en sus labios; el aliento le olía débilmente a champán. Se abrazó con más fuerza, desesperadamente, y Jacob le cogió las manos. Las puso en el regazo de Jenny.

Jenny se separó, ofendida.

—¿Qué pasa? ¿No te gusto?

—No debería haberte dejado beber tanto champán.

—¿Por qué no? Estoy acostumbrada a beber. Una vez me emborraché.

—Debería darte vergüenza. Y, si me entero de que vuelves a beber, me vas a oír.

—Te crees muy duro, ¿no?

—¿Qué pretendes? ¿Que cualquier camarero del café de la esquina te ponga como un trapo siempre que quiera?

—¡Cállate!

Se quedaron en silencio durante un instante. Y entonces la mano de Jenny se deslizó poco a poco hasta encontrar la de Jacob.

—Me gustas más que todos los tipos que he conocido, y no puedo evitarlo, no puedo.

—Querida, pequeña Jenny —volvió a abrazarla.

Indeciso, inseguro, la besó, y volvió a dejarlo helado la inocencia con que besaba, los ojos que en el momento del contacto parecían mirar más allá, hacia la oscuridad de la noche, hacia la oscuridad del mundo. Jenny no sabía aún que el esplendor está en el corazón; cuando se diera cuenta y se dejara arrastrar por la pasión del universo, podría hacerla suya sin dudas ni remordimientos.

—Te aprecio mucho —dijo—, más que a nadie. Y te repito lo que te he dicho sobre la bebida. No debes beber.

—Haré todo lo que tú quieras —dijo Jenny, y lo repitió mirándolo a los ojos—. Todo.

El coche se detuvo ante el edificio donde vivía Jenny, y Jacob le dio un beso de buenas noches.

Se alejó exultante, viviendo la juventud y el futuro de Jenny con la intensidad con que no vivía su propia vida desde hacía años. Así, apoyándose un poco en el bastón, rico, joven y feliz, se perdió en las calles oscuras, deprisa, hacia un futuro impredecible.

III

Un mes después, una noche, Jacob y Farrelly tomaban un taxi juntos. Jacob le dio al taxista la dirección del cineasta.

—Así que te has enamorado de esa chica —dijo Farrelly, de buen humor—. Muy bien, me quitaré de enmedio.

Jacob se sintió molesto.

—No estoy enamorado de ella —dijo con calma—. Billy, me gustaría que la dejaras en paz.

—¡No faltaría más! La dejaré en paz —asintió inmediatamente—. No sabía que te interesara. Ella me dijo que no había podido seducirte.

—Lo importante es que a ti tampoco te interese —dijo Jacob—. Si pensara que de verdad os importáis, ¿crees que estoy tan loco como para inmiscuirme en el asunto? Pero Jenny no te importa en absoluto, y ella sólo está impresionada y un poco fascinada.

—Estoy de acuerdo —asintió Farrelly, ya un poco cansado—. No se me ocurriría tocarla.

Jacob se echó a reír.

—Claro que la tocarías, aunque sólo fuera por no quedarte quieto. Y eso es lo que me molesta: que por tontear le pasara algo.

—Te entiendo. La dejaré en paz.

Jacob tuvo que contentarse con eso. No confiaba en Billy Farrelly, pero creía que Farrelly lo estimaba y lo respetaría, a no ser que hubiera por medio sentimientos más fuertes. Pero que se cogieran las manos bajo la mesa aquella noche le había molestado. Jenny le mintió cuando se lo reprochó: le dijo que, si quería, la llevara a casa, que no volvería a hablar con Farrelly en toda la noche. Y Jacob se había sentido ridículo, como un tonto. Hubiera sido más fácil que, cuando Farrelly le dijo que estaba enamorado, hubiera sido capaz de responder simplemente: «Sí».

Pero no estaba enamorado. La apreciaba más de lo que nunca hubiera podido imaginar. Asistía, observándola, a la formación de un carácter muy personal. A Jenny le gustaban las cosas tranquilas y sencillas. Poco a poco desarrollaba su capacidad de discernimiento, y excluía de su vida lo trivial y lo superfluo. Había intentado que leyera, pero prudentemente se había dado por vencido y la había puesto en contacto con distintos tipos de hombres. Provocaba situaciones y luego se las explicaba, y se sentía satisfecho cuando ante sus ojos crecía el buen gusto y la buena educación de Jenny. Y también sabía apreciar la absoluta confianza que tenía en él y el detalle de que lo usara como punto de referencia para juzgar a otros hombres.

Antes del estreno de la película de Farrelly, a Jenny le ofrecieron un contrato de dos años por la fuerza de su interpretación: cuatrocientos dólares a la semana los seis primeros meses, y aumentos sucesivos hasta el final del contrato. Pero tendría que irse a California.

—¿No prefieres que espere? —dijo, una tarde que volvían del campo—. ¿No prefieres que me quede aquí, en Nueva York, cerca de ti?

—Debes ir a donde exija tu trabajo, y ser capaz de arreglártelas sola. Tienes diecisiete años.

Diecisiete años… Era tan vieja como él; no tenía edad. Sus ojos negros, bajo el sombrero de paja, seguían llenos de futuro, como si no acabara de ofrecer la posibilidad de tirar el futuro por la borda. Entonces dijo:

—Me pregunto si, de no haber aparecido tú, algún otro me hubiera… Me hubiera ayudado a hacer algo de provecho.

—Lo hubieras hecho sola. Quítate de la cabeza que dependes de mí.

—Dependo de ti. Te lo debo todo.

—No, en absoluto —dijo rotundamente, y no dio más razones. Le gustaba que Jenny creyera lo que acababa de decirle.

—No sé qué voy a hacer sin ti. Eres mi único amigo —y añadió—: el único que me interesa. ¿Me oyes? ¿Entiendes lo que quiero decir?

Se rió de ella: le divertía adivinar el nacimiento de una fuerte personalidad en aquel anhelo de ser comprendida. Aquella tarde estaba más hermosa que nunca, frágil, deslumbrante y, para él, más allá del deseo. Pero algunas veces Jacob se preguntaba si aquella ausencia de sexualidad no sería una faceta que, quizá a propósito, ella reservaba para él, sólo para él. Jenny se lo pasaba mejor con hombres más jóvenes, aunque fingiera despreciarlos. Billy Farrelly, amablemente, la había dejado en paz, y a ella le había dado un poco de pena.

—¿Cuando vendrás a Hollywood?

—Pronto —prometió Jacob—. Y tú volverás a Nueva York.

Jenny estaba llorando.

—¡Te voy a echar tanto de menos! ¡Te voy a echar tanto de menos! —lagrimones de dolor le corrían por las mejillas de marfil tibio—. ¡Mierda! —se quejó, susurrando—. ¡Has sido bueno conmigo! ¿Dónde está tu mano? ¿Dónde está tu mano? Has sido el mejor amigo del mundo. ¿Dónde voy a encontrar un amigo como tú?

Estaba representando un papel, pero a Jacob se le hizo un nudo en la garganta y, durante un instante, le dio vueltas a una idea disparatada, como un ciego que tropezara contra muebles pesados: casarse con ella. Sabía que, con sólo sugerírselo, Jenny se pegaría a él y no conocería a nadie más, porque él la comprendería siempre.

En la estación, al día siguiente, disfrutaba con las flores, con el compartimento del tren y la perspectiva del viaje más largo que había hecho nunca. Cuando, para despedirse, lo besó, sus ojos profundos buscaron los suyos y se apretó contra él como si se rebelara contra la separación. Otra vez lloraba, pero Jacob sabía que aquellas lágrimas ocultaban la alegría de la aventura por territorios desconocidos. Cuando abandonó la estación, Nueva York estaba extrañamente vacía. Había vuelto a ver, a través de los ojos de Jenny, los colores de otro tiempo: ahora se desvanecían en el tapiz gris del pasado. Al día siguiente, en un alto edificio de Park Avenue, visitó la consulta de un especialista a quien no veía desde hacía una década.

—Quiero que vuelva a verme la laringe —dijo—. Aunque no haya muchas esperanzas, quizá haya cambiado la situación.

Se tragó un complicado sistema de espejos. Tomó y expulsó aire, emitió sonidos graves y agudos, tosió cuando se lo ordenaron. El especialista tocaba aquí y allá con mucha ceremonia. Luego se sentó y se quitó la lente con que lo había estado reconociendo.

—Todo sigue igual —dijo—. Las cuerdas vocales están sanas, pero gastadas por el uso. No hay tratamiento para eso.

—Es lo que yo pensaba —dijo Jacob, humildemente, como si hubiera cometido una impertinencia—. Es prácticamente lo mismo que me dijo hace años. No estaba seguro de que fuera definitivo.

Había perdido algo cuando salió del edificio de Park Avenue: casi la esperanza, amado fruto del deseo, de que algún día…

«Nueva York desolada —telegrafió a Jenny—. Cerradas todas las salas de fiestas. Crespones negros en la estatua de la Virtud Cívica. Por favor, trabaja mucho y sé inmensamente feliz.»

«Querido Jacob —decía el telegrama de respuesta—, te echo mucho de menos. Eres el hombre más adorable que he conocido, de verdad, querido. No me olvides, por favor. Con cariño, Jenny.»

Llegó el invierno. Se estrenó la película que Jenny había rodado en el Este, y aparecieron entrevistas y reportajes en las revistas de cine. Jacob no salía de su cuarto, ponía una y otra vez la *Sonata a Kreutzer* en su nuevo gramófono, y leía sus cartas, escasas y afectadas pero cariñosas, y los artículos que decían que era un descubrimiento de Billy Farrelly. En febrero Jacob se prometió en matrimonio con una vieja amiga, una viuda.

Fueron a Florida, y de repente estaban discutiendo en los pasillos del hotel y en las partidas de bridge, así que decidieron no seguir adelante con aquello. En primavera Jacob reservó un camarote en el *París*, pero tres días antes de zarpar anuló la reserva y se fue a California.

IV

Jenny lo esperaba en la estación. Lo besó y, durante el trayecto en coche hasta el Hotel Ambassador, no se soltó de su brazo.

—Bien, el hombre ha venido —exclamó—. Creía que nunca lo iba a convencer, nunca.

El tono de su voz la traicionaba: revelaba el esfuerzo que hacía para controlarse. Había desaparecido el categórico «¡Mierda!», con todo el asombro, horror, repugnancia o admiración que era capaz de expresar, y no lo habían reemplazado palabras más suaves, como «estupendo» o «magnífico». Si su estado de ánimo exigía alguna expresión extraordinaria no incluida en su repertorio, Jenny guardaba silencio.

Pero a los diecisiete, los meses son años, y Jacob se dio cuenta de que había cambiado: ya no era una niña. Ahora tenía ideas consistentes: nada de nociones vagas y confusas, pues, por instinto, era demasiado educada para eso, sino ideas. Los estudios de cine habían dejado de ser una casualidad divertida, divina, maravillosa; ya no decía: «Daría cinco centavos por no ir mañana a trabajar». El trabajo era parte de su vida. Las circunstancias eran cada vez más duras en una carrera que avanzaba sin respetar sus horas libres.

—Si esta película es tan buena como la otra, es decir, si vuelvo a tener éxito, Hecksher romperá el contrato. Todos los que han visto los copiones dicen que es la primera vez que tengo *sex appeal*.

—¿Qué son los copiones?

—Lo que se rodó el día anterior. Dicen que es la primera vez que tengo *sex appeal*.

—No lo había notado —Jacob le tomaba el pelo.

—Tú no lo has notado, pero tengo.

—Ya lo sé —y, movido por un impulso irreflexivo, le cogió la mano.

Jenny lo miró. Jacob sonreía, medio segundo demasiado tarde. Entonces Jenny sonrió, y su entusiasmo y afecto deslumbrantes disimularon el error de Jacob.

—Jake —exclamó—, ¡podría ponerme a dar gritos! ¡Estoy tan contenta de que estés aquí! Te he reservado una habitación en el Hotel Ambassador. Estaba completo, pero han echado a no sé quién porque yo les he dicho que quería una habitación. Te mandaré el coche dentro de media hora. Es estupendo que hayas llegado el domingo, porque tengo el día libre.

Almorzaron en el apartamento amueblado que Jenny había alquilado para el invierno. Era de estilo morisco, muy a la moda de 1920, y estaba tal como lo había dejado alguna querida caída en desgracia. Un día que Jenny bromeaba sobre la decoración, alguien le había dicho que era horroroso, pero, cuando insistió sobre el asunto, descubrió que Jenny ni se había dado cuenta.

—Me gustaría que hubiera más hombres simpáticos por aquí —dijo mientras comían—. Es verdad que hay muchos hombres simpáticos, pero me refiero a hombres que... Ah, ya sabes, como en Nueva York: hombres que saben más que una chica, como tú.

Después de la comida, Jacob se enteró de que estaban invitados a tomar el té.

—Hoy, no —objetó—. Quiero estar contigo, solos.

—Muy bien —asintió Jenny, dudando—. Me imagino que podré llamar por teléfono. Creía que... Es una señora que escribe en muchísimos periódicos y, hasta ahora, nunca me había invitado. Pero, si tú no quieres...

Se le había ensombrecido la cara, y Jacob le aseguró que le apetecía mucho ir. Y poco a poco se fue enterando de que no irían a una fiesta, sino a tres.

—Creo que es parte de mi trabajo —le explicó Jenny—. Si no vas, terminas encontrándote sólo con la gente del trabajo de todos los días, y es un círculo muy reducido.

Jacob sonrió.

—Y además —concluyó Jenny—, sabelotodo, es lo que hace todo el mundo los domingos por la tarde.

En la primera fiesta Jacob se dio cuenta de que había muchas más mujeres que hombres, y más gente de segunda fila —periodistas, hijas de cámaras, mujeres de montadores— que personas importantes. Un joven de rasgos latinos, un tal Raffino, apareció un momento, habló con Jenny y se fue; varias estrellas llegaron y se fueron, interesándose por la salud de los niños con una familiaridad un tanto arrolladora. Otro grupo de celebridades se plantó en una esquina, inmóviles como estatuas. Había un escritor un poco borracho, muy nervioso, que, según parecía, intentaba quedar con todas las chicas. Conforme la tarde languidecía aumentaba el número de personas ligeramente borrachas. Y el tono de voz de la reunión era más agudo y había subido de volumen cuando Jacob y Jenny se fueron.

En la segunda fiesta el joven Raffino —era un actor, uno de los innumerables aspirantes a Rodolfo Valentino— volvió a aparecer un instante, habló un poco más con Jenny, un poco más afectuoso, y se fue. Jacob dedujo que aquella fiesta no era tan elegante como la otra. Había más gente alrededor de la mesa de las bebidas. Y había más gente sentada.

Se fijó en que Jenny sólo bebía limonada. Le sorprendían y agradaban su distinción y buenos modales. Hablaba con una sola persona, no con todos los que tenía alrededor; y escuchaba, sin caer en la tentación de mirar a todas partes a la vez. Consciente o inconscientemente, en las dos fiestas, antes o después, acababa hablando con el invitado más importante. Su seriedad; el aspecto de estar pensando: «Ésta es mi oportunidad de aprender algo», atraía irremediablemente la vanidad de los hombres.

Cuando cogieron el coche camino de la última fiesta, una cena fría, ya era de noche, y los anuncios luminosos de las agencias inmobiliarias brillaban con algún vago propósito sobre Beverly Hills. A las puertas del Teatro Grauman, bajo la lluvia suave y cálida, se había congregado una muchedumbre.

—¡Mira, mira! —estrenaban la película que había terminado hacía un mes.

Pasaron de largo ante el Rialto, en Hollywood Boulevard, y se adentraron en las sombras de una callejuela. Jacob le pasó el brazo por el hombro y la besó.

—Querido Jake —le sonreía Jenny.

—Eres tan preciosa. No sabía que eras tan preciosa.

Jenny miraba al frente, con expresión dulce y tranquila, y Jacob sintió una oleada de irritación, y la atrajo hacia él, apremiante, en el momento en que el coche se detenía ante una puerta iluminada.

Entraron en un bungalow lleno de gente y humo. El ímpetu de las formalidades con que había empezado la tarde se había extinguido hacía mucho; todo era a la vez confuso y estridente.

—Así es Hollywood —explicaba una señora pizpireta y locuaz, a quien habían visto en las tres fiestas—. Nada de arreglarse demasiado los domingos por la tarde —decía a la anfitriona—: Sólo es una chica normal, sencilla y simpática —elevó la voz—: ¿No te parece, querida, sólo una chica normal, sencilla y simpática?

La anfitriona respondió:

—Sí. ¿Quién es?

Y la informante de Jacob volvió a bajar la voz:

—Pero tu chiquilla es la más sensata de todas.

Todos los cócteles que Jacob se había bebido empezaban a hacerle efecto agradablemente, pero, aunque no dejaba de buscarlo, se le escapaba el secreto de la fiesta, la clave para sentirse cómodo y tranquilo. Había algo violento en la atmósfera, un clima de competencia, de inseguridad. Las conversaciones entre hombres eran vacías y falsamente juveniles o se iban apagando en un clima de recelo. Las mujeres eran más agradables. A las once, en la cocina, se dio cuenta de que llevaba una hora sin ver a Jenny. Al volver al salón, la vio entrar: era evidente que venía de la calle, pues se quitó un impermeable que llevaba sobre los hombros. Estaba con Raffino. Cuando se acercó, Jacob se dio cuenta de que le faltaba la respiración y le brillaban los ojos. Raffino le sonrió a Jacob amablemente, sin prestarle mucha atención; y, poco después, cuando se iba, se inclinó y murmuró algo al oído de Jenny, y ella, sin sonreír, le dijo adiós.

—Tengo que estar en los estudios a las ocho —le dijo a Jacob de pronto—. Mañana pareceré un paraguas viejo si no me voy a casa. ¿Te importa, querido?

—¡No, por Dios!

El coche cruzaba una de las distancias interminables de la extensa y casi desierta ciudad.

—Jenny —dijo Jacob—, nunca te había visto así, como esta noche. Apoya la cabeza en mi hombro.

—Sí. Estoy cansada.

—¿Sabes que te has puesto guapísima?

—Soy igual que antes.

—No, no —su voz se volvió un murmullo, y temblaba de emoción—. Jenny, me he enamorado de ti.

—Jacob, no seas tonto.

—Me he enamorado de ti. ¿No es extraño, Jenny? Eso es lo que pasa.

—No te has enamorado de mí.

—Quieres decir que no te interesa —sentía una punzada de miedo.

Jenny se sentó muy derecha, liberándose de su brazo.

—Claro que me interesa; sabes que eres lo que más me importa del mundo.

—¿Más que el señor Raffino?

—¡Dios mío! —protestó desdeñosamente—. Raffino sólo es un crío.

—Te quiero, Jenny.

—No, no me quieres.

Jacob la apretó con fuerza. ¿Era su imaginación o había una resistencia débil, instintiva, en el cuerpo de Jenny? Pero ella se le acercó y él la besó.

—Sabes que lo de Raffino es una tontería.

—Me figuro que estoy celoso.

Intuía que estaba insistiendo demasiado, que casi era desagradable, y la soltó. Pero la punzada de miedo se había convertido en dolor. Aunque sabía que estaba cansada y extrañada por sus nuevos sentimientos, no podía detenerse.

—No me había dado cuenta de hasta qué punto eras parte de mi vida. No sabía qué era lo que me faltaba, pero ahora lo sé. Necesito que estés conmigo.

—Y aquí estoy.

Jacob tomó sus palabras por una invitación, pero esta vez Jenny se dejó caer fatigosamente en sus brazos. Así la llevó el resto del trayecto, con los ojos cerrados, y el pelo corto echado hacia atrás, como una ahogada.

—El coche te llevará al hotel —dijo Jenny cuando llegaron a su casa—. Acuérdate de que mañana comemos juntos en los estudios.

Entonces se pusieron a discutir, casi a pelear, sobre si era demasiado tarde para que Jacob entrara en la casa. Todavía no eran capaces de apreciar el cambio que la declaración de Jacob había provocado en ellos. De pronto se habían convertido en otras personas, y Jacob intentababa desesperadamente atrasar el reloj, volver a una noche de hacía seis meses, en Nueva York, y Jenny observaba cómo los nuevos sentimientos de Jacob, algo más que celos y menos que amor, sofocaban, una a una, las cualidades de Jacob que ella conocía tan bien, el respeto y la comprensión que tanto la animaban.

—Pero yo no te quiero así, como tú quieres —exclamó—. ¿Cómo puedes aparecer de repente y pedirme que te quiera así?

—¡A Raffino sí lo quieres así!

—¡Te juro que no! ¡Ni siquiera le he dado un beso!

—Hmmm —ahora era un pajarraco malhumorado. Casi no se creía su propia antipatía, pero algo tan ilógico como el amor propio lo obligaba a continuar—. ¡Un actor!

—¡Jake! —gritó Jenny—. Deja que me vaya. Nunca me he sentido tan mal ni tan ofendida.

—Me voy yo —dijo él de repente—. No sé lo que me pasa, salvo que estoy tan loco por ti que no sé lo que digo. Te quiero y tú no me quieres. Me quisiste, o creías que me querías, pero está claro que ya no.

—Pero te quiero —se quedó un instante pensativa; el resplandor rojo y verde de una gasolinera cercana iluminaba la lucha interior que expresaba su cara—. Si me quieres tanto, me casaré contigo mañana.

—¡Te casarás! —exclamó Jacob. Jenny estaba tan ensimismada en lo que acababa de decir que no lo oyó.

—Me casaré contigo mañana —repitió—. Me gustas más que nadie en el mundo y creo que te querré como tú quieres —casi se le escapó un sollozo—. Pero… No sabía que iba a pasar esto. Déjame sola esta noche, por favor.

Jacob no durmió. Hubo música en la terraza del Ambassador hasta muy tarde y una cadena de chicas recién salidas del trabajo rodeó la salida de coches para ver salir a sus ídolos. Luego, una pelea interminable entre un hombre y una mujer empezó en el pasillo, se trasladó a la habitación vecina y continuó como un profundo susurro a dos voces a través de la puerta que comunicaba las dos habitaciones. Se asomó a la ventana hacia las tres de la madrugada y miró el fulgor claro de la noche de California. La belleza de Jenny se extendía sobre la hierba, en los tejados húmedos y relucientes de los bungalows, alrededor de él, por todas partes, y crecía como una música nocturna. Estaba dentro de la habitación, en la almohada blanca, movía ligeramente las cortinas como un fantasma. Su deseo volvía a crearla: perdía los rasgos de la antigua Jenny, incluso de la chica que había ido a esperarlo a la estación aquella mañana. Silenciosamente, mientras pasaban las horas de la noche, la moldeaba hasta hacer de ella una imagen del amor —una imagen que duraría tanto como el amor, y quizá más—, y que no se desvanecería hasta que pudiera decir: «Nunca la he querido de verdad». Lentamente la iba creando con esta y aquella ilusión de su juventud, este y aquel deseo antiguo y triste, hasta que apareció ante él, y de sí misma sólo conservaba el nombre.

Más tarde, cuando cayó en un sueño de pocas horas, la imagen que había forjado siguió a su lado, demorándose en la habitación, unida a su corazón en místico matrimonio.

V

—Sólo me casaré contigo si me quieres —dijo Jacob en el coche, cuando volvían de los estudios. Jenny esperaba, con las manos entrelazadas en el regazo—. ¿Crees que me gustaría estar contigo si fueras desgraciada y no me correspondieras, Jenny, sabiendo siempre que no me quieres?

—Te quiero, pero de otra manera.

—¿A qué manera te refieres?

Jenny titubeó, con la mirada perdida.

—No haces... no haces que me estremezca, Jake. No sé... Ha habido hombres que me han producido esa especie de estremecimiento cuando me tocaban, o cuando bailaban conmigo... Ya sé que es una tontería, pero...

—¿Y Raffino hace que te estremezcas?

—Algo así, pero no mucho.

—¿Y yo, no? ¿Nada?

—Cuando estoy contigo sólo me siento a gusto, feliz.

Entonces debería haber puesto todo su empeño en convencerla de que aquello era lo ideal, pero no pudo, ya fuera una vieja verdad o una vieja mentira.

—Pero te he dicho que me casaría contigo; quizá algún día hagas que me estremezca.

Jacob se echó a reír, y de pronto calló.

—Y, si no te estremecía, como tú dices, ¿por qué me demostrabas tanto cariño el verano pasado?

—No lo sé. Creo que era demasiado joven. Nunca se sabe lo que se sentía en el pasado, ¿no?

Se había vuelto esquiva, con esa habilidad para eludir las respuestas que les da un significado oculto a las palabras más insignificantes. Y, con las torpes herramientas del deseo y los celos, Jacob intentaba crear ese hechizo que es etéreo y delicado como el polvo del ala de una mariposa.

—Oye, Jake —dijo ella, de repente—. El abogado de mi hermana, ese tal Scharnhorst, ha llamado a los estudios esta tarde.

—Tu hermana está bien —dijo, ausente, y añadió—: Así que muchos hombres te estremecen.

—Bueno, si siento lo mismo con muchos hombres, no tendrá nada que ver con el amor de verdad, ¿no? —dijo con cierta ilusión.

—Pero tú tienes la teoría de que el amor no existe sin ese estremecimiento.

—Yo no tengo teorías ni nada por el estilo. Sólo te he dicho lo que siento. Tú sabes muchas más cosas que yo.

—Yo no sé nada en absoluto.

Un hombre los esperaba en el vestíbulo del edificio de apartamentos. Jenny se le acercó y habló con él unos segundos; después se volvió hacia Jake y le dijo en voz baja:

—Es Scharnhorst. ¿Te importaría esperar abajo mientras habla conmigo? Dice que no tardará más de media hora.

Esperó, fumando un sinfín de cigarrillos. Pasaron diez minutos y la telefonista lo llamó.

—¡Oiga, oiga! —dijo—. La señorita Prince lo llama.

La voz de Jenny transparentaba tensión y miedo.

—Que no se vaya Scharnhorst —dijo—. Debe de estar bajando por las escaleras, o en el ascensor quizá. Dile que vuelva a mi apartamento.

Colgaba el teléfono, cuando el ascensor se detuvo con un chasquido. Jacob se colocó frente a la puerta, cerrándole la salida al hombre que llegaba en el ascensor.

—¿El señor Scharnhorst?

—¿Sí? —tenía una expresión suspicaz, desconfiada.

—¿Puede volver al apartamento de la señorita Prince? Ha olvidado decirle algo.

—Ya la veré otro día —intentó apartar a Jacob, que, agarrándolo de los hombros, lo empujó a la cabina, cerró con violencia la puerta y apretó el botón del octavo piso—. ¡Lo denunciaré a la policía! —señaló Scharnhorst—. ¡Conseguiré que lo metan en la cárcel por agresión!

Jacob le sujetaba los brazos con firmeza. Arriba, Jenny, con mirada de pánico, esperaba con la puerta abierta. Después de un forcejeo, el abogado entró.

—¿Qué pasa? —preguntó Jacob.

—Dígaselo —dijo Jenny—. Jake, ¡quiere veinte mil dólares!

—¿Para qué?

—Para que vuelvan a juzgar a mi hermana.

—¡Pero si no tiene ninguna posibilidad! —exclamó Jacob, antes de dirigirse a Scharnhorst—: Usted debería saber que no tiene ninguna posibilidad.

—Hay ciertos detalles técnicos —dijo el abogado, incómodo—, cosas que sólo puede entender un abogado. Es muy desgraciada en la cárcel, y su hermana es muy rica y tiene mucho éxito... La señora Choynski cree que merece otra oportunidad.

—Ha ido usted a calentarle la cabeza, ¿no?

—La señora Choynski me mandó llamar.

—Pero la idea del chantaje se le ha ocurrido a usted. Me figuro que si a la señorita Prince no le apetece pagarle veinte mil dólares por sus servicios se sabrá que es hermana de la célebre asesina.

Jenny asintió:

—Eso me ha dicho.

—Espere un minuto —John se dirigió al teléfono—. Por favor, póngame con la Western Union. Quisiera poner un telegrama —dio el nombre y la dirección en Nueva York de un personaje de la política—. El texto del telegrama es éste:

«La presidiaria Choynski amenaza a su hermana, conocida actriz de cine, con descubrir su parentesco. Stop. Ruego consiga que el director de la cárcel le suspenda las visitas hasta que yo pueda volver al Este para explicar la situación. Stop. Telegrafíeme si dos testigos de intento de chantaje son suficientes para suspender en el ejercicio de su profesión a un abogado de Nueva York si los cargos proceden de un bufete como Read, Van Tyne, Biggs & Company, o de mi tío y apoderado. Stop. Hotel Ambassador, Los Ángeles.

»Jacob C. K. Booth»

Esperó hasta que el empleado le repitió el texto.

—Ahora, señor Scharnhorst —dijo—, los intereses artísticos seguirán su curso a pesar de semejantes alarmas e intromisiones. La señorita Prince, como usted sabe, está muy impresionada: mañana se notará en su trabajo y un millón de personas se sentirán un poco desilusionadas. Así que no le pediremos a la señorita Prince que tome ninguna decisión. Y usted y yo nos iremos de Los Ángeles esta noche, en el mismo tren.

Pasó el verano. Jacob prosiguió su vida sin objeto: lo ayudaba saber que Jenny volvería al Este en otoño. Imaginaba que, cuando llegara otoño, ya habría habido muchos Raffinos, y Jenny se habría dado cuenta de que el estremecimiento que le producían las manos, los ojos —y los labios— de todos era muy parecido. Era el equivalente, en otro mundo, de los amores de las fiestas universitarias, de los amores estudiantiles de los veranos. Y si aún era verdad que lo que sentía por él no tenía nada que ver con el amor, la aceptaría igual, y dejaría que el amor viniera después del matrimonio, como —según había oído muchas veces— les ha ocurrido a tantas esposas.

Sus cartas lo fascinaban y lo desconcertaban. Entre la incapacidad para expresarse vislumbraba destellos de emoción: el agradecimiento omnipresente, la nostalgia de sus conversaciones, y una inmediata y casi asustada reacción que la empujaba a buscarlo —quizá sólo eran imaginaciones suyas— después de conocer a otro hombre. En agosto Jenny se fue a rodar exteriores: Jacob sólo recibió alguna postal desde algún perdido desierto de Arizona, y luego, durante semanas, nada, nada de nada. Y aquella interrupción lo alegró. Había estado pensando en todo lo que podía espantar a Jenny: las sospechas, los celos, su evidente desdicha. Ahora sería diferente. Controlaría la situación. Por lo menos, Jenny volvería a sentir admiración por él; lo vería como el ejemplo sin igual de una vida digna y organizada.

Dos noches antes de que llegara, Jacob fue a ver su última película en una inmensa y nocturna sala de Broadway. Era una historia de estudiantes. Jenny salía con el pelo recogido en una coleta —un símbolo familiar de falta de elegancia—, empujaba al héroe a realizar una hazaña deportiva y desaparecía, siempre en segundo plano, en las sombras de la tribuna de las animadoras. Pero había algo nuevo en su interpretación: por primera vez aquella cualidad impresionante que, hacía un año, Jacob había percibido en su voz, empezaba a notarse en la pantalla. Cada uno de sus movimientos, el menor gesto, era conmovedor, relevante. Y parte del público también se daba cuenta. Lo intuía por cierto cambio en la respiración de los espectadores, por el reflejo de la clara expresión de Jenny en los rostros despreocupados, indiferentes. Y los críticos también lo descubrieron, aunque la mayoría fueran incapaces de definir con precisión un temperamento.

Pero por primera vez tomó conciencia de la existencia pública de Jenny cuando observó la actitud de los viajeros que descendieron del tren con ella. Ocupados como estaban con el equipaje y los amigos que habían ido a recibirlos encontraron tiempo para mirarla detenidamente, para llamar la atención de sus amigos, para repetir su nombre.

Jenny estaba radiante. Una alegría contagiosa emanaba de ella y de todo lo que la rodeaba, como si su perfumista hubiera conseguido encerrar el éxtasis en una botella. Era, una vez más, una trans-fusión mística, y la sangre volvió a correr de nuevo por las venas endurecidas de Nueva York: era el placer del chófer de Jacob porque Jenny recordaba su nombre, el respetuoso nerviosismo juguetón de los botones del Hotel Plaza, la emoción del *maître* en el restaurante donde cenaron. Pero Jacob había aprendido a controlarse. Se mostraba gentil, con-siderado, educado, como lo era por naturaleza, aunque ahora todo formaba parte de un plan. Sus modales prometían y sugerían habilidad para ocu-parse de ella, voluntad para servirle de sostén.

Después de la cena el rincón donde estaban se fue quedando vacío poco a poco, la gente que iba al teatro se fue yendo, y empezaron a sentir que estaban solos. Se habían puesto serios, habían ba-jado la voz.

—Hace cinco meses que no te veo —Jacob se miraba las manos, pensativo—. No he cambiado, Jenny. Te quiero con todo mi corazón. Quiero tu cara, tus defectos, tu inteligencia: te quiero toda. Lo único que deseo en el mundo es hacerte feliz.

—Lo sé —murmuró—. ¡Dios mío, lo sé!

—No sé si todavía me tienes cariño. Si te casas conmigo, creo que te darás cuenta de que lo demás vendrá solo, llegará antes de que te des cuenta, y ese estremecimiento del que hablas te parecerá una broma, porque la vida no está hecha para chicos y chicas, sino para hombres y mujeres.

—Jacob —murmuró—, no tienes que decírmelo. Lo sé.

Por primera vez Jacob la miró.

—¿Qué quieres decir... con que lo sabes?

—Quiero decir que te entiendo. ¡Es terrible! Jacob, escúchame. Tengo que decírtelo. Escúchame, querido. No me mires. Escúchame, Jacob, me he enamorado.

—¿Cómo? —preguntó sin entender.

—Me he enamorado. Por eso te entiendo cuando dices que eso del estremecimiento es una tontería.

—¿Quieres decir que te has enamorado de mí?

—No.

El espantoso monosílabo se quedó flotando entre ellos, danzando, vibrando sobre la mesa: «¡No-no-no-no!».

—¡Es horrible! —exclamó Jenny—. Me he enamorado de un hombre a quien conocí este verano mientras rodábamos exteriores. No quería... Intenté evitarlo, pero inmediatamente me di cuenta de que me había enamorado y de que, aunque pusiera toda mi voluntad, no podía evitarlo. Te escribí para pedirte que fueras, pero no te mandé la carta, y allí me tenías, loca por ese hombre y sin atreverme a decirle una palabra y hartándome de llorar por las noches.

—¿Es un actor? —Jacob oyó sus propias palabras, apagadas, como si no tuvieran sentido—. ¿Es Raffino?

—¡No, no! Espera un momento, deja que te lo cuente. Aquella situación duró tres semanas y, de verdad, quería matarme, Jake. La vida no valía la pena si no podía estar con él. Y una noche, por casualidad, nos quedamos solos en un coche, y consiguió que le dijera que lo quería. Él lo sabía, claro, era imposible que no lo supiera.

—Aquello... te arrastró —dijo Jacob, juicioso—. Lo entiendo.

—¡Sabía que lo entenderías, Jake! Tú lo comprendes todo. Eres la mejor persona del mundo, Jake. ¿Acaso no lo sé?

—¿Te vas a casar con él?

Asintió con la cabeza, despacio.

—Le dije que antes tenía que venir al Este, a verte —a medida que su miedo menguaba, Jenny percibía con mayor claridad el grado de dolor de Jacob, y los ojos se le llenaron de lágrimas—. Algo así, Jake, sólo pasa una vez. Era lo que tenía metido en la cabeza todas aquellas semanas, cuando me era imposible decirle una palabra: si pierdes una cosa así, la pierdes para siempre, y, entonces, ¿para qué quieres vivir? Era el director de la película, y sentía lo mismo que yo.

—Entiendo.

Como ya había ocurrido una vez, sus ojos se agarraban a él como manos.

—¡Ay, Jake!

Con aquel repentino canturreo de piedad, profundo e íntimo como una canción, pasó la primera fuerza del golpe. Jacob apretó los dientes una vez más e intentó disimular su desdicha. Consiguió adoptar una expresión irónica, y pidió la cuenta. Parecía haber transcurrido una hora cuando tomaron un taxi para el Hotel Plaza.

Jenny lo abrazó.

—Jake, dime que está bien. Dime que lo entiendes. Querido Jake, mi mejor amigo, mi único amigo, ¡dime que lo entiendes!

—Claro que sí, Jenny —le palmeaba la espalda como un autómata.

—Ay, Jake, te sientes fatal, ¿verdad?

—Sobreviviré.

—¡Ay, Jake!

Llegaron al hotel. Antes de apearse del taxi Jenny se miró en el espejo de la polvera y se subió el cuello del abrigo de pieles. En el vestíbulo Jacob tropezó con varias personas y pidió disculpas con una voz forzada y poco convincente. El ascensor esperaba. Jenny, con la cara llena de lágrimas, entró y extendió una mano hacia él con el puño cerrado, en un gesto de impotencia.

—Jake —dijo otra vez.

—Buenas noches, Jenny.

Jenny volvió la cara hacia la pared metálica del ascensor. La puerta se cerró con un chasquido.

«¡Espera!», estuvo a punto de decir Jacob. «¿Te das cuenta de lo que haces? ¿Te das cuenta del viaje que vas a emprender?»

Dio media vuelta y salió a la calle a ciegas.

—La he perdido —murmuraba, aterrorizado—. La he perdido.

Subió por la calle 59 hasta Columbus Circle y luego bajó por Broadway. No tenía cigarrillos —se los había dejado en el restaurante—, así que entró en un estanco. Hubo una equivocación con el cambio y alguien se echó a reír.

Cuando salió del estanco se detuvo, confundido, unos segundos. Entonces la marea de la conciencia de lo que acababa de pasar se abalanzó sobre él y lo arrastró, dejándolo aturdido y exhausto. Y volvió a abalanzarse sobre él y a arrastrarlo. Como cuando uno vuelve a leer una historia trágica con la insolente esperanza de que termine de otra manera, así volvía a aquella mañana, al principio de todo, al año anterior. Pero la marea regresaba, imponente, con la certidumbre de que en una habitación del Hotel Plaza Jenny lo había abandonado para siempre.

Bajó por Broadway. Con letras grandes, sobre la entrada del Teatro Capitol, cinco palabras resplandecían en la noche: «Carl Barbour y Jenny Prince».

El nombre lo sobresaltó, como si lo hubiera pronunciado alguien que pasaba por la calle. Se detuvo a mirarlo. Otras miradas se elevaban hacia aquel anuncio, y la gente pasaba deprisa a su lado y desaparecía.

Jenny Prince.

Ahora que ella no le pertenecía, el nombre adquiría un significado absolutamente propio.

Allí estaba, en la cartelera, frío e impenetrable, en la noche, un desafío, un reto.

Jenny Prince.

«Ven y descansa en mi belleza —decía—. Haz realidad durante una hora tus sueños secretos de casarte conmigo.

Jenny Prince.»

Era falso: ella estaba en el Hotel Plaza, enamorada de otro. Pero el nombre, con su luminosa insistencia, dominaba la noche.

«Adoro a mi querido público. Todos son muy buenos conmigo.»

La ola apareció en la lejanía, fue aumentando, espumeando, rodó hacia él con la fuerza del dolor, lo alcanzó. «Nunca más. Nunca más.» Rompió sobre él, lo derribó, le machacó los oídos con martillos de dolor. Orgulloso e impenetrable, el nombre desafiaba la noche desde la cartelera.

Jenny Prince.

¡Estaba allí! Toda ella, lo mejor de ella: el esfuerzo, el poder, el triunfo, la belleza. Jacob se adelantó entre la gente y sacó una entrada en la taquilla.

Confuso, miró a su alrededor en el vestíbulo inmenso. Entonces vio una puerta y entró, y ocupó una butaca en la vibrante oscuridad.

CORTO VIAJE A CASA

Corto viaje a casa *apareció en el* Saturday Evening Post *el 17 de diciembre de 1927 y fue incluido en* Taps at Reveille *(1935). Fitzgerald lo describía como su «primer cuento de fantasmas auténtico», distinguiéndolo del género fantástico. El tema del cuento disgustó al* Post; *«pero el relato está tan bien escrito que no hemos podido rechazarlo». Este cuento olvidado es uno de los relatos en los que Fitzgerald trató con mayor eficacia el tema de la corrupción sexual, en este caso vinculada a la muerte.*

I

Yo estaba cerca de ella porque me había rezagado a propósito para acompañarla a dar un breve paseo: desde el cuarto de estar a la puerta de la calle. Ya era bastante, pues ella había florecido de repente y yo, a pesar de ser un hombre y un año mayor, no había florecido en absoluto, y apenas si me había atrevido a acercarme a ella en la semana que habíamos pasado en casa. No pensaba decirle nada en aquel paseo de tres metros, ni tocarla; pero tenía la vaga esperanza de que ella hiciera algo, organizara una pequeña y alegre escaramuza del tipo que fuera, en cuanto nos quedáramos solos.

De repente era capaz de hechizarte con ese centelleo de cabellos cortos en la nuca, con esa tajante confianza en sí misma que alrededor de los dieciocho años empieza a intensificarse, a hacerse notar en cualquier chica guapa americana. La luz de la lámpara se abastecía en sus trenzas rubias.

Y ahora se deslizaba hacia otro mundo: el mundo de Joe Jelke y Jim Cathcart, que nos esperaban en el coche. Dentro de un año se olvidaría de mí para siempre.

Mientras esperaba y oía a los otros en la calle, en la noche de nieve, sintiendo la emoción de la Navidad y la emoción de que Ellen estuviera allí, sin dejar nunca de florecer, llenando la habitación de *sex appeal* —expresión despreciable para designar algo absolutamente distinto—, una criada salió del comedor, le dijo en voz baja algo a Ellen y le entregó una nota. Ellen la leyó y sus ojos perdieron el brillo, como cuando la electricidad baja de tensión en las zonas rurales, sin llegar a apagarse. Luego me dirigió una mirada extraña —aunque probablemente ni me veía— y, sin una palabra, siguió a la criada hacia el comedor y las profundidades de la casa. Yo me senté a hojear una revista durante un cuarto de hora.

Joe Jelke entró con la cara roja de frío y la bufanda blanca de seda reluciendo en el cuello de su abrigo de piel. Estaba en el último curso en New Haven, donde yo estudiaba segundo. Era todo un personaje, miembro de la más prestigiosa hermandad de estudiantes, y, a mi modo de ver, guapo y elegantísimo.

—¿No viene Ellen?

—No lo sé —respondí con prudencia—. Estaba lista.

—¡Ellen! —llamó—. ¡Ellen!

Jelke había dejado la puerta de la calle abierta y una gran nube de aire helado penetraba en la casa. Subió la mitad de las escaleras —era de confianza— y volvió a llamar a Ellen, hasta que la señora Baker se asomó a la baranda y dijo que Ellen estaba abajo. Entonces la criada, un poco nerviosa, apareció en la puerta del comedor.

—Señor Jelke —llamó en voz baja.

La cara de Jelke se ensombreció cuando se volvió hacia la criada, presintiendo malas noticias.

—La señorita Ellen dice que se vaya usted a la fiesta. Ella irá más tarde.

—¿Qué pasa?

—No puede ir ahora. Irá más tarde.

Jelke titubeó, confuso. Era el último gran baile de las vacaciones, y estaba loco por Ellen. Había querido regalarle un anillo en Navidad, y, como no había sido posible, logró que aceptara un bolso de malla dorada que le había costado doscientos dólares. Jelke no era el único —había tres o cuatro en el mismo estado de desesperación, y eso que Ellen sólo llevaba diez días en casa—, pero él era el que tenía mayores posibilidades, pues era rico y amable y, en aquel momento, el chico más deseable de Saint Paul. Para mí era imposible que Ellen pudiera preferir a otro, pero se rumoreaba que Ellen consideraba a Joe demasiado perfecto. Me figuro que Ellen lo encontraba falto de misterio, y cuando a un hombre se le presenta semejante problema con una chica que todavía no piensa en los aspectos prácticos del matrimonio... En fin...

—Está en la cocina —dijo Joe, enfadado.

—No, no está —la criada, un poco asustada, se comportaba de un modo insolente.

—Está.

—Ha salido por la puerta de servicio, señor Jelke.

—Voy a ver.

Lo seguí. Las criadas suecas que lavaban platos levantaron los ojos cuando nos acercamos y un estruendo de cacerolas acompañó nuestro paso por la cocina. La puerta abierta, sin el pestillo, se agitaba al viento, y cuando salimos al patio nevado vimos las luces traseras de un coche que doblaba la esquina al fondo del callejón.

—La voy a seguir —dijo Joe con calma—. No entiendo lo que pasa.

Yo estaba demasiado horrorizado por el desastre para discutir. Corrimos al coche y emprendimos un infructuoso y desesperado viaje zigzagueante a través de la zona residencial, mirando dentro de cada coche que encontrábamos por las calles. Joe tardó media hora en empezar a sospechar la futilidad del empeño —Saint Paul es una ciudad de cerca de trescientos mil habitantes—, y Jim Cathcart le recordó que había que recoger a otra chica. Como un animal herido, se hundió en una melancólica masa de piel en un rincón, y de vez en cuando se erguía de golpe y se balanceaba adelante y atrás, desesperado e irritado.

La chica de Jim estaba lista e impaciente, pero después de lo que había sucedido su impaciencia no parecía importante. Y estaba encantadora. Las vacaciones de Navidad tienen algo especial: una sensación excitante de crecimiento y cambio y aventuras exóticas que transforma a la gente que conoces de toda la vida. A Joe Jelke, que era demasiado educado para mostrar su aturdimiento ante la chica, le dio un ataque de risa —carcajadas cortas, ruidosas y estridentes fueron toda su conversación—, y continuamos en coche hacia el hotel.

El chófer se equivocó de dirección al acercarse al hotel —tomó la dirección contraria al aparcamiento para invitados— y, gracias a esto, nos vimos de repente frente a Ellen Baker, que se apeaba de un pequeño coche de dos puertas. Incluso antes de que nos detuviéramos, Joe Jelke, nerviosísimo, saltó del coche.

Ellen nos dirigió una mirada ligeramente inquieta —quizá de sorpresa, pero nunca de alarma—; de hecho, no parecía demasiado consciente de que fuéramos nosotros. Joe se le acercó con una dura, digna, ofendida y, a mi juicio, absolutamente justificada expresión de reproche. Yo lo seguí.

Sentado en el coche —no se había apeado para ayudar a salir a Ellen— había un hombre de cara afilada, endurecida, de unos treinta y cinco años, con aire de hombre marcado, una cicatriz y una leve sonrisa siniestra. Sus ojos eran una especie de insulto burlón al género humano: eran los ojos de un animal, soñolientos e indiferentes a la presencia de otras especies. Era una mirada de desamparo, pero brutal; desesperanzada, pero confiada. Era como si los ojos se consideraran a sí mismos impotentes para desarrollar una actividad propia, pero infinitamente capaces para aprovecharse del menor gesto de debilidad ajeno.

Vagamente lo catalogué dentro de esa clase de hombres que desde el principio de mi juventud me habían parecido haraganes, ésos que apoyan el codo en los mostradores de los estancos y observan, aunque Dios sabe a través de qué resquicio de la mente, a la gente que entra y sale deprisa. Cerca de los garajes, donde hacen en voz baja oscuros negocios, cerca de las barberías y las entradas de los teatros: en lugares así situaba al tipo de hombres, si era un tipo, que aquel individuo me recordaba. De vez en cuando su cara aparecía inesperadamente en uno de los tebeos más escalofriantes, y siempre, desde el principio de mi juventud, he lanzado una mirada nerviosa a la turbia zona fronteriza donde vive el personaje, y he visto cómo me observaba con desprecio. Una vez, en un sueño, dio unos pasos hacia mí, echando hacia atrás la cabeza con un movimiento brusco y murmurando: «Mira, chaval», con lo que intentaba ser una voz tranquilizadora, y yo huí aterrorizado. Era de ese tipo de hombres.

Joe y Ellen se miraron en silencio; ella parecía, como ya he dicho, estar aturdida. Hacía frío, pero no se había dado cuenta de que el viento le abría el abrigo. Joe alargó la mano y se lo cerró, y automáticamente Ellen se lo sujetó con la mano.

De pronto el hombre del coche de dos puertas, que había estado observándolos en silencio, se echó a reír. Era una risa descarnada, pura respiración, apenas un gesto ruidoso con la cabeza, pero era un insulto —si alguna vez yo había oído un insulto— claro y categórico, imposible de pasar por alto. Así que no me sorprendió que Joe, que tenía el genio vivo, se volviera hacia él con rabia y dijera:

—¿Pasa algo?

El hombre esperó un instante, moviendo los ojos, pero con la mirada fija, al acecho. Y entonces volvió a reírse de la misma manera. Ellen parecía nerviosa, incómoda.

—¿Quién es ese…, ese…? —la voz de Joe temblaba de irritación.

—Ten cuidado —dijo el hombre muy despacio.

Joe se volvió hacia mí.

—Eddie, llévate a Ellen y a Catherine, ¿quieres? —se apresuró a decir—. Ellen, vete con Eddie.

—Ten cuidado —repitió el hombre.

Ellen hizo un ruidillo con la lengua y los dientes, pero no se resistió cuando la cogí del brazo y la empujé hacia la puerta trasera del hotel. Y me chocó que fuera tan dócil, que incluso llegara a consentir, con su silencio, la pelea inminente.

—¡Vámonos, Joe! —grité, volviendo la cabeza por encima del hombro—. ¡Entra en el hotel!

Ellen, apretándose contra mi brazo, me obligaba a andar de prisa. Cuando nos tragó la puerta giratoria tuve la impresión de que el hombre se estaba apeando del coche.

Diez minutos después, mientras yo esperaba a las chicas en la puerta de los lavabos de señoras, Joe Jelke y Jim Cathcart salieron del ascensor. Joe estaba muy pálido, tenía la mirada turbia y vidriosa, y gotas de sangre oscura en la frente y en la bufanda blanca. Jim llevaba los sombreros de los dos en la mano.

—Le pegó a Joe con unos nudillos de hierro —dijo Jim en voz baja—. Joe perdió el conocimiento unos minutos. Haz el favor de pedirle al botones esparadrapo y desinfectante.

Era tarde y el vestíbulo estaba desierto; ráfagas de música de viento nos llegaban desde la fiesta en el piso de abajo como si corrieran y descorrieran pesados cortinajes. Cuando Ellen salió de los lavabos la llevé directamente hacia las escaleras. Bajamos, eludimos la entrada a la sala de baile y nos metimos en una habitación sombría adornada con palmeras donde las parejas descansaban entre pieza y pieza; allí le conté lo que había sucedido.

—La culpa la tiene Joe —dijo, sorprendentemente—. Le advertí que no se inmiscuyera.

No era verdad. Ellen no había dicho nada, sólo había chasqueado la lengua con impaciencia.

—Saliste corriendo por la puerta de servicio y estuviste perdida casi una hora —protesté—. Y luego apareciste con un tipo de aspecto patibulario que se rió de Joe en su cara.

—Un tipo patibulario —repitió, como si paladeara las palabras.

—¿Qué? ¿No lo es? ¿Dónde diablos lo has encontrado, Ellen?

—En el tren —contestó. Inmediatamente pareció arrepentirse de esta confesión—. Es mejor que no te metas en lo que no te importa, Eddie. Ya has visto lo que le ha pasado a Joe.

Me dejó sin habla, literalmente: verla, sentada a mi lado, inmaculada y radiante, mientras su cuerpo emitía ondas de lozanía y fragilidad, y oírla hablar así.

—¡Pero ese hombre es un criminal! —exclamé—. Ninguna chica estaría a salvo en su compañía. Le ha pegado a Joe con unos nudillos de hierro: ¡unos nudillos de hierro!

—¿Eso es muy malo?

Hizo la pregunta como podría haberla hecho unos años antes. Me miró por fin, y realmente esperaba una respuesta: fue como si, por un momento, intentara recobrar una actitud que casi ya no existía, e inmediatamente volvió a endurecerse. Digo «endurecerse», pues empecé a darme cuenta de que cuando pensaba en aquel hombre sus párpados se cerraban un poco, impidiéndole ver otras cosas: todo lo demás.

Me figuro que en aquel momento yo hubiera podido decirle algo, pero, a pesar de todo, para mí era inexpugnable. Yo estaba muy por debajo de su fascinación, de su belleza, de su éxito. Incluso se me ocurrió alguna excusa para su conducta: quizá aquel hombre no fuera lo que aparentaba; o quizá, algo mucho más romántico, ella tenía un lío con él para proteger a alguien, contra su voluntad. Entonces la gente empezó a entrar en la habitación y a interrumpirnos. No pudimos seguir hablando, así que nos metimos en el baile, saludando a las señoras mayores que vigilaban a las parejas. Luego dejé que se entregara al mar turbulento y luminoso del baile, donde irrumpió como un remolino entre la viva admiración de quienes seguían la fiesta desde las mesas, islotes plácidos, y los aires del Sur de los intrumentos de metal que gemían a través de la sala. Un instante después vi a Joe Jelke sentado en un rincón con un esparadrapo en la frente: miraba a Ellen como si ella misma le hubiera golpeado en la calle. No me acerqué a él. Me sentía raro, como cuando me despierto después de dormir una larga siesta: extraño y maravillado, como si algo hubiera ocurrido mientras yo dormía, algo que hubiera cambiado el valor de todas las cosas, algo que yo no he podido ver.

La noche fue decayendo mientras se sucedían los bocinazos con trompetas de cartón, las actuaciones de aficionados y los flashes de las fotos para los periódicos del día siguiente. Luego llegó el gran desfile, y la cena, y, a eso de las dos, algunos de los organizadores disfrazados de inspectores de Hacienda irrumpieron en la fiesta y les sacaron el dinero a los asistentes, y repartieron un periódico humorístico que parodiaba los acontecimientos de la velada. Y, durante toda la noche, por el rabillo del ojo, no dejé de mirar la orquídea que resplandecía en el hombro de Ellen, mientras se movía por la sala como la pluma de un príncipe. Miraba la orquídea, y era como un presentimiento. Y entonces los últimos grupos soñolientos llenaron los ascensores y, envueltos hasta los ojos en grandes e informes abrigos de pieles, se dejaron arrastrar hacia la noche clara y seca de Minnesota.

II

En nuestra ciudad hay una zona en pendiente, entre el barrio residencial, en la colina, y la zona comercial, a orillas del río. Es una zona de la ciudad poco definida, atravesada por cuestas que forman triángulos y figuras extrañas y llevan nombres como Siete Esquinas, y no creo que mucha gente sea capaz de dibujar un plano exacto de la zona, aunque todo el mundo la cruza en tranvía, coche o zapato de piel dos veces al día. Y aunque era un barrio muy ajetreado, me sería difícil recordar el nombre de los negocios que abrían sus puertas en aquellas calles. Siempre había interminables filas de tranvías que esperaban partir hacia alguna parte; había un gran cine y muchos cines pequeños con carteles de Hoot Gibson y los Perros Fabulosos y los Caballos Fabulosos; había tienduchas con *Old King Brady* y *The Liberty Boys of '76* en los escaparates, y canicas, cigarrillos y caramelos; y, por fin, un lugar concreto, un fantástico sastre al que todos visitábamos por lo menos una vez al año. Y en mi juventud llegó a mis oídos que en cierta calle oscura había burdeles, y por todo el barrio había casas de empeños, joyerías baratas, minúsculos clubes de atletismo y gimnasios y bares que alardeaban de su decadencia.

A la mañana siguiente del Cotillón me desperté tarde y sin ganas de hacer nada, con la sensación feliz de que, durante un par de días más, no habría que ir a la iglesia, ni a clase: nada que hacer, salvo esperar la noche y otra fiesta. Era un día cristalino, luminoso, uno de esos días en que no te acuerdas del frío hasta que se te congela la cara, y los acontecimientos de la noche anterior me parecían borrosos y lejanos. Después de comer fui al centro dando un paseo, bajo una suave y agradable nevada de copos menudos que seguramente caería durante toda la tarde, y estaba más o menos en el centro de ese barrio de la ciudad —hasta donde puedo acordarme, aquel barrio no tenía nombre—, cuando de repente cualquier idea ociosa que en aquel momento me pasara por la cabeza voló como un sombrero y empecé a pensar en Ellen Baker. Empecé a preocuparme por ella como nunca me había preocupado por nadie, salvo por mí mismo. Empecé a dar vueltas, con ganas de volver a subir la colina para buscarla y hablar con ella; entonces recordé que había ido a una merienda, y seguí mi camino, pero pensando en ella, más intensamente que nunca. Comenzaba otra vez aquel asunto.

Ya he dicho que estaba nevando, y eran las cuatro de una tarde de diciembre, cuando hay una promesa de oscuridad en el aire y las farolas empiezan a encenderse. Pasaba ante una especie de billares y restaurante mezclados, con un hornillo lleno de perritos calientes en el escaparate, y unos cuantos haraganes rondando por la puerta. Las luces del local estaban encendidas: no eran luces vivas, sólo unas pocas bombillas pálidas y amarillentas que colgaban del techo, y el resplandor que emitían y llegaba al crepúsculo helado no era lo suficientemente vivo para tentarte a que miraras con detenimiento hacia el interior. Cuando pasé, sin dejar de pensar en Ellen, miré de reojo al cuarteto de gandules que había en la puerta. No había dado tres pasos calle abajo cuando uno de ellos me llamó, no por mi nombre sino de una manera que sólo podía estar dirigida a mis oídos. Pensé que merecía aquel honor por mi abrigo de mapache, y no hice caso, pero inmediatamente quienquiera que fuera me llamó otra vez con voz imperiosa. Me molestó y me volví. Allí, entre el grupo, a menos de tres metros de distancia, mirándome con esa media sonrisa de desprecio con la que había mirado a Joe Jelke, estaba el hombre de la cicatriz y la cara afilada de la noche anterior.

Llevaba un estrafalario abrigo negro, abotonado hasta el cuello como si tuviera frío. Sus manos se hundían en los bolsillos y usaba sombrero hongo y botines altos. Yo estaba asustado y titubeé unos segundos, pero sobre todo estaba furioso, y sabiendo que yo era más rápido con los puños que Joe Jelke di un paso indeciso hacia él. Los otros hombres ni me miraban —no creo que se hubieran fijado en mí—, pero sabía que el de la cicatriz me había reconocido; su mirada no era fortuita, estaba claro.

«Aquí me tienes. ¿Cómo te las vas a arreglar?», parecían decir sus ojos.

Di otro paso hacia él y se echó a reír, una risa que no se oía pero estaba llena de vigoroso desprecio, y se reunió con el grupo. Yo lo seguí. Iba a hablar con él. No estaba seguro de lo que iba a decirle, pero cuando le planté cara había cambiado de opinión y había dado marcha atrás, o quería que lo siguiera al interior del local, pues se había largado y los tres hombres observaban sin curiosidad cómo me acercaba. Eran del mismo tipo: unos golfos, pero, a diferencia del otro, más tranquilos que agresivos; no encontré ninguna animadversión personal en su mirada colectiva.

—¿Ha entrado?

Se miraron de aquella manera cautelosa; se guiñaron el ojo unos a otros, y, después de un perceptible instante de silencio, uno dijo:

—¿Quién ha entrado?

—No sé cómo se llama.

Volvieron a guiñarse el ojo. Irritado y decidido, los dejé y entré en los billares. Había unos cuantos comiendo en el mostrador y otros cuantos jugando al billar, pero aquel individuo no se encontraba entre ellos.

Volví a titubear. Si su intención era llevarme hacia alguna parte oscura del local —había al fondo algunas puertas entornadas—, yo quería guardarme las espaldas. Hablé con el hombre de la caja.

—¿Dónde se ha metido el tipo que acaba de entrar?

Se puso inmediatamente en guardia, ¿o era mi imaginación?

—¿Qué tipo?

—Uno con la cara afilada y sombrero hongo.

—¿Cuánto hace que entró?

—Ah, unos segundos.

Volvió a negar con la cabeza.

—No lo he visto —dijo.

Esperé. Los tres de la puerta entraron y se alinearon junto a mí en el mostrador. Me di cuenta de que los tres me miraban de una manera extraña. Sintiéndome indefenso y cada vez más incómodo, de pronto di media vuelta y me fui. Apenas había empezado a bajar la calle cuando me volví y me fijé bien en el sitio: quería recordarlo, para poder volver. En la primera esquina eché a correr sin pensarlo dos veces. Tomé un taxi frente al hotel y me llevó de nuevo colina arriba.

Ellen no estaba en casa. La señora Baker bajó las escaleras y me lo dijo. Parecía completamente satisfecha y orgullosa de la belleza de Ellen, e ignoraba que hubiera sucedido algo malo o inusitado la noche anterior. Se alegraba de que las vacaciones estuvieran terminando: suponían un esfuerzo y Ellen no era demasiado fuerte. Y dijo algo que me tranquilizó enormemente. Se alegraba de que yo hubiera vuelto, porque Ellen, por supuesto, querría verme, y ya quedaba muy poco tiempo. Ellen se iba a las ocho y media, aquella misma noche.

—¡Esta noche! —exclamé—. Creí que se iba pasado mañana.

—Va a Chicago, a ver a los Brokaw —dijo la señora Baker—. La han invitado a una fiesta. Lo hemos decidido hoy: se irá con las hijas de los Ingersoll esta noche.

Me puse tan contento que apenas pude dominar las ganas de estrecharle la mano a la señora Baker. Ellen estaba a salvo. Todo aquello sólo había sido una aventura sin importancia. Me sentía como un idiota, pero me daba cuenta de lo mucho que me importaba Ellen y de lo poco que podía soportar que le sucediera algo malo.

—¿Tardará en venir?

—Menos de un minuto. Acaba de llamar por teléfono desde el club universitario.

Dije que volvería más tarde: yo vivía prácticamente en la casa de al lado y necesitaba estar solo. Entonces, ya en el jardín, recordé que no tenía llave, así que seguí el camino de entrada de la casa de los Baker para tomar el antiguo atajo que usábamos cuando éramos niños, cruzando el patio. Todavía nevaba, pero ahora los copos eran más grandes y había oscurecido, e intentando encontrar el antiguo pasadizo me di cuenta de que la puerta trasera de la casa de los Baker estaba entornada.

No sé muy bien por qué volví y entré en aquella cocina. Hubo un tiempo en que me sabía el nombre de las criadas de los Baker. Ya no era así, pero ellas me conocían, y me di cuenta de que cuando llegué se produjo un repentino silencio; no sólo dejaron de hablar: hubo un cambio de estado de ánimo, se creó una especie de expectación. Las tres se pusieron a trabajar demasiado deprisa; hacían movimientos innecesarios, daban voces. La camarera me miraba como con miedo, y de repente intuí que quería decirme algo. Le hice señas para que entrara en la despensa.

—Estoy enterado de todo —dije—. Es un asunto muy serio. Si no cierra esa puerta y le echa la llave, iré ahora mismo a hablar con la señora Baker.

—¡No le diga nada, señor Stinson!

—Pues que nadie moleste a la señorita Ellen. Y me enteraré, si alguien la molesta.

Hice alguna ultrajante amenaza de ir a todas las agencias de empleo y ocuparme de que no volviera a encontrar trabajo en la ciudad. Estaba absolutamente amedrentada cuando me fui. Le había echado la llave y el cerrojo a la puerta de servicio.

Y entonces oí que llegaba un coche grande a la puerta principal, el crujido de las cadenas en la nieve blanda: traía a Ellen a casa y fui a despedirme.

Joe Jelke y otros dos chicos estaban allí, y ninguno de los tres podía dejar de mirarla, ni siquiera para saludarme. Ellen tenía uno de esos cutis rosa y perfectos que son frecuentes en nuestra región, preciosos hasta que las venillas empiezan a romperse a eso de los cuarenta años; ahora, encendido por el frío, era todo un alarde de rosas adorablemente delicados, como ciertos claveles. Joe y ella habían llegado a una especie de reconciliación, o él estaba tan enamorado que ya no se acordaba de la noche anterior; pero me di cuenta de que, aunque Ellen no paraba de reírse, no les hacía ningún caso ni a Joe ni a los otros. Quería que se fueran: esperaba recibir un mensaje de la cocina, pero yo sabía que el mensaje no iba a llegar, que Ellen estaba a salvo. Hablamos del baile de New Haven y del baile de Princeton, y luego, de distinto humor, los cuatro chicos nos fuimos y nos separamos rápidamente en la calle. Volví a casa un poco deprimido y pasé una hora en el agua caliente de la bañera pensando que mis vacaciones ya habían terminado porque Ellen se iba; sintiendo, incluso con mayor intensidad que el día anterior, que ella no formaba parte de mi vida.

Algo se me escapaba, algo que tenía que hacer, algo que había perdido entre los acontecimientos de la tarde, y me prometía a mí mismo volver y buscar hasta encontrar lo que se me escapaba. Lo asociaba vagamente con la señora Baker, y ahora creía recordar que algo había estado flotando en el aire mientras hablábamos. Una vez tranquilo por la partida de Ellen, había olvidado preguntarle a su madre algo referente lo que me había dicho.

Eso era: la familia —los Brokaw— que había invitado a Ellen. Yo conocía bien a Bill Brokaw; estábamos en el mismo curso en Yale. Y entonces me acordé —y me incorporé de un salto en la bañera— de que los Brokaw no pasaban en Chicago las navidades. ¡Estaban en Palm Beach!

Salí inmediatamente, goteando, de la bañera, me puse algo de ropa interior y llamé enseguida por teléfono desde mi cuarto. Pude hablar pronto con la casa de los Baker, pero la señorita Ellen ya había salido hacia la estación.

Por fortuna nuestro coche estaba en casa, y mientras me introducía, todavía mojado, en la ropa, el chófer lo trajo a la puerta. La noche era fría y seca, y hacía buen tiempo para ser invierno, a pesar de la nieve endurecida y helada. Incómodo e inseguro al ponerme en camino, me sentí un poco más confiado cuando la estación, nueva y luminosa, surgió de la noche fría. Durante cincuenta años mi familia había sido propietaria del terreno en el que había sido construida, y aquel detalle parecía justificar mi temeridad. Puede que yo estuviera pisando terreno prohibido, pero la sensación de tener en el pasado un sostén sólido me empujaba a desear ponerme en ridículo. Todo aquel asunto era un disparate, una terrible equivocación. La idea de que el asunto era inofensivo caía por su base. Pero, entre Ellen y una catástrofe imprecisa e inevitable estaba yo, o la policía y un escándalo. No soy un moralista: había algo más, un elemento oscuro y aterrador, y no quería que Ellen lo afrontara sola.

Había tres trenes de Saint Paul a Chicago que salían pocos minutos después de las ocho y media. El de Ellen era el de la compañía Burlington, y, corriendo por la estación, vi cómo el tren se ponía en marcha. Pero yo sabía que Ellen viajaba con las hermanas Ingersoll, porque su madre me había dicho que había comprado los billetes, así que estaba, literalmente hablando, bien protegida y abrigada hasta el día siguiente.

La entrada al andén del siguiente tren para Chicago estaba en el otro extremo de la estación, y hacia allí corrí a toda velocidad para coger el tren y lo conseguí. Pero había olvidado una cosa, suficiente para quitarme el sueño y tenerme preocupado casi toda la noche: mi tren llegaba a Chicago diez minutos después que el otro. Ellen tendría tiempo de sobra para desaparecer en una de las ciudades más grandes del mundo.

Le di al revisor un telegrama para que se lo enviara desde Milwaukee a mi familia, y, a la mañana siguiente, a las ocho, me abrí paso a empujones a través de una inacabable fila de pasajeros que hablaban a voces entre las maletas que llenaban el pasillo y salí disparado por la puerta, casi saltando por encima del revisor. Por un instante la confusión de una gran estación —los ruidos y los ecos ensordecedores, las campanadas de aviso y el humo— me impresionó y anonadó. Pero inmediatamente me precipité hacia la salida, hacia la única posibilidad de encontrarla que se me había ocurrido.

No me había equivocado. Estaba en el mostrador de telégrafos, poniéndole un telegrama a su madre para contarle Dios sabe qué mentira podrida, y su expresión al verme fue una mezcla de sorpresa y terror. También había algo de astucia. Pensaba deprisa: le hubiera gustado alejarse de mí como si yo no existiera, para continuar ocupándose de sus asuntos, pero no podía. Yo le servía para muchas cosas. Así que nos quedamos mirándonos en silencio, pensando.

—Los Brokaw están en Florida —dije un momento después.

—Ha sido un detalle por tu parte hacer un viaje tan largo para decírmelo.

—¿No has pensado, desde que saliste, que sería mejor que te fueras al colegio?

—Por favor, Eddie, déjame en paz —dijo.

—Te acompañaré hasta Nueva York, ni más ni menos. Y tengo pensado volver pronto a casa.

—Lo mejor que puedes hacer es dejarme en paz.

Entornó los ojos preciosos y adoptó una expresión de resistencia animal: hacía un visible esfuerzo, en el que latía la astucia. Y de repente, en lugar de aquella expresión, lucía una sonrisa tranquilizadora, capaz de todo, excepto de convencerme.

—Eddy, tonto, ¿no crees que ya tengo edad para cuidarme sola?

No respondí.

—Ya sabes, he quedado con un hombre. Lo único que quiero es verlo hoy. Tengo billete para el Este en el tren de las cinco. Lo llevo en el bolso, si no me crees.

—Te creo.

—No lo conoces, y…, francamente, me parece que estás siendo insoportable y terriblemente impertinente.

—Conozco a ese hombre.

Volvió a perder el control de la cara. Recuperó aquella expresión terrible y me dijo casi con un gruñido:

—Lo mejor que puedes hacer es dejarme en paz.

Le quité el impreso de la mano y redacté un telegrama aclaratorio para su madre. Y le dije con cierta aspereza:

—Tomaremos juntos el tren de las cinco para el Este. Y, mientras, pasaremos el día juntos.

El sonido de mi voz al pronunciar estas palabras bastó para darme valor, y hasta creí que la había impresionado; pareció resignarse en cierta medida —por un instante, al menos—, y me acompañó sin protestar mientras sacaba mi billete.

Cuando trato de juntar los fragmentos de aquel día, me siento confundido, como si mi memoria se negara a aceptar todo aquello, o mi conciencia no pudiera asimilarlo. Fue una mañana luminosa, intensa, durante la que nos paseamos en taxi y fuimos a unos grandes almacenes porque Ellen dijo que quería comprar algo, y donde intentó escabullirse por una puerta trasera. Durante una hora tuve la sensación de que alguien nos seguía en un taxi por la avenida que bordea el lago, e intenté sorprenderlo mirando por el espejo retrovisor o volviendo la cabeza deprisa, pero no descubrí a nadie, y entonces vi cómo la cara de Ellen se deformaba en una risa perversa y sin alegría.

Durante toda la mañana vino del lago un viento fuerte y desapacible, pero cuando fuimos a comer al Hotel Blackstone una nieve menuda caía tras las ventanas, y hablamos casi con naturalidad de nuestros amigos y de cosas sin importancia. De repente cambió el tono de Ellen; se puso seria y me miró a los ojos con expresión de sinceridad.

—Eddie, eres el amigo más antiguo que tengo —dijo—, y no debería ser demasido difícil para ti confiar en mí. Si te prometo, bajo palabra de honor, que tomaré el tren de las cinco, ¿me dejarás sola unas horas después de comer?

—¿Por qué?

—Bueno —titubeó y bajó un poco la cabeza—, me figuro que todo el mundo tiene derecho a…, a despedirse.

•

—Y tú te quieres despedir de ese…

—Sí, sí —dijo con impaciencia—; sólo unas horas, Eddie, y te prometo que tomaré el tren.

—Bueno, no creo que en dos horas se pueda hacer mucho daño. Si de verdad quieres despedirte…

La miré, y sorprendí aquella mirada de tensa astucia que ya me había asustado antes. Había fruncido los labios, y sus ojos eran otra vez como hendiduras; no había en su cara la menor huella de hermosura ni sinceridad.

Discutimos. La discusión fue vaga por su parte y un poco áspera y reticente por la mía. No me iba a dejar engatusar de nuevo, no iba a dar señales de debilidad ni me iba a dejar corromper por nada: se respiraba en el aire el mal contagioso. Ellen intentaba insinuar —sin ofrecer ninguna prueba convincente— que no había ningún problema. Aunque aquello, aquella cosa, fuera lo que fuera, la dominaba de tal modo que era incapaz de decir una sola verdad, y buscaba afanosamente, para sacarle el máximo provecho, alguna idea creíble y reconfortante que me pudiera impresionar. Me hacía una sugerencia tranquilizadora y me miraba con impaciencia, como si esperara que yo lanzara una agradable charla moral y la adornara, para rematarla, con la acostumbrada guinda, que en este caso sería su libertad. Pero empezaba a minar su resistencia. En dos o tres ocasiones hubiera bastado un poco más de presión para ponerla al borde de las lágrimas, que era, desde luego, lo que yo quería. No pude. Casi la tenía —casi había adivinado qué propósitos escondía—, cuando se me escapó.

A eso de las cuatro la metí sin piedad en un taxi y partimos hacia la estación. El viento volvía a soplar con fuerza, con ráfagas de nieve, y la gente en la calle, esperando autobuses o tranvías demasiado pequeños para acogerlos a todos, parecía tiritar de frío, inquieta y desdichada. Intenté pensar en la suerte que teníamos de no estar entre ellos, de estar cómodos y protegidos, pero el mundo cálido y respetable del que yo había formado parte hasta hacía veinticuatro horas se hallaba lejos de mí. Ahora nos acompañaba algo que era el enemigo, lo antagónico a todo aquello; iba dentro del taxi, a nuestro lado, y estaba en las calles que atravesábamos. Con una sombra de pánico me pregunté si no me estaba deslizando casi imperceptiblemente hacia la actitud moral de Ellen. La columna de viajeros que esperaba para tomar el tren me pareció tan remota como los habitantes de otro mundo, pero era yo quien se alejaba a la deriva y los dejaba atrás.

Mi litera estaba en el mismo vagón que el compartimento de Ellen. Era un vagón anticuado, de luces turbias y alfombras y tapicerías llenas del polvo de otra generación. Había media docena de viajeros más, pero no me causaron ninguna impresión especial, si no fuera porque formaban parte de la irrealidad que yo empezaba a sentir a mi alrededor, por todas partes. Nos metimos en el compartimento de Ellen, cerramos la puerta y nos sentamos.

De repente la rodeé con mis brazos y la atraje hacia mí con tanta ternura como era capaz, como si fuera una chiquilla. Y lo era. Se resistió un poco, pero pronto se rindió y se quedó tensa y rígida entre mis brazos.

—Ellen —dije, indeciso—, me has pedido que confíe en ti. Tú tienes muchas más razones para confiar en mí. ¿No te ayudaría a librarte de todo esto si me contaras un poco lo que te pasa?

—No puedo —dijo en voz muy baja—. Quiero decir que no tengo nada que contar.

—Conociste a ese hombre en el tren, cuando volvías a casa, y te enamoraste de él, ¿no es verdad?

—No lo sé.

—Cuéntamelo, Ellen. ¿Te enamoraste de él?

—No lo sé. Por favor, déjame en paz.

—Llámalo como quieras —continué—. Ese hombre ejerce algún tipo de influencia sobre ti. Está intentando aprovecharse de ti; está intentando conseguir algo de ti. No te quiere.

—¿Y qué importa? —dijo con un hilo de voz.

—Importa. En lugar de intentar luchar contra esta situación estás intentando luchar conmigo. Y yo te quiero, Ellen. ¿Me oyes? Te lo digo de golpe, pero no es nada nuevo. Te quiero.

Me miró, tan dulce como siempre, con sarcasmo; era una expresión que yo había visto en hombres que estaban borrachos y no querían volver a casa. Pero era una expresión humana. Me estaba acercando a Ellen, casi imperceptiblemente, remotamente, pero más que antes.

—Ellen, me gustaría hacerte una pregunta. ¿Está en este tren?

Titubeó y un momento después, negó con la cabeza.

—Ten cuidado, Ellen. Ahora te voy a preguntar otra cosa, y me gustaría que pensaras bien la respuesta. Cuando volvías a casa desde el Este, ¿dónde tomó ese hombre el tren?

—No lo sé —dijo con esfuerzo.

Y en aquel momento fui consciente, con el indiscutible conocimiento que reservamos para lo que es real, de que el hombre estaba exactamente al otro lado de la puerta. Ellen también lo sabía; se puso pálida, y aquella expresión de animalesca perspicacia volvió a insinuarse. Hundí la cabeza entre las manos e intenté pensar.

Debimos quedarnos allí, sin pronunciar apenas palabra, una hora larga. Era consciente de que las luces de Chicago, y las de Englewood y las de suburbios inacabables iban pasando, hasta que no hubo luces y atravesamos la llanura oscura de Illinois. El tren parecía replegarse sobre sí mismo; cuajaba una atmósfera de paz. El revisor llamó a la puerta y preguntó si preparaba la litera, pero dije que no, y se fue.

Un instante después me convencí a mí mismo de que la lucha que inevitablemente se acercaba no estaba por encima de lo que quedaba de mi sensatez, de mi fe en la bondad esencial de las personas y las cosas. Que las intenciones de aquel individuo fueran lo que nosotros llamamos «criminales», lo daba por sentado, pero no había por qué atribuirle una inteligencia que perteneciera a un plano superior de la capacidad humana, e incluso inhumana. Yo seguía considerándolo un hombre, e intentaba descubrir su esencia, su egoísmo: qué tenía en vez de un corazón comprensible. Pero creo que yo sabía de sobra lo que iba a encontrarme cuando abriera la puerta.

Cuando me puse de pie, Ellen ni siquiera parecía verme. Estaba encorvada en una esquina, mirando hacia un punto fijo, con una especie de velo en los ojos, como si se encontrara en un estado de muerte aparente del cuerpo y el alma. La incorporé, le puse dos almohadas bajo la cabeza y le eché mi abrigo de piel sobre las piernas. Luego me arrodillé ante ella y le besé las manos, abrí la puerta y salí al pasillo.

Cerré la puerta a mis espaldas y me quedé allí un momento, apoyado en la puerta. El vagón estaba a oscuras, salvo por las luces del pasillo y las salidas. No había ningún ruido que no fuera el crujir de los enganches, el uniforme click-clack de los raíles y la respiración ruidosa de alguien que dormía al fondo del vagón. Y un instante después empecé a ser consciente de que había un hombre parado junto al refrigerador del agua, a la puerta del compartimento de fumadores, con un sombrero hongo en la cabeza, el cuello del abrigo subido como si tuviera frío, las manos en los bolsillos del abrigo. Cuando lo miré, se volvió y entró en el compartimento de fumadores y lo seguí. Estaba sentado en el último rincón del largo banco de cuero; yo me senté en un sillón junto a la puerta.

Cuando entré, lo saludé con la cabeza y él reconoció mi presencia con una de sus terribles risas sin ruido. Pero esta vez fue prolongada, parecía no acabar nunca, y, principalmente para cortarla en seco, pregunté, con una voz que intentaba ser despreocupada:

—¿De dónde es usted?

Dejó de reír y me miró con los ojos entornados, preguntándose cuál sería mi juego. Cuando decidió contestarme, su voz sonó apagada, como si hablara a través de un pañuelo de seda, y parecía venir de muy lejos.

—Soy de Saint Paul, Jack.

—¿De viaje a casa?

Asintió. Luego respiró hondo y habló con una voz áspera y amenazadora:

—Es mejor que te bajes del tren en Fort Wayne, Jack.

Estaba muerto. Estaba tan muerto como el demonio. Había estado muerto desde el principio, pero la fuerza que había fluido a través de él, como sangre en las venas, ida y vuelta a Saint Paul, lo estaba abandonado. Un nuevo perfil —su perfil de muerto— iba apareciendo a través de la figura palpable que había derribado a Joe Jelke.

Habló de nuevo con una especie de esfuerzo, como a sacudidas.

—Te bajas en Fort Wayne, Jack, o te borro del mapa.

Movió la mano dentro del bolsillo del abrigo y me enseñó el bulto de un revólver.

Negué con la cabeza.

—No puedes tocarme —contesté—. Lo sé, ya lo ves.

Sus ojos terribles me miraron de arriba abajo rápidamente, intentando averiguar si yo sabía o no. Entonces lanzó un gruñido, e hizo ademán de levantarse de un salto.

—Si no sales volando, me las pagarás —exclamó con voz ronca. El tren iba reduciendo la velocidad para entrar en Fort Wayne y su voz sonaba con más fuerza en aquella calma nueva, pero no se movió de su sitio —pensé que estaba demasiado débil—, y permanecimos sentados, mirándonos fijamente, mientras obreros iban y venían al otro lado de la ventanilla golpeando en frenos y ruedas, y la locomotora emitía jadeos ruidosos y lastimeros. Nadie entró en nuestro vagón. Un instante después el revisor cerró las puertas, y pasó de largo por el pasillo, y salimos suavemente de la luz turbia y amarilla de la estación y penetramos en la oscuridad interminable.

Lo que recuerdo que sucedió después debe de haberse prolongado durante cinco o seis horas, aunque me vuelve a la memoria como algo sin existencia en el tiempo: algo que podría haber durado cinco minutos o un año. Inició un ataque lento y premeditado contra mí, terrible, sin palabras. Sentía lo que sólo puedo llamar una extrañeza que iba poseyéndome poco a poco, semejante a la extrañeza que había sentido toda la tarde, pero más intensa y profunda. A lo que más se parecía era a la sensación de dejarse llevar por una corriente, y me agarraba convulsivamente a los brazos del sillón, como si me aferrara a un pedazo del mundo de los vivos. A veces me daba cuenta de que cedía ante una acometida, y encontraba casi un alivio cálido, una sensación de liberación; entonces, con un violento esfuerzo de voluntad, lograba mantenerme en el compartimento.

De pronto me di cuenta de que, desde hacía un rato, había dejado de odiarlo, había dejado de sentirme violentamente ajeno a él, y, al darme cuenta, sentí frío y la frente se me llenó de sudor. Se estaba apoderando de mi aborrecimiento, como se había apoderado de Ellen cuando volvía del Este en tren; y era precisamente aquella fuerza que extraía de sus víctimas la que lo había empujado a un acto concreto de violencia en Saint Paul, y la que, desvaneciéndose y apagándose, todavía le daba fuerzas para luchar.

Debía de haber percibido aquel desfallecimiento de mi corazón porque habló inmediatamente en voz baja, casi amable:

—Es mejor que te vayas.

—No, no me voy —contesté haciendo un esfuerzo.

—Como quieras, Jack.

Daba a entender que era mi amigo. Sabía cómo me afectaba aquella situación y quería ayudarme. Se compadecía de mí. Sería mejor que saliera del compartimento antes de fuera demasiado tarde. El ritmo de su ataque era dulce como una canción: Sería mejor que me fuera… *y dejara a Ellen en su poder*. Sofocando un grito, me incorporé de golpe.

—¿Qué quieres de esa chica? —dije, y la voz se me quebraba—. ¿Convertir su vida en una especie de infierno ambulante?

Su mirada adquirió un aire de estúpida sorpresa, como si yo estuviera castigando a un animal por una falta de la que no era consciente. Titubeé un instante; y enseguida continué a ciegas:

—La has perdido. Ella confía en mí.

La maldad le ensombreció el semblante, y con una voz que era como unas manos frías gritó:

—¡Eres un mentiroso!

—Ella confía en mí —dije—. Está fuera de tu alcance. Está a salvo.

Se controló. Su cara se suavizó, y sentí que aquella extraña debilidad e indiferencia volvían a apoderarse de mí. ¿Qué finalidad tenían? ¿Qué finalidad?

—No te queda mucho tiempo —me obligué a decir, y entonces, en un destello de intuición, averigüé la verdad—. ¡Estás muerto, o te asesinaron no muy lejos de aquí! —entonces vi algo que no había visto antes: su frente estaba perforada por un pequeño agujero redondo, como el que deja el clavo de un cuadro muy grande cuando se arranca de una pared de yeso—. Y ahora te estás apagando. Sólo tenías unas horas. ¡El viaje a casa ha terminado!

Su rostro se deformó, perdida toda apariencia de humanidad, viva o muerta. Simultáneamente la habitación se llenó de aire frío y, con un ruido que estaba entre un paroxismo de toses y un frenesí de horribles carcajadas, se puso de pie, apestando a deshonra y blasfemia.

—¡Ven y mira! —gritó—. ¡Te voy a enseñar…!

Dio un paso hacia mí, luego otro, y era exactamente como si una puerta permaneciera abierta a sus espaldas, una puerta que se abría a un inconcebible abismo de oscuridad y corrupción. Se oyó un grito de agonía, de muerte, suyo o de alguien que había a sus espaldas, y de repente el vigor se le fue en un suspiro largo y ronco y se derrumbó en el suelo…

Cuánto tiempo estuve allí, aturdido por el terror y la extenuación, no lo sé. Lo siguiente que recuerdo es al soñoliento revisor que iba limpiando zapatos de una parte a otra del vagón, y a través de la ventana los altos hornos de Pittsburg, que rompían la uniformidad del paisaje, y… algo demasiado débil para ser un hombre, demasiado pesado para ser una sombra, algo nocturno. Había algo extendido en el banco. E incluso mientras lo miraba seguía desvaneciéndose.

Pocos minutos después abrí la puerta del compartimento de Ellen. Seguía durmiendo donde yo la había dejado. Sus preciosas mejillas estaban pálidas, pero descansaba plácidamente: las manos relajadas y la respiración regular y tranquila. Lo que la había poseído había salido de ella, dejándola exhausta, pero otra vez dueña de su querida identidad.

La puse en una postura más cómoda, la arropé con una manta, apagué la luz y salí.

III

Cuando volví a casa para las vacaciones de Semana Santa, casi lo primero que hice fue ir a los billares que había cerca de las Siete Esquinas. El hombre de la caja registradora, como cabía esperar, no recordaba mi apresurada visita de tres meses antes.

—Estoy buscando a un individuo que, según creo, venía mucho por aquí hace algún tiempo.

Describí al hombre lo más fielmente que pude, y, cuando terminé, el cajero llamó a un tipo con pinta de yóquey que se sentaba a la barra con aire de tener que hacer algo muy importante que no podía recordar con exactitud.

—Eh, Shorty, ¿quieres hablar con éste? Creo que está buscando a Joe Varland.

El hombrecillo me lanzó una mirada tribal, de recelo. Fui y me senté a su lado.

—Joe Varland está muerto, tío —dijo, de mala gana—. Murió el invierno pasado.

Volví a describirlo: el abrigo, la risa, la expresión habitual de sus ojos.

—No hay duda: estás buscando a Joe Varland, pero está muerto.

—Me gustaría saber algunos detalles sobre él.

—¿Qué te gustaría saber?

—A qué se dedicaba, por ejemplo.

—¿Y yo cómo voy a saberlo?

—Oye, no soy policía. Sólo busco alguna información sobre sus costumbres. Está muerto, así que eso no puede hacerle daño. Y no diré una palabra.

—Bueno —titubeó, mirándome de arriba abajo—, era un experto en trenes. Se metió en un lío en la estación de Pittsburg y un detective lo cazó.

Asentí. Las piezas separadas del rompecabezas empezaban a juntarse.

—¿Por qué viajaba tanto en tren?

—¿Y yo cómo voy a saberlo, tío?

—Si no te vienen mal diez dólares, me gustaría que me contaras cualquier cosa que hayas oído sobre el asunto.

—Bueno —dijo Shorty a regañadientes—, todo lo que sé es que decían que se dedicaba a los trenes.

—¿A los trenes?

—Había inventado una estafa sobre la que nunca dio muchos detalles. Se dedicaba a las chicas que viajaban solas en los trenes. Nadie sabía mucho del asunto… Era un tipo que armaba poco ruido…, pero algunas veces apareció por aquí con un montón de pasta y se preocupó de que nos enteráramos de que la sacaba de las tías.

Le di las gracias y diez dólares y me fui, pensativo, sin mencionar que una parte de Joe Varland había hecho su último viaje a casa.

Ellen no vino al Oeste durante la Semana Santa, e incluso si hubiera venido no le hubiera contado nada: la he visto casi a diario este verano y hemos conseguido hablar sobre todo lo demás. Pero a veces Ellen calla sin motivo y entonces quiere estar muy cerca de mí, y sé lo que está pensando.

Es verdad que ella se presenta en sociedad este otoño, y a mí me quedan dos cursos en New Haven; pero las cosas no parecen tan imposibles como hace pocos meses. Me pertenece de alguna manera: incluso si la perdiera, me pertenecería. ¿Quién sabe? De todas formas, siempre podrá contar conmigo.

EL ESTADIO

El estadio (Saturday Evening Post, *21 de enero de 1928*) *fue concebido como «un sofisticado cuento sobre fútbol en dos partes», que Fitzgerald intentó terminar a tiempo para su publicación durante la temporada futbolística de 1927. Era un relato difícil, y lo abandonó para escribir* Corto viaje a casa. *Cuando el director literario del* Post, *Thomas Costain, leyó* El estadio, *le dijo a Harold Ober que Fitzgerald «había captado el espíritu del fútbol como nadie hasta entonces». Aunque Fitzgerald se sintió toda la vida desilusionado por su ineptitud para jugar al fútbol en el equipo de Princeton,* El estadio *es su único cuento sobre fútbol aparecido en una publicación comercial, si excluimos algunos fragmentos de la serie de Basil.*

I

Había uno en mi curso, en Princeton, que nunca iba al fútbol. Pasaba las tardes de los sábados investigando minucias sobre los deportes en Grecia y los combates frecuentemente amañados entre cristianos y fieras salvajes bajo el imperio de los Antoninos. Recientemente —años después de la universidad— ha descubierto a los futbolistas, de quienes hace aguafuertes a la manera del George Bellows de la última época. Pero hubo un tiempo en que era insensible a todo espectáculo, por grande que fuera, que pasara ante su puerta, y dudo de la originalidad de sus juicios sobre lo que es bello, singular y divertido.

A mí me encantaba el fútbol, como espectador, especialista en estadísticas por afición y jugador frustrado. Jugué en el colegio, y la revista del colegio publicó una vez un titular que decía: «Deering y Mullins destacan en durísimo partido contra Taft». Cuando entré en el comedor después de la contienda, todo el colegio se levantó y me aplaudió, y el entrenador del equipo visitante me estrechó la mano y me profetizó —erróneamente— que se oiría hablar mucho de mí. Guardo el episodio entre lo más agradable de mi pasado: lavanda que lo perfuma. Aquel año me puse muy alto y muy delgado, y, cuando en Princeton, al otoño siguiente, lleno de ansiedad, les eché un vistazo a los estudiantes de primer curso candidatos a jugadores y capté la educada indiferencia con que me devolvían la mirada, comprendí que aquel ambicioso sueño había terminado. Keene dijo que él podía convertirme en un aceptable saltador de pértiga —y lo hizo—, pero aquello era un pobre sucedáneo; y la terrible desilusión de no poder convertirme en un gran futbolista fue probablemente la base de mi amistad con Dolly Harlan. Quisiera empezar este relato sobre Dolly con un breve refrito de la final contra Yale, en New Haven, cuando estudiábamos segundo curso.

Dolly había empezado a jugar de medio o corredor; aquél era su primer gran partido. Compartíamos habitación, y yo había percibido algo extraño en su estado de ánimo, así que no le quité ojo de encima durante el primer tiempo. Podía ver con los prismáticos la expresión de su cara: era la misma expresión de incredulidad y tensión que había tenido el día de la muerte de su padre, y no cambió, aunque había habido tiempo de sobra para dominar los nervios. Pensé que se sentía mal y me preguntaba cómo Keene no se daba cuenta y lo sustituía; y hasta mucho después no descubrí cuál era el problema.

Era el estadio de Yale. El tamaño o la forma cerrada o la altura de los graderíos había empezado a poner nervioso a Dolly desde la víspera, en los entrenamientos del equipo. Durante el entrenamiento falló un par de ensayos, casi por primera vez en su vida, y empezó a pensar que el estadio tenía la culpa.

Hay una nueva enfermedad llamada agorafobia —miedo a las multitudes— y otra llamada siderodromofobia —miedo a los viajes en tren—, y mi amigo el doctor Glock, afamado psicoanalista, seguramente podría describir sin ninguna dificultad el estado de ánimo de Dolly. Pero he aquí lo que Dolly me contó más tarde:

—El equipo de Yale golpeó el balón y miré hacia arriba. Mientras miraba hacia arriba, las gradas de aquella maldita olla parecieron salir disparadas también. Luego, cuando la pelota comenzó a caer, las gradas se inclinaron y se me echaron encima hasta que pude ver a la gente de las localidades más altas gritándome y amenazándome con los puños. Al final no veía la pelota, sino sólo el estadio. Todas la veces que conseguí hacerme con la pelota, fue cuestión de suerte: yo estaba debajo.

Volvamos al partido. Yo estaba entre los hinchas, y tenía una buena localidad a la altura de la línea de cuarenta yardas: buena hasta que un antiguo alumno absolutamente despistado, que había perdido a sus amigos y el sombrero, empezó a levantarse de vez en cuando para gritar: «¡Hurra Ted Coy!», como si creyera que estábamos viendo un partido de hacía una docena de años. Cuando se dio cuenta por fin de que resultaba gracioso, empezó a actuar para la galería y provocó un coro de silbidos y pateos hasta que, contra su voluntad, acabó bajo la tribuna.

Fue un buen partido: lo que en las revistas de la universidad se conoce como un partido histórico. Hay colgada en todas las barberías de Princeton una fotografía del equipo que jugó aquel partido, con Gottlieb, el capitán, en el centro, vistiendo el jersey blanco, signo de haber ganado un campeonato. Yale llevaba una temporada mediocre, pero dominó durante el primer cuarto, que acabó con una ventaja de tres a cero a su favor.

En los descansos yo observaba a Dolly. Se paseaba, jadeando y bebiendo agua de una botella, siempre con aquella expresión tensa, de aturdimiento. Más tarde me diría que no paraba de repetirse: «Tengo que decírselo a Roper. Se lo diré en cuanto termine la primera mitad. Le diré que ya no puedo más». Ya había sentido varias veces el impulso casi irresistible de encogerse de hombros y salir del terreno de juego, pues no se trataba únicamente del miedo inesperado que le infundía el estadio: la verdad era que Dolly detestaba el fútbol con todas sus fuerzas, amargamente.

Detestaba el largo y aburrido periodo de entrenamiento, lo que el fútbol tiene de enfrentamiento personal, cómo le robaba el tiempo, la monotonía, la rutina y la angustiosa sensación de desastre cuando el partido estaba a punto de acabar. A veces imaginaba que todos aborrecían el fútbol tanto como él, y, como él, reprimían su aversión, y la llevaban dentro como un cáncer que temieran reconocer. A veces imaginaba que un buen día alguien se arrancaba la máscara y decía: «Dolly, ¿tú odias tanto como yo este juego asqueroso?».

Aquella sensación se remontaba al colegio de Saint Regis, y Dolly había llegado a Princeton con la idea de que el fútbol se había terminado para siempre. Pero los alumnos mayores que procedían de Saint Regis lo paraban en la universidad para preguntarle cuánto pesaba, y en nuestro curso fue elegido vicedelegado de la clase por su extraordinaria fama como atleta: era otoño, y se olía ya el triunfo en el aire. Una tarde llegó casi por casualidad hasta donde se entrenaban los estudiantes de primero, sintiéndose extrañamente perdido e insatisfecho, y olió el césped y olió la pasión del campeonato. Y media hora después se estaba atando un par de botas prestadas, y dos semanas más tarde era el capitán del equipo de primero.

Y, cuando ya se había comprometido, se dio cuenta de que había cometido un error; incluso pensó en dejar la universidad. Porque, con la decisión de jugar, Dolly asumía una responsabilidad moral, personal. Perder o defraudar a alguien, o ser defraudado, simplemente le resultaba intolerable. Ofendía su sentido del despilfarro, muy escocés. ¿De qué valía sudar sangre durante una hora si al final te derrotaban?

Quizá lo peor de todo era que ni siquiera llegaba a ser un fuera de serie. Ningún equipo del país lo hubiera desechado, pero era incapaz de hacer nada superlativamente bien, nada espectacular, ni corriendo, ni pasando, ni pateando. Medía un metro y ochenta centímetros y pesaba poco más de setenta y dos kilos; buen corredor y defensa, seguro a la hora de interceptar pases, placaba y pateaba bien. Nunca perdía la pelota ni cometía fallos; su sangre fría, su constante y segura agresividad, producía un efecto decisivo sobre los otros jugadores. Era el líder moral de todos los equipos en los que jugaba y por eso Roper había dedicado tanto tiempo durante toda la temporada a mejorar la potencia de su patada: lo necesitaba en el equipo.

En el segundo cuarto Yale empezó a venirse abajo. Era un equipo mediocre, prepotente, mal conjuntado por el sistema de insultos y amenazas de cambio al que recurrían sus entrenadores. El *quarterback*, Josh Logan, había sido un fenómeno en Exeter —puedo atestiguarlo—, donde la furia y la confianza en sí mismo de un solo hombre pueden decidir un partido. Pero el altísimo nivel de organización de los equipos universitarios descarta tales ingenuidades infantiles y hace que se recuperen con menor facilidad de pérdidas de pelota y errores estratégicos detrás de la línea.

Así, sin escatimar energías, con mucho esfuerzo, apretando los dientes, Princeton empezó a adueñarse del campo. Las cosas se precipitaron en la línea de veinte yardas de Yale. Interceptaron un pase de Princeton, y el jugador de Yale, nervioso por su propio acierto, perdió la pelota, que lenta y sorprendentemente tomó el camino de la línea de gol de Yale. Jack Devlin y Dolly Harlan, de Princeton, y un jugador —no recuerdo quién era— de Yale, estaban más o menos a la misma distancia de la pelota. Lo que Dolly hizo en el segundo que duró la disputa sólo obedeció al instinto: no tenía ningún problema. Era un atleta por naturaleza, y en situaciones críticas su sistema nervioso decidía por él. Podría haber echado a correr para adelantar a los otros dos en la disputa por el balón; pero, en lugar de eso, bloqueó con violenta precisión al jugador de Yale mientras Devlin robaba el balón, corría diez yardas y lograba un *touchdown*.

En aquel tiempo los comentaristas deportivos aún veían los partidos con los ojos de Ralph Henry Barbour. Las cabinas de prensa estaban exactamente detrás de mí, y cuando Princeton se disponía a pasar el balón entre los dos postes oí que el comentarista radiofónico preguntaba:

—¿Quién es el número veintidós?

—Harlan.

—Harlan va a patear la pelota. Devlin, autor del *touchdown*, procede del colegio de Lawrenceville. Tiene veinte años. ¡El balón ha pasado limpiamente entre los palos de la portería!

En el descanso, cuando Dolly se sentó en el vestuario temblando de fatiga, Little, uno de los ayudantes del entrenador, se sentó a su lado y dijo:

—Cuando se te echen encima los alas agarra bien el balón. Ese grandullón, Havemeyer, puede arrancártelo de las manos.

Era la ocasión de decirle: «Me gustaría que le dijeras a Bill que…»; pero las palabras se deformaron hasta convertirse en una pregunta trivial acerca del viento. Necesitaba explicar lo que sentía, y no había tiempo. Lo que él pudiera sentir no importaba mucho en aquel vestuario saturado por la respiración jadeante de cansancio, el esfuerzo definitivo, la extenuación de sus diez compañeros.

Sintió vergüenza cuando estalló una violenta discusión entre un ala y un *tackle;* le molestó la presencia de antiguos jugadores en el vestuario, especialmente la del capitán de hacía dos temporadas, que estaba un poco borracho y protestaba con vehemencia excesiva contra el favoritismo del árbitro. Parecía inadmisible añadir una pizca más de tensión e irritación. Pero hubiera acabado con aquello de todas formas si Little no le hubiera dicho en voz baja: «¡Qué bloqueo, Dolly! ¡Espléndido!», y si la mano de Little no se hubiera quedado allí, apoyada en su hombro.

II

En el tercer cuarto Joe Dougherty pateó desde la línea de veinte yardas, logró con facilidad pasar la pelota entre los dos palos de la portería y nos sentimos seguros, hasta que, cuando ya anochecía, gracias a una serie de ataques desesperados, Yale acortó distancias en el marcador. Pero Josh Logan había dilapidado sus recursos en pura bravuconería y la defensa había conseguido anularlo. Cuando los suplentes saltaron al campo, Princeton volvió a adueñarse del terreno de juego. Entonces, de pronto, el partido acabó y la multitud saltó al campo, y Gottlieb, abrazado a la pelota, fue lanzado al aire. Por un momento todo fue confusión, locura y alegría; vi cómo algunos estudiantes de primero intentaban coger a hombros a Dolly, pero les faltó decisión y Dolly se escabulló.

Todos sentíamos una gran euforia. Hacía tres años que no derrotábamos a Yale: ahora las cosas volvían a estar en su sitio. Aquello significaba un buen invierno en la universidad, algo agradable y ligero que recordar en los días fríos y húmedos después de las navidades, cuando una sensación desoladora de futilidad se apodera de la ciudad universitaria. En el terreno de juego un equipo improvisado y escandaloso jugaba al fútbol con un sombrero hongo, hasta que una serpiente humana, saltando y bailando, los envolvió y los hizo desaparecer. Fuera del estadio vi a dos alumnos de Yale, terriblemente abatidos y disgustados, meterse en un taxi y decirle al taxista con un tono de fatal resignación: «A Nueva York». No encontrabas a nadie de Yale: como suelen hacer los derrotados, se habían esfumado silenciosamente.

Empiezo la historia de Dolly con mis recuerdos de aquel partido porque aquella tarde apareció la chica. Era amiga de Josephine Pickman: íbamos a ir los cuatro a Nueva York, al Midnight Frolic. Cuando le insinué a Dolly que quizá se encontrara demasiado cansado se echó a reír: aquella noche iría a cualquier parte para quitarse de la cabeza la angustia y la tensión del fútbol. Entró en el recibidor de la casa de Josephine a la seis y media, y parecía haber pasado el día en la peluquería, si no fuera por un pequeño y atractivo esparadrapo en una ceja. Era uno de los hombres más guapos que he visto nunca; la ropa de calle resaltaba su altura y delgadez, tenía el pelo oscuro, y los ojos marrones, grandes y penetrantes, y la nariz aguileña le daban, como el resto de sus facciones, cierto aire romántico. Entonces no podía ocurrírseme, pero supongo que era bastante vanidoso —no engreído, sino vanidoso—, pues siempre vestía de marrón o gris perla, con corbatas negras, y la gente no elige la ropa con tanto cuidado, tan a tono, por casualidad.

Sonreía ligeramente, satisfecho de sí mismo, cuando entró. Me estrechó la mano con entusiasmo y bromeó:

—Vaya, qué sorpresa encontrarlo aquí, señor Deering.

Entonces descubrió a las dos chicas al fondo del recibidor, una morena radiante, como él, y otra con el pelo dorado, burbujeante y espumoso a la luz de la chimenea, y dijo con la voz más alegre que le había oído nunca:

—¿Cuál es la mía?

—Me figuro que la que tú quieras.

—En serio, ¿quién es Pickman?

—La rubia.

—Entonces la mía es la otra. ¿No era ése el plan?

—Creo que será mejor que las prevenga de cómo te encuentras.

La señorita Thorne, pequeña, ruborizada y encantadora, estaba de pie junto a la chimenea. Dolly se dirigió directamente a ella.

—Eres mía —dijo—, me perteneces.

Ella lo miró sin alterarse, examinándolo; de pronto, le gustó y sonrió. Pero Dolly no estaba satisfecho: quería hacer algo increíblemente tonto o sorprendente para expresar el júbilo fabuloso de ser libre.

—Te quiero —dijo. Le cogió la mano; sus ojos de terciopelo marrón la miraban con ternura, deslumbrados, convincentes—. Te quiero.

Por un momento se curvaron las comisuras de los labios de la chica, como si le pesara haber encontrado a alguien más fuerte, más seguro de sí mismo, más desafiante que ella. Entonces Dolly, mientras la señorita Thorne se retraía visiblemente, le soltó la mano: había acabado la escena en la que había liberado la tensión de la tarde.

Era una noche fría y clara de noviembre, y las ráfagas de aire contra el descapotable nos producían una vaga excitación, la sensación de que nos dirigíamos a toda velocidad hacia un destino extraordinario. Las carreteras estaban llenas de coches que confluían en largos e inexplicables atascos mientras los policías, cegados por los faros, iban y venían entre la hilera de vehículos impartiendo confusas órdenes. No llevábamos una hora de viaje cuando Nueva York empezó a perfilarse contra el cielo: un distante resplandor brumoso.

Josephine me dijo que la señorita Thorne era de Washington, y, después de pasar unos días en Boston, acababa de llegar.

—¿Para el partido?

—No. No ha ido al partido.

—Es una pena. Si me lo hubieras dicho, le hubiera conseguido una entrada.

—No hubiera ido. Vienna nunca va al fútbol —me acordé entonces de que ni siquiera le había dado la enhorabuena convencional a Dolly—. Detesta el fútbol. A su hermano lo mataron el año pasado en un partido del campeonato preuniversitario. No pensaba traerla esta noche, pero cuando volvimos a casa después del partido me di cuenta de que había pasado la tarde con un libro abierto siempre por la misma página. Ya te puedes figurar: era un chico maravilloso, y su familia estaba en el partido, y es natural que no hayan podido sobreponerse.

—¿Le molesta estar con Dolly?

—Claro que no. No le hace el menor caso al fútbol. Si alguien lo menciona, ella cambia de tema.

Me alegré de que fuera Dolly y no Jack Devlin, por ejemplo, quien la acompañara en el asiento trasero. Y lo sentí un poco por Dolly. Por sólidos que fueran sus sentimientos sobre el fútbol, habría esperado algún reconocimiento a su innegable esfuerzo.

Quizá consideraba aquel silencio una sutil muestra de respeto, pero, mientras las imágenes de la tarde relampagueaban en su memoria, hubiera recibido con agrado algún elogio al que responder: «¡Tonterías!». Desdeñadas por completo, las imágenes amenazaban volverse insistentes y molestas.

Miré hacia el asiento trasero y me sobresaltó un poco encontrar a la señorita Thorne en los brazos de Dolly. Rápidamente volví la cara y decidí dejar que se preocuparan de sí mismos.

Mientras esperábamos en un semáforo de Broadway vi los titulares de un periódico con el resultado del partido. Aquella página era más real que la propia tarde: sucinta, condensada y clara:

PRINCETON DERROTA A YALE 10-3
LOS TIGRES ESQUILAN A LOS
BULLDOGS ANTE SETENTA MIL
ESPECTADORES
DEVLIN APROVECHA UN ERROR DE YALE

Si la tarde había sido desordenada, confusa, fragmentaria e inconexa, ahora los hechos se ordenaban apaciblemente en el molde del pasado:

PRINCETON, 10; YALE, 3

Pensé lo curioso que era el éxito. Y Dolly era en gran medida responsable de que se me ocurriera aquello. Me preguntaba si todo lo que vociferaban los titulares respondía exclusivamente a una elección caprichosa. Como si la gente preguntara:

—¿A qué se parece esto?

—A un gato.

—Pues entonces lo llamaremos gato.

Mi imaginación, avivada por las luces callejeras y el alegre tumulto, admitió de repente que cualquier éxito era cuestión de énfasis: meter en un molde, darle forma a la confusión de la vida.

Josephine se detuvo frente al Teatro New Amsterdam, donde nos esperaba su chófer para recoger el coche. Llegábamos demasiado pronto, pero se produjo un pequeño brote de entusiasmo entre los estudiantes que aguardaban en el vestíbulo —«Es Dolly Harlan»—, y cuando nos dirigíamos al ascensor algunos conocidos se acercaron a estrecharle la mano. Aparentemente ajena a tales ceremonias, la señorita Thorne me sorprendió mirándola y sonrió. Yo la miraba con curiosidad. Josephine nos había facilitado la información, más bien asombrosa, de que sólo tenía dieciséis años. Me figuro que la sonrisa que le devolví era un poco protectora, pero inmediatamente me di cuenta de que una sonrisa así no venía a cuento. A pesar de que su rostro transparentaba delicadeza y afecto, a pesar de su tipo, que me recordaba a una bailarina exquisita y romántica, tenía cierta cualidad, cierta dureza de acero. Se había educado en Roma, Viena y Madrid, con estancias relámpago en Washington; su padre era uno de esos embajadores norteamericanos llenos de encanto, que, con admirable obstinación, intentan recrear el Viejo Mundo en sus hijos, procurando que su educación sea más regia que la de un príncipe. La señorita Thorne era sofisticada. A pesar del desparpajo y libertad de la juventud norteamericana, la sofisticación sigue siendo un monopolio del viejo continente.

Entramos en la sala durante un número en el que coristas vestidas de naranja y negro cabalgaban a lomos de caballos de madera contra coristas vestidas con el color azul de Yale. Cuando se encendieron las luces, Dolly fue reconocido y algunos estudiantes de Princeton organizaron en su honor un escándalo con los martillos de madera que les habían dado para mostrar su aprobación; Dolly desplazó discretamente la silla hacia la sombra.

Casi inmediatamente apareció ante nuestra mesa un joven con la cara encarnada, muy abatido. En mejor forma habría resultado extremadamente atractivo; le dedicó a Dolly una sonrisa instantánea, deslumbrante y simpática, como si le pidiera permiso para hablar con la señorita Thorne, y dijo:

—Creía que no ibas a venir a Nueva York esta noche.

—Hola, Carl —lo miraba con frialdad.

—Hola, Vienna. Como debe ser: «Hola, Vienna; hola, Carl». Bueno, dime, creía que no ibas a venir a Nueva York esta noche.

La señorita Thorne no hizo ademán de presentarnos al recién llegado, que, como todos podíamos apreciar, iba elevando la voz.

—Creía que me habías prometido que no ibas a venir.

—No pensaba venir, hijo. He salido de Boston esta mañana.

—¿Con quién has estado en Boston? ¿Con el fascinante Tunti?

—No he estado con nadie, hijo.

—Ah, claro que sí. Estuviste con el fascinante Tunti, y hablasteis de vivir en la Riviera —la señorita Thorne no respondió—. ¿Por qué eres tan falsa, Vienna? ¿Por qué me dijiste por teléfono que…

—Nadie me va a dar lecciones —dijo ella, y su voz había cambiado de repente—. Te dije que si te tomabas otra copa habíamos terminado. Soy persona de palabra y me alegraría mucho si te fueras.

—¡Vienna! —exclamó el joven, con la voz quebrada.

En aquel momento me levanté para bailar con Josephine. Cuando volvimos había gente en la mesa: los conocidos con los que pensábamos dejar a Josephine y la señorita Thorne, pues yo había previsto que Dolly se sentiría cansado, y algunos más. Uno de ellos era Al Ratoni, el compositor, que al parecer había estado invitado en la embajada de Madrid. Dolly Harlan había apartado su silla y miraba a las parejas que bailaban. Y, cuando las luces se apagaron para un nuevo número, un hombre salió de la oscuridad, se inclinó sobre la señorita Thorne y le murmuró algo al oído. Ella se sobresaltó e hizo ademán de levantarse, pero el hombre le puso la mano en el hombro y la obligó a sentarse. Empezaron a hablar entre ellos en voz baja y nerviosa.

Estaban muy juntas las mesas en el viejo Frolic. Un hombre se había reunido con los de la mesa de al lado y no pude evitar oír lo que decía:

—Un tipo ha intentado matarse en el lavabo. Se ha pegado un tiro en el hombro, pero le han quitado la pistola...

Y volví a oírlo hablar:

—Dicen que se llama Carl Sanderson.

Cuando el número terminó, miré alrededor. Vienna Thorne no apartaba la vista de Lillian Lorraine, a quien elevaban hacia el techo como una muñeca gigante. El hombre que había hablado con ella se había ido, y era evidente que nadie sabía lo que acababa de suceder. Le sugerí a Dolly que sería mejor que nos fuéramos, y, tras echarle a Vienna una ojeada en la que se mezclaban desgana, cansancio y resignación, Dolly aceptó. Camino del hotel, le conté lo que había sucedido.

—Sólo es un borracho —señaló tras unos segundos de fatigada reflexión—. Seguramente lo único que quería era dar un poco de pena. Me figuro que una chica verdaderamente atractiva está harta de aguantar cosas así.

No era ésa mi opinión. Podía imaginarme la pechera de la camisa blanca, estropeada, empapada de sangre jovencísima, pero no discutí. Y un momento después Dolly dijo:

—Quizá sea brutal lo que voy a decir, pero ¿no te parece una debilidad, una blandenguería? A lo mejor es mi estado de ánimo esta noche.

Cuando Dolly se desnudó, vi que estaba lleno de contusiones y cardenales, pero me aseguró que ninguno le quitaría el sueño. Entonces le conté por qué la señorita Thorne no había hablado del partido, y Dolly se incorporó en la cama: le había vuelto a los ojos el brillo de siempre.

—Ah, era eso. Ahora me lo explico. Creía que a lo mejor le habías dicho que no me hablara de fútbol.

Más tarde, cuando la luz llevaba apagada media hora, dijo de pronto en voz alta y clara.

—Ahora lo entiendo.

No sé si estaba despierto o dormido.

III

He transcrito en estas páginas, lo mejor que he podido, cuanto recuerdo del día en que se conocieron Dolly y la señorita Vienna Thorne. Al releerlas, todo parece fortuito e insignificante, pero fortuito e insignificante parece todo lo que ocurrió aquella noche, para siempre a la sombra del partido. Vienna volvió a Europa casi inmediatamente, y durante quince meses desapareció de la vida de Dolly.

Fue un buen año: y así perdura todavía en mi memoria. El segundo curso es el más dramático en Princeton, como el primer año lo es en Yale. No sólo tienen lugar las elecciones para los clubes de estudiantes de los cursos superiores, sino que empieza a labrarse el destino de cada uno. Puedes decir perfectamente quiénes saldrán adelante, no sólo por sus éxitos inmediatos, sino por la manera en que sobreviven a los fracasos. No faltaba nada en mi vida. Me comportaba como un típico alumno de Princeton, un incendio destruyó en Dayton la casa de mi familia, me peleé estúpidamente a puñetazos en el gimnasio con un tipo que más tarde se convertiría en uno de mis mejores amigos, y en marzo Dolly y yo ingresamos en el club de estudiantes al que siempre habíamos querido pertenecer. También me enamoré, pero sería una impertinencia hablar de eso ahora.

Llegó abril y el auténtico clima de Princeton, las tardes perezosas, verdes y doradas, y las noches vivas y apasionantes, hechizadas por las canciones de los alumnos de los últimos cursos. Yo era feliz, y Dolly hubiera sido feliz si no fuera porque se acercaba la nueva temporada de fútbol. Jugaba al béisbol, lo que lo libraba de los entrenamientos de primavera, pero las bandas de música empezaban a oírse débilmente a lo lejos. En el verano alcanzaron el nivel de concierto, y Dolly tenía que contestar veinte veces al día la misma pregunta: «¿Volverás pronto al fútbol?». A mediados de septiembre ya se arrastraba por el polvo y el calor del final del verano de Princeton, andaba a cuatro patas por el césped, trotaba al ritmo de la rutina de siempre para convertirse en esa clase de espécimen que yo soñaba ser: hubiera dado diez años de mi vida por serlo.

Dolly odiaba todo aquello, de principio a fin, incansablemente. Jugó contra Yale en otoño, cuando sólo pesaba menos de setenta y cinco kilos, aunque en el acta del partido constara otro peso, y Joe McDonald y él fueron los únicos que jugaron completo aquel desastroso partido. Hubiera sido capitán del equipo con sólo mover un dedo, pero en ese asunto hay cuestiones que conozco confidencialmente y no puedo revelar: le daba pánico la posibilidad de que, por alguna casualidad, tuviera que aceptar la capitanía del equipo. ¡Dos temporadas! Ni siquiera hablaba de aquello. Se iba de la habitación o del club cuando la conversación se desviaba hacia el fútbol. Dejó de comentarme que no iba a aguantar el fútbol mucho tiempo. Y hasta Navidad no se le fue la tristeza de la mirada.

Y entonces la señorita Vienna Thorne volvió de Madrid para Año Nuevo, y en febrero un tal Case la invitó a la fiesta de los alumnos de último curso.

IV

Incluso era más preciosa que antes, más suave, al menos por fuera, y tuvo un éxito extraordinario. La gente que pasaba a su lado en la calle volvía la cabeza para mirarla. Y la miraban con miedo, como si se dieran cuenta de que casi habían perdido algo. Me dijo que por el momento estaba cansada de los europeos, dándome a entender que había existido alguna especie de desdichado asunto amoroso. Se vestiría de largo el próximo otoño, en Washington.

Vienna y Dolly. Desaparecieron juntos durante dos horas la noche de la fiesta, y Harold Case estaba desesperado. Cuando volvieron a medianoche, pensé que formaban la pareja más atractiva que había visto nunca. Brillaban con esa luminosidad especial que envuelve algunas veces a quienes son morenos. Harold Case los miró de arriba abajo y arrogantemente se fue a casa.

Vienna volvió una semana después, sólo para ver a Dolly. Aquella noche tuve que ir al club, que estaba vacío, a recoger un libro, y me llamaron desde la terraza, abierta al estadio fantasmal y a la noche desolada. Era la hora del deshielo, y el aire cálido traía ecos de primavera y, donde había luz suficiente, podías ver gotas que relucían y caían. Podías sentir cómo el frío se derretía y goteaba de las estrellas y los árboles desnudos y los arbustos y fluía hacia Stony Brook, brillando en la oscuridad.

Vienna y Dolly estaban sentados en un banco de mimbre, ebrios de sí mismos, románticos y felices.

—Teníamos que contárselo a alguien —dijeron.

—¿Me puedo ir ya?

—No, Jeff —insistieron—. Quédate aquí y envídianos. Estamos en un momento en que necesitamos que nos envidien. ¿Crees que hacemos una buena pareja?

¿Qué podía decirles?

—Dolly termina los estudios el año que viene —continuó Vienna—, pero lo haremos público el próximo otoño, en Washington, cuando acabe la temporada.

Me sentí más tranquilo cuando me enteré de que iba a ser un largo noviazgo.

—Me caes bien, Jeff —dijo Vienna—. Me gustaría que Dolly tuviera más amigos como tú. Tú lo animas: tienes ideas propias. Le he dicho a Dolly que seguro que encuentra otros como tú si busca en su curso.

Dolly y yo nos sentimos ligeramente violentos.

—Vienna no quiere que me convierta en un Babbitt —dijo Dolly alegremente.

—Dolly es perfecto —afirmó Vienna—. Es lo más precioso que ha existido nunca, y ya te darás cuenta, Jeff, de que soy lo mejor para él. Ya le he ayudado a tomar una decisión importante —me imaginé lo que iba a decirme—. Lo van a oír como el próximo otoño empiecen a darle la lata con el fútbol. ¿Verdad, hijo?

—Nadie me va a dar la lata —dijo Dolly, incómodo—. Tampoco es eso.

—Bueno, tratarán de presionarte moralmente.

—No, no —respondió—. No se trata de eso. Es mejor que hablemos de otra cosa, Vienna. ¡Hace una noche tan espléndida!

¡Una noche tan espléndida! Cuando pienso en mis propios episodios amorosos en Princeton, siempre recuerdo aquella noche de Dolly, como si hubiera sido yo quien estaba allí, con la juventud, la esperanza y la belleza entre los brazos.

La madre de Dolly alquiló una casa en Ram's Point, en Long Island, para el verano, y a finales de agosto fui al Este a pasar unos días con él. Vienna había llegado una semana antes, y mis impresiones fueron éstas: primera, Dolly estaba muy enamorado; y, segunda, aquélla era la fiesta de Vienna. Curiosos de todas las especies solían presentarse inesperadamente para verla. Ahora que soy más sofisticado no me extraña, pero entonces me parecían un fastidio: nos estropeaban el verano. Todos eran un poco famosos por una u otra cosa, y era cosa tuya descubrir por qué. Se hablaba mucho, y sobre todo se discutía mucho, sobre la personalidad de Vienna. Siempre que me quedaba a solas con otro invitado hablábamos de la vivísima personalidad de Vienna. Todos me consideraban un aburrimiento, y la mayoría consideraba a Dolly un aburrimiento. Dolly era, a su estilo, mejor que cualquiera de ellos en el suyo, pero el estilo de Dolly era la única variedad de la que jamás se hablaba. Yo tenía, sin embargo, la vaga sensación de que me estaba refinando, y al año siguiente me jactaba de conocer a todas aquellas personalidades y me molestaba que la gente ni siquiera hubiera oído sus nombres.

El día antes de mi partida Dolly se torció el tobillo jugando al tenis, lo que más tarde le permitiría hacerme, con humor negro, algún comentario jocoso.

—Una fractura me hubiera facilitado las cosas. Si me lo hubiera torcido medio centímetro más, se hubiera roto algún hueso. A propósito, mira.

Me lanzó una carta. Era una convocatoria por la que debía presentarse en Princeton el quince de septiembre para los entrenamientos y en la que se le recordaba que debía mantenerse en buena forma física.

—¿No vas a jugar este otoño?

Negó con la cabeza.

—No. Ya no soy un niño. He jugado dos temporadas y este año quiero tenerlo libre. Aguantar otro año sería un caso de cobardía moral.

—No te lo discuto, pero… ¿hubieras adoptado la misma actitud si no estuviera Vienna?

—Por supuesto. Si permitiera que me presionaran otra vez, sería incapaz de volver a mirarme a la cara.

Dos semanas más tarde recibí la siguiente carta:

«Querido Jeff:

»Cuando leas esta carta quizá te lleves una sorpresa. Ahora sí que me he roto de verdad el tobillo jugando al tenis. Ni siquiera puedo andar con muletas. Lo tengo en una silla, frente a mí, hinchado y vendado, grande como una casa, mientras te escribo. Nadie, ni siquiera Vienna, conoce nuestra conversación del verano sobre el mismo asunto, así que olvidémosla por completo. Una cosa: es condenadamente difícil romperse un tobillo, aunque yo no lo he sabido hasta hace poco.

»Hace años que no me sentía tan feliz: nada de entrenamientos de pretemporada, nada de sudor ni sufrimiento, un poco de incomodidad y molestias a cambio de ser libre. Me parece que he sido más listo que muchos, pero eso sólo le interesa a tu

»maquiavélico (sic) amigo,

»DOLLY

»P. S. Te ruego que rompas esta carta.»

No parecía una carta de Dolly.

V

Cuando llegué a Princeton le pregunté a Franz Kane —que tiene una tienda de artículos deportivos en la calle Nassau y puede decirte sin pensarlo dos veces el nombre del *quarterback* suplente en 1901— cuál era el problema del equipo que capitaneaba Bob Tatnall.

—Lesiones y mala suerte —dijo—. Y no sudaban la camiseta en los partidos difíciles. Fíjate en Joe McDonald, por ejemplo, el mejor *tackle* de Estados Unidos en la temporada pasada; era lento y estaba acabado, pero lo sabía y no le importaba. Es un milagro que Bill consiguiera que el equipo terminara la temporada.

Iba con Dolly a los partidos, y vimos cómo el equipo ganaba a Lehigh por tres a cero y empataba con Bucknell por chiripa. A la semana siguiente Notre Dame nos machacó por catorce a cero. El día del partido con Notre Dame, Dolly estaba en Washington con Vienna, pero cuando volvió al día siguiente mostró una terrible curiosidad por aquella derrota. Había reunido las páginas deportivas de todos los periódicos, y, mientras las leía, negaba con la cabeza. De repente las tiró todas juntas a la papelera.

—El fútbol es una locura en esta universidad —proclamó—. ¿Sabes que los equipos ingleses ni siquiera se entrenan?

No me lo pasaba demasiado bien con Dolly en aquel tiempo. No estaba acostumbrado a verlo desocupado. Por primera vez en su vida pasaba el día dando vueltas sin rumbo fijo —por la habitación, por el club, con el primer grupo de gente que encontrara—, él, que siempre, con dinámica indolencia, iba camino de algún sitio. Entonces, a su paso, se creaban grupos, grupos de compañeros de curso que querían estar con él, o de alumnos de los cursos superiores que lo seguían con la mirada como se sigue a una imagen sagrada. Ahora se había vuelto democrático, se mezclaba con todos, pero algo fallaba. Explicaba que quería conocer mejor a los compañeros de su curso.

Pero la gente desea que sus ídolos estén un poco por encima de ellos, y Dolly había sido una especie de ídolo íntimo, especial. Empezó a detestar la soledad, y yo, desde luego, lo noté. Si yo iba a salir y él no le estaba escribiendo a Vienna, me preguntaba, angustiado, adónde iba, e inventaba una excusa para pegarse a mí como una lapa.

—¿Te alegras de lo que hiciste, Dolly? —le pregunté un día de improviso.

Me miró con ojos desafiantes que ocultaban algo de reproche.

—Claro que me alegro.

—De todas formas, me gustaría verte otra vez en el campo de fútbol.

—¿Para qué? La temporada se decidirá en el estadio de Yale. Me echarían a patadas con toda seguridad.

La semana del partido con la Marina volvió de repente a los entrenamientos. Estaba preocupado. Aquel terrible sentido de la responsabilidad no lo dejaba en paz. Si una vez había odiado oír hablar de fútbol, ahora no pensaba ni hablaba de otra cosa. La noche anterior al partido con la Marina me levanté varias veces y siempre encontré encendida la luz de su habitación.

Perdimos siete a tres por un balón de la Marina que, en el último minuto, pasó sobre la cabeza de Devlin. Al final del segundo tiempo Dolly bajó de la tribuna y se sentó con los jugadores en el campo. Cuando más tarde volvió a reunirse conmigo, tenía la cara manchada, sucia, como si hubiera estado llorando.

El partido con la Marina se disputó aquel año en Baltimore. Dolly y yo íbamos a pasar la noche en Washington con Vienna, que había organizado una fiesta. Emprendimos el viaje en un clima de malhumor sombrío y fue todo lo que pude hacer para evitar que Dolly se lanzara contra dos oficiales de la Marina que estaban colgándonos del coche una jubilosa esquela mortuoria.

A su baile Vienna lo llamaba su segunda presentación en sociedad. Sólo invitaría esta vez a las personas que le caían simpáticas. Resultaron ser de importación en su mayor parte, concretamente de Nueva York: no podían faltar los músicos, los dramaturgos, los comparsas del mundo artístico que entraban y salían en la casa de Dolly en Ram's Point. Pero Dolly, liberado de sus obligaciones como anfitrión, aquella noche no se empeñó torpemente en hablar su lengua. Apoyado en la pared, de mal humor, había recuperado algo del antiguo aire de superioridad que me había dado ganas de conocerlo. Más tarde, camino de la cama, pasé ante el cuarto de Vienna, que me pidió que entrara. Dolly y ella, un poco pálidos, estaban sentados en rincones opuestos de la habitación, y la atmósfera estaba cargada de tensión.

—Siéntate, Jeff —dijo Vienna, cansada—. Quiero que seas testigo de un derrumbamiento: de cómo un hombre se convierte en un colegial —me senté de mala gana—. Dolly ha cambiado de idea —continuó—. El fútbol le interesa más que yo.

—No es eso —dijo Dolly, imperturbable.

—No entiendo de qué habláis —respondí—. Dolly no puede jugar al fútbol.

—Él cree que puede. Jeff, por si piensas que soy una cabezona, quiero contarte algo. Hace tres años, la primera vez que volvimos a Estados Unidos, mi padre matriculó a mi hermano en un colegio. Una tarde fuimos todos a verlo jugar al fútbol. Nada más empezar el partido se lesionó, pero mi padre dijo: «No os preocupéis, se levantará en un minuto. Cosas así pasan en todos los partidos». Pero, Jeff, no se levantó. Estaba allí, sobre el césped, y por fin lo sacaron del campo en brazos y le echaron una manta encima. Cuando bajamos de la tribuna estaba muerto.

Nos miró a los dos y empezó a sollozar convulsivamente. Dolly se le acercó, frunciendo el entrecejo, y le echó el brazo por encima del hombro.

—Ay, Dolly —exclamó Vienna—, ¿no puedes hacerlo por mí? ¿No puedes hacer por mí algo tan insignificante?

Dolly negó con la cabeza, hundido.

—Lo he intentado, pero no puedo —dijo—. Es lo mío, lo que mejor sé hacer. ¿No lo entiendes, Vienna? La gente debería dedicarse a lo que mejor sabe hacer.

Vienna se había puesto de pie y ante un espejo se empolvaba la cara para disimular las lágrimas. Se volvió como un rayo, furiosa.

—Así que me equivocaba cuando daba por supuesto que teníamos los mismos sentimientos.

—Ya está bien. Estoy cansado de hablar, Vienna; me cansa mi propia voz. Creo que toda la gente que conozco lo único que hace es hablar y hablar.

—Gracias. Me figuro que te refieres a mí.

—Me parece que tus amigos hablan muchísimo. Jamás había oído tanta palabrería como esta noche. ¿Te repugna la idea de que alguien se dedique de verdad a algo, Vienna?

—Depende de si vale la pena a lo que se dedique.

—Bueno, para mí esto vale la pena.

—Sé cuál es tu problema, Dolly —dijo con amargura—. Eres débil y necesitas que te admiren. Este curso no has tenido a un montón de niñatos revoloteando a tu alrededor como si fueras Jack Dempsey, y eso ha estado a punto de partirte el corazón. Te gusta exhibirte, montar tu número, oír los aplausos.

A Dolly se le escapó una carcajada.

—Si ésa es la idea que tienes de lo que siente un futbolista…

—¿Tienes decidido jugar? —lo interrumpió Vienna.

—Si puedo serle útil al equipo, sí.

—Entonces creo que los dos estamos perdiendo el tiempo.

Sus palabras no admitían réplica, pero Dolly se negó a aceptar que Vienna hablara en serio. Cuando salí de la habitación todavía intentaba «que fuera razonable», y al día siguiente, en el tren, me dijo que Vienna «se había puesto un poco nerviosa». Estaba profundamente enamorado de ella y era incapaz de imaginarse que pudiera perderla; todavía estaba bajo el dominio de la emoción repentina que le producía su decisión de volver a jugar, y la confusión y el agotamiento nervioso le hacían creer vanidosamente que nada había cambiado. Pero yo había visto la misma expresión en la cara de Vienna la noche que habló con el señor Carl Sanderson en el Frolic, hacía dos años.

Dolly no se bajó del tren en la parada de Princeton, sino que siguió hasta Nueva York. Visitó a dos especialistas en ortopedia y uno de ellos le preparó un vendaje con una férula que debía llevar noche y día. Con toda probabilidad el vendaje se caería al primer choque fuerte, pero le permitiría correr y usar ese pie como punto de apoyo cuando pateara la pelota. Al día siguiente se presentó en el campo de fútbol de la universidad, equipado para el entrenamiento.

Su aparición causó sensación. Yo estaba en la tribuna viendo el entrenamiento con Harold Case y la joven Daisy Cary. Daisy empezaba entonces a ser famosa, y no sé quién provocaba mayor expectación, si ella o Dolly. En aquel tiempo todavía era un atrevimiento ir con una actriz de cine; si aquella misma damisela visitara hoy Princeton seguramente la recibirían en la estación con una banda de música.

Dolly dio un par de vueltas cojeando y todos dijeron: «¡Cojea!». Pateó el balón, y todos dijeron: «¡No está mal!». El primer equipo descansaba después del duro partido con la Marina y los espectadores estuvieron pendientes de Dolly toda la tarde. Lo llamé cuando acabó el entrenamiento, y se acercó y nos estrechamos la mano. Daisy le preguntó si le gustaría participar en una película sobre fútbol que iba a rodar. Sólo era hablar por hablar, pero Dolly me miró con una lacónica sonrisa.

Cuando llegó a la habitación tenía el tobillo hinchado, grueso como el tubo-chimenea de una estufa, y al día siguiente Keene y él arreglaron el vendaje para que pudiera aflojarse y apretarse, amoldándose a los distintos tamaños del tobillo. Lo llamábamos el globo. El hueso estaba prácticamente soldado, pero, en cuanto los forzaba, los tendones dañados volvían a resentirse. Vio el partido con Swarthmore desde el banquillo, y al lunes siguiente peleaba en el segundo equipo titular contra los suplentes.

Algunas tardes le escribía a Vienna. Mantenía la teoría de que aún eran novios, pero intentaba no preocuparse por el asunto, y creo, incluso, que le ayudaba el dolor, tan intenso que no lo dejaba dormir. Cuando terminara la temporada iría a verla.

Jugamos contra Harvard y perdimos por siete a tres. Jack Devlin se rompió la clavícula y, lesionado para el resto de la temporada, hizo casi inevitable que Dolly volviera al primer equipo. Entre los rumores y temores de mediados de noviembre la noticia provocó una chispa de esperanza en la comunidad estudiantil, por lo demás pesimista: esperanza que no guardaba proporción con la forma física de Dolly. Volvió al dormitorio el jueves anterior al partido con cara de cansancio, ojeroso.

—Me van a incluir en el equipo, y quieren que juegue de *punter*… Si supieran…

—¿Por qué no hablas con Bill?

Negó con la cabeza, y entonces sospeché que se estaba castigando a sí mismo por el «accidente» que había sufrido en agosto. Se echó en el sofá, en silencio, mientras yo le preparaba la maleta para el viaje con el equipo.

El día del partido era —siempre lo ha sido— como un sueño: irreal, extraordinario, con una multitud de amigos y parientes y la pompa superflua de un gigantesco espectáculo. Los once hombres que, empequeñecidos, saltaron por fin al terreno de juego parecían figuras hechizadas de otro mundo, un mundo extraño e infinitamente romántico, figuras diluidas en una nube vibrante de gente y ruido. Sufrimos intolerablemente cuando ellos sufren, temblamos cuando se enardecen, pero ellos no mantienen ningún trato con nosotros, más allá de cualquier ayuda, gloriosos e inalcanzables, vagamente sagrados.

El césped está en perfecto estado, terminan los prolegómenos del partido y los equipos ocupan sus posiciones. Los jugadores se ponen los cascos, dan palmadas, cada uno ensimismado en una breve danza solitaria. El público sigue hablando a tu alrededor, buscando sus localidades, pero tú guardas silencio, y tu mirada va de jugador en jugador. Ahí están: Jack Whitehead, alumno del último curso, ala; Joe McDonald, voluminoso y tranquilizador, *tackle*; Toole, de segundo, guardia derecho; Red Hopman, central; el guardia izquierdo es alguien a quien no puedes identificar, probablemente Bunker; ahora se vuelve y ves su número: Bunker; Bean Gile, que parece anormalmente solemne e importante, es el otro *tackle*; Poore, otro de segundo curso, ala; detrás de ellos está Wash Sampson, *quarter*: ¡Imagínate como se siente! Pero va de un lado a otro, a paso ligero, hablando con éste y con aquél, intentado transmitirles su ímpetu y su espíritu de victoria. Dolly Harlan no se mueve, con las manos en las caderas, observando cómo el pateador de Yale coloca el balón para el saque; a su lado está el capitán, Bob Tatnall.

¡Suena el silbato! La línea del equipo de Yale se agita pesadamente y una décima de segundo después oímos el golpe en el balón. El terreno de juego es un flujo de rápidas figuras en movimiento y todo el estadio se tensa como sacudido por la corriente de una silla eléctrica.

Creo que peleamos el primer balón con todas las de la ley.

Tatnall recoge el balón, retrocede diez yardas, es rodeado, desaparece. Spears avanza tres yardas por el centro. Sampson consigue pasar en corto a Tatnall, pero no ganamos terreno. Harlan pasa con el pie hacia Devereaux, que es cazado en plena carrera en la línea de cuarenta yardas de Yale.

Y ahora veamos lo que ellos hicieron.

Inmediatamente se demostró que tenían un gran conjunto. Gracias a un efectivo cruce y a un pase en corto al centro ganaron cuarenta y cuatro yardas y llevaron el balón hasta la línea de seis yardas de Princeton, donde lo perdieron, para que lo recuperara Red Hopman. Después de un intercambio de pases con el pie, Yale inició otro ataque, esta vez hasta la línea de quince yardas, donde, tras cuatro espeluznantes pases adelantados, dos de ellos cortados por Dolly, el balón terminó tras nuestra línea de gol. Pero Yale aún tenía fuerzas, y con un tercera embestida la línea más débil de Princeton comenzó a ceder terreno. Inmediatamente después del comienzo del segundo cuarto, Devereaux no culminó un *touchdown* y la primera mitad acabó con el balón en posesión de Yale, a la altura de nuestra línea de diez yardas. El resultado era: Yale, 7; Princeton, 0.

No teníamos la menor posibilidad. El equipo se estaba superando, estaba jugando el mejor partido de la temporada, pero no bastaba. Si no fuera el partido de Yale —en el que cualquier cosa puede suceder—, ya hubiera sucedido todo, y hubiera sido más densa la atmósfera de pesimismo, que entre los hinchas se podía cortar con un cuchillo.

En los primeros minutos del encuentro Dolly Harlan no había atrapado un balón pateado por

Devereaux, pero pudo recuperarlo sin ganar terreno; hacia el final de la primera mitad otro balón enviado con el pie se le había escapado entre los dedos, pero lo había recogido rápidamente y, a pesar de que tenía cerca al ala, retrocedió doce yardas. En el descanso le dijo a Roper que era incapaz de controlar la pelota, pero lo mantuvieron en su puesto. Estaba pateando bien y era esencial en el único esquema de ataque en el que confiaban para marcar.

Cojeaba ligeramente desde la primera jugada del partido, y, para disimularlo, se movía lo menos posible. Pero yo sabía de fútbol lo suficiente para darme cuenta de que participaba en todas las jugadas: arrancaba con su peculiar paso más bien lento y terminaba con una rápida embestida lateral que casi siempre lo libraba de su marcador. Ningún ataque de Yale había terminado en su zona, pero hacia el final del tercer cuarto se le escapó de las manos otro balón, retrocedió entre un confuso grupo de jugadores, y lo recuperó en la línea de cinco yardas, justo a tiempo para evitar un nuevo *touchdown*. Era ya la tercera vez, y vio que Ed Kimball comenzaba a calentar en la banda.

Entonces nuestra suerte empezó a cambiar. Con el equipo en posición, Dolly pateó la pelota desde detrás de nuestra portería y Howard Bement, que había sustituido a Wash Sampson en el puesto de *quarter*, recogió el balón en el centro, burló a la segunda línea defensiva y avanzó veintiséis yardas antes de ser derribado. Tasker, el capitán de Yale, se había retirado con una lesión en la rodilla, y Princeton empezó a cargar el juego sobre su sustituto, entre Bean Gile y Hopman, con George Spears y a veces Bob Tatnall avanzando con el balón. Llegamos hasta la línea de cuarenta yardas de Yale, perdimos el balón en una melé y lo recuperamos en otra en el momento en que acababa el tercer cuarto. Una oleada de entusiasmo recorrió las filas de los seguidores de Princeton. Por primera vez habíamos llevado el balón a su terreno, con posibilidades de conseguir un *touchdown* y acortar distancias en el marcador. Podías oír crecer la tensión a tu alrededor, a la espera de que continuara el juego; la tensión se reflejaba en los movimientos nerviosos de los cabecillas de la hinchada y en el incontrolable murmullo, como una marea, que surgía de la multitud, al que se iban agregando voces y voces, hasta convertirse poco a poco en en un rugido indisciplinado.

Vi cómo Kimball saltaba precipitadamente al terreno de juego y le decía algo al árbitro, y pensé que por fin Dolly iba a ser sustituido, y me alegré, pero el sustituido fue Bob Tatnall, que sollozaba mientras lo aclamaba la hinchada de Princeton.

Con la primera jugada el pandemónium se desencadenó y continuó hasta el final del partido. De vez en cuando el clamor se desvanecía hasta convertirse en un zumbido quejoso; e inmediatamente alcanzaba la intensidad del viento, la lluvia y el trueno, y vibraba en el atardecer, de un extremo a otro del estadio, como una queja de almas en pena que se filtrara por algún hueco del espacio.

Los jugadores ocuparon sus puestos en la línea de cuarenta yardas de Yale, y Spears ganó seis yardas antes de ser placado por un contrario. Spears recuperó la pelota —era un sureño bravo y aborrecible con algún momento de inspiración— y aprovechó la brecha que había abierto para avanzar cinco yardas más. Dolly ganó dos más, esquivando a sus marcadores, y Spears apareció por el centro. Era el tercer intento, la última oportunidad: el balón estaba en la línea de veintinueve yardas de Yale, a ocho de la línea de gol.

Algo pasaba a mis espaldas; hubo empujones, gritos: un espectador se había puesto enfermo o se había desmayado. Nunca me enteré de quién fue. Entonces todo el mundo se puso de pie y durante un instante me impidió ver, y luego todo fue una locura. Los suplentes saltaban alrededor del campo, ondeando sus toallas; el aire se llenó de sombreros, almohadillas, abrigos, y un rugido ensordecedor. Dolly Harlan, que pocas veces había avanzado con el balón en toda su carrera en Princeton, había recogido en el aire un pase largo de Kimball y, arrastrando a un *tackle*, forcejeó cinco yardas hasta traspasar la línea de gol de Yale.

VI

Y el partido terminó. Pasamos un momento difícil cuando Yale inició un nuevo ataque infructuoso, y el once de Bob Tatnall había salvado una temporada mediocre empatando con un equipo de Yale claramente superior. Para nosotros aquel empate tenía el sabor de una victoria, la emoción, si no la alegría, del triunfo, y los seguidores de Yale salían del estadio con cara de derrota. Sería un buen año, despues de todo, una lucha ejemplar que perduraría en la tradición, un ejemplo para futuros equipos. Nuestra promoción —aquéllos a los que nos importaban estas cosas— se iría de Princeton sin el sabor final de la derrota. El símbolo permanecía en pie, como nos lo habíamos encontrado; las banderas ondeaban orgullosamente al viento. ¿Son niñerías? Díganme otras palabras para celebrar el triunfo.

Esperé a Dolly en la puerta de los vestuarios hasta que hubieron salido casi todos; entonces, ya que no salía nunca, entré. Le habían dado un poco de coñac y, como no solía beber, se le había subido a la cabeza.

—Coge una silla, Jeff —sonreía, jovial y feliz—. Rubber, Tony, traedle una silla a nuestro distinguido invitado. Es un intelectual y quiere entrevistar a algún atleta tonto. Tony, te presento al señor Deering. En el estadio de Yale hay de todo, menos sillones. Tiene gracia este estadio. Adoro el estadio de Yale. Voy a hacerme una casa aquí.

Calló, mientras pensaba en algo alegre. Estaba contento. Lo convencí para que se vistiera: había gente esperándonos. Entonces insistió en volver al terreno de juego, ahora, a oscuras, y sentir bajo sus zapatos el césped machacado.

Cogió un puñado de tierra y la dejó caer, se echó a reír, pareció quedarse ensimismado unos segundos y abandonó el terreno de juego.

Con Tad Davis, Daisy Cary y otra chica, nos fuimos a Nueva York en coche. Se sentó al lado de Daisy, atractivo, un poco absurdo, seductor. Por primera vez desde que yo lo conocía, hablaba del partido con naturalidad, incluso con una pizca de vanidad.

—Hace dos años yo era bastante bueno y siempre me mencionaban al final de la crónica, en la alineación del equipo. Este año he desperdiciado tres pases y he estropeado todas las jugadas hasta que Bob Tatnall empezó a chillarme: «¡No entiendo por qué no te sustituyen!», pero me cayó en las manos un balón que ni siquiera estaba dirigido a mí y mañana saldré en los titulares.

Se echó a reír. Alguien le rozó el pie; Dolly hizo una mueca de dolor y palideció.

—¿Cómo te lesionaste? —preguntó Daisy—. ¿Jugando al fútbol?

—Me lesioné el verano pasado —respondió lacónicamente.

—Debe de haber sido terrible jugar así.

—Sí.

—Me figuro que no tienes más remedio.

—Eso es.

Se entendían. Los dos eran trabajadores; sana o enferma, había cosas que Daisy no tenía más remedio que hacer. Nos contó cómo, con un resfriado terrible, había tenido que lanzarse a un lago el invierno pasado, en Hollywood.

—Seis veces, con cuarenta grados de fiebre, pero al productor le costaba diez mil dólares un día de rodaje.

—¿No podían haber usado una doble?

—La usan cuando pueden. Era imprescindible que aquellas escenas las rodara yo.

Tenía dieciocho años y yo comparaba su fondo de coraje, independencia y éxitos, de corrección basada en la necesidad de colaboración, con la de la mayoría de las chicas de la alta sociedad que yo conocía. La mirara como la mirara, era incomparablemente superior a ellas. Si ella me hubiera mirado... Pero sólo miraba los ojos aterciopelados y brillantes de Dolly.

—¿Quieres salir conmigo esta noche? —oí que le preguntaba a Dolly.

Lo sentía mucho, pero no podía aceptar. Vienna estaba en Nueva York; había ido a verlo. Yo no sabía, y Dolly tampoco, si para reconciliarse o despedirse definitivamente.

Cuando Daisy nos dejó a Dolly y a mí en el Ritz, a los dos se les notaba el pesar en los ojos, un pesar verdadero y persistente.

—Es una chica maravillosa —dijo Dolly, y yo asentí—. Voy a subir a ver a Vienna. ¿Por qué no reservas para nosotros una habitación en el Madison?

Así lo dejé. No sé qué sucedió entre Vienna y él; nunca ha hablado de eso. Pero lo que sucedió más tarde, aquella noche, lo he sabido por varios testigos de los hechos, sorprendidos e incluso indignados.

Dolly llegó al Hotel Ambassador hacia las diez y preguntó en recepción por la habitación de la señorita Cary. Había una muchedumbre en recepción, entre la que se contaban estudiantes de Yale o Princeton que volvían de ver el partido. Algunos habían estado celebrándolo y evidentemente uno conocía a Daisy y había intentado llamarla por teléfono a la habitación. Dolly iba ensimismado y debió de abrirse paso entre ellos de una manera un tanto brusca para pedir que lo pusieran con la habitación de la señorita Cary.

Un joven retrocedió, lo miró con desagrado y dijo:

—Parece que tienes mucha prisa. ¿Quién te crees que eres?

Hubo un instante de silencio, y los que estaban cerca de recepción se volvieron para ver qué pasaba. Algo cambió dentro de Dolly; tuvo la impresión de que la vida había preparado esta escena, le había reservado este papel, para llegar a esta precisa pregunta, una pregunta que no tenía más remedio que contestar. El silencio se prolongaba. El público esperaba.

—Soy Dolly Harlan —dijo lentamente—. ¿Qué te parece?

Fue un verdadero escándalo. Hubo un silencio y luego un repentino frenesí, un griterío:

—¡Dolly Harlan! ¿Cómo? ¿Qué ha dicho?

El recepcionista había oído su nombre; lo repitió cuando descolgaron en la habitación de la señorita Cary.

—Puede subir cuando lo desee, señor Harlan.

Dolly dio media vuelta, a solas con su éxito, que conquistaba por una vez su corazón. Descubrió de repente que no le pertenecería tan íntimamente durante mucho tiempo; el recuerdo sobreviviría al triunfo e incluso el triunfo sobreviviría a aquel calor que sentía en el corazón y que era lo mejor de todo. Alto, con la cabeza bien alta, imagen de la victoria y el orgullo, atravesó el vestíbulo, ajeno al destino que lo esperaba y a los murmullos que dejaba a su espalda.

Índice

Biografía

Scott Fitzgerald nació el 24 de septiembre de 1896 en Saint Paul (Minnesota) y se educó en internados católicos. En 1917 abandonó la universidad de Princeton para hacer el servicio militar, y en los campamentos revisó el primer borrador de la novela titulada *A este lado del paraíso*, que vería la luz en 1920. La publicación del libro le convirtió en un hombre rico y entonces pudo casarse con Zelda Sayre, una joven del Sur, amante del lujo, a la que había conocido tiempo atrás. Su segunda novela, *Hermosos y malditos* (1922), no resultó tan popular como la primera, pero sus relatos alcanzaron un gran éxito y con ellos pudo pagar su extravagante estilo de vida. Entre 1920 y 1935 publicó cuatro libros que recogieron parte de su amplísima obra breve: *Jovencitas y filósofos*, *Cuentos de la edad del jazz*, *Todos los hombres tristes* y *Toque de diana*. En 1924 el matrimonio Fitzgerald se marchó de Long Island, se instaló en la Riviera francesa y regresó finalmente a Estados Unidos siete años después. En 1925 se publicó *El gran*

Gatsby, una fábula sobre la persecución del éxito y el fracaso del «sueño americano» que el autor terminó en cinco meses. Aunque está considerada su obra maestra, se vendió mal, lo que aceleró el deterioro de su vida personal. A pesar de los problemas psiquiátricos de Zelda (estuvo hospitalizada periódicamente desde 1930 hasta su muerte, acaecida en 1948) y de la caída del autor en el alcoholismo, éste continuó escribiendo, sobre todo para las revistas. En 1934 apareció su cuarta novela, *Suave es la noche*, un relato casi autobiográfico de su vida con Zelda. Su mala acogida le condujo a una gran crisis de la que consiguió recuperarse lo bastante para trabajar como guionista en Hollywood durante 1937. Esta experiencia inspiró su última y más madura novela, *El último magnate* (1941), que no logró acabar porque la muerte lo sorprendió el 21 de diciembre de 1940. La brillantez de esta obra hizo que se revalorizase el conjunto de su producción literaria, y finalmente Scott Fitzgerald ha pasado a la historia como uno de los mejores escritores estadounidenses del siglo XX.